KADIR II
TENTACIONES PROHIBIDAS

Iron Sherman

ADVERTENCIA

Ésta es una novela de ficción. Los temas, acciones y personajes, son imaginarios. Cualquier parecido con personas, instituciones y hechos reales presentes o pasados son pura coincidencia. Sin embargo algunos sucesos, individuos, datos históricos, ciudades, organizaciones y cosas, son verdad.

El Autor ha usado licencias literarias e inexactitudes premeditadas, para evitar que personas o instituciones pudieran sentirse afectadas, aun sin intención del escritor, que si fuera el caso, expresa públicamente sus disculpas.

Con toda seguridad, el inteligente lector, sabrá distinguir la fantasía de la realidad.

Atentamente,
Iron Sherman

DEDICATORIA

Con todo mi cariño para

Gregor, Lolita,

Alice,

Iron, Erik, Kiev,

Nietos

y

demás Familia

Agradecimientos

El Autor expresa su agradecimiento a los familiares y amistades que con sus valiosas opiniones, han robustecido el contenido de esta obra, en especial a los Oficiales 4035, 6126, 7358; Agentes SE-09, SS-5010 y SN-410811; así como a Raoul B., Mauro L., Christian C. y George S., reiterando mi respetuoso saludo a los Colegas de la noble y leal profesión de Contador Público Auditor, así como a los Gobiernos, Organismos Internacionales, Profesionales, de Negocios, Humanitarios y Empresas Privadas mencionadas en este libro.

Declaro mi gratitud también a los Correctores, Traductores y Editores por su magnífico trabajo, confianza y apoyo.

Atentamente,
Iron Sherman

PRÓLOGO

D esde siempre, se ha librado la encarnizada lucha entre el bien y el mal. A falta de una nítida definición de la frontera entre ambos hay, no obstante, documentos escritos por sabias personas que han tratado de fijar la delgada línea que los separa, como la Torah Judía, la Biblia Cristiana, el Corán Musulmán y muchas obras literarias más, estableciendo principios y normas con el propósito de hacer mejores a los seres humanos, alcanzar la perfección y así ganarse el derecho a estar ante la presencia de Dios.

A ello, hay que agregar las leyes de todas las naciones que indican los modos de vida, lo que no debemos hacer y los castigos por su incumplimiento.

Pero salta a la vista que esos esfuerzos no han sido suficientes, pues el hombre se ha despojado de gran parte de la bondad, caridad y misericordia para con sus congéneres, ha renunciado a ser humano para convertirse en bestia, pensando con egoísmo satisfacer sus necesidades y placeres a cualquier costo, sin importar el daño causado a sus hermanos.

Hemos perdido la capacidad de asombro al enterarnos a diario de crímenes, robos, secuestros, actos terroristas con bombas, guerras, violaciones, torturas y agresiones del hombre contra el hombre, en competencia sinfín para hacerlas cada vez más violentas y crueles.

Es el momento de retomar el control y combatir con el poder ciudadano para formar y exigir gobiernos justos y eficientes que procuren el bienestar de la población, abatiendo los niveles de pobreza extrema y marginación social. Es la hora de generar y conservar empleos, impulsando la buena educación y atender con eficacia la alimentación, salud y vivienda.

Es importante también, que se trabaje con intensidad en el hogar, en las fábricas, en las escuelas, en las oficinas públicas y privadas, en cualquier sitio de reunión de personas, en LA RENOVACIÓN MORAL DE LA SOCIEDAD, en volver a impulsar con mayor energía y apoyados por la fuerza de los medios de comunicación, los valores morales supremos, antes de que sea muy tarde, antes de que retornemos al estado salvaje y como animales, sigamos la ley del más fuerte, sin importarnos nada ni nadie.

En esta obra, de algún modo con esencia y sabor de su exitoso libro "KADIR EL AUDITOR DE LA MUERTE", Iron Sherman intenta con su cruda narrativa, mostrar la podredumbre humana en su magnitud, precisamente para uniformar un criterio social de rechazo a la delincuencia.

La aparición de "justicieros" puede ser que envíe un mensaje equivocado a la sociedad, pero refleja los deseos y esperanzas de todo un pueblo cansado de la poca respuesta efectiva del poder público.

Desde este punto de vista, millares de víctimas y sus familiares, quisieran tomar la justicia en sus manos, desesperados por la impunidad de criminales que no reciben el castigo que deberían, que los dejan en libertad o penas mínimas, por defectos en la investigación, lagunas legales, corrupción y amenazas.

En definitiva, **"KADIR II, TENTACIONES PROHIBIDAS"** no es un libro que ofenda. Se ha suavizado el fuerte contenido de la obra hasta donde es posible, el lenguaje en ocasiones es duro y directo, llamando a las cosas por su nombre.

Sin embargo, se recomienda su lectura para personas mayores de edad.

Finalmente, debemos decir que es una emocionante novela de ficción, con algunos elementos y situaciones reales, con claro objetivo de entretenimiento.

MIAMI, FLORIDA.
E. TANNER & K. POLATKAN,
JOURNALISTS.

Personajes Principales

- Kadir Aiza, Contador Público Auditor, CEO (Director General) de "CELTIC WORLDWIDE HOTELS & RESORTS", ex Socio Júnior del despacho "HARTFORD, MELLON & FLETCHER" de presencia mundial y en su tiempo libre, eficiente Asesino Profesional.

- Ramón Peralta y Bárcenas, riquísimo y ambicioso hombre de negocios globales y principal accionista del consorcio turístico CELTIC. Jefe directo de Kadir.

- Ambrosia "Amber" Waxton, fantástica puta internacional de extraordinaria belleza, hoy esposa de Don Ramón.

- Benjamín Weitzner, multimillonario por herencia, ex Fiscal General de los Estados Unidos y Presidente de "La Fundación".

- Anthony Belcher, Supervisor de Auditoría en la Firma internacional.

- Felicidad Guillén, hermosa Directora de Relaciones Públicas de "Viñedos Los Molinos".

- Josafat Pereira, Norteamericano de origen Portugués, multiasesino, Jefe del grupo de Piratas.

- Conrad Blake, Capitán del Trasatlántico "Tenerife".

- Ruth Weitzner, la bella hija de Benjamín. Esposa de Ethan Warner, Subdirector de Agentes Especiales del FBI (Federal Bureau of Investigation).

- Caridad Hernández, Agente "Aileen", preciosa Contadora Pública contratada por "La Fundación".

- Stefan Horvik, "El Patrón", cruel dirigente Europeo de crimen organizado.

- Vander Skoda, siniestro socio de Stefan, igualmente poderoso.

- Lawrenti Zuskov, alias "Sea Cow", despiadado asesino a sueldo.

Ex Primer Comisario de la STASI (Policía Secreta de la Alemania Comunista).

- Zelik Levy, alias "Stan", aguerrido Jefe del Comando Israelita.

- Anthar Nafed, experto lavador de dinero. Director General del Banque Internationale L'Etoile, con sede en Qatar, Emiratos Árabes Unidos.

- Agostino Sampdoria, banquero de Nápoles, mafioso especialista en invertir capitales sucios.

- Astrid Chedrak, brava periodista investigadora, linda hija de Elías Chedrak, dueño de cadenas de Supermercados.

- Jules C. Harper "El Niño", Supervisor Senior del Despacho.

MOGADISHU, SOMALIA

El hampón quiso besar a la fuerza a la hermosa jovencita rubia llamada Anki, tocando sus nalguitas con el único brazo que tenía, recibiendo un empujón de rechazo por parte de su víctima. El hijo de puta lanzó un poderoso puñetazo a la barbilla de la nena, que la derribó a sus pies perfectamente noqueada. Presto, levantó el blanco vestido contemplando el maravilloso cuerpecito de adolescente. TENTADO POR LA LUJURIA, bajó de un jalón la pantaleta dejando al descubierto el pubis, poblado de vello ocre/ rojizo, que le excitó como nunca.

La joven despertó y trató de gritar, pero un nuevo golpe, esta vez en la nuca, la dejó inconsciente. Teniéndola a su merced, el criminal procedió a sacarse el pene, que por su discapacidad, tenía que usar una sola mano, demorando la perversa maniobra.

Un voluntario Suizo de complexión atlética, entró a la carpa buscando medicamentos. Oyó el jadeo y se asomó detrás de los grandes paquetes de algodón y papel sanitario. Lo que presenció le hizo perder el control. Simplemente se abalanzó sobre el sátiro que ya estaba de rodillas dispuesto a la penetración, lo agarró de los cabellos y tiró con todas sus fuerzas hacia atrás, propinándole potentes puñetazos y patadas en rostro y cuerpo, al tiempo que llamaba a gritos a sus compañeros, que entrando al recinto en tropel, evitaron que el Helvético estrangulara al bandido.

La Doctora principal, revisó el cuerpo de la niña.

— ¡Bendito sea Dios, no hay violación! —Se dijo— Necesitará atención por los golpes recibidos y ayuda psicológica que no podemos darle aquí, será necesario trasladarla a su casa.

— En cuanto al hijo de su puta madre, no tiene ningún caso denunciarlo, es mejor abandonarlo así, Dios lo castigará, después de haberle salvado de morir... Miren cómo nos paga, mordiendo la mano de sus benefactores, ¡maldito, mil veces maldito!

— Dejémosle aquí, no merece ninguna compasión.

El campamento/hospital se marchaba para atender otro foco de violencia, olvidando a la bestia humana.

Dios es omnipresente. Así lo comprendieron los admirables Brigadistas.

La Misión Humanitaria llegó a la tupida maleza donde horas antes, tuvo lugar el sangriento combate entre los guerrilleros del M.A.L. (Movimiento Africano de Liberación) y las fuerzas Militares del Gobierno Provisional que se aferraba al poder, intentando unir y pacificar a la sufrida Nación Africana inmersa en guerra civil, por décadas.

— ¡Es una carnicería! ¡Todos están muertos, qué horror! —Gritó la bella mujer, enfundada en su uniforme color kaki que destacaba en pecho, espalda y mangas, los inconfundibles logotipos de los Paramédicos y de la Cruz Roja Internacional.

— ¡Revisen bien, vean si hay sobrevivientes! —Ordenó el Jefe de la Misión, procediendo a iluminar la dantesca escena con linternas portátiles GENERAL ELECTRIC de 300 Lumens, cuyas 8 baterías comunes tipo "D" proporcionan más de 200 horas de luz blanca brillante en 360 grados, gracias a la tecnología INTERMATIX de fósforo remoto.

Al notar la presencia de los grupos de auxilio, el combatiente gravemente herido, se movió aullando de dolor, siendo localizado agonizante, manco, con la cuenca del ojo vacía y cubierto de sangre, subido a una camilla y apilado en la batea de carga del viejo camión REO M35 de redilas, junto a veinticinco heridos más, algunos moribundos, que mancharon con sangre reseca y tierra el piso de lámina.

Los cadáveres fueron dejados allí, en espera de los Trascabos y Retroexcavadoras, cuyos operadores serían los encargados de abrir en la tierra, grandes y profundas zanjas para sepultar a los muertos en fosas comunes evitando posibles epidemias.

Al término de cuatro horas de circular por veredas y malos caminos, el vehículo diesel tipo militar de 2.5 toneladas de carga, llegó al improvisado hospitalito móvil en la ciudad, donde los heridos fueron eficazmente atendidos por el equipo de Médicos, Enfermeras y Religiosas voluntarias.

Las instalaciones eran sencillas, los materiales de curación y medicamentos escasos, pero todo muy limpio y ordenado. Gracias a la excelente combinación de los admirables recursos humanos y atención profesional, varios heridos salvaron la existencia, si bien algunos de ellos sufrieron pérdidas de ojos, manos, brazos y piernas, pero estaban vivos.

La metrópoli de Mogadishu o Mogadiscio, fundada por los pueblos Árabes, fue ocupada por la hoy Tanzania, vendida a los Italianos, tomada por los Ingleses y finalmente capital de Somalia, nación independiente, intervenida militarmente por los Americanos y por la ONU, en la actualidad abandonada a la autodeterminación de su pueblo.

Por lo inhóspito del clima y las guerras intestinas, la ciudad con una población de más de millón y medio de habitantes que ha sufrido intensamente hambrunas, escasez de agua, medicinas y demás, pertenece hoy a uno de los países más pobres del mundo.

Los lesionados eran doblemente afortunados: por estar vivos y ser atendidos por los eficientes integrantes de la benemérita organización mundial, que sin reposar un momento proporcionaban a los heridos los cuidados médicos con calidez humana. Uno de los sobrevivientes fue Josafat Pereira, desalmado asesino, que ahora con el brazo derecho amputado y un ojo perdido, rumiaba su derrota y lleno de rencor, planeaba vengarse.

¿De quién? ¡De todo el mundo!

El despreciable sujeto mostraba señales inequívocas de padecimientos físicos extremos que afectaban su brillante mente criminal. La recuperación de sus graves heridas recibidas en combate, sería lenta y dolorosa, pero finalmente el destino quiso otorgarle nueva oportunidad para vivir. Craso error de la madre naturaleza, un ser despiadado como él, no debiera tener cabida dentro de la Sociedad.

Según sus cálculos, las enormes sumas de dinero provenientes de la industria pornográfica, prostitución, asesinatos, extorsiones, robo y tráfico de drogas, invertidos durante años en el Banque Internationale L'Etoile con sede en Qatar, andarían entre quince a veinte mil millones de Euros, suficientes para armar un pequeño ejército de matones y controlar el bajo mundo de Francia y España.

Su retorcido cerebro por desgracia para la humanidad, había quedado intacto. Como primera medida, decidió cambiar su nombre y nacionalidad. De hoy en delante se llamaría Raphael Garnier, nacido en Túnez, territorio que perteneció a Francia, hoy la nación independiente más pequeña de África, rica en historia, que el hampón internacional procuró estudiar para que su versión fuese creíble.

De esta manera, contaba a quien le oyera, que en su "patria" Túnez, fue fundada la ciudad de Cartago por los Fenicios y conquistada después por los Romanos, los Vándalos y nuevamente por los Romanos de Bizancio.

Por ser uno de los graneros favoritos de Roma y su posición estratégica, los Egipcios la atacaron destruyéndola, arruinando la producción agrícola. Siempre tuvo el acoso de las potencias: España, Turquía y Francia, quienes la ocuparon sucesivamente, hasta la declaración de Independencia en el año 1956.

La República Tunecina, heredera de la gran Cartago, magnífica civilización que impuso su poder comercial en el Mediterráneo, llegando incluso a ocupar ciudades Romanas, aunque por poco tiempo. Posee — entre otros vestigios— una gran riqueza de palacios, mezquitas, mausoleos, fuentes y el gran coliseo Romano que daba cabida a más de treinta mil espectadores, construcciones protegidas como Patrimonio de la Humanidad, por la UNESCO, rama de la Organización de las Naciones Unidas para la Educación, la Ciencia y la Cultura.

AMSTERDAM, HOLANDA

L a enfermera voluntaria se llamaba Anki, nombre Holandés que significa "Llena de Gracia". La joven novicia, hija de un prominente comerciante de Amsterdam, abrazó la fe Católica cuando su madre enfermó gravemente de cáncer y fue desahuciada por la medicina tradicional. Su padre, gastó una fortuna en médicos, hospitales, estudios y tratamientos proporcionados por lo mejor en el mundo, obteniendo a cambio, mayor deterioro del frágil cuerpo de la paciente y la prolongación por varios meses de su vida.

Los milagros existen. Reza el refrán popular que "cuando te toca, aunque te quites y si no te toca, aunque te pongas". Ése fue el caso de la valiente señora madre de Anki. Un domingo, terminando el servicio religioso, en la Basílica de San Nicolás, de hermosa arquitectura neobarroca y neorrenacentista, ubicada al lado de la Estación Central en el corazón de la ciudad, arribó un grupo de turistas que viajaban en cómodo Autocar desde España, entre ellos una pareja de recién casados, el señor de unos 35 años de edad acompañado de una trigueña que enfundada en apretados jeans, dibujaba unas nalgas preciosas. Sentados en la última fila del camión aprovechaban el tiempo prodigándose mutuamente besitos y algunas caricias obscenas, cuando el resto de los pasajeros dormitaba.

El destino quiso que el afligido padre de Anki, se quedara orando un rato más dentro del templo, escuchando los acordes del extraordinario órgano Sauer —el más grande de toda Holanda— con la excelente acústica del santuario. La joven salió a respirar aire puro y tomó asiento en una banca bajo el frondoso abeto, bañada en llanto. La fila de turistas caminaba por el sendero del parquecillo dirigiéndose a la puerta principal del soberbio edificio, mirando despreocupadamente a la joven, casi niña que sufría en silencio. Muy contentos cogidos de la mano, el joven matrimonio se aproximaba a la entrada del recinto, cuando repararon en la dulce jovencita que lloraba tan amargamente, que los hizo detenerse.

— Hola nena, ¿qué te sucede? — Dijo Román, sin recibir respuesta.

— ¿Puedo ayudarte? —Pronunció Úrsula su esposa, en Alemán.

Por arte de magia, la chica secó sus lágrimas y contestó: — Oh, gracias pero mi pena no tiene solución, es... la salud de mi madre... está muriendo de cáncer... — y rompió nuevamente en llanto. La pareja se conmovió hasta los cimientos. El varón tomando la iniciativa, pidió a su mujer decirle que si podían hablar con su padre o algún familiar.

— Mi papá está dentro, no tarda en salir.

— ¿Quisieras entrar a buscarle con nosotros?

— ¿Para qué desean hablar con él?

— Conocemos a personas que han sanado de esa enfermedad... es una novedosa terapia...

Justo en ese instante apareció Dukker, el afligido progenitor de la niña/mujer.

— ¿Se les ofrece algo?

— Padre, ellos son turistas pero me han dicho conocer un nuevo tratamiento para enfermos de... lo que tiene mamá —balbuceó la nena.

— ¿Acaso son médicos? —exploró el hombre con rudeza.

— No señor —contestó la hermosa dama— sólo que hemos vivido el problema de cerca y somos testigos de lo eficaz que puede ser esa medicina. No deseamos molestarles, pero podemos charlar sobre el asunto, no tenemos mucho tiempo pero con gusto estamos a su disposición – finalizó la bella.

— Me llamó Úrsula, soy Alemana, mi esposo es Mexicano se llama Román.

— Lo siento, no quise ser grosero, pero mi hija y yo, estamos bajo mucha presión, mi nombre es Dukker y la niña es Anki — dijo el hombre estrechando las manos.

— Bien, el remedio es de medicina alternativa. Mi marido es oriundo de un pequeño pueblecito montañoso llamado Tlatlauqui dentro del Estado Mexicano de Puebla, lugar fantástico en fauna y flora. En la falda de los cerros crece una planta de cuyas hojas se obtiene un té que debe tomarse tres veces al día durante seis meses, por lo menos.

— Una tía de Román que vive allí, ha suministrado la poción a no menos de seis enfermos terminales de diferentes tipos de cáncer, entre ellos el de mama, ovarios, hígado, páncreas y pulmón. Debo aclararle desde ahora por si hubiera desconfianza, que el tratamiento es gratuito. ¿Qué dice? ¿Le agradaría probar?

— Suena maravilloso, pero no sé... hemos visitado los mejores centros oncológicos de Europa y los Estados Unidos y la respuesta, después de gastar una fortuna en análisis, tratamientos y medicinas, ha sido solamente alargar su vida, que se deteriora cada vez más. No deseamos hacerla sufrir más —dijo llorando el recio varón.

— Papacito de mi alma, quisiera darle esta oportunidad a mamá, ¡por favor, por favor!

El chofer del autobús hizo sonar el claxon dos veces, indicando a los turistas abordar de inmediato. El Tour debía continuar.

— Haga el favor de disculparnos, tenemos que partir, pero esta noche no hay actividades, es tiempo libre para nosotros, si quieren les invitamos a cenar en nuestro hotel, estamos en The Toren, en la calle Keizersgracht, frente al río, ¿lo conoce? —Dijo graciosamente la Alemana.

— Sí, por supuesto. Estaremos a las 7.00 pm., sólo si me permiten invitarlos. Algo me dice que no debo escatimar y negarle ninguna posibilidad a mi amada esposa. Mil gracias...

— ¡Hasta entonces! —y los enamorados corrieron hacia el autocar.

La cena transcurrió en un ambiente de gran cordialidad, los cuatro comensales conversaron animadamente en idioma Inglés, para que pudiese participar Román, el único que sólo conocía monosílabos en Alemán y cero de Holandés. Dukker solicitó permiso para ordenar los alimentos, quería agasajar a sus nuevos amigos con la típica comida del lugar.

Para empezar, comieron mejillones al vino blanco con patatas fritas y arenque marinado. De plato fuerte, disfrutaron Kroketten (gambas). El postre, favorito de la joven Anki, el famoso appelgebak (pastel de manzana).

El joven matrimonio explicó al detalle el tratamiento, haciendo el compromiso de enviarle a su regreso a México, suficientes hojas de la planta, el instructivo para la preparación de la infusión y dos ingredientes más para agregar: concha de caracol en polvo y el cuerpo de una serpiente de cascabel sin vísceras, pero con la piel, perfectamente seca y molida. En Cuba, la sustituyen por un tipo de alacrán, también con buenos resultados.

Esa noche, Anki estuvo en oración, pidiendo a Dios por la salud de su madre. Con todo el fervor de su inocente corazón y lágrimas en los ojos prometió a la Virgen María dedicar su vida entera para ayudar a los pobres, enfermos, moribundos, servirle a Dios, abrazando la Religión como Novicia en un Convento, renunciando al mundo y sus tentaciones, haciendo los votos de pobreza, obediencia y castidad, convirtiéndose en monja, si ésos fueran los deseos de Nuestro Señor Jesucristo.

Por su parte, Dukker consultó por separado con dos Médicos amigos suyos sobre el ofrecimiento de parte de los recién casados, recibiendo opiniones encontradas. El primero, escéptico, manifestó que no había prueba alguna documentada en la ciencia médica sobre los resultados obtenidos en el caso concreto del cáncer de colon, que padecía su señora esposa. Es más, lo previno sobre los posibles daños al organismo de la paciente, recomendando seguir con la medicina alópata.

El segundo Doctor, opinó que si bien la medicina alternativa era en su mayor parte una ilusión, tenía conocimiento de algunos casos donde los enfermos se habían recuperado, incluso mencionó la desaparición de tumores malignos después de seguir esos tratamientos, reconociendo ignorarlos. Es posible, dijo el facultativo, que aun siendo en ocasiones simplemente placebos, el cerebro reacciona produciendo o suprimiendo elementos químicos del cuerpo humano, que actúan precisamente como si fuera una quimioterapia natural, aliviando la enfermedad.

— Hazlo, no tienes nada que perder —aconsejó.

Dukker tomó otra opinión. Esta vez del Clérigo, quien solicitó rezar a Dios con fe.

— La vida y la muerte están en sus manos —concluyó el Sacerdote.

Once meses después del feliz encuentro, la familia estaba de plácemes. No sólo los tumores cancerosos habían desaparecido, sino que la paciente mostraba magnífica recuperación; el color de la piel volvió a ser normal, sus ojos recuperaron el brillo de siempre, las funciones biológicas estaban al corriente y el marcador cancerígeno CA 120 indicaba ausencia de la tremenda enfermedad. La mujer luchó por su vida como auténtica guerrera y con la ayuda de Dios, estaba sana.

Después de ordenar y repetir todo tipo de análisis y pruebas de laboratorio, los Doctores no podían creer lo que estaban presenciando: ¡un milagro!

Anki y su padre, cumplieron lo prometido a la Virgen María: Acudieron junto con el Sacerdote al antiquísimo convento de Begijnhof, para poner a disposición de la Madre Superiora a la bella joven que consagraría el resto de sus días para servir al Señor, con entusiasmo y alegría. En este claustro, las monjas han tenido mayor libertad de movimiento y de privacidad, dado que vivían en casas individuales en vez de un gran edificio. Esta forma de organización, permitió que el lugar continuara como la única Institución Católica en la ciudad, luego de las Reformas Protestantes, porque las casas eran propiedad privada de cada una de sus habitantes. Seis meses después, la hermosa solicitó respetuosamente partir en su primera Misión, como voluntaria al África, allí donde nadie quisiera ir, con peligro de contraer enfermedades y perder hasta la vida. Llevar la palabra de Dios y asistir a los heridos y enfermos, ahora era lo más importante para ella. Así lo comprendió la Reverenda Madre Superiora, cuyos objetivos de la Orden Religiosa eran precisamente ésos, autorizando el viaje junto a tres novicias y cinco monjas más.

NUEVA DELHI, INDIA

La importante Firma transnacional de Auditores y Consultores "HARTFORD, MELLON & FLETCHER" con sede en la ciudad de Nueva York, se encontraba practicando Revisión Integral de la Situación Financiera, Resultados de Operación y Flujo de Caja, analizando el historial, el comportamiento actual y las proyecciones a diez años de Ventas, Costos, Gastos, Inversiones y Utilidades, de la "Silicone Intelligent Machines, Ltd." —Gigante del sector de la Informática avanzada— así como una Auditoría Administrativa, sobre la Organización y Procedimientos de la Empresa.

En paralelo, otros Despachos Especializados, realizaban la Auditoría Técnica que tiene que ver con los procesos de Fabricación, calidad de los Materiales, Mano de Obra calificada, Maquinaria, Instalaciones, Mantenimiento y la Ingeniería de la Planta, orientado hacia la Calidad Total y el Justo a Tiempo. La presencia del equipo de Auditores encabezados por Anthony Belcher, obedecía a la solicitud de varios Bancos Internacionales que sindicados, financiaban la expansión de la Empresa, en la fase de Investigación y Desarrollo de nuevos y más potentes "cerebros" para los Ordenadores, cada día con mayor capacidad de memoria, velocidad y funciones diversas que los hacen indispensables en cualquier actividad humana.

En efecto, sus múltiples aplicaciones están presentes en la complejidad de las operaciones financieras, estadísticas, de control e información en los Negocios, Salud, Educación, en las Elecciones, en la Hacienda Pública, Producción, Telecomunicaciones, Navegación, hasta Seguridad Nacional y Sistemas de Defensa. Como las bacterias, se puede afirmar que la Computadora, se encuentra en todos lados. Los Auditores no podían saberlo, pero el "00012035 PROJECT" también llamado "TOTAL BRAIN" era el Proyecto Multinacional más ambicioso —no bélico— concebido jamás para ser desarrollado en los próximos veinticinco años, por un conglomerado de Gobiernos y Empresas de veinte Países.

Se trataba de la Creación de Supercerebros Inteligentes dentro de la más moderna y sofisticada Robótica, capaces de prácticamente sustituir a los Seres Humanos en las actividades laborales.

Se imaginaba una nueva Sociedad, en la que las máquinas harían el trabajo, bajo la supervisión del Hombre, desde sembrar y cosechar, procesar, transformar, empacar, penetrar al corazón mismo de la tierra para extraer los valiosos minerales, descender al fondo de los mares para obtener nutrientes y materia prima, construir caminos, presas y puentes, viajar por el espacio interestelar para descubrir nuevas formas de vida en otros Planetas, reforestar la Tierra para salvarla de la destrucción, plantando y cuidando millones de árboles, conducir el agua dulce a través de colosales obras hidráulicas desde los lugares donde abunda la lluvia y los ríos, hasta las secas llanuras y desiertos, convirtiéndolos en fértiles suelos y muchísimas aplicaciones más.

Las funciones a cargo de las nuevas máquinas no tendrían otras limitaciones que la ética y no podrían usarse para atacar o destruir a los Hombres, que por fin tendrían el tiempo y energía necesarios para convivir en armonía con su Familia y Vecinos, practicar y fomentar las Artes, los Deportes, el Estudio de los Fenómenos Sociales, la Educación y la Investigación Científica, un Sistema de Gobierno con Justicia y Equidad en el reparto de la riqueza que permitiera al Mundo vivir en Paz, terminando con el Hambre, Enfermedades y Guerras.

Era el Futuro de la Humanidad, ni más ni menos.

NEW YORK CITY

Anthony Belcher era un Contador Público muy capaz. Desde su graduación como Master en Finanzas por la Universidad de Harvard, fue seleccionado para colaborar en el famoso Despacho "HARTFORD, MELLON & FLETCHER", recomendado ampliamente por su amigo Kadir, quien ingresó a la Firma un par de años antes que él.

Kadir apoyó a Belcher porque lo conocía bastante. Fueron compañeros en la Universidad Nacional Autónoma de México durante un año en el Programa de Intercambio Estudiantil y huésped en la casa de sus padres, siendo magnífico estudiante con educación y modales impecables, si bien se daba tiempo para concurrir a los cafés bohemios, donde la música Latinoamericana de protesta era lo habitual.

Silvio Rodríguez, Pablo Milanés, Chabuca Granda y otros geniales compositores eran escuchados tarde a tarde, interpretados por artistas locales y algunos improvisados, incluyendo al propio Belcher que tocaba la guitarra con maestría, entonando con su inconfundible voz de barítono con laringitis, las bonitas canciones llenas de sentimiento. El profesionista era eso, sentimiento puro.

Anthony era un hombre de familia. La esposa, hijos, hermanos y sobrinos, constituían su mundo, teniendo en el noble corazón, espacio para sus amigos, hasta para su perro y demás fauna incluyendo la nociva, que poblaba las vastas áreas verdes que rodeaban la fabulosa residencia, regalo de su señora madre, la Tercera Marquesa de Roncesvalles.

La casona se erguía orgullosa al margen del río, y por razón natural era el sitio preferido por toda clase de animalitos de jardín, entre las que destacaban las iguanas hembras y los machos, conocidas en el lugar como "garrobos". Los inofensivos reptiles son un prodigio de la naturaleza, pues su semejanza con los antiquísimos dinosaurios es tal, que muchos humanos les temen por su aspecto feroz, sin embargo en la actualidad tienen demanda por ser adecuadas como mascotas y hay personas que acostumbran consumir su deliciosa carne. La señora Elke —su esposa— era una guapa mujer cuyos padres Escandinavos, le habían transmitido los genes Nórdicos, no sólo en el aspecto físico de gran belleza, sino también el intelecto.

Dueña de una personalidad arrolladora, mostraba gran seguridad en sí misma, manejando con autoridad —la mayor de las veces autoritaria— los asuntos del hogar, la economía y las relaciones familiares. Ella decidía las fechas que debía invitarse a la familia, si festejaban o no, los cumpleaños, las navidades y en dónde. Hasta los trajes que debían usar su marido y los hijos. Ésa era Elke Belcher.

Anthony reflejaba el modelo perfecto del marido Americano, pues ayudaba con gusto en labores del hogar lavando platos, podando el jardín, pintando las cercas y en general siempre estaba bien dispuesto para efectuar reparaciones domésticas.

En una ocasión Kadir y sus amigos del Despacho le habían obsequiado un mandil con la leyenda impresa "NO AL MACHISMO" acompañado del clásico gorro alto de cocinero, cuando preparaba sus famosas hamburguesas y salchichas al carbón, en el espacioso y cuidado traspatio de la residencia.

Cierto día, aceptó a regañadientes, la invitación que le hizo Lisa, la joven y atractiva secretaria, para acompañarla a su casa donde el adorado perro "Warrior" se declaró en huelga de hambre, no quería comer y se había desmejorado mucho.

Una vez en casa de la chica, procedió a auscultar al bonito animal, recomendando llamar al Médico veterinario, porque no parecía tener ninguna enfermedad. Por el contrario, lucía fuerte y sano. Inocente como era, no comprendió la trampa que le tenían preparada. Bastaron unos instantes, mientras revisaba al can, para que Lisa regresara al living room en paños menores. La hermosa morena lo abrazó y aprovechando el desconcierto del joven Contador, comenzó a besuquearlo en la cara y cuello, pegándole su juncal cuerpazo.

Reaccionó demasiado tarde. De un tirón le bajaron los pantalones que fueron arrojados por la ventana del departamento que daba al patio de lavado. Con la chica tocándole los genitales como maestra, tuvo una gran excitación. Por un momento, cruzó por su cerebro la idea de rechazar a la mujer y salir huyendo. Pero, ¿sin ropa? La fogosa hembra quería penetración, su compañero trataba de calmarla usando toda clase de argumentos, pero fue inútil, el varón sucumbió ante el ataque de la hembra; la naturaleza se había impuesto una vez más, echando por tierra cualquier razonamiento.

Por vez primera en su vida de casado, Anthony Belcher había tenido sexo con otra mujer y lo disfrutó en pleno. Tuvo un ataque de arrepentimiento, muy tardío. Esa noche y varias más, el sentimiento de culpa lo agobiaba. Pensó en confesarle a su esposa. ¿Le comprendería? ¿Acaso no sonaba a mentira sostener que prácticamente había sido violado?

Conocía bien a Elke y sabía de antemano que no se lo perdonaría jamás. Ella y sus hijos, eran su vida y no estaba dispuesto a correr el riesgo de perderlos. Tenía que pedir consejo a alguien… ¿a quién?

La cinta de video era de calidad profesional. En ella, los actores de la película porno actuaban con gran soltura y confianza mostrando atributos propios de su sexo.

Sabido es de los trucos de computadora para aumentar tamaños, quitar arrugas y celulitis, blanquear dentaduras, quitar kilos y grasa, que hacen aparecer a las parejas de esos filmes, casi perfectas.

La película, de argumento barato, mostraba una supuesta "escuela" donde los estudiantes, hombres y mujeres, se inscribían para tomar lecciones intensivas de sexo.

El buen señor Anthony Belcher, modelo de virtudes, aparecía recibiendo clases en la categoría de novato. Cuando sus amigos la vieron, opinaron en broma, que hizo bien en inscribirse en la "escuela" pues efectivamente tenía mucho qué aprender.

El mercado de la pornografía es muy extenso y variado. Abarca casi todos los Países y está tan diversificado que su "línea de productos" inicia desde simples artefactos para uso íntimo, juguetes sexuales electrónicos para adultos, hasta películas y videos con la más avanzada tecnología de efectos especiales en su filmación, con planes, estrategias de mercadotecnia y distribución comercial en el Mundo.

Lo que hace años era tabú, sujeto a restricciones y censura Oficiales, por desgracia al día de hoy, los Gobiernos han aflojado los controles en aras de una supuesta "libertad de expresión" y "manifestaciones artísticas". Por su parte, los líderes Religiosos y Educadores, poco o nada hacen para evitar la proliferación de lo que puede llamarse "cultura de la inmoralidad".

Una de las calamidades de nuestro siglo la representa el libertinaje de Internet mediante sus páginas y portales dedicados a la difusión y venta de pornografía, especialmente de niños, como lo afirma una reciente investigación del Organismo Británico IWF (Internet Watch Foundation).

Estadísticas de la Policía Federal Cibernética de México, revelan que la explotación sexual de menores de edad, a través de Internet se ha incrementado, incluyendo fotografías de abusos sexuales ¡contra bebés! Ocupando el tercer lugar detrás de los fraudes y amenazas cibernéticos.

Dice el informe, que se han detectado más de cien mil sitios web de este tipo, publicó la prestigiada Revista "Llave" del estado Mexicano de Veracruz. Y fue la compañía productora de películas porno, la encargada de amenazar y extorsionarlo. Su pequeña aventura amorosa con la "secretaria" estaba a punto de ser mostrada a la sociedad, a través de varios sitios de la Red Mundial.

La primera vez le pidieron veinte mil Dólares en efectivo, que el buen Auditor pagó sin chistar, creyendo de buena fe que su secreto estaría a salvo.

Dos semanas después, exigieron cincuenta mil Dólares para no difundirlo. Belcher los pagó religiosamente, pensando con ingenuidad que los delincuentes se conformarían con esas sumas y lo dejarían en paz. Qué equivocado estaba. Esa gente no tiene llenadera.

La gran fortuna familiar, provenía de las muchas propiedades de doña Julia, Segunda Marquesa de Roncesvalles, quien tenía sólo en España, vastas extensiones de magníficas tierras en la región de La Mancha, donde sus trabajadores comandados por Don Martín De Illescas, atendían una gran producción de la mejor leche y queso Manchego de todo el País.

Un palacio en Castilla La Vieja, se rentaba en el verano a millonarios americanos que deseaban recrear las experiencias medievales, pues la soberbia mansión era atendida por profesionales de la hotelería

Castellana, que no escatimaban las exquisitas viandas y vinos de la más alta calidad, que rivalizaban con las atenciones del personal a cargo.

La cocina del lugar era famosa por ofrecer a los distinguidos y adinerados huéspedes —entre otras delicias culinarias— los riquísimos jamones Jabugo, elaborados en Casa, con la mejor carne de cerdos criados escrupulosamente, alimentados con bellotas, bajo estricto control sanitario y de calidad, que satisfacen los paladares más exigentes.

Los platillos nacionales como la Paella, Fabada, el Fideuá, Lechón y Cordero al Horno, tan suaves, que pueden cortarse con el filo del plato, el Bacalao, la Merluza, el Chorizo —embutido de carne de puerco sazonada con pimentón— representan entre otros, los extraordinarios sabores de la gastronomía Española y en especial de la Finca, a la que sin duda regresaban los viajeros.

En América, la Marquesa invirtió después de la Guerra Civil Española, parte de su capital —depositado en Suiza— en una migración hacia Bancos Norteamericanos primero y después utilizado en la compra del Mondanet Vineyard (Viñedos Mondanet) en la privilegiada región vinícola del Valle de Napa, en California, a los que rebautizó como "Viñedos Los Molinos" en abierta y querida remembranza al noble caballero Don Quijote de la Mancha, que inmortalizara en su libro el gran escritor Don Miguel de Cervantes Saavedra.

La Marquesa, heredó en vida a sus descendientes, aunque la mayor parte de ellos no lo merecían, pues sólo se acordaban de la buena señora cuando tenían problemas financieros. Con todo, la bondadosa anciana, les prodigaba amor y bendiciones, ayudándolos con efectivo, cuando se lo solicitaban.

Rodrigo, María Luisa y Pedro, hijos de la distinguida dama, eran unos mantenidos buenos para nada, que dilapidaban cada día su parte de la herencia. La excepción era Pilar, la única buena y cariñosa hija, que sin importarle el caudal, siempre estuvo al lado de su madre cuidándole, hasta el día de su muerte.

VALLE DE NAPA, CALIFORNIA, U.S.A.

D oña Pilar se fue a vivir a los Estados Unidos para cuidar los viñedos que formaban parte importante de su legado, consiguiendo hacerlos productivos y rentables en años de intenso trabajo, austeridad y delicados manejos financieros, celebrando Santo Matrimonio con el eficiente Gerente de la Planta, Mattew Belcher.

De esa Unión, nacieron dos varones y una nena, llamados en su orden, Robert, Anthony y Stella. Desde muy jóvenes los hermanos definieron su personalidad.

Mientras Robert se pegaba al trabajo relegando los estudios a un segundo y tercer plano, Anthony se dedicaba con ahínco a destacar como estudiante. La niña Stella, era una consentida y hacía lo que le daba en gana.

Robert era el tipo rudo, trabajador y pendenciero. Aprendió pronto los secretos de la siembra, cuidado de las variedades de uva, el proceso de cosecha y elaboración de los vinos, con el beneplácito de su padre y madre, que veían en él al futuro Chief Executive Officer (Director General) de la Compañía.

Anthony —aparte del estudio— gustaba de los deportes y todo aquello relacionado con la naturaleza, era un romántico soñador, un auténtico creyente en los valores humanos y luchaba por ellos. Cada vez que podía, hablaba con quien deseara escucharle —así fuera una sola persona o un grupo— promoviendo la honradez, decir la verdad, justicia, libertad, amor a la familia, a la sociedad, la paz y concordia universales; el cuidado y protección del agua, bosques, fauna y flora, en general, un hombre que anteponía el bienestar de los demás, a sus propios intereses y conveniencias.

No en vano, Monseñor Guilabert, párroco de su Iglesia, le tenía puesto el ojo al jovencito, primero como monaguillo y después —según el plan del anciano líder Religioso— convencerlo para abrazar la carrera del Sacerdocio, y al mismo tiempo, el buen curita pudiera tener en sus manos algo de la considerable fortuna de la piadosa señora Doña Pilar.

En las costas de California, Anthony solía aventurarse en un pequeño bote de vela que su padre le compró cuando cumplió 17 años. Desde niño, acompañaba a su papá y amigos que eran grandes aficionados al velerismo, estupendo deporte no contaminante.

Una trifulca inesperada, de ésas que se forman en el mar repentinamente y así desaparecen, desató una tormenta eléctrica cuando Mattew Belcher navegaba con dos compañeros en su velero a ochenta millas de la costa. Un rayo lo mató en el acto. Los sobrevivientes entregaron el cuerpo carbonizado a la familia, solidarios con su dolor. La cristiana sepultura, congregó a gran parte del pueblo.

A raíz del accidente, el hermano mayor, tomó el control total de los negocios, conduciéndolos con éxito.

Las discusiones cada vez más frecuentes entre los dos varones Belcher, se fueron tornando ríspidas, pues a Robert le parecía una pérdida de tiempo y dinero la educación de su hermano menor, quien —para su modo de ver— estaba lo suficientemente grandecito para ayudar en la industria familiar.

— Sería bueno que trabajaras más en la empresa y dejes de hacer pendejadas —le reclamaba— Si te pegas a la fábrica, ganarás más que con el pinche título.

Cuando Anthony fue aceptado y partió a Chicago para matricularse en la acreditada De Paul University (Universidad De Paul), su madre lloró en silencio, presintiendo que la vida de su amado hijo, tomaría otro sesgo.

De nada sirvieron las súplicas para quedarse a trabajar en la próspera compañía o estudiar en otra ciudad más cercana.

Confortando a su madre la abrazó, prometiendo regresar al terruño, una vez graduado.

— Dame la oportunidad, madre querida, te juro que volveré. Seguro estoy que esta separación será temporal, estarás orgullosa de mí, traerá beneficios a la empresa y a ¡toda la familia Belcher! —dijo al despedirse, emocionado hasta las lágrimas.

PARIS, FRANCIA

Al otro lado del Mundo, entre las pedregosas y torcidas callejuelas del Barrio Latino de París, se hallaban las encubiertas oficinas de uno de los ilegales y florecientes negocios de pornografía. Los cuartuchos con muros donde la pintura reventaba de vieja, tenían un aspecto miserable. Las paredes lucían graffiti y leyendas ofensivas, pintarrajeadas con pintura de spray, brochazos y plumones de tintas negras y rojas, mezcladas con manchas de comida, tizne de tierra y mugre, con siglos de antigüedad. El lugar, aparentaba ser un refugio de vagos y de "artistas" fracasados que vivieran de limosnas, alimentados con rebanadas de aire.

Dos o tres chicos de barrigas infladas por los parásitos, completaban la escena de una construcción en ruinas, que podría derrumbarse con cualquier movimiento sísmico.

Ocho lienzos de pinturas del género surrealista, se apretujaban en semidestruidos caballetes para simular una exposición, que por supuesto nadie osaba siquiera entrar a mirarlos.

La otra parte del local era desoladora, pues combinaba lo abominable que cualquier persona decente rechazaba: suciedad por doquier, restos de alimentos en descomposición, harapos y sandalias usadas regadas por el piso y otros portalienzos deteriorados que sostenían cuadros sin terminar.

No menos de unas doscientas colillas de cigarrillos baratos y desvencijados estantes con montones de viejísimos libros maltratados, algunos con hojas desprendiéndose y cuatro catres de madera de la Segunda Guerra Mundial "decoraban" la vivienda; sin dejar de mencionar las hojas de papel arrugado que colmaban el único cesto para basura del cuartucho. El solo hecho de pasar por el frente del pestilente edificio, podía causar vómito, pues las destartaladas cañerías, funcionaban defectuosamente.

Las personas que tenían la mala fortuna de pasar por allí, apresuraban la marcha, apretándose las narices para atenuar los fétidos olores provenientes de las atarjeas.

Pero eso era lo que sus ocupantes querían aparentar. A nadie se le ocurriría investigar las actividades de un grupo de hippies con aspecto de no haber comido en las últimas 48 horas y que además, tenían permiso de la Alcaldía, para efectuar toda suerte de maquillajes y tatuajes en un saloncito muy limpio, que contrastaba con el resto del edificio.

Etienne Partiel y Kino Quiroga, regenteaban a sus anchas el próspero negocio. Se conocieron en un lupanar barato de la ciudad Española de Ceuta, cuando Partiel estuvo en problemas por haberle dado un tremendo puñetazo en el estómago a una prostituta. Los meseros tundieron a golpes al francés y estuvieron a punto de matarlo. De no ser por la intervención de Kino — cliente asiduo del lugar — y su gran corpulencia, lo habrían logrado. Un billete de cien Euros para cada quién, calmó a la chica y a los empleados, que se dieron por satisfechos con el dinerito y la golpiza dada al jodido extranjero.

De ese encuentro casual, se inició una fuerte amistad entre Etienne y Kino, como era de esperarse entre los dos malhechores, combinando a la perfección sus "cualidades" de cerebro y músculo, respectivamente.

En reuniones posteriores, Kino confió a su nuevo amigo, que poseía una extensa colección de fotografías y videos de mujeres y niñas, con las que había tenido relaciones sexuales en su departamento acondicionado para grabar a detalle imagen y sonido, prometiendo mostrarlas en la primera oportunidad.

Le contó la gran excitación que le producía el verlas con frecuencia a solas para masturbarse o en compañía de putas para practicar pequeñas orgías de yerba y sexo.

Los torvos sujetos estaban de plácemes. La producción y venta de los filmes porno estaban por arriba de los más optimistas pronósticos. La apertura de nuevos mercados en el Continente Asiático mostraba un crecimiento en alta velocidad. Personas de Países tradicionalistas como China, India, Pakistán, Indonesia, Singapur, Filipinas y Corea, hoy demandan el sucio material editado en formatos DVD de Alta Definición, con dispositivos de seguridad para evitar su clonación.

La clientela oriental tenía predilección y estaba ansiosa de obtener cintas de mujeres de raza blanca, que ahora, después de la caída del Comunismo, abundan. Hermosas hembras de Europa del Este —como medio de subsistencia— están disponibles para las películas clase XXX.

Es una pena y vergüenza para los Gobiernos, la gran cantidad de jóvenes que por necesidad de ganar unos cuantos Euros para comer, caigan en las redes de la prostitución y capaces de hacer hasta el aberrante sexo anal, para llevar a su casa el alimento. Y de ello se aprovechan las bandas criminales, para explotarlas sexualmente hasta que mueren por agotamiento, desnutrición y enfermedades. Son consideradas como mercancías desechables.

Los políticos de diversas Naciones, condenan con frecuencia la existencia de esta clase de mafias, sin realizar —salvo casos excepcionales— acciones y campañas duras contra esa forma de crimen organizado.

Y es que el problema de la prostitución no es sencillo de resolver. Tiene que ver con aspectos económicos, al no haber los suficientes empleos para ocupar a los miles y miles de jóvenes que egresan de los Colegios y Universidades. La adversa situación financiera Mundial, afecta con fuerza a las Empresas que tienen que reducir su producción y la disminución de ventas, provoca que el fantasma de la bancarrota aparezca en grandes conglomerados industriales que hasta hace pocos años era impensable que tuvieran.

¿Y qué es lo primero que hacen para salvarse, además de reestructurar deudas? ¡Reducen su plantilla de trabajadores!, echando a la calle a miles de cabezas de familia. Varias veces al año se efectúan Reuniones de Líderes Mundiales con el propósito de estudiar y resolver los problemas de la Humanidad tomando Acuerdos sobre Moneda, Banca, Comercio Exterior, Energéticos, Armas Nucleares, Calentamiento de la Tierra, Catástrofes Naturales, Epidemias, Pandemias y otros Grandes Temas, dejando a la Prostitución-Comercio de niños y jóvenes en un segundo y tercer plano.

Es una contradicción: Todos hablan del problema, quisieran que no existiera, pero no se hace un verdadero esfuerzo conjunto Internacional efectivo, para reducirlo o acabar con él.

Josafat Pereira, el Contador del grupo de maleantes, era el encargado de "lavar" y "blanquear" los capitales ilegales, valiéndose de trucos financieros y fiscales en abierta complicidad con Banqueros y

Contadores sin escrúpulos, como Anthar Nafed, Director del Banque Internationale L'Etoile, con sede en Qatar y sucursales en las principales ciudades del Medio y Lejano Oriente. Pereira era el cómplice preferido de Kino Quiroga, desde tiempo atrás.

Con su ayuda, Kino robó limpiamente durante años, los grandes negocios de refacciones automotrices de su propio padre establecidos en España, mediante el sencillo procedimiento de ordeñar los inventarios, alterar facturas de compras y de gastos modificando — en cifras considerables — las declaraciones de impuestos al Gobierno, quedándose con el patrimonio.

Cuando las Autoridades Españolas recibieron aviso anónimo sobre la gran evasión fiscal, Kino y Josafat, autores materiales de los robos —que hicieron la denuncia— habían huido al extranjero, llevándose la fortuna, dejando al octogenario y enfermo dueño de las empresas, con la responsabilidad y sin riqueza.

El pobre señor fue acusado por la Fiscalía de fraude contra el Reino de España, que pagó con cárcel hasta su muerte.

MELILLA, ESPAÑA
(CUATRO AÑOS ANTES)

La Compañía Importadora y Exportadora de Alimentos y Bebidas "La Gitana", Sociedad Anónima, domiciliada en la ciudad de Melilla, España, era la empresa que servía de pantalla para los criminales, ejerciendo el comercio Internacional con mediana intensidad, enfocada a productos legítimos provenientes de los fértiles campos del Continente Americano para su distribución en el Norte de Europa, Asia, Medio Oriente y Norte de África, donde alcanzaban magníficos precios.

Algunos frutos llegaban a los supermercados de Países como Japón, con cifras realmente exorbitantes. Un melón, por ejemplo vale cincuenta Dólares Americanos.

Verduras y Frutas Tropicales, se mezclaban con Carnes de Vacuno, Café, Chocolate, Flores Frescas y algunos buenos Vinos de California, tanto de la parte Mexicana como de la Estadounidense, así como Chilenos y Argentinos, que empezaban a gustar a los paladares exóticos de los miles de nuevos ricos de Países con Economías Emergentes.

Al frente del próspero negocio se hallaba el señor Santiago Casillas, sexagenario caballero Español con gran experiencia en la compraventa del Abarrote, Vinos, Licores, Ferretería y Materiales para Construcción. Don Santiago ignoraba el sucio origen del fuerte capital de la tienda trabajando con el entusiasmo de un púber, tratando de entregar buenas cuentas a los propietarios.

De haberlo sabido, los hubiera enviado a chingar a su madre.

Con la debida antelación, Don Santiago Casillas, Director General de "La Gitana" recibió invitación para asistir a las Fiestas de la Vendimia, del Valle de Napa, con billete de avión en Business Class y reserva en Hotel de Cinco Estrellas.

El Valle de Napa en el Estado de California, Estados Unidos, es soberbia opción para recorrer y disfrutar los paisajes de los viñedos y desde luego probar excelentes vinos, llegando por la Autopista 29 hacia el norte. El camino del Silverado es de los más bonitos paseos. Una de las más antiguas y hermosas Bodegas de Vinos es la Mondavi, en Oakville, propiedad del conocido Director de Cine, Francis Ford Coppola.

Las Fiestas de la Vendimia, son una costumbre milenaria que celebran ruidosamente los trabajadores y dueños de los campos, cuando se cosecha la uva. Durante el mes de agosto, cada región vitivinícola del mundo festeja a su manera la nueva cosecha mediante programas muy completos elaborados para el total disfrute y diversión de los turistas que vacacionan en parejas o con la familia.

Hay una gran variedad de espectáculos desde conciertos de música clásica, música electrónica moderna, jazz, exposiciones de pintura y escultura, concursos de paella, competencias de vinos, festín de quesos, pan artesanal, aceitunas, aceite de oliva, cabalgatas y otros entretenimientos.

La más antigua de las Fiestas es sin duda la de Jumilla, extraordinaria tierra en el norte de España, en la Provincia de Murcia, donde la siembra, cosecha de la uva y árboles frutales son el sustento base de su economía, cuya tradición vinícola se remonta a varios miles de años, siendo la uva Monastrell la principal variedad amparada como denominación de origen en el comercio internacional.

Resulta interesante conocer la elección de Vendimiadoras y Vendimiadores Infantiles y Adultos Mayores, así como del Bodeguero Mayor que recae en un productor, seleccionados por aclamación.

Las fiestas comienzan con la Ofrenda de Uvas y Primer Mosto al Niño de las Uvas, con el Pisador de Honor y continúan por diez o quince días más donde turistas y gente local baila, canta, bebe, come exquisito y se divierten con danzas folklóricas como la de "Moros y Cristianos" que se practica desde el Siglo XVII, según lo mencionan las "Actas Capitulares" de la época.

VALLE DE NAPA,
CALIFORNIA, U.S.A.

S antiago Casillas se regodeó y gozó como nunca en su vida los festejos. Según contó a su puñado de amigos de taberna cuando volvió, que degustó tantos vinos, que todos los días estuvo muy alegre, casi hasta la ebriedad.

Allí conoció a bellas damas, que ataviadas con vestidos estilo medieval, habían hecho renacer, su ya creído dormido espíritu viril, como Alfonsina, la bonita y robusta encargada de las viandas, con la que tuvo un par de encuentros amorosos en la cocina donde comenzaba pellizcando las amplias posaderas para después besarle las enormes pechugas que asomaban por el escote.

Una noche, la hembra lo visitó en la intimidad de su alcoba para por fin, después de tantos años, él tuviera una sesión de sexo inolvidable, que se prolongó hasta las primeras horas del día siguiente.

Por si fuera poco, conoció a la hermosísima señorita llamada Felicidad, llenando su viejo corazón de un sentimiento paternalista, que le hizo recordar a Gabriela, aquella dulce niña de los ojos verdes fruto de su única pasión de juventud, muerta con la madre durante la Postguerra, víctimas de una mina antipersonas.

Emocionado, con lágrimas en los ojos, estrechó con verdadera ternura, la suave mano de la nueva Ejecutiva de Ventas de "Viñedos Los Molinos", propiedad de la señora Doña Pilar, Tercera Marquesa de Roncesvalles.

Don Santiago era un sesentón Caballero Español de pura cepa, que nunca se casó, guardando luto por la muerte prematura de lo que fueran sus únicos y verdaderos amores: Lucrecia, la bella hija del panadero del pueblo que le dio una de las pocas alegrías en su vida, el amor pleno sin importarle familia y sociedad regalándole como retoño de sus relaciones prohibidas, una preciosa hijita, la pequeña Gabriela. La desfloración tuvo lugar en la bodega, con los costales de grano como cama y los ratones, como únicos testigos de su arrebato.

Ambos habían cumplido los 16 años. Al recordar, Don Santiago lloraba como un niño.

Casillas se pegó tanto al trabajo desde que era un mozuelo de corta edad que había dejado la mayor parte de su vida tras un mostrador de abarrotes, semillas y ferretería.

Huérfano de Padres y familia por la Guerra Civil Española, hambriento y sin dinero, el joven Santiago sólo tenía cuatro caminos para sobrevivir: ingresar como ayudante a la Iglesia Católica, alistarse en el Ejército, pertenecer a una banda de asaltantes o trabajar honradamente de sol a sol en el Almacén del pueblo, con una paga miserable pero con comida y techo seguros, pues dormía en la bodega acompañado por enormes ratas con las que después trabó amistad, imponiéndoles nombres a cada una.

El conocer y tener cerca a Felicidad le abrió de nuevo la dolorosa herida. Se parecía tanto a su hija, que al evocarla, pensó que su niña hubiera sido como ella, hermosa, sencilla y pura.

El último día de fiesta, fue junta de negocios y Don Santiago no pudo resistir el buen sabor del Vino "Los Molinos" y menos los pedidos iniciales de doscientas cajas del "Merlot Reserva de la Marquesa" con estupendos precios al por mayor, de veinticinco Dólares Americanos por botella y quinientas cajas del Cabernet Sauvignon — Shiraz a doce Dólares botella, presentados para firma, por la eficaz ejecutiva, que inocentemente mostraba bajo el escote del traje-uniforme que le dieron, el nacimiento de los blanquísimos y perfectos senos de sus diecisiete años de pureza angelical.

El noble caballero Español rubricó encantado el pedido dejando un cheque por la mitad del precio de la mercancía como anticipo, a condición de tomarse una fotografía con la bella muchacha con el fondo del edificio principal.

La hermosa chica accedió con gusto y pensando en las buenas comisiones por esa venta y las futuras, posó copas en mano, abrazando y besando en las mejillas al caballeroso viejo, sin ambos imaginar las terribles consecuencias que ese sencillo acto les causaría en sus vidas.

MELILLA, ESPAÑA

Al retornar a casa, el buen Don Santiago mostró a diestra y siniestra la fotografía donde aparecía con la agraciada jovencita, presumiendo sobre la gran amistad que le unía con la doncella, levantando una ola de admiración de aquellos que la vieron. "Tanto va el cántaro al pozo, hasta que se rompe", reza el proverbio popular. Así sucedió con el retrato, que el vejete terminó por mandar amplificar y colocarlo como santa patrona, en su oficina. Un día, recibió la visita de los dos hampones socios capitalistas de la compañía, que ante los ingenuos ojos de Casillas, eran un par de respetables caballeros y prósperos hombres de negocios, que además de ser sus jefes, los consideraba amigos, por la confianza que le depositaban, el trato amable y respetuoso que siempre le dispensaron.

Por ello, no tuvo ningún inconveniente en informarles a sus "distinguidos" visitantes, de los detalles del viaje a California, exaltando la calidad de los vinos de la región, su magnífico precio y la gran demanda de los clientes por obtener mayores cantidades de mercancía para vender al por menor. Confiado por naturaleza, no captó los ardientes ojos de lujuria cuando los tipos contemplaron la imagen, sobre todo de Etienne, que se interesó en la chica más de la cuenta. Kino conocía perfectamente la mirada de su compinche para darse por enterado del efecto que le había producido el poster de la hermosísima chiquilla, apresurándose en disimular ante el señor Casillas. Si como presentía, su socio quería tenerla, no iba a titubear en secuestrarla al precio que fuere, así tuviera que matar al que se opusiera. Siempre había sido así.

Etienne Partiel y Kino Quiroga se reunieron en un tugurio para cenar, tomarse unos tragos y fumar yerba. Avanzada la noche y bajo los efectos de lo consumido, Etienne confesó a Kino, que habiendo conocido a docenas de muchachas, la chica de la fotografía le gustó demasiado para desperdiciarla como vendedora de vinos en los Estados

Unidos. A su lado, estaría muy feliz y le llenaría de lujos y comodidades, a semejanza de una Reina.

— ¡Me parece una pendejada! —opinó Kino— No sabes en lo que te metes. Ese País es famoso por tener excelentes controles en puertos y aeropuertos. No puedes sacar a una persona así como así.

— Además, qué chingaos te pasa, si tienes cientos de culos disponibles. Nuestra empresa da para eso y más.

— El pendejo eres tú —respondió Partiel— Tu pinche y puto cerebro no alcanza a comprender que tener aquí a esa belleza es para gozarla primero y cuando me harte de ella, se la pasaré al "Patrón" para que me lo agradezca y la disfrute. Con un poco de suerte, el pinche viejo puede morir en el intento, con unas nalgas así, necesitará doble dosis de Viagra para darle batería, ja, ja, ja, ja, y así nos dejará los negocios a nosotros. Si sobrevive, cuando la deseche, le sacaremos buen billete a la perra vendiéndola en la mejor casa de putas de París, ja, ja, ja, ja, ja.

— Además, no sabes pedazo de estúpido, la parada de verga que he tenido, sólo de mirarla en estampa. Esa pinche vieja, tiene que ser mía, a como dé lugar, entiendes, ¡a como dé lugar! — concluyó Partiel.

— Pues no cuentes conmigo ¡idiota de mierda! Ve a joder a tu madre, para que te ayude, ¡con mil coños! —contestó furioso Kino, dando un soberbio puñetazo en la mesa, tirando los vasos de licor. Al ver a su amigo tan encabronado, Etienne reculó con temor.

— Oye, no es para tanto, somos amigos, ¿de acuerdo?, todos tenemos fantasías. ¿De verdad creíste lo que dije? Eres más idiota de lo que pensé, ja, ja, ja…

Kino notó el miedo de su socio y optó por calmarse. En ese momento le pareció sincero en su decir. En realidad creía conocerle bastante bien, pero no lo suficiente. Si hubiera podido leer el retorcido cerebro de Etienne, descubriría que ya estaba maquinando cómo secuestrar a la hermosa hembra sin su ayuda, para después, matarlo sin compasión. De ese modo, las ganancias serían ¡sólo de Etienne! ¡¡Se quedaría con la mujer y los negocios!!

VALLE DE NAPA, CALIFORNIA, U.S.A. (CINCO AÑOS ANTES)

Anthony Belcher conoció a Felicidad, cuando Don Clemente Guillén, propietario de un Rancho cercano visitó el "Viñedo Los Molinos".

A Don Clemente le gustaba el juego de Dominó que practicaba con destreza y reunirse con Mattew —patriarca de la familia Belcher— era motivo de gran alegría para los dos amigos, que invitaban a otros dos para completar cuatro elementos, haciendo la partida más interesante.

Las reuniones se realizaban cada semana sin falta y ambos —Guillén y Belcher— dejaban todo para el solaz, incluyendo familia y trabajo pendiente. Los dos eran magníficos jugadores y esperaban con ansia el día jueves para visitarse recíprocamente, haciéndose acompañar por sus esposas —que amigas también— aprovechaban para ponerse al corriente en los chismes del pueblo.

En ocasiones —muy pocas para beneficio de los expertos participantes— no hallaban a nadie disponible que jugara el dominó siquiera regular, por lo que tenían que echar mano de sus mujeres, para poder entretenerse en parejas, con miles de inconvenientes, pues las señoras aunque inteligentes, no ponían ningún interés en lo que consideraban en sus adentros, como un pasatiempo tonto y aburrido, cometiendo torpezas que sacaban de quicio a los maridos, que con cariño y cortesía, las invitaban a retirarse.

— ¿Os estáis aburriendo niñas, verdad? Si queréis abandonad, ¿estáis de acuerdo, Don Mateu? —interrogaba Don Clemente, que nunca pudo pronunciar el Inglés.

Las elegantes damas no se hacían del rogar, aprovechando la cómoda salida que les ofrecían. De hecho, la esperaban siempre para dedicarse a lo suyo, supervisar la cocina que preparaba ricos bocadillos para la cena y hablar a sus anchas sobre las novedades de la comarca, los fabulosos precios obtenidos en las compras recientes de ropa, accesorios, perfumería de los Centros Comerciales de San Francisco y Sacramento y también sobre las preocupaciones por el futuro de sus hijos e hijas casaderos.

En una de las noches de jugada, Don Clemente acaudalado criador de ganado y agricultor de importancia, se hizo acompañar por su preciosa hija Felicidad, pues Doña Rosa no pudo —o no quiso— acompañarle.

Siempre hubo la sospecha, que la bondadosa matrona, había planeado el encuentro con el joven Anthony y qué mejor ocasión que la rutinaria visita con motivo del encuentro de dominó.

Al padre se le iluminó la cara de emoción. Había dejado de ver a la joven hacía tiempo y era fantástica la transformación de la niña que recordaba, para dar paso a una bellísima "Teenager" (adolescente).

Sin recato alguno llamó a sus hijos para presentarlos como correspondía, sin darles tiempo de vestirse adecuadamente para la ocasión. Doña Pilar, la madre, les hizo asearse y bañarse en loción, para no causar una mala impresión a las visitas.

Felicidad estaba más que divertida, observando a los dos mozos que trataban a toda costa de agradarle y rió de buena gana cuando ambos hermanos se apresuraron para invitarle un vaso con limonada, dejando caer el piso charola y jarra de cristal que se rompieron con estrépito.

Los muchachos enrojecieron y se culpaban mutuamente de su torpeza, ofreciendo mil disculpas a los invitados, incurriendo —sin querer por supuesto— en otras faltas de educación como no saludar a Don Clemente, pisar el blanco vestido largo de la niña, empujarse y a trompicones, tratar de ser el primero en presentarse con la bella, para enredarse los pies en el tapete rodando uno y otro por el suelo.

Para colmo, Anthony trató de asirse al vestido de su madre, rasgándole. El asombro de todos los presentes se convirtió en fuertes risas, ante la graciosa huida de los jóvenes.

Los dos hermanos quedaron prendados de la belleza de la joven y sin querer lastimarse entre ellos, hacían su lucha para tratar de ganar la amistad de la hermosa adolescente.

Cada quién a su manera, buscaba la oportunidad de hacerla su novia, llenándola de atenciones y pequeños regalos cuando podían.

Robert le ofreció un tour completo por la Factoría de vinos, explicando con sabiduría el proceso de producción, desde la selección de las mejores uvas, los procedimientos de elaboración de los caldos, la fermentación, el envasamiento de las distintas calidades en barricas de finas maderas, el añejamiento y finalmente el embotellado, no sin antes pasar por los controles de calidad del Enólogo (Maestro Vinatero).

Parte importante era el diseño de la botella, etiqueta, marca y desde luego, el plan de comercialización. La gira terminaba en la Bodega de la Familia, donde siempre tenían disponibles botellas con vino de cosechas selectas para ofrecer a sus clientes y amigos.

Estaban en la Cava, especie de cueva con aire acondicionado a temperatura controlada. Una mesa de tosca madera, sillas forradas en cuero y una credenza con puertas de cristal biselado que enseñaban finas copas de varios tamaños y formas, era todo el mobiliario.

— Preciosa, no puedes irte sin probar nuestro vino especial — ofreció Robert.

— Oh, muchas gracias, pero no sé si deba hacerlo. Sólo bebo un poco en casa en ocasiones especiales. Mi madre es muy severa conmigo —dijo coquetamente la chica.

— ¿No te parece que ésta es una ocasión especial? —invitó Robert, sirviendo dos copas de vino tinto.

— ¡Vamos bebe! Un sorbo del mejor tinto que tenemos no puede hacer daño, recuerda que Jesucristo, dicen las Sagradas Escrituras, bebía vino y no sólo eso sino que hasta lo producía y de excelente calidad. ¿Recuerdas el Evangelio de las Bodas de Canaán?, cuando se terminó la bebida, Cristo convirtió el agua de seis tinajas en vino y la fiesta continuó.

Los dos jóvenes rieron y ella tomó un traguito.

— ¡Es magnífico, los felicito!

Hablando de temas triviales, apuraron las copas y Robert las llenó de nuevo brindando: — ¡Salud por tu belleza!

Felicidad se apenó y levantó su cáliz para decir: — ¡Salud amigo!

Anthony por su lado, cortejaba con discreción a la hermosa muchacha. Hasta le llevó una serenata a su balcón el día de su cumpleaños, entonando —a su manera— bellas canciones románticas españolas, mexicanas y norteamericanas, acompañado sólo por la guitarra de madera que bien pulsaba.

Cuando se presentó la ocasión, la llevó —junto con su inseparable hermanito chaperón— a pasear en el velero, donde era su territorio natural.

Consumado velerista, manejaba a la perfección el bote, ante la admiración de la joven y del pequeñín, quien se divertía de lo lindo al ver saltar a los delfines.

NEW YORK CITY

Anthony estaba deprimido. Por una parte sentía el tremendo peso que significaba para él haber tenido relaciones con Lisa, la hasta ayer eficiente auxiliar, fallándole a su querida esposa, a quien adoraba por encima de todas las cosas.

Le llenaba de pavor pensar que algún día ella se enterara del pecado, sin saber a ciencia cierta qué consecuencias tendría. Conociendo el temperamento de Elke, se anticipaban terribles tormentas para él y su familia. Estaba molesto y se recriminaba hasta la locura.

Era como flagelarse la espalda con un látigo de cuero de puntas de acero en forma de pelotitas o la cincha de cuero con pedazos de metal cortante colocado en el muslo, conocido como cilicio, usado por algunos ultrafanáticos para martirizarse hasta sangrar varias veces al día, castigo que se imponen como penitencia a sus pecados.

Su carácter por lo común festivo y despreocupado, estaba cambiando a taciturno y distraído, cuestión que ya le estaba costando reprimendas por parte de sus Jefes en el Despacho. Pero había otra cosa que le molestaba. Una parte de su ser, odiaba a Lisa y esperaba encontrarla para tomar venganza, aunque no sabía cómo realizarla.

¿La denunciaría a la Policía? ¿Le daría una paliza?, o tal vez ¿contrataría a un par de hampones para hacerlo?

Otra parte de su cerebro le aconsejaba buscarla, pero para pedirle una explicación y volver a hacerle el amor con la pasión contenida por varios años. Por extraño que parezca, la mente humana actúa muchas veces por instinto, sacando a flote las más recónditas y descabelladas ideas. No podía olvidar, aunque quisiera, los breves, pero magníficos momentos de placer que pasó con la hermosa Afroamericana. Cada vez que en sus sueños recordaba aquella piel oscura, tan suave y brillante que la hacía aparecer como una perfecta estatua, sus carnosos y ardientes labios, aquellos senos firmes y nalgas redondas endurecidas por su juventud y el ejercicio, le hacían tener derrames nocturnos.

La verdad fue que la chica había desaparecido al día siguiente de la "violación" a Belcher, dejando una carta de renuncia sobre su escritorio, que explicaba la necesidad de ausentarse de la ciudad por motivos urgentes familiares, agradeciendo a la Firma, la oportunidad de trabajar en ella.

Ningún domicilio, teléfono, apartado postal o correo electrónico, simplemente se esfumó.

Inútiles fueron sus investigaciones para localizarla, así que contrató los servicios de una Agencia de Detectives, que después de cuatro meses siguiendo pistas y cobrar al buen Belcher la cuenta de cien mil Dólares más gastos, sencillamente se dieron por vencidos presentando un escueto informe de la chica, que Anthony releyó varias veces.

En su parte medular, el Informe de los Investigadores hacía referencia a un pequeño pueblo del Estado de Oklahoma llamado Guthrie, donde la chica había nacido, hija única del matrimonio formado por el Pastor de la Iglesia Local y una hermosísima bailarina de Table Dance arrepentida, que al abrazar la Religión, abrazó también al hombre de Dios, que la hizo su esposa, ante las fuertes críticas de esa comunidad.

Los habitantes y los periódicos del pueblo, desataron una ofensiva hacia el Pastor y su flamante esposa, que sólo terminó cuando el intachable hombre enfrentó a sus más agudos adversarios convenciéndoles, que como lo dicen las Sagradas Escrituras, la prostituta María Magdalena fue perdonada por el Señor, continuando su vida en santidad.

— ¿Cómo es posible que nosotros, simples mortales, no podemos darle la oportunidad de redención a una mujer que desea fervientemente alejarse de la vida de pecado y emprender su regeneración por medio del Evangelio? ¿Qué clase de hipócritas somos aquí para juzgar y no perdonar a una hermana?

Las ediciones posteriores fueron indulgentes con el nuevo matrimonio aconsejando a sus lectores darles una oportunidad, advirtiendo que estarían vigilantes de su conducta. Los nuevos esposos dieron ejemplo que el trabajo honesto y virtudes Cristianas, obran milagros, logrando revertir las críticas en elogios.

Cuando los dos detectives privados hablaron con el Ministro Religioso y su esposa, casi fueron echados del pueblo, nadie creyó que la niña Lisa, fruto de esa bendita unión, educada severamente en la parroquia, fuera capaz de cometer los actos por los que la buscaban.

El Departamento de Inmigración y Aduanas, tenía registrada la salida del País de la señorita Lisa Stone con destino a Estocolmo, Suecia, por motivo de estudios y vacaciones En los archivos del Departamento de Policía no hubo antecedentes criminales de la investigada.

La Subdirección de Recursos Humanos del Despacho "HARTFORD, MELLON & FLETCHER", informó que la señorita Lisa Stone causó alta como ayudante categoría "E" dentro de la Firma después de haber pasado los exámenes de rigor, que comprenden pruebas de inteligencia, vocación, personalidad, tendencias sociales, conocimientos y destrezas para el trabajo específico del puesto, credenciales académicas, referencias personales, comerciales, actitud para el trabajo y hacia la sociedad, comprobando todo ello.

Hasta allí las pistas. Aparentemente era normal. Claro que los sabuesos ofrecieron localizarla hasta el quinto infierno si fuese necesario, pero el precio de sus honorarios, viáticos y gastos se elevaría un poco.

— ¿Qué tanto? —preguntó Belcher.

— Bueno, digamos que la encontramos en… unos seis meses… Allá se gasta en Euros, hmmm… no menos de ochocientos mil Dólares… ¿está de acuerdo? Necesitaríamos la mitad por adelantado, saliendo para Europa de inmediato…

— Lo pensaré y pronto tendrán noticias mías. Hasta luego caballeros y gracias por su búsqueda —concluyó con determinación.

— Tengo que evaluar si vale la pena tanto esfuerzo —dijo en sus adentros el Contador.

Los fondos no eran ningún problema para él y su deseo era tan fuerte que de antemano supo que haría hasta lo imposible por encontrarla. Muchas veces soñaba con "LA TENTACIÓN" de tenerla en sus brazos, acariciarla y hacerla suya por la fuerza, lastimándola lo suficiente para despertar a la pantera salvaje que Lisa Stone llevaba dentro, y después de poseerla hasta el cansancio, apretarle el cuello, lento y con dolor ¡matándole!

Este último pensamiento lo despertaba bruscamente y en dos ocasiones ya, había gritado ¡Noooo!, como un rugido, acompañado de poderosas convulsiones en la cama, provocando pánico a Elke, su esposa, que temía un ataque al corazón o algo parecido.

— ¡Qué te pasa!, ¿te sientes mal? ¡Llamaré al Médico! —agarrando el aparato telefónico.

— No lo hagas amor, no es necesario, sólo fue una pesadilla, una terrible pesadilla —dijo todavía sudoroso y con el corazón saliéndose del pecho.

— ¿Quieres contarme? —invitó ella seductora— Segura estoy de darte la medicina que necesitas para dormir bien —montándose literalmente sobre él, deslizando su finísima pijama negra de satín, para quedar en pelotas.

Y se entregaban al amor con entusiasmo, aunque Belcher por instantes recordaba a la morena, logrando mayor excitación, que le ayudaba a mantener feliz a su esposa.

Venía después el reposo del guerrero, momentos en que las mujeres por lo general aprovechan para obtener los famosos secretos de alcoba o confesiones que deseen conseguir de sus maridos.

Sin embargo, contrario a su costumbre, se mostró parco, no soltó nada interesante para ella, lo que significó un error, pues alimentó las sospechas de la mujer.

¿Por qué ese cambio en Anthony? ¿Qué le atormenta? ¿Y por qué no lo habla? ¿Será capaz de tener otra mujer? Éstas y otras interrogantes bullían en el cerebro de Elke, que se prometió investigar los motivos de alteración en el comportamiento de su querido esposo. Le preocupaba genuinamente que pudiera enfermar.

Empezó por la chequera. Cada uno manejaba sus finanzas personales y siempre existió plena confianza entre los cónyuges.

Una mañana fue al Banco y pidió una copia del estado de cuenta de su marido.

El joven ejecutivo no tuvo ninguna desconfianza y como suceden siempre las grandes desgracias, no se tomó la molestia de confirmar siquiera por teléfono con el Titular de la cuenta y dejándose llevar por las atractivas piernas de la señora Belcher, le entregó en el acto los documentos que mostraban los movimientos de entradas y salidas de dinero por los últimos doce meses.

En los papeles, se reflejaban egresos por fuertes cantidades ascendentes, que marcó con un plumón rojo. ¿Estaría apostando?, o ¿regalos para una puta? Esa misma noche obligaría al marido a confesar.

La discusión se tornó en pelea. Belcher se molestó muchísimo con su consorte por la desconfianza, reprochándole la invasión de su privacidad.

— ¿Si no escondes nada, por qué no me lo dices?

— Son negocios, ¡puedes creerlo o no! — rugió Belcher tan enfurecido, que por vez primera en su vida de casada, la Vikinga sintió temor.

VALLE DE NAPA, CALIFORNIA, U.S.A. (CINCO AÑOS ANTES)

L as visitas de los hermanos Belcher a la finca vecina, se hicieron cada vez más frecuentes. La verdad es que ambos estaban impactados por la serena belleza de Felicidad y deseaban tenerla como novia. Ella, media coqueta, disfrutaba de la competencia entre ambos jóvenes y les daba esperanzas a los dos jugando, sin darse cuenta de los problemas que ya estaba provocando entre los muchachos.

¿Inocente? Ella se dejaba admirar por los dos pretendientes, admitiendo pequeños obsequios que guardaba con celo. Alegre, cada vez que salía con cada uno de ellos, les marcaba con firmeza que aceptaba sólo su amistad, que eran muy jóvenes para pensar en otra cosa.

Robert, el hermano mayor convenció a su madre de la necesidad de contar con una persona que les ayudara a mostrar a los clientes potenciales, nacionales y extranjeros, las cualidades y ventajas de adquirir los magníficos vinos producidos con esmero, por "Viñedos Los Molinos", proponiendo para el cargo a Felicidad.

Era una forma de incrementar en gran escala las ventas de la empresa, atacando los mercados extranjeros. Doña Pilar manifestó beneplácito por la brillante idea del hijo y tener entre sus colaboradores a tan distinguida jovencita. Personalmente solicitó a sus buenos vecinos la venia correspondiente.

Doña Rosa y Don Clemente Guillén, aceptaron con gran alegría, sintiéndose honrados por la distinción. La rubia por su parte estaba que saltaba de gusto, estaría cerca de sus amigos para conocerlos mejor y terminar enamorándose del que escogiera su corazón.

Robert resultó ser un instructor de primera clase que puso empeño —y amor— para entrenarla. Dedicada como era, la hermosa chica aprendió en tiempo récord, lo relacionado con la industria del Vino, convirtiéndose en una pieza importante para las ventas de la fábrica.

Junto con los dos hermanos, desarrollaron el concepto de Visitas

Guiadas a la fábrica dirigidas al público en general, apareciendo en la publicidad como un atractivo para los turistas.

El Programa de Giras dentro del negocio, se iniciaba a las once de la mañana. El público pagaba su boleto, que por veinte Dólares por persona, les daba derecho a conocer una breve historia del vino en un saloncito audiovisual y el ciclo de producción, terminando la pequeña excursión en las Cavas, para degustar un vaso de vino especial, acompañado de sabrosas tapas de jamón y quesos.

Los Tours resultaron un gran éxito, pues los fines de semana recibían hasta veinte grupos de quince personas cada uno, que completaban el paseo, felices de la vida por aprender algo nuevo e interesante, probar buenos vinos disfrutando las atenciones de la linda guía y su equipo de trabajo, terminando por comprar —en la estratégica tiendita de la salida— botellas de vino, sacacorchos de varios tipos, gorras, playeras en vivos colores con el pequeño logo de la empresa y otros souvenirs.

Algunos clientes adquirían piezas del auténtico queso Manchego, en sus variedades de leche: vaca, cabra y oveja, siendo el preferido, el combinado de las tres.

Los estupendos productos provenían de las extensas propiedades de la Marquesa de Roncesvalles, en España.

Ello no representaba el negocio fabuloso, pero estaba logrando los objetivos del Plan: dar a conocer los Vinos de la Empresa, introduciéndolos directamente en el gusto del público consumidor, estrategia que comenzaba a rendir frutos, pues las ventas estaban en aumento.

A Felicidad le gustaba mucho su labor, pero quería ser algo más que una cara bonita, se estaba preparando con Cursos de Ventas y Mercadotecnia para llegar a ser Ejecutiva de Primer Nivel. Don Clemente extrañaba al buen amigo Mattew, recién fallecido y todavía no asimilaba su temprana muerte. Siguió cultivando amistad con la familia Belcher, no teniendo más remedio que jugar al Dominó con el viejerío —su esposa, hija y la señora Pilar.

Una vez incorporada a la Compañía vitivinícola a cargo de las Relaciones Públicas, la nena se convirtió de inmediato en la Imagen Corporativa, apareciendo en toda publicidad de los productos de la Empresa.

Y fue exactamente en la Bodega de Cata de Vinos, donde

Anthony tomando entre sus manos los suaves deditos de la hermosa jovencita, depositó un tierno beso, balbuceando una torpe pero muy sincera declaración de amor. A lo largo de ocho meses, disfrutaron de su feliz noviazgo, interrumpido por la inminente partida de Belcher a la Universidad, decisión dolorosa para los dos enamorados, que prometieron seguir amándose, cada vez con mayor intensidad.

Durante el primer año en la Universidad, el novio recibió la funesta noticia de la desaparición de Felicidad. Abandonando clases, exámenes y trabajos escolares, se trasladó de inmediato a casa, para tratar de ayudar, no sabía cómo, pero estaba dispuesto a hacer lo que fuera para localizar a su adorada.

Había sido vista por última vez, cuando abordó el vuelo 3477 de United Airlines con destino final en el Aeropuerto de Barajas de la ciudad de Madrid, España, con escala en Washington, D.C.

Los detectives de la Policía local que pidieron refuerzos al FBI, en un breve comunicado, hicieron saber a la familia que las cámaras de vigilancia del Aeropuerto Dulles en Washington y Barajas, en Madrid, captaron las imágenes de la hermosa muchachita abordando y descendiendo del avión respectivamente, haciendo fila en Migración y Aduana al parecer sola y con expresión de estar disfrutando el viaje, por lo que se descartaba el secuestro dentro del territorio de los Estados Unidos, siendo competencia para la investigación, de la Policía Española y de Interpol. Punto.

Los padres movieron cielo y tierra, sin éxito, para encontrar a la niña, que nunca llegó a su destino, la ciudad de Melilla, España, invitada por el respetable señor Don Santiago Casillas, Gerente General de la compañía "La Gitana", importante cliente de "Viñedos Los Molinos", propiedad de la familia Belcher.

Don Clemente y Esposa, autorizaron el viaje a España con la confianza de que la tía Hortensia y dos de sus fortachones hijos mayores, estarían en el Aeropuerto de Madrid para recibirla dando compañía y protección durante todo el tiempo de su permanencia en el País.

Pero la moza no llegó. Después de dos horas de espera y búsqueda auxiliados por elementos de Seguridad del Aeropuerto Internacional, los familiares de Felicidad, pensaron primero que la pasajera no venía en ese avión y después decidieron acudir a la Policía para poner una denuncia exigiendo la rápida investigación, comunicándose con Don Clemente y Doña Rosa en California, quienes reportaron el caso directamente a la Embajada de los Estados Unidos en Madrid.

La noticia enfermó a los padres, teniendo que hospitalizar a la mamá en estado de shock y complicaciones del corazón.

MELILLA, ESPAÑA

Al día siguiente en el vuelo 9017 de Spanair procedentes de Madrid, llegaron a Melilla por la noche, el padre de Felicidad, un detective privado llamado simplemente Alan y Anthony Belcher, para de inmediato entrevistarse con Don Santiago y conocer novedades.

— ¿Qué progresos tenemos? —tronó Don Clemente, al entrar a la oficina, sorprendiendo al señor, que se aprestaba a cerrar la tienda. — ¡Vamos viejo dígame algo! —exigió, tomando de la solapa al anciano.

El detective fue más allá, golpeó con el puño el flácido estómago de Don Santiago, que se retorció de dolor.

— ¡Cabrón hijo de puta! Lo tenías todo planeado, ¿no es así?, confiesa o te moleré a palos, te lo preguntaré una sola vez: ¿dónde está la señorita Felicidad?

— Les juro por mi madre que no lo sé —respondió el anciano sollozando— ¡créanme por favor! Yo mismo les avisé de la posible desaparición, puedo probarlo… —una nueva bofetada de Alan, rompió el ya desviado tabique nasal de Don Santiago, que aulló de dolor, salpicando sangre por doquier.

— ¡Basta! —dijo con autoridad el señor Guillén —Creo que el pobre infeliz no sabe nada. Intentemos otra cosa, ¡dejadle hablar!

— Eso lo veremos —dijo Alan, arrastrando al pobre hombre escaleras abajo, hacia el sótano. Bajaron por la angosta escalerilla de madera, cuyos escalones desgastados crujían de viejos al pisar, como si emitieran lamentos. Cogiendo una soga, Alan ató de pies y manos a don Santiago inmovilizado a una silla.

— En consideración a tus años, te voy a repetir la pregunta, pues es claro que padeces Alzheimer — amenazó Alan — Puedes hacerlo fácil o difícil, dependerá de ti. Por tu bien, te aconsejo medites las respuestas, de lo contrario, si nos tratas de engañar, te daré tormento hasta que mueras. ¿Has entendido pedazo de queso añejo?

— Sí —balbuceó el anciano— pero ya les dije, ¡no sé nada!

Decidido, Alan tomó un martillo de carpintero de una mesa y avanzó hacia el indefenso viejo. Al instante, la mano fuerte de Belcher detuvo el brazo de Alan.

— Un momento por favor —dijo Anthony— está demasiado asustado y adolorido para tener coherencia. Déjenme hablar con él a solas, si fracaso, es todo tuyo —concluyó, mirando al padre de Felicidad buscando su aprobación.

— De acuerdo, tienes diez minutos. Si pasado el tiempo no logras sacarle nada, lo haremos a nuestra manera —respondió el señor Guillén.

Sin abandonar el sótano, los dos hombres se acercaron a una pequeña ventana y la abrieron para oxigenar un poco el lugar. Encendieron sus cigarrillos Marlboro y aspiraron el humo a pleno pulmón, haciendo caso omiso del letrero que prohibía fumar y recomendaciones Médicas.

Belcher acercó un banquillo sentándose frente al prisionero. Usando el tono de voz más gentil y amable que le fue posible, advirtió a Don Santiago que dejara de mentir, hablara de una buena vez diciendo lo que sabía, alguna cosa, los detalles por pequeños que fueran servirían para localizar a la chica.

Por un instante, los ojos de Don Santiago Casillas dejaron de llorar. En sus pupilas azul gris —como el acero Toledano— se reflejaron sus verdaderos sentimientos y pensamientos, que no pasaron inadvertidos ante la mirada experta del colmilludo Auditor del despacho internacional, con presencia alrededor del Mundo. Sus jefes lo comisionaban frecuentemente para interrogar y sacar la verdad a duros y mañosos empleados acusados de malversación de fondos, de timar y urdir fraudes muy sofisticados contra las Empresas, clientes de la Firma.

Los sutiles, pero efectivos métodos de persuasión que utilizaba, habían mostrado eficacia en no menos de veinte ocasiones, ahorrando a la Firma cientos de miles de Dólares, evitando profundizar en las investigaciones, peritajes, larguísimos juicios, mala publicidad y otros inconvenientes. Era algo así como lograr un convenio de pago rápido en un despido laboral, para no llegar a los lentos y a veces parciales, Tribunales del Trabajo.

— Don Santiago —dijo suavemente— sólo tenemos unos minutos antes que lo atormenten. El tipo es un delincuente violento y capaz de cualquier cosa. Por favor entienda que no quisiera lastimarlo, pero lo haré, si usted no me dice la verdad. ¿Por qué no me cuenta desde el principio?

— De acuerdo —aceptó el anciano— pero le ruego comprender que ignoro su paradero. Tal vez con mi relato, pudieran adivinar qué le sucedió.

— Como ustedes saben, estuve presente por invitación que me hicieron, en las Fiestas de la Vendimia el año pasado en el Valle de Napa, en el "Viñedo Los Molinos" propiedad de doña Pilar de Roncesvalles. Allí fui atendido de maravilla por el personal, en particular por la señorita Felicidad, quien se encargó de mis compras del buen vino que producen y que ha tenido magnífica aceptación aquí en Europa, Medio Oriente y Asia, por lo que después del pedido inicial, he continuado adquiriendo buenas cantidades de esa mercancía, cumpliendo con mis pagos de manera puntual.

— Pues bien —prosiguió el viejo— en estos meses hemos mantenido una buena relación de negocios y amistad personal, siempre con el mayor de los respetos, como puedo demostrarlo en mi correo electrónico.

— Hace cosa de dos meses, ratifiqué a la señorita Felicidad y a sus padres, mi invitación para pasear por España, la tierra de sus antepasados, ofreciéndole ponerme a la orden durante el tiempo de su visita, que además serviría para que conociera nuestro negocio de importaciones.

— En ningún momento le pedí que viniera sola, por el contrario siempre hablé de atender a dos personas. Puede verlo en la computadora. ¡Por favor créame...! ¡Deme un poco de agua, se lo suplico!

— Un momento. ¿Ha dicho "nuestro negocio"? ¿Significa que hay otros socios con usted? —dijo Belcher, acercando a los resecos labios un tarro con el líquido, que sorbió con avidez, empapando la camisa manchada de sangre seca.

— Fíjese bien en mi pregunta, ¿alguien más, aparte suyo, sabía de la convocatoria al viaje? —cuestionó retirando el pote.

— Pues sí, claro. Está mi secretaria, doña Leonor que tiene muchos años de trabajar conmigo y es de mi entera confianza... y... mis socios, a quienes les comenté la idea de invitar a los americanos a conocer el establecimiento mercantil. ¡Por favor más agua! —exclamó tosiendo el infeliz.

— ¿Quiénes son ellos? —exigió.

— Bueno no están aquí… vienen en ocasiones… no tienen fechas fijas. Se llaman Etienne Partiel y Kino Quiroga, radican en París.

Por una décima de segundo, Anthony notó en la apagada pupila del anciano, una chispa de angustia al pronunciar el nombre de sus socios. ¿Qué podía significar? El viejo estaba ocultando algo. Súbitamente se acercaron, Alan y Don Clemente. Los diez minutos se habían agotado.

— OK, estúpido. Hablarás por las buenas o por las malas — dijo Alan, blandiendo de nueva cuenta el martillo de carpintero.

— No tan de prisa —intervino con inusual energía Belcher —me ha contado ya algunas cosas. Quisiera seguir con mi interrogatorio... Don Clemente, por favor amarre a su perro.

— No te pases de listo, muchachito bonito —dijo el matón— ya te arreglaré a su tiempo.

— ¡Coño! ¡Basta los dos! —rugió el papá— No es tiempo de rencillas personales, vamos a lo importante. ¿Qué tienes hasta ahora hijo?

— Parece que la invitación que hizo a Felicidad con el fin de visitar España era para dos personas. Dice que hay correspondencia en su computadora —contestó— además me ha informado tener dos accionistas de nombres Etienne Partiel y Kino Quiroga, que sabían de la visita. Viven en París, sería bueno investigarlos.

— Eso es cierto, fue una pendejada mía autorizarle venir sola. Me dejé convencer por mi mujer que el viaje sería seguro. Las líneas aéreas transportan a diario ancianos, discapacitados y hasta niños solos sin problema; con mi cuñada Hortensia y sus gigantes hijos mayores que parecen escoltas, esperando en el aeropuerto para acompañarla todo el tiempo en su paseo por España, pues me confié demasiado.

— Soy un estúpido, es mi culpa —dijo Don Clemente sollozando.

— De acuerdo —continuó— sigue con el interrogatorio y mantenme informado. En cuanto a ti, Alan, te pido calmarte. Ya habrá ocasión para desatar tu furia. ¡Hallaremos a la niña y a los culpables! ¡Consigue información sobre los desgraciados socios!

— Por supuesto, lo hago ya —dijo servilmente Alan.

En tanto Belcher continuaba preguntando, Don Clemente, password (contraseña) en mano subió a la oficina del senecto a revisar los correos electrónicos, para buscar algo que pudiera servirles.

Sin la intimidante presencia de Alan, el Contador retiró las sogas que lastimaban hasta sangrar, las muñecas y tobillos de don Santiago. Abrió una de las botellas de vino de la tienda y sirvió dos vasos con abundancia. Cogió una ración de queso manchego y una pieza de pan negro, que rebanó con prontitud.

— Don Santiago —habló con gravedad— yo le creo, vamos a tomar un trago, todos lo necesitamos, continuaremos después.

El buen hombre solicitó pasar al baño para lavarse, le dolía terriblemente el puente de la nariz, fracturada por el salvaje puñetazo de Alan, pero el hombre era duro y correoso, el dolor que sentía no era nada, comparado con los sufrimientos que pasó en su niñez por la guerra.

Y nadie podía sospechar siquiera, que el mayor daño al anciano lo causaba la desaparición de su querida Felicidad, a quien le había tomado gran cariño, soñando en muchas ocasiones, allí en la soledad de su cuarto, contemplando extasiado su belleza y bondad.

Pero su amor por la bellísima jovencita no era carnal, por el contrario, era para él, la viva imagen de Gabriela, su hija muerta; y estaba tan indignado, que daría su propia vida por salvarla del peligro que presintió desde el primer día de su ausencia y que le oprimía el pecho.

Los dos hombres devoraron las viandas y vaciaron por dos veces los vasos de vino. Por ironía del destino, la botella que descorcharon, era precisamente un "Reserva de la Marquesa, de los Viñedos Los Molinos" de Napa Valley, California, U.S.A.

Reconfortado, don Santiago prosiguió con su relato: —Señor Belcher, ¿puedo contar con su discreción?, usted parece una persona honorable, no es un patán como el desgraciado que me golpeó.

— Usted dirá —respondió el aludido— le doy mi palabra que sólo haré lo indispensable para tratar de encontrar a mi novia, ¡es por eso que estoy aquí! Puede contar conmigo. Soy todo oídos.

— Los Empresarios… Ésos que mencioné, son los dueños del dinero… pero no me inspiran gran confianza que digamos. Cierto es que me han dejado manejar la tienda libremente, casi sin intervenir en nada. Cada mes les envío los informes financieros y comerciales de la empresa y jamás hacen un comentario sobre los buenos o malos tiempos, que como usted sabe acontecen en los negocios. Los ví una sola vez, son muy déspotas, tienen todo el tipo de gángsters.

— Son muy raros y parece que esta compañía no les interesa

demasiado… como si las ganancias que obtenemos no fueran atractivas para ellos... Nunca preguntan nada y tampoco retiran utilidades. Siempre he sospechado que deben tener otras ocupaciones que les reportan magníficos beneficios.

— ¿Conoce esas transacciones, don Santiago?

— No. Ellos son bastante reservados. Nunca hablan, además puede que no tengan nada, recuerde que son suposiciones mías.

— ¿Y se ha puesto a pensar de qué viven?

— No lo sé, pero pudieran ser herederos de grandes capitales, jugadores afortunados de altos vuelos en casinos o loterías. La verdad es que tienen riqueza en abundancia, gustan de vivir bien y gastarla en francachelas… a veces, de las pocas ocasiones que he bebido con ellos, los he escuchado hablar de sus aventuras amorosas con artistas de moda en las casas de recreo que poseen en las Islas Canarias y en las montañas Francesas.

— ¿Eso es todo? —inquirió— Hace unos instantes, cuando mencionó usted por vez primera el nombre de ellos, me pareció verle dudar, como si fuera peligroso decirme...

— Tiene razón, es usted muy observador. Ellos son tipos de carácter violento y están acostumbrados a salirse siempre con la suya, su lema es "si no es por amor, por fuerza".

— Cuando regresé de mi viaje a "Viñedos Los Molinos", mandé amplificar una fotografía que me tomaron en la fábrica donde aparezco acompañado de la señorita Felicidad, copas en mano, brindando por haber cerrado un buen trato para vendedor y comprador.

— Ese póster lo colgué en una de las paredes de mi oficina, a la vista de los que a ella ocurren… y bueno… debo decirle que no me gustaron para nada los comentarios que hicieron ese par de bribones cuando la vieron. Esa foto le impactó mucho a uno de ellos, al Francés —terminó diciendo Don Santiago — ¡Canallas! ¡La quiero como si fuera mi propia hija!

— ¡Maldita sea! ¿Por qué no lo dijo antes?, ¡viejo del demonio! Para mí, está claro que son malas personas y por lo menos, dudosas. Deme sus domicilios y si tiene, fotografías. ¡Actuaremos de inmediato! —exclamó Belcher a gritos.

Al escuchar los ruidos provenientes del sótano, Clemente Guillén empuñó el reluciente cuchillo para cortar jamones que estaba sobre la mesita atrás del mostrador, bajando los peldaños de la rústica escalera.

— ¡Qué demonios! —y se abalanzó sobre el pobre anciano al verlo libre de las cuerdas, con intenciones de hundirle el puñal en las entrañas.

— ¡Maldito bastardo, morirás en el acto, son of a bitch! (hijo de puta) —de no haber intervenido Belcher con sus poderosas manos, el pobre fósil hubiera pasado a mejor vida.

— ¡Alto! —gritó— ¡Ha confesado todo!, ¡no lo eches a perder!, ¡cálmate por favor!

— ¿Qué es lo que pasa? No entiendo —dijo el señor Guillén, sin soltar la pavorosa arma blanca.

— Que tenemos la información, ¡eso pasa! —bramó desesperado— ¡Suelta el cuchillo, por favor!

— OK —aceptó Guillén— te escucho.

En dos minutos, lo puso al corriente, haciendo especial énfasis en que el señor Casillas no era el enemigo, sino que había sido víctima de las circunstancias.

— ¿Estás seguro de lo que me dices? Te hago responsable por ello —afirmó desconfiado Clemente Guillén, que lucía rojo de ira y frustración.

— Por supuesto —contestó Belcher— meto mis manos al fuego por el señor Casillas. Es inocente, ¡tenemos dos sospechosos y debemos movernos ya!

MARSELLA, FRANCIA

La taberna "Le Mer" era uno de tantos tugurios de mala muerte que rodeaban el puerto de Marsella y su clientela básica, es gente de mar.

Duros y pendencieros marineros provienen de varias partes del Mundo, buscando reparar el alterado sistema nervioso causado por las enormes travesías, enfrentando en muchas ocasiones terribles tormentas.

Las tensiones que viven día con día esos trabajadores, los hacen buscar en los diferentes Puertos, ambiente relajado de diversión y placer.

El consumo de alcohol, tabaco y otros estimulantes, los preparan para disfrutar a las prostitutas que abundan en esos lugares.

Sentados en torno a una mesa al fondo del bar, Etienne Partiel, Kino Quiroga y Josafat Pereira, residente Norteamericano de origen Portugués.

La reunión parecía una especie de "Hoodle" o "Team Back" — reunión de los mastodontes jugadores de fútbol americano, para ponerse de acuerdo en la siguiente jugada ofensiva.

Y así era en efecto, la junta de los tres rudos hombres era para planear su próxima fechoría: el secuestro de la señorita Felicidad.

Partiel conoció a Josafat, en Cannes, ciudad corazón de la elegante Costa Azul francesa cuando asistieron al Festival Internacional de Cine, selecto lugar, donde cada año, acude la flor y nata de la Industria del celuloide, repleto de magníficas hembras, estrellitas, edecanes, modelos, estudiantes universitarias de Artes, y gran cantidad de turistas, mezcladas con putas de categoría especial, todas ellas ávidas de conocer a productores, directores, escritores, actores y gente adinerada.

Era como el paraíso y sus once mil vírgenes, decían unos. — ¡Es la mejor exposición de buenos culos del mundo! —hablaba a gritos Josafat, quien era la primera vez que tenía la oportunidad de contemplar en las playas la enorme cantidad de mujeres con los senos al aire y minúsculas tangas, tan pequeñas que mostraban la mayor parte de las nalgas.

Ebrio y medio drogado, derribó sobre la arena a una hermosa y delgada morena, de cuerpo maravilloso que lucía sus pechos jóvenes y firmes.

Apenas en el suelo, la sometió con fuerza y comenzó a succionarle el cuerpo durante medio minuto, tiempo que tardó la Policía para detenerlo.

A cinco metros de distancia, Etienne disfrutó la escena y compadecido del tipo, se ofreció acompañarle a la Comisaría y pagar la elevada multa que impusieron al infractor, advertido que en caso de reincidencia, sería expulsado del País.

Cuatro años después de haber investigado hasta el cansancio el secuestro, la Interpol archivó el grueso expediente del caso, en la Sección de Asuntos No Resueltos. En su Informe Final, las autoridades de la Policía Internacional, mencionaban:

"No obstante la cooperación de las Policías Española y Francesa, no pudieron localizar a la señorita Felicidad Guillén, de nacionalidad Norteamericana, desaparecida en un viaje de turismo proveniente de California, con escala en Washington D.C., Estados Unidos, destino final en la ciudad de Madrid, España.

Que las investigaciones exhaustivas de los sospechosos, condujeron al hallazgo de dos cadáveres de personas de raza blanca, sexo masculino, presentando signos de tortura extrema, golpeados hasta morir, rematados con disparos de arma de fuego calibre .45 en la boca, rompiendo la bóveda palatina, con orificio de salida en la parte occipital del cerebro y arrojados al Río Sena, cuya descripción concuerda con los datos ofrecidos por el único testigo con protección de anonimato.

Confrontadas las huellas digitales y el estudio del ADN en sangre, se concluye la identificación de cuerpos afirmando que corresponden a los ciudadanos Etienne Partiel y Constantino "Kino" Quiroga, de 44 y 42 años de edad, originarios, en su orden, de Marsella, Francia y Valencia, España, ambos con residencia en la ciudad de París, de ocupación comerciantes importadores de Abarrotes, Vinos y Licores, procediéndose a iniciar las averiguaciones del caso por la Brigada de Homicidios de la Policía local."

En el allanamiento del negocio con sede en el barrio Latino de

París, la Sûreté (Policía Secreta Francesa) descubrió una gran red de pornografía a nivel mundial, haciendo los arrestos correspondientes.

Pero de la joven Guillén, ni una palabra. Y el caso se olvidó. Hasta por su novio, quien después de gastar enormes sumas en Detectives privados, Funcionarios y Policías de varios Países, finalmente tuvo que aceptar el fracaso y llorar su pena al lado de Don Clemente Guillén, el acongojado padre de la novia.

Anthony Belcher, juró no olvidarla jamás.

MADRID, ESPAÑA

E l secuestro y posterior esclavitud de la pobrecilla Felicidad, había sido planeado con precisión, como un robo al Banco o una Operación Militar.

Era una verdadera infamia, algo aberrante e injusto cometer ese atropello a la angelical criatura cuya única "falta" si se pudiera llamar así, había sido nacer demasiado bonita.

El plan de los bastardos les funcionó a la perfección.

Por medio de Santiago Casillas, Gerente de "La Gitana" supieron con exactitud la invitación hecha a la linda mujer para conocer el negocio y turistear en Melilla. Los correos electrónicos enviados y recibidos confirmando fechas de arribo y vuelos sirvieron de maravilla a los secuestradores.

Un soplón de California, contratado para seguirla durante el día previo a su viaje, confirmó su salida abordando el jet con primer destino a Washington, D.C., donde cambiarían de avión.

En la ciudad capital de los Estados Unidos, subirían a bordo Lisa Stone y Josafat Pereira, cada quién por su lado, como si no se conocieran. Lisa debía conseguir sentarse al lado de la chica como compañera de viaje y no ser una molestia para la pasajera. Usaría su encanto y discreción para ganarse la confianza del "proveedor", nombre clave que usarían en adelante para referirse a Felicidad.

Durante las breves charlas —en un vuelo de ocho horas— Lisa debía derrochar alegría y simpatía sin exagerar, platicando a su vecina de asiento, entre otras cosas sin importancia, que padecía diabetes desde niña, con necesidad de administrarse diariamente Insulina.

De ningún modo debía preguntarle sobre su vida personal, familia, dónde vive, en fin nada que pudiera despertar sospecha alguna de la muchacha. Con el crecimiento de actos terroristas y delincuencia organizada, los viajeros —en especial los Internacionales— son prevenidos por sus padres, familiares, amigos y autoridades, de no confiar en extraños, no hacerles favores, no aceptarles nada de comer o beber, no transportar encargos, etc.

Quizá ella misma le contaría algo, a lo que fingiría no prestarle demasiado interés.

Partiel y Kino, conocían a Lisa Stone y engatusar, era la especialidad de la puta, una de las enganchadoras profesionales, actriz y recolectora de pornografía más efectivas que tenían a su servicio.

Siguiendo lo planeado, Stone dejó bajar primero de la aeronave a la moza para no ser captada con ella por las cámaras de seguridad de la Terminal Aérea. Así lo hizo también al llegar a Migración, recoger el equipaje y pasar la Aduana, sitios donde había una gran cantidad de cámaras de vigilancia de circuito cerrado.

Pasados los estrictos controles, debía pegarse como estampilla para despedirse de su compañera de viaje y desearle feliz estancia, dirigiéndose juntas hacia la salida de pasajeros. En el breve trayecto, le pediría tan solo un momento para arrodillarse, abrir su maleta y sacar la jeringa hipodérmica con el medicamento para la diabetes, explicando que después de tantas horas de vuelo lo necesitaba con urgencia. Josafat debía seguirlas a prudente distancia.

Felicidad no tuvo inconveniente en aguardar unos segundos. Quiso dar a Lisa intimidad para recibir la insulina, desviando su cándida mirada sobre las instalaciones del aeropuerto. La negrita aprovechó esos instantes para inyectarle al "proveedor" directamente en el músculo Deltoides del hombro izquierdo, una dosis de Rohypnol IM —poderoso anestésico derivado del Curare, de acción inmediata preferido de los pandilleros para violar mujeres— que causó el desvanecimiento de la muchacha.

La morenaza sostuvo el cuerpo de la rubia lo suficiente para que su amante llegara corriendo para auxiliarla. Un guardia se acercó a ver qué ocurría, prestando toda su colaboración para sacar a la bella chica por las puertas de Emergencia, cuando Lisa le explicó que "la enferma" era su amiga, viajaban juntas y padecía Diabetes Juvenil de lo más agresiva, siendo necesario conducirla al Hospital de Urgencias para atenderla, posiblemente sea un ataque de hipoglucemia...

— Desde la fila de Migración, comenzó a sentirse mal y he llamado por mi teléfono celular a una ambulancia que debe estar esperando. ¡Vaya por un jugo o dulces, rápido, por favor! —imploró la linda negra.

El Policía no tuvo ninguna sospecha al ver la jeringa y la Insulina en el suelo.

El hampón cargó a la muchacha y la entregó a los paramédicos, quienes en pocos segundos la subieron en camilla a la Ambulancia, con Lisa Stone a bordo, el frasco de insulina y la hipodérmica. Se pusieron en marcha a gran velocidad, abriendo el sonido de la sirena con las luces rojas y azules destellando, ante la atónita mirada del guardia que regresó corriendo con los endulzantes en mano. El vehículo enfiló con rumbo a la Casa de Seguridad del "Patrón". Pasada la emergencia, el novato elemento de Seguridad del Aeropuerto, reportó de inmediato a su Superior el incidente, funcionario menor que al conocer el caso lo minimizó, razonando que la chica ya estaba siendo atendida por profesionales, por lo que él, simplemente lo incluiría en el Parte de Novedades del día.

El cómplice se esfumó. Marcó un número telefónico de su móvil diciendo: — "Han servido la comida en casa" — y colgó.

A cuarenta kilómetros del Aeropuerto, la llamada fue recibida por el sujeto llamado por sus secuaces como "EL PATRÓN", que se preparó para recibir a la nueva "huésped".

— De modo que decidiste actuar por tu cuenta, ¡idiota! — dijo "El Patrón" encabronado.

— ¿Sabes pedazo de mierda, que nos has echado encima a la Policía Española, la Interpol y al FBI? ¡Eres un cabrón animal! —insultó "EL PATRÓN".

— Tendré que ser yo, el que resuelva las cosas, como siempre, ¡vete a lamer el culo a tu madre, estúpido!

Dócil como un corderito ante los poderosos, Etienne acarició la culata de su revólver Colt Magnum .357 de cañón corto, de buena gana —pensó— le metería una bala en su pinche cabezota, pero aguantó los insultos de su jefe. Le convenía hacerlo, los tres guardias que vigilaban atentos, portaban sendas pistolas Vektor Z88 calibre 9 mm de gran calidad, potencia y precisión fabricadas en Sudáfrica, semejantes a las Beretta. Ya tendría la oportunidad de vengarse.

— Perdón señor, lo hice pensando en que usted disfrutara, quise agradarle con nueva mercancía, le aseguro que es de lo mejor y no se arrepentirá. Es cierto, hay algunos riesgos, pero la operación fue limpia, puede preguntarle a Kino.

— No vas a decirme ahora qué hacer. Lo hecho, hecho está. Ahora tenemos que ser cuidadosos, esta gente buscará a la chica por todos los medios a su alcance, la Policía y detectives privados van a husmear en nuestros negocios. ¿Comprendes lo que has hecho imbécil? —arremetió de nuevo "EL PATRÓN".

— Esta misma noche me la llevaré al Chalet. Sirve para algo, ¡prepara el viaje hijo de tu puta madre!, y cuidado de meter la pata, ya me tienes harto con tus pendejadas —sentenció "EL PATRÓN".

CAMBRIDGE, MASSACHUSETTS, U.S.A.
(CUATRO AÑOS DESPUÉS)

Después de guardar luto interior un año por su novia Felicidad, Anthony Belcher decidió que la mejor manera de soportar el pasado que lo consumía, era precisamente buscar la mujer adecuada para formar un hogar. Por doloroso que parezca y aunque no lo quisiera, tenía que continuar viviendo, casarse y tener hijos, como había sido educado por su familia y la sociedad que le rodeaba. Así lo hizo.

Cada año, durante el verano, el grupo "Harvard's Friends Society" integrado por egresados de esa Universidad, acostumbraba reunirse para celebrar con una gran cena el reencuentro de compañeros de estudio, eventos a los que asistían las autoridades Académicas y Administrativas de la Casa de Estudios para convivir con los ex alumnos, que buena parte de ellos, ahora ocupaban destacados puestos en el Gobierno, la Política y los Negocios.

En los saraos, cuyos gastos se repartían en partes iguales entre los felices egresados y la Universidad, no faltaban los discursos encabezados por el Rector, cuyo mensaje de salutación, Honor y Gloria, era de sobra conocido, así como el mensaje de cierre del evento en labios del Tesorero del Patronato, que apelaba a la generosidad de los asistentes invitándoles a continuar e incrementar las donaciones para su Alma Máter.

La Convención, seguía un programa establecido, muy semejante a los anteriores, introduciendo hábilmente, algunas importantes primicias para mantener el interés de los jóvenes.

En esta ocasión, las novedades consistían en la flamante inauguración del Centro de Ciencias del Espacio, construido en coinversión con espléndidas donaciones del Gobierno Federal y de grandes Compañías fabricantes de aviones, telecomunicaciones, cibernética y de las industrias relacionadas con la energía tradicional y atómica, estimándose una inversión total de cinco mil quinientos millones de Dólares.

Pero la joya de la corona era sin lugar a dudas, los nuevos Laboratorios de Robótica, Informática Avanzada y de Energías Alternativas, ambas instalaciones erigidas dentro de inmensos terrenos con superficie de 900 Acres en los suburbios de Cambridge, Massachusetts.

El costo confidencial no revelado, fue estimado por los medios de comunicación en unos ocho mil millones de Dólares.

La convivencia de los ex alumnos, se prolongaba durante dos días, aprovechando el fin de semana, con ceremonias, actividades académicas —en menor grado— deportes y espectáculos. La regla de oro era acudir a la cita exclusivamente los hombres y mujeres que hubieran estudiado allí. No se permitía llevar a nadie como compañía.

Esposas, esposos, novias y novios, debían aguardar en casa o en su hotel.

El destino quiso que ese año, coincidieran en la Universidad, Anthony Belcher y Kadir Aiza, que casi nunca asistía por vivir en España.

"El Gallego" Belcher necesitaba ayuda para tirar la pesada piedra que portaba y su primer objetivo era relajarse, divertirse un poco, tomando buenos tragos con sus compañeros de Escuela, narrando, escuchando historias y anécdotas por lo general infladas, de todos ellos.

Como Johnny "El Lagarto", que avergonzado de no tener grandes aventuras qué contar, acudió al Psiquiatra para quejarse que sus compañeros referían haber tenido sexo hasta cinco veces por noche durante una semana y él —Campeón Olímpico en Halterofilia (levantamiento de pesas)— solamente podía dos veces diarias, como máximo.

Sus amigos se ufanaban de conseguir siempre buenas hembras, jóvenes, bonitas, de grandes senos y traseros de tentación, de razas y Nacionalidades diversas y él, ligaba limitadas veces y no tan hermosas.

Johnny "El Lagarto" era el único de la pandilla sin noticias interesantes.

Era un tremendo problema para el pobre tipo que le estaba afectando demasiado, al grado de estar abusando de vitaminas y bebidas energéticas, adquiriendo productos "milagrosos" que anuncian en televisión.

El hombre estaba acomplejado. El Médico resolvió la molestia en un santiamén con una receta maravillosa: — ¡Dígales las mismas mentiras! —y el paciente se curó.

Hoy sería diferente. ¡Había ensayado la versión de cuatro aventuras amorosas de primerísima!

Un propósito secundario —no menos esencial para "El Gallego"— lo constituía el hecho de estar al día en las investigaciones de los Ultramodernos Laboratorios de Robótica, en íntima relación con la Gigantesca Empresa que estaba Auditando en Nueva Delhi, India.

Los motivos de la asistencia de Kadir, eran más sencillos. Le atrajo la idea de conocer las novedades científicas para mantenerse actualizado, disfrutar dos días de sana convivencia con sus prósperos compañeros de generación de Postgrado y por qué no, tratar de venderles los servicios de la poderosa compañía Hotelera y de Cruceros a la que servía como Director General.

CHAMONIX, ALPES FRANCESES

A l cumplir la mayoría de edad, Felicidad Guillén había madurado. Ahora, su pasada gran belleza de niña-mujer, como los buenos vinos, mejoraba cada día. Desde su secuestro cuatro años antes, estaba al servicio exclusivo del repugnante sujeto conocido como "EL PATRÓN".

Las constantes amenazas con matar a sus padres y demás familia, la obligaron a vivir con él bajo el mismo techo, en su papel de acompañante favorita del harem y — por increíble que parezca — seguía conservando la pureza virginal de su juvenil cuerpo.

El torvo personaje, tenía aterrorizados a sus secuaces, pues su poder y salvajismo eran legendarios. Responsable de innumerables crímenes, disfrutaba ejecutando en persona sin la menor compasión, a sus enemigos.

Nadie sabía —o fingían no saber— que el siniestro tipo no podía sostener relaciones sexuales.

A sus casi 80 años, "EL PATRÓN" aún imponía respeto. Caucásico, de cabello blanco, enorme estatura de 1.95 metros, 125 kilos de peso y complexión atlética, hacía que su sola presencia amenazante, causara temor entre los amigos, empleados y adversarios. Tenía bien ganada fama de implacable y su gusto por matar a seres humanos, se remontaba a los lejanos días de su juventud.

Nacido en Hungría, el centro de Europa, desde pequeño siempre estuvo inmerso en guerras, sufriendo los horrores del Holocausto. Sus padres y toda la familia fueron bárbaramente torturados y asesinados a sangre fría en su presencia, llenando sus ojos y mente de niño, primero de gran dolor y después de terrible rencor.

La razón de haberle permitido vivir, fue por orden del pederasta comandante del campo de concentración nazi en Auschwitz, quien violó y cometió espantosas aberraciones sexuales con el jovencito durante muchos meses.

Para cuando Europa fue liberada por los Aliados, el adolescente

Stefan Horvik aprendió a sobrevivir, luchando en las calles por un mendrugo de pan y un poco de agua sucia, convertido en animal, deseoso de venganza contra la humanidad, renegando de la existencia de Dios, pues no podía concebir cómo si es nuestro Padre Todopoderoso, permitió tanto sufrimiento a sus hijos.

Dueño de un físico impresionante, fue enrolado primero por pandillas de malhechores que robaban alimentos, ropa y el escaso dinero que circulaba en las calles. Después, conectado en el bajo mundo, consiguió ser pistolero en bandas criminales, que lo llevó a conocer a reclutadores que contrataban mercenarios para guerras civiles en África, Medio Oriente, Sudamérica o en el mismo infierno si fuese necesario, siempre que pagaran bien.

Stefan destacó por su arrojo y crueldad. Nunca tomó prisioneros.

Sin embargo, respetaba siempre a las mujeres y niños. Pobre de aquel compañero que abusara de ellos. Lo mataba en el acto, como si fuera un perro rabioso.

Por las noches, en la soledad de los rústicos camastros de los campamentos en medio de la jungla, montaña o desierto, Stefan Horvik recordaba a su familia y en particular, al maldito hijo de puta comandante nazi, al que degolló, convirtiéndose por vez primera en asesino.

Y fue precisamente en su último día en el campo de concentración, aprovechando la gran confusión y desorden que se dio por la entrada victoriosa de las tropas Aliadas, cuando los oficiales y soldados nazis corrían como ratas abandonando el barco para salvar el pellejo.

En una mezcla de sentimientos, como un coctel, pasaba del llanto a la indignación y después al gozo, sí, disfrutaba muchísimo ver en retrospectiva al obeso Coronel de las SS sangrando como un animal de carnicería, con el cuello regordete rebanado por la tapa de una lata de sardinas comida por el Oficial el día anterior y que afiló con paciencia, raspándola contra el piso de cemento, quedando como navaja de afeitar.

¿Lo volvería a hacer? ¡Claro que lo haría si eso fuera posible! No hubo jamás un gesto de arrepentimiento. Lo que le hizo el indigno militar, no tenía nombre.

Una noche, el degenerado lo emborrachó por la fuerza, para después introducirle salvajemente por el ano, la punta de un tolete de madera, desgarrando y rompiendo el esfínter y los nervios de la próstata, causándole intensas hemorragias y dolores insoportables.

En la apresurada cirugía a la que fue sometido hecha por personal mediocre, no pudieron evitar el corte de los Nervios Pudendos, condenando a Stefan a que jamás pudiera tener una erección. Lo convirtió en impotente por el resto de su vida, ocasionándole además, un enorme trauma Psíquico.

"EL PATRÓN" guardaba con celo su terrible secreto. En apariencia, tenía y disfrutaba de la dicha que le causaba cuanta puta bonita conocía. Siempre estaba rodeado de ellas, presumiendo de su hombría.

A veces, aparecía alguna de ellas estrangulada en la recámara cuando, dándose cuenta del defecto del hombrón, se burlaban de él o amenazaban con contarlo.

Tres ayudantes personales de "EL PATRÓN" en distintas épocas, corrieron la misma suerte por intentar abrir la boca. Había rumores, pero nadie, en lo absoluto, se atrevía a insinuarlo siquiera.

No obstante su impedimento, Stefan no era homosexual. Por el contrario genuinamente le gustaban las mujeres, disfrutaba de su compañía, buena comida, bebida, deportes, espectáculos, besos y caricias, pero no más. Por costumbre se alcoholizaban, terminando por dormir como bebés.

Felicidad siempre trató de escapar de su jaula de oro, sin éxito. La amenaza latente de que al hacerlo asesinarían a su querida familia, la detuvo en varias ocasiones. En sus lujosos aposentos, tenía todo lo que una mujer pudiera desear, menos teléfonos y computadora con servicio de Internet.

Tierna y cariñosa recibió la confesión de Stefan en medio de lágrimas y se compadeció tanto, que su noble corazón le dictaba buscar la forma de ayudarlo. Durante más de un año se dedicó a leer libros y revistas actualizadas de Medicina, con la esperanza de ofrecer a su anfitrión, alguna solución al problema.

Nunca pudo hallar nada que pudiera beneficiarlo, pero Stefan se lo agradeció tanto, que se volvió su gran admirador con el poder y protección a su servicio.

Una tarde, ella tuvo la debilidad de llorar largo rato y maldecir a sus secuestradores explicando a Stefan la humillación sufrida durante el rapto, cuando a bordo de la ambulancia estando semidormida, la manosearon impúdicos y después al pasarla al segundo vehículo trataron de violarla, que —para su fortuna— no pudieron hacer ninguno de los dos tipos.

La razón de haber conservado la virginidad, era una condición ginecológica no muy frecuente en las mujeres.

El himen de la bella joven estaba protegido por resistentes fibras musculares congénitas llamadas bridas, que impiden la penetración del pene por fuerte y poderoso que sea, requiriendo de cirugía para consumar el acto sexual.

A la semana siguiente, los cuerpos sin vida de Etienne Partiel y Kino Quiroga, amanecieron en París, flotando en las heladas aguas del Río Sena.

La queja de Felicidad fue la gota que derramó el vaso. Stefan aprovechó para quitarse de encima a los dos sujetos que se habían convertido en una molestia mayor, poniendo a la Organización en riesgo varias veces por sus descuidos y excesos.

Un tercer motivo para eliminarlos fue el informe del Contador Pereira sobre mayúsculos desfalcos y por último el rumor que ambos secuaces planeaban matarlo para quedarse como líderes absolutos de los negocios.

Stefan invitó a los dos criminales a su casa en París y después de agasajarlos con una espléndida comida encargada al restaurante Fouquet's y tomar de los mejores vinos de Francia, les explicó su deseo de retirarse de las empresas dejándolas por completo en sus manos. Los nuevos dueños abonarían mensualmente a la cuenta de "EL PATRÓN" veinte millones de Euros hasta su muerte.

Stefan contempló las caras de alegría de los dos compinches, que ya estaban pensando apresurar su viaje a la eternidad. El gesto de júbilo se esfumó, cuando recibieron sendos garrotazos en la cabeza. Inmovilizados por seis guardaespaldas, los miserables aullaron de dolor.

Atados de pies y manos, les colocaron un trapo en la boca sellándola con cinta canela de pegamento extra fuerte. A una seña del Patrón, fueron arrastrados al sótano y colgados boca abajo, sostenidos los tobillos por cuerdas marineras pasadas por encima de una viga de madera rústica del techo, que le recordaron a Stefan las famosas "piñatas" que había visto en un pintoresco pueblito cerca del magnífico centro de Gran Turismo llamado Cancún, México.

En fiestas infantiles, los niños armados con un trozo de madera, tundían a palos la "piñata" —olla de barro amarrada en la rama de un árbol— hasta romperla en mil pedazos. Estaba forrada con papel de colores en forma artística, repleta de dulces, golosinas y pequeños juguetes que los chiquillos recogían entusiastas en medio de gran algarabía.

Los ojos de los dos malvados casi salían de sus órbitas, por la sorpresa y miedo. Stefan llamó a Felicidad para ver a sus victimarios y puso en su mano un bate de baseball, invitándole a dar el primer golpe a la "piñata".

Asombrándose ella misma de su decisión y fortaleza, propinó tremendo garrotazo en la espalda a cada uno, descargando su frustración y odio a los malditos por arruinarle la vida. Hecho lo anterior, pidió permiso para retirarse a sus aposentos.

El primer sorprendido fue el jefe de los criminales. Nunca se imaginó que la nena pudiera hacerlo. Enseguida, tomó la madera y comenzó a golpear con fuerza el cuerpo de los desgraciados, rompiendo huesos y vísceras. Al terminar, exhausto, ordenó a los guardias: — Limpien todo. Ya saben lo que tienen que hacer.

Felicidad se volvió compañía inseparable de Stefan. Su carácter alegre y festivo, volvía a su lindo rostro en algunas ocasiones, cuando disfrutaba de las historias que al calor de la chimenea le narraba "EL PATRÓN".

En poco tiempo, se adueñó de los escasos sentimientos de ternura y compasión que le quedaban al delincuente.

Por las tardes casi al anochecer, ella tocaba el elegante piano de cola Bechstein color marfil comprado en Viena como regalo, cuando Stefan se enteró con agrado de la afición de su protegida.

Varias veces entonaba canciones que el bandido pedía y entonces sucedía una especie de éxtasis, cuando el sanguinario tipo canturreaba canciones Zíngaras de su patria Hungría, aprendidas de su madre, recordando la dulce voz.

Cuando Felicidad cantaba, le parecía escucharla de nuevo. La relación entre la prisionera y su captor, pasó al siguiente nivel de confianza. Por una parte "EL PATRÓN", seguía siendo "La Bestia", mostrando algunos signos de humanidad inspirados por "La Bella".

Stefan estaba tan complacido con la compañía de Felicidad, que prácticamente había suspendido su pasatiempo favorito, rodearse de putas, alcohol y mariguana.

Una vez se atrevió a preguntarle con dulzura: — Si has sufrido tanto como dices y te atormenta el pasado, ¿cómo es que te dedicas a un negocio tan vil, como la prostitución, drogas y pornografía?

Stefan acorralado por la mirada angelical y la inocencia de la joven, contestó la pregunta con amabilidad. A cualquier otra persona, enfrentarlo de ese modo, le hubiera costado por lo menos, una buena tanda de azotes.

— Linda. Por esta ocasión te lo voy a decir. No acostumbro dar explicaciones de ninguna clase a nadie, ¿lo oyes? ¡A NADIE! Contigo es distinto. Eres una buena persona, de las pocas que quedan en el Mundo y estoy seguro que lo entenderás.

— Tuve como sabes, una niñez y juventud difíciles. En las calles aprendí a vivir con la ley del más fuerte y para sobrevivir, tienes que hacer cosas terribles. Robar, traicionar, matar, engañar, en fin sacar la maldad de la que es capaz un ser humano y que todos llevamos dentro.

— En el mundo del hampa, tienes que ganarte el respeto de los demás y solamente hay una forma, ser peor que ellos, el más violento, el más sanguinario, el más cruel y cuando lo consigues, tienes que conservarlo a como dé lugar.

El hampón continuó: — Una vez en el tobogán de esa vida, ya no puedes detenerte ni regresar, ¿me comprendes?

— Por supuesto, pero no es necesario que expliques nada. Debo confesarte que las atenciones y el respeto que has tenido conmigo, disminuyen el rencor contra ti y lo que representas. Si tan solo me dejaras libre… te juro que no diré nada… no intentaré nada contra ti… por favor ayúdame —dijo sollozando— ya he sufrido bastante…

— Eso no es posible por ahora lindura… tal vez algún día no muy lejano… más pronto de lo que imaginas —contestó Stefan— estoy acostumbrado a tu hermosa y dulce compañía. Agradezco tu preocupación por mis alimentos, medicinas y ejercicios que me han mantenido en forma. Tu bondad y espiritualidad siempre me recuerdan a mi madre. Soy yo el que suplica que te quedes conmigo un poco tiempo más.

— Ten paciencia. Soy un hombre mayor y un día cuando despiertes me encontrarás muerto, tan frío como un témpano de hielo, ja, ja, ja.

— Pero no te angusties cariño, cuando eso suceda, quedarás libre como el viento, joven, bella, virgen, con hacienda suficiente para vivir, viajar, divertirte, estudiar, poner un comercio, comprar autos, casas, enamorarte, casarte si quieres, en resumen, pienso compensarte en algo los buenos años que he tenido contigo, los mejores de mi pinche vida… concluyó su discurso emocionado, Stefan "EL PATRÓN".

— Si en algo te consuela muñequita preciosa, debo informarte que tus secuestradores obraron sin consultarme, trataron de violarte y pensaban convertirte en drogadicta, cogerte hasta cansarse, para después venderte como desecho a una casa de prostitución en Melilla o Ceuta, ciudades Españolas en el continente Africano, donde jamás te encontraría nadie y seguramente morirías de sida, sífilis, tuberculosis o lepra.

— Además robaron de mis empresas montañas de dinero y planeaban asesinarme.

— Bueno pues después de darles tormento, los he ejecutado, matado para que me entiendas. Ya no existen esos hijos de la chingada — dijo Stefan riendo a ruidosas carcajadas.

— ¡Jesús mío! —dijo Felicidad temblando— Creí que sólo les daríamos una buena paliza. No sabía que están muertos. Me siento culpable, ¡qué horror, soy una asesina! ¡Dios me perdone! —y se puso a llorar desconsolada.

BOSTON/CAMBRIDGE, MASSACHUSETTS, U.S.A.

A las 21.30 horas del último día de la Convención, los ex alumnos estaban eufóricos. Habían cenado y bebido espléndidamente, renovado amistades y establecido contactos para futuras inversiones "Join Ventures" (Asociadas).

Los objetivos de la reunión, se habían logrado con creces, los egresados habían comprometido generosos "grants" (donaciones) de Fundaciones, Empresas e Individuos, incluyendo las aportaciones de ellos mismos.

El más feliz era sin duda el Tesorero de la Institución, quien se frotaba las manos contando ya, los jugosos ingresos a la caja de la Universidad.

En la mesa 14, departían muy a gusto los egresados de la MBA (Maestría en Administración de Negocios) opción Finanzas Generación 2008/2010, encabezados por Anthony Belcher "El Gallego" con sus compañeros: Tamara "Captain" Morgan, atlética y decidida; Willy "Bull" Harris, fuerte como toro; Johnny "El Lagarto" Braddock, alto y musculoso; Frank Pappapoulos, alias "Onassis" por su enorme riqueza; Danny "Burger" Staubert, comelón de marca mayor; Claudette Petáin, "La Top Model", rostro y cuerpo sensacionales; Gigliola "Gigi" Sturaro; bonita y estudiosa; Betty "Sweety" Rosemberg, una dulzura de chica; y Kadir "El Turco" Aiza.

Siendo las once de la noche, iniciaron las despedidas, con la promesa de verse antes de la siguiente reunión, que en su mayor parte, no pasarían de buenos deseos.

No obstante, algunos sí lo harían. Belcher abordó a solas a Kadir con el pretexto de comentarle sobre los importantes trabajos que realizaba en la India, pero en realidad, pensaba consultarle y pedirle consejo sobre la aventura romántica tenida con la hermosa Afroamericana llamada Lisa, que le estaba costando bastante dinero mantenerla en la oscuridad.

Los chantajes pagados rebasaban ya los trescientos mil Dólares y parecían no tener fin.

— ¿Qué hago? —preguntó con angustia.

— ¡Deja de pagar! —replicó Kadir— En esa forma mostrarán la cara los chantajistas. Por otro lado, debes localizar a la morenaza que es la clave de este lío.

— Pero antes que eso, confiesa todo a tu esposa. Dile la verdad, tal y como me has contado. Si ella te quiere y es inteligente como aseguras, te perdonará la debilidad. Tienes más cosas positivas que un solo error humano. En esa forma, las extorsiones terminarán y dejarás de sufrir. ¡Hazme caso! —pontificó.

— OK, así lo haré, muchas gracias. Pero hay otra cosa fundamental para mí y quiero tu asesoría. ¿Puedes dedicarme unos minutos más?

— Siempre que no sea para pedir préstamos —bromeó Kadir, que conocía la gran fortuna de los Belcher.

— Vayamos a otro lugar, aquí las paredes oyen y lo que es peor, hablan.

— Estoy de acuerdo —expresó "El Turco"— ¿Te parece el Londonderry Pub? ¡Hace siglos que dejamos de ir!

— Magnífica elección —respondió "El Gallego", y ambos se pusieron en camino.

Dentro del lugar, reinaba una atmósfera de diversión. Cuatro preciosas bailarinas de striptease se contorsionaban semidesnudas en derredor de un tubo de metal brillante, al ritmo de música sensual. Los clientes sentados en las primeras filas del show, metían billetes de baja denominación como premio, en la minúscula tanga de las mujeres. Los dos amigos escogieron una mesa lejos del espectáculo para poder hablar. La mesera vestida con diminuto uniforme de enfermera cuyos pechos reventaban la blusa y nalgas bonitas, dejó una botella de Escocés, vasos con hielo y agua mineral. Pagada la cuenta, se retiró agitando seductoramente sus encantos.

— Voy al grano. Es de sobra conocida la desaparición, hace cuatro años, de mi novia Felicidad Guillén, en un viaje a España, ¿lo recuerdas?

— Me enteré por la prensa y la televisión, le dieron cobertura nacional. Es muy triste... ¡No sabía que fue tu prometida!

— Pues sí, la raptaron cuando partí a estudiar a Chicago. Mi familia y la de ella... agotamos todos los recursos para localizarla. La pista se perdió, cuando aparecieron muertos los secuestradores. Hace poco abandonamos la búsqueda. Probablemente, la mataron —narró Belcher con infinita congoja.

— Acudo a ti, porque estoy al borde de la desesperación y bueno... siempre me has demostrado amistad... te considero un hombre talentoso, discreto y de buen juicio... tus éxitos así lo corroboran... no confío en nadie más.

— Te suplico ayuda. Quiero que tus expertos ojos de Auditor examinen el caso y emitas una segunda opinión, como los Médicos. Durante los siguientes cuarenta minutos puso al corriente a su amigo.

— A ver —dijo Kadir— ¿pidieron rescate?, ¿lo pagaron?

— No. Nunca pidieron nada, vamos, ni siquiera hubo una llamada. Cero comunicación, sencillamente se esfumó.

— ¿El informe de la Policía, lo tienes?, me gustaría echarle un vistazo.

— Seguro que sí. Te enviaré por e-mail en unos días, los Informes, tanto de la Policía Española, la Interpol y el FBI. ¿Podrás ayudarme? ¡Estoy al borde de volverme loco!

— Haré lo que pueda querido amigo, pero no te prometo nada. Tengo algunos contactos que quizá nos puedan proporcionar información adicional que ayude a encontrarla, por supuesto si está viva —sentenció fríamente.

— ¿Buscaron algún otro móvil que pudiera ser la clave de esa misteriosa evaporación? Un ser humano no puede desvanecerse en el aire, existen documentos, registros, fotos, cámaras de vigilancia dondequiera, hasta en las calles y luces de tráfico, etcétera.

— Los Gobiernos ejercen un control casi absoluto sobre sus ciudadanos y son capaces de saber lo que desayunas, si acudes a servicios religiosos, en una palabra, ¡hasta si eres virgen o no! —bromeó Kadir para aflojar la tensión del momento.

— Por lo que me has relatado, pienso que hay algo raro allí. Voy a necesitar también el informe de la Embajada en España y las conclusiones del Departamento de Estado, ¿las tienes en tu poder?

— La verdad es que no. Estuvimos tan agobiados... Que no se nos ocurrió... nos conformamos con los Reportes de la Policía y de los Investigadores Privados que contratamos. Quizá fue un error no hacerlo.

— Te advierto que no será nada fácil cumplir con la tarea que me encargas —aclaró Kadir— han pasado varios años del desafortunado suceso. Pero no hay imposibles. Te prometo que haré lo que esté a mi alcance, para tratar de ubicarla, pero también hallar a los culpables.

— Si los localizamos, ¿has pensado qué hacer?

— ¡Tengo "LA TENTACIÓN" de matarlos! —afirmó Belcher con energía.

MADRID, ESPAÑA

Las lujosas oficinas del "CELTIC WORLDWIDE HOTELS & RESORTS" (Corporativo Celta Internacional de Hoteles y Centros de Descanso), ocupaban los pisos del cinco al once, de los veinte del moderno edificio de hormigón y cristal, que vigilaba— como centinela sin relevo— la esquina de las Avenidas Recoletos y Serrano, cerca de la famosa Puerta de Alcalá que junto con la Fuente de Cibeles son íconos de la ciudad de Madrid.

Era el medio día y llovía como si el cielo hubiera abierto las puertas de una colosal represa, mojándolo todo, inundándolo todo. Afuera, el tráfico vehicular circulaba con lentitud y los apresurados peatones, corrían a guarecerse de la ducha helada.

Temprano, después de su acostumbrada rutina de ejercicios y despedirse amorosamente de su esposa llevaba a sus hijos a la escuela, cosa que disfrutaba siempre que estaba en la ciudad.

Kadir despachaba en sus amplias y confortables oficinas del gigante conglomerado de Empresas de Turismo. Sobre la brillante superficie en fino cristal pulido y biselado de su escritorio, descansaban dos gruesos expedientes.

Saboreando la primera taza del excelente y aromático café que le enviaban sus padres cada mes desde Veracruz, México, revisó con esmero la información y lo que vio le alegró la mañana.

El primer paquete, contenía los Informes Ejecutivos de Ingresos, Costos y Utilidades del primer trimestre del año, por cada una de las empresas del Grupo, contrastados contra el mismo período de los dos años anteriores, ilustrados con llamativas gráficas estadísticas en colores. En los anexos, se desglosaba cada una de las partidas para su consulta.

Las Cadenas Hoteleras de Cinco Estrellas, Categorías Especial y Diamante, a nivel mundial mostraron una ocupación promedio de 77.2%. Los Hoteles de Cuatro Estrellas, Business Class y Express: 86.4%.

A juzgar por los números de los primeros tres meses del año, las Compañías a su mando apuntaban a una tasa de crecimiento superior a 30%, que pronosticaba un magnífico ejercicio.

Kadir lanzó un silbido de admiración. Con ventas totales en el año pasado de más de veintiún mil millones de Dólares y el crecimiento promedio de 33%, cerrarían el ejercicio en curso con ingresos superiores a los veintisiete mil millones de Dólares. En conjunto está muy bien y viene lo mejor —dijo entre dientes— pensando ya en el fantástico bono del uno por ciento sobre esa cantidad, que los accionistas autorizaron en su Contrato, como premio.

El desarrollo de la nueva línea de "Hoteles Boutique Highest" de treinta grandes suites de superlujo con SPA, en destinos exclusivos de playa y nieve, con gastronomía y enología Cordon Bleu, de lo mejor del mundo, diversiones al por mayor, incluidos Casinos privados en ciudades que lo toleran; restricciones como no permitir niños y mascotas, estaban conquistando a gran velocidad las preferencias de los millonarios, a quienes no les importaba gastar los setenta y cinco mil Dólares diarios All Inclusive (todo incluido) hasta llamadas telefónicas internacionales, consumo de bebidas importadas y llevarse como souvenirs (recuerditos), finas figuras de cristal Swarovski y porcelanas Lalique y Lladró, que adornaban las Suites, todas con piscina individual. Los baños en mármol de Macael, provistos con muebles Japoneses Toyo, cuyo funcional diseño incorpora al inodoro la ducha conocida como "Bidet" para mejor higiene de las partes íntimas y grifería en oro de 18 quilates.

Artistas famosos, Presidentes, Jefes de Estado, prominentes políticos, funcionarios, empresarios globales, gente del Jet Set y nuevos ricos del mundo, forman la clientela que a cambio de un pedazo de paraíso terrenal, están dispuestos a pagar lo que sea.

El nuevo concepto, contaba con los servicios de la más alta calidad en Hotelería Internacional, como el trayecto Aeropuerto-Hotel-Aeropuerto en flamante Helicóptero, transportación terrestre en limusina blindada surtida con champaña, quesos y frutas frescas, traductor(a) de varios idiomas y escort (edecán) si los huéspedes lo desean.

Rígidos controles de acceso, garantizan a los clientes, privacidad total. Cero "paparazzis" y periodistas.

Como si fuera poco, las magníficas Suites regiamente decoradas, tienen cocina completa y tres cuartos dobles en sección aparte, para los Secretarios, Ayudantes y Cocineros.

La razón de la cocina equipada, es que muchos personajes viajan con sus propios ingredientes de alimentación étnica y otros, temen ser envenenados.

Y para los amantes del mar y aventuras, allí están los Cruceros, maravillosos edificios flotantes que visitan lugares paradisíacos en el planeta, combinados ahora con servicios terrestres de primerísima calidad para excursionar en las ciudades o practicar deportes extremos como el paseo en Globo Aerostático, Rafting (descenso de ríos en Balsa o Kayak), Tirolesa, Montar a caballo o en cuatrimoto, senderismo, pequeños safaris fotográficos, nadar y bucear.

Abrió el segundo paquete. Reseñaba con precisión que los Barcos incrementaron sus ingresos en 27% con relación a ejercicios anteriores. Y el nuevo concepto de Crucero en Condominio, recibió la aceptación —y compra— de 70% del Trasatlántico "TENERIFE" con capacidad de 300 amplios y lujosos departamentos flotantes.

El 30% de los envidiables aposentos, estaban reservados para los invitados especiales en el viaje de inauguración y saldrían a la venta inmediatamente después. La lista de espera de clientes estaba llena.

Una gran sonrisa se dibujó en la cara del Director, al ver en la lista de compradores a su dilecto amigo, Don Benjamín Weitzner, Ex Fiscal General de los Estados Unidos.

— ¡Vaya con el tío! —exclamó jubiloso— Por fin ha decidido sacar algunos Dólares del colchón.

El corazón se le aceleró un poco al recordar por unos instantes a Ruth, la hermosa hija de Benjamín Weitzner. ¿Será feliz en su matrimonio? ¿Tendrá hijos?

El solo pensar unos momentos en la que fuera su novia, lo estremeció hasta los cimientos de su cuerpo, como una corriente eléctrica de miles de voltios. Vino a su mente la dolorosa decisión de separarse de ella para no arruinarle la vida, involucrándola en el "otro trabajo" que tenía por ese tiempo. El de asesino profesional.

Kadir suspiró profundo para desvanecer los pensamientos.

— Dejarla libre fue lo mejor, no me arrepiento —se dijo, sin plena convicción. No pudo controlar el deseo de verla por lo menos una vez más.

Quizá acompañe a su padre en el Crucero inaugural, ilusionó.

NUEVA DELHI, INDIA

Anthony se esforzaba más de la cuenta. Sus labores en el Continente Asiático le mantenían ocupado, sirviendo para olvidar los problemas domésticos ocasionados por hablar con la verdad a su esposa Elke. Siguiendo el consejo de su amigo Kadir, le había confesado la aventura amorosa sostenida con Lisa, la bella Afroamericana y las terribles consecuencias de aparecer en una película porno.

Al dejar de pagar las jugosas cantidades, los extorsionadores "subieron" el video a YouTube y otros sitios públicos en Internet, especialmente a los clase XXX (para adultos).

El excelente desempeño profesional del Contador Belcher, fue lo único que evitó su despido del conservador despacho, decidiendo los Socios otorgarle una segunda oportunidad, razón poderosa para ser mejor en su delicado trabajo.

Su Jefe directo era Jules C. Harper, apodado "The Kid". Nadie recordaba cuántos años tenía cuando entró a la Firma como "Office Boy" (mensajero) tanto que se decía en broma que su señora madre había dado a luz en la oficina. Siempre atento y diligente, cumplía a satisfacción con sus labores, transportando papeles de un despacho a otro, acudir a los Bancos, sacar fotocopias, ir a la Oficina de Correos por la correspondencia y una vez registrada por la Secretaria, repartirla a los destinatarios; en general era lo que se denomina "Ayudante V" (ve por el café, ve por agua, ve por los diarios de mediodía, ve por galletitas, etcétera).

Jules se aplicó en sus labores y cursó estudios en el Sistema Abierto y On Line, que le permitieron escalar lento pero seguro, los difíciles peldaños de la carrera profesional. Su ilusión era llegar a ser Certified Public Accountant (Contador Público Auditor).

Siempre tenaz para cumplir con su objetivo, agobiado por el esfuerzo extraordinario que le representó durante mucho tiempo acostarse tarde, levantarse temprano, perderse de fiestas y diversiones propias de su edad.

La promesa hecha a su madre de ser un hombre exitoso, le mantuvo en pie de lucha, hasta que por fin logró su meta.

Recién graduado, los Jefes lo comisionaron para formar parte de las huestes de Contadores con la categoría de Auditor Junior, bajo el exigente mando de Kadir, que en ese tiempo era parte del Despacho. Su carácter, siempre festivo y alegre, le valió la simpatía y apoyo del grupo.

Muy pronto, Jules "The Kid" (EL NIÑO) aprendió los complicados mecanismos de Auditoría, no sólo lo rutinario y complejo, sino el criterio profesional, alta capacidad de análisis, síntesis, evaluación y pronóstico, que le valían las felicitaciones de sus compañeros, que dicho sea de paso, le cargaban la mano.

Sin embargo, "The Kid" nunca se quejó. Por el contrario, absorbía cada vez más tareas, quería destacar, hacerse indispensable.

En paralelo ganaba terreno con los Supervisores. Kadir recibía buenos informes de su comportamiento profesional, por lo que después de un tiempo, se convirtió en su sombra, comisionándolo para atender casos urgentes y difíciles, poniéndole al "Kid" toda clase de trampas, para conocer el grado de confianza que pudiera otorgarle.

El muchacho aprendió de su maestro, lo relacionado con la profesión, pero también el sentido de Ética, Responsabilidad, Oportunidad, Eficiencia y Lealtad. Esto último, la virtud más difícil de encontrar en los seres humanos, sin la cual, las demás cualidades pierden su efecto. Fue promovido a la categoría de Auditor Senior.

Jules observaba con atención a su Jefe, en el fondo quería ser como él, con la seguridad y el trato cordial enérgico, que le daban cierta superioridad sobre los demás. Conoció de sus gustos y aficiones, entre ellas las competiciones de tiro y el manejo de las armas de fuego. Leyó con fruición revistas especializadas en la materia y aprendió —casi de memoria— las marcas, calibres, características de rifles y pistolas, los distintos tipos de cartuchos, su granulometría y estaba asimilando lo relacionado con "La deriva", complicado cálculo matemático para corregir las desviaciones del viento en una bala disparada por un rifle a larga distancia y poder acertar en el blanco.

En los viajes de trabajo, en ocasiones "EL NIÑO" y su Jefe, intercambiaban comentarios sobre el tema bélico. En la visita a un Astillero en Portugal, fueron invitados para tirar a las palomas por el Director de la Planta. Kadir se excusó con la mayor cortesía, le disgustaba matar animales nada más por matar, pero autorizó a Jules para acompañarle. Al día siguiente fue informado por el cliente, de la gran puntería del joven, que cazó cerca de cuarenta aves con la escopeta, que serían ricamente cocinadas y servidas con arroz, en el comedor de empleados.

Kadir no tardó mucho tiempo en recomendarlo para el cargo de Supervisor Junior de Auditoría. Después de tres años, en reconocimiento a sus méritos, recibió el merecido ascenso a Supervisor Senior para la División Asia.

Jules C. Harper, era el Jefe de Anthony Belcher. Lo escogió como Jefe del Grupo de Auditores en la compleja y delicada revisión practicada a la "Silicone Intelligent Machines, Ltd.", en la ciudad capital Nueva Delhi. Con más de veinte millones de habitantes, es una de las importantes aglomeraciones urbanas del mundo, que no obstante ser de las más ricas de la India, contrasta con la pobreza de la mayoría de sus pobladores, proliferando la criminalidad, destacando los tristemente célebres "asesinatos por honor", bárbara práctica tradicional en vastas zonas de este país, donde un pariente puede matar a la pareja que se atreva a desafiar las aberrantes prohibiciones de contraer matrimonio con una persona de otra "casta", "linaje"o "religión". Los gobiernos hacen la vista gorda para ¡¡no perder votos!!

Y las frecuentes muertes de cristianos a manos de fanáticos hindúes; o los montones de niños violados, asesinados y enterrados en desagües. ¡Absolutamente detestable!

En su fuero interno, Anthony presentaba rebeldía contra las órdenes de Jules, al que consideraba un tipo común y corriente que había ascendido por su lambisconería —no cierta— con los altos Jefes del Despacho.

En la cena de aniversario del año anterior, cuando la Firma cumplió cincuenta años de su fundación, los socios principales entregaron en persona a sus colaboradores, toneladas de papel en diplomas reconociendo sus méritos, acompañados del cheque acostumbrado, anunciando como siempre, planes de expansión, promociones al personal, sorteo de automóviles, quince días de vacaciones todo pagado y premios especiales.

Cuando Walter Mellon, uno de los Socios Principales del Despacho hizo entrega a Jules C. Harper de la codiciada estatuilla en oro macizo al "Auditor del Año", Belcher sintió injusticia hacia su persona, creyendo tener mayores merecimientos, apoderándose de su mente una oleada de envidia, coraje, frustración y otros pensamientos negativos.

La faena de revisión en la India se extendió más de lo previsto, llevaban cerca de cinco meses y estimaban terminar en otros cuatro más. Edward Hammond, uno de los Auditores mejor capacitados y eficientes, enfermó primero de forma leve y posteriormente de gravedad. Los Médicos locales no pudieron diagnosticar la rara enfermedad, producida quizá por un virus nuevo, de los que surgen de pronto y nadie sabe qué es.

Después de una semana de alta fiebre, vómitos frecuentes, con intenso dolor de huesos, los Facultativos recomendaron trasladarlo a un Hospital de los Estados Unidos para su diagnóstico y tratamiento. El supervisor solicitó de inmediato la autorización de la oficina central en Nueva York, para transportarlo en uno de los aviones privados de la Firma.

La enfermedad del Auditor Hammond, hizo necesario su reemplazo, que llegó al Aeropuerto Indira Gandhi en Nueva Delhi, proveniente de Rotterdam, Holanda. Belcher acudió a la terminal aérea y su sorpresa fue mayúscula: nunca en su vida había visto una belleza igual. La Auditora llegaba para reforzar los urgentes trabajos en la India, pero ¡no puede ser!, se dijo, esta mujer es una estrella de cine o supermodelo.

La nueva Auditora Junior, era una real hembra. Su cuerpo de mediana estatura con proporciones magníficas, senos firmes del tamaño de una toronja, breve cintura y suaves caderas, que en parábola perfecta, descendían fundiéndose hacia los muslos y pantorrillas, elásticas y fuertes. La piel blanca ligeramente soleada, con hermosos ojos de tono verde esmeralda que recordaban a las famosas piedras preciosas de Colombia, enmarcados en un rostro de niña-mujer, rematado por una graciosa y sexy barbilla partida.

— ¡Con mil coños!, vaya sorpresa de la Dirección General. Tendré que regresarla. Va a ser un verdadero peligro para todos. Cuidarla y protegerla en este medio hostil, será imposible —razonó en silencio.

La linda chica se llamaba Caridad y estaba acostumbrada a causar siempre efectos devastadores. En su interior, sentía molestia en muchas ocasiones por el constante asedio de los hombres.

En Cuba, su País de origen, como en otros lugares, las mujeres no son lo suficientemente justipreciadas y aceptadas por sus conocimientos, valores o inteligencia. Los mejores empleos se destinaban a las bonitas, que casi siempre tenían que pagar un tributo sexual.

Pocos años atrás tuvo la oportunidad de emigrar en compañía de su madre, extraordinaria y competente Enfermera de Quirófano, que logró calificar en el limitado programa de Visas para extranjeros útiles para la Nación que ofrece de vez en vez el Gobierno de los Estados Unidos. Cuando llegó a La Florida, lo primero que hizo fue ingresar a la Escuela de Contabilidad, para continuar sus estudios con el propósito de superarse y llegar a ser una Profesional.

Graduada con Honores, ganó la "Magna Cum Laude" (Mención Honorífica) y cuando obtuvo la "Green Card" (Residencia Americana), aplicó y fue contratada de inmediato por American Airlines, estupenda Empresa de Aviación con sede en la ciudad de Dallas, Texas, con un jugoso salario. En los exámenes orales y escritos, resultó la mejor posicionada entre cuarenta y tres solicitantes. Siempre pensó que su belleza ayuda, pero no lo es todo. El buen físico, no dura por siempre.

Bien plantada, con los pies en la tierra, sabía que la competencia en los empleos requieren de estar mejor preparada. Su afán de saber más, la llevó a inscribirse en Cursos de Educación Continua, participando en Diplomados, Seminarios, Conferencias Especializadas, leyendo libros y revistas de actualidad en los temas de Auditoría, Impuestos y Finanzas.

La pasión por aprender, hizo perfeccionar su inglés y dominar el francés. Con la cantidad de actividades que realizaba, Caridad todavía tenía la fuerza para conversar a diario con su madre. Pasaba sus vacaciones con ella, en La Florida. Algunos fines de semana disfrutaba de pasear por los alrededores a bordo del Mazda Miata, descapotable, color azul, recién comprado. La bella muchacha, era un estuche de monerías.

Los fuertes rayos de sol en la ciudad de Dallas, iluminaron el rostro de la Cubanita, despertándole a las 5.30 a.m. para ir a trabajar. Adormilada, saboreando su primera taza de café, leyendo el periódico USA TODAY, descubrió un anuncio de la firma "HARTFORD, MELLON & FLETCHER" solicitando un(a) Auditor(a) joven, soltero(a), con experiencia, dominio de dos idiomas extranjeros como mínimo, disponibilidad para viajar y residir temporalmente en otros Países.

"Se ofrece magnífica paga, generosos bonos anuales, vehículo del año, gastos de viaje y estancia pagados por el Despacho, Capacitación constante, espléndidos Planes de Retiro, Seguros de Vida, Médicos y Dentales. El puesto requiere de una persona que desee hacer una carrera ascendente dentro de la empresa. No interesan golondrinos. Favor de enviar solicitud formal anexando resumè. E-mail: juleshartford.mellon. fletcher@ny.usa "

Caridad sintió un salto en el corazón. ¡Era la oportunidad para aplicar por el puesto! El destino la ponía en ventaja de volver a ver a su amado Kadir. ¡Es la Firma internacional de Contadores Públicos donde está mi amor!

— ¡Aleluya! ¡Por fin lo hallé! —gritó con fuerza en el teléfono, despertando a las 6.30 a.m., a la señora Estrella, su amorosa madre, que dormía a gusto en Miami.

Incorporada de lleno a labores de Auditoría, los progresos en la revisión no se hicieron esperar. El jefe se percató de la gran velocidad y criterio utilizados por la bellísima Cubana, que reorganizó todo, imprimiendo un dinamismo tal, que sus colegas trataban de imitar. El resultado: los trabajos se entregarían a los clientes en el tiempo contratado.

Jules "EL NIÑO" reportó a Kirk Fletcher que habían reclutado a una "Máquina de Auditoría", una verdadera y hermosísima joya.

La nena se decepcionó al enterarse que su tesoro, su querido Kadir, ya no estaba en el Despacho.

Acostumbrada a superar las adversidades, se informó sobre la nueva ocupación de su amado. Directa como era, preguntó a su jefe inmediato, Anthony Belcher.

— ¿Lo conoces? — se sorprendió, clavando su mirada inquisidora en los bellos ojos verdes de la joven.

— Oh, sólo un poco, hace miles de años en La Habana, en una comida con amigos — respondió la chica con cautela, presintiendo dificultades — ¿Has estado allí?

— No he tenido esa oportunidad. Me han dicho que es un lugar sensacional, tengo ganas de ir pronto. ¿Son todas las mujeres tan hermosas como tú? — se lanzó el gordito Belcher.

— Soy de las más feas —respondió graciosamente y ambos echaron a reír, volviendo a la tarea.

Así que el angelito es el Director General de la "CELTIC WORLDWIDE HOTELS & RESORTS", mmm... ¡Claro!, la conozco, tienen una línea de Cruceros por el Caribe que salen de Miami y de Fort Lauderdale, en La Florida, se dijo a sí misma, echando la mente a volar, soñando despierta con unas buenas vacaciones en un elegante y sofisticado buque bebiendo "mojitos" (refrescante bebida caribeña a base de ron blanco, jugo de limón, hojitas de hierbabuena y mucho hielo) a la orilla de la piscina al lado de Kadir, para después de la cena, hacer el amor como locos en el balcón privado, con vista al mar.

Lanzando un hondo suspiro, regresó a la realidad. Un montón de papeles por revisar.

Varias veces Anthony tuvo "LA TENTACIÓN" de invitar a salir a Caridad.

El simple hecho de haberla conocido, hablar con ella y estrechar su delicada mano, le producía un sentimiento maravilloso que lo revitalizaba durante el día y lo mejor, la nueva ilusión de tenerla a su lado, le hizo olvidar a la maldita puta de ¡Lisa Stone!

Cuando la recordaba, era únicamente para pensar cómo vengarse. En sus ratos de soledad ideaba diversos castigos que le impondría, antes de ¡lastimarla y matarla!

La traicionera trampa preparada por la perra, le arruinó su matrimonio. En esa parte se equivocó su amigo Kadir al aconsejarle confesar a su esposa la infidelidad. Le demandó el divorcio.

Elke —su guapa esposa Nórdica— no era de las mujeres que

perdonan con facilidad. Belcher tendría que esforzarse para conseguirlo, acumulando méritos.

NANTES, FRANCIA

En la ribera derecha del río Loira se asienta El Castillo Ducal, en la llamada Ciudad de los Duques —por haber sido residencia oficial de los Duques de Bretaña— reconstruido en el siglo V d.C. con dos torres circulares fortificadas al frente, sólidas murallas, rodeado de un gran foso con agua, pleno de historia y tradición, elegido también como residencia de los Reyes de Francia, alojamiento de Príncipes, bastión militar de artillería y arsenal. Durante la Segunda Guerra Mundial, fue ocupado por las tropas Alemanas. A través de los siglos, el baluarte ha sido objeto de grandes transformaciones, construyéndose varias atalayas más, como la Torre de los Jacobinos, la Torre Nueva, La Torre del Puerto y otras. La célebre fortaleza fue testigo de la boda de Ana de Bretaña y Luis XII de Francia; encarcelamientos como el de Guilles de Rais, compañero de armas de Juana de Arco y el de Talleyrand, decapitado después, por el complot contra el Cardenal Richeliu. Los ancianos moradores del recinto, mataban el tiempo con relatos escalofriantes de las guerras y de los fantasmas, que a su decir, rondaban en las noches de luna llena por los corredores y mazmorras, arrastrando cadenas. El alcázar fue testigo de innumerables invasiones y guerras. Sus verdes campos fertilizados por los miles de cadáveres, nutrieron a los frondosos robles y cipreses que llenaban la propiedad.

Por convenio con el Gobierno de Francia, el dueño lo restauró por última vez en 1990, dedicándolo en su mayor parte a Museo —reservándose para sí únicamente un pabellón— y no escatimó fondos y tecnología para darle su aspecto original, combinando con armonía, los progresos en comodidad, comunicaciones y sistemas de seguridad avanzada. Sobre todo esto último. El propietario proveyó al inmueble de lo más moderno en alarmas silenciosas y ruidosas, cámaras de vigilancia electrónica para luz de día y visión nocturna, cercas electrificadas, sistemas de rayos láser y un pequeño ejército de guardias, disfrazados de mozos, jardineros, pintores, choferes, cocineros y camaristas, entrenados y armados con lo mejor para el combate.

El sistema de cerrojos de lectura óptica era capaz de detectar intrusos cuyos cristalinos no coinciden con los autorizados y registrados. En caso de cualquier violación a los sistemas de seguridad, se disparaban las alarmas y la Alcazaba quedaba cerrada con gruesas puertas de acero. La Fortaleza parecía inexpugnable. Su dueño presumía con sus invitados que su residencia, era más segura que la Base Militar de Fort Knox, Kentucky, donde el Gobierno de los Estados Unidos guarda las Reservas de Oro y metales preciosos, más grandes del Mundo.

En la suite principal del Pabellón de Caza, estaba postrado Stefan, "EL PATRÓN" recuperándose de severo infarto coronario. Los mejores Médicos especialistas en Cardiología y Angiología lo habían sometido a cirugía de corazón abierto en el Centre Hospitalier Universitaire de Nantes, reemplazando dos arterias, colocando además dos "Stent" para evitar futuras cerrazones, enviándolo a casa para su convalecencia. Los Doctores le prohibieron emociones fuertes y desde luego ordenaron someterse a un programa de alimentación especial y actividad física moderada. La prisionera Felicidad, siempre estuvo a su lado cuidándolo, procurando seguir al pie de la letra las prescripciones de los Facultativos, encargándose de nutrición, medicinas y ejercicios. En cinco meses, los resultados estaban a la vista. Stefan, simplemente resucitó de entre los muertos. Muy agradecido con la "huésped", Horvik le otorgó la libertad, despidiéndose para siempre. Le suplicó no revelar jamás su cautiverio, entregándole una tarjetita con los números de código de una caja fuerte que sólo ella debía aperturar.

— Contiene —le dijo— la ubicación, claves confidenciales de seguridad para acceso y password (contraseña electrónica) a mis principales cuentas bancarias secretas en diversos lugares del mundo. Haz el bien que puedas con el tesoro, promételo por favor, sólo en ti confío.

El adiós fue emotivo para los dos. Fundidos en cariñoso abrazo, se desearon lo mejor, besándose en las mejillas humedecidas por lágrimas, dejando en sus respectivos labios el sabor a sal. La desventurada joven, al principio rechazó el inmenso patrimonio, pero los ruegos del inhumano y violento criminal ahora enfermo, le parecieron sinceros, leyendo en sus fatigados ojos la ferviente súplica del condenado a los infiernos, para que la inmensa riqueza manchada de sangre de sus incontables crímenes, pudiera destinarse a buenas obras, como una especie de compensación a la humanidad. — ¿Y por qué no hacerlo? —se dijo decidida.

Treinta minutos después, convocó al jefe de la escolta —su hombre de mayor confianza— y le pidió llevarla a Châtelet-Les Halles (la mayor estación del Metro de París y del planeta) para dejarla allí a las diecisiete horas, con instrucciones de llenarle la cartera con cien mil Euros en efectivo y entregarle un usado maletín cerrado con doble combinación de tres dígitos cada una, que contenía en secreto, trescientas mil Libras Esterlinas, Certificados de Depósito amparando Bonos de Deuda, cobrables al portador, por dos mil novecientos millones de Euros emitidos por el Banco de Francia, con vencimiento para el próximo año y el certificado de propiedad de la mansión del barrio de Neuilly. "Éstos son mis regalos personales, te los obsequio, con todo lo que mi viejo y cansado corazón puede sentir de agradecimiento y amor eternos, por favor acéptalos", decía la nota.

Del dinero de los bancos en Suiza, Luxemburgo, Dubai, Qatar y Singapur —unos quince mil millones de Euros— lo donaría Felicidad en partes iguales a las organizaciones de la Cruz Roja de Estados Unidos, España, Francia, Alemania y a la Media Luna Roja de Turquía y Líbano. — Son Instituciones confiables y sabrán utilizar el capital con inteligencia —reflexionó la hermosa mujer, sintiéndose con paz interior al quitarse el gran peso de encima que significa administrar la descomunal suma. Reservó para sí cinco mil millones más, que ejercería la valiente fémina en ayudas directas a mujeres y niños.

Por último, se acercó a una Parroquia para darle gracias a Dios, elevando oraciones para suplicar al Creador, el perdón y la salvación del alma de Stefan.

NEW YORK CITY
(UN AÑO ANTES)

L a noticia de la muerte del multimillonario hombre de negocios, Coodlidge "Cody" Westwood II, ocupó la primera plana en los diarios de los Estados Unidos y noticiarios de televisión, que le dieron la vuelta al mundo. Varias revistas especializadas publicaron la vida y obra del occiso que, como todos los difuntos, resultan a la hora de su muerte, blancas palomas, olvidando su sórdido pasado.

En exclusiva, la revista "International Business Always" publicó algo de los orígenes de la gran fortuna, que más pareció un elogio al viejo como ejemplo del "American Dream" (El Sueño Americano) aquel, que se puede lograr con trabajo y tesón, en América, la "nueva tierra prometida".

Otras revistas publicaban la partición de la cuantiosa herencia, destacando la gran suma a obras de beneficencia y bienestar colectivo, sin dejar de mencionar las generosas recompensas otorgadas a familiares, amigos y colaboradores.

Entre ellos, el Abogado de confianza de su único hijo, muerto en el vestidor del exclusivo centro deportivo KING'S mordido por una araña venenosa. Cómo no heredarle —pensó el anciano— una buena cantidad a la persona que más apreció a su querido vástago, que lo ayudó a salir de los problemas que sus vicios por el alcohol, drogas y putas, le ocasionaron.

Aparte de otorgarle un legado de quinientos millones de Dólares, el Abogado Lester Crowe recibió el Título de Propiedad del maravilloso departamento flotante en condominio del Crucero "TENERIFE", adquirido en preventa por treinta millones de Dólares pagados al contado.

Al otro lado del Atlántico, en las oficinas del Corporativo CELTIC, la compra de un departamento más, no llamó especialmente la atención.

Se estaban vendiendo por docenas.

NEW YORK CITY (TRES MESES ANTES)

El 20 de febrero de cada año sin excepción, desde la muerte de Mireille Duclaud —arrollada intencionalmente por un motociclista— en su tumba, aparecían cuatro docenas de rosas rojas que Kadir mismo ofrecía como sencillo homenaje post mortem, a la que fuera —tal vez— el mayor amor de su vida.

En su momento, se encargó de vengar el cobarde asesinato de su hermosísima novia, liquidando con sus propias manos, a los autores intelectual y material del brutal atentado a la fabulosa mujer, dulce y bondadosa como fue ella.

Ahora, cayó en cuenta que faltó castigar al Abogado, cómplice de los malditos. El hijo de la gran puta estaría hoy disfrutando del montón de millones que le dejó al morir el bronco "Cody" Westwood II, como informaron los medios de comunicación. El viejo cabrón había sido un tipo muy trabajador, con magnífica visión para la riqueza. La dureza de su vida arriando ganado, dejando los riñones en los campos petroleros de Texas y Louisiana, le forjaron un carácter rudo, pendenciero y tramposo, demostrado muchas veces en los juegos de naipes que organizaba en los campamentos el día de pago, desplumando incautos y en los asaltos a mano armada en que participó.

Desde joven se percató que para los delincuentes como él, los valores del Hombre no tienen cabida. En un mundo salvaje y cruel, donde se aplica la ley del más fuerte, los Derechos Humanos no sólo no sirven, sino estorban.

Así, con trabajo, constancia, engaños, traiciones y violencia, ganó su primer millón. Compró tierras y animales para engorda, pagando a los propietarios con plomo, convirtiéndose en hombre peligroso y temido. Adquirió su primer restaurante de hamburguesas asesinando al dueño y su familia, cuando se negó a venderle a un tercio de su valor.

Como todos los grandes hampones, creció y creció, procurando limpiar su dinero, invirtiendo con inteligencia en negocios lícitos, saliéndose poco a poco de los asuntos turbios. Compró propiedades, empresas, conciencias y autoridades en toda la nación y en varios países del mundo. Aportó considerables sumas de dinero para campañas políticas en ciudades y pueblos, apoyando candidatos del Partido Republicano o Demócrata, según convenía a sus intereses personales.

Alguaciles, Jueces, Diputados, Alcaldes y Senadores, disputaban su amistad, no por él, sino por el capital.

En menos de veinte años adquirió el miedoso respeto que siempre deseó de los banqueros, industriales, comerciantes y sociedad en su conjunto. Pocas voces se alzaban en su contra criticándole su pasado manchado de sangre, que procuraba acallar por las buenas o por las malas. Su único hijo, el mediocre medicucho Coodlidge Westwood III, fue siempre bueno para nada, un despreciable parásito social alcohólico y drogadicto que planeó el crimen de Mireille Duclaud. Ahora estaba ardiendo en el infierno junto con el sicario ejecutor. Pero Lester Crowe, su Abogado, consejero y protector estaba vivo, siendo culpable como los otros dos hijos de puta, pues organizó y facilitó la motocicleta Ducati para realizar el "trabajo".

No, ese cabrón no puede salirse con la suya.

La voz de la conciencia de Kadir, le exigía poner fin a la vida de ese asqueroso gusano. Percibió la señal de alerta. Su cómoda y pacífica vida familiar como Director General de la CELTIC WORLDWIDE HOTELS & RESORTS, se vio de pronto amenazada. Estaba siendo presa de LA TENTACIÓN DE LA VENGANZA.

Al contraer matrimonio con su amada Helen, se había jurado renunciar a lo que representó en su vida anterior el rol de "Justiciero" y el eficiente ejercicio de asesino profesional. Después de llorar un rato frente a la sencilla lápida sobre el sepulcro de su adorada Mireille, Kadir El Auditor, sucumbió a LA TENTACIÓN DEL CRIMEN.

Mataría por última vez —se dijo— no hacerlo significaba no tener paz por el resto de su vida.

¿De verdad, sería la última? ¿Es cierta aquella conseja popular: El Hombre Propone, Dios Dispone, viene el Diablo y lo Descompone?

MADRID, ESPAÑA

Kadir estuvo muy ocupado en las dos últimas semanas, supervisando los negocios a su cargo y había dedicado poco tiempo en realidad, a la investigación del rapto de la novia de su amigo Belcher. No obstante, había averiguado a través del Comandante en Jefe de La Guardia Civil —con el que jugaba al Golf cada mes— que el secuestro tuvo lugar en el Aeropuerto de Madrid, durante el reducido tramo de la Aduana a la puerta por donde salen los viajeros.

El Inspector le informó que uno de los Guardias, reportó al Supervisor de Turno, un incidente evaluado como uno de tantos en una Terminal Aérea Internacional —con movimiento diario de miles de usuarios de todas Nacionalidades— de una pasajera con ataque al parecer de Hipoglucemia, que requirió una Ambulancia de Urgencias para trasladarla al Hospital más próximo. El Policía aportó algunos datos vagos de la chica y de su acompañante, informando que la sacaron por la Salida de Emergencia y subida a la Ambulancia de la Cruz Roja que esperaba, aportando el número de placas de vehículo, que resultó robado.

Averiguó que el Supervisor y el Guardia de Turno, fueron cesados en su trabajo para tratar de calmar la ira de la Embajada de los Estados Unidos, en un acto circense para dar algo de carne a los perros.

— ¡Maldición! —exclamó— Esto y nada, es lo mismo, continuando con sus cavilaciones. Será necesario agotar otras fuentes.

Por la noche, en la tibieza de su alcoba, puso al tanto a su querida esposa Helen, que siempre le prestaba atención y definía con un sentido práctico los problemas que a veces lucían enredados. En diversas ocasiones, hallaba soluciones sencillas que por ello, no habían sido siquiera contempladas. Esta vez, no fue la excepción.

— Amorcito, no te angusties. Para ayudar a tu amigo debes ir a la fuente del problema. ¿Has hablado con el tal señor Santiago Casillas? —cuestionó la inteligente señora.

— No —respondió— me he dejado llevar por los informes orales y escritos de los involucrados, pero tienes razón tesoro, quizá hablando con Casillas... pueda descubrir alguna pista nueva... ¿me acompañarías a Melilla?

— Sabes que iría con toda mi alma cariño, pero estamos en plenos exámenes en la Escuela de los chicos y bueno... debo estar al pendiente. Pero te autorizo el viaje, siempre y cuando prometas portarte bien — dijo besándole con la ternura y pasión de una mujer enamorada.

Kadir programó el viaje para la semana próxima, volando por Air Nostrum —filial de Iberia, Non Stop (sin escalas) — de Madrid al Aeropuerto de Melilla, ciudad que al igual de Ceuta, situadas en la Costa Africana han pertenecido por siglos a España, fuera de otros territorios que integraron el Protectorado Español de Marruecos.

Don Ramón Peralta y Bárcenas Presidente del Consorcio, no tuvo inconveniente en otorgar a su Director General, permiso de seis días para atender asuntos personales, a condición que en otra oportunidad, debería aceptar ser su huésped en la residencia de Verano que poseía en Menorca, la bellísima isla del Mediterráneo Español. El viaje al litoral Africano, no se realizó. En la tarde del siguiente día, repiqueteó con insistencia el teléfono móvil de Kadir. Anthony le comunicaba con incontenible emoción, alegría y llanto, el milagro de haber aparecido en París sana y salva, el amor de sus amores, ¡Felicidad Guillén!

— ¿Ella está bien? ¿Cómo estuvo eso?, ¿atraparon a los culpables?, ¿qué dice la Policía? —preguntaba Kadir con velocidad de una ametralladora Thompson, de los años veintes.

— Espera un poco amigo mío, estoy apenas procesando la información. Prometo contarte hasta el último detalle, ¿OK? —replicó Belcher, eufórico.

— De acuerdo por ahora, pero es importante conocer los pormenores. Los autores del plagio y sus cómplices, deben ser ejemplarmente castigados —sentenció el Ejecutivo... palabras que sonaron a profecía.

Por un instante, El Auditor de la Muerte tuvo "LA TENTACIÓN" de intervenir en el caso, pero la desechó. Se había prometido no regresar jamás a su papel de vengador. Tenía que sepultar para siempre su terrible pasado de silencioso y eficaz asesino profesional. No es que fuera sencillo olvidarse del asunto, pero ahora tenía esposa e hijos que estaban creciendo rápido y están en primer lugar de la lista de prioridades. No obstante, sentía la llama de la venganza quemándole el pecho. Debía intentarse algo, las cosas no pueden quedar impunes, le aconsejaba como pequeño demonio el oído izquierdo, mientras que el oído derecho, como diminuto angelito recomendaba prudencia, olvidarlo todo.

— ¡Con cien mil millones de coños! —exclamó con fuerza— ¡No estoy seguro qué hacer!

Su arrebato asustó a Yanuri, la eficiente secretaria auxiliar Japonesa que entró corriendo a la oficina de su Jefe lanzando preguntas.

— ¿Le sucede algo?, ¿se siente mal?, ¿llamo al Médico?

— Disculpa, no fue mi intención alarmarte —dijo riendo el Director— es sólo que... bueno, un rato de mal humor. Puedes volver a tu trabajo y... gracias por preocuparte por mí.

VALLE DE NAPA, CALIFORNIA, U.S.A.

C atorce días después del afortunado retorno a su casa en California, la señorita Guillén empezó a recuperarse. Si bien físicamente no mostraba ningún signo de deterioro, el sistema nervioso presentaba fuertes alteraciones que su largo encierro había dañado. Médicos de los mejores Hospitales de California y Texas, la examinaron a conciencia, practicándole toda clase de análisis. Los especialistas coincidieron en afirmar que se encontraba en perfectas condiciones de salud física. Las pruebas de Laboratorio, incluyeron estudios para descartar embarazo, VIH y otras enfermedades venéreas.

A petición de la conservadora familia Hispana de la muchacha, los Ginecólogos certificaron la virginidad de la joven, haciendo notar la existencia de un himen intacto, protegido por fuertes bridas, recomendando que en caso de matrimonio sería indispensable una pequeña cirugía después de su primera noche de luna de miel, para poder consumarlo, aconsejando poner al tanto al novio para evitarle un bochorno innecesario en sus intentos de desfloración.

Los psicólogos y psiquiatras, trataron el caso de la bella jovencita con la mayor discreción y profesionalismo, logrando su recuperación emocional en casi 90 días, sugiriendo continuar con la terapia ocupacional, para reintegrarse poco a poco, a las actividades normales de su edad, con alternancia de estudio, trabajo, diversiones, descanso, reuniones familiares y vacaciones. Los facultativos fueron muy claros: Está prohibido someter a la señorita Felicidad a ningún tipo de interrogatorio, cero preguntas de nadie. La familia debía aceptar sin regateos, lo que ella pudiera y quisiera relatarles.

— Para que lo entiendan mejor —dijo gravemente el experto— la señorita ha estado al borde de la locura. Cualquier tipo de presión le hará recordar su martirio, con alto riesgo de sufrir un daño emocional de tal magnitud que la conducirá a la demencia total.

Dentro de su amplia recámara, Felicidad contemplaba el moderno escritorio de acero y cristal cubierto de folletos de viaje a diversos sitios dentro y fuera de los Estados Unidos.

Destacaban en el cerrito de papeles en brillantes colores, tres prospectos de enormes y nuevos Cruceros de una compañía Española, con destinos al Caribe, Alaska y el Mediterráneo.

Tal vez tengan razón mis familiares, necesito salir un poco y respirar el oxigenado aire del mar. Creo que me tomaré unas vacaciones —reflexionó la hermosa doncella— recordando por vez primera en largos meses, al que fuera su novio, Anthony.

— ¿Qué habrá sido de su vida?, ¿tendrá una esposa?, ¿hijos? Bueno, eso ya no importa, pertenece al pasado y allí debe quedar. Tengo que ver hacia adelante sin voltear atrás —se dijo muy convencida finalizando el soliloquio.

Y así era. Las más de treinta cartas y otros tantos correos electrónicos enviados por Don Santiago Casillas, desde Melilla, España, fueron ignorados y destruidos por la familia Guillén.

La estrecha relación de amistad con la vecina familia Belcher, con motivo o sin él, estaba rota. No querían saber nada relacionado con el tremendo sufrimiento pasado.

En el fondo, la mujercita guardaba un indebido resentimiento hacia su prometido y todos los Belcher.

Los incontables pesares que le afligieron durante los años de cautiverio, le hicieron pensar que los dos hermanos y familia no hicieron lo suficiente para encontrarla.

La linda nena ignoraba que se habían desplegado grandes esfuerzos, recursos humanos y enormes sumas de dinero para localizarla y rescatarla.

Resultaba lógico suponerlo. Cuando el ser humano es sometido a grandes presiones, termina por elaborar tesis muchas veces contrarias a la realidad, es lo que en Psicología se conoce como Pensamientos Irracionales Postraumáticos.

Por ello su rechazo a lo que pudiera recordarle el tiempo perdido estando prisionera. Sólo agradecía a Dios, el haber salvado la vida y… la virginidad.

Sin desearlo vinieron a su linda cabecita diversos episodios, evocando a Stefan Horvik, quien no obstante su carrera criminal, con ella fue siempre un gentil caballero, cuidándola y protegiéndola de la caterva de violadores y asesinos.

Y al final, la generosa donación a ella, para asegurar con creces su futuro y el espléndido apoyo financiero a Organismos Internacionales de Ayuda a la Humanidad.

Nuevamente, Felicidad suplicó a Dios sus bendiciones, pidiendo humildemente la sabiduría necesaria para hacer el mejor uso de la enorme riqueza en sus manos.

MADRID, ESPAÑA

Kadir se retrepó en la cómoda poltrona leyendo la Lista de Reservaciones Confirmadas de los afortunados Condóminos del Gran Crucero "TENERIFE" en su viaje de estreno.

Gente importante de la industria y comercio internacionales, destacados líderes políticos y religiosos, afamados artistas del cine, radio y televisión, conocidos deportistas profesionales, personajes de la nobleza Europea y Asiática, formaban parte de los selectos pasajeros, dueños del ostentoso buque de recreo, familiares e invitados.

Como lo había visto antes —en la Relación de Compradores de los departamentos flotantes— su amigo Benjamín Weitzner, Ex Fiscal General de los Estados Unidos, adquirió la Suite NEPTUNE por el módico precio de treinta millones de Dólares, menos el descuento del dos por ciento por pago anticipado y el uno por ciento adicional de bonificación especial al incluir a su ex "suegro" dentro del "Diamond Five Stars Membership" (Membresía clase Diamante Cinco Estrellas).

Como Chief Executive Officer (Director General), poseía la autoridad para otorgar rebajas, pero tratándose de casi un familiar, quiso obtener el visto bueno del Presidente del Consorcio que lo autorizó sin chistar, alegrándose de saber que Mister Weitzner estaba muy bien relacionado, gozando del afecto y confianza de personas política y económicamente poderosas. Su recomendación de copropietario satisfecho, pudiera atraer magnífica clientela para los negocios del Grupo.

El "TENERIFE" partiría del Puerto de Barcelona el 5 de abril para bordear la costa Española Mediterránea y salir por Gibraltar al Océano Atlántico, pasando por las Islas Azores, las Bermudas, hacia Nueva York y Miami, ciudades donde debía embarcar un buen contingente de millonarios Americanos preparados para divertirse y por supuesto, dejar abundantes sumas de dinero en el Casino y Comercios del barco.

Con el cupo completo, la lujosa embarcación levaría anclas hacia el Caribe, visitando lugares maravillosos como Las Bahamas, San Juan (Puerto Rico), Saint Thomas, Saint John, Cozumel (México) y otros estupendos sitios, disfrutando del sol, el mar, el viento, las olas, y desde luego de las extraordinarias comidas, bebidas, shows, otras diversiones, deportes acuáticos a bordo y desembarcar en las hermosas playas. Refinadas boutiques, joyerías y tiendas de prestigio, ofrecían sus mejores mercancías en el amplio "mall" (centro comercial) dentro del navío.

El Director General de la compañía operadora del Buque, debía acompañar —en la Ceremonia de Inauguración y en el primer tramo de la Ruta— a la plana mayor de la Compañía liderada por Don Ramón Peralta y Bárcenas, los selectos clientes e invitados del Jet Set Internacional y Altos Funcionarios de Gobierno de diversos Países.

"LA TENTACIÓN" de subir a la inmensa y moderna nave para darle la bienvenida a su dilecto amigo Benjamín y abrazar a su hermosa hija, hizo estragos en su voluntad. No podía engañarse más, estaba muriendo de ganas por ver a la que fuera uno de sus grandes amores, la guapísima Ruth Weitzner, ahora casada con Ethan Warner, Subdirector Regional de Agentes Especiales del FBI.

Resolvió el problema. Estaría a bordo acompañado de Helen —su amada esposa— a quien le vendrían muy bien unos días de vacaciones, y con su adorable presencia, podía vencer "LA TENTACIÓN" que significa la cercanía de la otra belleza.

Conforme al plan, Kadir y otro puñado de Ejecutivos acompañarían a los pasajeros en parte del viaje, bajando del barco en Cozumel (México), pues el Crucero continuaría a Jamaica, La Guaira (Venezuela), siguiendo por la Costa Este Sudamericana hasta Río de Janeiro (Brasil), Montevideo (Uruguay) y Buenos Aires (Argentina), para de allí, cruzar nuevamente el Atlántico con destino a Cape Town, arribando el seis de Junio, cinco días antes del inicio de la Copa Mundial de Fútbol FIFA Sudáfrica 2010.

La Empresa tenía suficientes asientos de palco —pagados quince meses atrás— como una agradable sorpresa para sus adinerados pasajeros, que en su mayor parte, disfrutarían del partido inaugural entre las Selecciones Nacionales de Sudáfrica y México, en el Estadio "Soccer City" ubicado en Johannesburgo, totalmente remodelado con capacidad para más de 90,000 aficionados.

Los escogidos huéspedes del "TENERIFE" serían llevados a la ciudad sede en un Jet Boeing Dreamliner 787-3 casi nuevecito con capacidad máxima para 330 pasajeros, fletado para ese propósito.

NUEVA DELHI, INDIA

Los meses pasaron y Belcher con su equipo de Auditores, estaban finalizando su revisión. Dedicado en cuerpo y alma a su delicado trabajo, redactaba el Informe de Auditoría que serviría de soporte para los cuantiosos financiamientos del Sindicato de Bancos Internacionales.

En pocas palabras, la Empresa auditada mostraba una eficiente operación que se reflejaba en magníficas ventas correlacionadas con un prudente manejo de costos y gastos, resultando utilidades excelentes.

En otro orden de ideas, la clientela formada en su mayor parte por Gobiernos de 44 Países y ciento veinte Corporaciones Transnacionales, pagaban puntualmente sus compromisos originando gran liquidez a "Silicone Intelligent Machines, Ltd." La famosa prueba de Auditoría llamada del "Ácido" indicaba 11:1, es decir, súper excelente. Se tenían disponibles once Dólares de efectivo para pagar cada Dólar de deuda.

Las proyecciones de los próximos diez años, presentaron óptima solvencia económica, triplicando los ingresos del conglomerado industrial y poder liquidar sin problemas los intereses y amortizaciones de capital del gigantesco préstamo, que asegurado contra fluctuaciones en el tipo de cambio de moneda, completaba la Información Financiera. Considerando lo anterior, la proporción promedio de 5:1 continuaba siendo extraordinaria.

El Supervisor estimó que el grupo de Auditores habían desarrollado muy buen trabajo y quizá era el momento de pedir un aumento de sueldo para todos. Hizo una mueca de disgusto al pensar que el conducto para solicitarlo era su jefe, Jules C. Harper el ¡pinche "NIÑO"!

VALLE DE NAPA,
CALIFORNIA, U.S.A.

Con la venia de Don Clemente, su señor padre, Felicidad Guillén no necesitó demasiadas palabras para convencer a su madre, doña Rosa y emprender unas buenas vacaciones juntas. Le hizo ver la conveniencia del descanso que tanto necesitaban ambas, después de los tremendos años de sufrimiento que siguieron al rapto.

— Además —dijo a la buena señora—has trabajado muy duro toda tu vida, justo es un merecido respiro.

— ¿Y a qué parte quisiera ir?, no podemos ausentarno del negocio tanto tiempo —replicó doña Rosa.

— He hablado con papá, a él no le agrada viajar en avión, prefiere quedarse y atender el rancho. En realidad quiero conocer Madrid, me han dicho que es hermosa. Pensé en ir al mar, pero es mejor allá, con extensión a otras ciudades de España, por supuesto.

— ¡Coño! ¡Pero cómo se te ocurre! ¡Si allí pasó too!... —protestó la Doña con energía —Si hemo de ir, que sea dentro de los Estados Unidos, ¡es más seguro!

— Precisamente por eso. Los Médicos han aconsejado vencer el miedo por completo, enfrentando aquello que ocasionó dolor. De lo contrario, rehuyendo, estaré condenada a un trauma psicológico de por vida y no quiero continuar asustada y aislada por siempre. Así que ¡al toro, por los cuernos!—concluyó la muchacha

—No hacerlo, significa rendirme, podemos lograrlo madre. ¡Ayúdame por favor! Mira estos folletos hay lugares preciosos... —mostrando triunfal el prospecto del Grand Hotel Celtic Emperador, categoría especial, propiedad de la Cadena CELTIC, además es ocasión para ver a tus hermanas.

— Estoy segura que nos divertiremos. ¡Vamos mamá!—cerró el discurso la bella chica abrazando a Doña Rosa, quien derrotada no tuvo más remedio que aceptar, murmurando débilmente su última defensa.

—Hijita de mi corazón, en too el mundo hay lugare bellísimo, no veo la necesida de tu capricho…

— Basta mamacita, dame ese gusto, ¿verdad que lo merezco?

Como resultado, se acordó efectuar el viaje a Madrid para la tercera semana del mes de marzo próximo, encargándose la nena de los preparativos vía Internet.

La reservación en la Suite Andalucía del Grand Hotel Celtic Emperador, fue confirmada con entrada el 22 de marzo y salida tentativa el día 31 del mismo, para dos personas, sin mascotas.

Las dos mujeres emocionadas, dedicaron varios días adquiriendo lo necesario para la vacación.

— Debemos comprar sólo lo indispensable, nos surtiremos en las tiendas El Corte Inglés y en Zara, que tienen bellezas en ropa, zapatitos y otras cosas para nosotras —exclamó Felicidad jubilosa.

MADRID, ESPAÑA

Kadir meditaba en su oficina. Le pareció muy tibia la reacción del Contador Belcher sobre el plan de castigar a los responsables del secuestro y ¿violación...? de su querida novia Felicidad Guillén. Por otra parte, aunque estaba enterado del hallazgo de los dos muertos en el río Sena, seguía esperando la información ampliada que el amigo prometió enviar. Era necesario dar con todos los implicados.

Si la amaba tanto como dijo, capituló demasiado rápido y daba la impresión de haber olvidado el asunto — juzgó Kadir— "LA TENTACIÓN" de volver a su pasado papel de Justiciero lo asaltó una vez más. De buena gana tomaría el caso en sus manos y vengaría con sangre el tremendo agravio cometido contra la señorita y su familia, que no conocía y probablemente no conocería jamás, pero ¿y su promesa de no matar nuevamente? ¿La rompería?

No, se convenció. Ahora estaba casado, con hijos y de ningún modo los expondría a peligros.

No obstante, su conciencia le dictaba hacer algo, de lo contrario, no tendría paz interior el resto de su vida.

Decidió consultar con Benjamín Weitzner, a quien vería en el próximo viaje del exclusivo Crucero "TENERIFE". Estaba convencido que el respetado viejo lo aconsejaría para bien.

Otra opción era comentar el asunto con Gregor, su querido padre, pero casi estaba seguro de su respuesta negativa adivinando sus palabras: "Hijo mío, hemos convenido en olvidar tu pasado tormentoso, no caigas en 'LA TENTACIÓN' de hacer justicia por mano propia. Eres afortunado en haber ayudado un poco a limpiar este Mundo de la basura social eliminando a los peores criminales, pero no abuses de la buena fortuna, has cumplido con los dictados de tu conciencia, sobradamente creo yo. No lo hagas más".

Estaba a punto de cancelar lo relacionado con el secuestro, cuando el zumbido del teléfono interrumpió sus cavilaciones.

La metálica voz de su secretaria anunciaba una llamada procedente de Nueva Delhi de parte del Auditor Anthony Belcher.

— ¿Desea contestarle?

— ¡Demonios! —masculló Kadir—qué inoportuno— demorándose un par de segundos en responder.

— Sí —aprobó el Director.

La conferencia duró diez minutos. Conversaron breve de varios temas y el principal, los datos ofrecidos para detener a los culpables del secuestro, brillaron por su ausencia.

Simplemente el Contador se disculpó por no tenerlos, informando los deseos de las familias Guillén y Belcher, de no profundizar más en el asunto por salud mental de todos, ya que los autores materiales del plagio, fueron encontrados muertos en las aguas del río Sena, en París.

— Nadie quiere hablar ni saber más del episodio —dijo apesadumbrado— con decirte que Felicidad ni siquiera contesta mis llamadas y correos electrónicos.

— Pienso que lo mejor es dejarlo de ese tamaño. No puedo hacer más, tengo buen trabajo y una bella familia que recuperar y cuidar. Agradezco infinito tu ayuda hermano. ¡Hasta pronto!

— Bueno —reflexionó Kadir al cortar la comunicación —esto lo termina.

No hay interés de ninguno por descubrir a los autores intelectuales. No debo sufrir calenturas ajenas —se dijo sin creerlo.

Felicidad estaba radiante. Al regresar por la noche a la lujosa suite del hotel, decidió bajar a cenar al exclusivo restaurante Ibiza y escuchar un poco de música suave. Doña Rosa, agotada por el viaje y traqueteo a que la sometió por la tarde su querida hijita recorriendo parte de la Gran Vía, renunció a acompañarla, arrojando al piso los zapatos que atormentaban sus gorditos pies, otorgando permiso a la nena para ir sola, con miles de recomendaciones, al grado de llamar al Concierge y encargarle la seguridad de su cría.

— Debéis llamarme cada quince minutos, joder niña, qué ganas de ponerme la carne e gallina, ¡coño! —refunfuñaba la matrona— Ahora que tenéis cerros de plata… — la vieja no sabía cuánta, le daría un soponcio.

— Mirá que si no fuera por el doló e mi culo… bueno chica mucho cuidao —sermoneó la buena Gallega.

El Concierge del hotel escogió una mesita para dos personas situada cerca del conjunto musical con espalda a la pared y a la vista de los elegantes meseros y cuerpo de Seguridad del establecimiento. Habló por unos instantes con el Capitán y sonriente de haber cumplido con el encargo de Doña Rosa, frotó el billete de cien Euros en el bolsillo izquierdo de su chaqueta, que la Señorona —con gran dolor— le había entregado.

La cena estuvo estupenda y la chica disfrutó de los manjares sin la mirada inquisidora de su señora madre y familiares, que preocupados, siempre trataban de imponerle dietas para subir o bajar de peso según su particular apreciación, pero que llegaban a extremos que fastidiaban a la hermosa muchacha.

Al tiempo de los suculentos postres, comenzaron a colmar su mesa hermosos ramos de flores con tarjetitas llenas de frases galantes, remitidas por apuestos varones sentados en lugares próximos que deseaban rendirle tributo a su belleza con la esperanza de conocerla. Una botella de champaña helada Bollinger La Grande Année Rosé, le fue enviada por un caballero de cabello entrecano y aspecto distinguido. Todos los obsequios fueron tajantemente rechazados por Felicidad, que indignada y molesta salió del restaurante, no sin antes presentar su queja al Capitán por la insolencia del cuerpo de meseros que se prestaban al jueguito.

— ¡Vaya con los tíos, habrase visto tal desfachatez, me han ofendido! —Y se retiró furiosa hacia los elevadores.

En la espera de treinta segundos que le parecieron siglos, un joven de agradable aspecto, alto y corpulento, vestido con distinción en buenos modales le calmó diciendo:

— Hola, me llamo Kadir, soy el "Gerente del Hotel" y observo su malestar. Por favor permítame ponerme a sus órdenes, haré cualquier cosa que usted desee, le suplico dejarme ocupar de los inconvenientes y el mal momento que le han hecho pasar esta sarta de idiotas, le aseguro que los culpables serán castigados, prometo que… —cuando la dorada puerta del ascensor, le dio en las narices.

Veinte minutos más tarde, el dulce sonido del timbre de la suite anunciaba la presencia de un mozo que portaba un gran cesto conteniendo frutas frescas, un ramo de claveles blancos recién cortados y una botella de vino tinto "Reserva de la Marquesa" en cubeta plateada con poco hielo. En tarjeta del Hotel escrita a mano, expresaba sus disculpas haciendo votos por su feliz estancia, firmado con las iniciales K.A.

— ¡Joder! —exclamó doña Rosa— vaya con la cría, si ha estao má tiempo sola, nos hubieran pagao la cuenta del hotel, ¡que no es na barata!, fijáte en el vino nena, es de casa, ¡es tu marca! Es el que promoviste con tanto afán... bueno perdona, no quise recordarte que... —cerró la buena señora abrazando a su hija, que no escuchaba.

Su mente estaba ocupada repasando la noble mirada y modales del Gerente del hotel. ¡Hermosos ojos! Se dijo para sí, expresan tantas cosas... son una mezcla de una "dureza suave", hasta cierto punto aterradora, pero que destila amor, pasión y verdad, como un lobo peligroso y solitario en búsqueda del calor de hogar. ¿Estará casado? —concluyó el riguroso análisis la preciosa muchacha— ilusionada por primera vez, en años.

Aguardó a que doña Rosa —su querida madre— durmiera. La conocía perfecto, cuando dormía, no había poder humano capaz de interrumpir sus plácidos sueños. Si la chica pudiera penetrar en su cerebro, vería los pesados trabajos en las granjas de sus abuelos, la ordeña de vacas, la fabricación de quesos, los inocentes besuqueos con los novios en el granero, el verdor de los campos llenos de magníficos pastos, los grandes rebaños de ovejas y hatos ganaderos de sus antepasados. La buena Doña Rosa también soñaba con las famosas Fiestas de San Fermín, celebración en todo lo alto el día siete de julio en las Provincias Vascongadas, principalmente en Pamplona, capital de Navarra, donde sueltan a bravos animales de lidia que persiguen por las calles de los pueblos hacia la plaza de toros, a entusiastas y valientes mozalbetes vestidos de blanco con pañuelos rojos anudados a la cintura, obsequiados por gentiles jovencitas, novias o amantes. Sí, los sueños de Doña Rosa, eran profundos.

Durante varios instantes dudó en hacerlo, cediendo a LA TENTACIÓN DEL SEXO. Sacando fuerzas de flaqueza, se atrevió a llamar al número de la tarjeta del Gerente del Hotel. El pretexto era bueno, agradecerle sus atenciones disculpándose de paso, por el trato un poco rudo, que le había dado.

Con el corazón saltando en su pecho, oprimió las teclas digitales del teléfono, colgando de inmediato. Soy una loca, se reprendió.

Dos minutos después, volvió a tomar el aparato telefónico y marcó otra vez los números. Esperó un momento y tuvo el impulso de cortar la llamada, pero no hubo tiempo, una agradable voz femenina respondió:

— Hola, usted está hablando al Corporativo Celtic. Puede dejar su mensaje después del tono. El señor Director General se comunicará con usted a la brevedad posible. Gracias.

— ¡Maldición! —exclamó la nena colgando la bocina— Tanto trabajo para decidirme y contesta una máquina, habrase visto. Bueno lo intentaré más tarde... —y recostándose se quedó dormida, pero sus sueños fueron muy distintos.

Seguía viendo al Gerente del Hotel, ahora con un pasamontañas negro que sólo dejaba verle los aceitunados ojos, la tomaba por la cintura y la besaba como experto, mordiendo con delicadeza sus labios. Ella, en sueños, pegaba su juncal cuerpo al vientre del varón desconocido, sintiendo de inmediato el potente empuje de su pene que luchaba inútilmente por penetrar la gruesa tela de su pijama.

Empapada en sudor, despertó alarmada, sintiendo gran humedad en su vagina.

— ¡Dios mío! —musitó— ¿Qué es esto?, ¿por qué está pasando? El cielo sabe que nada de esto es real, vamos, ni siquiera me gusta el tipo —se mintió.

Tomó una valiente determinación. Mañana mismo visitaría a una Ginecóloga para de una buena vez, someterse a la pequeña cirugía y retirar las bridas del himen que le impedían tener sexo. Se convenció que lo necesitaba con urgencia. Después de todo planeaba casarse y deseaba evitarle al novio la pena de no poder desflorarla en la primera noche de bodas.

Doña Rosa puso el grito en el cielo. Desde su campesino e ignorante punto de vista, Felicidad iba rumbo a la perdición. Después de tormentosa discusión, acordaron visitar a sus familiares en Toledo. Las hermanas de Rosa, decidieron el asunto.

— ¡Joder Rosa, estáis mal! Si la niña no pue cogé es por tu culpa.

Habéis esperao demasiao, ¡coño! Le habéis quitao su juventú, como si no supieras... Ya no recuerdas cómo le has dao vuelo a la hilacha, qué decís del panadero, del sacristán de la iglesia de Tos Santos y no sé cuántos más.

— ¡Calla por Dios Genoveva! Que tó han sido habladurías, me casé de blanco, ¿recordáis?

— Pues claro vale, como toas nosotras, pero el pasao es el pasao, no te hagas la monja — refutó Hortensia.

— Así que ya, no hay peros, te anotaré la dirección y teléfono de la Doctora en Madrí. Allí le hicieron lo mismo a la Trini, parece que el cinturoncillo de castidá es de familia, ja, ja, ja, finalizó Virginia.

La Doctora Rosario Ravell experta Médico Cirujana especia- lista en Ginecología y Obstetricia, realizó la cirugía en menos de sesenta minutos, retirando cuidadosamente las bridas que protegían el himen de la muchacha, dejándolo intacto para disfrute del afortunado esposo en su primera noche de casados.

A la vez, tuvo una gran charla de amigas, orientando a la hermosa señorita Felicidad sobre las precauciones que debía tener en sus futuras relaciones sexuales. Le quitó de los ojos la negra venda que durante años, su madre le había colocado para evitar ver el mundo. Le aconsejó sobre el sexo, haciéndole entender que no era nada malo, ni mucho menos pecado, advirtiéndole sobre el uso del condón para protegerse contra potenciales contagios de herpes, papiloma, SIDA y otras enfermedades de transmisión sexual y prevenir embarazos no deseados, indicándole para este último propósito, otros medios de control natal, como el llamado DIU, píldoras, óvulos y pomadas anticonceptivas.

— La única condición —le dijo— es que la entrega de tu cuerpo debe ser por amor, por un gran amor. Lo deseable, es que ofrezcas la virginidad a tu esposo, pues es un tesoro que los verdaderos hombres — no machos— sino varones en toda la extensión de la palabra, saben respetar y apreciar. Pero debe ser tu libre voluntad.

— Ahora estás lista para la acción, ¡muy buena suerte preciosa!

Felicidad había tomado una importante decisión.

Ya no más calentamientos para quedar como plancha de sastre. Entregaría su doncellez al hombre de su vida que estaba segura de conocer en España y ¡por amor!

Dos semanas después, estaba recuperada. Nunca lo había aceptado pero el impedimento físico de su vagina, le ocasionó —sin desearlo— un complejo que ahora estaba eliminado.

Después de visitar algunas ciudades cercanas a Madrid, convenció a Doña Rosa de aventurarse en excursión al denominado País Vasco y a Catalunya, principalmente a Barcelona, donde tenía referencias de la maravillosa Arquitectura de la famosa Iglesia de la Sagrada Familia y su Templo Expiatorio, inconclusa obra monumental del Arquitecto Antoni Gaudí, única en el mundo, así como de otras interesantísimas obras del mismo, declaradas por la UNESCO como Patrimonio de la Humanidad, entre ellas el Parque Güell, El Palacio Güell, la Casa Milà, la Casa Vicens y la Casa Batlló. La declaración de Patrimonio Mundial, supone reconocer su valor Universal, así lo señala la Organización de las Naciones Unidas, que otorga recursos económicos para la conservación de más de 900 sitios en el Mundo, contenidos en su Catálogo Oficial.

NEW YORK CITY
(CUATRO MESES ANTES)

En las suntuosas oficinas centrales del despacho "HARTFORD, MELLON & FLETCHER" el Contador Jules C. Harper "EL NIÑO", Supervisor Senior de la División Asia, presentaba su Informe sobre la Auditoría practicada en la India, al importante cliente "Silicone Intelligent Machines, Ltd.", directo ante uno de los Vicepresidentes de la Firma.

No está nada mal —razonó Mister Fletcher— meditando que la calidad y oportunidad de los trabajos, representaría una gigantesca cifra de honorarios profesionales, adelantando su pensamiento en que quizá, como muchas otras ocasiones por sus elevados montos, los clientes ofrecían como parte del pago, un paquete accionario del negocio revisado.

— Felicidades hijo, el equipo de Auditores se ha ganado una recompensa. Y como lo AFECTIVO debe ser en EFECTIVO, puedes comunicarles un buen aumento de sueldo para todos.

— Gracias mil señor, así lo haré saber. Sin embargo quisiera pedirle un favor especial, disculpe mi atrevimiento —habló el interpelado— claro que si no fuese posible yo…

— Vamos —exigió— dime de una vez de qué se trata. Sabes que no me gustan los rodeos. ¡Al pan, pan y al vino, vino!

—Se trata del nuevo Crucero de la compañía CELTIC—explicó Jules—Tengo entendido que será inaugurado por estos días y bueno, señor, nosotros… nunca hemos tenido la oportunidad, ni podremos jamás subirnos a un barco de esa naturaleza, exclusivo para súper millonarios… a menos que… ¡fuésemos a trabajar! Deseo pedirle con respeto, que un equipo reducido de mi personal sea comisionado para supervisar, por parte del Despacho la Administración y Contabilidad del buque… Kirk Fletcher so- pesó los argumentos del joven Auditor. No sonaba descabellado. El Despacho tenía Contrato con la Naviera para la Prestación de Servicios de Auditoría que obliga a la presencia permanente de Auditores, para controlar precisamente el gran movimiento de moneda que significa atender las necesidades de 700 pasajeros y 600 miembros de la tripulación durante varios meses.

De modo que pensó autorizar la solicitud presentada para que ese primer itinerario del navío, lo cubriera con su probado equipo de trabajo.

Realizarían como siempre, eficiente labor profesional al tiempo que el personal disfrutaría un poco la buena vida, quedando agradecidos con la Firma.

Tan solo el rubro de alimentos y bebidas representa avituallar la nave con varias toneladas de finos comestibles, agua, refrescos, vinos y licores, adquiridos en el puerto de salida y reabastecidos en diversas escalas durante la ruta.

Y qué decir de la circulación de riqueza en el casino. Las ventas de restaurantes, bares, boutiques, pago de nóminas al personal y proveedores, el control de cuentas por cobrar, las tarjetas de crédito internacionales, el control de llamadas telefónicas, lavandería, tintorería, salón de belleza, spa, farmacia, biblioteca, librería, centro de negocios, centro de excursiones, servicios médicos, joyerías, tienda de licores y souvenirs, gimnasio, mini- golf, pared para escalar en roca, pista de patinaje en hielo, surfing, espectáculos y tantas actividades, que requieren control, información y supervisión, sin contar con la responsabilidad de la bóveda principal que custodia el efectivo del barco y las cajas de seguridad repletas con valiosas alhajas, dinero y tarjetas de la opulenta clientela.

—Trato hecho —respondió Fletcher— ¿Cuántas personas y quiénes serían?

— Salvo su mejor criterio señor, creo que con cuatro Contadores, un experto en Sistemas y yo, podemos lograrlo, seis en total.

BARCELONA, ESPAÑA

L a ciudad de Barcelona es la capital de la Comunidad Autónoma de Catalunya. Según datos Oficiales, es la ciudad más poblada de España después de la capital, Madrid, ocupando el décimo lugar de la Unión Europea.

Está ubicada a orillas del mar Mediterráneo y ha sido escenario de muchos eventos de corte Internacional, como Exposiciones, Juegos Olímpicos y reconocida como una de las urbes culturales, financieras, comerciales y turísticas más completas de la Tierra.

El origen del nombre de Barcelona es por lo común, desconocido.

La versión más aceptada es que proviene de las conquistas Romanas de Cayo Julio César y Octavio Augusto, recibiendo el nombre de Augusta Paterna Barcino. En la Edad Media se denominó Barcanona, Barchinoma, Barchenonona y Barchelona.

La leyenda mitológica del nombre de la ciudad, también se remonta al cuarto trabajo de Hércules al buscar el Vellocino de Oro.

Al pasar por la actual costa Catalana, una poderosa tormenta dispersó los barcos de la expedición, faltando la novena. Hércules encontró los restos del naufragio de la Barca Nona (Novena Barca) cuyos marineros hallaron tierras maravillosas y ayudados por el Dios del Comercio, fundaron la ciudad de nombre "Barcanona".

Actualmente la ciudad de Barcelona, es una de las metrópolis más importantes de España y de Europa, rica en arquitectura, historia, industria, puerto, comercio y turismo, conocida en el Continente como "Capital del Modernismo", por la cantidad de obras y edificios que atesora, como el Hospital de Santa Creu, El Palacio de Música Catalana, el Palau Macaya, La Torre de Collserola, el Palau Sant Jordi, la Torre de Comunicaciones de Montjuïc, el Museo de Arte Contemporáneo, el Edificio Fórum (denominado ahora Museu Blau) y la Torre del Triángulo Ferroviario, entre otros.

En 1999 la ciudad de Barcelona fue premiada por el Royal Institute of British Architects con la presea "Royal Gold Medal" (Medalla de Oro Real) que por primera y única vez, ha sido otorgada a una Ciudad y no a un Arquitecto individual.

Materia aparte, la ciudad de Barcelona es hoy una referencia obligada en cuanto a Conciertos de Música se refiere, tanto en el género Clásico como de nuevos Compositores y Cantantes, sobresaliendo las funciones de ópera, música Sinfónica, así como de modernos grupos de Jazz Clásico y Progresivo.

Como en la Ciutat Vella, con gran cantidad de pequeños locales destinados a públicos conocedores reducidos, y los escenarios Jamboree, Luz de Gas y Sala Bikini con mayor número de adictos a los ritmos de pop, rock, música electrónica y hip hop. El Festival Primavera Sound en el mes de mayo y el Sónar Festival en junio, ofrecen las mejores propuestas de música moderna Internacional.

Llegando septiembre, con motivo de las Fiestas de la Merced, Barcelona ofrece conciertos gratuitos durante tres días consecutivos en las plazas más concurridas de la Ciudad.

El turismo, es otra gran fuente de divisas para la ciudad, siendo el primer puerto turístico del Mediterráneo y quinto en el mundo en Cruceros, transportando casi dos millones de pasajeros al año. El aeropuerto de Prat, recién ampliado, permitirá atender a más de cincuenta millones de pasajeros anuales, que generan importantes beneficios económicos a la ciudad.

La nueva economía patrocinada por el Ayuntamiento, ha creado grandes parques para la Investigación Científica en los campos de Biomedicina, Biotecnología, Aeroespacial y Nanotecnología.

Todo eso le importaba un bledo a Doña Rosa, que buscaba diversión y alegría de otra naturaleza.

— Mía pué mi niña, que me han dicho las tías que podemos tomá un tren rápido pa ir a Francia y también podemos ir al fútbol a ver jugar al Barca... — Yo quiero ir a las playas —interrumpió Felicidad— me han dicho que son preciosas, con servicios de primera: duchas, vestidores, vigilancia, Cruz Roja, limpieza y orden, tal vez me anime a asolearme quitando el sostén como se acostumbra por aquí, ja, ja, ja...

— ¡Válgame Dios! De eso ná, ¡no jodas a tu madre, malandrina! — reaccionó Doña Rosa encabronada.

Al llegar a Barcelona, las mujeres notaron un ambiente de fiesta en la ciudad. Sus habitantes estaban emocionados con la inauguración del gran Crucero "TENERIFE" que tendría lugar al día siguiente.

— ¡Qué suerte tenemo nena! Vamo a ir mañana, no me lo pierdo como que me llamo Rosa. Tu abuelo, que en gloria esté, fue marino de los grandes y si hay fandango, mejó, ¡pa eso me pinto sola chiquilla! Habrá mucho millonario, mujé —exclamó con entusiasmo.

Para la joven, la botadura del barco no representaba gran cosa y no le hizo gracia tener que asistir a una ceremonia que prejuzgaba aburrida, pero al ver a su madre tan excitada —como pocas cosas en su vida— aceptó fingiendo hacerlo de buena manera, no tenía caso echarle a perder el momento.

La preciosa muchacha no lo imaginaba siquiera, la celebración le cambiaría la vida para siempre.

La buena señora insistió en llegar temprano para conseguir los mejores asientos, llevando dos botellas de agua Perrier y una sombrilla amarilla con franja roja para protegerse del inclemente sol. La rubia cabeza de Felicidad, rivalizaba con el astro rey, lanzando reflejos dorados. Su vestido blanco como la nieve, ligeramente escotado, dejaba a la imaginación la perfección de los hermosos senos, sus carnosas y redondas rodillas coronaban unas lindas piernas bronceadas por el sol de Madrid. Pero lo que más llamaba la atención, era sin duda su cara. Cincelada como estatua de los grandes maestros.

La imponente mole del navío, ocupaba el muelle 4, balanceándose suave y majestuosamente sobre el agua. Dos amplias escaleras eléctricas para el abordaje, conducían con comodidad a los selectos pasajeros a la cubierta principal, donde les recibirían sonrientes, un ramillete de bellas jovencitas luciendo el uniforme blanco y oro con una pequeña línea horizontal que subrayaba su nombre y cargo. Un segundo acceso a la nave, estaba provisto de sillines cómodos y seguros para subir a personas discapacitadas.

A manera de puerta, en un gran arco de globos amarillos y rojos —los colores de España— amables edecanes se ocuparían de revisar las tarjetas de acceso que debían portar cada uno de los viajantes, introduciéndolas en los dispositivos electrónicos, verificando la autenticidad de los chips. En computadoras aparte, cada individuo colocaría su dedo índice derecho presionando el artefacto para conseguir nítida impresión de su huella digital.

Una señorita tomaría fotografías de recuerdo, que obsequiaría a los pasajeros, guardando por supuesto, una copia en los archivos del barco.

Ésas eran algunas de las medidas de control y seguridad que RHINO, compañía especializada en Sistemas de Control y Seguridad, había implementado para proteger a los notables huéspedes.

Kadir Aiza, Director General de la Empresa responsable del Crucero, pasó muchas horas inspeccionando los métodos operativos, auxiliado por el Capitán del barco y los expertos funcionarios a cargo de la complicada logística de hospedaje, alimentos, bebidas, entretenimiento, higiene, servicios generales, mantenimiento, administración y contabilidad, asegurándose de aplicar en cada segmento las Normas de Calidad Internacionales y de la propia Empresa, con estándares muy altos en el servicio.

Todo marchaba de maravilla, sin embargo algo molestaba al alto funcionario, diferente a las tensiones que se darían en el viaje entre su esposa Helen y su ex novia Ruth, pero eso era secundario. Su mayor preocupación ahora era que resultara en gran éxito para la Compañía. Los ojos del mundo estaban posados en el "TENERIFE". La Seguridad, siempre la Seguridad. El barco, repleto de gente famosa y millonaria, era un "Bocatto di Cardinale" para cualquier grupo criminal o terrorista.

Las personalidades invitadas comenzaron a llegar tomando sus lugares indicados por tarjetas individuales que ostentaban el logotipo de la naviera y el nombre del Crucero. Doña Rosa y Felicidad Guillén, sentadas en la novena fila del sillerío elegantemente forrado con "fantasmas" —tela blanca que cubre asiento y respaldo de la silla— disfrutaban del ir y venir de gente, estirando el cuello tratando de adivinar alguna cara conocida. A Doña Rosa se le iluminó la fisonomía cuando descubrió en la primera fila, a escasos quince metros de ella, a su cantante favorita, Lila del Bosque acompañada ni más ni menos, por el galán del cine italiano Rodolfo Santini. A su derecha, cerca de la fila dos, el Conde Franc de Broissin, famoso miembro del Jet Set internacional, célebre por sus fiestas y vida disipada, con matrimonios y divorcios por igual, publicados en las revistas de chismes sociales en varios Países, acompañado por soberbia jovencita de rasgos orientales que modelaba un vestido semitransparente color carne, sin ropa íntima. Era la comidilla del día.

Divertida con los comentarios y señalamientos de su madre, experta en toda clase de noticias sobre la vida y milagros de artistas de cine, radio y televisión, Felicidad no se dio cuenta del efecto que estaba causando entre los jóvenes que atiborraban el gran malecón, lugar de la ceremonia.

De pronto, escuchó que una voz agradable y conocida le habló comedida. Al levantar sus ojos, el corazón le dio un salto, sin saber qué hacer o decir, sonrió y atinó a presentar a su madre.

— Usted —dijo con voz entrecortada— no esperaba que... bueno yo... es un gusto verlo, err...

— Madre, es el señor gerente del hotel... Lo conocí en el restaurante...

— Hola caballero —dijo Doña Rosa, contemplando su alta figura y ropa de marca.

— Si buca asiento no hay po aquí. Estamos en mal lugá, no vemos casi ná. Hemo venido temprano, pero qué va, toos los sitios han sido reservaos. Lo organizadore son pésimo.

Kadir no pudo más y echó a reír.

— Tiene razón señora, pero poseo alguna pequeña influencia por acá y prometo darles mejores asientos, regreso enseguida... permiso.

— ¡Vaya con el nene! —dijo doña Rosa— El freco cree que somo labriego, mira que vení a presumí, sí cómo no, el tonto piensa que ha quedao bien contigo, mi niña, me doy cuenta de la forma en que te ha mirao, bueno no de mala manera, porque se hubiera ganao un tortazo, ¡que se pudra el gañán!

— ¡Basta mamá! Si el pobre no ha hecho nada más que saludar y ofrecer cambiarnos de sitio, ¿y si logra hacerlo?, ¿qué le dirás eh? Además es muy correcto... —defendió la güera.

— Ya veremos si el galancito cumple, pero hombre, qué va, si a leguas se nota que es un embaucadó de buena pinta, ¡sí señó!

Minutos antes que diera comienzo el evento y para sorpresa de Doña Rosa, una bonita Edecán ataviada con el uniforme oficial del Crucero "TENERIFE" se acercó al lugar que ocupaban las turistas, invitándoles a seguirla para sentarlas justo en la segunda fila donde disfrutarían de una visión privilegiada. Boquiabierta, la señora masculló un "gracias" ante la joven. Felicidad por su parte le dijo: —Haga el favor de expresarle al señor Gerente su amabilidad, que esperamos agradecerle invitándole a cenar esta semana.

— Por supuesto le haré llegar sus palabras, pero temo que no le será posible aceptar nada por ahora —respondió amable la chica— parte esta misma tarde en el barco y estará fuera casi treinta días. Le daré su mensaje, adiós.

— Bueno nena, ya está. Las gracias las hemo dao. Ahora a divertirse un poco, que la fiesta es aburrida, ¡jolines! Que ha faltaó salero, en mis tiempos... —exclamó doña Rosa con aspavientos— recuerdo cuando se botó el "Marqués de Comillas" y el "Covadonga", ¡coño eso sí que estuvo bueno!

Justo en ese momento, arrancó la ceremonia, cuando Monseñor Laurencio Abascal y Gómez bendijo la nave, a los dueños, viajeros, tripulación, autoridades, público en general y hasta a los perros si los hubiera presentes, rociándolos con agua bendita, a decir de los creyentes.

Ubicado en el estrado, pasó al pódium Kadir, el "Gerente del Hotel" para pronunciar el discurso oficial a nombre de la Empresa.

Sus conceptos llenos de contenido acompañados de un buen timbre de voz, elocuencia, precisión y brevedad, fascinaron a los oyentes quienes le tributaron gran ovación al finalizar la pieza oratoria. Felicidad y su madre aplaudieron entusiastas, realmente les agradó el mensaje. Para él no pasó desapercibida la tierna mirada de admiración de la hermosa muchacha, conformándose por hoy con esbozar una gran sonrisa de agradecimiento al auditorio.

Clausurada la formalidad, la doncella se acercó al presídium y sin importarle un rábano la multitud, plantó un dulce beso en la mejilla de Kadir, que ahora sabía era el Director General del Corporativo CELTIC, sin imaginar las consecuencias que esa caricia inocente, desencadenaría una terrible tormenta humana.

Viajaron a Barcelona para abordar la Nave, Jules, Anthony, Caridad, Viola y Brian, expertos Auditores, asistidos por Frank —genio de la Informática— que recibieron la noticia de su nueva comisión, con gritos de alegría. Tal vez serían los últimos que salieran de sus gargantas.

El equipo de trabajo enviado por el despacho con sede en la ciudad de Nueva York, estaba integrado por competentes y experimentados profesionales de la Contaduría Pública y de Computación. Su misión era controlar y supervisar las operaciones administrativas y financieras del Crucero, para producir un Informe detallado que sería presentado ante la Junta de Accionistas de la Compañía Naviera.

Llegaron juntos, casi al inicio del acto de abanderamiento, vestidos —como siempre— con ropa formal de color oscuro luciendo como agentes funerarios, contrastando con la vestimenta alegre, fresca y llena de colores de los asistentes.

Los Auditores eran el auténtico negrito en el arroz. Tomaron asiento en la última fila, únicos lugares disponibles.

Jules C. Harper "EL NIÑO" estaba al frente del grupo, auxiliado por Belcher, la bellísima Caridad Hernández y tres jóvenes más, entusiasmados por subir al magnífico buque de recreo para conocer de cerca el lujo y esplendor de la vida de los supermillonarios.

De súbito, Anthony palideció y casi tuvo un infarto. Lo que vio era imposible. ¡¡Su ex novia, el amor de su vida, allí, en Barcelona, al pie del Crucero, besando a Kadir, su mejor amigo!! No, no era posible, debía ser una persona parecida. Sintió un espasmo en el estómago —preludio de vómito— que logró contener.

— ¡Shit! (mierda) —exclamó— logrando que sus compañeros y público voltearan a mirarlo, aunque sólo por un instante, pues también torcieron el cuello para ver a Caridad, que excitadísima con la imponente figura de Kadir —su inolvidable amante— lanzó un sonoro — ¡Wow! ¡Qué buena suerte la mía!— corriendo ya para abrazarlo, siendo impedida por corpulentos elementos de seguridad pertenecientes a la Guardia Civil, que no dejaban pasar, ni el aire.

— ¡Aquí!, ¡aquí estoy mi amor! —gritó la hermosa Cubanita agitando un pañuelo, consiguiendo llamar la atención por segundos a parte de los presentes, especialmente a Helen, la esposa de Kadir.

Se avecinaba tempestad y no precisamente de la Naturaleza.

Por su parte, Lisa Stone, la sensual Afroamericana enfundada en ceñida minifalda blanca y oro de ribetes rojos con logo del "TENERIFE", tomaba cientos de fotografías de los políticos, empresarios, banqueros, artistas, gente del Jet Set Internacional y público en general. Como fotógrafa oficial del barco, debía documentar el importante acto.

Al llegar cerca de las tres últimas filas, sintió fuerte punzada en cabeza y pecho. Con la respiración entrecortada, se frotó los ojos, corriendo sin querer el rimel de sus párpados.

— ¡Motherfucker! (Hijo de puta) I don't believe it! (No puedo creerlo) ¡The bastard is here! (El bastardo está aquí).

Confundida primero y temerosa después, optó por retirarse con discreción. Para su buena fortuna, el Contador Belcher, no la vio. Su inocente presa sexual que fue víctima de extorsiones recurrentes, aquel hombre bueno que conoció y violó en Nueva York, proyectándolo como involuntario astro de cine porno en Internet, estaba hoy, muy cerca de ella para vengarse.

El primer impulso de Lisa Stone fue huir hasta de la ciudad y abandonar todo, pero LA TENTACIÓN DEL DINERO pudo más que su miedo. Tenía que continuar con el plan trazado por su hombre, Josafat Pereira. Le llenaba de pánico no obedecerlo.

Kadir consultó con expertos de los Sectores Público y Priva- do, escuchando y poniendo en práctica las recomendaciones que hicieron. Tenía instrucciones precisas para establecer —al costo que fuera—las precauciones para otorgar a los pasajeros la mayor y más completa certidumbre en sus personas y bienes. La orden directa provino de Don Ramón Peralta y Bárcenas, Presidente, entre otras gigantescas Corporaciones del "CELTIC INTERNATIONAL HOLDING", el colosal Sindicato propietario de las Cadenas de Hoteles y Flota de Cruceros, con inversiones ahora también, en el transporte marítimo de petróleo y carga de contenedores.

Al sofisticado sistema de dispositivos electrónicos, instalado de fábrica por la constructora del buque y personal de vigilancia cuidadosamente seleccionado, se agregaron como refuerzo algunas otras medidas fruto de la experiencia personal de Kadir, quien poseía vastos conocimientos prácticos obtenidos en el campo de batalla, cuando tenía el "otro empleo", el de asesino profesional.

Sabía que ninguna precaución estaba de más. La importancia de los selectos viajeros y sus riquezas, eran una auténtica "TENTACIÓN" para cualquier grupo terrorista o de la delincuencia organizada.

Minutos antes de zarpar, fueron lanzados preciosos juegos pirotécnicos que al reventar en el aire producían hermosas cascadas de luces multicolores.

La Banda Sinfónica de la Ciudad, ejecutó magistralmente dos piezas musicales, "Asturias Patria Querida y "Que Viva España", coreando emocionada la multitud que se dio cita en el muelle.

La fastuosa nave se puso en movimiento despacio, haciendo sonar su poderosa sirena, flanqueada por dos remolcadores que succionando agua de mar, arrojaban al espacio grandes chorros del líquido con alegría.

No menos de treinta pequeñas y medianas embarcaciones de motor y velas blancas repartidas a babor y estribor del Crucero, acudieron a despedirlo como escoltas hasta el antepuerto. Fue un espectáculo inolvidable.

El Cuerpo de Sanidad de la Bahía, levantaría en maniobra ejemplar, los fragmentos de cristal provenientes de más de una docena de botellas de champagne que fueron estrelladas contra el casco de la nave.

Las elevadas multas correspondientes aplicadas a los contaminadores, fueron cubiertas sin chistar por la Tesorería de la Empresa, la botadura, había valido la pena.

CRUCERO "TENERIFE", COSTAS ESPAÑOLAS

La Cena del Capitán, es quizá el evento más elegante y exclusivo dentro de las tradiciones de los grandes Trasatlánticos. La arraigada costumbre de compartir la mesa con el Comandante del Barco, se ha considerado un honor para los pasajeros, que ávidos de conocer nuevas experiencias, aprovechan para formular preguntas sobre la embarcación: medidas de seguridad, número de pasajeros, de tripulantes, potencia de los motores, velocidad, etc., hablando por supuesto de temas interesantes sobre la economía mundial, calentamiento global —hoy tan común— música, pintura, del cine y sus estrellas, costumbres de países visitados o por conocer, modas, autos, aviones, yates, relojes y en general lo que puede ocurrírseles a los ricachones pasajeros.

En las líneas de Cruceros, la vestimenta es casual, pero esa noche se pide vestir de etiqueta rigurosa, ocasión que adoran las mujeres para lucir sus costosos vestidos y finísimas alhajas.

Los alimentos y bebidas son servidos como de costumbre por elegantes meseros con sus tuxedos y guantes blancos y el Grand Saloon muestra decorado especial, según la época del año. En esa ocasión, las paredes y el mobiliario lucían el fresco Art Déco, que recordaba la fabulosa arquitectura del Modernismo Francés.

En la mesa principal para veinte personas, ocuparon sus reservados asientos además del Capitán Conrad Blake, el Primer Oficial Max Segovia, la hermosa Sylvie Ortigoza, Directora de Relaciones Públicas del "TENERIFE" que esa noche escoltaba a Ramón Peralta y Bárcenas, Presidente de la "CELTIC WORLDWIDE HOTELS & RESORTS" —compañía operadora— así como tres de los principales Miembros del Board of Directors (Consejo Directivo) con sus cónyuges; Elmer Wachs, Abogado General y señora; Franc de Viver, Jefe de la Generalitat du Barcelona, su distinguida esposa e hija y Kadir Aiza, Chief Executive Officer de la "Celtic"—como era conocida en el medio— dueña de la

Cadenas de Hoteles y Cruceros de superlujo, a quien acompañaba su bellísima consorte, Helen Kelly.

Cerraban el círculo, Marcel de Frebault, Chef de Cuisine Cordon Bleu, y la Baronesa Guillermina de Navarra, hermosa cuarentona de grandes pechos operados, con su marido Dymas Skolatis anciano y próspero armador de barcos mercantes griegos. En la fastuosa próxima cena estarían sentados al azar otros elegantes pasajeros, hasta que todos hubieren compartido el pan y la sal en el distinguido tablón.

El señor Director General pudo haber intervenido ante el Capitán de la Nave para sentar en el sitio principal a su querido amigo Benjamín Weitzner, quien viajaba —como siempre— en unión de su linda hija Ruth, pegada a su padre como estampilla de correos. Con la autoridad para hacerlo, no lo intentó siquiera. ¿Miedo o precaución?

En la ceremonia de inauguración en el muelle turístico, Kadir tuvo sólo unos momentos para saludar con gran afecto a sus amigos, sorprendido de no ver a Ethan Warner, el suertudo consorte de Ruth.

— Con todo respeto, estás bellísima —balbuceó.

— Tú tampoco estás tan mal, te imaginé una piltrafa —rió ella.

— ¿Y tu esposa?, me han dicho que es linda —remató con finísima ironía.

— Así es, seguro anda por ahí saludando algunas amigas, te la presentaré pronto.

— ¿Y tu flamante marido? —reviró él.

— ¡Oh! —se quejó— Es una calamidad. Siempre trabajando. No le fue posible venir ahora, prometió darnos alcance un fin de semana en alguna parte. Ustedes los hombres, son unos zopencos, mira que preferir la oficina… pero, ¡es un amor!, estoy segura que se llevarán muy bien —picó ella.

— Bueno los dos están sanos que es lo importante —intervino amable Ben— ¿Podemos irnos a sentar?, me duelen las rodillas. Después tendremos tiempo de sobra para ponernos al día.

— Padre no empieces. Tienes prohibido hablar del pasado. Por favor querido, promete que no hablarán más de la Fundación —dirigiéndose a Kadir con una mirada tan dulce de sus hermosos globos oculares azul cielo, capaz de derretir la enorme estatua de hielo en forma de sirena que adornaba el estrado.

— ¡Prometido! Los veré a bordo después —expresó el hombre, que ya volaba hasta el Presídium para iniciar la Ceremonia, con el escozor en la piel que le produjeron los ojos y palabras de su ex novia.

Después de la cena, los anfitriones y el Capitán visitaban cada una de las otras mesas llenas de distinguidos invitados para saludarlos, intercambiar bromas, afilados comentarios y chocar las espumantes copas de champaña.

Kadir —cogido de la mano de Helen— decidió iniciar sus entrevistas con los pasajeros de las mesas situadas al fondo del aristocrático salón, dándose una tregua mental para planear sus reacciones ante la inminente tormenta —no precisamente de mar— que presentía cuando llegara el turno de presentarla con Ruth. Conocía bastante bien al sexo femenino para saber que no simpatizarían, recordando la popular frase Mexicana "dos tamaleras no se pueden ver", refiriéndose a la competencia entre vendedoras.

Respiró profundo y se mentalizó, lo que será, será. Discreto dirigía furtivas miradas a los lugares donde terminaban el postre, Benjamín y Ruth.

Por su parte, Helen no se sentía cómoda. Algo le molestaba sin saber a ciencia cierta qué, sin que ese detalle le impidiera mostrarse —como siempre— feliz y encantadora. Al finalizar su recorrido por el amplio recinto alfombrado, el matrimonio Aiza-Kelly acudió al sitio donde se hallaban sus amigos Judíos, para saludarlos con afecto especial haciendo las presentaciones.

Mister Weitzner expresó su beneplácito, depositando un besito en la punta de los sonrosados dedos de la mano derecha de Helen, que correspondió con agradable sonrisa. Kadir estrechó la mano del anciano y lo abrazó con gusto, haciendo lo propio con Ruth, que a su turno, no pudo contenerse y saludó fríamente a su rival.

— Hola, te veo pálida querida. ¿Te sientes mareada? ¿Quisieras acompañarme al tocador?

— Claro —respondió en seco Helen —Puedes empezar por arreglarte ese cabello desaliñado.

— ¡Maldición! —dijeron a coro los dos amigos cuando las damas se alejaron.

— Esto se pone bueno, no será nada aburrido —dijo Ben, muerto de la risa.

— ¡Va a estar cabrón! —vociferó Kadir realmente preocupado.

Helen Kelly, hija menor de John Kelly ex jefe de Kadir cuando trabajó en el despacho "HARTFORD, MELLON & FLETCHER", se había casado con el Auditor profundamente enamorada, dándole tres hijos varones maravillosos. Amaba con pasión a su esposo, quien le correspondía con el mismo amor y fuego de jóvenes universitarios. Era un matrimonio feliz.

A los treinta años conservaba espléndida belleza, al grado que a muchas personas les parecía imposible que su figura luciera tan bonita y atlética después de dar a luz tres hermosos niños. Su secreto era alimentación balanceada, ejercicio y una vida tranquila sin sobresaltos.

Heredera de buena parte de la fortuna de su padre y de sus propios ingresos como dueña de magnífico negocio de decoraciones e interiorismo, ahorraba todas las rentas, en cuentas bancarias de inversiones a nombre de sus pequeños hijos. Los setenta y cinco mil Euros mensuales que su marido le depositaba religiosamente cada fin de mes, le alcanzaba para los gastos de la casa y un poquito más.

Tres tarjetas de crédito VISA, MASTERCARD y AMERICAN EXPRESS con elevados límites, aunadas a las emitidas por las principales tiendas de España, Francia, Inglaterra y los Estados Unidos, completaban su poder de compra, que también pagaba con gusto el cónyuge. Pero en contra de lo que alguien pudiera pensar, Helen no era derrochadora, gastaba lo necesario en hogar, hijos y ella misma. Sus mayores "desfalcos" eran los regalos para su pareja que significaban un reto tremendo.

Desde finas lociones, libros, ropa de marca, hasta automóviles, como aquel modelo Español (ahora propiedad de la Alemana Volkswagen)

Seat León Cupra rojo que le dio en su cumpleaños treinta y tres que siempre conducía cuando paseaba con ella a solas.

Desde su casamiento, recibió el amoroso consejo de su consorte sobre el manejo de sus finanzas personales.

—"Debes dividir en tres partes el dinero que recibes: Un tercio tomarás para gastar, un tercio para invertir y un tercio para pagar deudas, compritas extra, ayudar a personas necesitadas y obras de caridad" —cuestiones que siempre cumplía, para beneplácito de su querido compañero.

Dichosa aceptó la invitación que le hiciera Kadir para acompañarle en el primer segmento de la ruta del Crucero, pensando en la enésima luna de miel que disfrutaría a bordo, preparando con esmero el guardarropa de los dos y por las dudas, puso en su maletita de mano, buena dotación de píldoras anticonceptivas.

No deseaba otro embarazo, sino disfrutar a sus anchas de la comida, bebida, juegos, baile y… amor, mucho amor. Pero ahora no estaba tan segura de poder hacer todo lo planeado. Sin duda, la presencia de los altos jefes de la compañía, invitados y clientes compradores de los lujosos departamentos flotantes, requerían de la atención personal de su marido. Lo peor es que no podía evitarse, pero bueno, ya se darían sus mañas para estar a solas el mayor tiempo posible.

No era una mujer celosa en exceso. Por supuesto que confiaba a ciegas en la fidelidad de su esposo, pero le molestaba que casi siempre las mujeres con las que trataba en su trabajo o en el medio social, se sintieran atraídas por su personalidad, como le había ocurrido precisamente a ella cuando lo conoció.

De pronto, experimentó un sentimiento indefinible de malestar contra la rubita hija de papi llamada Ruth. ¿Por qué su corazón le avisaba peligro? ¿Quién demonios era y qué se creía? El trato familiar con su marido, ¿significaba que se conocían? Algo estaba mal y lo investigaría pronto.

Por otra parte, ¿qué había sido eso en la ceremonia del malecón? ¿Por qué otra tipeja le gritó a distancia sin recato alguno: "¡Aquí, aquí estoy mi amor!" a su esposo?

Esa misma noche hablaría con él de una vez por todas, para aclarar las cosas.

En la comodidad del soberbio dormitorio, Ruth Weitzner se quitó las zapatillas de tacón descansando los pies. Arrojó el elegante vestido de satín y la perfumada ropa interior, metiéndose al jacuzzi con llaves de oro.

Íntimamente le alegró ver la cara descompuesta de Helen cuando se conocieron, a la que sin motivo alguno la consideraba intrusa. Le divertía la idea de que la arrogante señora supiera del gran amor que disfrutó con Kadir, que ahora estaba casi apagado... pero, ¿quién sabe?, dicen que "donde hubo fuego cenizas quedan". Desechó la idea, eso era fantasía, la realidad es que cada quién hizo su vida, sin embargo, ¿eran en verdad felices?

De pronto entró en su pensamiento la figura de su cónyuge, Ethan Warner. Parecía un buen hombre, guapo, lleno de cualidades que aparentaba amarla por sobre todas las cosas y que ella aceptó sólo por haber terminado su noviazgo con el Director por los motivos que en aquél momento ignoraba.

Si el estúpido me hubiera confesado su pasado criminal, tal vez lo habría perdonado y ahora seríamos marido y mujer, pero no, el muy terco prefirió huir a enfrentar la dura verdad. Esbozó una mueca amarga al darse cuenta que al casarse con el Subdirector Regional de Agentes Especiales del FBI, ¡SOLO HABÍA CAMBIADO DE ASESINO! Mientras Kadir mataba ilegalmente a los malos por ganarse buena paga, Ethan lo hacía protegido por la placa oficial de Policía, pero en el fondo eran la misma cosa. Los dos hombres por caminos diferentes, hacían "justicia" a su manera. ¿Y ella? ¿Qué había ganado?, solamente un policía y sufrimiento. La terrible angustia de saberlo siempre en riesgo y despedirle en la puerta de su hogar —los pocos días que estaba en casa— pensando que le decía adiós para siempre, que podía no volver vivo.

Por el peligro que representa su trabajo, no tenemos hijos, ni siquiera eso. Es tan necio que no quiere dejar su estúpido empleo de matón oficial, recordando el gran disgusto que tuvo el idiota, cuando le propuso trabajar como Jefe de Seguridad con elevado salario y prestaciones en la cadena de joyerías propiedad de la Familia Weitzner.

— ¡No estoy en venta cabrona, compra otro títere con tu pinche dinero! —le reclamó enérgico.

El remolino de pensamientos la llevó sin desearlo a imaginar una vida distinta al lado de Kadir. Hoy estaba regenerado, había abandonado su vida anterior de asesino profesional al servicio de su padre Benjamín Weitzner. Ha demostrado con hechos que cuando se quiere, se puede. Ahora es un hombre recto, respetuoso de la Ley, Director General de importantes empresas de clase mundial.

Sigue siendo atractivo y sexy el muy canalla —añadió.

Al decir esto sintió la humedad en su vagina. — Maldita sea —dijo.

¡Soy una mujer casada! No debo pensar estas cosas... — palabras que sonaron huecas, porque en su interior deseaba ansiosamente hacer el amor con él, aunque fuera sólo una vez más.

Ruth, la encantadora rubia, sintió el asedio de LA TENTACIÓN DEL SEXO.

En su confortable apartamento flotante Kadir estaba exhausto. Como película pasaban por su cerebro, las imágenes del día. ¡Puff! — resopló.

La ceremonia, los invitados, el viaje, los pasajeros... ¡Con cien mil millones de coños!, ya era suficiente tener a su esposa Helen y su ex novia Ruth en el Crucero.

Para terminarla de chingar, estaba a bordo Caridad, aquel fogoso y especial amorcito que tuvo cuando soltero en la Isla de Cuba, que no obstante haber estado breve tiempo, bastó para enamorarse de ella de una manera irracional.

La hermosa joven siempre estaba presente en sus recuerdos viviendo pensamientos encontrados, entre la cobardía de no quedarse a su lado y el afán protector de no hacerle ningún daño ni exponerla a los peligros de su "empleo" que desempeñaba en esos tiempos, el de asesino profesional por contrato.

Cuando la vio quiso desaparecer, pues nunca más la volvió a tratar ni respondió el bombardeo de correos electrónicos que enviaba la chiquilla ilusionada, no por descortesía, sino al contrario, asumiendo que el rompimiento se daría tarde o temprano siendo lo mejor para los dos dejar las cosas así, como el recuerdo de algo sublime y maravilloso.

Invariablemente privilegió el bienestar de la linda Cubana.

PARIS, FRANCIA

Josafat Pereira, hombre de confianza de Stefan "EL PATRÓN" pegado a su computadora portátil, se enteraba de los detalles del Crucero "TENERIFE".

"LA TENTACIÓN" de asaltar el barco era demasiada. Sabía que consultar al jefe sobre el asunto era punto menos que nada. Enfermo como estaba y con intensa depresión por la ausencia de la señorita Felicidad, era casi un vegetal. ¿Por qué no se moría de una buena vez?

Cada vez que el noticiario informaba del fabuloso viaje, se relamía de gusto pensando en los cientos de millones de Euros y Dólares que significaba el botín.

Era muy peligroso, pero eso lo hacía mayormente atractivo. El tipo pensaba que con una buena banda, podría tomar el control del barco en altamar, robar todo lo posible y desaparecer, llevándose algunos valiosos rehenes para proteger la huida y pedir rescate. Varios días se dedicó a planear el atraco, sin descuidar ningún punto por pequeño que fuera.

Necesitaba actuar rápido, no podía confiar en ningún miembro del personal de "EL PATRÓN" así que decidió una noche en solitario: deshacerse de su Jefe, ayudándole a entrar a los infiernos o el plan B, que significaba reclutar otro tipo de cómplices, como los amigos de Marsella.

El destino quiso venir en su ayuda. Una noche, Stefan Horvik el poderoso delincuente internacional, con toneladas de billetes sucios, dueño de vidas y haciendas, murió en su cama, víctima de un repentino ataque de asma que le ocasionó dejar de respirar. A partir de ese momento, Josafat Pereira, tomó el control de la organización, poder y... riqueza, muchísimo efectivo que a diario entraba a las arcas, proveniente de los repugnantes negocios. El bandido dispuso de las cuentas bancarias que reflejaban saldos considerables. Nunca imaginó la existencia de otros depósitos secretos, que Horvik regaló a Felicidad Guillén.

Después de cremar el cadáver, convocó a junta con los jefes de sección para hacer el reparto de los bienes del difunto, expresando que lo mejor era desmantelar la red y cada quién dedicarse a lo suyo.

Los secuaces aprobaron el plan y en menos de una semana fueron liquidados con generosidad y suficiente dinero también para despedir a los ayudantes. Dos de ellos, protestaron pidiendo más.

Al anochecer fueron efectivamente "liquidados" y sus cuerpos enviados al crematorio particular del difunto Stefan. Y no hubo más inconformidades.

La gran organización se esfumó, diluyéndose en pequeños "changarros" de prostitución, pornografía y narcomenudeo, que a nadie llamaba la atención.

Josafat, como apoderado legal de "EL PATRÓN" donó por completo al Gobierno de Francia el Castillo Ducal en la ribera del río Loira, incluyendo el Pabellón de Caza que ocupaba Stefan dentro del histórico y bello inmueble.

El Ministro de Cultura y Educación, a nombre del Pueblo y Gobierno Francés le otorgó un bellísimo Diploma en pergamino con letras doradas.

Conservó para sí la casa de Stefan en París convirtiéndola en su base de operaciones, ignorando que Horvik la había obsequiado a Felicidad. Instalado confortablemente, viajó al Puerto de Marsella para entrevistarse con sus compinches.

Hubo el numerario y bienes para todos. Menos para uno muy importante. Pereira no podía conocer que el anciano Stefan tenía un poderoso Socio en Sudamérica, del cual jamás habló.

Si hubiera sabido de su existencia, estaría temblando de miedo y orinando los pantalones.

MARSELLA, FRANCIA

La taberna Tournéau era el tugurio favorito de la delincuencia Marsellesa. Su propietario Louis Tournéau era un bandido de abolengo, desde su bisabuelo nacido en 1800, quien desde los 18 años de edad sirvió a la piratería bajo las órdenes del legendario Jean Lafitte, famoso saqueador Francés que operó en las costas del Golfo de México, desde Yucatán hasta Nueva Orleans y que en 1815 ayudó al General Andrew Jackson en la defensa de esa ciudad contra los Ingleses. El abuelo, padre, tíos y toda la parentela, fueron reconocidos asaltantes de bancos, coches de pasajeros y correo. La mayoría de ellos había muerto en combate o en la prisión de la Isla del Diablo en el Caribe, víctimas de la peste, el cólera o ejecutados en la guillotina.

Pero Tournéau aprendió de la historia familiar. En forma directa, él nunca se involucraba en delitos. Siempre precavido, había sobrevivido a media docena de atentados contra su vida y otra cantidad de arrestos de la Policía Francesa. Tenía los papeles del negocio en regla y pagaba religiosamente sus impuestos, la utilidad del establecimiento le daba para eso y más. Las cuotas recibidas de las organizaciones criminales de Marsella por prestarles lugar seguro para sus reuniones, era suficiente.

El gran dinero provenía de las buenas comisiones que ganaba como experto y práctico lavador de fondos, con valiosos contactos financieros alrededor del Mundo. La cantina, era considerada un campo neutral muy valorado, donde se podían reunir las diferentes pandillas sin pelear entre sí, con buenos tragos, comida, cariñosas putas, cuartos limpios y seguridad, con excelente servicio a cargo de la gendarmería que vigilaba el lugar mediante un jugoso pago semanal. Contaba además con escondites bajo pisos y falsos muros, con salidas de emergencia lateral y posterior.

Josafat Pereira era uno de los principales clientes de la "lavandería". Cada mes entregaba gigantescas sumas de efectivo propiedad de "EL PATRÓN" previamente "ordeñadas" (robadas) para sí y ser invertidas con sabiduría por corredores de bolsas de valores y bancos, en paraísos fiscales del Centro y Este de Europa y el Caribe, surgiendo ahora lugares como Asia, Medio Oriente y África.

A la reunión, fueron convocados cuatro torvos sujetos, dos Franceses, un Marroquí y otro Norteamericano, especialistas en asaltos a mano armada, robos y asesinatos, con largo historial, recomendados por Louis Tournéau, quien les dio el saloncito del fondo con dos botellas de Armagnac Sempé, cinco copas, vasos y botellas con agua Perrier, una charola con pan y rebanadas de jamón de cerdo y paprika.

—Amigos —inició en Francés— estamos ante el mayor tesoro jamás visto, sólo comparable al gran asalto del tren de Londres, ¿lo recuerdan?

— Claro, no somos pendejos como tú, ¡pedazo de mierda! Habla de una vez y explica de qué se trata, no tenemos toda la noche —exigió el Americano, que parecía el líder de la banda. — ¡Lo que sea, el Jefe soy yo! ¿Entiendes cabrón?

— Calma idiota —respondió Josafat, tocando la culata de su revólver Colt Phyton .357 — ¡Habla con respeto o te largas ahora mismo a coger a tu madre!, no te necesito.

El Americano lo pensó dos veces. ¿Quién era el cabroncito que se atrevía a retarlo?, razonó que su jactancia se debía al apoyo del dueño del lugar, en cuyo caso sería despellejado saliendo del local, envuelto en una vieja lona y arrojado al mar, por lo que decidió esperar, ya tendría oportunidad de matar al extranjero hijo de puta.

— Perdona camarada, estoy un poco nervioso, pero adelante, tienes mi atención —pronunció el gringo sus últimas palabras.

La bala le atravesó limpiamente la cabeza, entrando en medio de los ojos, desgarrando el cráneo con salida por el cerebelo, muriendo en el acto.

— ¿Alguien más desea interrumpirme? —amenazó, guardando la pavorosa arma, cubriendo el cuerpo con el sucio mantel de la mesa. El propietario del tugurio, se encargaría de la "limpieza".

Ante el silencio aprobatorio de los demás, narró el plan y los detalles del asalto en mar abierto al opulento Crucero "TENERIFE" calculando el botín en más de cuatrocientos millones de Euros.

— ¿Cuento con ustedes? Exijo obediencia total. Si alguien no está de acuerdo dígalo ahora y márchese mientras esté vivo. ¿Está claro? Y no admito errores, no hay vuelta atrás, silencio total. El que acepte, llegará a las últimas consecuencias o perderá la vida en el intento.

Juraron con sangre y licor. Con una navaja, los hampones sellaron el compromiso haciéndose una cortadita en la palma de la mano para unir la sangre que fluía de cada una con las demás, a la más añeja usanza mafiosa.

El plan diseñado requería de un mayor contingente de bandidos, por lo que terminada la junta se repartieron las tareas. Los dos Franceses se encargarían de conseguir las armas necesarias. El Marroquí sería el comisionado de reclutar a los "soldados", cuarenta en total. Por su parte Josafat, se encargaría de la planeación, transporte, financiamiento y supervisión de la operación. Abud, el Marroquí, declaró que no había mejores piratas en el mar que los Somalíes, quienes durante los últimos años habían realizado 156 asaltos extraordinarios, entre otros al más grande barco petrolero del mundo, de bandera Saudí, el "Sirius Star", con dos millones de barriles; el carguero de estandarte Norteamericano "Maersk Alabama"; el atunero Español "Alakrana"; y el buque Danés "Leopard", especializado en transporte de materiales nucleares, cobrando rescates millonarios.

La idea fue rechazada por todos.

— ¿No has oído hablar de la "TASK FORCE 150", imbécil? Es una coalición de naves de guerra multinacional que opera en el Golfo de Adén, Golfo de Omán, Mar Arábigo, Mar Rojo y en el Océano Índico que hacen casi imposible un ataque igual.

— ¿Qué tal los Filipinos? Son gente brava y decidida. Además sus servicios son baratos —dijo Fauré, uno de los Franceses. —Prefiero a los Coreanos, son gente de mayores recursos —terció Josafat— aunque mucho más costosos.

— ¡Déjense de pendejadas! No hay mejores mercenarios que los Franceses. Además podemos comunicarnos con mayor rapidez y facilidad con ellos. Es cierto que sus servicios no son nada baratos, pero son ganadores. Conozco algunos descendientes de los antiguos militantes de la OAS (Organización del Ejército Secreto) que operó con éxito infinidad de asaltos, robos, secuestros y asesinatos para financiar su guerra privada contra el Gobierno de Francia al oponerse a la independencia de Argel —finalizó Colignot, el otro hampón Francés.

— Pues que así sea, pero rápido. Tienes 72 horas —, quitando la responsabilidad del reclutamiento al Marroquí.

La publicidad de algo o alguien a veces puede resultar negativa y hasta peligrosa. Kadir se había opuesto a difundir la noticia de la botadura del "TENERIFE".

La lista de pasajeros, el itinerario y las fechas, debían ser un gran secreto conocido por unos cuantos funcionarios de la Empresa, pero los adinerados pasajeros y los invitados especiales, hablaron con emoción del Crucero.

Era tal el entusiasmo, que los dueños de la compañía justamente orgullosos de su gran logro, desoyendo el consejo del Director General para mantener un bajo perfil y prudencia absoluta, echaron la casa por la ventana en publicidad y entrevistas de los diarios, revistas y televisión Internacionales.

Altamente motivada la banda de criminales, volvió a reunirse para conocer los avances de cada uno de los "cerebros". Pereira informó de tres opciones para el transporte de 40 experimentados mercenarios Franceses, descendientes de ex combatientes Argelinos de "prosapia", con raíces desde la mismísima y afamada Legión Extranjera que defendió los bastiones imperialistas en el Continente Africano.

— La Primera, es el ataque al Crucero con seis lanchas rápidas tipo patrulla tripuladas por cinco hombres cada una: un piloto navegante, un operador de comunicaciones y tres tiradores expertos en el manejo del lanzacohetes portátil Ruso RPG-7, favorito de los piratas Somalíes. Este sistema aunque ha probado su eficacia, lo he descartado por la constante vigilancia de la Task Force, ya conocida por nosotros.

— La Segunda, es la compra en Noruega, de un minisubmarino Alemán Molch de 11 metros de eslora, totalmente rehabilitado, facturado a la Sociedad Francesa para la Protección de las Especies Marinas con sede en Lyon, que sería transportado en un pesado camión portacontenedor. Dos vagonetas Peugeot por separado llevarían cada una, un torpedo desarmado que simula un cilindro de caldera, como lo describe el Porte de Carga.

— Ésta es una muy buena opción, el problema radica en lo especializado de su manejo y la poca capacidad para transportar personal, dificultando la huida.

— En cualquier caso, hombres vestidos de rana, abordarían la nave a las 03.30 horas en la fecha y lugar indicado por las coordenadas de latitud y longitud reveladas en su oportunidad.

— Por otra parte —dijo Josafat— he solucionado la parte más difícil. Desde hace seis meses me he ocupado de sobornar a varios miembros de la tripulación del "TENERIFE" siendo indispensable tenerlos de nuestro lado como secuaces.

— ¿Quiénes son? ¿Son confiables? —interrumpió Colignot.

— Eso no puedo decirlo ahora. Es mejor para bien de todos no saberlo. Una indiscreción y ¡al carajo con la operación! —sentenció.

— ¡Con mil coños! ¿Cuál es la decisión? —gritó el Marroquí— estamos perdiendo el tiempo.

— ¡Calla imbécil! —amenazó Josafat.

—La Tercera solución es comprar un barco carguero. Es lo mejor. Está a la venta el "LUSITANIA STAR" no es tan viejo y en magnífico estado, anclado ahora mismo aquí, en Marsella. Nos dará transporte y ruta de escape seguros.

— ¿Alguien está en contra? —preguntó, al más amañado sistema de terror en asambleas de sindicatos tiranos.

Nadie osó votar en contrario aprobándose por unanimidad, reiniciando con mayor vigor los preparativos del asalto.

— Abud, encárgate de conseguir la tripulación. No necesito advertirte que deben ser experimentados y de confianza. Se les pagará buena bolsa. Será tu responsabilidad —concluyó siniestramente.

— Así lo entiendo. Es mejor que empiece ya. Nos vemos, ya te avisaré. Serán doce tripulantes a cien mil Euros cada uno más el capitán, que cobrará trescientos mil. Es bueno tener a la mano la mitad, como anticipo y una buena ración de droga y alcohol.

— Aparte tenemos que comprar la complicidad y el silencio de dos funcionarios menores del puerto, por aquello de la salida y plan de navegación falsos. Con unos diez mil Euros a cada uno, serán suficientes.

— ¿No es poco? —objetó Fauré.

— Está bien así. Darles más despertaría sospechas de que algo grande se cocina. Es más o menos lo acostumbrado en misiones de contrabando —concluyó Abud, quien era experto en la materia.

MADRID, ESPAÑA

Dos días antes de la fecha de salida del Crucero, Kadir como Director General de la compañía, recibió los informes de los recursos humanos que estarían a bordo del buque, cabalmente seleccionados e investigados por la prestigiada firma "McCallister Outsourcing Agency" (Agencia de Contratación de Recursos Humanos McCallister), con sede en New York y su filial en Madrid, "Summit Labor Force" (Fuerza de Trabajo 'La Cumbre').

Revisó el expediente con sumo cuidado, no en balde había sido Auditor durante varios años. Contaba con diversos funcionarios que le auxiliaban en sus importantes labores, pero tratándose de la seguridad, era costumbre inspeccionarlo todo.

Ocho nombres en la lista del personal asignado le llamaron la atención, solicitando a la Agencia ampliara el informe. En la tarde del día siguiente McCallister confirmaba los datos, sin que hubiera antecedentes sospechosos de los investigados.

De pronto, le dio un vuelco el corazón acelerando el pulso. ¡Con cien mil millones de coños! ¡No es posible! ¡Caridad, su ex noviecita Cubana a bordo! ¡Cómo chingaos lo hizo! Por un instante pasaron por su mente escenas de su estancia en la Isla de Cuba y los magníficos recuerdos haciendo el amor con la hermosa hembra…

— ¡Maldita sea! —bramó— pronosticando grandes problemas. Es tarde para solicitar su cambio. Además, ¿qué explicación válida esgrimiría ante el despacho? Pudieran pensar discriminación o tener una relación viciada (cuando las partes revisora y revisada tienen vínculos de familia, amor o dependencia económica que impiden una sana independencia mental, uno de los pilares o condiciones para cualquier Auditor) impedimento comprobado por haber cogido a placer con la muchacha cuando él fue a trabajar a La Habana. El asunto era delicado, porque si ella hablaba del romance, le podía costar hasta su matrimonio. ¡Con mil demonios! Es más que suficiente tener a bordo a Helen, a Ruth y ahora esta niña, que por su temperamento tropical, no imagino qué sucederá.

¡Se me están juntando las hembras! —Dijo para animarse un poco. ¡No puede ser la misma mujer! —Se engañaba a sí mismo.

Más calmado, se alegró de ver a dos ex compañeros suyos en el grupo de Auditores comisionados a bordo por el despacho "HARTFORD, MELLON & FLETCHER". Nada menos que sus buenos amigos Anthony Belcher y Jules "EL NIÑO" Harper, pero la presencia de Caridad vaticinaba problemas.

Ya se encargaría de que la pasaran muy bien, disfrutando de las emociones del viaje de lujo, no adivinaba lo fuerte de esas "emociones" que pondrían en peligro sus vidas.

La sección de Seguridad del Crucero preocupaba a Kadir. Varios meses atrás presentó al Consejo de Directores de la Empresa su plan de Protección, Prevención y Defensa. Para su sorpresa primero y malestar después, le fue recortado en número de elementos, costos y la agria discusión —que por poco lo despiden— mantenida con varios Consejeros que exigieron contratar los servicios de resguardo con una empresa externa especializada y no depender del personal de la línea naviera, que por mucha capacitación que recibieran, no eran expertos como las Agencias de Seguridad establecidas.

Otra parte del plan que le fue modificado, consistió en no llevar a bordo explosivos de ningún tipo y sobre el armamento, solamente permitieron las indispensables armas cortas que ni siquiera portarían los guardias para no alarmar a los ilustres pasajeros, sino que estarían guardadas bajo llave, como en "todos los barcos del mundo".

Por eso al leer el nombre de Jules, sintió el impulso de hablar con él. Cuando Kadir se desempeñaba como Supervisor de Auditoría en la prestigiada Firma, tuvo como eficiente colaborador al "NIÑO" que además de ganarse su confianza en el trabajo profesional, conoció de sus aficiones a las armas de fuego y prácticas de tiro. Recordó que de las personas conocidas, el más hábil, el más diestro, el que tenía mayores recursos en la improvisación y resistente a las presiones, era sin duda "EL NIÑO".

El Director tomó la decisión. Jules sería su propia pieza, dentro del aparato de salvaguarda del barco.

— Jules, puedes cumplir con la supervisión de tu equipo de Auditores, pero es más importante la vigilancia que te estoy encargando. No necesito advertirte lo confidencial de este asunto. Deberás actuar encubierto, ¡como lo has deseado! Te pagaré muy bien. Abre los ojos y repórtame cualquier cosa o individuo sospechoso. ¿Has entendido?

— ¡Sí señor! —Jules C. Harper captó de inmediato la situación. El buque lleno de supermillonarios es un delicioso manjar para cualquier terrorista o pirata. Ahora se daba cuenta que tal vez su inclusión dentro de la plantilla de Auditores no era casual.

Y se regocijó al sentir que seguía siendo el hombre de confianza del Chief Kadir, como afectuosamente lo conocieron en el Despacho.

Estaba entrenado. Por lo menos eso pensaba él, porque acudía a las ferias que podía, donde llevaba a sus diferentes noviecitas a pasear disfrutando de los juegos mecánicos, pero lo que le gustaba en realidad, era la práctica de tiro al blanco con rifle.

En los pueblos, las armas son viejos mosquetones de aire que se cargan con municiones de acero y en los centros comerciales los stands de tiro y fusiles son electrónicos.

Los disparos son señalados mediante finos rayos de luz roja y al acertar hacen sonar un timbre o campanilla acompañados de figuras en movimiento con ritmo musical. Las compañeras de ocasión salían de los parques de diversiones cargando animalitos de peluche, a veces de mayor tamaño que ellas.

Era un gran pasatiempo para Jules quien adquirió extraordinaria habilidad y "donde ponía el ojo, ponía la munición", logrando atinar con facilidad pulsando el rifle con una sola mano, a las siluetas, pequeños tornillos y rondanas metálicas que desafiaban a los mejores tiradores.

— No hay duda, Chief Kadir (Jefe Kadir) sabe usted que lo hago con gusto y sin pago a cambio, le debo tanto que… ¡Puede confiar en mí, lo haré bien! Yo… disculpe… intento ser como vos.

— OK. Éstas son mis instrucciones…

Al finalizar, lo proveyó de un teléfono satelital GPS, una pistola eléctrica TASER y la escuadra GLOCK 26 calibre 9 mm con funda Fobus para tobillo, silenciador y diez cargadores abastecidos. La excelente arma fabricada en Austria, fue desarrollada para llevarla de modo oculto, tanto por sus pequeñas dimensiones (cabe en la palma de la mano) como por su gran precisión de disparo y capacidad del cargador —de diez cartuchos— que aventaja a sus competidoras con capacidad de cinco tiros.

El armazón de polímero combinado con el acero del cañón y corredera, la vuelven muy ligera y confiable de usar hasta en ambientes extremos como arenas, bosques y nieve. Es una de las armas favoritas de los cuerpos de seguridad y servicios secretos de todo el mundo.

— Trata de no volarte un pie —festinó Kadir— espero no tengas necesidad de usarla, recuerda que únicamente deberás emplearla en defensa de tu vida o de los demás, pero siempre con precauciones. No quiero un héroe muerto.

— Te advierto que si te encañonan con metralleta, escopeta o granada, no tendrás oportunidad. Tu acción debe ser usando el elemento sorpresa, eliminando uno a uno a los delincuentes, cuidando no lastimar a los pasajeros. ¿Alguna duda?

— Una sola Chief, en caso extremo, ¿disparo a matar?

— ¡Por supuesto que sí!, pero cuida de estar siempre en ventaja. Si no es así, es preferible rendirse y esperar otra ocasión. ¿Está claro? —cerró el Director.

— Entiendo así lo haré, y de nuevo muchas gracias por la confianza —expresó emocionado, saboreando de antemano el valor de su misión.

Por fin sus sueños se realizaban. Se visualizó como un gran agente secreto o espía internacional rodeado de hermosas mujeres. Jules tenía los genes, sin saberlo aún, de un despiadado y frío asesino a sueldo.

CRUCERO "TENERIFE", OCÉANO ÍNDICO

El Capitán Conrad Blake, experto Marino condecorado en varios países por sus valiosas aportaciones a la navegación y cuidado de los Mares, lucía con legítimo orgullo en el pecho del blanco uniforme, algunas de las medallas que le habían sido otorgadas. Era un agradable hombre de cincuenta y cinco años que había pasado la mitad de la vida a bordo de embarcaciones. Desde joven, en lanchas pesqueras de recreo y las barcazas fluviales propiedad de su padre, que transportaban chatarra para las acerías, caña de azúcar a los ingenios y toda suerte de mercaderías ribereñas.

Había nacido en el Caribe descendiente de padre y madre Ingleses, dueños de una pequeña y bella isla llamada San Pedro. El Capitán Conrad soportaba de buen grado la broma de los amigos que afirmaban, era descendiente de piratas.

Desde tierna edad le gustó el mar, desarrollando gran habilidad para la natación y los deportes acuáticos que cincelaron un cuerpo atlético provocando admiración entre las damas. Se graduó con altísimas calificaciones como Capitán de Marina Mercante en la prestigiada U.S. Merchant Marine Academy en Kings Point, New York. La Escuela es una Institución Nacional del Gobierno dependiente del Departamento de Transporte, que conjunta la calidad de la enseñanza con la disciplina militarizada para formar líderes de honor. El entrenamiento de los estudiantes, los hace aptos para que en tiempos de guerra, la Marina Mercante de los Estados Unidos se convierta en el llamado cuarto brazo de defensa y los buques se transformen en transportes de tropas, armas y suministros militares.

Conrad casó con una hermosa jovencita estrella del ballet clásico Español, que no obstante su edad era de gran carácter y a los pocos años logró el control y dominio total en el hogar —como acontece en muchas otras familias.

Las discusiones de la señora Blake con el Capitán, eran tremendas, pues la guapa dama deseaba la renuncia al trabajo de marino de su esposo.

— ¡Joder! —decía la gallega— A ver cuándo estáis más tiempo en casa, ¡coño! ¡Debéis tener amantes en tós laos! A lo que el buen Capitán respondía conciliador: —Te prometo que éste será el último viaje. He pensado ser profesor del famoso Centro de Estudios Náuticos "ELCANO" con sede en Madrid, que desde 1948 imparte cursos para adquirir "El Titulín", como Patrón de Navegación Básica, de yate y embarcaciones de recreo, o en la Facultat de Nàutica de Barcelona.

Acompañaba su disertación con muestras de gran cariño y buen sexo que dejaban tranquila a la Gallega hasta la próxima pelea.

El Capitán miró su reloj que marcaba las 01.45 horas.

Dio un último rondín antes de retirarse, supervisando el funcionamiento de los instrumentos de navegación y comunicaciones. Verificó el pronóstico del tiempo que recibía directo del satélite, el Informe del Oficial de Máquinas y el Parte de Seguridad. Satisfecho de que estaba en orden, se marchó a descansar por unas horas dejando el mando —como siempre— a Max Segovia, Primer Oficial.

Conrad Blake estaba física y emocionalmente agotado, por lo que poniendo la cabeza en la inmaculada almohada se quedó bien dormido.

Todavía el subconsciente le recordaba el riesgo que significaba la obligada escala en las profundas aguas del moderno Puerto de Maputo, capital de Mozambique, para recoger a los pasajeros que arribarían gozosos al aeropuerto Internacional de la ciudad, provenientes de Johannesburgo y después el atrevido cambio de ruta deteniéndose por siete días en Mombasa, Kenya, para aventureros safaris fotográficos.

Los dueños de la Naviera y los pasajeros estaban de plácemes. En una de las fastuosas cenas ofrecieron a los condóminos del buque, salir de la rutina y tener un poco de aventura.

Qué mejor que un safari en Kenya para fotografiar a gusto en estado salvaje a los elefantes, búfalos, leopardos, leones y rinocerontes, así como conocer el hermoso Lago Nakuru para extasiarse con el fantástico espectáculo de ver la concentración de un millón de flamingos de colores rosados y rojos, la Reserva Masai, la antigua ciudad medieval de Lamu y muchos otros atractivos.

Los huéspedes, ansiosos de novedades, por unanimidad aprobaron la fabulosa propuesta, ordenando el mandamás del Consorcio, Don

Ramón Peralta y Bárcenas al Capitán Blake efectuar los arreglos correspondientes, quien se apresuró a cumplir con el riesgoso cometido.

— Pinches millonarios —rezongó Conrad.

— No saben en lo que se meten. Los muy estúpidos parecen ignorar los peligros que entrañan estas excursiones y el esfuerzo físico que supone traquetear por caminos de polvo y lodo, con calor de los mil demonios y ataques de moscos y tábanos.

— Estoy seguro que se tomarán una fotografía y regresarán al aire acondicionado, ja, ja, ja.

— Pero, ¿qué puedo hacer yo?, cuando Don Ramón da una orden más vale cumplirla, no oye a nadie el vejete caprichoso.

— Tendré que avisar al señor Kadir.

MADRID, ESPAÑA
(CUARENTA Y CINCO DÍAS ANTES)

El avión descendió con majestad en la pista del Aeropuerto Internacional de Barajas. Felicidad Guillén y su madre, doña Rosa experimentaron un espasmo al encaminarse a recoger el equipaje y dirigirse a los trámites de Migración y Aduana. Su angustia aumentó, cuando caminaron rápido a la salida.

Por un momento, la mujer quiso cerrar los ojos y dejarse llevar del brazo por su madre, pero se armó de valor, deteniendo la marcha.

— ¿Qué te pasa niña, te sientes mal?

— No —dijo ella— quiero ver el sitio exacto de mi secuestro —anunció con verdadero aplomo.

— Corazón, ese recuerdo te dañará... ten presente que convenimos en olvidar toó... vámo nena no lo hagas, te lo suplico, salgamo de aquí...

Pero ya la joven había retrocedido y observaba atentamente todos los detalles, recreando en su mente el tremendo episodio. Temblando un poco, se acercó al lugar preciso donde fue cargada en vilo por aquel tipo alto y fuerte que la condujo semidormida a la ambulancia.

Vagos recuerdos de los manoseos a su cuerpo y los borrosos rostros de los secuestradores. Había una mujer, su voz sonaba como metálica, dando órdenes... Felicidad sintió un pinchazo en la zona precordial del tórax y sus rodillas se doblaron por un momento amenazando con caer al suelo, pero se sobrepuso.

Estaba pálida con el pulso acelerado y el corazón latiendo con fuerza amenazaba salírsele del pecho.

Al verla, un guardia corrió para ayudarla. No fue necesario, la valiente muchacha respiró con fuerza y se sentó en una banquilla.

— Señorita —dijo el vigilante— ¿puedo ayudarle?

— Sí, muchas gracias, deme agua por favor.

— Dios santo —gritó doña Rosa abrazándole— te lo dije, no debiste hacerlo, te veo mal, ¡te llevaré al dotor!

El agente llegó con un vaso con agua que la chica bebió a sorbitos.

— Gracias mil caballero, estoy bien —articuló ella.

— ¿Necesita algo más, quizá un Médico? Tenemos servicio de emergencia dentro del aeropuerto, ¿desea que le llame por radio? — expresó el Policía.

— Gracias señó, haga favó de procedé— dijo autoritaria doña Rosa.

— Un momento —habló enérgicamente la muchacha —No es necesario. Ya me siento mucho mejor, fue un pequeño mareo por el viaje. Llegando a la ciudad, me someteré a un chequeo médico para tranquilidad de mi señora madre y la propia, puede retirarse, gracias por todo, señor...

—Humberto, soy Humberto Loyo Martínez, Cabo de la Guardia Civil, a las órdenes de Su Majestad y de usted —concluyó su presentación el macizo joven, que mirando alejarse a las viajeras recordó el triste fragmento literario: "Mujeres que pasean por la Quinta Avenida, tan cerca de mis ojos, tan lejos de mi vida".

— Joder, que necedá la tuya hijita é mi alma, mira que volvé a pisá el sitio donde... En fin ni llorá es bueno, lo hiciste y ya. Dime cómo te siente, pero la verdá, coño, la verdá, porque lo que es yo, me siento fregá, ¡vaya susto niña! Terminaré diabética. De to mó iremo al matasano, ¡como que me llamo Rosa!

El taxista increíblemente callado, conducía a través del atestado tráfico del mediodía, divertido de escuchar a la matrona reprender a su hermosísima hija, cuyo rostro y figura estaba seguro de haber visto antes, sin poder precisar dónde y cuándo. Así que se animó a preguntar:
— ¿Es su primera visita a Madrí?

— Claro que no —respondió la brava doña Rosa— no apetezco conversá ahora así que a lo suyo, no queremos accidentes —cerró la señora, que le desagradó el chofer desde el momento mismo que le sorprendió mirando varias veces por el espejillo retrovisor, el rostro y piernas de su bella hija. Por la Virgen de la Macarena, que esto jodido españole tó quieren quedá bien con mi niña. Pero aquí está su madre pá defenderla.

Al llegar al fabuloso Grand Hotel Celtic Emperador, doña Rosa y Felicidad quedaron asombradas. Nunca imaginaron tanta belleza en los edificios, jardines, fuentes, escalinatas, estatuas, muebles y decoraciones.

— ¡Coño!, ¡que nos costará un ojo é la cara! —exclamó Doña Rosa— Mira niña que podemos ir a otro de menor precio...

— ¡Madre, que son vacaciones! —contestó airada —Nunca salimos y ahora que podemos darnos buena vida, te comportas como si estuvieras sin un centavo. Disimula, parecemos pueblerinas.

Los empleados del hotel abrumaron con sus atenciones a las viajeras. No es que fueran especiales, era el estilo del hotel, hacer sentir a los huéspedes, como en su casa, importantes y cómodos.

La Suite Andalucía era lo más cercano a la gloria —pensó Doña Rosa.

Una afelpada alfombra blanca cubría la superficie del piso. Las paredes, en fino tapiz color azul cielo combinaban a la perfección con los muebles de madera preciosa laqueados en blanco.

El moderno mobiliario del baño de superlujo, inmaculadamente albino con grifería bañada en oro, contrastaban con los tapetes color vino.

Tres pantallas planas de televisión en alta definición, un mueble frigobar surtido con jugos, agua embotellada natural y mineral, refrescos de sabor, seis botellitas de champaña; sobre la credenza, una canasta con fruta fresca, así como higos y pasas deshidratados, miniaturas de turrones, quesos maduros, galletas y licores, con un mensaje de bienvenida del Director del Hotel, quedando a disposición.

A doña Rosa casi le da un infarto cuando Felicidad dio un billete de cien Euros como propina al maletero.

La buena matrona se quitó enseguida los zapatos pretextando cansancio de los pies. En realidad, le apenaba pisar y manchar con la suela la nívea superficie alfombrada. Aprovechando que la moza pasó al sanitario, Doña Rosa inspeccionó el cuarto. Alguien de su pueblo había contado que en los hoteles gustaban de colocar cámaras de televisión para grabar las desnudeces de los huéspedes. Naturalmente, no encontró nada. También asomó por debajo de las camas, para asegurarse que no hubiera ningún intruso. Comenzó a pulsar botones empotrados en el buró.

Los letreros estaban en Español, Inglés, Francés y Alemán, indicando con claridad la función de cada uno de ellos, pero Doña Rosa, por flojera, no se colocó las gafas.

Fascinada, subía y bajaba las cortinas eléctricas, acomodaba la posición de la cama, encendía y apagaba las luces graduando su intensidad, usaba la televisión y la música, en fin que disfrutaba metiendo mano a todo, como niña pequeña.

Fuertes toquidos en la puerta la sacaron de su pequeño paraíso. Con sobresalto, Felicidad y su madre asomaron por el ojo vigía preguntando quién era.

Para su sorpresa primero, posterior vergüenza y después enojo y risa, los empleados de Seguridad acudieron en tropel al recibir la señal de alarma para casos de violación o asalto proveniente de la Suite de las damas, que la juguetona Doña Rosa activó por accidente.

Pasado el susto, madre e hija se abrazaron con cariño, cesando de reír hasta que les dolió el estómago.

Nunca olvidarían la anécdota chusca.

CRUCERO "TENERIFE", OCÉANO ÍNDICO

Lisa Stone terminó el arreglo contemplando su buena figura frente al espejo que cubría por entero la puerta interior del baño. Sonrió satisfecha, seguramente flecharía los corazones de varios viejecillos millonarios, que por raro que parezca, en ocasiones son las personas más solitarias del mundo. Había aceptado la invitación de Josafat Pereira —su jefe y amante— para participar en el asalto al Crucero con una paga enorme, que le permitiría retirarse del activo. Su sueño dorado era independizarse estableciendo una magnífica casa de putas finas a domicilio, en algún sitio turístico Categoría Premier en el mundo, con sucursales en ciudades que son centros financieros y de negocios internacionales.

A las 18.30 del primer día de navegación, se dirigió al Grand Saloon para estar presente en la Cena del Capitán, equipada con una moderna y compacta cámara de fotografía y video. Había sido contratada por la Directora de Relaciones Públicas del buque, como fotógrafa oficial.

Hizo su entrada con discreción. El bello y llamativo vestido de noche que portaba de corte entallado, resaltaba sus hermosas tetas en profundo escote, con cintura y nalgas perfectas, propias de su raza morena.

Sonriendo, se dirigió a la mesa principal saludando con res- peto, pidiendo permiso para tomar las primeras fotos de la no- che. Lisa Stone lucía sensacional, estaba segura que, ¿por qué no?, podría encontrar algún ricachón para desplumar o…. varios.

En el nivel seis sur estaban las oficinas generales de la embarcación, contabilidad, personal, nóminas, compras, pagos, archivo, cómputo, caja general, relaciones públicas, entre otras. Sepultados tras montones de cotizaciones, correspondencia, facturas, recibos, contratos, cheques y diez computadoras Dell de última generación conectadas en red con sus correspondientes impresoras láser, libros, manuales y toda clase de artículos de escritorio, los sufridos Auditores se las arreglaban para hacer su trabajo apretujados en la pequeña oficina dispuesta para ellos.

Estaban acostumbrados. Es normal que las empresas por lo general, no dispensan grandes comodidades a los revisores. Por el contrario, los inconvenientes del lugar, mala iluminación, fallas en aire acondicionado etc., hacen que los inspectores deseen terminar pronto su trabajo y largarse de allí. Pero ahora estaban a bordo de un barco y no tenían a dónde huir.

El equipo de Auditores fue advertido por el Supervisor del despacho Jules "EL NIÑO" Harper, de que por ningún motivo debían traspasar el área que se les asignaba para trabajar, comer, dormir y recreo.

Estaba prohibido asomar siquiera a los pisos superiores de espacios reservados para los distinguidos pasajeros, so pena de despido. Al Supervisor de Auditores, le fue asignado un gafete del "Staff" como observador, con acceso casi ilimitado dentro del Crucero, firmado por el señor Director General de la Compañía, Kadir Aiza. La parte norte del mismo nivel seis, la ocupaban las oficinas y camarotes del Capitán y el puñado de los principales Oficiales y Funcionarios del Barco. El Médico de a bordo y los Doctores ayudantes disponían de consultorios y un quirófano totalmente equipado, con buen surtido de medicamentos y accesorios. El cuarto de comunicaciones con grandes pantallas iluminadas en los muros, una mesa oval llena de mapas y complicados instrumentos, es el sitio del Navegante.

El Centro de Mando del buque estaba a la mitad del piso. Al lado, el cuarto de bóveda con puerta Mosler FS-6 de doble combinación, sólo conocidas por el Capitán y Primer Oficial, quienes debían aperturar la puerta simultáneamente. Dentro de la cripta de 6.00 x 7.00 metros se hallaban las Cajas de Seguridad con cerradura electrónica a disposición de los viajeros, que estarían repletas de valiosas joyas, billetes y tarjetas de crédito. Dos cajas fuertes, de la misma marca, modelo 4216, guardaban los caudales del barco.

En los aposentos del Comandante, estaba una sólida credenza de madera maciza cerrada con llave, conteniendo diez escopetas Browning calibre 12, diez metralletas Heckler & Koch MP5 calibre 9 mm, veinte pistolas Walther PP calibre .380 y veinte revólveres Smith &

Wesson calibre 38 Special, con su respectiva dotación de cargadores y cartuchos suficientes. Al Capitán Blake, le parecía una exageración tanto armamento, poniendo en duda el criterio de su Jefe, al que consideraba un señorito de oficina, traje y portafolios, sin experiencia alguna en actos de fuerza y peligro, pero no tuvo más remedio que acatar las órdenes a regañadientes.

Qué lejos estaba de imaginar el terrible y violento pasado de Kadir que había derramado tanta sangre humana, como para llenar dos tambores de 200 litros.

El nivel cinco estaba reservado para la tripulación y los Auditores. Los habitáculos son compartidos por cuatro personas.

El gimnasio y el comedor de empleados contaban con música ambiental de géneros diversos, el salón para billar, dominó y otros entretenimientos de mesa; tenía una sección para juegos electrónicos. Aparte había una sala de televisión con películas para todo público y reducido privado de lectura con variedad de libros.

El nivel cuatro lo ocupaban amplias despensas de alimentos, enormes cocinas principal y auxiliar, provistas de modernas estufas eléctricas y hornos de microondas —que por seguridad no usaban gas doméstico a bordo— los espaciosos congeladores y refrigeradores para guardar perecederos, la cava enfriadora de vinos, bodega de licores, latería, ultramarinos, depósitos y sistema de purificación que convierte el agua de mar en agua potable, los métodos para degradación y eliminación de sólidos, el incinerador eléctrico de basura y muchas otras instalaciones más.

El piso tres lo ocupaba el almacén de blancos, ropería, mantelería, amenities, artículos sanitarios, lavandería, tintorería, entre otros. Un frigorífico vacío, estaba reservado para la Morgue, en caso necesario.

Los niveles uno y dos —por debajo de cubierta— estaban destinados a los cuartos de las poderosas máquinas impulsadas por diesel que produce la energía eléctrica que mueve los motores, la red de tuberías de todo y para todo identificadas de acuerdo al Código Internacional de Colores, almacén de herramientas, refacciones, etc.

En las cubiertas 7 a 21 se encontraban los espléndidos departamentos de 300 m2 cuadrados cada uno, con ventanas y balcones viendo al mar, ricamente amueblados y decorados, equipados con baños de vapor y jacuzzi privados, así como las comodidades para los distinguidos condóminos, que la tecnología hotelera es capaz de surtir: televisiones y sonido inteligentes, avanzados equipos de cómputo y telecomunicaciones, magníficas y suaves camas, ropería de la más alta calidad, etc., etc.

En fin todo aquello imaginable para la completa satisfacción de los exigentes propietarios.

CARGUERO "LUSITANIA STAR", OCÉANO ÍNDICO

El carguero se desplazaba a buena velocidad surcando las embravecidas aguas. Maurice Lautrec, Capitán de la nave, era un viejo lobo de mar curtido en buena parte de los mares del mundo.

Así lo demostraba la piel reseca y arrugada de su cara quemada por el inclemente sol.

Su historial de marino tenía los peores antecedentes de conducta: borracho, pendenciero, arbitrario y cruel, muy cruel. No respetaba nada que no fuera el dinero de gente poderosa.

La tripulación le temía conociendo los salvajes castigos que —cadena en mano— solía imponer a los infelices trabajadores. Abundaban los rumores sobre varios asesinatos cometidos durante su perra vida. A bordo del buque, el contingente de salvajes mercenarios —hijos de la gran puta— aguardaban con impaciencia fumando mariguana, el momento de entrar en acción.

Abud el Marroquí, cumplió su cometido reclutando al selecto grupo de guerrilleros facinerosos que aceptaron el trabajo a condición de cobrar la mitad de su paga por adelantado, lo que no representó ningún problema, el recurso sobraba. Dos de ellos excelentes combatientes en tierra firme, eran sin embargo débiles en el mar que por el fuerte oleaje les producía mareo y vómito incontrolable. Josafat Pereira, Jefe de la Fuerza de Ataque, consideró que significaban un estorbo decidiendo eliminarlos. Les dio a beber una pócima contra las náuseas que los mató por la noche. Sus cuerpos fueron arrojados al mar.

— Son desechables —rió la bestia humana.

Pereira era un verdadero hijo de la chingada. Nacido en Portugal, descendía de los mayores bastardos de mierda que comerciaron durante años con esclavos que tomaban de sus Colonias Africanas, para venderlos por jugosas cantidades de oro y tierras a compradores en el continente

Americano. Su abuelo y padre le enseñaron el uso del látigo y garrote para doblegar a los pobres diablos que caían en sus asquerosas manos.

El empleo que tuvo con el difunto Stefan "EL PATRÓN" fue para aprender y relacionarse con el sucio negocio de la prostitución, pornografía por Internet y contrabando de drogas.

Pero siempre fueron sus planes asesinar al jefe y quedarse al frente del vasto y poderoso imperio criminal.

Sí, era un completo hijo de puta vestido de lo mismo.

CRUCERO "TENERIFE", MOMBASA, KENYA

Mombasa es la segunda ciudad en importancia de Kenya, casa del gran puerto considerado el principal del África oriental. La ciudad se encuentra sobre una isla, conectada al continente por varios puentes. El puerto es llamado "Kilindini" (profundo) por tratarse de un fenómeno natural, y es visitado por numerosos Cruceros Internacionales.

A la entrada de la metrópoli dos arcos monumentales en forma de gigantescos colmillos de elefante reciben a los turistas que se hospedan en los hoteles de lujo de las playas Shelly y Diani, al sur de la ciudad.

El barco se encontraba semivacío, pues los entusiastas y revitalizados huéspedes del imponente condominio flotante se alistaron como chamacos de escuela para la excursión fotográfica. El día anterior Artemisa Dos Santos, Croupier del Casino y auxiliar de la Directora de Relaciones Públicas, había corrido —literalmente— a comprar en diez tiendas diferentes, trescientas cámaras digitales con memoria de 4 gigas cada una, para obsequiar a los importantes clientes. El trabajo de poner a cargar las baterías de cada una, le llevó horas. La capacidad de casi dos mil fotografías por maquinilla, harían el deleite de todos.

Artemisa formaba parte del personal sobornado en abundancia, para apoyar desde adentro el millonario atraco. Completaban el equipo de "colaboradores" el Doctor Silverio Fernández y Quiroz, segundo Médico de a bordo, Ingeniero Íñigo Sustaeta, experto en Sistemas de Informática y Telecomunicaciones Satelitales GPS; el Contable Livorio Tessi; Gaston D'Petàin, segundo Chef de Cuisine; Leonard Dubois, de Seguridad, ex agente de la Sûreté de Paris (Policía Secreta de París) y cuatro marineros.

Cada uno tenía memorizado su papel en la conspiración.

El Chef, añadiría copiosamente a los condimentos de la cena, un potente somnífero en gotas que haría dormir como angelitos a los pasajeros.

El Médico sería el encargado de proporcionarle suficiente solución de Rivotril de 2.50 miligramos. El Contador Tessi, investigaría la Lista y datos de los huéspedes informando en su momento, sobre los cinco peces más gordos y valiosos dentro del grupo de millonarios, para pedir rescate.

La guapa Artemisa, debía seducir con sus encantos al joven y fortachón Segundo Oficial, que egresado de Escuela Naval Militar, podía presentar problemas. El plan era agarrarlo sin calzones fornicando con la bella chica para someterlo con facilidad por el Agente de Seguridad auxiliado por dos marineros.

Por su parte, el Primer Oficial, Max Segovia —otro de los conjurados— debía tomar el mando del barco a la hora convenida y en las coordenadas precisas reduciría la velocidad al mínimo, con magnífico argumento: Quince minutos antes sería advertido por el sistema normal de comunicaciones enviado por el "LUSITANIA STAR" sobre la peligrosa gran montaña de hielo que se hallaba flotando en aguas cercanas, proveniente del casquete polar Antártico.

En sincronía, el Ingeniero Sustaeta inutilizaría los sofisticados sistemas de videoseguridad y comunicaciones por cuarenta minutos, bloqueando las señales incluso del satélite. El agente Dubois y los cuatro marinos, lanzarían por la borda las escalas de cuerda para el abordaje de los hombres rana y Lisa Stone, la hembra de confianza del jefe de la banda, estaría a cargo de documentar con fotos y video el asedio de las lanchas a babor y estribor, que amenazarían con disparar sus proyectiles para hundir el indefenso buque.

Una vez a bordo, un primer grupo de cuatro mercenarios penetrando al camarote del Capitán, lo golpearían un poco junto con el Primer Oficial, para que entendieran la gravedad de la situación y los llevarían a rastras a la bóveda principal, vaciando las cajas de seguridad de los pasajeros y la caja fuerte del Crucero.

El segundo comando de mercenarios, guiados por el Contable Tessi, iría directamente a los aposentos de los cinco multimillonarios escogidos para llevarlos como rehenes.

La operación debía hacerse en no más de treinta minutos, después de lo cual, el personal de ataque y los infieles empleados del barco, regresarían al carguero para huir con destino probable a Zanzíbar, Tanzania y volar a Adén, Yemen; para terminar en Trípoli, Lybia. En el camino, los traidores colaboracionistas serían asesinados alimentando con sus cuerpos a los hambrientos tiburones.

En el papel, la operación parecía impecable y exitosa. Los detalles han sido estudiados con cuidado y nada tiene por qué salir mal —repasaba Josafat— sin preocuparse ni pensar en las famosas "Leyes de Murphy" cuyo autor, genio de la Administración de Negocios y eficiente estratega, advertía en su primera ordenanza: "Nada es tan fácil como parece serlo", y la segunda: "Todo se lleva más tiempo del que pensamos".

No obstante, su cerebro criminal diseñó el Plan B. Sabía que una vez restablecidas las comunicaciones del Crucero, en pocas horas se desataría tremenda persecución por parte de navíos de guerra de los Países integrantes de la "Task Force".

Por ello, un compacto y selecto grupo de secuaces abandonaría el buque cerca de la costa llevándose su parte del botín y los rehenes en dos lanchas con cuatro motores fuera de borda Yamaha de 250 caballos de fuerza cada uno, dejando potentes explosivos C-4 con temporizador que hundirían al "LUSITANIA STAR" una hora más tarde, con el resto de la banda, tripulación, autoridades y fuerzas armadas que subieran al mercante.

CRUCERO "TENERIFE", OCÉANO ATLÁNTICO

E n la incómoda oficina que ocupaban los Auditores, se hacinaban cientos de documentos de contabilidad archivados en carpetas de argollas que contenían los originales, que después de ser capturados en las computadoras, se remitían al Departamento de Auditoría para su revisión. A veinte días de haber zarpado, era impresionante la cantidad de pólizas, recibos, cortes de cajeros, vales de almacén, cheques, facturas, vouchers, memorandos interdepartamentales y otros comprobantes.

Jules Harper, Supervisor en Jefe de Auditoría, se encontraba concentrado en los avances del Programa de Trabajo técnicamente diseñado, con especial cuidado en el Sistema de Control Interno de las operaciones del buque. La información era captada y procesada de inmediato en los ordenadores portátiles de última generación, estableciendo comparativos, analizando las diferencias aplicando los procedimientos de Auditoría para realizar un trabajo profesional de calidad.

Durante la travesía, no había notado nada sospechoso para reportar en materia de seguridad, que le encargó el señor Director General de la Empresa, con excepción del notorio nerviosismo del Contador Anthony Belcher, a quien observaba de cerca, manifestando una conducta a veces errática, como si le invadieran grandes preocupaciones. Acostumbrado a tomar el toro por los cuernos, (directo al asunto, sin rodeos) "EL NIÑO" lo interrogó sobre su inusual comportamiento, que el interpelado respondió con evasivas, aumentando las dudas sobre el efecto de sus problemas en el desarrollo del trabajo.

Es cierto que Belcher siempre se mostraba taciturno, pero ahora estaba elevado al cubo.

La furiosa angustia del Contador ocurría por partida doble. Por una parte, la terrible mezcla de sentimientos: sorpresa, frustración y hasta odio naciente, por haber visto a su ex novia Felicidad Guillén, besando alborozada en la mejilla a su amigo Kadir, del que desconfiaba totalmente tratándose de mujeres.

Por si fuera poco, apenas el día anterior valiéndose de prismáticos para observar los paisajes naturales desde la cubierta de alojamientos al personal, había visto a Lisa Stone, la puta que le arruinó su matrimonio, aquella perra que lo obligó a tener sexo para filmarlo en secreto y vender la película como material pornográfico que casi le cuesta su empleo en el Despacho, la hija de la chingada que lo extorsionó durante mucho tiempo para mantener en secreto la infidelidad con su esposa y familia; a la mujer que en más de una ocasión pensó matar. Ahora que por fin la tenía cerca, le asaltó LA TENTACIÓN DE LA VENGANZA.

Belcher recibió un golpe de suerte. "EL NIÑO" le ordenó practicar directamente in situ (en el sitio) con cada uno de los responsables de Área, los cuestionarios que por obligación debían desahogar sobre Control Interno, Organización y Procedimientos.

En las diligencias debía auxiliarle la Contadora Caridad, cosa que agradó sobremanera al Auditor, que ya asumía un mayor acercamiento con su preciosa compañera Cubana, tal vez cortejarla y hacerla suya. Desde que la conoció, la deseaba con locura al grado de masturbarse repetidas veces soñando con ella. Al mismo tiempo se presentaba la oportunidad de oro para aproximarse a Lisa Stone, darle su merecido y consumar la revancha anhelada.

— ¡Por fin el destino está de mi lado! —exclamó lleno de gozo.

Esa noche en su estrecho camarote, cavilaba sobre la mejor forma de desquite, ideando tácticas para cumplir con los objetivos. En la madrugada, halló el modo de hacerlo. El plan era primero castigar a la perra Lisa Stone, ya tendría tiempo después para enamorar y hacerle el amor a la linda Caridad. Terminando de hacerse la puñeta, cayó en sueño abismal.

Como superior jerárquico del dúo Belcher/Caridad, el Auditor revisó el Programa de Trabajo, decidiendo hacerlo por separado para cubrir su cometido en menor tiempo, así como el orden en que las Áreas debían visitarse. Colocó en primer lugar el Departamento de Relaciones Públicas, por ver en el listado de personal adscrito, a su presa Lisa Stone, a cargo de fotografía y video. Él atendería ese trabajo, enviando a la bella Caridad al Centro de Mando, donde los Oficiales estarían felices de recibirla. De pronto reaccionó. ¿Qué haría frente a Lisa, la monumental hembra? Sería capaz de... ¿golpearla?, ¿amenazarla?, ¿insultarla?, o tal vez ¿asesinarla? Tendría la fuerza para ello, ¿si siempre había mostrado respeto por la vida y practicaba la paz? ¿Él que era incapaz de matar ni siquiera una rata o cucaracha?

La respuesta vino sola, como un alud de nieve sobre su caliente cerebro. Debía asesorarse con su amigo Kadir que para su fortuna estaba a bordo del Crucero. Él lo ayudaría y sabría cómo proceder, siempre lo había hecho.

Cambió los planes, la Auditora Junior estaría comisionada en Relaciones Públicas y otros departamentos administrativos. Belcher se haría cargo de las secciones operativas y centro de mando del buque. Pero antes, solicitaría una entrevista con el Director que estaba seguro lo recibiría enseguida, no obstante que no lo había visto desde que comentaron sobre Felicidad.

A las doce horas en punto en su oficina, el Ejecutivo abrazó con gran afecto a su amigo, compañero de postgrado y francachelas en la Universidad de Harvard, en Boston/Cambridge y de trabajo, en la importante firma Profesional en Nueva York.   Después de tomarse un gran trago, recordaron con entusiasmo algunos buenos momentos compartidos y pasaron al tema. Belcher le comunicó la enorme alegría por haber visto a su ex novia sana y salva, después del tiempo que pasó prisionera y su amargura por no poder entrevistarse con ella jamás, como tajantemente fueron los deseos de la hermosa doncella y de su parentela.

— A propósito, nunca me dijiste que conocías bien a Felicidad, la descubrí besándote en el muelle —exploró Anthony con cuidado.

— No la conocía, fui el primer sorprendido. ¿No estarás celoso verdad? Está hospedada en el Hotel Emperador, que sabrás es propiedad de la cadena donde trabajo. La vi una sola vez por casualidad en el restaurante y cruzamos unas pocas palabras... —relatando la breve historia a su amigo.

— ¿Celoso yo? ¡Claro que no! —mintió el gordito - Ella tiene su vida y yo la mía, al pasado tierra y flores como tú dices, terminando su alocución, en apariencia satisfecho con las explicaciones y abordando enseguida el punto principal: Lisa Stone.

— Camarada, necesito tu consejo...

El Director escuchó con atención y contestó que lo masticaría esa noche, invitándole a desayunar a la mañana siguiente en el comedorcito privado de su camarote.

— Tendrás oportunidad de saludar a mi esposa Helen unos instantes, antes de su ejercicio matinal en cubierta. ¿OK?

— OK —confirmó Anthony aliviado.

Al retirarse su amigo, Kadir ya tenía su plan. Marcó el número de extensión telefónica del Jefe de Auditores, Jules C. Harper "EL NIÑO" requiriendo su presencia de inmediato. En menos de diez minutos, apareció vestido impecable de traje y corbata en el privado del Funcionario.

— Buena tarde señor, a sus órdenes —saludó con temor. La fuerte presencia del Superior le imponía respeto y admiración.

— Hola, siéntate por favor. Puedes empezar por decirme las novedades del buque en el asunto de seguridad. De momento me interesa más que el reporte del trabajo de Auditoría.

— Señor, no hay novedades. He seguido sus instrucciones al pie de la letra y hasta ahora no he descubierto nada anormal, con excepción de dos cosas que considero pequeñas como para molestarle quitándole tiempo, eh...

— Deja que yo decida, si son pequeñas o no —interrumpió bruscamente Kadir— recuerda que una bola de nieve produce avalancha y que los grandes problemas comienzan siendo pequeños. No lo olvides o pediré cancelar tu contrato de trabajo, ¿has entendido?

— ¡Sí señor! Por favor, acepte mi disculpa, le prometo no volverá a ocurrir —dijo con sinceridad —Paso a informarle con respeto, que su amigo, el Contador Belcher atraviesa creo yo, por una crisis de personalidad que está afectando su rendimiento y criterio de Auditor. He fracasado tratando me diga cuál es su problema —porque es obvio que lo tiene— y por ayudarlo, lo he sacado del encierro que tiene el personal, para que cumpla con los formularios de Control Interno y Procedimientos que deben llenarse en cada sitio del buque, como usted bien sabe. A ver si el aire marino le despeja el entendimiento.

— Otro pequeño detalle —perdón— otro detalle ha sido la molesta presencia de una negrita, por cierto muy buenota, que anda por el barco sacando fotografías de las instalaciones y personas. Varias veces la he sorprendido enfocando objetivos que, pienso, nada tienen que ver con su función de fotógrafa oficial. Y eso es todo por ahora.

— "NIÑO", a eso se llama ser objetivo, de ello quiero precisamente hablarte. Mi amigo, el señor Belcher transita por una etapa en su vida en que necesita de nuestra ayuda y se la vamos a proporcionar. Le quitaremos de encima la pesada losa que viene cargando tiempo ha y con ello, estoy seguro retornará a ser el Contador eficiente y responsable como siempre lo fue.

— El problema que tiene es Lisa Stone, la fotógrafa. Lo ha venido extorsionando con fotos y videos porno que subió a Internet traicionándolo, no conforme con cobrar fuertes sumas de dinero como chantaje, que a la postre, acabó con su matrimonio.

— Aparte como lo has detectado, es sospechosa de algo, no sabemos todavía qué, pero lo averiguarás cuanto antes mejor. Mis instrucciones son hacer amistad, invitarla, cortejarla y traerla a mi oficina con engaños. Cuando confiese, te encargarás de eliminarla para siempre. ¿Estás de acuerdo?

— Te aconsejo pensarlo, una vez en este camino no hay marcha atrás, Hay TRES REGLAS ESENCIALES: La PRIMERA es el SILENCIO absoluto, como la Ley de la Omertà (Código del Silencio de los Mafiossi Sicilianos), que conoces a la perfección.

— La SEGUNDA es EFICIENCIA, entendiendo por esto el cumplimiento de los objetivos a como dé lugar, sin dejar huellas o evidencias comprometedoras con la Policía.

— La TERCERA es la LEALTAD. Si no mantienes la boca cerrada, fallas en los operativos, nos traicionas o decides trabajar por tu cuenta, serás la próxima víctima. ¿Capisci? (¿comprendes?).

— Cumplirás las misiones solitario y discreto. Sólo recibirás mis órdenes y reportarás directo conmigo en lenguaje cifrado que ya te enseñaré. A cambio gozarás de estupenda paga millonaria que no imaginas, la satisfacción de eliminar a los malos, amistad, protección y ayuda en lo posible. Si aceptas, debes jurarlo.

— ¡Por supuesto que sí! —garantizó — ¡Es lo que siempre quise ejercer! ¡Le juro por mi madre que me he preparado para hacerlo! Yo... bueno... gracias, muchas gracias por la confianza, ¡no lo defraudaré! — gritó "EL NIÑO" agitadísimo, estrechando con fuerza la mano de su jefe, sellando con ello el compromiso mutuo.

— De acuerdo —expresó pausadamente Kadir— ¡Cálmate! Aprende a controlar tus emociones, como un jugador de poker, ahora debes ponerte en marcha para cumplir con la primera misión. Cuando este viaje llegue a su fin, apertura una cuenta secreta en clave en Zurich, para depositarte tu primer millón de Dólares.

— Fiuuuuu —silbó "EL NIÑO" rumbo a la puerta.

— Espera un poco, ambos necesitamos un trago. ¿Qué acostumbras beber? —inquirió el Director— yo tomaré vodka con agua tónica.

— Lo mismo, sabe que quisiera parecerme en todo a usted —respondió Jules en tono festivo.

— ¡Salud! —chocaron sus finos vasos de cristal cortado de Bohemia— los nuevos "Socios".

— Una cosa más: en lo posible, las muertes deben aparecer como "accidentes" —sentenció Kadir.

El Supervisor de Auditores salió de la entrevista estremecido. La extraña mezcla de emociones encontradas le hizo dar un vuelco al corazón. El Gran Jefe le había confiado nada menos que el privilegio de trabajar directamente con él en asuntos de la mayor relevancia, confidencialidad y peligro.

A su entender, nadie del Despacho había sido "invitado" jamás a lo que consideraba un trabajo especial muy chingón, porque además de producirle gran satisfacción personal, pronto ingresaría al grupo de acaudalados ciudadanos Americanos, con su portentoso estilo de vida, congratulándose por ser el "elegido".

Con los riesgos que pudieran suponerse, valía la pena. Recordó su difícil infancia, las continuas privaciones de alimentos, medicinas, juguetes, diversiones, que tuvo que soportar y la estoica lucha de su madre al quedar finalmente viuda, insolvente para sufragar gastos de Médicos, hospitales y medicamentos que demandaron las enfermedades de su amado padre, sobreviviendo honradamente, sacando adelante a la familia.

Los vecinos —que cooperaron para comprar la caja de madera rústica de mortaja— dijeron que la muerte del buen señor fue por falta de medicamentos y de inanición, sepultándolo en la sección de indigentes del cementerio de la ciudad.

Hizo memoria con lágrimas en los ojos, de los enormes sacrificios de su mamá, trabajando como bestia dos turnos diarios de lunes a domingo durante años, para llevar a la mesa la humilde comida para él y sus dos hermanas. Por las noches, se ponía a coser prendas de ropa para vender ganando una miseria, desgastando su vista y pulmones.

Evocó las dificultades para pagar la renta de la pobre vivienda que habitaban, del llanto de su madre y hermanas cuando los pinches Abogados embargaron el único entretenimiento, la televisión blanco y negro, los muebles y otras pocas pertenencias de su casa; lo duro del piso de cemento usado también para dormir, el gran peligro que siempre corrieron las niñas cuando los desgraciados rufianes del barrio ofrecían dinero por sexo, intentando convertirlas en putas... ¡No! —rugió como fiera herida— ¡Eso nunca!, ¡miseria otra vez jamás! ¡Mil veces no!

Por ello se esforzó al límite estudiando y trabajando, para librar de la penuria a su familia, ganando monedas extra los fines de semana lavando autos, podando jardines en primavera y verano, barriendo las hojas en el otoño y paleando nieve en invierno de los frentes de casas y garajes.

Ahora estaba ante su gran oportunidad. Cosecharía "oro y plata" para asegurar el futuro económico de su familia. Por fin podría pagarle las deudas y comprar a su madre la casa que siempre anheló la buena señora en los elegantes suburbios de Nueva York.

A sus hermanas les regalaría automóviles para transportarse a la mejor Universidad privada, con los estudios pagados por él, no más sufrir manoseos de tipos viciosos y riesgo de asaltos en el Subway (tren urbano subterráneo) y estarían inscritas en los mejores Centros Deportivos y Sociales de la ciudad.

Juró por los restos de su Padre que nunca volverían a sufrir de hambre, carencias y desesperación.

Gracias al gafete especial que el Director General le otorgó antes del viaje, Jules "EL NIÑO" podía desplazarse por el mag- nífico Crucero, viendo, conociendo, vigilándolo todo. Usando la ropa apropiada para cada evento, Jules frecuentaba el Casino y los diferentes Restaurantes y Bares con el propósito de cono- cer a la belleza Afroamericana llamada Lisa Stone. Siguiendo las instrucciones de Kadir, puso en juego sus mejores atractivos masculinos, luciendo a diario en albercas y gimnasio, la poderosa musculatura de brazos, piernas, pecho y espalda, con estómago y vientre con surcos de los llamados "de lavadero", así como vestirse con atuendo casual o formal de buenas marcas, según la ocasión. El cebo final, eran los deliciosos aromas de costosas y nada comunes fragancias que le surtió el Director, en especial la denominada "Give me Tonight" (Dámelas esta Noche) capaz de vencer altas resistencias sexuales de las mujeres —según el fabricante – así como el clásico reloj Rolex Oyster Perpetual en oro amarillo.

Jules no quiso abordar a la fantástica hembra la primera vez en el Barcelona Sports Bar lugar de gran ambiente, donde se jugaba al billar, dardos, dominó, ajedrez, tennis de mesa, cartas y el popular cubo de dados o cubilete, simplemente la saludó con una sonrisa que devolvió coqueta la morena.

Al día siguiente, sentado en la barra del mismo centro de diversión, miraba una estación de televisión japonesa que transmitía un interesante programa sobre el deshielo de los casquetes polares.

Saboreaba su segundo vodka, cuando la tipa llegó a sentarse a dos banquillos de distancia mostrando con soltura su lindo busto y las preciosas piernas. ¡Carajo! —pensó— Esta pendeja está buenísima, con razón el cabrón de Belcher enloqueció con ella, va a ser un verdadero desperdicio eliminarla...

— ¡Uff! me sentaré un momento, estoy cansadísima y los zapatos me están matando —dijo la hembra ante la media docena de miradas llenas de lujuria de los parroquianos.

— ¿Qué desea tomar? —preguntó amable el bartender (cantinero).

— Oh, no lo sé, estoy de servicio, pero quizá una limonada con algunas gotas de ginebra Inglesa, gracias. En dos horas tendré mi descanso de la tarde y regresaré por un trago de verdad. Concentrada en su bebida, Lisa Stone repasaba las órdenes recibidas por su teléfono satelital 24 horas antes, ignorando a las personas en su derredor. Desde el día en que zarpó el Crucero, había visto a su antiguo conocido y compañero sexual porno de ocasión Anthony Belcher al que engañó, humilló y sacó mucho dinero con chantajes. Él era un peligro, podía identificarla y desenmascararla como delincuente.

Presintiendo dificultades que podrían arruinar los planes del asalto al Trasatlántico, hizo la llamada por satélite pidiendo instrucciones a su jefe y amante Josafat Pereira.

— Deberás matar al desgraciado cuanto antes y deshacerte del cuerpo limpiamente. No quiero errores —fue la lacónica respuesta.

"EL NIÑO" vigilaba de reojo las diversas reacciones en el rostro de la bella mujer, diagnosticando preocupaciones. Tomó la decisión de regresar más tarde a la hora que la mujer anunció su retorno.

El tiempo del descanso fue suficiente para entablar una charla sin importancia. Lo relevante fue el primer contacto, pues el Auditor era además de simpático, buen conversador, mentiroso, experto en tejer fabulosas historias que captaban el interés de mujeres como ella —vanas y coquetas— en cuyo cerebro sólo interesaban los billetes, joyas, autos, residencias, viajes, ropa, diversiones y perfumes carísimos.

Cuando agotó el tiempo del recreo, ya eran amigos y quedaron de cenar sin prisas esa misma noche en la Suite 703, que supuestamente pertenecía a Jules. Confirmando el convite, Jules regaló a la chica una preciosa cadena para el tobillo en oro blanco con un diamantito, que la hermosa aceptó invitando provocadora al Contador a colocarlo, quien sintió una descarga eléctrica en el cuerpo al contacto con la apetitosa pantorrilla izquierda de la hembra.

Avisado por "EL NIÑO", el Director General se dedicó a montar la escenografía de la comedia. Arreglos de flores por doquier, exquisitas viandas, estupendas bebidas, excelente y suave música. Después de cuarenta minutos entraría el Director que en unión de Jules, inmovilizaría a la mujer, aplicando el tormento conocido como "tehuacanazo" —llamado así por la denominación de origen de agua gaseosa de manantiales "Tehuacán" en el estado de Puebla, México— consistente en introducir en los orificios nasales de la prisionera, el chorro a presión salido de una botella de agua mineral muy sacudida, hasta hacerla hablar. Con este tratamiento, el reo recibe la sensación de asfixia y muerte, por lo que confiesa hasta crímenes no cometidos por él. Es un procedimiento efectivo que por desgracia aún se aplica en varios países.

Obtenida la información buscada, Lisa Stone dormiría para toda la eternidad, aplicándole sobredosis de pastillas de Clonazepam.

La chica llegó veinte minutos tarde a la cena, cuando Jules pensó que lo había plantado. Más tarde se enterarían que el retraso de la muchacha se debió al encuentro con Mister Belcher en su propio cuarto, donde en afán de "pedirle perdón" falsamente arrepentida, le disparó en la sien derecha a quemarropa, colocando el arma calibre .22 en la mano inerte para simular suicidio. A nadie extrañaría que la fuerte depresión padecida por el Contador, lo orilló a su muerte.

Lisa estaba bellísima, recién peinada. Estrenando hermoso vestido corto con escote que enseñaba los medios globos y elegantes zapatillas de tacón superalto, lucía orgullosa en su tobillo izquierdo la cadenilla de oro blanco con un solo diamante, regalo de su nuevo pretendiente, al que planeaba arrancarle buenas cantidades de efectivo. Jules la había engatusado por la tarde en el bar, contándole el bonito cuento del abuelo grave a punto de morir, que le heredaría millones de Euros al nieto consentido.

— ¡Oh, my god, it's amazing! (oh, Dios mío, es fantástico) Thank you, so much (muchísimas gracias) — sin dar tiempo de nada, abrazó y besó al joven, que sorprendido, correspondió a la caricia con pasión, dudando entre negarse a continuar o aceptar el reto y echarse un "rapidín" (cogérsela rápido) decidiendo lo último. El riesgo de que el jefe apareciera pronto, era tremendo.

Casi nunca las prostitutas se enamoran, menos de manera tan rápida, pero hay excepciones. Tal vez la soledad, nostalgia, deseo secreto de hacerle daño a su padrote —el cabrón de Josafat Pereira— ganas de divertirse con un atractivo joven, nuevo para su colección y futuro hombre rico que sería fácil desplumar, la llevó a reaccionar casi de modo violento para desnudarse y desvestir al "NIÑO" que temeroso, no sabía qué hacer. Fue tanta la turbación que no atinaba a colocarse la protección del condón, que llevaba escondido en la cartera varios meses.

Practicaron el sexo con rapidez. La preciosidad, era toda una maestra que gozaba enseñando a su alumno. El pobre hombre no había tenido tiempo para aprender el arte de amar, por exceso de trabajo sólo podía echarse su "palito anual" como festinaban sus compañeros de oficina, por lo que eyaculó casi de inmediato ante el enojo de la puta, que se dirigió al cuarto de baño para asearse maldiciendo: — ¡Bull shit fucker! ¡Son of a bitch! (¡Mierda de toro! ¡Jodedor hijo de puta!). Jules corrió también para lavarse, de un momento a otro llegaría el Director y lo colgaría de los huevos como mínimo. Discutieron en el baño, ya calmada la chica le pidió repetir más tarde.

— No puedo quedarme caliente— le dijo al joven que prometió para tranquilizarla, dejarla satisfecha en el siguiente turno al bat. Con unos minutos de descanso le daría tan buena cogida que... —"Te reventarán los ovarios, mi amor" además mañana te obsequiaré una pulsera a tu gusto. ¿OK?

A los dos minutos, el Director tocó con los nudillos la puerta de la Suite anunciando su visita. Jules reconoció la clave y explicó a la nena: —El Director es mi amigo y lo invité a la fiesta, espero no te moleste, es una buena persona, ya lo verás. ¡Termina de vestirte en el baño!, ¡rápido!

La nena aceptó de mil amores. Conocía de vista al Director y siempre le había gustado su aspecto de cabrón machote triunfador. De magnífico humor, acarició la idea de formar un trío, teniendo buen sexo con los dos hombres a la vez. ¡Qué noche me espera!, por lo menos tres orgasmos mmmmm... sin contar el buen capital que me dará el tal Kadir, a la buena o a la mala —ilusionó la pendeja.

— Un momento por favor —solicitó Jules, subiéndose los calzones y pantalón precipitadamente. Diez segundos después abrió la puerta, entrando sonriente el Jefe enarbolando en la diestra, una botella de champaña Bollinger.

Una de las comodidades en las Suites del Crucero "TENERIFE" son las paredes y puertas a prueba de sonidos, que permiten a los huéspedes dormir en absoluto silencio y tranquilidad sin tener las molestias de ruidos del exterior —pasillos y departamentos vecinos— incluso en mal tiempo, donde el estruendo de las descargas eléctricas que caen al mar, es intenso.

La perra Stone no resistió mucho. Sometida por la fuerza de los dos hombres, Jules envolvió su mano derecha con una toalla y le pegó un bárbaro puñetazo en el estómago —que repitió — dejándola sin aire, atándole en una silla las manos y pies con tiras de sábana de satín que rasgó para ello, con el propósito de no dejar marcas en el cuerpo de la chica. Con otro pedazo de tela, tapó su boca. Bastaron cuatro aplicaciones de potentes chorritos de champaña helada que con su efervescencia, bloquean totalmente las vías respiratorias por segundos —pareciendo horas— a los infelices que reciben el castigo, sintiendo la proximidad de la muerte.

Con la promesa de dejarla ir después de la confesión y bajarla del barco en el siguiente puerto, le mostró un maletín atiborrado con fajos de billetes para esconderse en el fin del Mundo. Lisa cantó como un pajarillo contestando el interrogatorio.

Les dio santo y seña de la forma en que extorsionó una buena temporada al imbécil de Belcher, a quien recién mató minutos antes de llegar a la Suite y otras cosas más que no interesaban, como las fotos tomadas que eran para el archivo del buque. La parte de haber participado en el secuestro de una Españolita en el Aeropuerto de Madrid con Josafat Pereira, casi cinco años atrás, captó poderosamente la atención de Kadir.

Dos horas antes, podría haberla indultado, arrestándola encadenada, en el cuarto de artículos de limpieza, para entregarla a las Autoridades, pero ahora no. En un juicio personal sumarísimo, en su papel de fiscal, jurado y juez, la condenó a muerte por doble culpa: el asesinato de su gran amigo, Anthony Belcher y el secuestro de la señorita Felicidad.

De prisa, ordenó al "NIÑO" ejecutar a la puta conforme al plan y salió disparado hacia el camarote con la esperanza de hallarlo con vida, corriendo, llamó al Servicio Médico de Urgencias.

En la "Suite de Jules", la prostituta Lisa Stone agonizaba. El sueño profundo la hizo ver en resumen su vida desperdiciada por LA TENTACIÓN DEL DINERO. Al llegar al tema del asalto al Crucero, íntimamente se regodeó tratando de sonreír, los cabrones que la atormentaron, nunca le preguntaron ni tenían la más puta idea del plan.

No había dicho nada sobre eso y como una especie de venganza contra sus torturadores, se llevaría el secreto a la tumba. ¡Que se chinguen!, fue su último pensamiento, al subirse a la Barca de Caronte, que conduce las almas al infierno.

En el bien equipado quirófano, los médicos luchaban contra la muerte, tratando de salvar al Contador Belcher. El disparo hecho a corta distancia con una vieja pistola Española Astra descontinuada calibre .22 había causado importantes lesiones en la cabeza, sin embargo la bala no había dañado partes vitales del cerebro.

Los doctores practicaban una cirugía complicada teniendo a mano todo lo necesario. Hubo necesidad de dos transfusiones de sangre, obtenida de donantes jóvenes de la tripulación.

Durante la intervención quirúrgica, Anthony sufrió paro respiratorio, que los eficientes Médicos controlaron resucitándolo literalmente.

Las horas transcurrían y el Director General desesperaba. Estaban ocurriendo las cosas muy rápido y no había tenido el tiempo de informar al Capitán del barco —que por Ley es la Autoridad Civil del Estado a bordo— ni tampoco a Don Ramón Peralta y Bárcenas, su jefe, Presidente del poderoso Consorcio. Tendría que hacerlo veloz, antes que nadie. Presuroso, acudió primero con el Comandante del Crucero, Capitán Conrad Blake, para reportarle lo relacionado con el aparente intento de suicidio del Contador, miembro del equipo de Auditores del barco. El Capitán, hombre experimentado que había surcado casi todos los Mares, bien conocía que en los viajes siempre se presentaban contingencias y problemas —como en un pequeño pueblo— estando de acuerdo en guardar el secreto. No deseaban alarmar inútilmente a los pasajeros.

Lo mejor era conservar la información entre las pocas personas enteradas, esperando el resultado de la cirugía. Kadir le entregó el arma dentro de una bolsita de plástico con tira sellada Ziploc, de las usadas para almacenar alimentos en el refrigerador.

El Director General, es de los pocos colaboradores que tienen acceso al Presidente del Grupo. Don Ramón Peralta le distinguió desde el primer día de trabajo con la confianza de llamarle a sus números privados a cualquier hora, siempre y cuando fuera de importancia. Para el hombre, las empresas estaban primero. Kadir lo comunicó a su superior a las 07.00 a.m., poniendo en primer lugar el riesgo de que los clientes condóminos del Crucero pudieran saberlo, con los consiguientes rumores que dañarían el prestigio de la Compañía.

— ¡Claro que no debe saberse! Hagan lo necesario para resolverlo limpio y privado, como acostumbran trabajar. ¡Coño!, si lo estamos pasando tan bien... Que no se detengan en gastos, lo que se necesite para salvar la vida del Auditor... ¿Cómo es que se llama? —consultó Don Ramón.

— Belcher, Anthony Belcher. Es un buen hombre y amigo mío. Trabajamos juntos en el Bufete, varias veces auditamos sus hoteles señor Peralta... —contestó Kadir.

— Bueno pues, ahora vamos a la Capilla a rezar un poco para que salve la vida y recupere la salud. A las doce tomaremos una Mimosa (champaña con jugo de naranja), quisiera presentarte a unos amigos que tienen varios hijos mayores, puedes anotarles en la lista de espera, pues como me has dicho que pintan las cosas, creo que tendremos que echar a nadar otra lanchita, ¿eh?

— ¿Ya rebasamos los cincuenta departamentos en preventa? — inquirió el buen viejo.

— Hasta hoy llevamos ochenta de un total de trescientos, sólo con la publicidad del "TENERIFE" en Europa. Hay interés de Empresarios Suecos, Ingleses, Norteamericanos, Brasileños, Mexicanos, Árabes, Chinos, Japoneses, Rusos, Hindúes y Coreanos que han llamado por información para comprar en el nuevo "ASTURIAS".

— Estimo venderles por lo menos veinte Suites a cada grupo, con su permiso, claro —expresó cauteloso, conociendo la moderada discriminación que practicaba el propietario, que no era afecto a relacionarse con esas razas.

— Pues va, que esos señores son ahora los nuevos ricos y dueños de buena parte del Mundo. ¡Joder!, si gracias a Dios y a los miles de turistas de esas naciones es que tenemos los hoteles llenos, ¡coño!

— Tenemos que venderles, negocios son negocios y el capital no tiene nacionalidades, así que adelante, puedes ir cerrando tratos — terminó su perorata Don Ramón.

— ¡Bravo!, así se habla señor. ¡El planeta es global, la variedad de razas y culturas en diversidad es lo que enriquece la ciencia, las artes, la industria, comercio, todo! Es la oportunidad de convivir como hermanos, hijos del mismo Dios —mencionó astutamente Kadir, entrando al recinto religioso.

Luego de largas horas, la cirugía terminó con una victoria para los Médicos. Belcher estaba vivo, reportado grave, pero estable, en la Unidad de Terapia Intensiva. En las próximas 72 horas si la salud del paciente lo permite, podría bajar en el puerto de Fort Lauderdale para ser atendido en el Hospital Mercy de Miami, uno de los mejores de la Unión Americana, con los gastos pagados mediante voucher (pagaré firmado en garantía de consumos en tarjeta de crédito) abierto por Don Ramón, quien insistió en hacerlo.

El Doctor Silverio Fernández y Quiroz, Segundo Médico del Crucero, ayudó al Titular en la intervención quirúrgica, mostrando satisfacción por haber contribuido a rescatar de las garras de la muerte al Contador.

A las siete cincuenta de la mañana, medio adormilado, estaba de guardia contando mentalmente los billetes, resto del pago que cobraría por su colaboración en el atraco. Su buen humor se desvaneció al recibir aviso urgente requiriendo su presencia de inmediato en la cabina 509. Una persona había fallecido.

El Galeno cogió su maletín trasladándose con prisa al lugar reportado, encontrando el cuerpo de una mujer joven en ropa para dormir, acostada en su cama, auscultando corazón y pulso, sin poder hacer nada por ella.

Apreció que por la fría temperatura corporal y el rigor mortis, tenía varias horas de muerta. No se encontró sangre ni huellas de violencia en la alcoba.

En un prematuro examen, el Facultativo opinó frente al Capitán Blake, el Director Aiza, el Jefe de Seguridad Leonard Dubois, Gerta, el Ama de Llaves y Lwdvika, la joven y rubia camarera, que la mujer pudo haber tomado en exceso pastillas para dormir a juzgar por la caja del medicamento sobre la mesita de noche y el vaso conteniendo restos de agua.

El Capitán Conrad Blake, como máxima Autoridad dentro del barco, ordenó trasladar el cadáver a la Sala de Cirugía para practicar la necropsia de Ley, dejando a cargo de la investigación al Jefe de Seguridad, que pidió no tocar nada más en la habitación, sellándola bajo llave.

El transporte del cuerpo se hizo con la mayor discreción posible y los Médicos procedieron a cumplir con su cometido, informando que la causa de la muerte fue paro cardiorrespiratorio por ingesta excesiva de píldoras para dormir, estimándose la hora de su muerte entre la 01.00 y 02.00 horas de la madrugada.

No estaba embarazada y sus análisis de sangre revelaban la presencia de blenorragia incipiente y por el grado de lubricación en su vagina, posible relación sexual horas antes del fallecimiento, con seguridad usando protección de condón al no encontrarse rastros de semen.

Terminada la autopsia y elaborado el Informe Médico Oficial, el cadáver fue transportado en el elevador de servicio a la restringida y aislada zona del nivel 3 donde se encontraba La Morgue, que por el exterior semejaba cámara frigorífica para conservación de carnes a temperatura bajo cero, y... lo era.

En los Cruceros, siempre hay el riesgo de fallecimientos, tomando en cuenta que la mayor parte de los pasajeros son adultos y personas de la tercera edad, por ello, los buques son equipados además de instalaciones Médicas y farmacia, con depósito de cadáveres y un abogado especialista para tramitar todo lo necesario ante las Autoridades Portuarias y repatriación de cuerpos.

PARIS, FRANCIA
(VARIOS MESES ANTES)

E l Jefe de Seguridad Leonard Dubois, era un ex Teniente de Policía muy capaz, que trabajó para la Sûreté (Servicio Secreto de Francia) en misiones de campo contra criminales y terroristas que amenazaban al Estado, pasando después a ocupar la Subjefatura de Investigaciones Periciales. Durante su carrera de veinticinco años en la Fuerza, recibió distinciones importantes por los servicios prestados. Decidió retirarse cuando el Alto Comisionado designó a un joven universitario —sobrino político— para ocupar el puesto de Jefe del Departamento, atropellando su brillante trayectoria, cagándose prácticamente en sus medallas.

Otro poderoso motivo lo orilló a ello. Su esposa Pierrette era de cascos ligeros, una putilla barata que había rescatado de los burdeles del Quartier Pigalle —llamado así en "honor" del escultor Jean-Baptiste Pigalle. Es famoso a nivel internacional como distrito turístico de París donde las prostitutas operan en las principales avenidas y calles como el boulevard de Clichy, donde abundan los clubes de striptease (desnudistas) y sex shops (tiendas de juguetes sexuales). Dubois siempre pensó en regenerar a la mujer. Era una hermosa trigueña —veinticinco años menor que él— que tuvo, como buena callejera, docenas de amantes fugaces. Eso lo sabía Dubois y luchó para que la mujer comprendiera y dejara la mala vida, dándole un hogar decente con seguridad económica, protección, cariño y hasta su apellido. Casi logró cambiarla, salvo que la cabrona ramera nunca dejó a uno de sus padrotes un Franco-Marroquí llamado Abud Flitté, nacido en las arenas del desierto del antiguo Marruecos Francés, bien conocido en el hampa por su crueldad y tamaño de su pene. Pierrette tuvo siempre presente LA TENTACIÓN DEL SEXO. Se dice que los seres humanos no cambian, empeoran. Dubois nunca hizo caso de rumores, no podía creer en la traición de su mujer, hasta la noche que se canceló una misión y volvió a casa temprano, viendo salir huyendo por la ventana a un tipo semidesnudo.

Fue tanta su rabia, que cogió a la mujer por el cuello y apretó con la fuerza del odio ciego por el engaño y burla de su querida esposa.

— ¡Por qué, Dios mío, por qué! ¡Puta desgraciada! ¡Te he dado todo, maldita mentirosa! —comenzando a golpearla.

— ¡Suéltame pendejo, me haces daño!, ¡poco hombre! ¿Quieres saber por qué te puse los cuernos? Como si no lo supieras, ¡viejo impotente! He cogido riquísimo con él y otros miles de veces, ¿lo oyes? ¡Miles de veces!, pedazo de imbécil…

Las poderosas manazas de Leonard presionaron con mayor fuerza el delicado cuello de la chica.

— ¡Hija de tu putísima madre, no tienes remedio, mal parida! ¡Eres basura! ¡Una mierda! —y siguió insultándola, pero la pechugona hembra no pudo escucharle más. Los poderosos dedos pulgares le rompieron la tráquea, aflojando el cuerpo como muñeca de trapo.

Haciendo uso de sus conocimientos, mañas y contactos en el bajo mundo, se deshizo del cuerpo, limpiando toda evidencia, en lo que era experto. Envuelta en un costal de yute y piedras — como mortaja— en el fondo de las sucias aguas reposaba entre lodo —ironía del destino— el cuerpo de la hembra que jamás salió del fango social. La Policía de París, nunca podría encontrarla en la parte profunda del Río Sena.

Dolido por lo pasado, frustrado y sin empleo, Leonard fue a solicitar trabajo a la agencia especializada en reclutar personal. Por su gran experiencia, presencia, y magníficos antecedentes en la Policía, no tardó mucho en ser seleccionado y posteriormente contratado como Jefe de Seguridad del Crucero "TENERIFE" que partiría de Barcelona en sesenta días. El no tener familia en este caso, le favoreció por encima de otros candidatos, por su disponibilidad y facilidad de viajar sin límite por el Mundo la mayor parte de su tiempo, con la libertad de hacerlo sin ataduras de ninguna clase. Leonard Dubois, era el elemento ideal. Resentido con la sociedad, Dubois fue fácil presa del Franco-Marroquí, quien se las ingenió para fraternizar con él en los bares de Marsella, ciudad donde el Ex Teniente de la Sûreté, visitaba a su hermano, un marinero que junto a su esposa y tres hijos, constituían su única familia. La idea de Abud Flitté para seguir de cerca a Leonard, era por su competencia como gente de acción.

Varias ocasiones miró con burla los diplomas y reconocimientos que colgaban de las paredes del departamentito de su amante Pierrette, que lo ponía al día de sus habilidades guerreras.

La propuesta económica que le hizo, lo convenció sin reservas. Para Leonard representaba la oportunidad de vengarse de la clase pudiente, del grupúsculo de hijos de puta explotadores que padecen LA TENTACIÓN DEL PODER controlando el mundo a su antojo.

Recordó uno de los dogmas del comunismo deformado por la chusma: "Estar en contra de los ricos, hasta emparejarnos".

Si Dubois hubiera sabido que el causante de su desgracia personal era Abud, lo mataría en el acto, pero como casi siempre sucede en las infidelidades, hay un velo de confianza que no desea romperse, es el no querer saber lo que todos conocen, por lo que el marido es el último que se entera.

Cobró la mitad de sus elevados honorarios y los depositó en la cuenta bancaria de su hermano.

La suerte estaba echada sería millonario, carne de presidio, incluso morir. Para él, no existía gran diferencia, había vivido lo suficiente.

CRUCERO "TENERIFE",
AGUAS DEL CARIBE

Don Ramón Peralta y Bárcenas, Presidente del Consorcio CELTIC, tomó las noticias con frialdad. El Capitán Blake y Kadir, le comunicaban a temprana hora del día siguiente a los hechos, primero un apretado resumen y luego ampliando las interrogantes que hizo el magnate.

— Y dice usted, Capitán... ¿que lo acaecido entra dentro de los estándares normales de los barcos? ¿Quiénes más saben de estos penosos asuntos? Si se desatan rumores, ¿debemos emitir un Boletín informativo?

— Afirmativo señor. Puedo conseguirle estadísticas de fallecimientos en todo tipo de embarcaciones. Son hasta cierto punto habituales, no hay de qué preocuparse. Sólo un puñado de personas confiables conocen del asunto, pero de propalarse rumores, tendría yo —no usted— que aclarar las cosas, terminó su discurso el Capitán.

— Por mi parte —dijo Kadir— pienso que la vida tiene que seguir y he planeado si le parece bien Don Ramón, incrementar las actividades recreativas a bordo para tener entretenida a la gente, organizando una serie de concursos, donde los pasajeros puedan ganar fácilmente y divertirse, por ejemplo un baile de disfraces confeccionados por ellos mismos con nuestra ayuda; una noche Romana con Togas blancas hechas con sábanas que les proporcionaremos, donde se elegirán mediante aplausos, al Emperador Nerón y a la Reina Messalina.

— En los deportes, jugaremos el Tazón CELTIC en las mesas de billar, y la Copa "TENERIFE" en concurso de dominó, con bolsas en efectivo de diez mil Euros cada una, con su venia, por supuesto. Para las damas, tengo pensado un Torneo de Gin y otro de Canasta Uruguaya.

— Los más jóvenes podrán participar en la Copa ASTURIAS de tennis de mesa, con una buena bolsa en premios.

— Una de estas noches, armaremos una fiesta inolvidable, al estilo de los años cuarentas, con ambiente de la famosa película "Casablanca"

con Ingrid Bergman y Humphrey Bogart, otra inspirada en el antiguo
y bello París del Can-Can y la clásica noche vaquera Norteamericana
con sombreros para los asistentes y premios para los competidores que
monten el toro mecánico que tenemos en bodega.

— ¿Qué piensa de esto Don Ramón? —cerró sus explicaciones el
Director.

— ¡Pues que está de pelos, hombre! ¡Jolines, qué imaginación!, mira
que ponerle Asturias a la Copa, bueno, creo que me conoces bastante
para saber, que todo lo relacionado con mi terruño, ¡vale! Desde
luego tienen ustedes mi aprobación, y ahora vayan a trabajar que de
conversación está bueno —dijo Don Ramón, palmeando la espalda de
cada uno en señal de afecto.

— Oye Kadir, a ver si allí tocas un poco el piano, que mi mujer dice
haces bien. Te escuchó sin querer la otra noche que pasó por el Bar.

— Lo haré con mucho gusto y agradezco respetuosamente a su
señora el cumplido. En realidad intento tocar algunas piezas de oído,
pues nunca aprendí Piano, siempre con la esperanza de no desafinarlo.

— Hasta pronto —dijeron al unísono los dos hombres, saliendo de
la estupenda Suite. Con la conciencia serena, volvieron a sus ocupaciones
habituales.

— ¡Me lleva!... —repasó Kadir— Con tanto ajetreo no he podido
saludar como se merece a mi gran amigo Don Benjamín Weitzner, debe
estar sentido y con razón, no lo he atendido para nada. Miró su reloj,
eran las nueve de la mañana. Pudiera ser ahora mismo...

Pero no estaba solo, lo acompañaba su esposa Helen y maduró que
debía tener la decencia de invitarla si quisiera visitar al amigo. Bueno,
¿y Ruth?, por un momento reflexionó en los problemitas que pudieran
presentarse, pues era obvio que las mujeres no se tragaban. Una o dos
veces se habían visto en la piscina y apenas cruzaron palabras con sorna.

Decidió por último que tarde o temprano las fieras se enfrentarían
en un duelo divertido. Así también lo estimó Don Benjamín cuando le
consultó vía teléfono.

— Hola Ben, primero que otra cosa solicito me disculpes por no
haber podido verte antes, pero hay motivos poderosos que ya te contaré,
he estado muy ocupado. ¿Te agradaría desayunar conmigo hoy mismo?
Claro que llevaríamos a las mujeres... si estás de acuerdo. Más tarde
podemos charlar un rato a solas.

— ¡Por supuesto que sí! He estado esperando este momento. La sola idea de verte en aprietos y la lucha femenina de máscara contra cabellera, es fabulosa —respondió llorando de risa.

El opíparo desayuno transcurrió sin contratiempos. Como si hubieran pactado tregua en secreto, las dos hermosas damas se comportaron amables y educadas, pudiera decirse que hasta simpáticas. Los caballeros estaban estupefactos, el espectáculo que deseaban presenciar y gozar, quedaba pendiente. ¡Ver para creer! ¿Quién entiende a las mujeres?

No obstante, no se podía confiar en un par de actrices que con sus frases de cortesía, aparentaban que podían ser amigas, poniéndose de acuerdo para ir juntas a efectuar algunas compritas en las exclusivas boutiques del Crucero, lo cual significaba un peligro mayor para el buen Director General. Se aproximaba una tempestad humana.

Por la tarde a solas con Benjamín, le confió lo hecho con Jules. El anciano escuchó atentamente hasta el final, no sin antes tener dos ataques de risa incontrolables.

— Pobre de ti querido amigo, entre las dos, te harán pedazos —aseveró tosiendo el Ex Fiscal General de los Estados Unidos.

Al término de la amplia exposición de motivos de Kadir, el viejo zorro expresó su beneplácito por haber "Vuelto al Negocio" de modo digamos, diferente.

— Es algo que una vez conversamos, que nuestro esfuerzo por acabar con la maldad no debía descontinuarse. Me parece muy inteligente de tu parte, que lo hayas decidido así.

— Aunque no conozco al "Agente", por lo que me dices se trata de un gran elemento que puede mejorar con tus consejos. Por mi parte te ofrezco el apoyo de La Fundación. Algún dinerillo podré pellizcarle a espaldas de Ruth… —y volvió a reír.

La Contadora Caridad se preguntaba cuándo tendría ocasión de abrazar a su querido "Antonio" —nombre con el que lo conoció en La Habana. Le afectó mucho cuando en el malecón de Barcelona los Agentes de Seguridad no le dejaron acercarse al que consideraba su novio y le dolió aún más, que usara un nombre falso como lo sabía ahora y no hubiese movido un dedo para encontrarse con ella.

Cierto que pasaron varios años, pero ella lo tuvo presente en su corazón con la esperanza de estar juntos para siempre. Una de las motivaciones para esforzarse tanto, estudiando con ahínco, fue para subir la escala económica y social, procurando estar a su altura y que jamás se avergonzara de su amor por ella. En la soledad de su cuarto, hizo a un lado los documentos que se había llevado para echarles un vistazo y se sirvió en un vaso con dos cubos de hielo, una ración generosa de Putinka —vodka Ruso de agradable sabor— que ostenta en su etiqueta la foto del Primer Ministro de ese País, Vladimir Putin, cuya familia, es probable que sea fabricante de la buena bebida.

Tres veces brindó por el amado ausente. Terminando su tercer trago, se acostó a dormir, prometiéndose ver al amorcito, ¡mañana mismo, cueste lo que cueste! Tengo que averiguar si me quiere un poquito todavía.

Se masturbó, contemplando la fotografía que les tomaron juntos paseando cogidos de la mano en pleno malecón de la capital Cubana y otra en el elegante lobby del Hotel Meliá Cohiba, estrenando el precioso vestido rojo y blanco que le regaló, para después ir a bailar y hacer el amor delicioso. Con esos recuerdos, la hermosa hembra blanca de piel dorada por el sol, ojos verde esmeralda y cuerpo de maravilla, concilió el sueño en la madrugada.

Jules tampoco podía dormir, sus preocupaciones eran otras. Estaba asustado de pensar en la forma tan fría en que ejecutó a la linda morena Lisa Stone. No estaba arrepentido, para nada, por el contrario sintió satisfacción al hacerlo, consciente de que estaba colaborando para librar al mundo de gente nefasta como ella.

Y luego, la extraordinaria paga. Qué bonita forma de ganar dinero. Ahora comprendía el porqué hay más delincuentes que gente buena. Pero era "por una causa noble", "un fin Superior"… las palabras de su jefe Kadir continuaban resonando en su mente, sin darse cuenta aún que el Director le lavó el cerebro muy bien.

Con bastante plata en la bolsa, ahora podía aspirar a tener novias bonitas y buenonas, a las que acceden por lo general hombres adinerados. No más chicas del montón. Necesitaba poseer una hembra de verdad, como por ejemplo la Auditora Caridad, que desde que llegó al Despacho emocionó a todos los compañeros, sin que aceptara a ningún galán. Incluso por los sistemáticos rechazos, se llegó a pensar que no le atrajeran los hombres, que fuera lesbiana, cosa común en nuestros días.

Él ignoraba el gran amor que le profesaba a Kadir la primorosa Venus, además de agradecimiento por la ayuda económica para sus estudios y atenciones con su madre.

Por fin, tras largas cavilaciones el cansancio lo venció. Codiciando en sueños a la Cubana, abrazó la tibia almohada. Mañana mismo iniciaría el trabajo de conquistarla y cogérsela, antes que lo haga otro —se dijo.

En la fecha programada para arribar a Cozumel, México, Kadir y su esposa se despedirían de los dueños de la compañía, el Capitán, la tripulación y de manera especial de Benjamín Weitzner y su linda hija.

Cuarenta y ocho horas antes, en la oficina del Director General, Ruth se presentó de improviso, entrando al privado sin anunciarse aprovechando un descuido de la secretaria que se levantó al sanitario.

— Vengo a despedirme, estoy enterada que dejarás el Crucero en México, ¿verdad? —anunció la bella chica con desenfado, ante el asombro de su ex novio, que impresionado por su hermosura, no pudo menos que correr a abrazarla con entusiasmo.

— Mi amada Ruth, te agradezco tantas cosas… Eres de lo mejor que he tenido en la vida… Si tú supieras lo mucho que te quiero, pero debo ser realista… te perdí para siempre cuando conociste la verdad de mi pasada vida. Lo siento tanto que…

El hombre no pudo continuar disculpándose, dos o tres lágrimas salieron de sus aceitunados y grandes ojos, humedeciendo el rubio cabello de la muchacha, que sellando su boca con un dedito le conminó a callar.

— Estoy arriesgando mi honor al venir aquí a buscarte, la verdad es que no puedo dejar que te vayas así, te confieso vago petulante, que sigo enamorada de ti, maldito, mil veces maldito, destrozaste mi corazón, pudiendo haber sido tan felices... pero lo hecho, hecho está —dijo la rubia recobrando el aplomo— tienes familia y yo también, aunque nuestro amor es tan grande que está más allá de todos los convencionalismos sociales.

— ¿Puedes invitarme una copa? — le dijo seductora, mostrando al sentarse en el sofá sus largas piernas, rodillas y muslos, dejando ver descuidadamente por el amplio vestido un hermoso hilo dental color de rosa, o ¿fue intencional?

¡Mahoma! —exclamó por sus adentros— ¡Si está mejor que nunca!, alcanzando a balbucear: — ¿Lo de siempre nena?

Bebieron por el pasado y por el futuro, deseándose lo mejor, pegados uno con la otra, sintieron el calor de la proximidad de sus alientos y cuerpos, besándose con locura, como si fuera la primera vez. Enardecidos, rodaron por la alfombra y Kadir con manos expertas la desnudó poco a poco, acariciando y besando los rosados y erguidos pezones. Ella le tocaba la entrepierna, buscando la cremallera del pantalón que halló sin dificultad, mientras él se despojaba de la playera. Hicieron el amor dos veces consecutivas, sin importarles otra cosa que ellos mismos, comportándose como animales en celo, se bañaron juntos en el jacuzzi y estuvieron a punto de hacerlo otra vez, pero el reloj de Ruth marcaba dos horas después de salir a buscar el libro que le pidió su padre. Agitada, la moza atinó a decir: —Demonios debe estar buscándome. Me voy mi amor, hasta la vista, cuando vayas a Nueva York o La Florida, avísame, ¿lo prometes?

— Claro que sí preciosa.

Sucedió tan rápido que no hubo tiempo de recapacitar. La pareja de amantes no sentía culpa de nada, pensando que su amor prohibido era tan genuino y grande a la vista de Dios, que estaba por encima de Leyes y Costumbres inventadas por el Hombre.

La secretaria vio salir de prisa a la señorita sin llamarle demasiado la atención, estaba acostumbrada a las frecuentes visitas femeninas a su Jefe.

Pasados quince minutos, dijo la secretaria a otra bonita hembra que preguntaba por el señor Director General: — ¿A quién anuncio?, no creo que pueda recibirla sin una cita, es una persona muy ocupada...

— Mi padre y yo somos dueños de un departamento en esta enorme tina —fingió— tengo un cúmulo de quejas que darle en persona — exclamó Caridad con energía.

— Le ruego comunique mi visita, estoy segura que no me negará unos minutos, no dicen ustedes: '¿El cliente es primero?'

— Veré qué puedo hacer, no le prometo nada, ¿OK? —tocando la puerta y entrando al privado.

— OK —contestó la bella Cubana, riendo internamente de la efectividad de su mentira, imaginando el desconcierto de su amado. Al reaparecer, la amable empleada le comunicó: —Tiene diez minutos. El señor Director debe asistir a una junta. No tarde por favor, pase usted.

Kadir estaba de pie impresionado de lo estupenda que lucía Caridad, que no bien cerró la puerta la secretaria, se arrojó a sus brazos, besando apasionada el varonil cuello y labios. El hombre correspondió, abrazándola con fuerza, invitándole a sentarse.

— Nena, aquí no puedo recibirte como mereces. Tenemos mucho que hablar, pero bebamos un trago, por los viejos tiempos.

— Que pueden repetirse las veces que quieras, cuando quieras y donde quieras —replicó la deliciosa beldad— Podemos coger ahora mismo si aceptas, estoy muriendo de ganas, no sabes la cantidad de veces que he fantaseado contigo acariciando mi cosita, mi vida, por favor no me rechaces —dijo la Cubanita— he recorrido medio Mundo para verte, mi amor —aprovechando para intentar meter mano a "Fernandito"— nombre clave con el que la jovencita bautizó a su vigoroso pene cuando se conocieron en La Habana.

Después de la doble batalla minutos antes con Ruth, el tal "Fernandito" se hallaba reposando cómodamente sobre su costado derecho, como un angelito, por lo que con firme amabilidad, le indicó que no podía hacer nada de eso en su oficina, teniendo además gran prisa por acudir a importante junta de trabajo.

— En otra ocasión encantado de la vida, discúlpame ahora, ignoraba tu visita, soy yo el que te lo pide por favor, no te enfades conmigo, ¿está bien? Te prometo buscarte ¡mañana mismo y ponernos al corriente!

Al momento, llamó a la puerta la secretaria para anunciar que lo estaban esperando en la junta. Los diez minutos de audiencia terminaron.

Al despedirse, no pudo evitar un beso grande de la escultural Cubana que por poco atestigua la secretaria.

— Hasta mañana mi vida...

La famosa junta de trabajo era en realidad acudir al hospitalito del barco para conocer en vivo el estado de salud de su amigo Anthony Belcher, que gracias a Dios salvó la vida.

Los Médicos informaron que superó el peligro de muerte, pero es temprano para saber las secuelas que pudiera tener. Kadir explicó que el Crucero se aproximaba a Fort Lauderdale, Florida y deseaba dejarlo en el Hospital, ordenando los preparativos para el descenso.

El Capitán Blake por su parte, había tramitado todo lo relacionado con los permisos de las Oficinas de Gobierno correspondientes, tanto para internar al paciente en el nosocomio, como para entregar el cuerpo de la chica fallecida a las Autoridades.

El Primer Informe Oficial, signado por el Jefe de Seguridad, los Doctores y el Capitán de la nave, certificaban que la autopsia revelaba que Lisa Stone se suicidó tomando en exceso pastillas para dormir.

El Segundo Informe firmado por las mismas personas, mencionaba el lamentable accidente sufrido por el Contador Anthony Belcher que en forma involuntaria se disparó un arma que —conservaba para su seguridad personal— al momento de limpiarla, recibiendo un balazo en la cabeza en la región parietal derecha, cerca de la sien.

El paciente fue intervenido quirúrgicamente a bordo con éxito, extrayendo el proyectil calibre .22 corto, sin que la bala hubiese interesado regiones vitales que pusieran en riesgo su vida.

Esa misma noche, Kadir hizo lo que planeaba, la despedida de Caridad.

La tomó desprevenida, semidesnuda en su camarote bebiendo un "mojito" que compró en el bar, leyendo la novela "EL AUDITOR DE LA MUERTE", el nuevo Best Seller Mundial, que estaba rompiendo cifras de ventas.

Llamaron a la puerta y miró por el ojillo. Su corazón se aceleró abriendo en el acto, refugiándose en los poderosos brazos de su amado ofreciéndole los carnosos labios, cubriéndole de besos y caricias, pronunciando dulces palabras.

Hicieron el amor fenomenal. Kadir se esmeró en complacer a la preciosa muñeca hasta dejarla satisfecha, poniendo en práctica todos los secretos del buen amante convencido que era la separación definitiva.

Un poco después del gratificante acto sexual, bebieron una copa de champaña helada y conversaron sobre diversos temas, dejando para el final el amargo adiós, comprendiendo Caridad los argumentos de su amado galán, quien le hizo ver que ella tenía gran futuro profesional en el Despacho "HARTFORD, MELLON & FLETCHER", conociendo los magníficos comentarios sobre su trabajo profesional vertidos por su jefe el Contador Anthony Belcher y el supervisor, Jules Harper.

Y qué decir de su porvenir personal, la felicidad la tenía prácticamente a la "vuelta de la esquina".

Su gran belleza interna, escala de valores e inteligencia superior, rivalizaban con su hermosura física.

— Tendrás que seleccionar entre unos cien mil pretendientes decentes y millonarios, para formar tu hogar y tener hijos.

— Deseo que seas muy feliz para siempre, te lo mereces. Si en alguna ocasión puedo servirte en algo, estaré a tus órdenes.

Como buenos amigos no se dijeron adiós, sino hasta pronto.

Completados los trámites oficiales y de reabastecimiento en la breve escala de La Florida, el "TENERIFE" de noventa mil toneladas de desplazamiento, continuó la travesía, proa al puerto de Miami, cruzar el Caribe con escala en Cozumel y después hacia las costas del Norte y Este de Sudamérica.

ISLA DE COZUMEL, MÉXICO, TERCERA ETAPA DEL ITINERARIO

El gran Crucero "TENERIFE" arribó al muelle turístico a las 06.00 horas después de una tranquila jornada nocturna donde los viajantes durmieron como troncos, recuperando las fuerzas perdidas después de 20 días de comer, beber, bailar, nadar, practicar los deportes a bordo, jugar hasta las madrugadas en el casino y tener sexo como locos, pues hasta las parejas de adultos mayores o de la tercera edad —como se les conoce— ahora, gracias a los avances en la Medicina, pueden hacerlo utilizando pastillas que les proporcionan vigor casi juvenil.

Kadir y Helen no fueron la excepción, posiblemente en nueve meses más, estarían arrullando nuevo bebé. Como sonámbulos, se despidieron del Capitán y Oficiales descendiendo de la nave a las siete de la mañana, dirigiéndose al Grand Marlin Resort & Golf, uno de los fantásticos hoteles de la Cadena Celtic.

Al llegar, fueron recibidos por el desmañanado Gerente que con gran cordialidad, los condujo a la Suite Presidencial.

— ¿Cuántas noches nos honrarán con su visita? El hotel entero está a disposición, lo que se ofrezca, estamos a su servicio —dijo en Inglés el ejecutivo, zalamero, a juicio de Kadir que observaba los ojillos vivarachos del anfitrión.

— Gracias mil —respondió la joven señora— Estaremos bien.

El funcionario hizo una media reverencia y se alejó caminando unos metros hacia atrás mirando como no quiere la cosa, el cuerpazo de la distinguida señora, que ataviada con pantaloncito rosado tipo bermuda mostraba sus bronceadas y lindas pantorrillas.

— Te felicito mi amor, sigues siendo muy atractiva, por poco matas al pobre gerente.

— ¿A quién? No me di cuenta, no hice nada —protestó ella, que conocía el efecto que su presencia producía en los hombres.

—Vamos no seas celoso cariño, te amo muchísimo —pronunciando las últimas palabras cerca del oído de su esposo con tal pasión, que los labios se fundieron en un largo beso de auténtico amor.

— Eres una golosa —dijo él, que anticipaba una incendiaria sesión a punto de iniciarse.

MOMBASA, KENYA
(CINCUENTA DÍAS DESPUÉS)

Los viajeros estaban felices con el Crucero y por ende con la "CELTIC", como referían a la Línea Naviera operadora del soberbio barco de recreo. Presenciar en vivo, dentro del Estadio, el grandioso espectáculo del partido inaugural de la Copa Mundial de Fútbol, no era cosa frecuente.

Los asientos habían sido de lo mejor y las atenciones del personal, lograron que los asistentes tuvieran un gran ambiente y disfrutaran como nunca.

Como si fuera poca la diversión, recorrer la selva en el safari fotográfico, fue sencillamente magnífico. En los exclusivos Clubes de Golf, Náuticos, Ecuestres, Aéreos y Organizaciones de Caridad a los que pertenecen los distinguidos condóminos del "TENERIFE", se comentarían por mucho tiempo las aventuras que gozaron.

Siendo en su mayor parte, personas entre los cincuenta y ochenta años, los pasajeros solicitaron al Capitán una tregua para reponer fuerzas, cuestión que la Compañía tenía prevista, al navegar en continuo siete días con sus noches a velocidad promedio de 19 knots (nudos marinos), viajando casi 3,750 millas de mar, con escalas en la República de Djibouti y Suez, Egipto, para repostaje de combustible. La próxima escala del Crucero sería Port Said y entrar al mar Mediterráneo.

De ese lugar, se trasladarían por confortables coches-cama de ferrocarril para visitar la ciudad de El Cairo y el museo que exhibe Tesoros de Tutankammen, las Pirámides de Gizeh, la Gran Esfinge, el Valle de los Reyes y otros sitios turísticos como el Río Nilo —que con sus casi 6,500 kilómetros de longitud es el segundo en el Mundo, después del Río Amazonas en Sudamérica de 6,800— y conocer la gran Presa de Asuán, magna obra de ingeniería que requirió más de 40 millones de metros cúbicos de concreto. Se construyó para producir la mitad de la energía eléctrica de todo Egipto, regulando el nivel del agua del Nilo, que proveniente del Sudán y Uganda ocasionaba inundaciones que fertilizaban la tierra con limo.

Sin embargo, antes de la construcción de la presa, la naturaleza impredecible arrasaba también con las cosechas por anegamiento o sequía, que perdidas por completo, causaban constantes hambrunas en la población.

Después de Egipto, reanudarían el viaje hacia la Costa Turca, desembarcando en las extraordinarias ciudades de Izmir (Esmirna), Cesme, Istambul (Estambul) y Ölüdeniz.

Continuarían hacia las islas Griegas de Santorini, Mykonos, Creta y el Puerto del Pireo (Atenas).

Por último, el crucero anclaría frente a las Españolas islas de Ibiza, Mallorca y Menorca, para terminar la ruta en Barcelona.

Ninguno de los importantes pasajeros, tripulación y empresa naviera, podían imaginar los peligros que estaban a punto de enfrentar.

CARGUERO "LUSITANIA STAR", GOLFO DE ADÉN

E l buque granelero navegaba normal rumbo Sureste procedente del Mar Rojo, aproximándose a Bender Cassim, Somalia, para rodear la península y poner proa al Sur, a toda máquina hasta el sitio convenido para abordar al Crucero "TENERIFE" que se movía en sentido contrario.

El buque corsario llevaba completos los permisos de carga a bordo, transportando en sus entrañas al grupo de mercenarios asesinos armados hasta los dientes, escondidos entre las mercancías.

El Capitán dispuso confinar a los delincuentes en la zona de popa, a efecto de no mezclarlos demasiado con la tripulación. La barrera del idioma en este caso resultaba muy favorable, pues los cabrones eran Franceses y los marineros son aventureros de múltiples regiones del Planeta.

Los había Rusos, Croatas, Malayos, Chinos, Filipinos, Indonesios, cuyas distintas lenguas dificultaban la comunicación entre ellos impidiendo conocer los verdaderos planes del carguero.

De Londres, recibió el Jefe de los filibusteros, la información que el "TENERIFE" modificó su plan de viaje para hacer escala en Mombasa, Kenya, probablemente para efectuar una excursión a las reservas naturales de animales salvajes y tomar fotografías.

Considerando las distancias del transporte terrestre hacia Nairobi, estimaba una demora de por lo menos tres días para que el barco retomara su ruta normal, navegando por la costa del continente Africano hacia el Norte, pasar lo más lejos posible de Somalia, transitar por el Golfo de Adén para penetrar por las costas de Etiopía en el Mar Rojo, adentrándose hacia el Golfo de Suez rumbo a Egipto, para cruzar el estratégico Canal de Suez y desembarcar en Port Said, única puerta al Mediterráneo.

Además de reabastecerse, visitarían las legendarias Pirámides de Gizeh, la Esfinge y el Valle de Luxor.

El asalto debía hacerse en Dahlak frente a Massawa en la región de Eritrea, o en Suakin, frente al Sudán, con la ventaja de los Aeropuertos en Asmara y Port Sudán respectivamente, por las dudas.

Este Plan denominado "C" parecía bueno, sin embargo, veinte días antes, después de sesudos análisis llegó a la conclusión de no cometer el pillaje al Crucero en esos sitios, infestados de Barcos de Guerra de los Países miembros de la "Task Force" —Fuerza Internacional para el combate de bandidos y terroristas— que protegían a los barcos navegando por la zona.

Intentar el saqueo en el Golfo de Adén o en el Mar Rojo, era un suicidio, del que sería difícil escapar por lo relativamente estrecho de sus aguas, entre las Costas Norte de Somalia y Sur de Yemen, o peor aún, la Costa Occidental de Yemen y la Oriental de Eritrea.

El jefe de los piratas se decidió por atacar aplicando el Plan "A" puntualmente, frente a Kipini, Kenia, confiado en que jamás se había realizado ningún abordaje en ese lugar. En la inmensidad del Océano Índico, las probabilidades de huir eran mayores.

Nervioso y preocupado, en las noches la voz de su conciencia le alertaba que su objetivo tal vez era un bocado demasiado grande para él y su banda.

Había perdido la comunicación por teléfono satelital con su cómplice de confianza y amante, Lisa Stone.

¿Qué chingados pasaba? ¿Por qué la muy puta no se reportaba para dar parte de novedades y recibir instrucciones? ¿Habría liquidado al cabrón Contador Belcher evitando que la identificara? O lo que es peor, ¿la habían descubierto y hablaría del plan?

Para colmo, a bordo estaban surgiendo dificultades no contempladas, como las constantes discusiones y pleitos entre los putos mercenarios. Hijos de la chingada, si no fuera porque los necesito... ¡Los mataría a todos!

Con las numerosas dudas, Josafat era necio. No abortaría los planes, por el contrario, se animaba más, víctima de LA TENTACIÓN DEL DINERO.

CARGUERO "LUSITANIA STAR", OCÉANO ÍNDICO

Todo estaba listo para asaltar el insólito e indefenso objetivo. Max Segovia, Primer Oficial del Crucero y principal traidor informó a Josafat, sobre la hora que debería zarpar el "TENERIFE" del puerto de Mombasa. La distancia a Kipini, Kenya era de 237.30 kilómetros, que a velocidad de navegación de 19 nudos, llegaría al sitio del ataque a las 03.55 horas GMT (Greenwich Meridian Time) coordenadas 2°52'58.80" Latitud Sur y 42°30'44.97" Longitud Este.

Asimismo, le comunicó del sospechoso suicidio de Lisa Stone por sobredosis de pastillas para dormir. El bandido recibió la noticia imperturbable, sin mover un músculo de su cara, ordenando seguir con lo planeado. La muerte de su querida Lisa aunque lamentable, no cambiaría nada, ya se encargaría de las averiguaciones y el sanguinario castigo a los culpables asesinándolos, junto con sus familias completas.

Un odio incontrolable se apoderó del bandido, le habían arrebatado a su Lisa, la única mujer que amó de verdad, su compañera en las buenas y malas, la hembra con la que hubiera querido tener un hijo para continuar su carrera criminal, ahora imposible. Rabioso, pateó la silla rompiendo la vieja madera, fue a la bodega del barco y habló con los mercenarios.

Los halló jugando cartas, bebiendo cerveza y limpiando sus armas, ordenándoles entrar sigilosamente al Trasatlántico y asesinar en silencio a los que encuentren.

— ¡No quiero testigos! —orden que fue recibida con alegría y entusiasmo por la banda de chacales.

Acto seguido habló con el Capitán del carguero. Lo instruyó y se retiró a caminar en cubierta para descargar un poco la terrible tensión que le agobiaba al grado de presentar fuerte temblorina en sus manos. En el camino topó con el perro mascota del cocinero que le saludaba moviendo la cola, al que tomó por el pescuezo y lo arrojó al agua sin consideración. El pobre animalito, fue la primera víctima de la furia del hampón.

CRUCERO "TENERIFE", OCÉANO ÍNDICO

C omo de costumbre, el Capitán Conrad Blake hizo una última inspección de los avanzados instrumentos de navegación del buque y giró algunas instrucciones a sus subordinados, el reloj indicaba las 03.10 horas, retirándose a la cabina para intentar dormir un poco. El viaje había sido agotador inclusive para él, acostumbrado a duras jornadas de trabajo. Pero en esta ocasión, al natural desgaste físico, se sumaba la gran responsabilidad de conducir un Crucero atestado de gente con fabulosas riquezas e importancia social, personas difíciles y exigentes. Además, el hecho de no ser pasajeros comunes, sino Copropietarios del barco, los hacía verse escasos de tolerancia y exagerados en sus requerimientos.

Recordó que cuatro días atrás, la esposa Italiana del mayor productor mundial de Cemento y Concreto, Jeremy Waxton, estuvo a punto de arruinar la espléndida Cena Hawaiana. Se encabronó con exageración, porque la tarjeta mostraba el nombre de Mrs. Ambrosia Waxton, señalando su lugar en la Mesa del Capitán.

— ¡Per tutti i demoni! ¡Siamo tutto su imbecilli, un gioco di idioti, abbiamo un messe a vivere qui e sono non in grado di scrivere il mio nome correttamente, si é responsabili di portarmi con gentuza! (¡Por todos los demonios! Son todos unos imbéciles, una partida de idiotas, tengo un mes de vivir aquí y no son capaces de escribir mi nombre correctamente, ¡tú eres el culpable por traerme con gentuza!) —gritó al pobre marido ausente a miles de kilómetros.

Nadie podía imaginar el tremendo enojo de la dama por ese nimio detalle pues ella detestaba su nombre, pareciéndole vulgar. Le recordaba el pasado campesino y pobreza de sus progenitores a los que aborrecía y deseaba olvidar. A la estirada señora le agradaba ser llamada "Amber" (Ámbar) que sonaba elegante, interesante y sofisticado, según ella. El Capitán Blake se moría de risa. Si supiera la pinche vieja que ese nombre es común entre las putitas, ja, ja, ja, ja... y se durmió profundamente.

Artemisa Dos Santos, Auxiliar de Relaciones Públicas y Croupier del Casino, recibió la seña del Primer Oficial para reanudar el discreto coqueteo con el Segundo Oficial del Crucero, un alto y fornido Catalán graduado de la Escuela Naval Militar de España, en Marín (Galicia), que habiendo cumplido con su horario continuaba en la Sala de Mando.

— En unas horas vendrá el amanecer —dijo la beldad al Oficial— me agradaría mucho que me invites una buena bebida caliente en cubierta, la noche es hermosa con el mar tranquilo que parece espejo y el cielo está clarísimo especialmente hoy, que anunciaron lluvia de estrellas.

— Por supuesto, mi turno ha terminado desde las 02.00 horas, pero qué quieres, estoy en el puente por costumbre. Con su permiso paso a retirarme Capitán Segovia, si hay algo... ya sabe... puede llamarme a cualquier hora... —aclaró el Oficial.

— Vayan a descansar. Estamos en perfecto orden, si lo necesito le avisaré, gracias —dijo el Capitán Segovia, abriendo la ventana y examinando su reloj Breitling marino, que marcaba las 03.29 horas, rumbo NE, temperatura 18 grados centígrados, vientos de 3.6 nudos.

Posó la mirada sobre el iluminado tablero digital para verificar la posición exacta del buque en las coordenadas precisas, sonar y radar.

Satisfecho, llamó al Ingeniero Sustaeta encargado de los Sistemas de Cómputo y Comunicaciones.

— Íñigo, es el momento de la verdad. Dentro de diez minutos, deberás desconectar el Crucero del resto del Mundo. Ánimo, nadie saldrá herido y bueno ya sabes, la recompensa es grandiosa, suficiente para retirarnos de esta vida de viajeros sin poder echar raíces en ninguna parte.

— Puede contar conmigo Capitán, ¡estoy harto de ser cornudo por tanto viaje! —dijo el Ingeniero con amargura, dirigiéndose a cumplir con su cometido.

Rumbo a la Cubierta principal, Artemisa pasó por su camarote so pretexto de buscar una chalina para resguardarse del viento del amanecer. Dentro del cuarto, preparó dos tazones con café caliente agregando un chorrito del moreno y estupendo Myers's Rum, que adquirió cuando la escala en Jamaica.

En menos que canta un gallo, se vieron envueltos en un torbellino de amor y pasión incontrolables. El bravo Oficial que había demostrado dureza y enérgico desempeño en la Academia Naval, simplemente ahora era un hombre enamorado y frágil, casi esclavo de los deseos de la hermosa hembra. La pelirroja, estaba buenísima y el noble tipo siempre creyó que ella correspondía a su pasión. Engañado iba a morir.

Desnudos, se rociaron sobre la piel pequeñas dosis del sabroso licor que corría a lo largo de sus cuerpos, recolectando gota a gota con la punta de sus lenguas, para después besarse, a momentos suave y dulce, cambiando de súbito hasta casi sangrar los labios. El joven Segundo Comandante del buque, nunca en su vida disfrutó del sexo en varias posiciones recomendadas en las revistas porno, vaciando por completo su atiborrado depósito de esperma, logrando hacer gozar con dos buenos orgasmos a la caliente mujer.

En las prisiones, los condenados a muerte cenan de maravilla para ser ejecutados seis horas después. A semejanza, la colosal noche, para desgracia de los jóvenes amantes, sería la última.

A las 03.35 horas, llegó a la Sala de Comunicaciones y Mapas, un mensaje urgente del buque Carguero "LUSITANIA STAR", advirtiendo del gran peligro de chocar contra los restos de un enorme bloque de hielo, como una montaña, con seguridad proveniente del casquete Polar Antártico, que se hallaba en las aguas del Índico. Alarmado, el joven técnico en comunicaciones llevó la nota al Ingeniero Sustaeta —su jefe inmediato— quien rápido avisó a Max Segovia, Primer Oficial, ordenando sabiamente y como primera medida, reducir lentamente la velocidad del Crucero al mínimo para no inquietar a los pasajeros. El chico nervioso, sugirió y quiso correr para alertar al Capitán Blake —su padrino y maestro— recibiendo tremendo golpazo en el cerebro propinado por Max con un antiguo y pesado sextante metálico de colección, rompiéndole la cabeza, con salida de masa encefálica, que lo privó de la vida al momento.

Treinta minutos antes del asalto, el agente Dubois recibió la orden en su cuarto, de Max en persona.

— Es tiempo —le dijo secamente. Se encontró en la popa con los cuatro desleales marinos preparados con sendas escalas de mar que lanzarían al agua en el momento preciso.

Esperando en el lugar exacto, el "LUSITANIA STAR" sonó la sirena tres veces a manera de saludo y preventivo de aproximación, que fue contestado por el "TENERIFE" con dos silbatazos, comunicando su presencia y estar listo para el abordaje sin problemas.

Los cuatro botes de goma se desplazaban en silencio para rodear el Crucero llevando veintiocho mercenarios. En cada uno había dos sicarios apuntando sus peligrosas armas, lanzacohetes RPG, que de dispararse, causarían enormes boquetes al casco del barco, hundiéndolo en un santiamén. Los veinte hombres rana, vestidos de negro saltaron de los botes y comenzaron a trepar por las escalas de cuerda. En minutos, completaron la maniobra.

El asalto resultó mejor a lo planeado, salvo las ejecuciones del pobre Técnico de Comunicaciones, tres Marineros, un empleado de Mantenimiento, dos Camaristas, los cuerpos acribillados del Segundo Oficial y la mujer, sorprendidos desnudos en la cama, la golpiza al Capitán Blake que se resistió al asalto y dos de los supermillonarios a quienes sometieron a la fuerza.

A los cinco rehenes seleccionados por el Contador Tessi, se agregaron el propio Blake, noqueado después de abrir la puerta de la bóveda y la caja fuerte del barco y una agresiva mujer que defendió con brío a su anciano padre, clavó sus uñas en el rostro de un hampón, pateó en los genitales a otro y golpeó con el puño la nariz al líder, llenándolos de maldiciones.

La bella hembra, recibió un salvaje culatazo en la parte alta del bazo que le rompió una costilla, desvaneciéndola. Fue la única manera de calmarla.

El botín fue sensacional. Una vez a bordo del carguero, los mercenarios metieron en el calabozo a los rehenes y en otro, por separado a los asombrados infieles empleados del Crucero, que horrorizados entraron en pánico, gritando, insultando y pataleando hasta el cansancio. Josafat estaba feliz. El tesoro robado, pudiera ser de unos trescientos millones en Euros, Dólares, Libras Esterlinas y Francos Suizos en efectivo, travelers checks, joyas, relojes y Bonos de Tesorería.

Pero lo auténticamente importante y mucho más valioso, lo representaban las vidas de los potentados secuestrados. Sus fortunas equivalían a la riqueza de varias Naciones juntas. Ahora el problema era cuánto pedir por sus cabezas, la forma de pago y la ruta de escape, que siempre es lo más difícil.

Evitar ser cazados por las Policías del Mundo, no era tan sencillo. Sólo con terror podía lograrse. Pagado el rescate, los supermillonarios dejarían el asunto por la paz, agradecidos de haber salvado el pellejo.

Con buenas amenazas en su contra y familia, estaba convencido que las víctimas desistirían de la búsqueda Policial, sin levantar cargos, exigiendo a las autoridades no intervenir o los matarían uno a uno.

Y como premio adicional, le llevaron a una preciosa muchacha rubia llamada Ruth, que una vez reparada la fractura de costilla, estaría en las mejores condiciones para cogérsela y convertirla en su nueva amasia, reemplazando a Lisa Stone, que ahora estaría reducida a cenizas. Cuando la acostaron en su propio cuarto para recibir atención Médica, tocó los firmes senos de la chica con el pretexto de apreciar la lesión en la costilla. El sólo pensar en ello, le provocó tremenda erección.

En una semana, comenzaría a forzarla a sexo oral como mínimo. Me han dicho que es rebelde, habrá que domesticarla sonrió con crueldad, imaginando sangrar con el cinturón la suave espalda y firmes nalgas de princesa.

Por lo pronto, debía repartir el botín. Convocó a la tropa de mercenarios a la gran cena que el cocinero había preparado como festejo. La tripulación no estaba invitada, pues debían concentrarse en navegar lo más rápido posible hacia el lugar de escape. En breve, los buques de guerra estarían tras ellos.

Después de cenar y beber como náufragos, los salvajes mercenarios fueron cayendo como fulminados por un rayo.

Josafat envenenó a casi todos con una mezcla fatal de Ron y KCl (Cloruro de Potasio) —líquido transparente sin color, olor ni sabor— que ocasiona la muerte por infarto al corazón, en cinco minutos. El Capitán del barco y la tripulación festejaron con sus propias bebidas ambas cosas: Una mejor paga y deshacerse de la bola de pendejos arrogantes que los trataron como mierda. El pirata mayor y el grupo élite de legionarios se unieron a la celebración.

— ¡Que chinguen a su madre en el infierno! —dijeron los marineros al botar los cuerpos al agitado mar. Pasado un rato, los tiburones que siempre acompañan a los barcos devorando los restos de comida, se darían un banquete de cadáveres, borrando las huellas.

Acto seguido visitó la segunda bodega usada como mazmorra. Contó a los rehenes, seis ricachos y dos pinches viejas; de los otros cabrones, cuatro marinos del "TENERIFE", más Silverio, Livorio, Gaston, Leonard y Max son nueve, y Artemisa y Lisa que murieron son once.

— Falta uno, deben ser doce los cómplices del Crucero, falta el cabrón de Íñigo, ¡me lleva la chingada, estos pendejos lo dejaron!

Íñigo Sustaeta tuvo un ataque de pánico. Había presenciado el bestial asesinato a sangre fría del joven asistente en Comunicaciones y la incursión a sangre y fuego de los corsarios. Tardíamente arrepentido, optó por esconderse buscando refugio en el baño del Capitán, después de ver cómo lo arrastraban ensangrentado hacia la bóveda de seguridad.

Allí se mantuvo durante treinta minutos que le parecieron horas, preocupado por la situación. Su cerebro trabajaba a gran velocidad tratando de encontrar una salida para librar el castigo que le esperaba. Tuvo la idea de aparecer como inocente, él era una víctima más y fue obligado a suspender las radiotelecomunicaciones incluso el GPS.

Oyó las voces del Jefe de Máquinas con varios miembros de la tripulación que alarmados corrían hacia el puente de mando para restablecer el control del buque que ahora navegaba en piloto automático.

Aterrado, el Ingeniero Sustaeta salió de su escondrijo. Para fingir mejor, se dio con la puerta abriéndose una pequeña herida en la cabeza que tiñó de rojo su camisa blanca.

Caminó de prisa hacia el cuarto del navegante y manipuló los instrumentos para restituir los sistemas, enviando el primer mensaje de auxilio SOS a las 04.38 horas. La señal fue captada por las Autoridades Portuarias de Kenya, Tanzania, Mozambique, Sudáfrica, Madagascar, Somalia y por supuesto en los Países Occidentales.

El navío de guerra Ruso "MARISCAL CHAPOCHNIKOV" que navegaba en las proximidades a 355 millas náuticas al Norte del "TENERIFE", respondió al mensaje excusándose por no ayudarles pues estaba a la caza de los bucaneros Somalíes que a las 04.00 horas recién plagiaron el petrolero Ruso "MV UNIVERSIDAD DE MOSCÚ" de 106,000 toneladas, al Este de la isla Yemenita de Socotra cuando se dirigía a China, con órdenes de su Gobierno para rescatar el barco y atrapar a los bandidos vivos o muertos.

Muy pocos viajeros pudieron despertarse. La mayoría dormía en tranquilidad por los efectos del narcótico y no se dieron cuenta de nada.

En ausencia del Capitán, Primero y Segundo Oficiales; el Ingeniero

Sustaeta junto con el Jefe de Máquinas quedaron al mando del buque y el responsable de Comunicaciones, repetía las señales de auxilio por los medios disponibles.

Nadie podría culparlo de nada, estaba demostrando una extraordinaria colaboración en un desastre que pudo ser peor.

El jefe de Auditores, Jules C. Harper recién avisado, corrió por los pasillos para llegar a la Sala de Mando y observar las huellas del atraco.

Pistola en mano, salió a cubierta asomándose a la barandilla para tratar de ver algo.

Con el resplandor de la luna, alcanzó a mirar bultos negros alejándose. Tomó puntería y abrió fuego casi a ciegas agotando los cartuchos de su pistola, recibiendo por respuesta una granada que estalló en el mar con gran estrépito desplazando una buena cantidad de agua y espuma, que dispararon los esbirros como advertencia.

— ¡Ah cabrón! —dijo "EL NIÑO", entendiendo el mensaje.

Frustrado, regresó al Puente de Mando y llamó por el intercomunicador al Jefe de Máquinas. No estaba en su puesto, contestó el Subalterno: —Anda en recorrido por el barco, tenemos instrucciones de parar las máquinas y apagar todas las luces.

Jules comprendió que el Crucero iluminado era un blanco inmejorable si los atacantes decidieran hundirlo.

Como de rayo usó el teléfono satelital, informando desordenadamente al Director General del lamentable suceso.

En Madrid —calculó— son las tres de la mañana.

MADRID, ESPAÑA

Kadir que disfrutaba de un sueño renovador, dio un respingo.
— ¡Carajo! —expresó enojado asustando a su mujer— ¿Qué dices?
¡Cálmate! ¡No te entiendo!... ¿Que asaltaron el Barco? ¿Cómo fue? ¿Sabes quiénes? ¿Hay muertes? ¿El barco está bien? Mira NIÑO, serénate, voy a colgar y te llamo en dos minutos, dile al Capitán Blake que me llame enseguida. ¿Por qué chingaos no me avisó él?

Se vistió de prisa, aclarando a su esposa que al parecer habían intentado robar el Crucero, no teniendo más datos por ahora.

— No te angusties mi amor —le dijo dulcemente— Me ocuparé enseguida. Te llamo cuando tenga mayor información ¿OK?, —saliendo rápido al garaje de su residencia, despertando a Leopoldo, su ayudante principal y chofer de confianza.

A bordo de la camioneta Porsche Cayenne, se dirigieron rumbo a las oficinas del Corporativo CELTIC a diez minutos. Kadir realizó gran esfuerzo para controlar su sistema nervioso, tenía que calmarse y pensar fríamente los pasos a seguir.

— ¡Carajo! ¡Tenía que ser en el viaje inaugural! —todavía temblando un poco, con una mezcla de asombro y cólera su cerebro trabajaba a miles de revoluciones por segundo.

Habló primero con Jules, quien más tranquilo reseñó lo que sabía hasta el momento, informando que el Capitán Blake junto con otros empleados y huéspedes, fueron secuestrados por el comando de asaltantes.

— Estamos verificando la lista de pasajeros de cabina en cabina, no quisiera adelantarme hasta estar seguro pero... ¡habla de una vez, por favor! —exigió el Director molesto.

— Señor... bueno hasta el momento... falta de la tripulación, además del Capitán, el Primero y Segundo Oficiales, uno de los Médicos, el segundo Chef y varios marinos. De los pasajeros: Don Ramón Peralta, Don Benjamín Weitzner, el Príncipe Hassim Rajib, el señor Wolfang

Kutz, Doña Ambrosia Waxton... Y la señora Ruth Warner... Parece que no son todos... hay varios empleados muertos...

— ¡Con cien mil millones de coños! —interrumpió el Director encabronadísimo— Y tú pinche NIÑO, no pudiste prever nada, ¿no hiciste nada?

— Fue de madrugada Señor, como a las tres y media, dormíamos profundamente. No hay duda que lo hizo un grupo muy profesional, tan rápido y en silencio que nadie...

— ¡Calla y trata de averiguar lo que puedas, no me falles! —gruñó, cortando la comunicación.

La segunda llamada la dirigió al Jefe de Máquinas, solicitando un inventario de daños. La respuesta del Oficial fue breve, no hubo mayores daños al Crucero.

— En cambio hubo varios muertos, entre ellos el joven ayudante de Comunicaciones, el Segundo Oficial, la Auxiliar de Relaciones Públicas, dos afanadoras del turno nocturno y no sabemos cuántos más. En una hora, le daré el informe completo, señor.

Muy angustiado entró a sus elegantes oficinas, encendió el ordenador y desplegó las pantallas gigantes que mostraban diversas partes del planeta. En otra computadora, entró al buscador Google Earth, para tratar de localizar el Navío en el inmenso Océano Índico.

Abrió el separador de su archivo personal de tarjetas de visita en la letra "W" reteniéndola por unos momentos en sus manos, dudando entre hablar o no para pedir ayuda a Ethan Warner, Subdirector Regional de Agentes Especiales del FBI y marido de Ruth. Al final lo hizo.

— ¿Quiere dejar mensaje? —dijo gentil la secretaria de guardia— Está de comisión, ignoro dónde y cuándo retorne.

— Por favor, dígale que me llame, es una emergencia. Gracias señorita.

Enseguida, habló con su amigo, el Director de la mayor cadena de Medios Informativos de España, pidiendo no festinar demasiado la noticia del ataque al Crucero.

— No te preocupes en exceso —le dijo el periodista— secuestros de barcos, por desgracia, están sucediendo con frecuencia. Te habrás enterado del petrolero Ruso atacado hoy en la mañana, curiosamente cerca de tu embarcación. Dime a qué clase de locos se le ocurre apropiarse de un barco cargado de petróleo crudo. ¿Quién chingaos lo compra de contado?

Otra llamada cruzó el Atlántico para pedir a su ex Jefe del despacho, Cecil Hartford, su amable intervención, y solicitar a las cadenas informativas Norteamericanas la discreción posible para no poner en peligro a los rehenes.

La mañana lo sorprendió enviando correos electrónicos a familiares de los pasajeros, otorgando las seguridades de la compañía moviendo cielo y tierra para traerlos a casa sanos y salvos. También hizo no menos de 150 telefonemas.

Convocó a junta urgente con los Ejecutivos de la Corporación y se reunió a solas con la Directora de Comunicación y Relaciones Públicas para redactar y emitir un Boletín Oficial de la Empresa, pidiendo a los señores Directores de Área, no efectuar ninguna declaración distinta y desde luego rechazar amablemente, cualquier tipo de entrevista solicitada por los medios. Las horas pasaban y no tenían noticia de los secuestrados. Aunque Kadir ardía en ganas de acudir de inmediato para abordar el Crucero, se dio cuenta que nada podría hacer allí. Lo mejor era esperar en la sala de juntas declarada en sesión permanente. Tenía la seguridad que pronto recibiría la nota pidiendo el rescate. No veía ningún otro motivo de los delincuentes que no fuera la riqueza, toneladas de dinero.

Una hora más tarde se comunicó "EL NIÑO". A la lista de muertos y desaparecidos, se agregó el nombre de Leonard, Jefe de Seguridad del "TENERIFE".

— ¡Me lleva la fregada!, era mi esperanza.

A la angustia natural que sufría como Director General y responsable de la Empresa, se unió la terrible preocupación de imaginar a Ruth, su hermosa Ruth, en manos de los malditos hijos de puta, que ya se encargaría de ejecutarlos, uno a uno, ¡era una promesa! Y desde luego, la pena de saber cautivos a los pasajeros, entre ellos Don Ramón Peralta, nada menos que ¡¡Su Jefe!!!!!, y su gran amigo, Don Benjamín Weitzner.

Sumergido en reflexiones, de pronto se acordó que en todo el día, no habló con Helen, su esposa, procediendo con urgencia a enmendar su error.

— Amorcito, perdona pero el asalto al Crucero es real....bueno no creas ciegamente lo que dicen... los periodistas a veces exageran...

— Estamos esperando algún contacto con los bandidos... ¿el Médico? Sí tesoro, le pediré venga a verme... Claro, te llamaré y perdona nena, te quiero... adiós.

Le surgieron diversas interrogantes, llegando a la conclusión que un golpe de ese tamaño es obra de profesionales, que sólo es posible con el apoyo de gente de "adentro". Pidió a su eficiente secretaria otra taza del buen café Mexicano de Cuetzalan y la lista del personal asignado al "TENERIFE", revisando con cuidado los expedientes enviados por la empresa que hizo las contrataciones, llamándole poderosamente la atención dos casos:

Lisa Stone, contratada como fotógrafa oficial por el Departamento de Relaciones Públicas, siempre sospechosa, eliminada por Jules con anticipación y Artemisa Dos Santos, una de las muertas, reclutada como Croupier del Casino y Auxiliar de la Dirección de Relaciones Públicas.

¿Son coincidencias? ¡Por supuesto que no!, Kadir rechazó la idea al instante, decidiendo escarbar más en los datos personales de ambas mujeres.

Dicen que el que busca, encuentra.

Salió de sus oficinas pidiendo a su ayudante, llevarlo de prisa a la Agencia de Suministro de Recursos Humanos denominada "Summit Labor Force" (Fuerza de Trabajo La Cumbre), subsidiaria local de la "McCallister Outsourcing Agency" de la ciudad de Nueva York.

Como una tromba se anunció con el Gerente de la Firma, quien de inmediato lo recibió en su despacho.

— Hombre, qué pena, me he enterado de...

— Por eso he venido —interrumpió con brusquedad Kadir— tenemos motivos para sospechar que algunos de los empleados por ustedes seleccionados, han tenido que ver con el asalto al Crucero, por favor pida los expedientes y las cintas de las entrevistas, quisiera verlas ya.

— Ppppoor supuesto, señor mío —contestó el gerente con espanto al ver los ojos que destilaban furia contenida —No puede ser... esta oficina....somos especialistas... atendemos numerosas empresas y nunca… —respondió el funcionario atropelladamente, temeroso de enfrentar al hombre de 1.85 metros de estatura y 90 kilos de músculo.

— Quisiera llevarme el material en forma de préstamo, es posible que los Detectives de todas las Policías deseen consultarlos —exigió.

— De acuerdo, sí, estoy… estamos a su servicio, si hay algo más —balbuceó el Gerente sintiéndose culpable, pero ya no lo escuchó. Kadir abandonó el despacho como saeta. Volvió a su oficina y revisó su correo electrónico. No menos de cuatrocientos mensajes. La mayor parte de amigos, clientes y periodistas ávidos de información. Decidió atenderlos más tarde. Fue al pequeño pero surtido bar sirviéndose una generosa ración de vodka Francés Gray Goose en las rocas, paladeándolo poco a poco. Sintió cómo el fuerte líquido penetraba en su garganta irritándola con un agradable sabor, proporcionándole un pequeño respiro en el ajetreo del día.

Estiró las piernas colocándolas sobre el confortable ottoman de cuero marrón y marcó el número de Walter Mellon, su antiguo jefe y amigo del despacho "HARTFORD, MELLON & FLETCHER" de la ciudad de Nueva York. Necesitaba consejo. Lo encontró en el King's Club jugando al Golf.

— Hola Walter soy Kadir, hace tiempo no conversamos… perdona si interrumpo algo yo… ya te enteraste, bueno, solicito con respeto tu asesoría, no quiero meter la pata y de paso, pedirte un favorcito, si te es posible…

Los dos amigos hablaron cerca de seis minutos, llegando a un acuerdo.

— Muchas gracias, sabía que podía contar contigo….bien todos y por casa igual me imagino, te llamaré en dos horas. ¿OK?

La siguiente conferencia telefónica fue con Gregor, su padre. Siempre recurría a sus sabios consejos, lo puso al tanto y esperó unos instantes. La reacción no se hizo esperar, imaginando los terribles sufrimientos de su estimado amigo Benjamín Weitzner y su preciosa hijita Ruth, que corría el gran peligro de ser violada tal vez en tumulto, por los desgraciados piratas.

— ¡Malditos bastardos! ¡Pagarán con sangre su felonía! ¡No habrá lugar en el Mundo donde se escondan!… —para enseguida retomar la serenidad y decirle a su querido vástago: —Dame una hora para pensar correctamente, lo que dices me encabrona tanto, que… no es acertado tomar decisiones cuando estás furioso. Te llamaré pronto hijo —concluyó el ex Militar.

El "NIÑO" Jules, recordó que al registrar las pertenencias de la difunta Lisa Stone, halló un telefonito satelital que en ese momento le pareció apropiado quedárselo, pero que ahora con lo sucedido tenía que revisarlo, descubriendo un número que se repetía muchas veces en el archivo de llamadas recibidas y llamadas perdidas. Tuvo la curiosidad de marcarlo y averiguar de quién se trataba, pero no lo hizo. Algo le prevenía y optó por reportarlo a su jefe.

— Hola "boss" (jefe), le informo lo último por aquí. Los pasajeros no se dieron cuenta de nada, dormían como troncos. Presienten algo, pero la tripulación continúa trabajando como si nada. Les parece extraño no ver al Capitán ni a los Oficiales. ¿Qué hacemos?

— Por otra parte, urge que el Jefe de Máquinas reciba instrucciones hacia dónde dirigir el Crucero.

Tenemos confirmado el listín de huéspedes desaparecidos. Aparte de los que ya usted conoce, incluya al heredero que ocupaba la Suite que compró una de las Corporaciones del fallecido señor Coodlidge Westwood II… un tal Lester Crowe y el magnate de los bienes raíces, Donald Korr.

— Por cierto encontré un teléfono satelital en el cuarto de Lisa Stone, lo he revisado apareciendo el número 9883651470122 como una constante. No lo he marcado, primero quise avisarle por si usted desea…

— ¡Well done Kid! (¡Bien hecho Niño!) Déjalo en mis manos, no le digas a nadie más.

Terminaba de digerir los datos pasados por el "NIÑO". De modo que también viajaba el hijo de su chingadísima madre, el puto abogado cómplice del asesinato de su amada Mireille. Nunca vi su nombre en la relación de compradores. ¡Claro!, si el departamento flotante está a nombre una de las Compañías Inmobiliarias del extinto "Cody" Westwood. ¡Gracias al cielo —al destino, corrigió— lo tengo casi en mis manos! Por fin le haré pagar caro su artero delito, acariciando ya, dos de LAS TENTACIONES PROHIBIDAS: LA VENGANZA Y EL CRIMEN.

Veinticinco minutos después, Kadir recibió llamada de su padre.

— Hijo, he buscado a varios amigos del Departamento de Estado y de la Inteligencia Militar que conocí bien cuando tuve el honor de cumplir como Agregado Militar Adjunto en la Embajada de México en Washington. Algunos están retirados, pero todavía hay varios de ellos en Servicio Activo. Me informaron que el Departamento de Defensa ha intervenido y que el Presidente mismo ordenó de manera preventiva la movilización de varios navíos de la Flota del Golfo Pérsico provistos de Helicópteros Black Hawk (Halcón Negro) para auxiliarlos. Pronto van a capturar a los criminales.

— El Destructor "Peacemaker" de Nueva Zelanda, está navegando a toda máquina para escoltar al Crucero hasta puerto seguro y la Fragata Inglesa "King Edward" también los protegerá. Además, les proveerá de un Capitán y Oficiales en forma provisional, mientras la naviera puede enviar nueva tripulación.

— Fantástico Papá, ¿tus colegas pueden investigar a quién pertenece un teléfono satelital? El número es 9883651470122, por favor avísame cuando puedas. Gracias, un abrazo y besos a mamá.

— Ah, una cosa más y muy importante, dile a tus aliados del Departamento de Defensa que por ningún motivo hagan una operación violenta para rescatar rehenes. Hay demasiadas vidas en riesgo, incluyendo por supuesto las de nuestros entrañables amigos Benjamín y Ruth.

— ¡Con mil demonios! Avisaré de inmediato. Será ideal que me pases la lista de los pasajeros y sobre todo de los secuestrados, entiendo que hay Norteamericanos con bastante peso económico y político, ¡tienen que decirlo a sus familias! Esto puede salir de control y formar un terremoto.

— Anota por favor, te doy los datos de mis amigos para que directamente te pongas en contacto y coordinen sus acciones.

— Hasta luego y cuídate. Un beso a mis nietos y para Helen — concluyó Gregor. Pendientes.

NEW YORK CITY

Walter Mellon uno de los principales socios de la firma de Auditores y Consultores Internacionales con sede en esta ciudad, era un hombre de recursos.

Y no solamente económicos, pues su cuantiosa fortuna producto de cincuenta años de ejercer con éxito la profesión de Contador Público Certificado, inteligentes inversiones y suerte, mucha suerte, lo llevaron a ocupar un creciente liderazgo en el despacho profesional y corporaciones adjuntas.

Su carácter siempre festivo y alegre, contrastaba con la rigidez de sus demás socios, por lo que sin oposición ninguna, realizaba a las mil maravillas su función de Relaciones Públicas y promotor de nuevos contratos millonarios para el Despacho.

Tenía el don de cultivar amigos por doquier, hasta en el bajo mundo.

Mister Mellon y familia, apreciaban mucho a Kadir como profesional y persona. En el fondo hubiera querido no dejarlo marchar a Madrid para hacerse cargo de las Empresas de sus valiosos clientes Españoles dueños —entre otras cosas— de la Línea de Cruceros de lujo, más de ciento noventa Hoteles y cerca de dos mil Moteles de paso repartidos por el Mundo, pero no pudo negarse a las constantes peticiones de Don Ramón Peralta y Bárcenas y sus influyentes socios, que habían insistido en ello.

— Vamos hombre —le dijo Don Ramón— dejadle ir, que en los Estados Unidos tenéis un chingo de Escuelas y cabrones muy competentes en eso de los números ¡coño! Además, seréis invitados permanentes en cualquiera de nuestros hoteles. ¡Vale!

Y pensar que ahora el viejo Don Ramón estaba prisionero. Vaya cosa. Los piratas fueron astutos escogiendo a sus víctimas.

Tienen la sartén por el mango, un rescate por comandos Militares es arriesgado, pero no imposible… — Se necesita un buen negociador —caviló y dijo en voz alta Walter Mellon.

— Creo tener la persona indicada... —y marcó un número telefónico con la clave internacional de Kuwait, en los Emiratos Árabes Unidos.

Veintitrés minutos después, habló a Madrid, preguntando a Kadir por novedades recibiendo lo último en noticias.

— Bien, por favor anota esos datos con cuidado, son súper confidenciales...

CARGUERO "LUSITANIA STAR", OCÉANO ÍNDICO

Los buques de carga de mercancías conforme a la historia, han sido utilizados de manera organizada desde los Fenicios, que desarrollaron el comercio marítimo en las costas del Mar Mediterráneo y por los Egipcios en el Río Nilo.

Como todos los inventos, pronto mejoraron el diseño y materiales de las embarcaciones que permitieron extender los viajes y explorar el mundo conocido de la época, estableciendo nuevas rutas para el transporte de mercancías y personas, apareciendo las carabelas y galeones, dando origen también al nacimiento de la próspera industria de la piratería, muchas veces patrocinada, fomentada y hasta premiada por Reyes y Emperadores por los tesoros aportados a las Arcas Reales, como Inglaterra por ejemplo, que otorgó Título Nobiliario de "Sir" al corsario Francis Drake, que hizo se armaran los barcos de carga para defenderse. La utilidad de las naves es indiscutible, durante las dos Guerras Mundiales fueron elemento clave para la subsistencia de varios países como Inglaterra, Rusia y los Estados Unidos, que incluso fabricaron el transporte marítimo clase Liberty artillado con ametralladoras antiaéreas y cañones de 150 mm.

El Carguero "LUSITANIA STAR" que transportaba cereales, escondía en sus entrañas al grupo de cuarenta —menos dos asesinados— entrenados mercenarios comandados por Josafat Pereira, divididos en dos grupos: El Grupo A, compuesto por ocho hombres armados con potentes lanzacohetes Rusos RPG-7 (Ruchnoy Protivotankovy Granatomyot), que por su simplicidad, eficacia y bajo costo es el favorito y más usado por los grupos armados legales o no, en el mundo. Su misión consistía en subirse a las cuatro lanchas rápidas tipo Zodiac para amenazar al inmenso buque, colocándose dos a babor y dos a estribor, repartiéndose en cada lado, una en la proa y una en la popa, de tal suerte que la nave estaría rodeada de sanguinarios piratas dispuestos para atacar, con los formidables lanzacohetes de mira óptica con alcance efectivo hasta de 300 metros provistos de granadas PG-7VL con poder para destruir blindajes de acero de sesenta centímetros de grueso. El arma es simplemente extraordinaria demostrando su alto rendimiento cuando fue utilizada por los guerrilleros del Vietcong, Somalia, Irak y Afganistán.

Al mismo tiempo, veinte mercenarios equipados como hombres rana, descenderían de los botes trepando al Trasatlántico por ligeras escaleras que a la hora exacta, les arrojarían sus cómplices por la borda.

El Grupo B con diez bandidos permanecería en el carguero. Seis de ellos pertrechados con metralletas UZI de fabricación Israelí para controlar a la tripulación en caso necesario, otro manejando la ametralladora Browning M2 con cartuchos M903 SLAP camuflada en cubierta, con alcance efectivo de 1500 metros, que pueden atravesar blindajes duros de ¾ de pulgada.

Los tres piratas restantes estaban a cargo de los lanzagranadas portátiles Rusos RPG-29 diseñados para operarlos por un individuo, con gran potencia de fuego y rango de 500 metros, como los usados con eficacia por los milicianos Árabes de Hezbollah contra tanques Israelíes en la guerra de Líbano.

El líder criminal se quedaría en el mercante supervisando la operación y ser el primero en huir, si las cosas no salieran bien. A estribor, montado en el mecanismo de descenso rápido al agua, el veloz yate Boston Whaler equipado con tres motores de 90 caballos de fuerza cada uno y el tanque lleno de combustible, estaba listo para partir rumbo a Somalia donde encontraría refugio seguro en las montañas del pueblo de Eyl, capital mundial de la piratería.

Abrió su laptop de nueva generación (ordenador portátil) y el teléfono satelital. Pronto recibiría la llamada de Londres con el apoyo de Inteligencia —como siempre se ha sospechado que obtienen los hampones en su elección de presas.

Después del eficiente golpe y varias horas de navegación rumbo al Norte a 14 nudos de velocidad, recorrieron los 170 kilómetros necesarios para escabullirse del sitio del asalto. El Filibustero ordenó al Capitán del buque situarse y detener la marcha en las Coordenadas 01°39'00"

Latitud Sur y 41°35'00" Longitud Este, justo frente a Kaambooni, en la frontera de Somalia y Kenya, convenciendo al Patrón del navío de carga, que lo mejor era separarse y transportar a los rehenes en la lancha Boston Whaler equipada con instrumentos de navegación, obligando a manejarla al Capitán Blake; y dos lanchas rápidas Zodiac.

El cuantioso botín fue compartido con la tripulación, otorgándoles "generosamente" un jugoso bono por su jurado silencio, que los marineros recibieron agradecidos con el patrón.

De esa forma el carguero continuaría con el destino original, registrado en la Capitanía de Marsella, Francia, para descargar sus bodegas repletas con granos en Colombo, el gran puerto con antigüedad por más de dos mil años y capital de Sri Lanka (antes Ceilán). En la ruta, los marineros debían deshacerse de las armas largas a bordo.

Atados de manos y amordazados, los ocho turistas secuestrados fueron conducidos en el yate bajo la mano experta de Blake, hasta tener a la vista las playas de Kaambooni. Josafat junto con el puñado de incondicionales, perforaron y destruyeron el casco de la confortable embarcación con el fin de hacerla zozobrar, y abordaron las Zodiac enfilando hacia la orilla, teniendo cuidado de llevar el tesoro, alimentos y agua para una buena caminata de unos 50 kilómetros o más escondidos entre la selva, con dirección al poblado de Buur Gaabo, donde comprarían un camión para internarse al Noreste, más de 500 kilómetros hasta Mogadishu, la ciudad capital de Somalia.

Al desembarcar, escucharon una explosión lejana y una columnata de humo negro distante. El Carguero "LUSITANIA STAR" había volado en mil pedazos hundiéndose en las negras profundidades.

Los potentes explosivos Combinated Four —conocidos como C-4, colocados por los forajidos— desaparecieron el buque, dejando con un palmo en las narices a los navíos de guerra de la "Task Force".

Cavaron una fosa en la arena para sepultar los acuchillados y desinflados botes de goma, cuyos motores fuera de borda fueron lanzados al mar y emprendieron la jornada bajo los rayos del incipiente sol de la mañana. El peso de los seis sacos con billetes y joyas, era tremendo.

La caminata entre arena y arbustos fue agotadora después de los primeros cinco kilómetros. El pelotón había recorrido sólo la décima parte del trecho que los separaba de la siguiente población. Los rehenes no salían de su asombro ofreciendo grandes sumas de dinero a sus captores para lograr su libertad, logrando sólo burletas y golpes de los secuestradores.

La señora Ambrosia Waxton no cesaba de insultar a todos en Italiano —su idioma natal— ganándose un par de bofetadas que la silenciaron milagrosamente.

Benjamín Weitzner y su hija a la vanguardia de los caminantes, aprovecharon para dialogar la forma de escapar o cómo proceder, en el dialecto Yiddish, difícil de comprender por alguien que no sea Judío. El pirata reventó el labio superior del viejo de un manotazo exigiendo silencio. Al instante Ruth saltó sobre el bandido como fiera logrando rasgar un pedazo de piel de la mejilla con sus filosas uñas, que le costó un fortísimo golpe en el estómago que la hizo doblarse de dolor por la costilla rota.

— ¡Maldito cobarde! —gritó la bella rubia desde el suelo, dejando ver una parte de sus primorosas piernas que excitaron de inmediato a los bandidos.

Desenfundando su pistola, Josafat los amenazó: — ¡Nadie se atreva a tocar a las mujeres ahora! ¡Ustedes pueden contagiarles enfermedades! Una vez pagado el rescate, se las regalaré después de ejercer mi "Derecho de Pernada", ja, ja, ja —refiriéndose obviamente a la infame costumbre de la época medieval, donde el señor feudal disfrutaba cogiéndose a la novia, antes que el esposo en su noche de bodas.

Don Ramón Peralta, había sido un buen jugador de jai-alai en su juventud. A sus años, mostraba todavía una buena condición física, dejando ver sus poderosos brazos. En un descuido de Pereira, lo agarró con fuerza del cuello amenazando quebrarlo, sólo para recibir por detrás un culatazo en la cabeza que lo derribó sangrando. No conforme con ello, Abud Flitté, el hampón Marroquí, le acomodó un segundo golpe en la pierna, fracturándole el fémur.

Otro de los prisioneros, el señor Wolfang Kutz, tomó una piedra del camino y la sorrajó en pleno rostro del cabrón mercenario, rompiéndole la nariz. El desgraciado soltó el fusil llevándose ambas manos a la cara tinta en sangre, profiriendo una sarta de maldiciones. Kutz tomó el arma y soltó un disparo que penetró el pecho del tipo que murió antes de besar el árido y caliente suelo Somalí.

Dos asaltantes Franceses dispararon sus armas sobre el valiente individuo como advertencia, no quisieron matarlo, valía demasiados millones de Dólares. En rápida maniobra, le quebraron la mano derecha y lo arrastraron, molido a puntapiés.

— ¿Alguien más quiere jugar al héroe? —se burló Josafat.

Muerto Flitté, los secuaces restantes arrojaron el cadáver de su compinche entre unos matorrales.

—Tendrá unos funerales dignos del hijo de puta, las fieras salvajes se darán un banquete, ja, ja, ja, a ver si no se mueren también los pinches animales, ja, ja, ja. Pobre cabrón, pero nos tocará una mayor parte — concluyeron los Franceses.

Acto seguido, amordazaron a los cautivos con fuerza, especialmente a los heridos que no dejaban de aullar de dolor.

— Bueno, esto lo complica —reconoció el jefe— Será mejor conseguir de una buena vez el vehículo, de lo contrario no llegaremos nunca con este ¡hatajo de huevones inválidos!

— Colignot, vigila bien a estos pendejos y tú Fauré, ven conmigo, vamos por un pinche camión. ¡Me duelen las patas y el sol está de la chingada! ¿Llevamos dinero?, no tenemos una puta madre de la moneda de aquí —dijo Fauré.

— No lo necesitamos, será suficiente llevar buena dotación de balas. ¡Lo robaremos pendejo!

Los dos hampones caminaron rápido y en silencio, durante hora y media, deteniendo la marcha sólo para beber agua y orinar. Avistaron una choza de madera con techumbre de palma, acercándose con sigilo. En la reducida entrada, se agolpaban cinco o seis personas de ambos sexos y cuatro niños.

Dentro de la rústica instalación estaba una persona de edad avanzada, piel negra y barba blanca, tocado con un viejo sombrero color verde olivo. La casucha resultó un parador de autobús, según entendieron a señas, después de regalar a los niños, barras de chocolate y goma de mascar que sacaron de sus mochilas de combate, así como cigarrillos para los adultos.

El jefe de estación estaba feliz, tratando de explicar que el camión estaba a punto de llegar.

Cuarenta y cinco minutos más tarde, llegó un desvencijado furgón de fabricación Japonesa, levantando una gran nube de polvo. Bajaron de vehículo el chofer y tres pasajeros para estirar las piernas, dando tiempo para el abordaje de las personas que aguardaban. Los criminales los ametrallaron sin piedad, robando sus pocas pertenencias y ropa, simulando un ataque de bandidos locales, subiendo al vehículo para volver por el valioso tesoro que significaban esos putos ricachones secuestrados. Coronaron la cobarde agresión incendiando el paradero.

El regreso fue de sólo veinte minutos. El viejo camioncito Mitsubishi renegaba del camino y del calor, sin embargo su fortaleza estaba probada en las brechas de la región y no causó mayores problemas.

Todos a bordo reiniciaron el viaje. Josafat consultó el mapa tomando una ruta alterna hacia su primer destino Kaambooni y seguir a Buur Gaabo. Una vez en el pueblo, fue Colignot el encargado de comprar un mejor vehículo, pagando por un Autocar Volkswagen de uso, ¡¡noventa y nueve millones novecientos mil SOS!! (Somali Shillings), que al tipo de cambio de treinta y tres mil trescientos Shillings por Dólar, equivale a tres mil billetes verdes Americanos.

El trayecto de más o menos 550 kilómetros a la ciudad de Mogadiscio capital de Somalia, estuvo cerca de ser perfecto, con excepción de tres retenes con soldados en diferentes puntos de la ruta.

La solución aplicada en todos los casos fue asesinarlos a mansalva con ráfagas de las eficientes metralletas UZI calibre 9 mm aprovechando el elemento sorpresa que operó a favor de los malhechores. Los cuerpos de los cuatro militares en cada garita, fueron quemados dentro de los improvisados puestos de control, —chozas de madera y ramas secas— que ardieron con facilidad, teniendo el cuidado de robar las armas, ropa y pertenencias de los vigilantes.

En un país con pobreza extrema, problemas políticos y guerras intestinas, los ataques de guerrilleros matando soldados, policías y civiles era cosa diaria. El aire acondicionado del vehículo funcionaba y alivió en parte los sufrimientos de la comitiva, y contribuyó para disminuir la fiebre que se adueñaba de los heridos.

— ¡Maldición, —profirió— hemos de llevar al hospital a esta tercia de estorbos o se nos van a morir! No podemos arriesgar el negocio, ¿no les parece? —dijo a sus cómplices.

— De acuerdo —contestaron los ladrones.

— Yo los llevaré —dijo Colignot.

En la periferia de la ciudad, vieron un letrero que por supuesto no entendieron, pero identificaron enseguida con el emblema de la generosa organización de la Cruz Roja Internacional. Al verla, uno de los prisioneros que se quejaba lastimeramente, sollozando, rogó ser atendido primero, jurando mil veces que su captura era un error, él no tenía riqueza, sólo disfrutaba de la hospitalidad como invitado de los dueños del departamento flotante, para los que trabaja.

— Por favor, déjenme en libertad, no tengo nada... soy un simple abogado, me llamo Lester Crowe, pueden investigarlo, cometen un gran error, por favor, por favor, no puedo más...

En respuesta, Fauré hundió con fuerza en su blando estómago la punta del fusil.

— ¡Cállate maricón de mierda! —si dependiera de él, hace rato le hubiera metido unas cuantas balas por el culo podrido.

Los rehenes fueron amenazados de muerte si abrían la boca, permaneciendo en el vehículo vigilados por el "loco" Fauré.

Sólo los heridos pasarían al Servicio Médico acompañados de Josafat y Colignot.

El personal de Voluntarios Holandeses, atentos y eficientes, se tragaron el cuento que el grupo de turistas había sido asaltado por bandoleros, cosa muy común por esas tierras, recomendando denunciar el hecho en el puesto de Policía Militar ubicado en el centro de la ciudad, procediendo a reparar las fracturas, proveerlos de antibiótico y agua sin cobrarles nada.

Colignot insistió en donar unos cuantos Dólares para ayudar a la Institución en su humanitaria labor, con la precaución de no excederse y llamar la atención. Retomaron la vía para introducirse en la ciudad, antigua posesión Árabe vendida a Italia a principios del siglo XX, conquistada por los Ingleses a mediados de la Segunda Guerra Mundial, por lo que el idioma no sería obstáculo para Josafat Pereira.

La ciudad es la Capital del País aunque su autoridad es más bien simbólica, al no tener el control del resto de la Nación, gobernada por Clanes. A partir de su Independencia en 1960, ha sido escenario de cruentas batallas civiles, con intervenciones armadas de la ONU y de los Estados Unidos para tratar de imponer la paz no lograda, originando el retiro de la fuerza armada multinacional, después del derribo por los rebeldes, de dos helicópteros Black Hawk Americanos. Otra vez Colignot fue comisionado para adquirir en esta ocasión, una granja a la salida de la ciudad poblada con pollos, patos y algunas cabras. La cría de animales de corral, les daría carne, leche y huevos de gallina como alimento para sobrevivir la pequeña temporada que estarían en Somalia, y salir lo menos posible a comprar al mercado. El Francés iba vestido como miserable, con la ropa robada a los pobres pasajeros de la estación del autobús y parecía uno de tantos "hippies" (jóvenes trotamundos) dedicados a la música, droga, sexo y excéntricas religiones. Idealistas, decepcionados de la sociedad civilizada, era frecuente su refugio en las altas montañas del Tíbet, en selvas, desiertos y regiones inhóspitas del planeta, llevando a veces mensajes de paz y preservación de la naturaleza.

Una vez instalados, sin energía eléctrica, sacaron un poco de agua del pozo artesiano y encendieron la rudimentaria estufa-parrilla de leña. El único sanitario de la casa, era un cuartito de dos metros cuadrados situado cerca del corral, un pestilente hoyo en la arena que almacenaba las heces y orina de los habitantes, que cuando se llenaba, se tapaba con tierra y se excavaba un agujero igual.

Imaginaos el asco y la incomodidad de los millonarios secuestrados que nunca concibieron verse sumergidos en la más espantosa pobreza.

Hasta para los diez mercenarios Franceses y el mismo Josafat, acostumbrados a comer cuando hay y lo que hay, arrastrarse en el lodo de selvas, caminar en el desierto con la garganta seca y otras linduras, les resultaba demasiado incómodo vivir así, menos ahora que tenían bastante "pasta" producto del botín robado. Varias veces pensaron matar a todos los demás y huir con el tesoro.

La TENTACIÓN DEL DINERO, tener mucho más, era lo único que los sostenía y daba fuerzas y valor para seguir adelante con el plan.

Amarrados el uno con el otro, los rehenes tuvieron que dormir como animales.

— ¡Fauré! Trae a la perra pelirroja gritona, estoy cansado pero tengo ganas de coger. Vamos a ver si la cabrona no me contagia un SIDA, ja, ja, ja, espero valga la pena, ¡está muy buena la vieja!

Tres cachetadas y un golpe en el estómago hicieron cambiar el agrio carácter de la señora Ambrosia, fantástica hembra, que ante lo irremediable, se puso facilita y cooperando cumpliendo con las fantasías sexuales del cabecilla. Le pareció un formidable amante que la satisfizo con su tremendo garrote.

Al escuchar en la oscuridad los jadeos de la pareja, uno de los soldados mercenarios quiso hacer lo mismo con Ruth que gimió asustada. Pero no fue por la torva presencia del bandido, sino por el alacrán que vio desplazarse en silencio por el piso de tierra del cuartucho, apenas alumbrado por la luz de la luna que entraba por la rústica ventana.

La advertencia llegó tarde al sujeto, que desnudo se acercaba tocándose con la mano derecha su erguido miembro con intenciones de ponerlo en la boca de la chica.

El venenoso animal alzó la cola, con gran rapidez y fuerza, clavó el aguijón en el pie descalzo del bandido que se retorció de dolor cayendo al piso, donde recibió no menos de tres pinchazos más del peligroso animalito en diferentes partes de su cuerpo.

En menos de cinco minutos, se acalambró, arrojó espuma por la boca y murió entre espasmos y dolores terribles.

A los gritos de dolor, corrieron a auxiliarlo dos de sus compañeros más próximos alumbrando con velas el recinto. Entre ambos, rodearon al alacrán reventándolo a palos.

Josafat corrió semidesnudo al extremo de la pieza, golpeándose el pie contra una silla.

— ¡Me lleva el carajo!... Bola de pendejos, no los puedo dejar solos un momento, y ahora, ¿qué chingados pasa?

Enterado por Colignot, el líder de los criminales ordenó sacar el cuerpo del tipo.

— ¡Merecido lo tiene el muy pendejo! Pónganlo afuera, lo más lejos que puedan, si tenemos suerte, los chacales darán cuenta de su cadáver.

A las cinco de la mañana sin poder dormir, sentado en el pasillo de la humilde vivienda y sudando a chorros, encendió un cigarrillo de mariguana aspirando grandes bocanadas.

Decidió que era tiempo y por la tarde marcaría el número del Corporativo CELTIC pregrabado en su teléfono satelital.

MADRID, ESPAÑA

Una extensión telefónica en la oficina de la Secretaría Particular repiqueteaba con insistencia. La operadora de la Central de Comunicaciones trataba sin lograrlo, pasar una llamada urgente para el señor Director General del Corporativo CELTIC. Por la hora, el personal disfrutaba del tiempo concedido para sus alimentos y la siesta, prestación adicional para los empleados adoptada recientemente, por sugerencia de los especialistas en Administración de Recursos Humanos y que en varias Naciones del Hemisferio Occidental se comenzaba a poner en vigor.

En efecto, los estudiosos de la materia, llegaron a la conclusión que tanto en fábricas como oficinas, dormitar 20 minutos después de la comida —conocida como "la siesta"— representaba un descanso necesario y conveniente para los trabajadores, que al reiniciar labores lo hacían de mejor manera, incrementando la productividad en los negocios, lo cual justificaba a cabalidad, la agradable costumbre de muchos años en las familias Españolas. Esta concesión de tiempo para el descanso, se estaba incluyendo como obligatorio en algunos contratos con Sindicatos de Trabajadores. Las empresas por su parte, iniciaban los trabajos de adaptación de espacios con luces tenues y confortables sillones reclinables para dormir. La apacible siesta de la Secretaria del Director General y la de los dormilones, se interrumpió bruscamente por la telefonista de guardia, quien gritando avisaba de las dos llamadas hechas por los presuntos secuestradores desde alguna parte del Mundo.

— ¿Han dejado mensaje? ¿Pidieron rescate? ¡Con un demonio habla de una vez! —exigió Margarita, que corría a la oficina para avisar a casa de su Jefe.

Kadir reposaba su preocupada cabeza en el confortable cojín eléctrico a temperatura de 20 grados centígrados, proporcionando con la frescura gran descanso al cerebro humano disminuyendo la presión sanguínea por las tensiones nerviosas.

Su esposa salió de la alcoba con sigilo, llevando el radio y los teléfonos celular y satelital, cuidándole el sueño. Al contemplarlo dormido se enterneció, felicitándose por haberlo elegido como su compañero para compartir la vida. Lo admiraba como esposo y padre, dándole todo el amor de que era capaz su corazón.

Como blasfemia, el aparato emitió el zumbido de llamada. Enojada, dudó en contestar, pero lo hizo después de mirar el remitente. Margarita —dijo— debe ser importante.

— Hola Maggie, el Jefe está descansando unos momentos, puede hablar conmigo. ¿Qué se ofrece? ¡Que los secuestradores qué…?

— ¡Un momento por favor! —exclamó Helen entrando a la recámara.

Kadir roncaba como un angelito. No tuvo opción, debía despertarlo de inmediato.

El Director dio un respingo, tomó el radio y escuchó primero para enseguida ordenar varias cosas — ¡Ni una sola palabra a la prensa, por favor...!

Una vez en su oficina, llamó a varios de sus colaboradores y esperó con paciencia de santo. Por lo menos, había un primer contacto con los malhechores. Él ya tenía casi terminado su plan para recuperar vivos a los rehenes. Como en el deporte/ciencia del Ajedrez, los dejaría hacer la primera jugada en el tablero. Contaba con la valiosa ayuda prometida por Walter Mellon y sus amigos internacionales fuera de la Ley. Sonó el teléfono satelital. Jules le informaba la aproximación al "TENERIFE" de un barco de guerra Británico, solicitando instrucciones.

— En cuanto aborden, ponme en comunicación con las personas al Mando. Entiendo que la Armada les prestará nueva tripulación formada por un Capitán de Altura y dos Oficiales. Una cosa más, presiona un poco al Ingeniero a cargo de las Comunicaciones. Que te diga a solas lo que vio y oyó. Que redacte un Informe sobre lo acontecido. Me parece muy extraño que como declaró, fue obligado por los piratas para cortar las transmisiones. Siempre hay un canal de emergencia al que únicamente tiene acceso el Capitán de la Nave, el Primer Oficial y el propio Sustaeta. Los bandidos no podrían saberlo para desactivarlo. Avísame enseguida.

— ¡Sí señor, así lo haré! —respondió Jules "EL NIÑO", que estaba disfrutando al máximo la aventura, mostrando braveza y energía, siempre tratando de impresionar a su hermosa compañera Caridad, hasta ahora indiferente con él. En arriesgada decisión, le ordenó estar a su lado para ayudarlo en la investigación del cuantioso robo. Con independencia de cualquier cosa, el Crucero debía agotar los protocolos Legales y de Contabilidad para enfrentar las inevitables consecuencias Jurídicas de parte de los pasajeros, familiares, empleados, autoridades y compañías de Seguros. Y esto era sólo el comienzo, no podían calcularse todavía los daños, tanto en posibles pérdidas de vidas humanas, como en el patrimonio de la Naviera por la mala publicidad.

Pudo escoger para el trabajo a cualquier otro miembro del capacitado equipo de Auditores, pero quiso trabajar con ella hombro con hombro para ganarse su amistad y confianza. Jules estaba obsesionado empezando a jugar peligrosamente, corría el riesgo de enamorarse como un adolescente de la hermosa hembra, con las locuras y excesos producto de la pasión desbocada, que pueden llegar a cometerse, incluyendo las TENTACIONES DE TRAICIONAR Y MATAR.

Ocho Militares de diferentes rangos Navales abordaron el Buque, seguidos de dos pelotones de soldados perfectamente armados. En cubierta, fueron recibidos por el Jefe de Máquinas y el Ingeniero de Telecomunicaciones, en funciones de Capitán Accidental por Ministerio de Ley. Saludos y presentaciones de rigor. El Capitán de Fragata Winston Sheffield de la Armada de su Majestad, tomó el control del buque ordenando a sus dos Oficiales ocupar sus puestos de inmediato. Restablecidas las comunicaciones normales, el Ingeniero Sustaeta llamó a las oficinas centrales de la naviera, en Madrid.

Al momento, se encendió la pantalla del sistema de Videoconferencia, mostrando el duro gesto del Director General, que denotaba distintas cosas: sorpresa, frustración, temor por los rehenes... y odio, odio extremo a los asaltantes.

— Hola Capitán, le expreso el reconocimiento de todos por la valiosa cooperación de su Gobierno, muchas, muchas gracias.

— Señor Director, hemos dispuesto nueva tripulación para su

Crucero, esperando sus instrucciones para conducirlo y escoltarlo hasta aguas más seguras. Por otra parte, estamos sobre la pista del barco pirata y pronto les echaremos el guante. Le mantendremos informado. ¿Puedo servirle en algo más?

— Nada por el momento, pero sin duda tendré que pedirle con respeto alguna otra cuestión. Hasta pronto Capitán.

La conferencia se prolongó durante diez minutos más. El Director de la Naviera giró instrucciones al Oficial Navegante para dirigirse al Puerto de Jeddah, en Arabia Saudita, donde regresarían por vía aérea a sus países de origen los condóminos que así lo desearan. El majestuoso barco seguiría por el Mar Rojo, cruzando por el Canal de Suez, y así entrar al mar Mediterráneo y volver a Barcelona, España, siempre escoltado por la Fragata "King Edward" de la Real Marina Británica.

Cuando llegaron a puerto amigo, nadie de los viajeros quiso bajarse. Lo peor había pasado y no deseaban aventurar más. Con la protección del buque de guerra, se sintieron confortados y seguros. Es curioso, pero en la tranquila vida de los poderosos multimillonarios, el haber experimentado vivencias no imaginadas, produjeron sensaciones encontradas de placer y miedo sin igual.

Placer, por la sensacional travesía, rodeados de lujos, comiendo, bebiendo, jugando, haciendo jugosos negocios entre ellos, conociendo lugares extremos como la fantástica excursión fotográfica en selvas y llanuras, el Parque Nacional Serengeti y todas las bellezas naturales de Kenya.

Y la gratísima experiencia deportiva de presenciar en vivo y a todo color, la ceremonia y el juego inaugural de la Copa Mundial de Fútbol FIFA 2010, con el empate a un gol, entre la Selección de México y la anfitriona, la Selección de Sudáfrica, sería inolvidable. Y el miedo, casi terror de saberse desprotegidos en medio del océano, que pudieron morir o ser secuestrados como lo fueron seis de sus compañeros y dos mujeres, la esposa de Jeremy Waxton y la hija de Benjamín Weitzner.

Bebiendo una copa de brandy Luis XIII en la estupenda sala de su mansión en Knightsbridge, cercana a la sala de conciertos Royal

Albert Hall, en la bellísima ciudad de Londres, el equipo de abogados escuchaba con atención.

— Yo no daré un centavo —dijo Mister Jeremy Waxton, que aprovechando el largo viaje de su esposa en el crucero "TENERIFE", recién aperturó con técnicos especializados, la caja de caudales de ella, empotrada en el clóset de su recámara, encontrando la agenda secreta de la muy canalla con los números telefónicos de varios amantes. Aparecían banqueros, doctores, clientes, considerados "amigos" de la Casa, incluyendo a su querido sobrino Trevor, de apenas 18 años de edad.

Además, facturas de alhajas y regalitos recibidos por cada uno de ellos y la chequera privada, mostrando los pagos, sí, los pagos hechos cada mes a un conocido padrote de Roma, su antiguo novio. Es una bella oportunidad que me ofrece la vida para deshacerme de Ambrosia, ¡maldita puta!, ¡que se la cargue la chingada! El ataque de furia, le hizo romper vestidos, lociones, lámparas, cortinas y estuvo a punto de sufrir un ataque al corazón, pensando mil formas de vengarse.

Tuvo por instantes la visión de recibirla con los brazos abiertos y emprender juntos, un nuevo viaje del que ella jamás regresaría.

Probablemente la mataría estrangulándola con sus propias manos, después de cogérsela por última vez, atada a la cama, como le agradaba tanto a la cabrona. O tal vez, compraría un pene de goma gigante para introducirlo con fuerza en boca y garganta hasta asfixiarla. El solo pensar como saltarían sus ojos de terror, le devolvieron la tranquilidad.

Pero más calmado, reflexionó que dejarla sin dinero y asesinar a su amado gigoló romano, le dolería muchísimo.

La condenaría a estar muerta en vida.

— Procedan inmediatamente con todo en la demanda de divorcio, no me importa lo que cueste, ni a quienes haya que comprar o amenazar.

— ¡La dejaré en la miseria! ¡Que regrese a los barrios bajos la desgraciada! y.......borren de la faz de la tierra al proxeneta Italiano (explotador de mujeres).

— Encarguen el asunto a los amigos Calabreses.

SUBURBIOS DE MOGADISHU, SOMALIA

B en Weitzner había soportado la adversidad con gran valor. El único pánico que sentía era por la integridad de su bella hija Ruth. Ahora más que nunca, deseaba volver a patrocinar con los inmensos recursos de la Fundación, el combate al crimen, haciendo justicia por propia mano, como lo había hecho años antes a través del eficiente ejecutor, su amigo de siempre, Kadir. Pero ahora lo importante era enviar el mensaje para que pudieran intentar rescatarlos y debía concentrarse en ello. Recordó que desde su desempeño como Fiscal General de los Estados Unidos, le fue implantado por motivos de Seguridad, un microchip de radiolocalización GPS justo debajo de una pieza falsa de la dentadura, con lo que no estuvo de acuerdo, pero lo aceptó, eran órdenes del mismo Presidente de la Nación que los Funcionarios Clave, lo tuvieran instalado en secreto, independiente del conocido chip subcutáneo. Aislado por la capa de cerámica y acrílico, la micropieza resultaba indetectable por los aparatos ordinarios, como resultó a bordo del carguero cuando en la revisión hecha por los piratas, le fue decomisado y destruido el portado bajo la piel.

El maravilloso aparatito, normalmente desconectado, se activa aplicando presión extra sobre el molar contrario, que lo provee de energía corporal mediante ingenioso mecanismo electrónico de última generación, optimizando la temperatura del cuerpo humano como una microplanta termoeléctrica que alimenta la batería. Esta tecnología comienza a aplicarse en los casos de pacientes de enfermedades del corazón, a quienes han insertado marcapasos, al no tener que abrir el pecho otra vez para reemplazar la pila. Benjamín Weitzner, viejo experimentado en arriesgadas cuestiones penales, acostumbrado a lidiar con brutales terroristas en su paso por la Fiscalía General, era el único rehén que conservaba la calma.

En su análisis consideró que era el momento exacto para encender su localizador, ahora que la comitiva de asesinos estaba reducida a diez, aunque bien armados.

MADRID, ESPAÑA

Kadir recibió información de su padre.

— Hola hijo, Inteligencia Militar me dice que el código del teléfono satelital pertenece a la Compañía Importadora y Exportadora "La Gitana", Sociedad Anónima, una empresa con sede en Melilla, España, dedicada a la importación y distribución de ultramarinos, vinos y licores del tipo Gourmet. El gerente es un tal Santiago Casillas. Lo han investigado, está limpio. En los registros de la telefónica el usuario tiene el código JP.

— Según recuerdo, alguna vez mencionaste su nombre cuando lo del rapto de esa niña Americana... Felicidad... —continuó Gregor.

— ¡Por supuesto que sí!, estuvo involucrado en el secuestro de la chica, aunque resultó inocente, ahora empieza a tomar forma... gracias papá, te hablo luego, un beso a la familia —dijo el Director General.

A paso veloz, entró al privado Margarita para anunciar: —Una persona enviada por el señor Walter Mellon, me ha dicho que es urgente verle.

— Hazlo pasar a la salita de espera, estaré en un minuto con él —respondió, contestando el teléfono móvil. Ethan Warner, Subdirector Regional de Agentes Especiales del FBI se reportaba a su llamado.

— Por fin el imbécil se digna hablar conmigo —masculló el Director.

— ¡Hola Ethan!, tengo horas de buscarte, ¿saben algo del secuestro por allá?

— No mucho, pero esta madrugada se activó el "pager" (localizador GPS) de mi querido suegro. No sé cómo lo ha hecho pero tenemos el sitio exacto donde se encuentran los prisioneros. Estoy saliendo para allá con un grupo de mis mejores muchachos. Actuaremos encubiertos —concluyó Ethan.

— ¿Puedes decirme dónde están?

— Lo siento es información clasificada como confidencial. Es cuestión Oficial de mi Gobierno, pero te mantendré informado en lo posible. Nuestras autoridades desean mantener a los civiles como tú, fuera del asunto.

— No deseamos interferencias de particulares, ¿está claro? —remató Warner cortando la comunicación.

— ¡Maldito bastardo! —se desahogó— el soberbio cree que no necesita ayuda. Pues tampoco le informaré nada todavía.

Enseguida marcó el móvil satelital de Jules poniéndolo al tanto.

— ¿Algo nuevo?, ¿nada?… Avisa si hay cambios.

Instantes después habló al Mercy Hospital en Miami, preguntando sobre la salud de su amigo Belcher.

— Está mejor… ¿puede hablar? Entiendo, sólo serán máximo cinco minutos, lo prometo… gracias.

— ¡Carajo, tienes siete vidas cabrón! Nos alegra tu alivio. Pronto estarás perfecto para una buena parranda. Ahora escucha con atención, no tenemos mucho tiempo, tu madre y el Matasanos lo han advertido…

Kadir aprovechó los cinco minutos a la perfección informando lo estrictamente indispensable. No quiso angustiarlo demasiado.

— Anthony, conociste de cerca a Santiago Casillas, el tendero de importaciones establecido en Melilla, ¿puedes decirme algo acerca de él, sus amistades y socios? El teléfono satelital usado por "tu amiga" Lisa Stone, está registrado a nombre de la tienda.

— By the way (a propósito) la muy perra ya está en el infierno, ha muerto —informó, omitiendo la "ayuda" a bien morir que le dio "EL NIÑO" siguiendo sus instrucciones.

— ¡Fantástico, qué bueno, por fin el destino cobró venganza! ¡Coño, es la mejor noticia que he recibido en meses! ¡Puta de mierda!, ella me disparó, ¡quiso matarme! ¡Que arda en el infierno la cabrona!

— ¡Take it easy my friend! (tómalo con calma amigo), puedes complicar tu salud, ya veremos la forma de celebrarlo más adelante como se debe. Continúa por favor.

— No sé gran cosa, pero el vetarro nos dijo cuando lo presionamos en la bodega, que tenía dos socios principales de bastante plata, que ya sabes, fueron encontrados muertos en París.

— Todo indica que ellos fueron los autores del encierro de Felicidad, ¡malditos sean! —respondió Belcher.

— Ésos eran sólo peones de ajedrez. Necesito saber más... échale ganas, nos vemos pronto.

— Espera, hay algo... Casillas habló también en el interrogatorio acerca de un tipo que manejaba las finanzas del grupo, un tal... mmmm ... recuerdo que era de apellido Portugués... Ribeira,.... Mexueira...¡Sí, lo tengo! ¡Pereira, de nombre Josafat!, según Casillas el tipo es de los malos, parece gángster. Por los informes, creo que podría ser lavador de dinero, no hay otra explicación a la riqueza que tienen.

Cuando finalizaron la conferencia telefónica, a Kadir no le quedaba ninguna duda, el hijo de puta de Josafat Pereira comandaba el grupo de criminales que asaltó el Crucero. El código del satelital JP coincidía plenamente. Pulsó la tecla del intercomunicador para avisar a Margarita que recibiría enseguida en la Sala de Visitas al enviado de Mister Mellon, su apreciado ex Jefe en el despacho internacional de Auditores.

La confortable sala de visitantes era sencilla. Una gran mesa oval en madera y metal para doce personas, equipada con cómodos sillones giratorios en piel, una credenza a modo, con surtido minibar, cafetera Italiana y charola con pastitas, nueces y piñones.

En el extremo, un juego de sala para seis personas también de piel haciendo juego, con mesitas laterales sosteniendo hermosas lámparas modernas de ónix ligeramente ambarino... Sobre la cubierta de la mesa de juntas, dos teléfonos de manos libres y bocina opcional abierta, blocs para notas y lapiceros con el señorial logo de la naviera. Como de costumbre intercambiaron saludos y tarjetas de visita.

— Por favor siéntase como en casa. Gracias por venir, los amigos del señor Walter Mellon son mis amigos, usted dirá —expresó el funcionario Naviero— ¿Puedo llamarle Stan?

— Por favor, yo le llamaré Don Kadir, si le parece —contestó el desconocido.

— Claro que no, si hemos de trabajar juntos en el caso, es mejor tenernos confianza desde el principio, llámame Kadir a secas. ¿OK?

— OK —asintió el visitante— si me permites iré al grano. Mister Mellon me ha pedido ponerme a tus órdenes para cualquier cosa que necesites con relación al secuestro de varios pasajeros del "TENERIFE". Éste es el plan...

Sonó el teléfono. Margarita anunciaba la llamada de un satelital. Se excusó por un momento y salió disparado para contestar en su privado.

Una voz distorsionada, reivindicaba el asalto al Crucero y secuestro de los turistas.

— ¿Qué desean ustedes? —preguntó el Director, conectando la grabadora de voz.

— ¡Pues dinero, pendejo! Montañas de Dólares —respondió la voz como de ultratumba.

— Muy bien, ¿cuánto, cuándo y dónde? Pagaremos el rescate sin regateos, lo más importante son las vidas y la integridad de los rehenes —por un momento quiso decirle que ya sabía quién era el autor del secuestro, el maldito Josafat Pereira y estuvo a punto de amenazarlo, pero se contuvo, no era conveniente enseñar las cartas.

— Queremos veinte mil millones de Dólares americanos, cantidad ridícula si tomas en cuenta que esta partida de holgazanes burgueses explotadores, son dueños de la mitad del Mundo. Por lo pronto sabes que los tenemos, no hagas ninguna idiotez o mataré a todos —dijo el asesino.

— Ya te avisaré dónde hacer la transferencia. Te advierto que si hay intervención Militar o de la Policía, serán descuartizados con granadas. ¡Te juro que lo haremos!!

— Necesito una prueba de vida. ¿Cómo puedo saber que no son ustedes unos farsantes? ¡Cualquiera puede reclamar la autoría sin tener nada! —exigió Kadir simulando energía.

El bandido meditó por instantes y dijo: —Está bien, voy a complacerte, pero sólo hablarás con uno de los ancianos acerca de su estado de salud, ¡sólo eso!, si tratas de obtener datos o ellos te los intentan dar, les meteré un balazo en sus estúpidas cabezas... ¿has comprendido imbécil?

— Cclaaaro, sí... sí... de acuerdo... lo que usted diga... —replicó tímidamente con voz entrecortada el Director, deseando que el secuestrador percibiera temor. Así lo quiero tener, pensando que está ganando el partido, que el inteligente es él, reflexionó Kadir.

— Señor... ppuueeede pasarme a Don Benjamín, por favor... es mi familiar...

— Aquí está el viejo chatarra, y ¡deja de lloriquear mariquita de mierda!, tienes un minuto cabrón.

— Hola tío, ¿cómo están de salud?

— No te preocupes demasiado. Nos han tratado correctamente. Sólo tenemos algunas incomodidades: mosquitos, alacranes, serpientes, sanitarios sucios, mala comida, calor, hacinamiento, escasez de agua, falta de medicinas y aburrimiento. Por lo demás estamos todos bien, salvo un dolorcillo de mis huesos. Por favor avisa a mi esposa y demás familia, adiós.

— Bueno, ya hablaremos después, los queremos, vamos a pagar el rescate para que los liberen... —y la comunicación se suspendió.

Terminada la conversación sacó la cinta de la grabadora y la escuchó tres veces con atención.

El "Tío Ben" le proporcionó en la inocente plática varias claves, en el lenguaje cifrado que sólo "el Tío" y "el Sobrino" conocían, usado por ellos multitud de veces en "La Fundación Weitzner", patrocinadora secreta de ejecuciones por contrato de grandes criminales del mundo.

Al mencionar las quejas, Ben le estaba informando que eran DIEZ los secuestradores. Cuando dijo tener un dolorcillo de huesos, se refería a la activación de su chip secreto de localización.

El aviso a su "esposa" —ya difunta— era la instrucción de alertar a su yerno, Ethan Warner del FBI y "la demás familia" eran los hilos que pudiera mover, en particular en el Comando Estratégico y en la Agencia Central de Inteligencia.

Descifrado el mensaje, reanudó la junta con el enviado de Mellon, un alto y atlético joven que frisaba los veinticinco años.

Durante dos horas, "Stan" y Kadir afinaron los planes que por separado habían elaborado, teniendo casi las mismas ideas. No era coincidencia, ambos eran asesinos profesionales y sabían lo que debía hacerse.

Se dieron un apretón de manos al despedirse, acordando reunirse al día siguiente a la misma hora y lugar, dando tiempo a que surgieran cosas nuevas.

Y así fue. Un General de Tres Estrellas, respondió para notificarle la localización de su gran amigo Ben Weitzner.

— Por favor anote las coordenadas, es... en Somalia.

— Esperamos sus instrucciones, no queremos actuar de manera unilateral por temor a dañar a los rehenes, hable con los familiares, estamos prestos a apoyarles —dijo el General.

— Gracias mil señor, estaré en contacto.

— De modo que Somalia... claro, no podían desaparecer tan rápido en el mar —buena jugada, la "Task Force" perseguía un fantasma.

"Stan" era el "nick name" (apodo o alias) del ex Oficial de Inteligencia y Cuerpo de Reacción Rápida, Zelik Levy. Su experiencia Militar había sido probada en numerosas ocasiones para combatir guerrilleros en varias partes del Oriente Medio y del Continente Africano, participando también en las Fuerzas Regulares del Ejército Israelí, precisamente en el Comando de Operaciones Especiales.

Su vasto entrenamiento en ataques y liberación de rehenes en varios lugares del planeta, era una de sus habilidades, habiendo estudiado a conciencia, las acciones destacadas en el Aeropuerto de Entebbe, Uganda de 1976, la Escuela de Ma'alot en 1974, en la frontera con Líbano y varias más.

El operativo consistía en reclutar un grupo de 22 ex soldados Israelitas paracaidistas y dos pilotos de avión, para un desembarque nocturno en las playas cercanas a la capital de Somalia y atacar a los secuestradores por sorpresa, ejecutándolos allí mismo, poniendo a salvo a los prisioneros. Serían en total 25 comandos, incluido el líder "Stan".

En el papel, parecía limpio y fácil. La estimación de bajas entre los rehenes era de cero.

Sin embargo, Kadir pensaba y con razón, que Ethan Warner y sus huestes del FBI estarían actuando ya, por haber sido enterados primero de la posición geográfica de los secuestrados.

Una ventaja tendría su grupo de ataque sobre la fuerza policial: la burocracia. Para poder actuar el FBI en otras Naciones se requerían cientos de opiniones y autorizaciones entre ellas del Secretario de Estado, del Secretario de Defensa, del Asesor de Seguridad Nacional, del Director de la Agencia Central de Inteligencia (CIA), del Presidente y del Congreso de los Estados Unidos, que en el mejor de los casos, otorgarían permiso para una incursión armada en la mayor secrecía, dentro de una semana.

La razón de querer adelantarse a las Fuerzas del Orden en la captura de los malhechores era sin duda alguna, LA TENTACIÓN DE VENGANZA. De lo contrario las Autoridades ordenarían la aprehensión de los delincuentes llevándolos a los Tribunales para un juicio justo, concediéndoles incluso respeto a sus derechos humanos, asesoría legal en su defensa y otras ventajas de los países civilizados. El caso criminal, sería mediático y no faltarían Despachos de Abogados deseosos de patrocinar a los acusados buscando los reflectores de la popularidad, consiguiendo tal vez sentencias reducidas en Centros de Readaptación Social.

Otras motivaciones para echarles mano antes que la Autoridad, era el privilegio de rescatar a los rehenes sanos y salvos, entre ellos, al gran amigo Benjamín Weitzner, su querida hija Ruth y el Jefe, Don Ramón Peralta —dueño de la Compañía de Cruceros— así como la oportunidad de enviar al otro mundo a Lester Crowe, el puto Abogado cómplice en el asesinato de su amada Mireille.

No, de ninguna manera podía permitirse que los trucos legaloides pudieran favorecer a los asesinos.

La historia demuestra miles de casos, donde los hampones parecen tener mayores ventajas que las víctimas, con muchos integrantes de Jurados compasivos y de buen corazón, creyentes en la redención hasta de los peores asesinos.

— El castigo debe ser ejemplar o estaremos siempre en la mira de grupos terroristas y criminales que acabarían los negocios de buques de recreo y de transporte marítimo —concluyeron los dos nuevos amigos, en adelante identificados como "KZ" (Kadir y Zelik) que sellaron su compromiso bebiendo una botella de excelente vino tinto Kayra, producto de Turquía.

El Director volvió a su hogar exhausto, para refugiarse en los cálidos brazos de su adorada esposa Helen. En un instante se quedó dormido. Mañana sería otro día...

Qué lejos estaba de imaginar, que el primer interesado en asesinar a sus queridos amigos Benjamín y Ruth, era el hasta ahora "intachable" Ethan Warner, Subdirector Regional de Agentes Especiales del FBI y esposo de la linda rubia.

QUANTICO, VIRGINIA, U.S.A.

E l Alto Funcionario del FBI, Ethan Warner estaba furioso. Al saber del asalto al "TENERIFE", montó en cólera. No solamente por la insistencia y entusiasmo mostrados por su cónyuge para acompañar a Weitzner, el tacaño suegro en un viaje alrededor del mundo que representaba serios riesgos debido a la gran publicidad recibida.

Inútiles fueron los ruegos a su esposa de cancelar, o ¿acaso ella deseaba estar cerca de Kadir, el antipático ex novio, ahora Director General de la Línea de Cruceros? ¿Por qué no lo men- cionó desde el principio y hasta ahora se enteraba de su molesta presencia y eso por casualidad? Si el barco no hubiese sido asal- tado, tal vez jamás notaría el incómodo hecho. ¿Acaso era ya un cornudo?

Ethan se reprochaba no poder cumplir con la promesa de alcanzar a los viajeros en Sudáfrica, pero su delicado puesto en la Agencia Federal de Investigaciones lo retuvo demasiado ocupado, desmantelando una gran red terrorista que amenazaba con una escalada de atentados suicidas con explosivos, a diversos Funcionarios y Diplomáticos de alta jerarquía, en veintitrés ciudades pertenecientes a once Estados de la Unión Americana, incluyendo lugares nuevos para los criminales, como el tranquilo Hawaii.

Practicando autoexamen, se liberó de los malos pensamientos que le acosaban. Tardó en reconocerlo, pero sí, eran celos, celos terribles que le carcomían el cerebro. Se habían casado enamorados, por lo menos eso creía él, aunque después ya no estaba tan seguro.

Reñían seguido a causa de su trabajo, que no conocía de horarios fijos y viajes sorpresivos. Cuántas veces ella, su hermosa mujercita le pidió dejar ese empleo y él le prometía 'pronto, nena, pronto', sin tener la menor intención de hacerlo.

Y los niños. La cantaleta de siempre, "debemos tener familia ahora que estamos jóvenes", "quisiera darle a mi adorado padre, un nieto por lo menos, antes de morir." Y cosas por el estilo que siempre terminaban en agrias discusiones.

Ethan no podía soportar que la señora fuera tan estúpida y cerrada de criterio como para no darse cuenta lo importante de su encarnizada lucha contra el crimen.

— ¡Maldita sea!, ¿no comprendes el valor de lo que hago? ¡Es por el bienestar de mi País! ¡Entiéndelo de una vez, pendeja, niña boba mimada!

El esforzado Policía Federal, no era tonto, percibía que su matrimonio estaba naufragando y tal vez fue precipitado. Siempre tuvo la sensación que Ruth aceptó casarse con él para demostrar a todo mundo que romper con su ex novio Kadir, le importaba un rábano. Con temor se preguntaba si en realidad era feliz con una esposa caprichosa e inteligente pero consentida en exceso, de gran carácter y seguridad que le proporcionaba el tremendo apoyo de cuatro mil millones de Dólares o más de su capital personal, para lo que intente en la vida, sin tomar en cuenta la fabulosa herencia que le dejará el viejo... ¿Por qué no muere ya el maldito avaro?

Ethan quiso suspender sus reflexiones. Sin proponérselo, se flagelaba, comparando su vida colmada de limitaciones económicas desde la infancia. Sus padres, obreros de una fábrica textil, ganaron lo suficiente para vivir en la medianía, sin lujos, hasta su trágica muerte en el incendio de la factoría. Sus estudios, los realizó siempre bajo el Sistema de Becas para Estudiantes Distinguidos que patrocinan diversas organizaciones Internacionales Judías estrenando su primer automóvil usado, a la edad de 25 años.

Reconoció con amargura, que en el fondo, la enorme riqueza de los Weitzner había sido un atractivo tan poderoso para él, como la hermosura misma de la única heredera. Había intentado adaptarse a una nueva vida y relacionarse en el exclusivo círculo de los verdaderamente ricos y poderosos, sin éxito. Siempre con su orgullo, tratando de demostrar a una docena de parásitos amigos de Ruth, que su trabajo era limpio y honesto, jamás apreciado. Sin embargo, fracasó, nunca fue aceptado en esos grupos de poder y riqueza, que le consideraban un advenedizo, un simple policía cazafortunas.

Cada vez eran peores las habladurías y burlas de sus amigos y compañeros, que siempre le echaban en cara que su intención de casarse con la preciosa heredera Weitzner, no fue por interés sino por... ¡el capital!

— ¡Sons of a bitch! (hijos de puta) —bramó Ethan Warner— Pero tienen razón, el futuro depende de la riqueza de mi esposa. ¿Y si me engaña con el tal Kadir? —presto repasó sus relaciones marido-mujer en el último año. ¿Cuántas veces habían hecho el amor? Ya no lo besaba como antes, por el contrario pretextaba intensos dolores de cabeza cada vez que podía.

Siempre se estaba quejando de no terminar en orgasmo. Peleaba todo el tiempo por cualquier cosa, sólo le interesaba su estúpida carrera de loquera, tratar con criminales, vida social y organizaciones de caridad, planeando galas para su beneficio, derrochando millones de Dólares en ayudas. La imbécil ¡¡Está desperdiciando "mi" DINERO!! ¿Por qué no lo comprendía? Recordó con asco la vez que entró sin aviso en la recámara encontrándola en plena masturbación con un pene rojo de gran tamaño comprado en la sex shop y que por novena vez la abofeteó cuando ella le llamó: — "¡Poco hombre, mira lo que tengo que hacer maldito bastardo!" —palizas que cada vez eran más frecuentes aprovechando la prudencia de Ruth que nunca quiso mortificar y tal vez matar de un disgusto a su anciano padre.

Con esas reflexiones concluyó que no era feliz, quizá no sea descabellado pedirle el divorcio.

—Seguro estoy —se dijo— que una buena negociación me dará una fortuna. Pagará un alto precio por su libertad, la muy perra.

Por unos instantes se visualizó joven, fuerte, soltero otra vez y con mucho más dinero, que sólo pudiera obtener a la muerte de Ruth. No le pareció tan mala idea enviudar por accidente. Qué mejor oportunidad de intentar el rescate de los rehenes teniendo buen cuidado de asesinarla en acción. A la luz de familia y sociedad quedaría como un héroe, brillando en el aprecio de su Father in Law (suegro) Benjamín, quien aprobaría que pasara a sus manos el inmenso caudal de su única hija.

Y posteriormente, la herencia del mismo anciano, de cuyo fallecimiento él se encargaría.

Habiendo sido Fiscal General de la Nación, sus enemigos llenos de rencor abundaban. La desaparición de su esposa y "Padre Político" en automático lo colocaba entre los hombres más ricos del planeta.

Por fin podría mandar al diablo al FBI y al Gobierno. Era su recompensa después de arriesgar el cuero miles de veces por pan duro.

Con el enorme capital, estaba convencido de hacer un mayor bien a la sociedad, aunque su origen fuera turbio. Se convenció que todas las riquezas son así, sucias, pero acaban siendo aceptadas y veneradas por la sociedad.

Sí, el esforzado Subdirector Regional de Agentes Especiales Ethan Warner, fue mordido por las TENTACIONES DEL PODER, DINERO Y CRIMEN.

El reloj marcaba las doce y media de la noche cuando entró corriendo a la oficina su fiel asistente Portorriqueña.

—Señor Warner, el equipo está listo, le esperan ahora mismo en el Aeropuerto.

SUBURBIOS DE MOGADISHU, SOMALIA

El Abogado Lester Crowe se había quedado ronco de tanto protestar y lloriquear clamando misericordia. Alegaba hasta el cansancio ser víctima de un error garrafal al ser confundido como supermillonario. Trató de diversas maneras de hacerse escuchar por los piratas, obteniendo sólo risotadas y uno que otro golpe que terminaron por aquietarlo.

Inteligente como era cambió de táctica. Observó con cuidado a los filibusteros, pareciéndole incluso atractivos dos de ellos en especial cuando los miró desnudos. Así que decidió coquetearles, para probar hasta dónde pudieran aguantar la invitación a un buen sexo oral que les propondría, a cambio de gozar de su amistad, protección y tal vez, lo dejaran escapar.

Decidió comenzar esa misma noche.

La oscuridad del cuartucho casi total, iluminado pobremente con la luz de una vela, dibujaba sombras fantasmales sobre los derruidos muros de adobe. Arrullados por los cantos de cigarras y el croar de ranas, todos los hombres dormían en calzoncillos, abrumados por el calor.

Wow —pensó Lester— parece un buen buffet. Sin esperar mucho, se acercó a Colignot que le pareció el mejor, a juzgar por el bulto de buen tamaño de su entrepierna. Alto y musculoso, prometía una gran aventura sexual. Avanzó hasta el tipo que descansaba en posición fetal, acomodando su cara cerca del pene del Francés.

Aprovechando un resoplido del pirata, acarició levemente con la punta de sus dedos el glande y masajeó como experto que era, arriba y abajo, haciéndole la puñeta. El Francés despertó disfrutando de gran goce cuando sintió el calor en su inflamado pene dentro de la boca del intruso, dejándole terminar, arrojando un potente chorro de líquido seminal sobre la cara del homosexual.

A partir de esa noche, Lester Crowe se convirtió en la perra oficial del fornido Colignot, obteniendo pequeños favores en materia de comida, agua y algo de protección de los demás soldados que se solazaban fastidiándolo.

Lo que no imaginó Lester, es que Colignot lo vendería con los demás miembros del comando. A la fuerza, lo obligó a tener relaciones con los demás bandidos, que no conformes con el sexo oral, lo penetraban sin piedad varias veces al día, con sus miembros viriles o cualquier otro objeto que se les ocurría, lastimando, desgarrando, golpeando, infectando.

A los dos días, estaba hecho una piltrafa. Con el fondillo roto, el esfínter no podría controlar las evacuaciones del pobre tipo, condenándolo a incontinencia permanente. En otras palabras, zurrarse en los calzones para siempre.

Mientras tanto, la pelirroja señora Ambrosia Waxton o "Amber" como logró ser nombrada por el grupo, era la consentida del pirata mayor sintiéndose poderosa.

Como un milagro, había dominado al temible y desalmado Josafat Pereira, brindándole delicias sexuales inimaginables que lo hicieron olvidar no solamente a Lisa Stone —su última amasia— sino a todas las mujeres en su vida, incluida su madre, golosa mujer drogadicta que disfrutaba cogiendo a diario con diferentes hombres delante del hijo adolescente y que fue su primer grande amor, la que lo inició en las aventuras carnales cometiendo incesto.

Josafat Pereira era en verdad, ¡un hijo de gran puta!

"Amber" pidió a su amante alimentos especiales, agua hervida para tomar y dormir en cuarto separado de los demás. Usaba ropa limpia, lavada por alguno de los ex soldados que se deleitaban oliendo la fina tanga y brasier antes de echarle jabón y agua.

Por las noches, después de tórrida fornicación, recostaba la cabeza del bandido entre sus hermosos senos ofreciéndole sus rosados pezones que el tipo succionaba, recordando a su madre. Con sus delicadas manitas, la chica acariciaba la nuca del hombre y le susurraba dulces palabras en italiano hasta dormirlo como tronco. Gracias a los favores de la moderna Messalina, el grupo se salvó de mayores humillaciones. Amber lo sabía y esperaba ser recompensada con amplitud.

— ¡Me deben la vida ragazzos! (muchachos) —dijo a sus compañeros de cautiverio— Una palabra mía puede evitar que los maten, no lo olviden cuando regresen a sus casas.

— Ustedes son multimillonarios menos yo, espero sean generosos conmigo.

— Cuenta con ello —respondieron— hasta ahora te lo has ganado, gracias.

El Príncipe Hassim Rajib rompió su acostumbrado silencio y habló con sabiduría en idioma inglés.

— Compañeros, hemos sufrido bastante y creo que la intervención de esta hermosa dama ha sido de gran ayuda para nosotros. Por mi parte, estoy dispuesto a darle de inmediato diez millones de Euros en su cuenta bancaria y la propiedad de uno de mis pozos de petróleo que le proporcionarán gran riqueza para siempre, además le ofrezco formar parte de mi harem como una de las favoritas, regalándole un lote de finas joyas, automóviles, veinticinco yeguas, cinco caballos árabes pura sangre y cincuenta camellos, para que inicie su establo —los demás estuvieron de acuerdo para compensarla en su momento.

— Muchas gracias Alteza, me halagan sus palabras, es un honor... le prometo pensarlo, ahora debe preocuparnos cómo salir de aquí — contestó la preciosa mujer, provocativa.

La bella Ruth, se había salvado de la inminente violación de la soldadesca. Josafat, el líder pirata en un acto de autoridad indiscutible, les prohibió acercarse a la hembra, porque dentro de sus planes estaba quedarse con ella para siempre. Por fin había encontrado a la mujer ideal para vivir, que le daría hijos preciosos y formar el hogar decente que nunca tuvo.

Un corsario desafió la orden. Estuvo vigilando con paciencia el momento en que la joven fue al baño para seguirla. Creyéndose merecedor de los favores de la encantadora rubia, colocó su manaza en la boca de la chica y la arrastró de los cabellos hacia un rincón para poseerla.

La muchacha se defendió como pudo pero la fuerza física del uniformado se impuso, no pudiendo evitar ser despojada de sus ropas.

Cuando el tipo manchó sus manos con la sangre del calzón por la menstruación de Ruth, hizo un gesto de repugnancia, retirándose.

— ¡Hija de toda tu chingada madre, perra maldita, a buena hora te enfermas, puta desgraciada, pero se te pasará y entonces podré gozarte cabrona!!

No pudo decir más, la ráfaga de veinte balas calibre 9 mm de la UZI que portaba Josafat, acabó con su vida en cinco segundos.

— ¡Imbécil! ¡Que sirva de advertencia! ¡Mis órdenes se cumplen cabrones! —

ADIS ABEBA, ETHIOPIA

E l Subdirector Regional del FBI Ethan Warner y sus hombres volaron toda la noche y parte del día, para llegar a la capital Etíope bajo el disfraz de una misión comercial de hombres de negocios.

El equipo estaba conformado por 33 elementos de las Fuerzas Tácticas, expertos en guerra de guerrillas en varias regiones del planeta, "prestados" por la CIA (Central Intelligence Agency) acatando órdenes del Presidente, más cuatro experimentados Agentes Especiales del Bureau.

Las instrucciones fueron precisas: rescatar a los rehenes con vida.

Si tuvieran la menor duda para hacerlo en esa forma, deberán abortar la misión y pedir nuevos procedimientos.

— Están obligados a obrar con extrema precaución, no corran riesgos innecesarios que pongan en peligro a los cautivos; una vez liberados y a salvo, deberán presentar vivos a los delincuentes para enfrentar la Justicia de los Estados Unidos, donde conforme a la Ley, el Fiscal General pedirá la prisión perpetua.

Ethan no estaba de acuerdo con ello, trataría de liquidarlos in situ (en el lugar), reportando que presentaron resistencia armada y murieron en la balacera, cuidando de sacrificar, entre ellos, a su esposa Ruth.

El eficiente Agente Federal, era presa de LAS TENTACIONES DEL DINERO Y EL CRIMEN.

Descendieron en el Bole International Airport a 8 kilómetros al Sudeste de la Capital de Ethiopia para abordar el versátil avión Hércules Lockeed C-130 con gran espacio para carga, transporte de tropas, armamento y rescate, con capacidad para despegues y aterrizajes en pistas no convencionales, que los llevaría hasta el Aeropuerto Gode/ Iddidole, el punto más cercano del País con la frontera Somalí, para cruzarla hasta Glohar y atacar la guarida de piratas desde el norte de Mogadishu.

A medida que avanzaba el tiempo, Ethan sentía ligeras punzadas que iniciaban cerca de la tetilla izquierda hacia el centro del pecho, no dolorosas pero molestos síntomas, sin seguir ningún patrón.

De pronto iniciaban y desaparecían. Ethan se informó sobre los dolores Pre Cordiales en el internet y no les daba importancia.

Orgulloso como era su carácter, optó por no decir nada a los Médicos, que podían retenerlo en la Base para sujetarlo a toda clase de exámenes.

Es el stress, se diagnosticaba.

El Jefe de Agentes Especiales del FBI había dejado de fumar apenas dos meses antes de la misión después de haberlo hecho con intensidad desde los quince años. Encendió un cigarrillo para "calmar los nervios" —solamente será uno —dijo engañándose.

La mala alimentación de tantos años lejos de casa, abundan- tes comidas rápidas muchas veces rica en grasas animales y vegetales Trans, nitritos, sulfitos y otros conservadores químicos, habían minado su capacidad de circulación de la sangre en su cuerpo, tapando parcialmente las arterias.

Gracias al programa de ejercicios obligatorios de la Fuerza Policíaca, su cuerpo se mantenía con niveles de colesterol, glucosa y triglicéridos en el límite de las cifras normales, de no ser por ello, estaría descansando, jubilado o muerto.

Si embargo la frecuencia del malestar lo hizo decidirse. Terminada la presente misión, se sometería a un Check Up (revisión general) para atender integralmente su estado de salud.

Se dió cuenta que tenía que atenderse, ahora que estaba próximo a recibir montañas de dólares provenientes de la in- mensa riqueza de su "amadísima" esposa y suegro.

¡¡Necesito estar sano para gozar del dinero y de las mejores putas que haya sobre la tierra!!

Unos años solterito y más tarde buscaré a la hembra que más me ha atraído en toda mi vida, hasta ahora inalcanzable por ser de la realeza europea, Glorielle, qué clase de mujer, distingui- da, culta, fina, preciosa y esos ojos verde esmeralda, la hacen la compañera perfecta. Este deseo, confirmaba su pendejez.

El recuerdo de haberla conocido fugazmente en el "Hoyo 19"

— denominación coloquial de los bares en los clubes de golf – fue inolvidable.

No sabía nada de ella pero él era policía y de los buenos, es seguro que la hallaría hasta el fin del mundo si fuese necesario. Su presencia en tan exclusivo lugar, fue acompañando al Director del FBI que jugaba una partida con un industrial para obtener información confidencial.

Mientras esperaba en el bar, llegó a refrescarse una criatura deliciosa, que sin tapujos entabló trivial conversación. La blanca bermuda dejaba ver unas piernas hermosas, doradas por el sol y la blusa en rosa pálido resaltaba dos senos maravillosos. Su cara, apiñonada, mostraba una dentadura blanca perfecta y unos ojos........

— Soy Glorielle, soy mala jugadora pero sí entusiasta. Acompaño a mi tío y unos amigos, me dedico al ocio- dijo seductora. ¿Y tú que me dices?

— Solo soy secretario particular de alguien que juega muy mal, por cierto... quisieras tomar.......

— Nada gracias, debo alcanzarlos ya, lo siento, otra vez será....

— Juro que esta hembra alguna vez, ¡¡será mía!! – Dijo para sí el muy imbécil, ignorando por completo la peligrosidad de la fina hembra.

ESTADO DE KUWAIT, GOLFO PÉRSICO

E nclavado en el Medio Oriente, Kuwait es hoy un moderno país, con su propio parque tipo Disneyland y principal productor de petróleo crudo. Con un clima que alcanza temperaturas de más de 50 grados centígrados, la agricultura es imposible, dependen de la importación de alimentos y agua. La superficie es principalmente desértica, siendo el único País en el mundo sin cuerpos de agua naturales, que han solucionado por medio de grandes plantas desaladoras de agua de mar. Bajo el desierto, reposan miles de millones de barriles de petróleo, asegurando su prosperidad, mientras dure la "era de los combustibles fósiles".

El Estado de Kuwait, posee una moneda muy fuerte, siendo de las pocas que se cotizan por arriba del Dólar. Zelik ofreció a sus hombres la oportunidad de entrar en acción para no anquilosarse y de paso ganarse una suma de dinero suficiente, pensando en un retiro digno y próspero para él y sus soldados, que habían sacrificado parte de sus vidas en misiones casi siempre patrióticas, que si bien les llenaban de satisfacción, sólo garantizaban para su vejez, una modesta pensión del Gobierno de su País, con servicios Médico-Dentales incluidos y las dizque comodidades de una casa de reposo, compartida con docenas de ancianos quejándose. La propuesta de Zelik les interesó muchísimo, porque soñaban con divertirse un poco gozando de la vida, ahora que podrían hacerlo, algunos de ellos deseaban contraer matrimonio y tener familia, en fin, todo lo que puede lograrse con veinticinco millones de Dólares cada uno. En un avión Militar Norteamericano especialmente fletado, después de dos escalas, viajaron a Merca, Somalia, lo más próximo al sur de Mogadishu, llegando por la noche. Veintitrés paracaídas negros se abrieron en las espesas sombras cayendo sobre la selva. Zelik alias "Stan" lideraba el grupo de comandos. Su gran experiencia y valor, demostrado siempre en las misiones por distintas partes del mundo y su generosidad, hacían que los leales miembros del intrépido comando

—formado por hombres y mujeres— lo siguieran hasta la muerte, si fuese necesario.

MADRID, ESPAÑA

Kadir decidió llamar aceptando el rescate solicitado por los piratas. Marcó el número satelital y pidió las instrucciones para enviarles los fondos y acabar con la pesadilla.

Estableció como condición esencial, volver a hablar con su "tío Benjamín" y con dos rehenes más: el señor Donald Korr y el Príncipe Hassim Rajib.

— Si te niegas —le dijo con inusitada energía— tal vez mates a los prisioneros, pero no tendrás un centavo y ustedes serán perseguidos por las Policías y Fuerzas Armadas del mundo, así que piensa, tu esfuerzo puede irse por el caño si no aceptas. Ahora que sabemos tu nombre, Josafat Pereira y quiénes son tus cómplices, pondremos precio a sus miserables cabezas, pagaremos inmensas recompensas, movilizando a todos los detectives y servicios secretos del mundo para encontrarlos ¡¡vivos o muertos, hijos de puta!!

— ¡¡Nunca habrá lugar seguro para ustedes y sus familias en ningún sitio!!

— Sabes bien, que el capital no es problema. Así que te aconsejo tomar el rescate, no pasarte de listo y desaparecer, con esa fortuna pueden irse al fin del universo.

El bandido estuvo a punto de mandar a la chingada al pendejo Director, pero se contuvo, en realidad el asalto lo había planeado y hecho por LA TENTACIÓN DEL DINERO. No entregar sanos y salvos a los prisioneros les podía costar muy caro, incluso sus propias vidas. Así que admitió, imponiendo sus condiciones.

— Mira imbécil puedo en este momento matar a tu pinche tío, que dicho sea de paso está viviendo horas extras, me está robando el oxígeno, mejor será que tomes nota desgraciado de lo que vas a hacer en este momento...

Josafat ladró el nombre de Anthar Nafed y el Banque Internationale L'Etoile, con sede en QATAR, Emiratos Árabes Unidos. El dinero deberá estar depositado en la cuenta EWK998564TN2271, dentro de cuarenta y ocho horas exactamente.

— Por cada hora que pase después del plazo, cortaré un dedo o dos a cada uno de los prisioneros, empezando por las putas que tengo aquí, ¡no quiero excusas! Si no respetas el trato, te arrepentirás y llevarás en tu pinche vida el remordimiento de sus muertes después de terribles torturas. ¿Comprendes pedazo de mierda?

— Ssssííí... por favor no lo hagas, te lo suplico, piensa en sus familias... cumpliremos, seguro que cumpliremos, sólo que 48 horas son insuficientes... Si pudieras darnos más tiempo... Es demasiado efectivo para tenerlo disponible... hay inversiones a plazos obligatorios, ya sabes... vamos, ayúdanos con eso, tú puedes hacerlo... te prometo que dos días más serán suficientes, podremos obtener el dinero de un sindicato de bancos —cerró fingiendo otra vez temor y angustia.

En realidad estaba tratando de ganar valiosas horas y evitar el enojo del líder de los criminales. Lo último que deseaba era acosarlo y acorralarlo, conocía de lo que era capaz un hombre desesperado.

— Señor Korr, habla el Director de la naviera. ¿Está bien de salud?, entiendo. ¿Y sus compañeros? Estamos negociando su liberación, hasta pronto.

— Hola tío Ben, dime cómo te encuentras, ¿y Ruth?, qué bueno. Hemos aceptado pagar el rescate que nos piden por ustedes.

— Esperamos pronto tenerlos en casa... Por favor, mantengan la calma.

Benjamín captó el mensaje de su "hijo". — Esperamos pronto tenerlos en casa—, significaba rescate militar.

— Hijo mío, estamos bien, muy bien. Te manda un beso tu prima. Sólo que no tengo mis medicinas, como sabes debo tomar tres tabletas cada veinticuatro horas. ¿Hablaste con mi familia? ¿Sí?, gracias. Cuando nos liberen, traigan mucha ropa, no tenemos nada. Nos han tratado excelente. Adiós.

El príncipe Hassim tomó el teléfono para despotricar contra los bandidos. Kadir tuvo que calmarlo.

— Oiga bien, estos señores tienen el control, por favor no haga y diga cosas que puedan molestarlos. Casi tenemos cerrado el trato con los secuestradores, ¡no lo eche a perder! —advirtió el Director.

— Alá los maldiga, estamos pasando algunos infortunios, pero la salud se mantiene normal. Le ordeno ponerse en contacto con el Gran Visir de mi País, él le facilitará el tesoro que necesite, pero ¡sáquenos de aquí! Avise a mis esposas que estoy sano.

— ¡Basta de estupideces! —dijo Josafat, arrancando el teléfono de sus manos.

— Bueno, de acuerdo, para que veas que soy razonable, les daré un día más, recuerda tienes en total 72 horas y contando. Cuando reciba la confirmación del Banco y compruebe en mi computadora que el dinero está seguro, llamaré para darte instrucciones.

— Ah, lo olvidaba. Necesito un helicóptero artillado de esos grandes que usan para transportar tropas.

— No se te ocurra ponerle explosivos porque me llevaré al Capitán Blake y a dos hermosas nenas como compañeras, que conduciré al paraíso, no te preocupes, la pasarán de lujo —dijo riendo el asesino— las soltaré después como basura.

— ¡Hijo de perra! —gritó Kadir después de cortar la comunicación— ¡Lo mataré con mis propias manos!... cayendo sin darse cuenta en LA TENTACIÓN DEL CRIMEN.

De la breve charla con el "tío Ben" entendió la insistencia en que si las cosas estaban "bien, muy bien" indicaba todo lo contrario. El preguntar si contactó con "su familia", era para saber si los refuerzos venían en camino, "las tabletas de medicina" que debe tomar tres veces cada 24 horas es el número de guardias en cada turno; el llevar "mucha ropa", se refería al número de comandos para rescatarlos y "nos han tratado con excelencia", significaba diez, la cantidad de piratas, igual al número de letras de la palabra "excelencia".

El Director fue informado por Maggie —su eficiente secretaria— del sitio exacto donde permanecían los cautivos, dato que transmitió a "Stan" su nuevo socio, junto con fresca información.

— Stan, es casi seguro que otro grupo dirigido por el FBI intente salvarlos. Al frente irá Ethan Warner, esposo de Ruth Weitzner, una de los rehenes. Es una persona competente y es un hecho que logrará poner en libertad a los prisioneros, por lo que debes apresurarte y llegar primero, si necesitas algo más... —concluyó Kadir.

— Por cierto, de ahora en delante mi nombre clave es Scorpio.

— De acuerdo amigo, "Scorpio" suena mejor que tu verdadero nombre, ja, ja. Por lo demás, puedes confiar en nosotros.

— Sólo ten a mano el resto de los honorarios en el momento que entregue "los muebles", ja, ja, ja.

— En nuestro transporte volaremos a Riad para escala técnica y de allí, al destino que me digas. ¡OK? ¿Sigue firme la orden de no tomar prisioneros?

— ¡Por supuesto! —afirmó Scorpio— ¡Limpieza total!

— Perfecto. "El amigo" Ethan se quedará con un palmo en las narices, ja, ja, ja, presiento que no lo aprecias, hay algo en tu voz que te delata.

— En fin, algún día me contarás, ¡hasta siempre! —dijo Stan, apagando el telefonito satelital de última tecnología.

SUBURBIOS DE MOGADISHU, SOMALIA

El prisionero Donald Korr, era un fornido sesentón que había sido miembro del afamado Cuerpo de Marines de los Estados Unidos y dentro de la Fuerza, fue integrante del selecto Grupo de Operaciones Especiales, altamente capacitado en todas las disciplinas de ataque. Sus conocimientos y entrenamiento incluyeron las rigurosas técnicas del combate cuerpo a cuerpo a cuchillo, con bayoneta calada y karate, que utiliza las manos, brazos, rodillas y pies, como armas letales.

Se distinguió en misiones nocturnas, especializado en explosivos y desde luego en el manejo de armas cortas y largas. Herido de gravedad en la guerra de Vietnam por esquirlas de una granada, obtuvo su retiro y varias medallas al valor, recibidas en ceremonias de manos del Presidente. Por la lesión, cojeaba un poco de la pierna derecha, usando tacón nivelador en su calzado.

Al regresar al pueblo, casó con su novia de siempre graduada en Nutrición y Agroindustria, comenzando un negocio casero en la granja de sus padres en Kansas, fabricando alimento para aves y ganado, que pronto creció gracias a su visión de empresario empírico que cuidaba la calidad de los nutrimentos balanceados que elaboraba su mujer.

Los estudios de Management (Administración) interrumpidos por la guerra, no fueron obstáculo para prepararse en diversos cursos "on line" ofrecidos por Universidades de prestigio, dirigidos a personas que no tienen el tiempo para acudir al sistema escolarizado.

Su tesón, lo llevó a destacar como magnífico Vendedor, Administrador Financiero y Mercadólogo, posicionando la marca "Farmer's Friends" (Amigos de los Granjeros) entre las preferidas por los grandes productores, alcanzando en pocos años, cifras de ventas espectaculares en el mercado interno y lograr ingresar con éxito en exportaciones a países de Centro y Sudamérica.

La pareja Korr, inició nuevas inversiones en tierras, jugando a la

Bolsa con moderación. Dicen que la suerte existe pero hay que salir a buscarla. Nada más cierto en este caso, porque varios miles de acres comprados en Texas y Louisiana, resultaron tener bajo sus entrañas, un mar de aceite, que naturalmente vendieron a fabuloso precio a dos compañías petroleras multinacionales.

Siempre creativo, organizó la "Friendship Insurance Company" (Compañía de Seguros Amistad), dedicada en exclusiva a la venta de pólizas de seguros de automóviles. Las agresivas campañas de Mercadotecnia y Publicidad usadas por su empresa, garantizaban simplemente dos cosas: Una prima al reducido precio de mil Dólares al año en promedio y el pago inmediato de las reclamaciones, sin mayores averiguaciones; ventajas sobre la competencia que a la hora de pagar los siniestros tratan de aplicar el contenido de los contratos "de letra chiquita" que por lo general, los clientes no leen con detenimiento y sirven de base para que algunas Aseguradoras escurran el bulto, tratando de no pagar o pagar lo mínimo.

"Friendship Insurance" (Seguros Amistad) aplicaba el método de pago denominado "Fast Track" (Vía Rápida). En menos de 48 horas, el asegurado recibía el pago de los daños por el siniestro. Este sistema, le proporcionó grandes ganancias, derivadas de complejos y acertados Cálculos Actuariales. En el último año, contaba con seis millones de vehículos asegurados que pagaron la reducida prima anual de Mil Dólares, facturando ingresos por ¡Seis mil millones de Dólares!

El pago de cuatrocientas mil reclamaciones pequeñas, medianas y grandes sin chistar, a un promedio de Cinco mil Dólares cada una, incluyendo pérdidas totales y gastos médicos mayores, arrojaban desembolsos de Dos mil millones de Dólares, quedando una "Gross Profit" (Utilidad Bruta) de ¡Cuatro mil millones de Dólares! Deducidos los Gastos de Operación y Taxes (Impuestos), generaban la "Net Profit" (Utilidad Neta) de ¡Mil setecientos millones de Dólares!, provenientes de Clientes Satisfechos, como mandan los cánones de la Mercadotecnia.

No obstante los éxitos económicos, el matrimonio de Gladys y Donald Korr, nunca perdió piso. Por el contrario, su vida continuaba discreta y ordenada, obteniendo grandes ganancias anuales que reinvertían, después de hacer donaciones a sus familiares, trabajadores y personas en situación de miseria. Donald nunca olvidó al Cuerpo de Marines. Hizo construir un hermoso complejo de cinco edificios de confortables departamentos, alberca y jardines en Miami, Florida, para rentarlos a viudas y veteranos empobrecidos, con rentas simbólicas de treinta Dólares al mes.

Cuando Gladys Korr cumplió cincuenta y ocho años, le descubrieron un tipo de leucemia que la llevó a la tumba en menos de seis meses, después de agotar los tratamientos Médicos en los mejores hospitales de los Estados Unidos y Europa.

Donald nunca se repuso totalmente. Casi no comía y dormía a intervalos, volviéndose huraño y solitario. Por prescripción del Doctor y de sus dos hijos, compró el departamento flotante en el Crucero "TENERIFE" para viajar y divertirse, como le convencieron le agradaría a su querida difunta esposa.

Nunca imaginó la bestial aventura que le tocaría vivir. Su carácter violento, tuvo que ser tratado después de la guerra por especialistas en Control de la Ira, pero ahora el comportamiento de los piratas estaba a punto de explotar la olla de presión con resultados imprevisibles.

El noble y generoso Donald Korr, estaba a punto de sucumbir a LAS TENTACIONES DE LA VENGANZA Y DEL CRIMEN.

Los terroristas corrían grave peligro sin saberlo. Donald Korr podía matarlos a todos con facilidad; pero ¿a qué precio? Los delincuentes estaban bien armados y en la acción pudieran asesinar a uno o varios rehenes.

Únicamente por esta razón, el señor Korr, decidió esperar. Si en 24 horas no había cambios, atacaría sin piedad pudiendo haber "Casualties" (bajas civiles). Así estaba entrenado.

QATAR, EMIRATOS ÁRABES UNIDOS

El Emirato es el más rico de los países petroleros y ha sido definido como "un oasis de paz Árabe". Anthar Nafed, Gerente General del Banque Internationale L'Etoile, contestó la llamada de su selecto cliente Josafat Pereira. Un ligero temblor en el labio superior y el párpado izquierdo, denotaban agudo nerviosismo, no por la cantidad de dinero que le sería depositada en la cuenta —estaba acostumbrado a recibir enormes fortunas— en su mayoría de origen ilícito pero que su banco aceptaba de buen grado sin preguntas.

El pánico era otro.

Desde dos años atrás estaba tomando buenas tajadas de fondos ajenos para inversiones propias, que le estaban redituando magníficas utilidades. Esperaba engordar su cuenta en Luxemburgo lo suficiente para desaparecer del mapa, no sin antes despojar a su cliente/ bandido, de gran parte de su fortuna.

— Hola amigo, ¿qué se ofrece? Es un gusto hablar contigo. A tus órdenes, como siempre —dijo el Gerente adulador.

— ¡Basta de arrumacos y escucha pedazo de basura! Dentro de unas horas recibirás un chingo de billetes en mi cuenta. Avísame al teléfono satelital en cuanto llegue el depósito —exigió el pirata.

— Puedes contar con ello, así lo haré. ¿Alguna otra cosa? — preguntó el Gerente, temeroso por tener la cola sucia.

— ¿Qué deseas hacer con los fondos? Hay una gran oportunidad de invertir en una compañía dedicada a la Informática Avanzada y Robótica, que está haciendo bien las cosas en Nueva Delhi, India, creo que en poco tiempo fabricarán Androides para toda clase de tareas...

— ¡Eso lo decides tú, más vale que sea buen negocio, sabes lo que cuesta equivocarte imbécil!, ya tienes mis órdenes —amenazó— cortando la comunicación.

El Gerente respiró. El muy idiota le ponía nuevos recursos frescos en sus manos. ¡Basta de humillaciones! ¡¡El pendejo de Josafat, se quedará pobre!!! LAS TENTACIONES DE LA TRAICIÓN Y DEL DINERO se adueñaban de su cabeza.

MERCA, SOMALIA

Z elik alias "Stan" y su grupo acamparon a cinco kilómetros de la ciudad, cavaron trincheras tapándolas con ramas. Por el intenso calor agotaron la dotación de agua potable, teniendo que recolectar el precioso líquido del contaminado arroyo filtrándolo de sólidos utilizando cedazos de cerrados poros, añadiendo en sus cantimploras gotas con potente solución antimicrobiana para purificarla.

Repasó el Plan de Ataque. Necesitaba reclutar dos grupos de guerrilleros antagónicos entre sí, contratándolos muy bien pagados para la función. Los dos grupúsculos rivales a muerte en ideología, serían enrolados con facilidad para escenificar una batalla real a las puertas mismas de la granja donde se hallaban los rehenes.

Los rebeldes, enarbolando sus banderas tribales, desatarían encarnizado combate contra soldados del ejército temporalmente en el poder —que cambiaba de manos cada mes— produciendo un escándalo infernal con explosiones de granadas, tableteos de ametralladoras, gritos de guerra y tambores, que sin duda mantendrían alertas y vigilantes a todos los piratas que observarían la batalla civil sin entrometerse, listos para entrar en acción sólo en caso de ser atacados.

Aprovechando la distracción y confusión, el Grupo Uno de Comandos Israelíes, tenía la misión de atacar a los secuestradores por el fondo de la granja, eliminando a los centinelas en silencio acometiendo por la retaguardia. El Grupo Dos, rescataría a los rehenes poniéndolos a salvo, llevando a dos Médicos Militares con el equipo de campaña necesario, incluyendo suero y plasma. El tercer grupo vigilaría la ruta de escape.

Zelik y Lorna —preciosa muchacha de unos 24 años de edad— vestidos como vagos con ropas desgarradas, entraron al primitivo Bar "Kangoos", que reunía a sujetos de mala calaña, lo más selecto de la piratería, bandidaje y guerrilla, provenientes de varias regiones y clanes de Somalia.

Se retreparon en los altos bancos de rústica madera y ordenaron cerveza local, bastante aceptable para ser elaborada con métodos rudimentarios que bebieron casi caliente, pues la refrigeración y el hielo, son artículos de superlujo en esas tierras.

Su visita no podía pasar desapercibida por los hoscos parroquianos que atestaban el sucio lugar, rica mezcla de sudores añejos, humo de tabaco y cannabis (mariguana). El suelo, recubierto de viruta de madera y al pie de la barra, un delgado canalito donde los clientes vertían los orines sin necesidad de moverse de su lugar, agregando un fétido olor más a la cantina.

Dos sujetos de imponente estatura luciendo tatuajes en brazos y rostro se aproximaron a Lorna para beber con ella. El más joven abrazó a la bella mujer de la cintura y nalgas, confundiéndola tal vez con alguna de las putas hippies de raza blanca que ocasionalmente caían en el bar ansiosas de drogas y sexo salvaje.

Un viejo revólver Taurus calibre .40 de fabricación Brasileña, colgaba del cinturón hecho con piel de víbora que portaba el tipejo. Lorna quiso darle un golpe de Karate llamado Hiraken, doblando los dedos por las segundas falanges y las yemas tocan la palma de la mano hacia abajo para romperle la tráquea y matarlo en el acto, pero no lo hizo.

Por el contrario, sonriente soportó la burda caricia aceptando la bebida invitada, conteniendo el vómito al llenar sus pulmones con el pestilente olor de las axilas y boca del tipo.

Zelik fingía indiferencia que estaba lejos de sentir. Lorna era su compañera favorita y amante con dos años de antigüedad, pero no podía hacer un numerito de celos. Ella sabía cuidarse muy bien, así que entabló conversación en un Inglés pésimo tomando varios tragos con el otro gandul.

Bebedor experimentado, no tardó en ganarse la "amistad" de Ukolo, que borracho, soltó la lengua como suele suceder. Era el fiero guardia de confianza de Mosawi, el sanguinario líder del M.A.L. (Movimiento Africano de Liberación) que luchaba contra lo que fuera, siempre y cuando ganaran buen dinero. En el fondo no era por el Patriotismo que anunciaba, sino por disponer a su antojo de los generosos donativos internacionales de Organismos No Gubernamentales y

Iron Sherman

Grupos Religiosos, saqueando las jugosas "ayudas" otorgadas por algunos Gobiernos extranjeros que movían a las guerrillas a su mejor conveniencia, poniendo y derrocando líderes a modo.

Zelik sonrió por sus adentros. La suerte le favorecía, estaba frente al tipo indicado. Ofreció pagarle dos grandes bolsas con Dólares Americanos, para liberar a varios de sus amigos capturados por milicianos del Gobierno, que creyéndoles espías extranjeros, torturaron a tres hasta morir.

— ¡Cabrones perros! —escupió el rebelde —Les vengaremos hoy mismo asaltando el campamento por sorpresa a la medianoche, pero el Movimiento... tiene muchos gastos, usted sabe, armas, alimentos... y quiero joderme a esta mujer.

— ¡Hay más, allá está el resto del dinero y las armas! —gritó Zelik, indicando el lugar preciso para la acción.

— Y tendrás a la hembra —dijo bajando la voz— ¡Yo me encargaré!

Eliezer, en unión de Leah visitaron otro tugurio en el lado opuesto de la ciudad. Allí se toparon con un batallón de soldados famélicos, con uniformes desteñidos y botas desgastadas. El Oficial que parecía de mayor rango, se dirigió a ellos pidiendo documentos, que por supuesto no tenían. Un fajo de billetes verdes resolvió las dudas del sujeto que por arte de magia se convirtió en gran conversador —el idioma Inglés es conocido debido a la fuerte presencia de los Británicos en Somalia durante años— invitando a todos a beber un fuerte licor de caña mezclado con agua de coco a temperatura ambiente de casi 42 grados centígrados a la sombra.

Leah, vestida de túnica negra hasta los tobillos y turbante en la cabeza, calzaba toscas sandalias de cuero que sólo dejaban a la vista sus finos y hermosos deditos rosados de los pies que emocionaron a la tropa.

Al tercer trago el Comandante Brautto, tomó por el brazo a la pecosa pelirroja para intentar bailar al ritmo de tambores y flautas de carrizo, que tocaba un conjunto musical. Leah se resistió al principio, buscando con los ojos las instrucciones de Eliezer, que autorizó el baile moviendo la cabeza. La música era de lo más sensual, y Leah aprovechó para subir a la mesa contoneando su bien formado cuerpo atrapando de inmediato la atención de los presentes que gritaban enardecidos, pensando que la chica se quitaría la ropa.

El Jefe Militar prefirió ver sentado el espectáculo, ya podría cogérsela después.

El mercenario Israelita creyó que era el momento y sin más le entregó una buena cantidad de Dólares Americanos, a cambio de "castigar" a un grupo de bandidos que los asaltaron robando sus vehículos y pertenencias, violando a sus mujeres y asesinando a varios de sus compañeros. Le soltó el cuento de que era un grupo de estudiantes universitarios de varios países que viajaban por el mundo conociendo lugares maravillosos generalmente desconocidos, con fines de investigación para sus trabajos de tesis en periodismo, sociología, economía, ciencia política, psicología y arte antiguo.

En apoyo a su compañero, Leah con falsa credencial de Periodista del "Sunny Midwest Journal" de la ciudad de Denver, Colorado, le ofreció una entrevista que publicaría en los Estados Unidos para dar cuenta al Mundo de los esfuerzos del Gobierno local por restaurar la paz y la justicia en su País, combatiendo el hambre y la miseria.

Brautto se interesó con exageración, que su lucha fuera conocida por el Mundo entero. Le contó —poniendo su manaza en las piernas de Leah— sobre las atrocidades cometidas por los rebeldes contra el pueblo, la escasez de comida y medicamentos en esa región olvidada de la civilización.

— ¡¡Por favor, diga a las Naciones Unidas que regresen a Somalia, que nos ayuden!!

Fue tan convincente en su relato, que la aguerrida ex soldado del ejército Israelí, estuvo a punto de arrepentirse del engaño.

Recobrando el aplomo dijo al combatiente que su compañero representa un Organismo Internacional de Ayuda en Alimentos y Medicinas, actuando encubierto para no ser víctima de bloqueos o ser detenido, robado y tal vez asesinado por los enemigos.

El Comandante Brautto agradecido por el "reportaje" y la fotografía empuñando su AK-47, guardó en su mochila los dos grandes fajos de billetes entregados por Eliezer y no tuvo inconveniente en apoyarlos para rescatar a sus compañeros retenidos en Merca.

Atacarían el lugar indicado a las doce de la noche, esperando recibir otro tanto de dinero.

El contingente integrado por milicianos del Movimiento Africano de Liberación (M.A.L.) avanzaba de Este a Noroeste sobre la espesa jungla, produciendo al pisar la hojarasca y ramas, ruido parecido al de las hormigas gigantes carnívoras o marabunta, que arrasan con todo a su paso.

El agudo silbido de los afilados machetes morunos cortando los arbustos, se fundía con los cantos de grillos y chillidos de monos y aves nocturnas.

A media milla al Norte, varios piquetes de soldados del Gobierno Provisional comandados por Brautto, aguardaban la orden de atacar, escondidos entre la maleza, frente a la granja. El "Coronel" se demoraba unos minutos planeando el asalto.

El valiente guerrero se devanaba los sesos tratando de comprender cómo demonios podía rescatar a los prisioneros si no veía movimiento alguno. La finca parecía abandonada. ¿Y si fuera una trampa?, ¿si los estaban esperando?

Hundido en sus reflexiones escuchó el inconfundible silencio de las ranas y cigarras. Algo grande se aproximaba rápido por el Sureste. Ordenó a sus hombres preparar las armas y la señal de alerta imitación del ronco canto del búho, corrió entre la tropa.

La granada del RPG-7 —disparada intencionalmente por los Israelitas para iniciar la batalla— silbó y estalló en medio de un ruido ensordecedor, iluminando el resplandor del fuego la negrura de la noche, despedazando árboles en diez metros a la redonda.

Al unísono, se desató terrible balacera, arrasando maleza y vidas por igual. Quince guerrilleros del M.A.L. cayeron abatidos por las ráfagas de los fusiles de asalto AK-47, calibre 7.62 mm de patente Rusa, hechos en China.

Las tropas agredidas respondieron con fuego de rifles Chinos NORINCO calibre 5.56 mm —copiado del COLT M-16 de manufactura Norteamericana— y disparos de morteros, causando estragos entre los soldados.

Granadas de fragmentación y disparos de bazookas reventaron

cuerpos de jóvenes rebeldes, casi niños, cuyo pecado en la vida había sido nacer en el momento y lugar equivocados.

En el interior de la granja, tomados por sorpresa, los vigilantes avisaron a los mercenarios Franceses la salvaje batalla frente a ellos. Josafat Pereira ordenó a todos los piratas cubrir el frente y permanecer agazapados, atentos al desarrollo de los acontecimientos y esperar sus órdenes.

— Al parecer, no es contra nosotros —concluyó el bandido, destinando a dos de sus secuaces a la retaguardia. ¡Estén alertas! ¡Nadie se mueva, esperen mis órdenes!

El Equipo KZ (Kadir/Zelik), avanzó pecho a tierra los cien metros que los separaban de la deteriorada cerca de alambre de púas, cortándola en silencio con pinzas. Provistos de lentes infrarrojos observaron con claridad a los centinelas que cayeron fulminados por certeras balas de fusiles Israelitas GALIL calibre 7.62 mm con silenciador y mira nocturna, disparados por cuatro francotiradores. El arma, es una inteligente mezcla de los AK-47 Rusos y RK-62 Finlandés, con culata plegable como el FAL Belga. El ruido descomunal de los disparos y explosiones asustaron a los animales de la granja, provocando una estampida de vacas, cabras, gallinas y patos añadiendo mayor confusión.

Los piratas estaban como locos y querían disparar. El jefe y Colignot, su lugarteniente les ordenaron permanecer ocultos, en silencio y no abrir fuego hasta nuevo aviso. Diagnosticaron correctamente que la pelea no tenía que ver nada con ellos, como suponían al inicio. Instruyó amarrar a los rehenes unos con otros por los tobillos y manos a la espalda, tumbándolos boca abajo en el cuarto, dejando a Fauré y otro vigilando.

— ¡Si nos atacan, mátenlos! —rugió Josafat.

Organizó la primera línea de defensa con cuatro mercenarios Franceses armados con lanzacohetes RPG-7, apoyados por cuatro hombres más, con fusiles automáticos Browning calibre 30.06. Por el frente de la granja, cualquier ataque sería suicida.

La retaguardia fue tomada sin dificultad por el comando Israelita KZ que avanzaba con cuidado buscando posibles minas antipersonas. Las gafas de visión nocturna sólo detectaron abundante estiércol depositado en el terregoso suelo. El ruido de los animales del establo no dio preocupación, es normal su reacción bajo el intenso sonido del combate.

La tensión y miedo de los prisioneros era tremendo. No sabían qué estaba sucediendo y nadie les decía nada. Creyeron iban a morir, algunos se pusieron a orar. Pensaban con razón, que debía ser la fuerza de rescate, pero escucharon la orden de matarlos que dieron a los guardias. Jamás podrían adivinar que afuera había una "guerrita" contratada por sus verdaderos salvadores.

Bien atados, el Capitán Blake y el señor Korr intercambiaron una mirada de inteligencia. Korr, en una maniobra increíble para su edad, dobló su cuerpo cual bailarina de ballet alcanzando con sus dientes la soga del tobillo, comenzando a roer como rata bodeguera. Liberados los pies, continuó con las muñecas de Blake y las suyas. En seis minutos logró su objetivo reventando las cuerdas, con el mayor sigilo.

Fauré y su compañero, confiados por haber inmovilizado muy bien a los prisioneros, miraban atentos por el pequeño hoyo de ventana, el desarrollo del encarnizado combate frente a la casa.

Nerviosos, encendieron sus cigarrillos, que fue lo último que hicieron en la vida.

Korr saltó sobre el mercenario y en lo que pareció un solo movimiento, le rompió la cervical arrebatando la metralleta, llenando de plomo caliente el pecho y estómago del gigantón Fauré. Blake por su parte, haciendo gala de su flema Inglesa, calmó a los demás, desatándoles.

Súbitamente penetraron al recinto cuatro hombres vestidos de negro. — Tranquilos amigos, somos los buenos.— ¿Todo bien? ¿Alguno está herido?, ¿pueden caminar? ¡Vámonos de prisa! No hagan ruido…

Con los rehenes a salvo, Zelik ordenó al resto del comando atacar por la espalda a los piratas. Una lluvia de casi mil balas 7.62 mm vomitadas por los fusiles GALIL los acribilló, llenándolos de agujeros. Los cuerpos quedaron como una exposición de quesos Gruyere, bañados en litros de vino rojo. En la euforia de la batalla, nadie comprobó la muerte de todos, sólo checaron a cinco y estaban "bien muertos", como se dice. Malherido, uno de los piratas fingió ser cadáver, tuvo la esperanza que no lo remataran. No movió un solo músculo ni se quejó de dolor. Estaba perdiendo mucha sangre.

Adueñado de la finca, el eficiente comando KZ procedió a terminar la batalla que tenía enfrente. Para ello, emplazó una docena de morteros de guerra con alcance de hasta 3,000 metros inclinados a 45 grados, cargados con granadas de gas incapacitante que dejarían fuera de combate por corto tiempo a los supervivientes de la feroz batalla. La cruel operación, había terminado.

— ¡El botín del barco! — señaló la pelirroja. Ocho comandos cargaron con las pesadas bolsas del tesoro robado, procediendo a retirarse por donde entraron, la retaguardia de la granja.

Zelik miró la carátula fosforescente de su reloj que marcaba las dos de la madrugada y sonrió. En Madrid sería la una y su "socio" Kadir probablemente estaría al pendiente, vaso de vodka en mano. Pero ya tendrían tiempo para celebrar ¡la victoria! Tomó el radio e hizo la llamada. El grupo expedicionario cargó a los rehenes heridos y junto con los otros, caminaron rápido más de un kilómetro del lugar, hasta el claro de unos cien metros de diámetro y esperaron escondidos entre la maleza. Pasados treinta minutos, el avión de transporte V-22 OSPREY aterrizó verticalmente en la improvisada pista iluminada en su perímetro por veinte linternas sordas de los mercenarios, levantando una nube de polvo y hojarasca ocasionada por sus dos enormes rotores.

Una vez en tierra, el avión abrió su enorme vientre para acomodar a todo el grupo, con excepción de cinco miembros del comando avituallados con alimentos, agua, armas, municiones, medicinas, equipo de radiocomunicación y muchos Dólares, que permanecerían en territorio Africano hasta completar la misión. El extraordinario aeroplano "V-22 OSPREY", es una combinación de Helicóptero y Avión de Ala Fija, desarrollado por las Fuerzas Armadas de los Estados Unidos, fabricado por Boeing Co. y Bell Helicopter Textron, Inc., semejante al Cazabombardero Inglés "SEA HARRIER", que a diferencia de éste, es utilizado como transporte de asalto con tropas y suministros.

La negra aeronave despegó vertical y en segundos se perdió en las sombras de la noche, llevando en su interior a la parvada de prisioneros felices de recuperar su libertad. Los eficientes médicos procedieron a atender a los heridos, ninguno de gravedad.

A buena distancia del lugar, Ethan Warner y su grupo de Agentes del FBI reforzados con los de Operaciones Especiales de la CIA, oyeron el estrépito del combate. Nunca pensaron que llegarían muy tarde. Dos horas después de la batalla no había nada que hacer, salvo que quisieran enterrar docenas de muertos.

Buscaron a la luz de linternas entre los cuerpos, tratando de localizar a los rehenes. Entraron a la granja prestos a la lucha, sin hallar a los cautivos. Sólo encontraron a un sobreviviente gravemente herido sin ninguna identificación, que pronunciaba algunas frases en lengua Árabe.

No podían imaginar quién era, así que lo entregaron en calidad de detenido a los paramédicos y transportado en camión al Puesto de Socorro de la Cruz Roja Internacional más cercano, donde lo dejaron. Cuando pudo hablar, declaró ser de Túnez, llamarse Raphael, de ocupación comerciante viajero.

Narró que fue hecho prisionero por los bandidos que lo robaron, golpearon y esclavizaron, encargado de limpiar letrinas, acarrear agua, cavar trincheras y otros trabajos pesados. Los bondadosos Doctores de la Benemérita Institución le creyeron y pensando que iba a morir, lo dejaron libre. El herido había perdido un ojo y el brazo derecho.

Ethan no tardó mucho en reconocer su fracaso y se llenó de rabia, maldijo como nunca, abriendo fuego con su pistola contra los inertes cuerpos de los mercenarios Franceses, estaba como loco, fuera de sí, pateando, gritando, insultando, viendo cómo la oportunidad de obtener los miles de millones de Dólares de la fortuna Weitzner, se le escapaban como agua entre las manos.

Rojo de ira, con la presión sanguínea subiendo a niveles peligrosos, continuó el análisis de la situación estresado al máximo. Su fino olfato de policía le avisaba de otra intervención.

¿Acaso el infeliz Director de la naviera hizo abortar su misión? ¿Quién más estaba enterado de la secreta operación? ¿Qué consecuencias tendría para su carrera el haber perdido la partida?

Intuyó que Kadir su odiado rival, era el culpable de todo y ahora, si los rehenes son salvados, ¡¡me arrebatará ¡¡ LA GLORIA y el DINERO!! ¡¡Maldito, mil veces maldito cabrón!!

— ¡Busquen el dinero robado! ¡Aquí debe estar! —ordenó a su tropa; al no encontrarlo, montó en cólera.

— ¡Hijos de putaaaaa! ¡Le advertí al Motherfucker (hijo de la chingada) que no quería interferencias, voy a eliminarlo personalmente, él se lo ha buscado! —gritó fuera de sí, como poseído por el demonio, con los ojos desorbitados.

De pronto, un terrible dolor en el brazo izquierdo y en el centro del pecho lo hicieron caer. El mortal infarto al miocardio, le partió en dos el ambicioso corazón.

Sus hombres nada pudieron hacer por ayudarlo.

ALEXANDRIA, EGIPTO

Los turistas liberados fueron conducidos al puerto de Alexandria en Egipto y entregados a cien metros de la Sede Diplomática del Gobierno de su Majestad, la Reina de Inglaterra. Llegaron caminando, con excepción de don Ramón Peralta quien quedó internado en el Egyptian British Hospital para cirugía y convalecencia. La bella "Amber" lo mimaría como a un bebé. A estas alturas del partido la putísima señora había olfateado a su nueva presa.

Los comandos Israelíes eran inexistentes. Vestidos con camisas floreadas, zapatos casuales, descoloridos jeans y maquinillas fotográficas, pasaban por un alegre grupito de excursionistas extranjeros deseosos de conocer las famosas Pirámides.

Durante el viaje, Zelik se identificó como el Oficial a cargo de la Seguridad de la Línea Naviera que sólo había cumplido con su deber, rechazando los generosos ofrecimientos de recompensas por parte de los millonarios.

Después de mucho insistir, los libertadores recibieron el regalo de los agradecidos paseantes, de ¡mil millones de Euros!, para depositarse en el Banco Santander de la ciudad de Madrid, España, constituyendo Fideicomiso irrevocable que administraría el Fondo de Retiro de los 24 rescatistas y su Comandante que se oponían a aceptarlo.

— ¡No jodan!, si se lo han gánáo —dijo imperativo Don Ramón Peralta, en el Hospital— ¡Deben pensar en sus familias coño!!

— ¡Así que ná! ¡Ni una palabra más o nos regresamos todos a Somalia! —concluyó el empresario entre las risas de los presentes.

Ambrosia Waxton quiso despedirse a su manera de cada uno de los miembros varones del comando, pegando su vientre plano y deliciosos senos sobre los cuerpos y besándoles en los labios, después de aplicarles spray desinfectante para la boca. Ella tenía bastante práctica, en su juventud —no lejana— vendía besos en unión con otras bellas chicas, en las ferias Titulares del Santo Patrono del pueblo recolectando buenas sumas para nobles causas de la Iglesia.

— Me quedaré unos días más en la ciudad, tengo que cuidar a un paciente en el hospital —guiñando un ojo en señal de complicidad.

Al estrechar las manos emocionada, tuvo cuidado en deslizar un papelito con su número telefónico privado, a tres o cuatro hombres bien parecidos que abrieron los ojos desmesuradamente, Zelik incluido. Por su parte, el Príncipe Hassim Rajib, sensibilizado por los terribles días de peligro y sufrimiento, prometió donar el uno por ciento de los beneficios de sus campos de petróleo, que entregaría al organismo de las Naciones Unidas encargado de combatir el hambre y desnutrición de los pueblos Africanos. Asimismo, hizo juramento de invertir en su País en nuevas y modernas viviendas para su pueblo, con suficiente agua potable y sanitarios dignos.

Donald Korr y Wolfang Kutz, se convirtieron en buenos amigos y socios en el nuevo negocio de las Telecomunicaciones Satelitales y de Informática Avanzada, que montarían en el Silicone Valley, de California. Deseosos de ayudar al prójimo, planeaban construir en la ciudad de Houston, Texas, un Hospital Universitario de calidad, afiliando a una Escuela de Medicina de prestigio, para ayudar a combatir el Cáncer, Leucemia, Diabetes, Obesidad, Enfermedades del Corazón, Hígado y Pulmones, a precios accesibles para toda población carente de Seguros Médicos.

El Capitán Conrad Blake, había firmado la solicitud de divorcio sin condiciones a su mujer, quien fastidiada de tenerlo la mayor parte del tiempo en el mar, no cubría sus expectativas de controlarlo y envejecer juntos. —La dejo con suficientes bienes y magnífica pensión, mi libertad vale todo eso y más —reflexionó.

Regresaría con mayores ánimos a su labor de siempre, conducir con destreza los enormes Cruceros de la CELTIC y en unión con otros Comandantes amigos suyos, fundar en Bilbao, España, una Escuela Civil con formación militarizada, para Oficiales de Cubierta, de Máquinas, Mantenimiento, Alimentos, Bebidas, Amas de Llaves y demás tripulación; patrocinada nada menos que por Don Ramón Peralta y Bárcenas —multimillonario hotelero dueño de la naviera CELTIC— que ya vislumbraba a la proveedora de muy calificado personal para sus Empresas.

Blake, tenía resuelto en abundancia su futuro financiero y era posible que el sentimental también. La bella Israelita Leah, le había mostrado simpatía en su mirada y por qué no, de atracción, después de todo, el divorciado no era tan viejo.

Saludable a sus cincuenta y ocho años, tenía la capacidad para amar intensamente. Había tomado la decisión de pedirle matrimonio.

Don Benjamín Weitzner y su hija, siempre hablando en Yiddish, planeaban dedicarse a otra cosa muy distinta. Ahora, la hermosa Ruth, entendía con claridad que el mal está presente siempre en nuestras vidas, atacando sin piedad a personas inocentes y que las Instituciones no siempre tienen la capacidad de prevención y respuesta para combatir con eficacia la delincuencia.

Hoy por fin, comprendía por completo al hombre bueno, el admirable Fiscal General de la Nación, el abanderado del Bien y la Justicia, que siempre quiso imponer la razón y el Derecho, en tantas ocasiones envilecido por LAS TENTACIONES DEL PODER Y DINERO.

Después de lo vivido, se dio cuenta plena que el odio hacia su padre y al amado Kadir, no tuvo razón, ellos aplicaban la "Justicia" a su modo, pero el resultado era bueno, el Mundo era mejor sin la existencia de la escoria, la basura de la humanidad que ellos se encargaban de eliminar, como lo hacen otros Hombres organizados en Tribunales. Al final, ¿qué podía marcar la diferencia? Los gobiernos también ejecutan "legalmente" a delincuentes: la silla eléctrica, cámara de gas, inyección letal, horca, fusilamiento y tantas formas de ¡matarlos!

De hoy en adelante, apoyaría a su padre en lo que fuera, y a Kadir... bueno sería suficiente su perdón, ¿o íntimamente estaba deseando volver con él y revivir el apasionado amor que tuvieron? Sin conocer aún la muerte de su esposo, la hermosa rubia volvía a tener ¡LA TENTACIÓN DEL SEXO! El homosexual Abogado Lester Crowe, o mejor dicho lo que quedaba de él, destrozado física y mental, estaba convertido en un despojo humano. Sabía que era un desecho social, infectado en sus partes internas y contagiado de SIDA, estaba condenado a vivir en hospitales la mayor parte del resto de su vida.

Hizo un recuento de su existencia.

Como película pasaban ante su mente los episodios más relevantes de su presencia en este mundo.

La infancia, los abusos sexuales de parte del padrastro, el alcoholismo y gran putería de su madre, el ingreso al sacerdocio internado en el

Seminario, los castigos corporales y su expulsión, la estancia en la Universidad donde conoció al hijo de puta de Coodlidge Westwood III que lo sedujo y violó cientos de veces, iniciándolo en la droga y el alcohol; aquel que lo involucraba siempre en riñas y pleitos legales.

Recordó con amargura, la cantidad de veces que tuvo que aceptar la culpa ante la Policía, por delitos cometidos por el desgraciado y la cobarde complicidad en aquella "ceremonia", donde varios juniors quemaron vivas a dos jovencitas negras acusadas de brujería y vudú, infame delito que nunca se aclaró por intervención suya, echando mano de sucios manejos y billetes verdes, utilizando a podridos funcionarios judiciales y prensa vendida, corrompiendo y pagando cientos de miles de Dólares, que terminaron culpando a los tutores de las menores sustraídas de una casa de asistencia social; el robo de una gran suma al capital del padre de su amigo, el viejo supermillonario Coodlidge "Cody" Westwood II, que a la postre, le heredó el apartamento flotante en el "TENERIFE"; el plan donde resultó muerta la joven Mireille, novia del arrogante tipo llamado Kadir ... y mil cosas más. En un acto de arrepentimiento tardío, llenó sus ojos de lágrimas… todo hubiera sido tan distinto si... Y hoy, el famoso Abogado Lester Crowe, sentenciado a una vida miserable, zurrándose en los pantalones sin darse cuenta, por la grave incontinencia de su descuartizado esfínter anal, usando pañales para adulto y aromatizantes para disminuir su fétido olor.

No, definitivamente su vida era una porquería. En sus condiciones físicas, nadie en el club gay que frecuentaba desearía tener una relación con él, ni siquiera una aventura, y menos su querido novio Raymond, alias "Nalgas Finas" que recién lo abandonó por un maldito Chino. En depresión total, sin salud, ni padres e hijos, familiares que lo repudiaban, cancelada la posibilidad de tener amigos y amantes, no valía la pena vivir.

Sorpresivamente, dejó al grupo de compañeros sobrevivientes pretextando buscar un sanitario, arrojándose al paso del pesado Autocar Volvo atiborrado de turistas, que lo mató en el acto, con las enormes ruedas que le reventaron la cabeza regando sesos y sangre, con el cuerpo aplastado y las vísceras esparcidas en el caliente pavimento, ante el griterío de los presentes que no pudieron dejar de atestiguar el macabro espectáculo.

Zelik urgió a la comitiva de millonarios apresurar su llegada al recinto Diplomático Inglés para evitar cualquier investigación policial o de la prensa Egipcia.

— Recuerden, ustedes no han visto nada y no conocen al muerto, no podemos hacer nada por él.

El Comandante respiró aliviado cuando los ex rehenes penetraron a territorio de la Gran Bretaña, esfumándose con su grupo de "turistas". Tenía prisa de regresar a Somalia por sus cinco compañeros que entregarían la segunda parte de la bolsa ofrecida a las dos catervas de combatientes. Su papel distractivo, resultó clave para la triunfante liberación de los prisioneros sin bajas qué lamentar.

Por un instante le asaltó LA TENTACIÓN DEL DINERO, quedarse con él y no pagar lo prometido, pero la rechazó tajante. Tenía que cumplir su palabra de Militar.

Los ex soldados Aarón, Jason y Habacuc, apoyados por sus osadas y toscas compañeras Shifra y Tabitha, fueron comisionados para quedarse en Mogadishu, encontrarse en el lugar convenido con los líderes tribales y entregarles su pago, muy bien ganado por cierto.

El Coronel Brautto les agradeció tanto el haber cumplido su palabra, que los premió obsequiando una bolsita de cuero conteniendo doce pequeños diamantes en bruto. Estaba contento por haber liquidado una buena parte de rebeldes, ganando —en su opinión— la escaramuza. No reveló que al despertar él y la tropa, cansados, sin municiones, desaparecieron en la selva.

Preguntó por la bella Leah, hubiera querido tenerla un rato, resignándose cuando le informaron que murió en acción.

— Lo siento mucho, es una lástima —dijo, guardando la mayor parte del dinero. El resto lo repartió entre sus bravos guerreros. Lo merecían.

— ¡No olviden mi reportaje!! —gritó el Comandante al despedirlos.

Por su parte Ukolo, lugarteniente de Mosawi el Gran Jefe de los rebeldes, feliz por haber ganado la batalla —según él— castigando al mal Gobierno, recibió con gusto el pago restante y les invitó una ronda de cervezas locales a temperatura ambiente de 39 grados centígrados, acompañadas de un entremés a base de carne blanca de iguana en trozos, cocinada a las brasas con hierbas y salsa con estupendo sabor, que los mercenarios aceptaron para comer en el camino de regreso, explicando su prisa por retirarse.

Ukolo y sus compañeros entendieron y les dijeron adiós levantando el puño cerrado a manera de saludo. Tomarían para ellos una porción de la fortuna y con la otra, comprarían más armas a los traficantes, desgraciadamente. Los guerrilleros, exhaustos, habían huido del sitio del combate por temor a la llegada de refuerzos del ejército.

— Hemos dado un buen golpe, vámonos — dijo el líder a sus hombres, agradecidos de salvar la vida.

Cumplido su cometido, los cinco comandos Israelitas fueron extraídos con precisión y limpieza de suelo Somalí, para ser conducidos a Kuwait, su cuartel general.

QATAR, EMIRATOS ÁRABES UNIDOS

U sando unos pocos días del descanso otorgado por la Firma de Auditores, Jules C. Harper alias "EL NIÑO", viajó a la moderna y espectacular ciudad de Doha, con órdenes precisas de Kadir. El pretexto del viaje era revisar la contabilidad del "Desert Palace Resort", uno de los nuevos Hoteles clase Boutique. Al mismo tiempo, en solitaria misión, ajusticiaría con pulcritud al delincuente de cuello blanco y financiero de terroristas, el banquero Anthar Nafed, Director General del Banque Internationale L'Etoile.

Es un país pequeño con territorio de clima desértico, semejante a la superficie de la Isla de Jamaica en el Caribe, y sin embargo posee descomunal riqueza proveniente de las gigantescas reservas de Hidrocarburos estimadas en unos quince millardos de barriles (dos y medio kilómetros cúbicos), cuya explotación y exportación de Petróleo y Gas, han sustituido a la pesca y recolección de perlas como fuente principal de empleo. Los fabulosos ingresos se han vertido en obras públicas y rascacielos.

El nivel de vida de sus habitantes es comparable a los Países Occidentales, teniendo el ingreso per cápita más alto del Mundo: mayor a ochenta mil Dólares anuales.

Como se supo después, el funcionario bancario murió por asfixia, cuando un suculento bocado de carne se atravesó en su laringe impidiéndole respirar.

Vaya truco de Jules. Disfrazado con el pelo completamente blanco, barba y bigote encanecidos, se hizo pasar por enviado de Josafat Pereira —cliente distinguido de su banco— invitándole a comer para discutir lo relacionado con el nuevo negocio, disfrutando de la magnífica cocina del restaurante Al Batross Doha.

Cuando el financiero fue al sanitario, Jules lo siguió con un buen trozo de carne en la mano, que introdujo por la fuerza en la boca y garganta del viejo ladrón. El pedazo de carne se atoró en la tráquea cortando el paso del oxígeno.

El tipo se fue al otro mundo sufriendo grotescas convulsiones. "EL NIÑO" desapareció como por arte de magia. Al llegar al Hotel, incineró peluca, barba y bigote falsos, depositando en distintos botes de basura los desmembrados y rotos anteojos de grueso cristal; frotándose las manos de gusto al comprobar en su "laptop" que su cuenta bancaria engordó en novecientos mil Dólares más.

— Compré nuevos palos de golf —fue el escueto mensaje de Jules a su Jefe.

La Policía local agotó las investigaciones por tratarse de un personaje de relevancia social, declarando que el "ilustre" banquero murió por atragantarse un bocado demasiado grande y cerró el caso. Anthar Nafed nunca tuvo grandes simpatías. Su carácter hosco y arrogante con los empleados, contrastaba con lambisconería hacia los poderosos.

La viuda del banquero, sin hijos, que vivía separada en Escocia, se alegró de su muerte. Cobraría gran cantidad de Euros por la póliza de seguros, que disfrutaría a su gusto, quedándose con varias y valiosas propiedades puestas a su nombre de soltera en otros países.

El bastardo ha tenido el castigo que merece, comentó con sus amigas cuando planeaba someterse a una buena cirugía plástica para reconstrucción de senos y aumento de nalgas.

Recuperada totalmente, tomaría larga vacación en alguna playa de moda y practicaría el sexo como loca, recobrando tanto tiempo perdido.

Su nuevo "look" (apariencia física) facilitaría las cosas. Negros, Latinos, Nórdicos, Asiáticos y con las debidas precauciones sanitarias, se cogería a todos los hombres que pudiese.

Tres meses después, la investigación se reabrió, pero por otros motivos.

Resultó que después de la minuciosa Auditoría practicada al Banco como rutina, se descubrieron malos manejos del extinto Director y sus conexiones con el crimen organizado, avisando a la Interpol, que procedió a desmantelar la red encontrando muchos nombres conocidos de la supuesta mejor sociedad Europea.

Post Mortem (después de muerto), fue acusado de lavado de dinero, homicidio, asociación delictuosa, enriquecimiento ilícito y quién sabe cuántas cosas más, confiscando gran parte de su hacienda y propiedades mal habidas.

TEL AVIV, ISRAEL

El Primer Ministro recibió con gusto a Zelik y su grupo, escuchando al detalle la operación de rescate de los rehenes, extendiéndoles una calurosa felicitación.

— No viviremos en un mundo, donde un grupo de delincuentes terroristas amenacen la seguridad de hombres, mujeres y niños. No podemos permitirlo y los combatiremos siempre con fuerza. Además, quiero que sepan que la petición Oficial para utilizar el avión Americano, la hicimos porque dentro de los rehenes estaban varios compatriotas Judíos, como Benjamín Weitzner y su hija Ruth, quienes a través de su Fundación, ayudan a la Patria con valiosas donaciones para el desarrollo de la Educación, Salud, Ciencia y Tecnología.

— Mediante el pago de cincuenta millones de Dólares como aportación para las Guerras en Afganistán e Irak y el depósito fianza reembolsable por el costo del avión de trescientos setenta millones más, el Comandante Supremo de Marines destacamentado en Kabul, con autorización del Vicepresidente de los Estados Unidos, prestó por 72 horas tripulación incluida, el V-22 OSPREY a mi Gobierno, para una operación encubierta contra el peligroso grupo de piratas terroristas, que además amenazaban colocar bombas en varias ciudades de Israel, Europa y los Estados Unidos.

— Una vez más, gracias por su valor y patriotismo, ¡hasta pronto! —dijo el Ministro, auténticamente emocionado.

— A propósito de Ben, me ha pedido comunicarles su deseo de gratificarles con cien millones para cada uno en moneda Estadounidense, pidiéndoles por favor que lo acepten. Con esos premios, creo que ¡¡renunciaré al cargo de Primer Ministro y me uniré a su equipo!! — cerró la entrevista riendo, alejándose a su despacho privado.

Cuando estuvieron a solas, los miembros del grupo armado, comentaron: —Pppero si ya… fuimos recompensados por los millonetas —balbuceó Zelik…

— No debemos aceptarlo —dijo tajante Lorna— es demasiado…

—Creo que arriesgar las vidas de cada uno vale eso y más —comentó Tabitha.

Habacuc finalizó la discusión con sólido argumento: — ¿No es el dinero una de las principales motivaciones de nuestro comando mercenario? ¿De qué vamos a vivir en la vejez?, algunos de ustedes van para allá que vuelan —dijo festivamente —Hay que pensar en eso.

— OK —dijo Leah— a condición de continuar unidos, debemos mostrar agradecimiento a Dios y al mismo señor Weitzner.

— ¡Bravo, así se habla! —dijeron los demás compañeros.

MADRID, ESPAÑA

Kadir recibió con gran entusiasmo, la noticia del exitoso rescate de rehenes a los diez minutos de haber sucedido, expresando sus parabienes a su nuevo "socio" Zelik que le informó los principales puntos de la operación del Comando "KZ", revelando los siguientes pasos para poner a salvo a los cautivos, planes que fueron aprobados por el Director General.

— Salgo de inmediato para recibirlos en Alexandria, ¿dices que en el Consulado Británico? ¡Perfecto! Nos veremos allá.

— No, lo siento amigo, tengo que regresar a Somalia. Está pendiente entregar el resto del dinero a nuestros amigos Africanos y extraer a parte de mi equipo, pero después de cumplir con ello, pudiéramos vernos digamos en... la Costa Azul Francesa, necesitamos vacaciones, ¿de acuerdo? —propuso jocosamente Zelik.

— Claro que no, repuso Kadir, quiero invitarlos y brindar con champaña en el estreno de nuestro nuevo Hotel categoría Boutique, construido en Izmir, la tercera ciudad más grande de Turquía, llamada la "Perla del Egeo" por su belleza; un lugar mágico, la tierra de mis antepasados que pienso no conocen. Es un puerto al Mediterráneo, el cruce de las civilizaciones de Europa y Asia, lleno de historia y diversión. Lo disfrutarán mucho. Es la ciudad moderna más occidentalizada de Turquía, en ideología, valores, sistema de vida. La parte antigua de Éfeso y Pérgamo, tienen más de 5,000 años.

— Suena fantástico. Nos encantaría y hablo de mi grupo, ya nos pondremos de acuerdo pronto. Hasta luego... By the way (como comentario), recuperamos lo robado al Crucero, lo entregaré al Capitán, ¡de acuerdo?

— Por supuesto y... gracias.

Kadir habló con su esposa pidiendo le acompañara a Egipto para atender a los recién liberados rehenes.

— Sabes bien que nada me gustaría más que acompañarte, pero

mi amor, en esta ocasión no puedo. Mira, especialmente este mes soy esclava de tus hijos: Kadir Jr., recibirá la Medalla de Segundo lugar del pasado Campeonato Nacional de Atletismo Infantil que en ceremonia especial presidirá el Rey de España. Por otro lado, Galip forma parte de la Selección de Fútbol de su Escuela que competirá esta semana contra su similar de Francia. No quiere faltar por nada.

— Y como si fuera poco, Ilkin, a su tierna edad, participa en su primera obra de Teatro en el papel de Príncipe. Está muy emocionado seleccionando el tipo de espada que portará.

— Y todo eso sin descuidar la preparación para los próximos exámenes, sus clases de idiomas y música etc., etc.

— Lo siento mucho mi vida, otra vez será. Te lo prometo —sellando con un dulce beso sus palabras.

— Lo entiendo bonita, volveré lo más pronto posible. ¿OK?

Kadir empacó algunas cosas. Le agradaba viajar ligero. Se comunicó con el Piloto particular para avisar de la salida, llamó a su ayudante Leopoldo que siempre tenía a punto la camioneta Porsche Cayenne, dirigiéndose al Aeropuerto Internacional de Barajas. El Learjet 36 propiedad de CELTIC —avión ejecutivo para 8 pasajeros diseñado para vuelos de largo alcance— despegó señorial elevándose en el azul cielo de Madrid. Una lluvia de desordenados pensamientos acosó su mente. Tenía gran trabajo por realizar. Además de enfrentar posibles demandas legales de familiares de los condóminos del Crucero reclamando daños morales, perjuicios, cancelaciones de contratos, devoluciones de dinero, gastos médicos por tratamientos psicológicos para superar el trauma y mil cosas que pudieran ocurrírseles a los conflictivos, pero sin duda, eficientes Abogados de la importante clientela del "TENERIFE". Tenía que pensar en el contraveneno. La prensa había resultado escandalosa como siempre, pero al igual que la opinión pública, no culpaban a la Naviera.

El asalto al Crucero se sumaba a los cientos de casos en todo el mundo, donde los terroristas y el crimen organizado seguían actuando con impunidad, coludidos con Gobiernos y Funcionarios corruptos. Los ataques de los medios de comunicación, urgían a los Países a formar un frente común contra la delincuencia bla, bla, bla, bla...

Bueno, se dijo el Director General, ahora veremos de qué estamos hechos. El capital no es limitante y los recursos humanos tampoco.

Contamos con buen equipo de psicólogos y mercadólogos que estarán maquinando la forma de contrarrestar la mala publicidad recibida, restaurar la confianza en el público y emprender una agresiva campaña para demostrar la seguridad de nuestras embarcaciones, facilitando de ese modo, las ventas de pasajes en los Cruceros.

Sobre la iniciativa de Don Ramón Peralta, dueño de la Empresa, para "echar al agua" un segundo Trasatlántico en Condominio, valdrá la pena esperar unos meses. Habría que revisar la idea a la luz de los nuevos acontecimientos y respuesta del mercado. Claro que tenemos algunos depósitos de clientes del Crucero II, que se pueden rembolsar sin problema. En fin ya se resolverá...

Antes de cerrar los ojos para dormir un poco, pensó en Ruth. Pobrecilla, acostumbrada a una vida llena de comodidades tuvo que sufrir en exceso. ¿La habrán violado? Don Benjamín, ¿estará bien de salud? Se durmió, soñando con ella, en pocas horas estaría a su lado para auxiliarlos en todo lo necesario.

ALEXANDRIA, EGIPTO

E l "Luxor Sphinx Suites" era uno de los emblemáticos hoteles propiedad de la Cadena CELTIC. Construido sobre una loma con vista a las azules aguas del Mediterráneo, con lujo y riquezas como el Palacio de los Faraones. Los hermosos jardines bien cuidados, adornados con imponentes fuentes custodiadas por estatuas de guardias Egipcios. Una de ellas, la denominada La Fuente de Cleopatra, lucía maravillosas esculturas en ónix negro con incrustaciones doradas a escala humana, de la hermosísima Reina rodeada de su corte Imperial.

Dos grandes efigies del dios Anubis con cabezas de chacal, marcaban la entrada principal del hall del hotel y al centro, una réplica del famoso Obelisco, monolito de piedra de cuatro caras, en forma de trapecio de 12 metros de altura, rematado en la cúspide por una pequeña pirámide laminada en oro, que según las creencias de ese pueblo, era el alimento de los Dioses.

El monumento simboliza el rayo del sol y la fuerza del Dios Ra, tallado con inscripciones en cada una de sus caras relativas al Faraón que las mandaba edificar. Después de los clásicos Frontones y Columnas Griegas, quizá los Obeliscos son las construcciones más reproducidas en el mundo, encontrándose en los Estados Unidos, Israel, Francia, México, Italia —donde existe el mayor número de ellos— Turquía, Argentina, Uruguay, Inglaterra, El Vaticano y muchos más.

El hotel era una reproducción de la pirámide de Keops con los ascensores inclinados a 45 grados, semiocultos en las cuatro enormes trabes de concreto distribuidas en los puntos cardinales del imponente edificio.

En el borde izquierdo del lobby, una escalera conduce al primer sótano, donde aguardan seis embarcaciones dentro de un pequeño río, que recorren despacio, llenas de turistas el subsuelo del hotel, en intrincada ruta con escenografía, decoraciones y paisajes de la época de los faraones tipo Hollywood, salpicada de algunas sorpresas como réplicas de peligrosas serpientes Áspides y Cobras.

Kadir encontró a los rescatados rehenes, "sufriendo" con el exquisito desayuno servido en saloncito privado del restaurante principal. Afuera, un grupo de fornidos agentes de seguridad impedían el paso de reporteros ávidos de entrevistar a las víctimas del secuestro.

El Director General de la Cadena CELTIC, saludó efusivamente a los presentes, dejando para el final a Don Benjamín y Ruth, que fuera de perder unos dos kilos, lucía estupenda, fundiéndose en un cariñoso abrazo, depositando un beso tierno en ambas mejillas de la muchacha que la hizo ruborizar.

— Señores, ocasión habrá para aclarar las cosas. A nombre de la Compañía, les doy la bienvenida al Hotel, donde podrán descansar una semana —si lo desean— esperando contar con su benevolencia por los inconvenientes que han tenido en el viaje.

— Como ustedes saben, un grupo de mercenarios asaltó en mar abierto el Crucero, robando y pidiendo un rescate multimillonario por ustedes, mismo que estuvimos a punto de pagar. Esta línea de Cruceros no es improvisada y siempre tenemos planes para reaccionar con rapidez ante situaciones de esta naturaleza o de cualquier otra, anteponiendo la seguridad de los estimados pasajeros.

— El equipo de rescate coordinado por nuestra empresa, ha logrado ponerlos en libertad sanos y salvos, con lo cual expreso gran satisfacción y alegría, esperando su comprensión. No obstante, si hubiera alguna queja... nosotros...

— Nada de eso señor mío —dijo Donald Korr— al contrario, estamos muy agradecidos por la eficaz respuesta de la Compañía, especialmente con su dueño Don Ramón Peralta, quien nunca se dio por vencido y nos llenó de ánimo.

— Estoy de acuerdo —dijo el Príncipe Hassim Rajib— ha sido una experiencia fantástica y salimos bien librados. Creo que les haré llegar el agradecimiento de mi pueblo en algunos días más, así como un souvenir sorpresa a cada uno de mis compañeros de cautiverio.

Wolfang Kutz por su parte, llenó de felicitaciones a la Naviera y expresó su voluntad de continuar siendo propietario del condominio flotante, manifestando que invitará a otros amigos para sumarse a este tipo de vacaciones extraordinarias, ¡vaya que sí!

— Yo sí tengo una queja —dijo la señora Waxton —Faltó diversión y sexo, ¿no lo creen? —festejando los viajeros a carcajadas. A continuación leyó la carta enviada por Don Ramón Peralta, principal accionista del Conglomerado.

"Queridos compañeros: sin duda han sido unos de los más riesgosos días de nuestra vida. Elogio el valor y entereza demostrado por todos, que hoy han ganado mi amistad, y yo tengo la de ustedes. Felicito hasta donde las palabras permiten, la fortaleza de carácter, coraje y decisión de Tripulación, Autoridades y en especial al Contador Público Kadir Aiza y su equipo quienes trabajaron día y noche para lograr el rescate".

"Agradezco una vez más la confianza de los huéspedes en CELTIC, destacando que los actos criminales son imposibles de prevenir, los delincuentes siempre llevan la ventaja al atacar en el lugar, fecha y hora que nadie puede adivinar. Las fuerzas de la Justicia siempre actúan por reacción".

"Confío que esta experiencia no se repita jamás".

"He instruido al señor Director para que haciendo uso de recursos económicos sin límite y los tecnológicos existentes, refuerce la seguridad de nuestras embarcaciones, aplicando el método Cero, revisando cada uno de los puntos en la planeación y operación de los Cruceros, tratando de prevenir al máximo cualquier atentado".

"Quedan ustedes en absoluta libertad de elegir entre permanecer una semana en este bello Hotel como invitados distinguidos, regresar a casa en aviones privados o en el "TENERIFE", que debe estar por llegar proveniente del Canal de Suez, escoltado por un barco de guerra Inglés, hasta Barcelona. Otra vez, gracias".

"P.D. Pronto les invitaré unos días de vacaciones en mi casa de Menorca. Espero tener el honor de recibirles".

Un aplauso rubricó sus palabras y procedieron al brindis, levantando sus copas con champaña helada, alentados por la nueva anfitriona, "Amber Waxton", refulgente de belleza.

A las seis de la tarde, reunidos en el lobby del hotel, indagó Kadir.

— Don Benjamín, ¿qué desea hacer ahora?

— No lo sé, estoy confuso... Ruth, querida, ¿qué dices tú?

— Opino que debemos regresar a casa papá, necesito llevarte al

Hospital, han sido demasiadas emociones y sufrimientos —contestó la hermosa muchacha.

— Creo que... La que debe ir eres tú querida, habrá que revisar esa fractura —replicó el hombre.

— ¡Cómo! ¡Estás herida! Vamos a ... Excúsenme un momento por favor —rogó el Ejecutivo. La fuerte vibración del teléfono satelital avisaba llamada entrante. Debía ser de importancia.

— ¿Qué? ¿Cómo...? ¿Cuándo fue eso? ¿Estás completamente seguro? ¡Maldita sea! ¡Con cien mil millones de coños! OK, te agradezco el informe, ¿alguien más conoce del asunto? No, perfecto. Me encargaré. Hasta pronto.

Zelik alias "Stan", le comunicaba la muerte de Ethan Warner Jefe de Agentes Especiales del FBI, acaecida en territorio Africano, víctima de fortísimo ataque al corazón. ¿Cómo decirles a los familiares sin causarles daño?

— ¡Carajo! —masculló el Director. Cuando volvió a la salita del vestíbulo, Ruth notó enseguida el gesto de preocupación, diagnosticando como buena Psicóloga que era, dificultades mayúsculas.

— ¿Y bien?, ¿malas noticias? Supongo que son pésimas, a juzgar por la cara de espanto. Lo que sea puedes decirlo, recuerda que he sido tu loquera personal.

— ¡Vamos suelta la carga!

— Ruth, me han llamado para informarme el fallecimiento de Ethan Warner, tu esposo. Fue un ataque al corazón... lo siento... yo... bueno, quisiera ayudar en lo que digas...

Benjamín Weitzner recibió la noticia en apariencia tranquilo. En su larga vida como Fiscal General de los Estados Unidos, había conocido y visto, miles de casos así. Se puede decir que la muerte era vieja conocida. Pero ahora se trataba de su yerno. Le dolería ver a su hijita sufrir.

Incorporándose de su asiento, la abrazó tiernamente llenándola de dulces palabras de consuelo, besando su linda cabecita rubia.

— ¿Dónde fue?, ¿en qué lugar se encuentra ahora? —exigió Ruth.

— Sucedió en Somalia, han transportado el cuerpo a los Estados Unidos, imagino que a Nueva York o Washington D.C. Lo investigaré en unos momentos —respondió Kadir, cuyos brazos alcanzaban los cuerpos de padre e hija, fundidos en uno solo.

Gruesas lágrimas brotaron de los azules ojos de la chica y del anciano, empapando la camisa del varón, que sostenía casi en vilo los cuerpos de los deudos. Sentados dieron rienda suelta a su pena, llorando.

— Debemos retornar a casa hoy mismo —dijo Ruth reconfortada —habrá que hacer varias cosas por allá. ¿Kadir, puedes ayudarnos arreglando el viaje?

— Por supuesto. Tengo el avión de la Empresa a disposición. Incluso pudiéramos partir en pocas horas si lo desean.

— Prefiero mañana —terció Ben— necesitamos un tiempo a solas y descansar un poco. Volaremos a las 7.00 a.m. ¿Están de acuerdo? No podemos hacer nada por él. Y gracias, muchas gracias amigo Kadir.

— Padre, si no tienes inconveniente me quedaré un rato, necesito hablar con él. Te alcanzo en la habitación en un momento.

— Claro que sí, por favor acompáñenme a la Suite, ya instalado, no les molestaré más —pidió Ben, muy nervioso.

— No molestas a nadie, al contrario, creo que no debemos dejarlo solo. Hablaremos en el recibidor de la habitación —decidió Kadir.

— Es buena determinación, lo que tengo que decirte no es ningún Top Secret (Secreto de Estado), vayamos allá.

A Ruth le tomó solamente diez minutos, pedir al Room Service (servicio a la habitación) y dar a su padre un vaso de leche descremada acompañada de una pieza de pan negro integral untado con mayonesa light (poca grasa) con una rebanada de roast beef y rodaja de tomate.

Ellos le acompañaron con una copa de vino tinto y trozos de queso con aceitunas negras sin hueso. Al terminar el refrigerio, la rubia besó a su padre, dándole una tableta de Tafil de 0.50 miligramos que lo pondría a dormir enseguida.

Lo recostó cariñosamente, zafando sus zapatos.

La pareja estuvo atenta al pie de la cama hasta que el buen viejo se durmió. Ruth cubrió el cuerpo con un cobertor delgado y salieron en silencio de la alcoba. La chica pasó a su cuarto vestidor y se mudó de ropa.

En la sala, se acomodaron en los sillones frente a frente, llenando sus copas con vino rojo mexicano Duetto, elaborado a base de uva Shiraz, ligero, sabroso y precio magnífico.

Kadir estaba asombrado al observar la fortaleza y temple de su amada. Hacía sólo unos minutos estaba deshecha por la noticia de la muerte de su esposo y ahora tomaba las cosas con calma, demostrando una sangre fría a prueba de bombas.

El momento no era para pensar en sexo, pero Ruth lucía atractiva con su blusa y pantalones negros... Discretamente se dio una sonora bofetada para rechazar esos pensamientos obscenos.

— Es sólo un mosquito —explicó. Un pesado silencio los envolvió. Kadir rompió el hielo.

— ¿Qué planes tienes? ¿Has pensado en algo? —interrogó a la joven mujer.

— No lo sé aún, ha sido tan rápido... bueno supongo que poco a poco asumiré mi papel de doliente viuda por una buena temporada. Ahora que soy libre sin marido, me dedicaré a cuidar a Ben, me necesita mucho.

— Por lo pronto, debo encargarme de los funerales. Como sabes, el luto Judío y las ceremonias son complicadas y de larga duración.

— Imagino que estarás pensando y criticando el porqué no estoy derramando lágrimas en abundancia, pero la verdad es que... yo... no lo siento tanto en verdad, no me nace fingir un dolor excesivo, debes saber que en el último año, mi vida de casada ha sido extremadamente difícil.

— Siempre celoso de todos, peleas, altercados, amenazas y hasta varias golpizas recibí de Ethan. Diversas ocasiones en arrebatos de cólera, dijo que sólo estaba conmigo por mi riqueza, que yo valía únicamente por la fortuna de mi padre, que tenía la cabeza hueca y sólo servía para medio fornicar.

— Me lastimaba con frecuencia. Le tenía pavor, era muy violento.

— He sufrido en silencio para no afectar la salud de mi viejo, nunca había sido tan cobarde, temí al escándalo, de buena gana le hubiera pedido el divorcio al infeliz...

— Oh, si tú supieras, soy tan desdichada...

Perturbado, Kadir interrumpió el relato para tomarle la mano y acariciarla lentamente, mientras soltaba algunas palabras para reconfortar a la hermosa rubia que ahora sí, presa del llanto, amenazaba con inundar el piso.

— Te ruego no mencionar una palabra de estas revelaciones a papá, lo apreciaba mucho. Para él, Ethan era un yerno maravilloso, pues el canalla se desvivía en atenciones con mi padre y conmigo, siempre en su presencia.

— Había avanzado terreno ganando su confianza, al grado de planear nombrarlo como Administrador de algunos negocios inmobiliarios, con salario de seis millones de Dólares al año.

— ¿Te imaginas —como dicen— poner a la Iglesia en manos de Lutero?

— Sin embargo, cuando Ben se lo propuso, Ethan se hizo el ofendido, ya sabes, su carrera, el honor, el patriotismo y mentiras parecidas que mencionaba para impresionarlo y mostrar indiferencia, esperando que subiera la oferta la próxima vez.

Una cosa llevó a la otra. Abrazados tiernamente, sus bocas se buscaron empezando a besarse lento y suave, para después, estallar como un volcán, acariciándose los cuerpos ahora desnudos.

Los ronquidos de Don Benjamín, les proporcionaron la tranquilidad para hacer el amor con la dulzura y pasión de jóvenes enamorados. ¿Y el mañana? Dios dirá.

A las siete horas en punto, rugieron los poderosos motores del Grumman Gulfstream, propiedad de la compañía arrendadora Celtic International Group, despegando del moderno Aeropuerto Borg El Arab, con destino final en Fort Myers, Florida, hogar de la familia Weitzner, llevando en sus entrañas a Don Benjamín, Ruth y Kadir, que se ofreció acompañarles y ayudarles sin límite.

Aprovechando las frecuentes siestas de Ben durante el largo viaje, los jóvenes se tomaban de las manos e intercambiaban besitos de amor, pensando que el viejito no se daba cuenta de nada.

—Hagamos el amor en la toilette —propuso atrevida Ruth— será fantástico. Calma preciosa muero de ganas, pero debemos cuidarnos. No me gustaría que tu papá… —argumentó el hombre.

— Pero si duerme como angelito —protestó la nena— el sexo me estará vetado por algún tiempo, aprovecha el tiempo bebé...

Kadir estuvo a punto de flaquear y encerrarse en el cuartito, que reducido, prometía una gran sesión de lujuria, en posiciones incómodas desde luego, pero de gran placer.

Las turbulencias ocasionales que moverían el pequeño avión, ayudarían, pero se contuvo, explicando la presencia de la sobrecargo y de los pilotos.

— No quisiera que tuvieran la menor sospecha, para qué arriesgarnos con habladurías, de enterarse tu padre no perdonará la falta de respeto —cerró el Director convenciendo a la joven.

— ¡Caramba! Como siempre, tienes razón —dijo la hermosa dulcemente— soy una loca.

Entretenidos en sus propias vidas, no se percataron que el "Bello Durmiente", fiel a su costumbre de espiar a la pareja, los sorprendió varias veces en sus cálidos arrumacos, esbozando sonrisas de complicidad y satisfacción.

Por lo menos a mi muerte, la nena no estará sola. Me podré ir tranquilo, Kadir la protegerá, se aman estoy seguro, deberían vivir juntos para siempre.

Confortado con esos pensamientos, retomó el sueño en profundidad prometiéndose poner toda su voluntad para lograr el objetivo.

CRUCERO "TENERIFE", PORT SAID, EGIPTO

E l Puerto es la entrada para los viajeros y carga provenientes de Asia, África y el Medio Oriente hacia el Mediterráneo, previo cruce del Mar Rojo que conecta con el Canal y Golfo de Suez.

El lujoso Trasatlántico, siempre escoltado por la Fragata "King Edward" de la Real Marina Británica, atracó sin problemas a las cuatro de la tarde para someterse a la minuciosa revisión general del barco. La naviera y las compañías aseguradoras necesitaban cerciorarse que durante el asalto, los delicados instrumentos de navegación, máquinas y sistemas, no hubieran sufrido daño y descartar la presencia de bombas explosivas o incendiarias. La obligada pausa serviría también para reabastecerse y hacer el cambio de mando a la fresca y experta tripulación enviada por la Dirección General, sin permitir a los viajeros descender siquiera unas horas por razones de seguridad, explicando a pasajeros y marinería, que la escala sería de 48 horas, tiempo que podían aprovechar para divertirse con las comodidades del barco.

El caluroso clima del día, logró atestar la gran piscina general del Crucero y los condóminos pudieron relajarse al nadar, charlar, beber, jugar algunos deportes de cubierta, como el Schuffle Board, bailando y cantando en el bar con novísimos equipos de sonido e imagen de Karaoke.

Curiosa es la naturaleza humana. Con motivo de las grandes aventuras vividas, se estaba gestando una especie de gran hermandad entre los huéspedes. Lo que al principio del viaje había sido difícil para interactuar en camaradería, ahora en forma espontánea convivían en armonía, hombres y mujeres con orígenes sociales, raciales, lenguajes y religiones diversos. Prácticamente estaba reunido en el "TENERIFE" un coctel de la Torre de Babel con la Organización de las Naciones Unidas.

Aprovechando el obligado descanso, Jules C. Harper, Supervisor de Auditores a cargo de la revisión del Crucero, concedió a su equipo de trabajo algunas horas de recreo, facilitando la entrada a las instalaciones de la alberca reservada para el pequeño ejército de body guards (guardaespaldas), secretarios, cocineros y ayudantes de cámara de los distinguidos pasajeros.

Uno de los motivos del "magnánimo" gesto fue que ardía en ganas de contemplar a sus anchas la gran belleza de la Contadora Caridad Hernández, luciendo la minúscula tanga color amarillo canario, que le obsequió, comprada dos días antes en la Boutique.

Su entrada a las instalaciones fue espectacular. Los hombres torcieron el cuello para contemplar a la sensacional hembra que segura de sí misma, se despojó lentamente de la bata, para dejar ver su magnífico cuerpo envuelto apenas por el liliputiense traje de baño.

Como una maniobra bien ensayada, la Cubanita se tendió sobre la tumbona, sacando de su bolsa de mano un frasquito de crema bloqueadora y bronceadora, comenzando a aplicársela en cara, brazos, piernas y pies. A 100 kilómetros por hora, llegaron cinco voluntarios para auxiliar a la bella chica ofreciendo frotar el producto en su espalda, lo que la muchacha rehusó con elegancia y cortesía, decepcionando a los galanes.

Jules observó la escena a diez pasos de distancia, sintiendo por un lado el mordisco de los celos y por otra parte, satisfacción por el abierto rechazo a los cabrones tiburones de tierra que se aproximaron con intenciones de fajarle. Bien, se dijo entre dientes, creo que tengo posibilidades.

Dejó pasar sólo cuarenta segundos, para arrimarse al diván al lado de la bella, que inexplicable, estaba vacío.

— Hola linda, veo que has arrasado con todos, no es para menos, estás preciosa —dijo encendiendo despreocupado un cigarrillo.

— ¿Perdón, deseas fumar? Son de tu País, o al menos eso me dijo el vendedor, ja, ja, ja...

— Probaré uno, eres muy amable.

— ¿Te gustó la tanga?

— Gracias, no esperaba este regalo —dijo inocentemente seductora.

Jules tartamudeó la respuesta. Quiso decirle tantas cosas, pero no deseaba molestarla, tenía que ser prudente y no colmar a la guapa mujer que estaría harta de proposiciones de caballeros buscando follar.

— La envoltura es perfecta pero el contenido es mejor —respondió arriesgando un poco y encendiendo el tabaco ofrecido, rozando con sus manos la suave piel de Caridad al proteger la flama del viento, provocándole incipiente despertar en su miembro viril.

Las azules aguas de la piscina recibieron cálidamente el cuerpazo que parecía una combinación de sirena por su agilidad y gracia al nadar, con reina de belleza, por el porte y distinción. El Auditor abrió la boca asombrado sintiendo que los ojos eran insuficientes para contemplar tanta beldad. De pronto, se dio cuenta que no era el único que disfrutaba el show, algunos de los presentes quisieron compartir la frescura del agua y la cercanía de Caridad, metiéndose a la alberca.

Varios de los hombres lucían imponentes musculaturas, pues eran guardias de seguridad de sus ricos patrones.

Frecuentaban exclusivas playas, yates y clubes, rodeados de hembras de diversas edades, acostumbrados a ser vistos y admirados por ellas por sus estómagos sin grasa, con surcos como de lavadero de ropa.

Por esa confianza, trataron de iniciar amistad con la Cubanita, que divertida, desairaba elegantemente los intentos de los moscardones, argumentando sus deseos de ejercitarse y estar sola.

Jules se fijó en Andreas, el antipático gigantón Griego cuyo cabello pintado de rubio, bíceps y vientre plano marcado, le hacía aparecer como réplica de la famosa escultura de David, obra perfecta de Miguel Ángel.

El tipo se estaba pasando y molestaba a la chica, nadando cerca de ella tratando de rozar con su pene las nalgas de la nena, que adivinó perfecto las intenciones del tipejo y salió chorreando del agua dirigiéndose al camastro. Jules la recibió toalla en mano y la chica volteó su cuerpo para recibirla por la espalda. Tuvo que morderse el labio inferior para controlarse y evitar abrazarla.

— Vámonos —dijo ella— presiento líos.

— Oye, no es necesario. En ese caso debía marcharse él. Voy a decirle unas cuantas... —Jules recibió el puñetazo en el estómago que lo dobló con intenso dolor. Andreas se pavoneaba y dijo algo en su idioma que hizo reír a dos de sus colegas. Envalentonado, tomó entre sus poderosos brazos a la frágil muchacha para intentar besarla en el cuello, apretando con sus manazas los delicados senos de Caridad.

Como buena Cubana, había recibido el obligatorio, intenso y

completo entrenamiento Militar en su Patria —semejante al que reciben las mujeres de Israel— cuando el gigante la levantó en vilo tratando de acercar su pestilente hocico, ella le aplicó tremendo golpe en tijera con las palmas de ambas manos sobre las orejas (Hasami-Sho-Uchi). El impacto sobre el delicado mecanismo del oído medio, le reventó el tímpano haciéndole perder el equilibrio.

El pobre tipo sintió dolor, pero no se explicaría jamás el tremendo vértigo que sentía. Todo giraba en su derredor a gran velocidad y no podía mantenerse en pie.

Los dos compañeros del gorila rubio, simios también, fueron en su auxilio y uno de ellos cometió el error de zarandear a la hermosa, poniendo el filo de su navaja en la mejilla derecha amenazando desfigurarla, causándole pequeña cortada en la fina piel que se manchó con un hilillo de sangre. Jules recuperado, pateó con fuerza la rodilla del maldito con la clara intención de fracturar la rótula. El tipo en el suelo masculló insultos.

Fueron necesarios ocho hombres de la tripulación, para someter a los rijosos, llevándolos ante el Capitán, que ordenó la detención y confinamiento de los agresores por 12 horas, bajo llave en el cuarto auxiliar del almacén.

La Contadora regresó a su habitación mortificada por la situación, escoltada por Jules, a quienes los testigos habían exonerado de culpa, ratificando la declaración de la hermosa chica ante la Autoridad del Barco.

— Compadre —dijo ella— creo que nos ganamos un buen trago.

— Lo tomaré doble —repuso Jules, que ya estaba pensando la forma de castigar a los malvados.

Andreas y sus amigos mascaban su derrota. No podían concebir lo ocurrido. Le dolía la cabeza, como pinchazos en el cerebro y esos mareos que no cesaban. Si cerraba los ojos, sentía hundirse en las profundidades sin fin de un negro pozo, si los abría, los objetos cercanos parecían volar sobre él, produciéndole náuseas. El otro tipo, trataba una y otra vez de articular la rodilla izquierda, que con los ligamentos lastimados le producían dolor. Ambos, planearon su venganza que cumplirían al salir.

12 horas de castigo pasarían rápido. Golpearían sin piedad hasta matar al tal Jules y someterían por la fuerza a la hermosa hembra, para cogérsela como salvajes los tres amigos en orgía sensacional. ¡¡Era una promesa!! Jules comunicó los hechos a su jefe solicitando consejo. La respuesta del Director General fue escueta. Los animales son doblemente peligrosos cuando los hiere el cazador.

— Por lo que me dices, estos cavernícolas estarán pensando en eliminarte y disfrutar a Caridad, que por otra parte, es amiga personal. Te ordeno protegerla a como dé lugar, haz lo que consideres necesario, tienes carta blanca —finalizó.

— ¿Alguna idea? —replicó "EL NIÑO"— no puedo meterles un tiro en la cabezota...

— ¡Por supuesto que no! Pero siempre ocurren accidentes... Pudiera ser que... ummmm dame unos minutos, te llamaré —dijo Kadir.

Antes de que pasaran diez minutos, el Director General comunicaba a Jules los detalles de la operación... —Vamos a necesitar la colaboración de la Cubanita... hablaré con ella primero... no hagas nada sin avisarme, ¿OK? —Muy bien señor, contestó Jules.

— Hola tesoro, enterado estoy de los momentos desagradables que te han hecho pasar esos gusanos. Los castigaremos, necesito de tu total comprensión y colaboración, ¿puedo contar contigo?

— Sí mi amor, sólo dime qué necesitas y lo haré con gusto, yo también deseo desquitarme de los tipejos — expresó Caridad.

— Escucha linda, esto es lo que quiero que hagas... —pidió con dulzura Kadir.

— Suena un poquitín arriesgado —dijo la bella— pero creo poder hacerlo, aunque te costará, como dices siempre: nada en la vida es gratis. Pero no te preocupes, no es dinero lo que pediré, me conformo con unas buenas vacaciones solitos nosotros dos, ¿OK? —resolvió la Cubana.

— Nenita, mis ocupaciones me impiden ausentarme largos periodos del trabajo, pero te prometo un buen fin de semana en el sitio que elijas, ¿está bien?

— Mmmm, si no hay más remedio....acepto, a condición de tener sexo dos veces al día por lo menos, ¡me encanta hacerlo contigo! —dijo la chica al despedirse.

El Crucero reanudó su viaje hacia el puerto de Alexandria, para arribar en tres días más, los pasajeros estaban ahora tranquilos y relajados. Don Agostino Sampdoria, multimillonario "dueño" de bancos, buques petroleros, graneleros y portacontenedores en Italia y Grecia, era tal vez el único al que preocupaba el arresto de sus guardaespaldas. Son una partida de bestias inútiles, dales una pequeña dosis de confianza con poder y se vuelven locos.

Don Agostino lo que menos deseaba era ser foco de atención. Se había embarcado en el Crucero para descansar la tensión nerviosa y fatiga mental vivida en los siete meses anteriores. El nuevo Fiscal de la República Italiana, incorruptible, estaba investigando las finanzas de la mafia y cada vez resultaba más difícil evadirlo.

Sus socios y verdaderos propietarios de los Bancos y Empresas, eran grandes delincuentes internacionales que encontraron refugio seguro para los enormes capitales sucios durante años, en su entonces pequeño banco de Nápoles, que tiempo después, en una jugada maestra, fusionó con la Banca de la Iglesia, consiguiendo una especie de manto protector. Las finanzas religiosas, ajenas al origen perverso de los fondos del banquero, vieron con buenos ojos la inversión legalizada y transparente de doce mil millones de Euros, provenientes de una Fundación de los Estados Unidos colocada a magnífica tasa de interés, que enderezaron la inminente bancarrota del Banco Della Misseriocordia, dedicado a financiar viviendas populares y grandes desarrollos inmobiliarios en Europa, Asia y América.

Sampdoria sabía con certeza que tarde o temprano el joven Fiscal de Italia, terminaría descubriéndolo todo con el consiguiente escándalo internacional, confiscaciones, juicios, cárcel y muerte... A menos que el funcionario fuera obligado a detener las investigaciones y acosos. Pero mientras eso no sucediera, no podía llamar la atención, en ningún lugar. Sus ayudantes eran unos perfectos pendejos, poniendo en peligro su huida.

La había preparado con pulcritud. Seis días antes de abordar el buque en Barcelona, transfirió siete mil quinientos millones de Euros a una compañía fantasma de su propiedad domiciliada en Luxemburgo. Envió a su esposa e hijos a Suiza y él, a vacacionar en el "TENERIFE", con la finalidad de no provocar pánico en los círculos financieros de Europa. Una vez en el barco, aprovecharía alguna escala antes de regresar a Barcelona, para escapar con su hermosa amante, una jovencita casi niña, a Eslovenia, Latvia (Letonia) o Moldavia —ex Repúblicas de la desaparecida Unión Soviética— donde nunca lo encontrarían.

Los tres sujetos que iniciaron la riña en la alberca secundaria, eran tipos vulgares y corrientes. La mayoría de los guardianes provienen de las calles y gimnasios, habiendo vivido antes como policías, ex militares, pandilleros o convictos. Por lo general no poseen una buena educación, reclutados por su juventud, fortaleza física, carácter agresivo, destreza para manejar vehículos y armas de fuego.

Algunos de ellos, psicológicamente dañados de paranoia y esquizofrenia, resultan a la postre un verdadero peligro para sus patrones. Éste era el caso de los ayudantes de Don Agostino. Los gorilas obtuvieron su libertad. El Capitán del Crucero les advirtió que la próxima vez que armaran lío, serían encarcelados hasta llegar a Barcelona y entregados a la Policía con severas acusaciones para ser juzgados allá. Fingiendo estar arrepentidos, expresaron falsas disculpas y se retiraron a sus cuartos a planear la venganza.

Una hora después de estar fuera de la improvisada cárcel, los guardaespaldas soportaron miles de insultos y amenazas de su patrón, Don Agostino.

— ¡La próxima vez que se metan en problemas, los echaré a la calle a punta de patadas, desgraciados haraganes, hijos de la chingada! —los torvos sujetos se retiraron, mentándole la madre a su patrón en silencio.

A las diez de la noche fueron despertados por los suaves, casi imperceptibles toquidos en la puerta del cuarto. Al abrir, se quedaron boquiabiertos, nada menos que la hermosa hembra Cubana vestida con poca ropa, llegaba de visita, acompañada del tal Jules, antipático como siempre, pero armado de dos botellas de champaña helada y cinco copas.

— ¡Vamos muchachos, sin rencores! Venimos en son de paz, bebamos un poco y comencemos de nuevo —dijo la hermosa muchacha.

— Claaro que sí, ppassen por favor —dijo el más fortachón, asomándose para cerciorarse de que no los seguía nadie.

Los tres matones facilitaron las cosas. Jamás imaginaron que la frágil pareja planeara liquidarlos, más bien entendieron la visita como de miedo, para evitar las represalias que estaban a punto de cometer contra los culpables de sus heridas, arresto y prisión. Así que los dejaron correr, nada ni nadie impediría su eliminación, ¿por qué no disfrutar el momento? La chica valía la pena, el único problema a la vista sería decidir ¡quién sería el primero en cogérsela!

Aceptado de buen talante el inesperado y agradable encuentro, comenzaron a beber como locos, ofreciendo a los recién llegados vasos de fuerte licor, vigilando lo consumieran hasta la última gota. Caridad se movió reacomodándose en su asiento y con intención, cruzó las piernas enseñando los hermosos muslos blancos y bronceados, hasta el minúsculo calzoncito negro que guardaba su tesoro. Los guardaespaldas deslumbrados apuraron en un solo trago el vodka de la segunda ronda de bebidas, sin preocuparse más por vigilar a los condenados. De cualquier forma iban a morir. Jules, aprovechando el "descuido" al sentarse de Caridad, derramó la mitad de su trago en el florero sobre la mesita lateral, como las buenas ficheras de cabaret.

Las bárbaras porciones de alcohol iniciaron sus efectos, alentados por una señorita Caridad que incluso los desafiaba con más brindis. Descorcharon la primera botella de champaña y la mezcla no se hizo esperar. La bellísima Cubanita comenzó un baile de su País, moviendo sensualmente sus caderas perfectas, teniendo el cuidado de darles juego a los tres canallas. Su intención era desde luego fascinarlos y ponerlos el uno contra el otro. Después de soportar el asco de bailar con ellos, aguantando sus fétidos alientos y manoseos de nalgas y senos, exclamó:

— ¡Vamos desnudos al jacuzzi cubierto! —situado en el interior de la sala de masaje donde Jules horas antes, verificó la ausencia de cámaras de vigilancia— orden que obedecieron de inmediato muy excitados, dirigiéndose a la salida arrojando sus ropas en el camino.

Comentaron el asunto en su jerga callejera, mezcla de dialecto Napolitano con modismos Griegos usado sólo en el bajo mundo en conversaciones entre hampones vulgares. Todos querían ser el primero. "EL NIÑO" puso fin a la discusión que amenazaba con frustrar la fiesta, proponiendo un sorteo, prometiendo que cada uno tendría la oportunidad de gozar a la sensacional hembra.

Andreas, fue el primero de los gorilas en entrar al agua tibia con pasos vacilantes seguido de los demás, contemplando la perfecta estatua de mujer. Sin contenerse corrió hacia la Auditora que encuerada, le rodeó el cuello con ternura para segundos después, hacer lo mismo con los otros dos gigantes.

Al escuchar el chapaleo del agua, Jules desde el camastro juzgó que era tiempo de actuar y prendió un cigarrillo como acordada señal con la hembra para salir de la amplia tina. Melosamente Caridad se apartó y dijo:

— ¡Sólo un momento muchachos, voy a orinar y traeré condones!

Ella salió chorreando agua y volteó enviándoles besitos, momentos que aprovecharon los guardaespaldas para seguir emborrachándose.

— No tardes culona —corearon los gandules.

— Más vale que sean un chingo —le gritó el otro.

— Te vamos a coger toda la noche, cabrona —ladró el tercero.

Jules sacó de su bolsillo la negra pistola eléctrica Taser X26 modificada, de alto voltaje, proveída por su jefe Kadir al inicio del viaje, cuando le comisionó como "Agente de Seguridad" del Crucero.

A tres metros de la elegante bañera, Jules disparó los dardos hacia el centro del agua. La brutal descarga con fuerza de 2,000 voltios y 20 miliamperes electrocutó a los hampones, provocándoles parálisis de los músculos respiratorios, muriendo en el acto.

Caridad secó su cuerpo y se vistió de prisa, cuidando de no dejar huellas o pertenencias que la pudieran vincular con los muertos. Miró a su jefe Jules fumando tranquilo, que cerraba con seguro el local.

— ¡Caramba con "EL NIÑO"!, has resultado muy efectivo para estas cuestiones, te felicito —dijo la Cubanita con sinceridad.

— Gracias preciosa, pero tú no te quedas atrás, mira que volver locos a los cabrones... por un momento dudé de tus habilidades, pero qué va, si eres más peligrosa que una leona, ¡esto amerita un buen trago!

Más calmados, continuaron bebiendo vodka hecho en Finlandia, servido solo en vasos con hielo, gratificándose con un fuerte y prolongado abrazo de amistad y complicidad. Ahora eran socios en el peligroso mundo de la violencia y crimen. Al contacto, las emociones de ambos jóvenes afloraron y Jules intentó besar a Caridad, que cortésmente se opuso a la caricia.

— Es mejor que sigamos como simples amigos y colaboradores, si involucramos sentimientos no sabemos a dónde iremos o qué haremos, puede ser para bien o para mal, recuerda que eres mi jefe en el Despacho y existen normas de conducta claras que prohíben relaciones amorosas entre jefes y empleadas, con enérgicas sanciones para los infractores. Ahora que estoy tan a gusto y después de luchar tanto por conseguir este trabajo… créeme, no estoy dispuesta a arriesgarlo todo —cerró su discurso la hermosa Contadora.

— Tienes razón, es una verdadera lástima, aunque por conquistarte daría la vida misma, te comprendo y no debo ser tan egoísta, tal vez cuando deje de laborar en "HARTFORD, MELLON & FLETCHER" pueda tener oportunidad, ¿sería posible? —imploró Jules, depositando un tierno y respetuoso beso en la blanca mano.

— Claro que sí amigo, el Mundo gira sin cesar, tal vez en otra ocasión nuestra situación sea diferente y podamos ser novios —o en la otra vida, pensó ella. La verdad, la cruda verdad no se la dijo, pero no sentía nada por él, había algo que inspiraba desconfianza.

Por otro lado, su corazón seguía latiendo con fuerza de mujer enamorada de Kadir, manteniendo viva la esperanza de volver a estar con él.

Jules resignado, aparentó entender y mostrar nobleza que estaba lejos de sentir. ¡Maldita sea! La primera vez que estoy enamorado y me manda elegantemente ¡a la chingada!

Se ha burlado de mis sentimientos la muy perra, la he llenado de mimos y atenciones en el trabajo, pero esto no se queda así, no ha terminado, rumió "EL NIÑO", ya pensando cómo vengar lo que consideraba una afrenta.

— Bueno chica, cuando no se puede, no se puede, no te preocupes, estaré bien. Ahora debemos limpiar esto y sacar la basura. Manos a la obra y mientras tanto, ensayemos qué demonios hacer para desaparecer los cuerpos y qué decir cuando nos interroguen, pues seremos los principales sospechosos por el incidente de la alberca que les costó el encierro por unas horas.

El cerebro de ambos Auditores trabajaba al mil por ciento.

— Preguntemos al gran jefe Kadir, estoy segura que lo solucionará como acostumbra —dijo Caridad, ante el mal disimulado enojo de Jules. Desde que la joven Contadora llegó a trabajar al Despacho, nunca ocultó su deseo de contactar con "El Turco" como le decían con afecto, contando a sus compañeros de trabajo que ingresó a la importante firma de Auditores con la esperanza de verlo otra vez.

— Por supuesto tienes razón querida, le llamaré enseguida —aceptó secamente, iniciando sin querer, sentimientos de frustración y envidia. ¡Coño siempre Kadir, para todo Kadir, carajo!, ¿qué soy yo, un pendejo?

Jules dejó pasar unos minutos intentando apaciguar la furia contenida. Se daba perfecta cuenta que la chiquilla jamás le haría el menor caso mientras estuviera cerca del Directivo.

Con dificultad desechó esos pensamientos concentrándose en lo actual. Necesitaba de un buen plan para deshacerse de los cuerpos sin dejar rastros que lo conectaran. Pensó por un instante culpar a la bella Cubana, pero se controló, ella podía contar la verdad y entonces sí, adiós a su carrera de asesino por encargo, notando que eso le preocupaba mucho más que su trabajo mismo y permanencia como Auditor de la Firma. La enérgica voz de Caridad le despertó de su viaje mental.

— ¿Qué vas a decirle?, ¿te sientes mal verdad? Si quieres yo puedo hacerlo.

— De ningún modo pequeña, —y uniendo la acción a la palabra, habló con su jefe de matanzas, el "respetable" Director General del Corporativo CELTIC, disculpándose por la hora.

La conversación se prolongó por quince minutos. Jules contestaba con monosílabos: —"Sí, no, claro, tres, entiendo, así lo haremos, cuente con ello, está bien, por supuesto, gracias, adiós. Maldito arrogante, lo ve muy fácil, como él no se arriesga… estoy seguro que se quedará con muchísimo efectivo y me dará migajas, pero ya vendrá lo mío, al tiempo…"

— ¿Y bien? —interrogó la chica desafiante.

— Son las doce de la noche, tenemos que actuar —contestó Jules con voz neutra.

El baño Ruso de vapor en la zona para servidores de los multimillonarios huéspedes, era un cuarto pequeño rectangular de quince metros cuadrados, y bancas de cemento forradas con azulejo colocadas en el perímetro formando una letra "L", puerta de madera especial resistente a las altas temperaturas del local y al lado recubierto de cerámica, un mueble vertical con divisiones horizontales para colocar un montón de afelpadas toallas blancas. En el sitio opuesto, casilleros sin puerta del mismo material para guardar ropa y empotradas en los muros las rejillas de inyección del aire caliente con temperatura graduable a través del termostato en la pared.

Estaba abierto las 24 horas sin empleados de vigilancia, porque los funcionarios del barco nunca la consideraron necesaria por ser un recinto íntimo, cero cámaras de circuito cerrado. El personal de aseo y ropería terminaba su turno a las nueve de la noche, para reanudar su trabajo al día siguiente.

El baño de aire caliente era un sistema moderno de fácil manejo por cualquier persona con solo activar los sencillos controles: el botón rojo para encender y el botón negro para apagar la maquinaria. Adicionalmente, una manija para programar la temperatura expresada en grados Celsius y grados Fahrenheit.

A las siete de la mañana llegó la encargada del aseo empujando su carrito con toallas limpias y el cesto para las usadas. Al principio no le pareció nada raro observar que la maquinaria del baño de vapor estuviera activada tan temprano, casi siempre los usuarios acudían desde las seis.

Estuvo fuera del cuarto por cinco minutos. No podía entrar a un baño utilizado por los hombres que estarían desnudos gozando del vapor, decidiendo atender otras obligaciones. Regresaría después.

Veinticinco minutos más tarde, la afanadora Filipina daba la voz de alarma gritando con toda la fuerza de sus pulmones. Al llamado acudieron los empleados de seguridad y el Primer Oficial que ante el macabro espectáculo tomó su pañuelo para apagar la máquina utilizándolo después para mitigar el vómito producido al contemplar entre la neblina los cuerpos quemados al vapor desfigurados.

Las discretas investigaciones hechas por el personal de Seguridad coordinadas por el Capitán del Crucero, arrojaron la conclusión que los tres guardaespaldas borrachos, decidieron entrar al baño de vapor para despejar su malestar quedándose profundamente dormidos, como lo demostró la cantidad de alcohol hallado en sangre y las botellas vacías dentro del camarote y al lado de sus cuerpos. La intensidad del aire caliente y la exposición de la materia orgánica por varias horas, cocieron por completo sus carnes, dejándoles irreconocibles, cancelando cualquier posibilidad de autopsias.

Fue una horrible pesadilla para todos sacar los restos humanos en pedazos, deshaciéndose los tejidos como si fuera Cordero al Horno.

Avisado, Don Agostino Sampdoria, patrón de los muertos, fingió gran pesar por lo sucedido, pidiendo al Comandante la entrega de los restos para una última plegaria antes de ser arrojados a las azules aguas del Mediterráneo, asunto que aprobó el Capitán aplicando el riguroso Reglamento en su Capítulo de Fallecimientos en Altamar, procediendo al protocolo Oficial: identificación, confirmación, certificación de causa mortal y Declaratoria de Seguridad de no existir delito qué perseguir, levantando y Autorizando las Actas correspondientes también firmadas y ratificadas por el Médico a bordo, los Oficiales Primero y Segundo y el propio Don Agostino, quien signó la responsiva para la cremación en el horno para desechos, jurando que sus empleados no tenían familia, él era su única Familia. (Hablaba naturalmente de la Mafia).

No hubo mayor indagación, otros empleados declararon que los occisos siempre bebían en exceso.

Aún en puerto extranjero, el navío es territorio del país bajo cuya bandera está, aplicándose sus propias leyes. No obstante tuvieron la cortesía de informar el caso a las Autoridades Portuarias, quienes agradecieron la atención.

— ¡Dal sangue di San Gennaro! Buona fortuna mio! Quei atò da sono gia in un inferno! —Gremio, chi mai inghiottito la storia ufficiale e atò contento. Conosceva bene il suoi teppisti per capire che qualcuno aveva fatto si prega di ucciderli. (¡Por la sangre de San Gennaro! ¡Qué buena suerte la mía! ¡Esos cabrones ya están en el infierno! —se alegraba Sampdoria, quien nunca se tragó la historia oficial. Conocía bastante bien a sus matones para comprender que alguien le había hecho el favor de asesinarlos).

Con la aprobación del Capitán del Buque Escolta Británico, el barco continuó su ruta al Puerto de Alexandria.

VALLE DE NAPA,
CALIFORNIA, U.S.A.
(DOS MESES ANTES)

Doña Rosa y su bella hija Felicidad regresaron fascinadas de su viaje a Europa. La buena muchacha había logrado olvidar los sufrimientos anteriores causados por el prolongado cautiverio. La recomendación de los Galenos para distraerse y olvidar, hicieron que la "Operación Cicatriz" funcionara a las mil maravillas.

Durante su prolongada estancia en el viejo Continente, visitaron a la parentela, conocieron lugares de ensueño, caminaron hasta el cansancio visitando museos, iglesias, plazas, monumentos, balnearios y playas —algunas nudistas— que provocaron la ira de Doña Rosa y todos los sitios que los guías de turistas acostumbran mostrar a sus clientes.

No faltaron desde luego las visitas a centros comerciales y tablaos Flamencos, tomaron vinos deliciosos comiendo de lo mejor en magníficos restaurantes de las ciudades y en las posadas de los pueblos.

La cámara fotográfica Nikon de 10 megapixeles, provista de tarjeta de memoria de 8 gigas, almacenó la "friolera" de 6,850 fotografías digitales de gran calidad, que impresas en una semana al coste de cincuenta centavos de Dólar cada una, formarían parte del gran archivo de Felicidad, para ser vistas con toda calma por la familia en los próximos dos años.

De la enorme cantidad de fotos, seleccionó como favoritas las tomadas en Barcelona, especialmente el día de la ceremonia de inauguración del fantástico Crucero "TENERIFE", mandando amplificar a tamaño poster tres de ellas en secuencia, donde apareció el Director General de la Empresa Naviera subiendo al pódium, en pleno discurso y la última agradeciendo los aplausos del público, con una gran sonrisa que a ella le cautivó.

MADRID, ESPAÑA
(UN AÑO DESPUÉS)

F elicidad Guillén llegó a la ciudad triste y contenta a la vez. Tía
Virginia les había invitado a la boda de su prima que tendría lugar
en una semana. La razón de las carreras era sin duda el penosísimo
embarazo de la Trini de casi tres meses antes de la ceremonia.

— ¡Coño! Tanto cuidao y ná, que la niña se ha entregáo en cuerpo
y alma a un mozo de los más fregaos del pueblo, como que es hijo
del ayudante del boticario, ¡joder!... ¡Si viviera el padre, se volvería a
morir! Ahora resulta que los buenos Duros que ganó en la hacienda,
terminarán siendo pa mantener al curro, ¡qué cosa! —se lamentó Doña
Virginia.

— Pero no sabés el castigo que les he preparáo a los dos canallas...

— ¡Qué castigo ni que ocho cuartos! Te has quedáo en el siglo pasáo,
¡hay que entrá a la modernidá coño! Vamo no será pa tanto, el chico no
parece malo, aunque un poco torpe, ademá qué querés si te dan un
hermoso crío... ¡vale! —dijo su hermana Genoveva.

— Ella tiene razón —terció la rubia.

— Te aseguro tía Virginia que una vez nacido el niño, cambiarán las
cosas para ti. Mi consejo es que no armes tanto lío y aceptes la metida
de pata. Olvidar y perdonar, ¿no es acaso lo Cristiano?

— Yo estoy contigo Virginia —dijo Doña Rosa— esto que ha pasáo
es por aquello de la virginidá, recordá el asuntito de la Trini, la dejaron
lista pa follar. A ver si no sales también con tu domingo siete muchacha
—amenazando a su hija Felicidad— ¡Que a ti te muelo a palos y te
ruedo a patadas!, ¡por ésta! —concluyó doña Rosa besando el signo de
la cruz con su mano derecha.

— Y si así fuera qué, coño si es su vida y la mitad de ella es la cogedera,
o qué ¿ya no os agrada a vosotras? Si lo hacíais a diario, ¡cabronas viejas
beatas santurronas! Además no dicen por ahí que practicar sexo previene

el cáncer, ¿como si fuera vacuna? —finalizó la tía Hortensia que en secreto le daba vuelo a la hilacha con quien se dejara.

Y se armó la grande, salieron a relucir dimes y diretes entre las cuatro hermanas sobre pasadas conductas de cada una, por lo que prudente, la nena salió de la habitación para dejarlas pelear a gusto.

En el florido jardín de la casona, marcó sin tapujos el teléfono de las oficinas de CELTIC Enterprises, pidiendo hablar con el señor Kadir Aiza. El Director General del Corporativo, se encontraba ausente.

— ¿Desea dejar algún mensaje señorita....? No, muchas gracias, no es importante, le llamaré después.

Lo había meditado mucho, necesitaba sexo con urgencia y tener un adorable bebé. Y quién mejor que aquel caballeroso y guapo ejemplar de varón para preñarla. El niño sería bello, heredando la inteligencia de ambos.

En cosa de cuatro meses, la hermosa Felicidad había conocido, tratado y salido a pasear con nueve galanes seleccionados entre una veintena de tipos de varias categorías. Y los nueve la habían decepcionado. Dos de ellos, confesaron su inseguridad de ser totalmente masculinos deseando experimentar sus preferencias sexuales con hombres y mujeres, mientras que otros tres en abierto, habían salido del clóset sin remordimiento, aceptando orgullosos pertenecer al mundo gay, buscando sólo amistad y confidencias, como chicas.

El resto, aunque bien parecidos y heterosexuales eran estúpidos, ególatras, flojos o alcohólicos. Ninguno valía la pena.

La Guillén después de su secuestro, había aprendido a observar a las parejas que la rodeaban, poniendo atención a los puntos finos de los matrimonios que antes ni siquiera notaba.

No le gustó para nada la vida conyugal que llevaban tíos, primos y amistades. En las reuniones de la familia observaba el trato entre los hombres y mujeres casados, simples rutinas. Ellas, gordas y descuidadas, ellos vulgares en su hablar y vestir, sucios, sin afeitar, bebiendo cerveza o vino y mostrando más interés en los juegos de fútbol que a sus esposas. Los hijos, una runfla de chiquillos mal educados corriendo por la residencia, ensuciando paredes y rompiendo cosas, sin que sus padres osaran ponerles alto.

Dos de sus mejores amigas con dos o tres años de enlace, hablaban pestes de sus maridos llamándolos aburridos, avaros, déspotas, sin tiempo para disfrutar nada y hasta para hacer el amor rutinarios, sin imaginación, sin chispa y sin ganas... Regresaban de los trabajos siempre hambrientos y cansados, con urgencia para hacer sus necesidades fisiológicas, leer el diario o mirar su programa favorito de televisión. Las noches románticas eran cosa del pasado.

Como si fuera poco, exigían de sus mujeres absoluta dedicación al hogar y los hijos, sin importarles si además tenían trabajo fuera de casa, por lo que las pobres y abnegadas esposas desempeñaban toda clase de labores del hogar, pues aunque pudieran pagarlo, el servicio doméstico estaba escaso y caro.

Por lo común, las "esclavas" tenían que lavar la ropa sucia, secarla, plancharla, guardarla, ir al mercado, cocinar, lavar platos, llevar y traer niños a la Escuela, a clases de ballet o deportes, etc., etc., mientras el gañán del marido de cuando en cuando se le ocurría preparar asado, invitando a sus amigotes dejando los utensilios y la parrilla sucios.

Y qué decir de las familias políticas. Una verdadera plaga cuando llegaban de visita, siempre criticando, entrometiéndose y hasta intrigando en contra de las mujeres de la casa.

Para colmo, en el País y en el Mundo entero, se había desatado una verdadera epidemia de infidelidades conyugales. Las chicas de oficina, bancos y comercios, cansadas de depender siempre de un sueldo generalmente insuficiente para satisfacer sus caprichos, deseaban vivir y comprar a lo grande. De modo que cuando hallaban algún ejecutivo joven o no tanto, que fuera exitoso, no dudaban en coquetearle primero con discreción y si no daba resultados, provocándole hasta hacerlo caer en sus redes.

Después vendrían las aventuras sexuales, chantajes sentimentales y en algunos casos embarazos para obligar al hombre a mantenerlas de por vida.

La primorosa rubia estaba harta de escuchar fallidas historias de amor que terminaban en pleitos, divorcios y asesinatos. Las estadísticas hablaban de cientos y cientos de casos. No, definitivo, era mucho mejor ser amante que esposa y disfrutar en exclusiva los buenos momentos de estar juntos, sin promesas, sin engaños, estar con tu pareja por gusto, por convicción, por placer. De esta manera, adiós a cocinar, lavar o zurcir calcetines de los maridos, padeciendo malos modos; en cambio acudir a la ópera, conciertos, cenas en restaurantes caros y recibir obsequios finos, incluyendo casas, terrenos y automóviles, asegurando su porvenir, pues la belleza y juventud no son para siempre.

Una vez leyó un versito anónimo difundido por Internet en que el NOVIO decía:

¡Qué feliz soy amor mío,
Pronto estaremos casados,
El desayuno en la cama,
Un buen jugo y pan tostado.

Con huevos bien cocinados,
Todo listo bien temprano,
Saldré yo hacia la oficina,
Y tú, rápido al mercado.

Pues en solo media hora,
Debes llegar al trabajo,
Y en casa lo dejarás,
Todo muy bien arreglado.

Bien sabes que por la noche,
Me gusta cenar temprano,
Eso sí, nunca te olvides,
Que regreso muy cansado.

Por la noche, teleseries,
Salir al cine barato,
No iremos nunca de shopping
Ni de restaurantes caros.

Tú guisarás para mí,

Sólo comida casera,
No soy como la demás gente,
Que le gusta comer fuera.

¿No te parece querida
Que serán los días gloriosos?
No olvides que ya muy pronto,
Yo seré tu amante esposo.

Y la respuesta escrita de la NOVIA:

¡Qué sincero eres mi amor!
Qué oportunas tus palabras,
Esperas tanto de mí,
Que me siento avergonzada.

No sé hacer huevos revueltos.
Como tu mamá adorada,
Se me quema el pan tostado,
De cocina, no sé nada.

A mí me gusta dormir,
Casi toda la mañana,
El gimnasio, buenas compras,
Con la MasterCard dorada.

Tomar el té o cafecito,
En alguna linda Plaza,
Alhajitas y perfumes,
Y la ropita muy cara.
Conciertos de Luis Miguel,
Cenas en La Guacamaya,

Mis viajes a Punta Cana
A pasar la temporada.

Piénsalo bien, aún hay tiempo,
La iglesia no está pagada,
Yo devuelvo mi vestido,
Y tú, el traje de gala.

Y el domingo bien temprano,
Para empezar la semana,
Pon un aviso en el Diario,
Con letra bien destacada.

Hombre joven y buen mozo,
Urgente busca una Esclava,
Porque su futura Esposa,
Lo ha mandado ¡a la chingada!

Felicidad hizo un examen de conciencia. ¿En verdad deseaba ser amante y no esposa? La respuesta fue negativa. La educación Católica recibida en casa le ordenaba conservar la virginidad hasta el matrimonio, la fidelidad hacia su esposo y otros importantes valores de la Cristiandad. Se convenció que ella era especial, sabría escoger a su novio y llegaría siendo virgen al matrimonio. Sin embargo latente estaba una de las más fuertes TENTACIONES PROHIBIDAS: LA TENTACIÓN DEL SEXO.

Bueno —se dijo al fin— y si todo lo que sucede es voluntad del Cielo. ¿Por qué no dejo correr a ver qué pasa? Tengo ansiedad de experimentar mi primera aventura sexual contra las enseñanzas y prohibiciones de la sociedad, desde siempre. ¿Qué sería lo peor que pudiera pasarme, quedar embarazada? Es lo que deseo. ¿Que no se pueda o quiera casar conmigo después? Pero si el matrimonio no me interesa, ¿un pedazo de papel firmado que dice que nos pertenecemos el uno al otro por compromiso y después pisotearlo hasta el cansancio? Tengo que salir de dudas de una buena vez. Decidida, cogió nuevamente el aparato telefónico.

La amable voz de la empleada del Corporativo CELTIC pasó la llamada a la señora Margaret quien como siempre, confesó a la persona preguntando su nombre, empresa, cargo, teléfono y correo electrónico, así como una sinopsis del asunto a tratar con su jefe, haciéndolo de una manera suave y convincente para evitar algún sentimiento de irritación.

Cuando Kadir recibió la tarjetita con los datos, identificó de inmediato a la doncella sintiendo emoción. No había tantas mujeres con el nombre de Felicidad Guillén, quien con seguridad seguiría siendo una preciosidad.

— Hola, ¿en qué puedo servirle señorita Guillén?

— Buenas tardes señor, habla la persona que tuvo el atrevimiento de besarle en la mejilla, cuando en el muelle de Barcelona inauguraron el Crucero "TENERIFE", ¿me recuerda?

— Bueno, la verdad es que no, disculpe —dijo mintiendo— modestia aparte, ese día varias personas del sexo femenino me felicitaron, honrándome con un beso. Pero espere, ¿en qué momento lo hizo?

— Oh, no tiene importancia, pero fue justo después del discurso por cierto bien elaborado y mejor pronunciado. Me agradó… le llamo precisamente para… bueno… ver si es posible obtener una copia del mismo, yo… Estudio Literatura y estoy en Madrid, he venido a la boda de una prima… Creo que es un buen material. ¿Será posible tenerlo?

— ¡Claro que sí!, no es la gran cosa, pero con gusto lo entregaré en persona si usted me lo permite. ¿Le parece vernos mañana para cenar? Sí, en el lugar que prefiera, pasaré a las 7.00 p.m., en el lobby de su hotel, para llevarla si usted lo aprueba, al restaurante La Terraza del Casino, es un magnífico sitio, estoy seguro que ¡le encantará! —dijo un Kadir renovado.

— Por supuesto que puede acompañarnos su señora madre si lo desea.

Ni en sueños la llevaría, pensó jocosamente la muchacha.

Después de meses de tensiones y malos momentos, el llamado de Felicidad era como un fresco oasis de paz y tranquilidad. Kadir sintió que el corazón aceleró sus latidos.

Los jóvenes disfrutaron de la espléndida cena sugerida por el Chef: Una sola orden para compartir. Entrada a base de yemas de espárragos con trufas, Solomillo al queso Parmesano y Espaldilla de Cordero con un toque de naranja, ensalada verde y de postre un par de fresas jumbo bañadas de chocolate. Un buen vino mezcla de tintos de la región del Priorat hizo el maridaje perfecto. Los nuevos amigos escasamente comieron, alimentándose la una con el otro de conversación inteligente. Al terminar parecía que se conocían de toda la vida.

La gran hermosura de la Norteamericana no pasaba desapercibida. Numerosas miradas se posaron sobre su rostro y cuerpo de diosa. Kadir sabía que estaba corriendo el gran peligro de enamorarse y de paso arruinar la vida de sus seres queridos. Por un momento pensó en su esposa, la amaba y no deseaba traicionarla. Tenía que ser fuerte ante LA TENTACIÓN DEL SEXO.

De pronto decidió blindarse contra los encantos físicos de su compañera, que ajena a sus pensamientos, ejercía, sin proponérselo, una especie de magnetismo especial sobre el Director. Candorosamente —o tal vez no tanto— tocaba con sus manitas blancas como si tal cosa, sus curtidas y recias extremidades que con gran esfuerzo mantenía quietas.

La cercanía del bello rostro de la chica, lo hizo cambiar de táctica y emprendió la clásica huida, pidiendo permiso para hacer una llamada urgente. Sudoroso, entró al gabinete sanitario para mojarse la cara con el agua fría del grifo cromado. Tomó el celular y marcó el teléfono de Anthony Belcher en California, al otro lado del mundo.

— Hola, tengo una gran sorpresa para ti. ¿Puedes viajar ahora mismo a Madrid? Es urgente. No te lo puedo decir, sólo confía en mí. No te arrepentirás... ¿sigues soltero verdad? OK te veré en mi oficina, hasta entonces...

Satisfecho, salió del restroom (baño) muy contento de haber vencido el impulso animal, disfrutando el agrado de ser fiel, como hacía tiempo no lo practicaba. Había hecho un juramento personal, se acabaron las aventuras amorosas, de ahora en adelante se dedicaría a hacer feliz a su familia.

La mujer aprovechó para beber un poquitín de más y acostumbrada a no hacerlo se sintió mareada, pidiendo retirarse lo antes posible. En el coche, acercó peligrosamente sus carnosos labios y besó al muchacho, que tomado por sorpresa, no tuvo la fuerza de rechazarla, aparcó y la besó con ternura, musitando palabras de afecto en sus lindas orejitas que no tuvieron respuesta. La hermosa nena se estaba quedando dormida, medio ebria, diciendo algunas incoherencias relativas a su deseo de perder la virginidad, ser su amante y otras lindezas.

La noche de Madrid comenzaba. Las populares Terrazas de Copas —bares al aire libre donde se puede fumar— llenas de turistas adornaban las principales calles de la capital Española con música y bullicio sin igual. Durante dos horas, el señor Director General en la confortable camioneta Cayenne, dentro de un bien iluminado sitio de parqueo, veló el sueño de la niña hasta que, sobresaltada despertó y miró su reloj.

— ¿Qué ha pasado? Perdona amigo, creo que me emborraché un poquito, no recuerdo nada... ¿dije algo malo? ¡Dime por favor!

— Claro que no, sólo dormitaste un rato.

— No te preocupes, le pasa a todo mundo, ¿te sientes mejor? —nunca revelaría las sinceras confesiones de la muchacha.

— Oh, quisiera ir a la toilette, ¿puedes llevarme, por favor? —dijo ella graciosamente.

— Con gusto —contestó Kadir, tomando su mano al descender del vehículo, escoltándola hasta la puerta misma del sanitario del restaurancito bar del flanco, aprovechando los minutos para hacer lo propio.

Además de satisfacer la necesidad de orinar, la hembra revisó sus partes íntimas. Le asaltaba la duda si se había aprovechado de ella. Al descubrir que no hubo penetración y que seguía intacta, una mezcla de frustración y tristeza la invadió por instantes, hubiera deseado perder la virginidad de una buena vez.

Pero no se daría por vencida, la noche era joven todavía y sería mejor hacer el amor en sus cinco sentidos, disfrutándolo. Se acicaló frente al espejo y lo que vio le pareció bien, su rostro fresco con un extraño resplandor en los ojos, el brillo de LA TENTACIÓN DEL SEXO.

De regreso al vehículo, tomó asiento de manera ¿descuidada?, mostrando las hermosas rodillas y un poquito más. Queriendo aparecer como mujer de mundo pidió un cigarrillo. Él casi nunca fumaba, pero tenía siempre una cajetilla de Gauloises para las amistades que lo solicitaran —Son Franceses y muy fuertes, no creo que debas... —advirtió.

— Tonterías, por si no te has dado cuenta soy una mujer con experiencia en la vida social —Felicidad lució encantadora y coqueta hasta encender el tabaco aspirando con intensidad. El glamour se destruyó, cuando el humo le provocó un fortísimo acceso de tos que hizo soltar algunas lágrimas. Repuesta, comenzó a llorar desconsolada.

— ¡Ni eso puedo hacer, soy un fracaso! —se recriminó.

Kadir la abrazó con afecto y le dijo unas dulces palabras intentando calmarla.

— Nena, no tienes que aparentar nada. No sabes lo afortunada que eres y las virtudes que posees. Ya quisieran miles y miles de personas en el mundo ser una parte de ti, créeme, te lo digo yo que he tenido la oportunidad, por mi trabajo, de conocer a toda clase de gente. Tú vales mucho, sólo que no te has dado cuenta.

— ¡Basta! ¡No quiero tu compasión! Soy una estúpida, lo arruiné por completo, perdóname, ¡Me marcho ya! He fracasado, vine a Madrid para encontrar un amor y ni eso puedo... —y continuó el llanto.

Con sumo cuidado, el varón secó con su pañuelo los hermosos ojos azules de Felicidad y al posar su mirada, no pudo evitar depositar un beso en ellos. Ella acercó su cara y abrió los carnosos labios besando al Director con una mezcla de fuerza y ternura, transmitiendo en la caricia el increíble sentimiento acumulado de su lozano cuerpo virginal.

Manipuló el botón del respaldo del asiento del pasajero hasta abatirlo en forma horizontal. Con manos expertas, acarició los senos de la hermosa, que suspiraba de placer. Subió el vestido hasta descubrir el bikini color azul deslizándolo hacia los robustos tobillos. En un segundo movimiento, lo zafó arrojándolo a un lado. Con finura, tocó la vulva y el clítoris, masajeando rítmicamente, mientras ella se retorcía emitiendo gemidos cortos. De pronto, sintió la mano de la moza sobre su entrepierna que buscaba con afán el falo. Con la mano derecha, bajó el zipper del pantalón y puso en libertad a su miembro viril que excitado como pocas veces, amenazaba romper el calzón.

Sin dejar el cariñoso forcejeo amoroso, Kadir bajó el pantalón y la trusa, montando a la hermosa mujer colocando sus muslos largos y tersos como la seda sobre los hombros, poseyéndola con infinita delicadeza, tratando de penetrar su inflamado pene, poco a poco. La hembra domada, loca de lujuria, empujó sus caderas hacia delante con fuerza para tenerlo todo dentro de su cuerpo, atrevimiento que le hizo soltar un grito de dolor al romperse el himen y escurrir gruesas gotas de sangre por su blancas piernas, ocasionando el inmediato retiro del enorme pito invasor.

— ¡Perdón!, no sabía que eras virgen, lo siento yo... bueno...

Las disculpas fueron acalladas por un beso lleno de pasión y amor de Felicidad, que repuesta del sufrimiento ahora estaba embriagada de gozo, exclamando: — ¡No, no, por favor no abandones ahora!

Justo cuando ambos amantes llegaron al clímax, apareció el rostro del Guardia Civil que tocaba el cristal con la punta de su macana.

La primera reacción de Kadir fue cubrir la cara de la chica con el bikini, bajando de inmediato el faldón de su vestido. Él parsimoniosamente se colocó el calzón y los pantalones, descendiendo de la camioneta.

— ¡Carajo! —dijo el Oficial— Parece que no hay hoteles por aquí. ¡Voy a conseguirles cuarto en la cárcel!

— ¡Vamos curro! Que no es para tanto, hombre. Es sólo una turista que ha querido conocer España y a los Españoles, y coño que se ha llevado una buena impresión. – Defendió Kadir.

— ¡No me salgas con aquello de no haberlo hecho nunca en tu coche!

— ¡Buenos son de cabrones cogelones los de la Guardia Civil!

— Eso sí, pero nada los salvará del arresto.

— Y si te diera, digamos un billetito para tus ahorros, ¿qué me dirías?

— ¿Me estáis sobornando chico? Has aumentado la pena. ¡Joder!

— Mira maño, si levantas el castigo y nos permites irnos, te daré quinientos Euros ya mismo...

— Pero es que las faltas a la moral... y....bueno... no sé... no tarda en llegar mi compañero de ronda...

— Que sean mil, por la carcacha se nota que tienes plata amiguito.

Kadir pagó sin chistar. La experiencia de hacer el amor a Felicidad, valía mil veces más.

Por su parte Felicidad estaba avergonzada pero dichosa. Jamás olvidaría el fantástico episodio.

BARCELONA, ESPAÑA

La gran aventura llegó a su fin. Los casi tres meses de larga y tremenda travesía habían agotado a los pasajeros, que sin embargo estaban sanos y contentos. Kadir esperaba una montaña de demandas preparadas por los departamentos jurídicos de los multimillonarios viajeros del "TENERIFE", pero no fue así.

Para sorpresa del Director General, ninguno de los importantes condóminos presentó mayores quejas. En mucho se debió a la atinada intervención de amistad y cabildeo de Don Ramón Peralta y Bárcenas, Presidente del Corporativo CELTIC, quien con su valor, sencillez y simpatía, se ganó a pulso la estimación de la difícil clientela.

En efecto, salvo las quejas de la señora Ambrosia "Amber" Waxton en cuanto a incomodidades durante el cautiverio y algunas lesiones de los demás plagiados, todo marchó bien.

Habían partido al Crucero siendo solamente clientes, transformándose en clientes, amigos y socios de nuevos proyectos cuando se dijeron hasta pronto en la gran cena de despedida a bordo. Al pisar tierra Española, hubo abrazos y promesas de mantenerse en comunicación.

La Waxton nada tonta, deslizó una tarjetita personal en la mano de Don Ramón con su teléfono privado y la leyenda "Llámame. No te arrepentirás. Besitos…" El buen viejo a sus 80 años, soñaría con ese extraordinario culo que buen tiempo tuvo de observar y tocar "por accidente" durante su breve permanencia en el hospital de Alexandria, cuando "Amber" lo cuidó y mimó hasta su recuperación y quizá… auxiliado por la ciencia Médica pudiera hacerle una faena de primera clase, ¡sí señor!

Los casi trescientos pasajeros fueron bienvenidos por familiares y amigos, con excepción de la Waxton, quien sólo recibió de manos de un Abogado de su esposo, la notificación oficial de la demanda de divorcio que amenazaba con dejarla sin un centavo y la acusación de robo de dinero para meterla a la cárcel. Lo inesperado, sacudió las estructuras física y mental de la hermosa criatura de 26 años, causándole ligero desvanecimiento fruto de la sorpresa, coraje, frustración y odio, sus sueños de millones se esfumaban.

— ¡Hijo de su putísima madre, cómo se atreve... le costará muy caro, pondré tantos pleitos, hablaré con gente influyente y poderosa que lo voy a hundir... no sabe con quién se ha metido... desgraciado mal parido...!

El Príncipe Hassim Rajib invitó a todos al Palacio Real para la celebración el próximo año de su cumpleaños número 50, que el amado pueblo festejaría con eventos y fiestas en honor del monarca durante un mes.

Se alojarían en los aposentos mandados a construir a gran lujo para recibir a Reyes, Presidentes, Ministros y Hombres de Negocios del planeta. La invitación fue aceptada con alegría, prometiendo asistir.

— ¡No me lo perdería por nada! —exclamó Donald Korr.

— ¡Allí estaré! —dijo el señor Kutz.

— Cuenta con nosotros, ¡rediez! —gritó Don Ramón, cogiendo de la mano a la bella "Amber" quien más tranquila con su nueva conquista festejó besando en los cachetes a los integrantes de la pequeña comitiva.

Jules C. Harper, "EL NIÑO", seguido del grupo de Auditores, fueron los últimos en desembarcar.

Tres horas les llevó terminar de elaborar el Reporte Final de sus actividades de Revisión que necesariamente tendrían que presentar ante los jefes de "HARTFORD, MELLON & FLETCHER" en la ciudad de Nueva York.

Por la noche, Jules abordó el vuelo a Madrid.

Caridad se transportó a la capital Española utilizando el fantástico tren AVE (Alta Velocidad) que recorre la distancia en menos de tres horas, con gran comodidad, asientos giratorios, reposapies y en la Clase Club donde viajaba la hermosa Auditora, pantalla individual para video, música, servicio de alimentos y bebidas.

Pidió un vaso de vino tinto y un sandwich de atún que comió con fruición, cerrando los ojos para dormir un rato.

MADRID, ESPAÑA

Antes de ir a Nueva York, Jules necesitaba una entrevista con el Ejecutivo Principal de CELTIC, pero no era el único. Caridad, la guapa Contadora, también solicitó cita por separado. Margaret, la eficiente secretaria, tuvo el tino de concederlas una por la mañana y otra por la tarde.

A las 9.00 de la mañana, atendió al "NIÑO", felicitándole por su eficiencia en el trabajo de Auditoría, con énfasis por el papel de justiciero que había realizado muy bien.

— Seguiremos en contacto —le dijo estrechando su mano.

— Revisa tu cuenta, se te ha depositado un millón de Dólares más como remuneración especial. Espero no te desboques gastando como loco, recuerda que el fisco está atento y no podrás comprobar el origen del dinero. ¿Has entendido bien?, si ocasionas problemas serás eliminado, ¿lo comprendes?

— Claro que sí Señor, lo entiendo a cabalidad, tenga confianza no lo defraudaré. Adiós y muchas gracias...

— Hasta pronto y no lo olvides. Nunca me llames, cuando te necesite te lo haré saber —dijo Kadir terminando la entrevista.

— Un minuto más por favor —suplicó Jules —Tengo pensado declarar mi amor a Caridad y pedirle matrimonio. ¿Estaría usted de acuerdo en ser mi Padrino de boda?

— ¿Ella te ha correspondido? —exploró el Director.

— Todavía no lo sabe, pero estoy seguro que lo hará —afirmó con suficiencia.

— Estoy tan enamorado de ella que si no acepta pienso robármela —dijo como broma.

— Dejemos que lo decida el tiempo. Mientras tanto mi consejo es que no fuerces situaciones, lo que será, será. Ahora si me disculpas...

— Gracias nuevamente Señor, hasta la vista.

Cuando entró al ascensor vacío, Jules "EL NIÑO" dio rienda suelta a su frustración hablando en voz alta, sin sospechar la discreta vigilancia electrónica de imagen y voz dentro del plafond.

— ¡Hijo de la chingada! ¡Me ha dado una limosna! Después de lo que hice por él, los riesgos... estoy seguro que el cabrón de Kadir se quedará con cientos de millones del rescate, ni siquiera fue capaz de invitarme nada, pero le he dado un buen gancho al hígado, estoy seguro que la culona me preferirá por las buenas o por las malas, después de que el pendejo Director General de mierda sufra "un accidente mortal".

— De mi cuenta corre que me quedaré como Jefe de las Misiones Especiales y con la puta Cubana como compañera seremos eficaces e invencibles. Ahora sí, basta de migajas, estamos en las Ligas Mayores, el exclusivo grupo del Gran Dinero.

Kadir escuchó todo en su privado. Como siempre su rostro impenetrable disimuló muy bien la rabia al saberse traicionado.

No entendía el porqué Jules se pasó de la raya. Una vez más, se decepcionó de las personas, con qué facilidad caían en las TENTACIONES DEL PODER Y EL DINERO.

Gran parte de la mañana estuvo soportando su dolor. Le afectaba al máximo la ambición desmedida del Supervisor, que pudiendo tener un gran futuro a su tiempo, se aproximaba al precipicio como en una carretera llena de curvas, donde el exceso de velocidad suele ser funesto para el conductor.

— Se lo dije, se lo advertí, maldito sea, ahora tendré que neutralizarlo. Lo siento mucho, no hay opción.

Por la tarde, fue otro el panorama. La visita de la hermosa isleña lo llenó de alegría haciéndolo olvidar el mal rato pasado por la mañana. Vestida con elegante conjunto color de rosa, la muchacha se veía estupenda. Los zapatos de tacón altísimos, estilizaban las preciosas pantorrillas. Kadir la recibió con una tacita de café expreso como recordaba lo tomaban en Cuba.

Caridad se arrojó a sus brazos recibiéndola con gran deleite, sintiendo el vibrar del tremendo cuerpo joven y firme de la chica. Sin decir más, se besaron larga y apasionadamente por un par de minutos.

— Tengo un regalito para ti preciosa —dijo el Director, sacando del cajón de su escritorio el sobre conteniendo cheque de la Fundación Weitzner por la cantidad de doce millones de Dólares, acompañado de una bonita carta explicando que había sido seleccionada por el Comité de Estímulos Ciudadanos de la Fundación como la Profesional del Año, por los extraordinarios Méritos Académicos, Ética, Eficiente Desempeño Profesional y Valor a toda prueba, demostrado en el reciente Secuestro Internacional.

— ¡Wow! —Gritó la chica a punto de colapso.

— No puedo creerlo... ¡doce millones!, de... yo no... pero... —y no pudo decir más, sus ojos se llenaron de lágrimas, tembló su cuerpo como una hoja con la respiración entrecortada, abrazó a su adorado con fuerza durante varios minutos.

— Gracias, gracias, muchas gracias mi amor —y lo llenaba de besos que mezclados con sus lágrimas tenían un sabor salado, como el agua de mar.

Sin premeditarlo, se fueron quitando la ropa y allí, sobre la dura y brillante superficie de madera elegantemente acabada en barniz negro, del piano Steinway de media cola que adornaba con gran clase su oficina privada, Kadir recostó a Caridad. Fue necesario colocar la gruesa y pesada guía telefónica de Madrid en el suelo para que el hombre pudiera —estando de pie— alcanzar y penetrar a plenitud la exquisita vulva en el semidepilado Monte de Venus, antesala de los más bellos y recónditos placeres sexuales.

— ¿No entrará a la oficina tu secretaria?, no quisiera que...

— Calma nenita. Margaret nunca pasa cuando hay visita. Sabe que la llamaré si necesito algo, tranquila.

Disfrutaron enormidades. La novedad del sitio los excitó tanto que repitieron la sesión. Años atrás ambos habían visto el filme "Pretty Woman" (Mujer Bonita) con Julia Roberts y Richard Gere, recordando la escena del bar y el piano. Se asearon en la toilette privada del Director y retomaron asiento en los sillones como si nada hubiera pasado.

— ¿A cuántas chicas les has hecho lo mismo?, ¡eres un canalla, te odio! —dijo Caridad, fingiendo enojo que estaba lejos de sentir.

— La verdad es que a ninguna —respondió él —Éste es mi templo de trabajo y has sido la excepción... además sobre el piano, fue mi primera vez, es cierto, fue extraordinario.

— No te creo nada, pero en fin te amo y punto. Soy capaz de perdonarte cualquier cosa y hacer lo que me pidas —expresó resueltamente la linda mujer— sólo espero por tu bien, no aparecer en YouTube como estrella porno, ja, ja, ja.

Kadir preparó dos vasos con hielo, vodka Ucraniano Medoff —destilado varias veces y conteniendo propóleo- y jugo de tomate. Pidió a Margaret queso manchego, aceitunas negras y galletas de harina integral.

— ¿De verdad harás cualquier cosa por mí chiquilla? ¿O lo dices por cortesía?

— Puedes ponerme a prueba si quieres amor mío —respondió entornando sus lindos ojos verdes.

— Antes de entrar en el asunto que me preocupa, necesito saber cómo despachaste al otro mundo a los temibles guardaespaldas de Don Agostino Sampdoria, tu reacción después de hacerlo y qué sientes ahora —preguntó el Director, mirándole en directo tratando de explorar dentro de su mente.

— La verdad es que en estos momentos me siento "cool" (de maravilla) en tus brazos, cerca de ti, pero ya en serio, debo decirte que el rudo entrenamiento Militar recibido en mi Patria fue muy completo, pero jamás tuve que matar a nadie… hasta ahora. Como lo ordenaste, los electrocutamos dentro del jacuzzi. Los cuerpos se cocieron en el vapor.

— Después de suprimirlos —continuó su relato la muchacha— sentí una especie de liberación, como si fuera cumplir con algo pendiente desde hace tiempo: exterminar a malas personas, me animo a decirte en confianza, no me arrepiento, lo volvería a hacer.

— Y bueno ahora, con la cabeza fría he descubierto otra faceta mía que me agrada. No me siento mal ni tengo remordimientos de conciencia no obstante que siempre recibí buena educación Católica en casa y mi madre se afanó en inculcar valores desde que tengo memoria. Ella y mi abuelita, continuamente me hablaban de hacer el bien con honradez y lealtad, respetando la vida humana.

— Pero cuando crecí, me di perfecta cuenta que no todas las personas tienen esas creencias y respetan a los seres humanos. Existe demasiada maldad en el mundo que no recibe castigo, siempre son los inocentes y débiles los que sufren las consecuencias. Si yo te platicara la crueldad que he visto en mi propio País y en otros, estoy segura que sentirías lo mismo que yo, un profundo desprecio por la delincuencia y el gran deseo de erradicarla. Es una lástima que no pueda hacer más... —cerró su discurso la bella Cubana.

— ¡Mahoma! —exclamó Kadir— ¡Vaya cátedra!, ¡qué gran sorpresa muñequita! Y yo pensando en la posibilidad de brindarte ayuda psicológica para superar la terrible experiencia de quitarle la vida a un ser humano criminal... ¡¡Me dejas pasmado!!

Una vez más abrazó a su nenita acariciando la cabeza, recorriendo los dedos de su mano derecha sobre la linda cara como de mármol rosa, con los finos rasgos cincelados a la perfección por grandes maestros del Renacimiento. Al pasar frente a los carnosos labios, ella mordió delicadamente el dedo índice ocasionando nueva excitación de la pareja. El zumbador del teléfono rojo salvó la situación. Era nada menos que Don Ramón pidiendo su presencia en la mansión de Menorca.

— Pero señor, tenemos aquí una montaña de pendientes... creo que... bueno si usted lo desea... por supuesto que sí, sólo que... entiendo... allí estaré, gracias por la invitación.

— Disculpa pero debía responder a la llamada. Era mi jefe —dijo sin mencionar nada más. Respirando hondo, se dio valor para hablarle a Caridad con el corazón en la mano.

— Chiquita, sabes que te adoro y que a tu lado vivo momentos de gran felicidad, pero soy un gran egoísta. He pensado que nuestra relación debe volverse únicamente profesional. Conmigo no tienes un futuro como te conviene: exitoso, conquistar el mundo de los negocios, casarte, tener hijos, nietos y demás. Estoy seguro que tendrías niñas preciosas. ¿No te gustaría eso? —remató el Director.

— No suena mal —dijo ella —Aunque las nenas podría tenerlas contigo, ¿eh? Si quieres ¡right now! (ahora mismo). Ja, ja, ja, qué susto te he dado, no te preocupes, no soy tan tonta para embarazarme ahora, tal vez algún día haremos el amor para buscar un varoncito, ¿qué tal?

— Bueno, ahora es cuando dices "hasta la vista baby", tienes quehacer, no me quieres a tu lado, me doy cuenta... —terminó ella.

— Un momento por favor linda, toma asiento tengo algo importante que proponerte. No te molestes por favor.

— OK, suelta lo que tengas —dijo ella con desencanto— ya soy mayorcita y entenderé... —un beso de Kadir selló los húmedos labios.

— Guarda silencio y escúchame hasta el final. Después, podrás decidir con libertad, suplico tu atención. ¿Puedo confiar en ti?

— Por supuesto mi amor —respondió ella — ¡Si yo comprendo todo! Lo nuestro no tiene mañana, es vivir intenso el presente. Cada quién tiene su camino y así hemos sido felices. ¿Por qué arruinarlo ahora con esas reflexiones? Además es el tipo de futuro que piensas que es lo mejor para mí.

- ¿Qué sabes tú lo que quiero?, ¿y si no deseo casarme, ponerme gorda, esclavizarme a hijos y marido a perpetuidad? Es mejor así, ¡que cada quién viva como quiera! —finalizó con bravura.

— Correcto. No se hable más del asunto, ahora te admiro más. Por ello, me atrevo a contarte lo siguiente que es altamente confidencial... —y en minutos Kadir la puso al corriente sobre el secreto reclutamiento de Jules "EL NIÑO" como Agente Especial de Seguridad para cumplir con misiones específicas ejecutando criminales como actos de justicia allí, donde la Ley no se cumple por ineficiencia y corrupción, teniendo buen cuidado de reservarse lo relacionado con Ben Weitzner y La Fundación, así como su propio pasado de Justiciero.

— Ahora entiendo muchas cosas... —musitó la chica —Continúa por favor.

Kadir prosiguió, haciendo un esfuerzo para no encabronarse...

— "EL NIÑO" cumplió con eficiencia su trabajo a bordo del Crucero y otro encargo que le di, ganando buen dinero que de otra forma tardaría mil años en percibir. Tal vez fue demasiado para él y cometí el error de otorgarle mi confianza, parecía tan leal...

— Y resulta que ahora, cegado por las TENTACIONES DEL DINERO Y EL PODER, me ha traicionado. El muy pendejo, ha planeado asesinarme provocando un accidente, para quedarse, como decimos en México, con la Finca y los Mangos, es decir con todo, su gran envidia y resentimiento ha despertado en él una ambición sin límites, al grado que el cabrón desea fervientemente incluirte dentro de sus propiedades.

— Al parecer, lo tienes loco, aunque en este aspecto lo comprendo, no es el único.

— Pinche mentiroso —reclamó la hermosa —Sigue por favor.

— Bueno, viene la parte difícil, sé que es demasiado pedir, puedes negarte de plano, yo lo entendería y prometo que tu respuesta no afectará nuestra relación de amistad por siempre, si el bocado es demasiado grande o no quieres hacerlo, sólo tienes que decirlo, ¿me lo juras?

— Antes quisiera saber de qué se trata. ¿Por qué no lo dices sin tapujos? —exigió la nena.

— OK, ahí va: Te ofrezco el contrato para matar a Jules "EL NIÑO" por el método que elijas de preferencia simulando un hecho casual o muerte natural.

— Tus honorarios serían de treinta millones de Dólares, cincuenta por ciento de adelanto y el resto al cumplir la misión, depositados en alguna cuenta bancaria que deberás indicarme y aperturar en ciudades consideradas como paraísos fiscales, donde la seguridad, la secrecía bancaria y la confidencialidad, todavía están garantizadas.

— ¿Preguntas, linda?

— Se me ocurren varias mi amor:

Primera. Qué pasa si no acepto el contrato. ¿Hay represalias?

Segunda. Qué sucede si fracasa la misión, ¿devuelvo el dinero?

Tercera. ¿Si la Policía nos descubre y me arrestan? ¿Hay apoyo tuyo o de Abogados?

Cuarta. No conozco bancos como los que mencionas.

Quinta. ¿Voy a tener alguna colaboración, otras personas quizá?

Sexta. De aceptar, ¿cuándo y cómo sería?, ¿ayudarías en la planeación?

Séptima. ¿Qué sucedería con mi trabajo actual, como Auditora?

Octava. Si tengo éxito, habrá más "contratos" o ¿es el único?

Novena y última. ¿Sabes que te quiero mucho más?

Kadir dio respuesta puntual a cada una de las interrogantes planteadas por la hermosa Caridad.

Al llegar a la última, la tomó de la esbelta cinturita, la atrajo hacía sí y la besó dulce y ardiente a la vez, que la moza correspondió a plenitud, otorgando con ello su respuesta afirmativa aceptando "el contrato".

— Te lo agradezco nenita, éstas son tus instrucciones...

No hicieron falta palabras ni juramentos, la confianza entre la pareja era total.

— Hasta nuevo aviso cariño.

— Hasta siempre amor —respondió la nueva Agente, ahora bautizada como "Aileen".

El cerebro de Kadir —cuyo cráneo con circunvoluciones extras parecían de extraterrestre— concibió la imagen del éxito. Benjamín Weitzner estaría satisfecho y orgulloso de contar con los servicios de lo que sería —previa adecuación de sus capacidades guerreras— una extraordinaria y eficaz Agente Especial de la Fundación. Sólo habría el pequeño escollo de Ruth y sus celos, pudiendo convertirse en un problema que debiera solucionarse antes de explotar.

Pero eso sería mañana, por hoy se avanzó el equivalente a meses de intensa búsqueda y magnífico hallazgo.

FORT MYERS, FLORIDA, U.S.A.

Reposando en su estupenda residencia, tumbado en la poltrona a orillas de la bonita piscina, sorbiendo con una pajilla la helada bebida local a base de jugos de fruta y vodka, Benjamín Weitzner estaba concentrado en la lectura de la sección financiera del diario Miami Herald.

Sonrió satisfecho. El Índice Nasdaq donde cotizan las más importantes empresas de Tecnología, mostraba tremenda alza de las acciones en las Bolsas de Valores de New York, Londres, Paris, Frankfurt, Tokio y otras ciudades del mundo, de la "Silicone Intelligent Machines, Ltd.", el gigantesco conglomerado industrial, líder mundial en informática, mecatrónica y robótica, donde la Fundación Weitzner mantenía cuantiosas inversiones. Los mercados mostraban un optimismo exagerado, según la experiencia del viejo zorro. Se preguntaba hasta cuándo seguirían así. Los resultados no podían —a su juicio— mantenerse por más tiempo, sobre todo por las medidas económicas —todavía no anunciadas— del nuevo Gobierno Federal que necesariamente tendrían que poner en práctica.

El motivo del boom en Bolsa fue el espectacular anuncio de la exitosa llegada a Marte del robot denominado Curiosity, que culminó su viaje emprendido el 26 de noviembre de 2011, posándose sobre la superficie del llamado Planeta Rojo el 6 de agosto de 2012.

Esta gran hazaña de la Ciencia y la Tecnología lograba captar fotografías a color en alta resolución, tomar muestras del suelo marciano, búsqueda de vida y de información para los científicos que significaba el inicio de los viajes tripulados por humanos.

El proyecto liderado por la NASA (Administración Nacional de Aeronáutica y del Espacio) colocaba a la SIM (Silicone Intelligent Machines, Ltd.), como una de sus principales compañías proveedoras, desde microchips, motores, partes, cables, circuitos, memorias y en general tecnología de altísimo nivel.

No obstante, el aumento del desempleo, la drástica reducción a tasa cero de los intereses que pagaban los bancos, el rescate para evitar la quiebra de las hipotecarias populares y empresas automotrices, el financiamiento para cumplir con su promesa de seguros médicos al pueblo, eran auténticos dolores de cabeza de los nuevos funcionarios del Gobierno Federal, algunos nombrados por amistad y no por conocimientos en las delicadas áreas de responsabilidad.

Por ello, los expertos anticipaban desastres en la Bolsa de Valores y en la economía nacional, que los jilgueros gubernamentales y prensa sin escrúpulos se encargaban de criticar y acallar, tildándolos de "ignorantes voceros catastrofistas" o "amargados profetas pesimistas".

Era la víspera de un fin de semana largo y había convocado a su gran amigo Kadir a pasar dos días en su casa, para charlar a gusto de los temas pendientes, quien solicitó el permiso del anfitrión para correr invitación a su nuevo amigo Zelik alias "Stan" quien al frente del comando armado, liberó a los rehenes del Crucero "TENERIFE", familia Weitzner incluida.

— Por supuesto, es lo menos que puedo hacer para mostrar agradecimiento. Aunque Ruth y yo habíamos planeado saludar a los miembros del comando en nuestra próxima visita a Israel y entregarles otro regalito. Nunca podremos agradecerles lo bastante. Por favor hazlo. Será un honor tenerlo como huésped.

Un súbito compromiso de Zelik —lo citó el Director del MOSSAD (Agencia del Servicio Secreto de Israel) le hizo declinar la amable invitación a La Florida.

— Otra vez será —explicó con la mayor deferencia.

— Necesito la presencia de algún miembro del Comando — pidió el Director.

— Te mandaré a Habacuc, es lo bastante educado para alternar con esos pobretones, ja, ja, ja…

Kadir había planeado que podía ser la oportunidad de salirse para siempre de la tórrida relación sentimental con Ruth. Con todo el dolor de su corazón, tenía que retirarse. Sabía lo difícil que resultaría hacer lo posible para que la hermosa terminara con él. Pero no había otro remedio. Ahora o nunca —se dijo— de lo contrario, sus intenciones de volver a la fidelidad con su querida esposa se vendrían abajo.

Recordó el doloroso episodio cuando se hizo a un lado dejando el campo libre a Ethan Warner, su hoy finado esposo. Ahora sería diferente, hablaría primero con ella, estaba seguro que comprendería sus argumentos para dar fin a una relación que si bien era hermosa, no los conduciría a nada, nunca podrían vivir en público, condenados a amarse en la oscuridad y mucho menos traer hijos al mundo.

Precisamente por ese gran amor, necesitaba dejarla en libertad. No quisiera dañarla de manera alguna cancelando las oportunidades que pudiera tener la extraordinaria mujer para alcanzar la felicidad total fundando una familia.

Esta ocasión, convencería a su amigo Ben para lograr su apoyo moral. Estaba seguro de que el buen viejo entendería que junto con él, eran las dos personas que más amaban y protegían a Ruth, por tanto, procurar su bienestar estaba antes que nada y nadie.

Se prometió no empujar. Dejaría que las cosas siguieran el rumbo natural, se tomarían las cosas con calma, sin prisas, con el tiempo suficiente para madurar y no cometer los errores anteriores. No sabía si a la Psicóloga le agradaría el sujeto o si como buena mujer irreflexiva, se dejaría llevar por los impulsos de su corazón y no por el cerebro, ¡¡enviando a todos al demonio!!

Kadir se sentía preocupado. Estaba pendiente la vacación ofrecida por su jefe Don Ramón en su residencia de Menorca, a donde sin excusas tendría que asistir con la advertencia de no llevar pareja.

— "¡Hay un hatillo de hembras guapas esperando pasarla estupendo, no os atreváis a joderlo, llevando a tu esposa que merece toos mis respetos!"

En dos semanas tendría lugar el fiestón y por vez primera, estaba considerando no asistir, con los riesgos que esto implicaría. Conociendo al Jefe, lo asumiría como un insulto. Don Ramón era un hombre acostumbrado a que nadie le dijera NO.

Por otra parte, sus deseos de reformarse y ser fiel, retornando a la vida normal del matrimonio, sus propósitos de enmienda, los planes de envejecer con dignidad al lado de su adorada consorte, hijos y nietos...

— ¡Con cien mil millones de coños! —rugió Kadir— Cada vez que voy a salirme, ¡¡me vuelven a involucrar!!

Una vez más, sintió la gran necesidad del sabio consejo de su progenitor, llamándole a su casa de Houston, Texas.

Gregor —su padre— lo escuchó sin interrupciones. Cuando su vástago terminó, lo felicitó por sus propósitos.

— Hijo, no hay nada más bueno y santo que la familia. Es el tesoro más grande que Dios nos da y que pocas veces valoramos en su magnitud.

— Haces lo correcto en cambiar de vida, estás a tiempo de remediar situaciones que te orillan a seguir tu desordenada vida como hasta ahora. Creo que lo mejor será renunciar a tu trabajo actual y pensar en otra actividad menos riesgosa para la estabilidad y felicidad de tu matrimonio. Capital no te hace falta y necesitas alejarte de la mayor cantidad de TENTACIONES.

— No quiero decir que jamás las volverás a experimentar, pues sería una gran mentira. Lo verdaderamente importante es resistir, hacerles frente y poner una barrera para guardar distancia. De lo contrario, lo humano es volver a lo de antes. Recuerda que el Hombre es el único animal que cae en el mismo hoyo dos o más veces.

— Ruth es bellísima, una gran persona, tiene lo que un hombre puede soñar, la mujer ideal no lo dudo, pero por su bien, debes dejarla. A Caridad también, por lo que dices es una mujer inteligente, leal y hermosa, pero por ello muy peligrosa para la estabilidad de tu familia. Y por último, la señorita Felicidad, extraordinaria, bonita y de nobles sentimientos, tampoco es para ti, que tienes dueña desde hace varios años. Además, me has contado que has vivido grandes momentos con ellas gozando de lo lindo.

— Bueno, it's over (se acabó) nada es para siempre, no seas cabrón, no les quites su oportunidad de encontrar marido. Tú les podrás dar casi todo, dinero, atenciones, hasta amor si quieres, pero nunca una familia, no debes tener hijos fuera de matrimonio, harás sufrir a los inocentes.

— No debes sentirte mal por tus infidelidades pasadas, son hasta cierto punto normales, pues vivimos en un mundo Occidental donde las costumbres y Leyes son distintas de las civilizaciones Orientales como Turquía, donde nacieron nuestros antepasados, que practicaban la poligamia.

— Pero hasta en ese "Old Country" (viejo país) al entrar a la modernidad adoptando las costumbres de Europa, se cambió a la monogamia. Aunque actualmente hay grupos sociales en los Estados Unidos y Europa, trabajadores, productivos, muy religiosos, que viven inmersos en sus peculiares costumbres que no aceptan por ejemplo, los vehículos de combustión interna, las medicinas de patente y otras, pero continúan con la práctica cotidiana del matrimonio de un hombre con varias mujeres.

— Te digo por experiencia, que no es malo tener una sola mujer, siempre y cuando sea la adecuada y por así decirlo, exactamente tu media naranja. Cuando la encuentras, debes cuidarla como lo más importante de tu vida, dedicando a tu esposa y a los niños, todo el amor que tenga tu corazón el mayor tiempo posible. Eso es alcanzar la felicidad completa, hay que decir adiós a las aventuras, cerrando su discurso con un chiste: "Una joven China preguntó a su Maestro:

— No entiendo el porqué si un hombre tiene varias mujeres, es ante la sociedad un admirado campeón, en contraste, si una mujer tiene varios hombres, es una puta, incluso castigada hasta la muerte, eso no es justo. El Sabio respondió: fíjate bien y usa tu inteligencia. Si una llave abre varias cerraduras, es una llave Maestra, valorada y apreciada; en cambio, una cerradura que puede abrirse por varias llaves, no sirve, se desecha, es basura".

— Muchas gracias papá —sollozó Kadir en el teléfono.

— Calma hijo, olvidé decirte que estoy disponible, puedes presentarme a cuanta chica bonita conozcas de hoy en adelante

— O puedo consolar a tus ex novias ja, ja, ja, ja —terminó bromeando.

— Yo también omití mencionar a una gorda cincuentona que es terapista del centro de retiro "Casa de la Ancianidad", con fama de insaciable, ja, ja, ja, —reviró el Director, despidiéndose no solamente como padre e hijo sino lo que eran, grandes y verdaderos amigos.

BUENOS AIRES, ARGENTINA (MESES ATRÁS)

Vander Skoda rodeado de una docena de fieles servidores, celebraba en el palacete de la calle Posadas su cumpleaños número 80, acosado por varias enfermedades degenerativas, entre ellas la más dolorosa, donde sentía que los huesos de su maltrecho cuerpecillo se rompían en pedazos: la avanzada arthritis reumatoide junto con la descalcificación y parálisis progresiva, le provocaban intensos dolores que soportaba consumiendo grandes dosis de drogas calmantes que a su vez perjudicaban el hígado y los riñones del anciano.

Un mes antes había estado internado en un afamado hospital en España, donde se sometió a la prueba más avanzada para conocer con aproximación de 90%, qué tan rápido está envejeciendo una persona y si tendrá una larga o corta existencia. El análisis de los Telómeros —regiones de ADN ubicadas en los extremos de los Cromosomas— se encargan de la división Celular y el tiempo de vida de las Células.

Como los Telómeros marcan el número de divisiones Celulares, los Científicos creen que estas estructuras son uno de los indicadores más aproximados de la velocidad de envejecimiento del ser humano.

Este análisis ha sido creado por la Doctora María Blasco, del Centro de Investigaciones Oncológicas de España y la Compañía Life Length, pioneros en la etapa de la comercialización, quienes aclaran que no intentan precisar cuándo morirá una persona, es una prueba en sangre para determinar la longitud de los Telómeros, si son más cortos o más largos de lo normal y así esta medida calculará la edad biológica, pudiendo ser mayor o menor de su edad cronológica. Según los investigadores, es una prueba precisa.

Vander Skoda estaba contento y convencido que viviría de nueve a doce años más.

La gran mesa rectangular para 24 personas en preciosa madera maciza, sostenida por fuertes patas talladas con figura de leones e incrustaciones de oro y marfil, lucía soberbia de elegancia, ricamente vestida en finísimo mantel de lino y servilletas importadas de Bélgica, cristalería de Bohemia, cubertería Alemana en oro de 18 quilates, y servicio dispuesto para tres comensales cuyos nombres aparecían grabados en tarjetitas, portadas en las manos de diminutas figuras de mujeres esclavas con torso desnudo, elaboradas en mármol verde.

A la hora convenida, Vander y sus dos únicos invitados tomaron asiento en la comodidad de las sillas de alto respaldo rematadas por cabezas de león dorado, abriendo sus fauces. El hombre alto, obeso y calvo, descendió con destreza de su silla de ruedas y apoyándose en su bastón, ocupó su lugar con autoridad.

El fondo musical era naturalmente de Tangos, interpretados por los famosos cantantes Hugo Del Carril, Libertad Lamarque y Carlos Gardel.

Las estupendas composiciones "La Cumparsita", "Por una Cabeza", "Caminito" y "A Media Luz", inundaron con sentimentales notas el amplio salón a volumen agradable, provenientes de costosos equipos de sonido digital estéreo y baffles fabricados por la prestigiada firma Danesa "Bang & Olufsen".

— Bienvenidos —dijo Vander. A su señal tres corpulentos meseros desfilaron para servir, uno el vino y el agua helada, otro para colocar charolas de magnífica porcelana China conteniendo las viandas entrantes y otro más con los deliciosos manjares que representaban el plato fuerte. Cumplida su misión, se retiraron aprisa.

— Esa bola de pendejos Médicos que me atienden, me han prohibido comer y beber casi todo. Pero hoy necesito brindar con ustedes, ¡Skol! —dijo Vander en Sueco, chocando las copas, a la usanza antigua.

Los Romanos, que conocían y trabajaban el vidrio soplado desde el siglo I, d.C., creían que el vino era una bebida dada a los hombres por los mismos Dioses y debía disfrutarse empleando los sentidos de la vista, olfato, tacto, desde luego el gusto y el oído, que era el único que no participaba. Por ello, golpeaban la vasa potoria (taza de cristal), una con la otra, produciendo un alegre tintineo que al escucharse se unía a la celebración.

El viejo apuró su copa del estupendo vino tinto Español, Vega Sicilia

Único decantado con anticipación para oxigenarse, a temperatura de 18 grados centígrados y se sirvió la segunda, que bebió a grandes sorbos.

Limpió con la nívea servilleta la comisura de sus labios y al tiempo que cesaba la música se hizo silencio absoluto. Habló con voz apagada primero y casi gritando después:

— He recibido como regalo de cumpleaños, la terrible noticia de la muerte de Stefan Horvik, mi gran amigo y socio en las empresas.

— ¡A la memoria del ausente, que en el infierno esté, disfrutando de todos los vicios que practicó en su vida! ¡¡¡Al que acompañaremos en cuanto se pueda!!!!

— Tu presencia de hoy Lawrenti —dijo al gordo— es para pedirte la investigación completa de su muerte. ¡Debes averiguar quiénes están involucrados y dónde quedó la enorme riqueza de Stefan!!! ¡Tengo que vengarlo y de paso, heredar su fortuna! Dispones de dos semanas para hacerlo.

— Por supuesto señor —contestó Lawrenti— ya me encargo ahora mismo. Y uniendo la acción a la palabra, sacó el celular de última generación para entrar a Internet, utilizando los poderosos buscadores Bing, Google y Yahoo, mientras se llenaba la boca con un trozo de langosta fría.

En menos de un minuto, localizó la crónica periodística de la muerte de Stefan Horvik, en los acreditados diarios; el Francés "Le Monde" y el Italiano "Corriere della Sera".

Lawrenti Zuskov era un hombre de unos sesenta y pico de años. Nacido en una granja en Crimea, de padres Rusos Blancos Cristianos, era pese a su reconocida crueldad, practicante de su religión, a la que defendía con tenacidad cuando le convenía hacerlo, pero también hipócrita y mentiroso según soplara el viento.

Kymeria o Crimea fue colonizada por los Griegos en el 430 a.C., formó parte de las conquistas de Roma durante tres siglos y tomada por los Godos en el 250 d.C. Durante un milenio, el territorio fue invadido entre otros, por los Hunos, Alanos, Avaros, Jázaros, Romanos de Oriente y Genoveses, hasta 1475 en que la península fue asaltada y ocupada por los Turcos y Tártaros, que 300 años después y como resultado de la guerra con Rusia, Crimea se integró al Imperio Ruso.

Crimea, considerada como bastión de los Rusos Blancos en la guerra civil, tras la victoria de los Comunistas en 1921, se convirtió en República dentro de la Unión de Repúblicas Socialistas Soviéticas (URSS).

En la Segunda Guerra Mundial, la República de Crimea fue invadida una vez más, ahora por los Alemanes que la retuvieron en su poder durante un trienio hasta el final del conflicto bélico. Con la victoria de los Ejércitos Aliados, el Líder Ruso Josef Stalin, decretó la abolición de la República de Crimea, para convertirla en Región de la República de Ucrania.

Después de la Revolución Bolchevique, por órdenes de Stalin en la plenitud del poder, los padres de Lawrenti fueron arrestados, "juzgados" por espurios tribunales y encarcelados de por vida junto con decenas de miles de personas. Corrieron con suerte porque la gran mayoría murió ante pelotones de fusilamiento. En el invierno de 1948 en la fría celda que ocupaba su madre, nació Lawrenti.

Un lustro más tarde, murieron sus padres en la cárcel en medio de espantosos sufrimientos, lo que contribuyó a sembrar en el alma del niño huérfano, odio y desprecio hacia la vida y buscar venganza en todo aquello que se le presentara.

Zuskov demostró desde muy temprana edad su gran inteligencia y facilidad de palabra, que le permitieron no solamente sobrevivir, sino incluso enrolarse en el Ejército Rojo y escalar posiciones dentro del Partido Comunista, destacando con su hábil oratoria para convertirse en uno de sus más apasionados y brillantes ideólogos.

Tribuno extraordinario, fue invitado por el Comité Central del Partido, ocupando la cartera de Propaganda, teniendo a su cargo el adoctrinamiento en Escuelas y Centros de Trabajo, con funciones auxiliares de Acusador Público contra las personas que presentaban resistencia al dogma comunista.

Respetado y temido, mostraba gran capacidad de análisis e investigación y sus recomendaciones para castigar a los disidentes, eran casi siempre aceptadas por Camaradas superiores que no dudaban en enviar a los pobres infelices a las nevadas prisiones de Siberia y del Archipiélago Goulag, donde sin poder evitarlo, morían por las inclemencias del tiempo.

Cuando Alemania fue vencida por los Aliados en la Segunda Guerra Mundial, las tropas Soviéticas fueron las primeras en conquistar Berlín, la capital Germana, ocupando la ciudad y dividiendo al País

Sajón en dos: La Alemania Oriental, gobernada por la URSS (Unión de Repúblicas Socialistas Soviéticas) y Alemania Occidental, controlada por los Aliados (Estados Unidos de Norteamérica, Inglaterra y Francia).

Alemania del Este con su Capital Berlín, se mantuvo separada del resto de Europa con la construcción del tristemente célebre y aterrador Muro de Berlín, ominosa construcción de piedra y cemento, como una barrera física para evitar que la población sojuzgada con lujo de fuerza pudiera escapar a la libertad.

Incontables ciudadanos Alemanes que intentaron escalar la muralla, fueron acribillados por los guardias fronterizos comunistas. Fueron años y años de sufrimiento para esa parte del pueblo Alemán. Privados de su voluntad, soportaron trabajos forzados, escasez de alimentos, medicinas y pobreza. Los gobiernos tiranos, sostenían el sistema a sangre y fuego, sin ningún respeto por los derechos humanos.

El régimen comunista se tambaleaba sostenido por la fuerza del Ejército y la poderosa y aterradora Policía Secreta, la temida STASI (en Alemán, Ministerium für Staatssicherheit), uno de los mejores Servicios de Inteligencia del Mundo mucho peor que una moderna Gestapo — como afirmaba el famoso caza nazis, Simón Wiesenthal— sitio donde Zuskov se desempeñó a sus anchas como Segundo Comisario, recibiendo por dedazo, el grado de "Coronel".

Al mismo tiempo, Lawrenti Zuskov se ganó por parte de los Oficiales Británicos, el "nick name" (apodo) de "Sea Cow" (Vaca Marina) cuando varios de ellos vieron la imponente mole de 1.95 de estatura y casi 150 kilos de peso, bañándose en las aguas del Mar Negro.

Casi nadie se atrevía a nombrarle "Cow" en su presencia por temor a terribles represalias.

Su brillante cerebro carente de escrúpulos, maestro del engaño y la traición, pronto intrigó para montar una trampa a su superior acusándolo de espionaje a favor de los Estados Unidos, delito que en plena Guerra Fría con las potencias Occidentales no podía perdonarse, logrando que su jefe fuera ejecutado. Como premio, Lawrenti Zuskov fue ascendido a Primer Comisario de la "STASI".

Meses después en una misión, fue herido en la parte baja de la espalda por el disparo hecho por un francotirador. La bala destrozó parte de los sistemas nervioso y óseo del "Coronel" impidiéndole caminar, condenándole a la silla de ruedas.

La férrea voluntad de Zuskov, la dedicación y cariño de su esposa para seguir al pie de la letra los largos y dolorosos tratamientos de terapias físicas, hicieron que en dos años comenzara a caminar apoyado por muletas, un año después, al progresar en su rehabilitación, cambió las muletas por una andadera, seis meses más tarde, jubiló la andadera y caminó apoyado en un bastón, para finalmente desechar el cayado y caminar, lento pero firme, incluso subir y bajar escaleras por sí solo.

Lógico, estaba impedido de andar grandes distancias, por lo que se movía con agilidad en su silla de inválido.

— ¿Qué hay? —exigió Vander, cuando el grueso invitado devoraba una pierna de pavo en salsa de soya.

— Señor, tengo la información primaria, voy a prepararle un resumen de los hechos mientras hago algunos arreglos para mi viaje a París, necesitaré algunas cosas —respondió el interpelado.

— Óyeme bien "Cow". Tienes mi autorización como siempre, para no reparar en gastos. Termina de comer y te vas, por lo pronto ¡bebamos!

Angelique, la preciosa negra Nigeriana acompañante de Vander, era hasta ahora la invitada de piedra. Envuelta en el refinado vestido producto de la afamada Casa diseñadora francesa Coco Chanel, picaba con gracia los deliciosos platillos, tomando elegantemente con su tenedor trocitos selectos de pescado, langostinos y codorniz, comiendo muy poco.

Tal vez por ello, a sus 26 años conservaba su esbelta y atlética figura como la de una pantera. La delicada prenda de ropa, se ajustaba perfecta a su cuerpo mostrando la firmeza de los senos y exquisita redondez de las nalgas.

De un salto, se levantó de su asiento y en un segundo colocó la hoja del filoso cuchillo para carnes en la rechoncha garganta de "Cow", presionando con la fuerza suficiente para tener inmóvil al siniestro personaje, cuyo cerebro le ordenó no moverse un milímetro.

Si la intención era degollarlo, la hembra ya lo hubiera hecho. No, tenía que esperar, frío como siempre. Lo peor ante Vander Skoda era mostrar miedo y cobardía.

Lawrenti ni siquiera emitió queja alguna de dolor cuando el cuchillo hizo un pequeño y fino corte en sus carnes haciendo brotar un hilillo de sangre que salpicó la blanca servilleta que cubría su enorme estómago de paquidermo.

Se limitó a ver su entorno: cuatro pistoleros armados con sendos fusiles AK-47 colocados en los puntos cardinales. No tenía ninguna posibilidad de salir vivo en caso de presentar resistencia. El supercerebro decretó aguardar.

La negrita se disponía a efectuar un nuevo corte, ahora más profundo cuando un gesto de Vander la detuvo.

— Ja, ja, ja —estalló a las risas— veo que sigues siendo el mismo duro de siempre. Quise comprobar si estás en forma, ja, ja, ja.

"Cow" no dijo nada. Colocó el manchado lienzo y presionó sobre la pequeña herida, como si no hubiera pasado nada. Sin embargo, cruel y vengativo, ya estaba pensando el castigo que algún día le aplicaría a la sensual mujer. Por una décima de segundo sus ojillos brillaron siniestros.

Veinte minutos después, finalizó el banquete y encendieron sendos habanos Montecristo hechos en Cuba, que ofreció Lawrenti, incluyendo a la magnífica mujer de color que lo aceptó y fumó como cualquier hombre, con un toque femenino, haciendo volutas de humo, sonriendo y moviendo su bien formado cuerpo, destilando sensualidad.

— Hasta luego, pronto tendrá noticias mías —se despidió Zuskov en tono un poco tosco, cuidando de no ver mucho a la dama, pues conocía los tremendos celos de Vander, que mataba sin piedad a los mirones.

Retirado el servicio por los eficientes meseros y al quedarse solos en la enorme estancia, Angelique abrió espacio entre las copas y se recostó sobre la mesa retirando el lujoso vestido de satín dorado que envolvía el fantástico cuerpo de la hembra quedando desnuda ante los ojos del viejillo que pareció revivir con el espectáculo.

Rápido para su edad, comenzó a acariciar la estatua viviente, primero con sus manos para después bañar con champaña usando la boca y lengua que subía y bajaba por toda esa sinuosa carretera llena de curvas, para terminar en la rizada y espesa jungla que cubría la espléndida vulva y clítoris de la negra, que excitadísima, se retorcía de concupiscencia.

Vander sacó de la bolsa del pantalón un pene artificial que introdujo dentro de la vagina de la muchacha, metiendo y sacando rítmicamente provocando tremendos gritos de entusiasmo. Un segundo miembro viril de goma, lo acercó a los labios de la hembra que golosa, comenzó a besar y succionar metiéndolo en su boca hasta la empuñadura.

La hembra alcanzó un orgasmo tal, que gritó como loca, clavando sus afiladas uñas en la piel del anfitrión, que a su vez, jadeaba presa de una excitación producida en gran parte por las dos pastillas azules de Viagra ingeridas antes de la comida.

La chica, conocedora de sus obligaciones sexuales, complació a Vander, que sentado cómodamente disfrutó de uno de los mejores momentos de sexo oral en su vida, pues la negra ostentaba no sólo la maestría, sino el doctorado.

Dentro de su amplio repertorio, se auxiliaba con varios artefactos y juegos sexuales que hacían las delicias de su octogenario amante, que gozoso le pagaba espléndido trescientos mil Euros, por cada eyaculación.

— Es para tu fondo de pensión cabrona, la juventud y belleza se acaban —siempre le decía —No quiero que termines tu vida, vieja, enferma y en burdeles baratos.

Angelique albergaba la esperanza que en uno de esos momentos de éxtasis, el viejo estirara la pata, para que ella pudiera quedar, libre, joven, bella y con suficiente dinero para disfrutar su vida. Por eso, hacía su "trabajo" lo mejor y la mayor cantidad de veces.

Después del agotador esfuerzo, el anciano Vander, siempre iba a la cama a dormir un rato, cayendo en un sueño profundo y reparador de por lo menos hora y media, tiempo suficiente para que la negrita hiciera el amor con uno, dos o de plano con los tres meseros que arriesgando la vida, disfrutaban al máximo el extraordinario momento ¡¡Y Cornuto Felice!! (cornudo feliz).

Lawrenti Zuskov ordenó al chofer conducirle a la Terminal "A" del Aeropuerto Internacional "Ministro Pistarini", conocido comúnmente como Aeropuerto Internacional Ezeiza, por estar ubicado en la localidad de ese nombre, a poco más de 30 kilómetros de Buenos Aires. Al arribar solicitó silla de ruedas con los beneficios para discapacitados.

Presuroso, se dirigió al mostrador de la compañía Air France y compró el billete de primera clase en el vuelo más próximo non stop (sin escalas) con destino a París.

Tuvo la suerte de encontrar un asiento en el AIRBUS A380 repleto con casi 500 pasajeros saliendo dentro de seis horas, tiempo suficiente para adquirir en las lujosas tiendas una maleta mediana de cuero color marrón, que rellenó con algunas prendas de ropa y aseo personal. Adquirió también en la tienda Apple, una computadora portátil último modelo, configurada con software de vanguardia para transmisión de datos, voz e imagen y otras funciones de comunicación y negocios.

Satisfecho, el gordo se acomodó en el sillón del restaurante Rincón Gaucho donde ordenó un bife término medio, ensalada, pan campesino y un vaso de vino tinto Norton. No había comido a gusto en la casa de su amo Vander Skoda, antes bien casi se atraganta con el bocado.

Mientras llegaba el servicio, consultó otra vez su celular y grabó en su privilegiada memoria los detalles más importantes sobre la muerte y funerales de Stefan Horvik.

Nombres, lugares, datos sueltos sin importancia para nadie, excepto para él.

El tiempo pareció transcurrir rápido y llegó la hora de documentarse, pasar los controles de Migración y Seguridad con preferencia, abordando el majestuoso gigante del aire, subiendo en elevador a la planta alta, donde la cubierta se extiende a todo lo largo del fuselaje, aventajando en capacidad en más de 49% al avión rival, el BOEING 747.

Sentado en Primera Clase, Zuskov tuvo que solicitar a la azafata, una extensión para el cinturón de seguridad, pues el voluminoso vientre impedía abrochar el de tamaño normal.

La aeronave corrió por la pista rugiendo al máximo sus poderosos cuatro motores. Cuando el avión estuvo en el aire, se quitó el arrugado y barato saco, la corbata que lo asfixiaba y los toscos zapatones, pulsando el botón para reclinar el asiento y convertirlo en cama, durmiéndose a pierna suelta.

Era inaudito que habiendo ordenado las más infames torturas y muerte de cientos de personas, el hijo de puta asesino ex Jefe de la Policía Secreta Comunista STASI, pudiera conciliar la siesta.

Tuvo un sueño tranquilo, repasando la información a la fecha.

Su inteligencia subconsciente ya estaba planeando los siguientes movimientos. Cuando el cerebro logra hallar soluciones a los problemas que nos aquejan, es cuando podemos descansar por completo. Pasaron como una cinta de video, algunas infamias cometidas durante su servicio para la Policía Secreta de Alemania Oriental, cuando tuvo el inmenso poder para formar un verdadero ejército de asesinos sin entrañas.

Una opción era buscar algunos de ellos para auxiliarlo y cumplir más rápido con la misión encargada por Vander Skoda. La desechó de inmediato, para este trabajito no necesitaba de "socios" aún.

Los cincuenta millones de Euros que iba a cobrar, se transformarían por lo menos en diez veces más si lograba encontrar la fabulosa fortuna de Stefan Horvik —el socio muerto de Vander— y de paso liquidar al desgraciado Skoda, apoderándose del control de los sucios negocios de prostitución, pederastia, pornografía, contrabando de drogas y armas.

Más adelante, con su gavilla de incondicionales asesinos podía ser el rey de los delincuentes en Europa.

La azafata de la primera clase, se sorprendió gratamente al contemplarlo dormido con una sonrisa y una paz, como si fuera un hombre bueno y filántropo.

Obsequiosa, le colocó mejor la frazada para protegerle del frío aire acondicionado del avión, sin pensar ni por un segundo en la clase de espeluznante chacal que llevaban a bordo, que sólo soñaba con dirigir el imperio del crimen más importante de Europa.

En la fantasía de un cineasta, se logró filmar la cinta "El Juicio de Dios", película que plantea la desesperación de un grupo de Judíos Europeos llevados a los campos de exterminio de Auschwitz, por los nazis, durante la Segunda Guerra Mundial.

Independiente del criterio libre de las personas que vieron el filme, llama la atención el valor del productor y director de la película, al presentar a un grupo de ciudadanos Semitas creyentes de su religión, que simulan un verdadero juicio, con fiscales, jueces y jurados, donde ponen en tela de duda si el Dios de Israel existe, elevando sus protestas y exigencias al mismo Yahvé o Jehová, acusándolo de por lo menos negligencia y tolerancia para los sufrimientos extremos de cientos de miles de hombres, mujeres y niños del Pueblo Elegido según las Escrituras, el Pueblo de Israel, que en su agonía se preguntaba: ¿Dónde está Dios?

Dicen que no se mueve la hoja de un árbol sin la voluntad del Ser Supremo.

En el caso de Lawrenti Zuskov y su Sindicato del Crimen, la decisión del Cielo no le sería favorable a sus malvados propósitos, antes bien, recibiría merecido castigo terrenal.

PARÍS, FRANCIA

E l inmenso aeroplano aterrizó en la pista del "Charles de Gaulle", el principal de los tres aeropuertos de París. Al llegar a la Terminal, el aparato vació su vientre cargado con 498 pasajeros que atiborraron las filas de Migración, Seguridad y Aduanas. El "Cow", en su silla de ruedas, fue atendido preferente por los oficiales.

Hora y media después, Zuskov se hospedó con nombre falso utilizando uno de los varios pasaportes que disponía, en un elegante hotelito pequeño, de los que abundan en la capital Francesa y rentó un auto Renault Koleos de cuatro cilindros a nombre de Jarkos Ludeno, con genuino documento Oficial expedido por la República de Moldavia.

Con espeso bigote y larga barba encanecida, vistiendo amplias ropas de dudosa calidad, parecía uno de tantos intelectuales o artistas de medio pelo que abundan en la ciudad, metido en una tienda de campaña ambulante.

Eran las once de la mañana y caía sobre la ciudad una fina y tupida llovizna que pasaría pronto, pues el astro rey estaba por aparecer en cuestión de minutos.

Zuskov conducía con precaución, no quería ser detenido por la Policía de tráfico y contestar preguntas embarazosas.

Habían pasado 28 años ya, desde que el líder Ruso Mikhail Gorbachov iniciara la "Perestroika" (Reconstrucción) y la "Glásnost" (Transparencia) importantísimas reformas económicas, políticas y sociales que serían consolidadas por Boris Yeltsin en 1991, marcando el fin de la era Comunista, la Independencia de las Repúblicas, la desaparición del Ejército Rojo y las Policías Secretas como las poderosas KGB Rusa y la STASI en Alemania Oriental, que llegó a tener más de 90,000 empleados de tiempo completo y 180,000 informantes civiles cobrando fuera de nómina, así como sus propias cárceles.

Tropas de élite otorgaban protección a STASI: seis batallones de infantería motorizada y un batallón de artillería.

STASI se ocupaba de los Servicios de Inteligencia dentro y fuera de Alemania del Este coordinándose con los similares de las demás Repúblicas Soviéticas, protegía contra sabotajes y espionaje, vigilaba la lealtad del Ejército Popular y las comunicaciones, supervisaba la conducta de extranjeros y connacionales, en general todas las actividades de resguardo y seguridad del Estado, incluyendo desde luego, suprimir protestas de trabajadores, estudiantes y ciudadanos, censurar las noticias y publicaciones, arresto y ejecución de inconformes y traidores a la causa. La STASI, era tan escrupulosamente eficiente, que hasta disponía de una Sección especializada en Basura, efectuando análisis muy completos de los desechos y materiales considerados sospechosos.

La STASI se extinguió junto con la República Democrática Alemana. Los Jefes Militares y Policíacos huyeron y se dispersaron por todo el mundo, escondiéndose de la justicia. Pero a diferencia de los criminales de guerra nazis, el mundo libre no inició investigaciones, persecuciones y arrestos de los grandes asesinos de sus pueblos, representando para la humanidad, facturas pendientes de pago.

El "Cow" Lawrenti Zuskov no quería meterse en problemas. Vivía siempre desconfiado, pensando que tal vez, alguien lo re- conocería para meterle un tiro en la cabeza o arrestarlo y someterlo a juicio donde los Fiscales pedirían la Pena de Muerte.

Su conducta era respetar las leyes de los Países donde estu- viera, actuando en las sombras y como siempre, le había resul- tado bien.

Conservar bajo perfil, no mostrarse en ningún tipo de eventos públicos, eludir a fotógrafos y prensa, era su modus operandi.

Se llevó a la bocaza una galleta de cereal con miel y buscó en el dispositivo del auto "Never Lost" (buscador de lugares) la dirección del Castillo Ducal en la ciudad de Nantes —que se creía había sido la última residencia de "EL PATRÓN", el despiadado Stefan Horvik— acelerando un poco, cuidando de no exceder el límite de velocidad.

Cuando llegó a su destino, se había engullido la caja de galletas completa.

NANTES, FRANCIA

Ya en el lugar preciso, Zuskov notó la presencia de guardias armados de la Policía Francesa y una ventanilla de Admisión donde hacían fila unas ocho docenas de turistas que no cesaban de tomar fotografías. El Gran Castillo Ducal, era hoy, un museo más de la ciudad.

Aparcó en el lugar indicado, pagando los 5 Euros por cuota de estacionamiento, compró su boleto de entrada en la casi desierta taquilla para inválidos y se mezcló con los demás entusiastas paseantes, formándose pacientemente, esperando turno. Los empleados guía, hacían pasar a compactos grupos de diez personas para asegurarse que las explicaciones sobre la historia de los edificios, pudieran ser escuchadas y asimiladas por los visitantes, proveyéndoles —como en los mejores museos del mundo— de audífonos con cintas pregrabadas en el idioma seleccionado por cada persona. Las había en Francés, Inglés, Alemán, Ruso, Japonés, Español, Chino e Italiano. El recorrido por los sitios emblemáticos de la Fortaleza, la rica historia de sus Torres y guerras, fueron un relleno de las verdaderas intenciones del "Cow". Esperó hasta las cinco de la tarde, hora de cierre del museo, abordando al más viejo de los guardias que procedía a cerrar los pesados portones del Castillo.

— Excuse Monsieur, es la primera vez que visito el recinto y en realidad estoy sorprendido y desalentado. He venido de muy lejos para visitar a mi hermano Stefan Horvik, que la última vez me dijo que vivía por aquí, pero veo que ahora es un gran museo, no sé qué hacer…

— ¿Usted es hermano del señor Stefan? ¿Acaso no sabe que ha muerto? Fue lamentable, era tan bueno y generoso —dijo el viejo guardia con nostalgia— en cambio hoy… bueno usted sabe… con el Gobierno como está, siempre en crisis, no tardarán mucho en despedirnos.

— ¿Por qué razón? —inquirió el gordo.

— El dinero señor mío, siempre es el dinero. Con tantos malditos burócratas chupando del presupuesto, no hay suficiente para el mantenimiento de este elefante blanco. Han reducido el personal a la mitad. Recuerdo que con Don Stefan, abundaban los Euros. En mala hora el perro de su Administrador, regaló el edificio al Gobierno. Eso sí llevándose antes todos sus tesoros —concluyó el buen hombre su relato— echando llave a la enorme cerradura.

— Oiga caballero, ¿podría acompañarme a mi automóvil? Estoy un poco cansado de la caminata y pudiera tropezar con el pedregoso suelo —se apresuró a decir "Cow", apoyádose en su bastón.

— Con gusto lo haré amigo, permítame unos momentos, debo firmar mi salida —pidió el guardia —Si regresa a la ciudad, ¿podría llevarme por favor?

— Por supuesto que sí —contestó el mamut.

En el trayecto charlaron como antiguos conocidos. Lawrenti escogía con precaución sus palabras para no despertar sospechas del viejo, que incontenible, hablaba y hablaba sin descanso, saltando de un tema a otro con gran facilidad. En realidad era un archivo de conocimientos tan amplios y diversos que lo mismo mencionaba trozos interesantes de la historia del hoy Museo, como de la mala calidad de las películas modernas, añorando a las actrices Brigitte Bardot, Gina Lollobrigida, Sophia Loren y otras de la época, criticando con ferocidad a la Selección Francesa de Fútbol, en especial al Entrenador.

— Mi hermano nunca me dijo sobre donar el Castillo al Gobierno de Francia. ¿Lo hizo antes de morir? —preguntó "ingenuo" el mastodonte.

— ¡Claro que no! —respondió molesto el guardia— Como le dije fue el hijo de mil padres del Administrador, que apenas mu- rió "El Patrón", nos corrió a todos dejándonos en la calle. Nunca olvidaremos sus bajas acciones con el personal.

— Usted perdone, pero es un desgraciado el tal Josafat Pereira, un completo hijo de puta. Tal vez ahora esté gozando las riquezas y el palacio de "El Patrón" en París.

— Una cosa buena de este Gobierno fue darnos a algunos viejos, nuevamente trabajo.

— ¡Qué cabrón! —apoyó Zuskov — ¿Sabe usted cómo murió mi hermano?

— Muerte natural, al decir de los Médicos. La última vez que lo vi en el Fuerte parecía enfermo grave... aunque hubo sospechas que alguien le ayudó a morir... había mucho dinero en juego —concluyó el buen hombre.

— Bueno mi amigo, ésta es mi calle, si alguna vez me necesita, ya sabe dónde trabajo, ¡au revoir!

— Por favor acepte estos Euros, le estoy agradecido señor.

— Gracias —respondió el anciano— pero no era necesario, adiós —dijo cogiendo los billetes.

— Josafat Pereira… Josafat Pereira… me suena —exclamó Zuskov cuando estuvo a solas.

Como si hubiera puesto el nombre en el ordenador, reconoció en dos minutos el nombre del bastardo. ¡Claro!, es el puto pirata que asaltó el crucero. Aparentemente murió en el intento, ahora que recuerdo su muerte no estuvo muy clara mmmmm... ¿y si fue una representación teatral para desaparecer del mapa vivito y coleando?, pronto lo sabremos. En la comodidad de su cuarto de hotel, recostado en el confortable sillón y refrescado con el aire acondicionado y una cerveza helada, marcó por su teléfono satelital un número de la ciudad de Roma.

— Quiero hablar con Don Agostino Sampdoria —dijo Zuskov con firmeza.

— ¿Quién lo busca? —respondió una voz metálica —Puede dejarme recado, el señor Sampdoria no se encuentra aquí, si deja sus datos, Don Agostino se comunicará con usted a la brevedad…

— No, le llamaré después, gracias —dijo Lawrenti, cortando la comunicación.

Zuskov no necesitó mucho para darse cuenta que algo estaba mal. El teléfono satelital era algo de lo que jamás se separaba Don Agostino, era parte de su vida.

Por otro lado, la voz era demasiado contrastante. Primero seca y después azucarada como para sacar información. Decidió intentar otra cosa.

Marcó el número del Segundo Comandante del Cuerpo de Carabinieri. Un antiguo camarada simpatizante del Partido Comunista Italiano al que había apoyado varias veces.

— Marcello, qué alegría —saludó Lawrenti— han pasado algunos años, necesito hablar de un asunto. Se llama Agostino Sampdoria, me urge localizarlo.

— Viejo amigo, tendrás que buscarle en el cementerio. Por fin ese hijo de puta recibió su castigo, lo asesinaron en Letonia. Al parecer se trata de una venganza de la organización criminal a la que pertenecía.

— Para nosotros está claro el ajuste de cuentas, pues también desaparecieron tres de sus guardaespaldas. El cuarto, el de mayor confianza un tal Franco Torrelli no volvió a Italia, creemos que está vivo en algún punto de Europa del Este, tal vez viviendo con la joven amasia de Sampdoria.

— Si buscas la descomunal riqueza, debo decirte que el Gobierno Italiano incautó casi todo. Sampdoria estaba en la mira del nuevo Fiscal General de Italia. Lo siento.

— Gracias amigo, te debo una. Pronto iré a visitarte, ahora que estoy desempleado dispongo de tiempo libre. Arrivederci.

El gordo tomó el teléfono satelital para pedir a la operadora internacional la dirección de la oficina en París, del Corporativo CELTIC, dueño del Crucero "TENERIFE", solicitando pasar la llamada.

Amable, la recepcionista de la oficina atendió a Lawrenti.

— Como sabe "señor Ludeno", el Crucero fue asaltado por una banda de piratas cuando navegaba por el Océano Índico. Por fortuna, los pasajeros secuestrados fueron encontrados sanos y salvos. Sin embargo, durante el lamentable episodio, hubo algunas bajas, ha sido un episodio muy triste —terminó la chica.

— ¿Puede informarme sobre las personas desaparecidas? —pidió "el señor Ludeno".

— Lo siento, no tengo esa información, puede acudir a la Policía, si desea el número...

— Claro que sí, muchas gracias señorita.

— Maldita sea, las cosas se complican, masculló Zuskov —añorando su poder en la STASI, donde ya tendría los datos sacados a base de torturas.

El elefante no se dio por vencido, nunca lo hacía. Así que recurrió a un antiguo Oficial de La Sûreté —la Policía Secreta de Francia— espía y amigo de Zuskov durante los años de la Guerra Fría, que estaba agradecido con él. Los pagos en efectivo que le había hecho llegar por información clasificada de la República Francesa, lo convirtieron en el policía con la mejor posición económica en ese cuerpo selecto de espionaje y contraespionaje.

Cauteloso, guardó su capital en la segura Banca de Luxemburgo, gastando sólo lo indispensable, llevando una vida normal, como siempre, salvo en vacaciones que gustaba bañarse en las cálidas aguas de la Isla Martinique, en la región del Mar Caribe.

Zuskov obtuvo una entrevista con su viejo camarada, quien a cambio de tres mil Euros, le ilustró sobre las muertes de Stefan Horvik alias "El Patrón" y de su lugarteniente Pereira, aunque de este último no se pudo obtener la confirmación, presumiblemente había muerto en Somalia, cuando fueron rescatados los rehenes.

Por información confidencial cruzada entre las diversas Policías Secretas de Europa y América, el asunto del asalto al Crucero de lujo era caso cerrado. Nunca colaboraron los deudos de tripulantes desaparecidos, que sepultaron el asunto motivados por el miedo a perder los misteriosos depósitos de moneda extranjera en sus cuentas personales.

El maduro Policía Francés, también le habló de Anthar Nafed el banquero, experto lavador y blanqueador del dinero de la mafia, que manejaba montones de plata sucia de importantes personajes, incluido el mismo Josafat Pereira. Fue Director General del Banque Internationale L'Etoile, con sede en Qatar.

— ¿Dónde puedo encontrar al cabrón del banco? —dijo Zuskov impaciente.

— Ha muerto en Qatar. Aparentemente quiso tragar un bocado demasiado grande para él. Un trozo de carne le cerró la garganta y cayó fulminado en el retrete de un restaurante.

— El Gobierno le abrió una investigación por varios delitos confiscando gran parte de su fortuna personal —concluyó apesadumbrado el Policía.

— ¿Y por qué esa tristeza, eran amigos tuyos?

— ¡Por supuesto que no!, lo digo sólo de envidia y coraje, eran cuantiosas fortunas y ¡no nos tocó nada! —replicó el Policía.

— ¡Me lleva la chingada! Todos los putos involucrados han muerto y el dinero se ha esfumado. ¡No le va a gustar nada a mi Jefe! —maldijo resoplando el gordinflón.

— ¿Sabes algo de Don Agostino Sampdoria? —preguntó el "Cow", entregando al Francés otros mil Euros en billetes de cien.

— Puede que sepa algo, pero sabes, tengo algunas deudas, si pudieras ayudarme un poco más… replicó el Agente.

— Claro amigo, aquí tienes —dijo Zuskov mostrando un grueso fajo de billetes —Son diez mil Euros más, ¿está bien?

— Creo que sí, muchas gracias —dijo el Francés.

— Bueno…. Sampdoria, otro pendejo ricachón asesinado. Lo hallaron en un sanitario del Estadio de Hockey en Letonia. Esta vez le hicieron una trepanación sin anestesia en la base del cráneo, con un estilete o algo punzo cortante.

— Extraña coincidencia creo yo, pienso que hay un asesino serial que utiliza los baños públicos como teatro de operaciones, tal vez un mirón de penes, ja, ja, ja.

— ¡Carajo, ya lo decía yo que algo raro estaba pasando! Cuando intenté comunicarme con el tipo, contestó un Policía, ni más ni menos —expresó en voz alta Lawrenti Zuskov, alias "Cow".

— ¿Y el dinero, quién se lo quedó?

— La mayor parte de la fortuna de Sampdoria fue decomisada por las Autoridades de Italia y el imperio financiero de Nafed lo tomó mi Gobierno; aunque siempre hubo la duda sobre las grandes cuentas disfrazadas y depositadas en Dubai, que como sabes, es sucursal del Banque Internationale L'Etoile. Te confieso que nosotros, digo el Gobierno de Francia, el de Italia y El Vaticano mismo, fracasaron intentando echarle mano al caudal, por lo menos es lo que nos dijeron los cabrones burócratas, nosotros hicimos la investigación completa y… ¡nada! ¡Son unos hijos de puta!... —terminó el Policía.

— Una cosa más, ¿alguna vez escuchaste hablar de Stefan Horvik, alias "EL PATRÓN"?

— Claro, quién no. Sabemos que es un delincuente de los grandes. Tiene casa aquí, en Paris, por el rumbo de Neuilly, nunca hemos podido probarle nada…

— OK. Nos veremos pronto —se despidió "Cow".

— Cuando quieras, hasta luego y… gracias.

Lawrenti retornó a París por la noche. La crossover (camioneta mediana) Renault Koleo lo transportó con rapidez y comodidad.

Lo primero que hizo llegando a su habitación, fue quitarse el saco, los zapatos, los enormes pantalones y la camisa, quedando en ropa interior. Llamó al Room Service y ordenó comida suficiente como para alimentar a tres personas y dos botellas de champaña Dom Pérignon. Mientras llegaba el servicio, se metió en la tina de agua caliente y burbujas de shampoo.

Casi no cabía en ella. Cerró los ojos y se dejó llevar por su mente privilegiada que analizaba en nanosegundos toda la información obtenida hasta el momento, como avanzada computadora de reciente modelo.

Diez minutos después, enfundado en la blanca bata de baño de algodón Turco con escudo del hotel, se arrellanó en el mullido sofá, abriendo su laptop (computadora portátil) tecleó su password (contraseña personal) y la alimentó con los datos sustanciales del día. Devorando los alimentos y bebiendo champaña a pico de botella, encendió el televisor. Oprimiendo el botón del control remoto, pasaba por los canales Franceses, Alemanes, Italianos, lo mismo de siempre: noticiarios, programas culturales, películas viejas, clases de cocina, anuncios de productos maravillosos para la salud, espectáculos, deportes, etc., etc.

Aburrido cambió al canal de la Televisión Española.

Entrevistaban a un Filipino, ex empleado de la CELTIC WORLDWIDE ENTERPRISES (EMPRESAS MUNDIALES CELTIC) que formó parte de la tripulación del Crucero "TENERIFE".

El tipo hablaba sin cesar de los terribles momentos en que el barco fue asaltado, el secuestro y posterior liberación de los rehenes, hasta el final de la increíble aventura.

El programa captó poderosamente la atención de Lawrenti divertido por los detalles, aunque su cerebro se concentraba en la magnífica pista proporcionada por el policía Francés, del pirata hijo de la gran puta, Josafat Pereira.

La Forza del Destino. Muy pronto se conocerían los temibles enemigos.

MARSELLA, FRANCIA

D oce meses después, rumiando su derrota, respirando odio y sed de venganza en cada orificio de sutura, por diversas cirugías a las que fue sometido para salvar su vida en nosocomios para indigentes, Josafat Pereira, bajo el nuevo nombre de "Raphael Garnier", con el brazo derecho amputado hasta el hombro y tuerto, regresó en forma clandestina a Francia vía Marsella buscando a su amigo Louis, propietario de la Taberna Tournéau.

Finalmente se consoló. La operación de asalto al Crucero y toma de rehenes había fracasado, pero todavía era dueño de la gran riqueza de su ex Patrón, el fallecido hijo de puta Stefan Horvik.

Sí señor, pobre no era, no lo sería jamás. La enorme cantidad de dinero estaba a salvo, resguardada por su banquero de confianza, Anthar Nafed.

La vacía cuenca del ojo izquierdo pronto se ocuparía con uno de los dispositivos ópticos más modernos, una microcámara digital que conectada al cerebro estaba siendo experimentada con éxito en los mejores Hospitales y Centros de Investigación de Europa y América, como una gran esperanza para los ciegos, tan naturales que parecen ojos humanos.

Se haría implantar un brazo artificial de última generación robótica y cirugía integral de la cara.

— ¡Bendito sea el dinero! —exclamó jubiloso.

Sin embargo, el destino le tenía preparada una desagradable sorpresa.

Louis Tournéau lo recibió en la sucia oficina con desconfianza. Su aspecto era de un pordiosero y drogadicto veterano de guerra. Sólo le faltaban las medallas en metal barato y tela de colores prendidas en la gastada chaqueta.

— ¡Carajo! ¡Pareces salido de la tumba cabrón!, ¡estuve a punto de meterte un tiro pendejo! —le dijo Louis guardando su revólver— No son horas de visita. La taberna está cerrada, pero puedo invitarte un buen trago, pasa por favor. ¿Qué le pasó a tu brazo? ¡Pareces medio pollo, hijo de la chingada! Ja, ja, ja, ja.

— ¡Hermano! Estoy vivo de milagro. Ya sabrás que el puto golpe fue un fracaso. Al principio todo bien, pero después... ¡Todavía no sé qué coños pasó! ¡He perdido el brazo y un ojo! ¡Sírveme un maldito trago, hijo de puta!

— Josafat Pereira está muerto, mi nuevo nombre es "Raphael Garnier". Necesito nueva identificación pero ya, ¿puedes ayudarme?

— Seguro —se burló Louis— tienes mi autorización para pedir limosna a los clientes del bar —y volvió a reír— Sabes, los precios han subido un poco. Aquí te anoto la dirección de Braulio, ese cabrón Gallego es de lo mejor para eso.

— ¡Déjate de pendejadas! Sabes que te pagaré mucha plata, a crédito pero te pagaré. No tengo un centavo ahora pero tan pronto acceda a mi banco... —afirmó mirándole con el único ojo que brilló amenazador —Además necesito algunos Euros para moverme, espero me comprendas...

— Claro amigo, cuenta con ello. Ahora bebamos, ¡hay que celebrar tu regreso!

Louis juzgó cauteloso, que el violento Josafat Pereira ahora llamado "Raphael Garnier", no conocía la muerte de su banquero Anthar Nafed. Previendo su colérica reacción, optó por no decir nada. Que se entere por otros — se dijo.

— ¿Cuánto efectivo necesitas?

— Unos veinte mil Euros para empezar. Puedes dármelos ahora mismo, sucede que tengo prisa... te los devolveré pronto.

Tournéau dio la espalda para accionar la combinación de la anticuada caja fuerte negra, detrás de su escritorio. Una vez abierta, no sintió la llegada de la muerte, la certera puñalada en el pulmón derecho inundó de sangre la oficina.

Con velocidad llenó los bolsillos del pantalón y el viejo gabán con paquetes de billetes sujetos con bandas elásticas. Antes de salir del despacho, puso el seguro de la puerta y cerró en silencio, borrando los rastros con un gastado paño, limpió y guardó el cuchillo, frotando el pomo de la cerradura, silla y escritorio, dejándolos libres de huellas dactilares.

En el pasillo entró al sanitario y saltó por la ventana que daba al solitario callejón, lastimándose un poco el muñón del brazo cercenado, desapareciendo entre la bruma del anochecer.

Ese bastardo tenía razón, parezco un auténtico mendigo. Por la mañana cambiaré mis ropas —reflexionó.

Se dirigió a una pocilga cinco calles abajo, refugio de delincuentes y viciosos de baja ralea y prostitutas viejas, acabadas por la mala vida, que ofrecían sus servicios en la puerta del hotelucho.

Por diez Euros pagados por adelantado, alquiló un cuarto con muebles desvencijados en la planta alta, sin baño. El único sanitario sucio y maloliente estaba al fondo del pasillo para uso de todos los huéspedes del piso.

Cerró lo mejor que pudo la puerta y la ventana, colocando cuanto objeto consiguió para bloquear la entrada y se recostó sobre el camastro que gimió bajo su peso, rechinando las podridas maderas. Estaba tan sucia la almohada, que decidió doblar el gabán a manera de cojín para descansar la cabeza, colocando el filoso puñal debajo. Por supuesto, no se desvistió y cuando tuvo necesidad de orinar, lo hizo en el pasillo, regando el macetón. Mañana sería otro día.

El hampón logró dormir unas tres horas a lo sumo, con el oído atento a cualquier ruido sospechoso, despertando una docena de veces por las exclamaciones de los inquilinos borrachos, apretando con fuerza la cacha del cuchillo. Las sirenas de la Policía, sonaban con frecuencia, era un barrio muy bravo.

Dejó el hotelito a las diez de la mañana, yendo al primer bazar de ropa usada que encontró, donde adquirió una maleta y vestimenta de marcas corrientes pero al menos ropa limpia y presentable. Encontró un local de baños públicos que anunciaba regaderas individuales y vapor.

Aseado, buscó una barbería y se hizo arreglar el cabello, bigote y barba, que ahora usaba, con su nueva personalidad de "Raphael Garnier" de oficio modisto, ufano de diseñar en una de las mejores y exclusivas boutiques de la Rué Saint Honoré, según contaba con quien establecía diálogo.

Aparentar ser homosexual resultaba el disfraz perfecto. Bañado, con ropa limpia casi femenina, zapatos corrientes pero nuevos, desodorante para dama y un litro de loción de mujer, se lanzó presuroso y confiado a la residencia en París que fuera del extinto "Patrón", Stefan Horvik.

"Raphael Garnier" pidió al taxista llevarlo al elegante barrio de Neuilly, apeándose frente la agencia de automóviles Peugeot, en el número 39 de la Rué Saint-Didier. Cuando el auto de alquiler desapareció en el tráfico, caminó cuatro calles al norte hasta la abandonada residencia de "EL PATRÓN", el fallecido Stefan Horvik.

No obstante su impedimento físico, saltó la verja de hierro con destreza y dirigió sus pasos a la entrada de servicio.

Desprendió una gruesa rama del árbol más próximo y rompió a golpes los cristales de la puerta, metió la mano y deslizó el picaporte, penetrando en el recinto.

Justo como la dejé antes de irme, musitó el asesino. Repentino ataque de estornudos le hicieron comprender la cantidad de polvo y humedad que estaban almacenados dentro de la casa. Pero no corrió cortinas ni abrió ventanas, por la hora del día el sol alcanzaba a iluminar tenue, el interior de la residencia, formando sombras fantasmagóricas.

"Raphael" subió parsimonioso las escaleras rumbo a la suite principal. Abrió los grifos del baño y comprobó el agua corriente. Un primer chorro salió arrastrando la suciedad acumulada en las tuberías que al contacto con el drenaje sanitario, el recinto se llenó de hedor, lo que siempre sucede cuando las trampas en las rejillas del desagüe pasan temporadas largas sin usarse.

Bajó al cuarto de servicio y localizó los instrumentos clásicos de aseo: escoba, recogedor, bolsas para basura, cepillos, quitapolvos, detergente, jabón y aromatizantes, haciendo la limpieza manualmente. No pudo usar la aspiradora, no tenía energía eléctrica. Con cuidado, entreabrió la ventana que daba al jardín interior. Una oleada de aire fresco lo vitalizó.

Quitó el edredón, fundas de almohada y sábanas, reemplazándoles por ropa de cama limpia que sacó del clóset de blancos. Agotado por el esfuerzo del quehacer con su única mano, se recostó, resoplando y estornudando por el polvo.

Descansó un rato. Necesitaba salir para conseguir dos teléfonos celulares, alimentos, bebidas, velas aromáticas, herramientas y linternas. Por la tarde, en el mercado negro, compraría un auto de uso y algunas armas. Lo requería de inmediato. Guardó lo adquirido y acudió a la agencia de energía eléctrica para liquidar los pagos atrasados y solicitar la reanudación del servicio.

— Estuvimos de viaje, lo siento mucho, pero mi esposa regresó enferma y no podemos estar sin electricidad, pagaré lo que sea pero necesito restablecer la energía, por favor...

El compasivo empleado de la compañía, checó el historial de consumos y pagos del domicilio. Era cliente de buena demanda y mejor pago. Satisfecho, no tuvo inconveniente y escribió en la solicitud del servicio la leyenda URGENTE.

En una sartén y quemador de alcohol sólido como los usados por excursionistas en el bosque, obtenidos en el supermercado CARREFOUR, "Raphael" cocinaba alegremente. Destapó la champaña bebiendo directo de la botella y encendió un pequeño radio de transistores, la estación transmitía una bella canción interpretada por Celine Dion. El delicioso olor de la tortilla Española con huevos, patatas, cebolla y chorizo, la generosa rebanada de queso gruyere y pan recién horneado, invadió el recinto. Sintiéndose seguro, subió el volumen del radio y comenzó a tragar con gran apetito.

Era una de las mejores comidas que había probado en los últimos meses.

Escondido en la oscuridad de la sala, estimuladas sus membranas olfativas con el aroma del exquisito refrigerio, la sombra voluminosa semejante a una mole, se levantó sin hacer el menor ruido. En su manaza derecha portaba el poderoso revólver doble acción Colt Phyton .357 Magnum de seis cartuchos —hoy descontinuado— equipado con silenciador. Justo en el momento que el gigante iba a la cocina, tocaron el portón, que lo hizo regresar a su escondite.

"Garnier el modisto", abrió la pesada puerta de madera para encontrarse con dos hermosas colegialas de unos 12 ó 13 años de edad, con su atuendo escolar.

— ¡Hola! Somos vecinas de este barrio y venimos a darle la bienvenida, hace tiempo que la casa está sola y bueno... pensamos que... vendemos pastelitos horneados por nosotras juntando dinero para obras de caridad. Estamos tomando clases de repostería y... necesitamos voluntarios que se atrevan a comerlos. Prometemos traerle bicarbonato por si le sientan mal, ¿qué dice?

Tomado de sorpresa, "Raphael" dejó la pistola Ruger recién adquirida, en la consoleta de entrada y con la única mano tomó la canastilla de frescos pastelillos. Con el ojo que tenía visión miró a las niñas, estaban preciosas a juzgar por los cuerpecitos casi infantiles, mostrando redondas y sonrosadas rodillas que asomaban por la falda corta del uniforme de la escuela.

¡Carajo qué suerte! Son una promesa, en unos meses más, serán muy buenas hembritas que valdrán chingos de plata, las puedo gozar un rato y convertirlas en estrellas porno, pensó el torvo criminal.

— Gracias, muchas gracias —alcanzó a decir.

— ¿Desean pasar? Tengo limonada y helado de frambuesa, que se llevan muy bien con sus pasteles. Así me acompañarán a comerlos y podré calificar su tarea. Les compraré todos los panecillos, me encantan los postres —dijo el perverso con los ademanes más femeninos que pudo.

— Me llamo "Raphael", pero pueden decirme "Rafi".

— ¿De verdad lo haría? Nos ayudaría mucho para nuestra clase. Pediremos permiso en nuestras casas, regresamos en un momento.

— Vamos, no es necesario molestarlos, sólo nos llevará unos minutos y a cambio, daré mi opinión por escrito, ¿les parece?

— Además, puedo comprarles a partir de mañana dos docenas de estas ricas barritas cada tercer día, tengo una sala de estética de primera categoría y ofrezco té o café a mis selectas clientas —dijo el bandido con dulzona verborrea y ademanes feminoides. Las chicas borraron la desconfianza natural al notar sus modos de homosexual.

— Oh bueno, está bien "Rafi" estaremos sólo unos momentos — permitiéndole tocarlas.

— Ay, que bonitas nalguitas tienen cariños, ya quisiera yo estar así...

— Pasen, pasen por favor, está un poquitín oscuro, la compañía de luz ha cortado el suministro al dueño anterior y hasta mañana conectarán de nuevo.

En la cocina, el hampón abrió una botella de refresco de limón, rasgó un pequeño sobre conteniendo cocaína y lo vació en los vasos. Con un poco de suerte, en cinco minutos las niñas-mujer iniciarían juegos eróticos que él les enseñaría y más tarde pedirían a gritos ser penetradas sexualmente.

Fascinadas, las inocentes criaturas contemplaban a la luz de las velas en colores pastel rosa, azul y verde combinadas con gusto feminoide, algunos cuadros y objetos de la decoración, les parecían piezas de algún museo. Su juvenil curiosidad las llevó a preguntarle a "Rafi" sobre una extraña figura para ellas, labrada en madera. Parecía un pene gigante como el visto en los libros de Biología sobre las partes del cuerpo humano.

— Oh, no hagan caso queridas, es de la cultura fálica, vengan por su refresco por favor.

Justo en el momento en que las jovencitas iban a llevar el vaso a sus angelicales labios, sonó un ligero chasquido acompañado de un aullido de dolor.

El primer disparo rompió la rodilla del pederasta, derribándolo. De un manotazo, la sombra tiró al suelo los vasos de re- fresco contaminado y mostrando una falsa placa, dijo en perfecto Francés —Soy Policía no se asusten, por favor vayan a casa y no salgan, vamos, ¡ahora! les ordenó gentil. Las niñas salieron corriendo.

El gigante cerró la casa con seguro, tomó a "Raphael" de la cabeza e introdujo con vigor en el hocico un trapo de cocina. Quitó el cinturón al caído y lo sujetó con fuerza rodeando cuello y cabeza para tapar completamente la bocaza.

Agarró la pierna buena y lo arrastró al sótano, justo donde el dueño tenía su cava de vinos.

— Te voy a quitar la mordaza desgraciado, pero si gritas, te mataré en el acto. Sólo quiero información. Si cooperas salvarás tu vida, si no, puedes despedirte de este mundo, te daré tormento muy doloroso hasta morir. Tú decides.

— Sí... sí... ¿Quién eres? ¿Qué deseas saber? Ay, ay, no seas salvaje grandulón, me haces daño, soy un pobre modisto que lucha por vivir mejor, trabajo en la Boutique... —el fuerte golpe propinado con el cañón del arma le rompió el hueso de la nariz, haciendo brotar un borbotón de sangre color rojo claro, era sangre oxigenada.

— ¡Crees que soy estúpido! ¡Pedazo de mierda! Contesta rápido y vivirás, si vuelves a tratar de engañarme te mato como un perro, eso sí con dolores tan cabrones que rogarás morir, ¡abusador de menores hijo de tu puta madre!

El temible asesino, ahora llamado "Raphael Garnier", temblaba de dolor y miedo ante la presencia de la gigantesca mole de grasa y músculos, cuyos ojillos brillantes, indiferentes al dolor humano, no miraban sino que taladraban, inspirando terror. Por un instante creyó ver en el fondo de los ojos de su oponente, la calavera.

Controlando un poco el pánico, habló para salvar la vida. Si lograba sobrevivir, buscaría por cielo y tierra al desgraciado gordinflón para darle muerte, en medio de los más dolorosos castigos. Ahora lo importante era librarla. Así que habló, habló y habló, tratando de ganar tiempo, albergaba la remota esperanza que las niñas al huir despavoridas informaran en sus hogares lo sucedido y quizá dieran parte a la Policía...

— ¡Basta pendejo! No me importan los detalles, quiero saber ¡cómo murió Stefan! ¡Dónde está el puto dinero! y ¡quiénes se quedaron con los negocios! Te quedan dos minutos y contando —amenazó el ballenato, rompiéndole el dedo índice, que tronó como huesito de pollo.

— ¡Ay, ay, ay, qué dolor! ¡Para por favor maldito! No más, no más, te diré todo lo que sé, por favor, por favor —suplicó el prisionero.

Con la información en su poder, Lawrenti Zuskov se retiró satisfecho. Había mucha paja, pero tenía los datos principales y verdaderos.

Si alguien podía detectar lo falso, era precisamente "Cow". Después de un interrogatorio mezclado con tres diferentes dolorosísimas torturas estaba convencido de la verdad.

Para lograrlo, había empujado las puntas metálicas de un tenedor bajo las uñas, después cortó finamente en el pie el tendón de Aquiles, para terminar quemando la pelambre y el pene con su encendedor. El hampón no pudo soportarlo, así que reveló el santo y seña del tesoro escondido que le robó durante años al "Patrón" Stefan Horvik.

Con sus enormes manazas, Zuskov remató a Josafat quebrándole el cuello. Tomó una fotografía y levantó sin esfuerzo el cadáver del manco envolviéndolo con sábanas blancas, como un sudario, pensó el coloso, finalmente el hijo de perra tendrá su funeral. Lo llevó a la camioneta arrojándolo dentro con desprecio. A su muy puro estilo, Zuskov limpió la cocina y desapareció sin dejar huella alguna, como siempre.

Paseó por París hasta cerca de la media noche, dejando el cuerpo entre los bien cuidados arbustos del Bois de Boulogne (Bosque de Bolonia), cerca de la pista de entrenamiento hípico Auteuil. Bañado en miel de abeja, el cuerpo comenzó a ser devorado por las bravísimas hormigas omnívoras Rufibarbis del parque, que semejante a los peces piranhas (pirañas), sólo dejan los huesos limpios. Por la mañana, cuando descubrieran el cadáver, estaría irreconocible.

Al llegar a su hotel, marcó el número telefónico de Vander Skoda en Argentina.

— He comprado las telas que pidió en tiempo récord. Ha sido difícil y complicado, espero lo aprecie. Preste atención esta noche a su correo electrónico. Nos veremos pronto… ¡Ah! olvidaba decirle que el asunto fue muy complicado, así que le cobraré el doble y será mejor que tenga mi dinero! ¡No quiero pretextos!

A miles de kilómetros, Skoda hizo un gesto de rabia, nadie le hablaba de esa manera sin pagarlo.

— ¡Ambicioso hijo de puta! —exclamó furioso.

Satisfecho, Zuskov se duchó y tomó del clóset la bolsa de plástico para lavandería colocando sus ropas y calzado que se encargaría de incinerar al día siguiente. Irónicamente, cenó pato a la sangre al estilo del famoso restaurante "La Tour d'Argent" (La Torre de Plata) y sus dos botellas de champaña reglamentarias, durmiendo como un bebé, soñando con la exorbitante recompensa que cobraría por su eficiente trabajo.

La compañera de asiento en primera clase del vuelo 9823 de Air France, una dama de aspecto distinguido, no ocultaba su belleza todavía inmune al paso de los años, reflejando su clase de la nobleza Europea.

Cercana a los treinta y cinco según el almanaque, lucía radiante como si tuviera una década menos. Su delgada figura contrastaba con el voluminoso pasajero al lado que no le quitaba el ojo de encima. Viajera experta y como sucede a las mujeres bonitas, esperaba el ataque charlatán del obeso vecino de un momento a otro. Conocía todas las monsergas, llenas de estupideces que se acostumbran entablar en los aviones. Estaba harta, así que sacó de su bolso un ejemplar de la novela "THE AUDITOR OF DEATH" (EL AUDITOR DE LA MUERTE) y se concentró en la lectura.

Impactado con su presencia, el imprudente gigantón intentando ser simpático y ligar, no tardó en hablarle preguntando cuanta cosa se le ocurría, a lo que la señora respondía con monosílabos.

Tenía tiempo que Lawrenti no veía unos ojos tan grandes y hermosos, de un tono verde bosque tan intenso que al principio creyó pupilentes. Su elegante vestido color beige de diseñador, mostraba un par de bien formadas rodillas doradas por el sol, las pantorrillas lucían perfectas, fuertes y elásticas, sin duda de una deportista —observó el truhán— para rematar en fino calzado de tacón alto de gran marca y gusto exquisito, adivinando un pie distinguido, como de La Cenicienta, con qué gusto besaría esos pies y bebería champaña en su zapatilla, pensó Zuskov.

Cuando la aeromoza ofreció bebidas quiso pasarse de listo y pidió copas del mejor líquido espumante para ambos, cosa que desagradó aún más a la distinguida mujer, que por fin decidió ponerlo en su lugar.

— Haga el favor de no molestarme, no puedo leer a gusto, con educación le pido dejarme en paz, si no lo hace me quejaré con el Capitán y ya puede imaginar las consecuencias señor mío.

— Perdone, no fue mi intención, sólo quise conversar un poco y...

— Pues nada, tenga la caballerosidad de guardar silencio, gracias —terminó secamente la aristócrata y atractiva hembra.

Hija de puta —rumió Lawrenti— sintiéndose humillado, pensando ya la manera de vengarse de la tipa.

Durante el trayecto no volvió a cruzar palabra con ella y aparentó ignorarla por completo. Ya veremos —se dijo— si hay forma de castigarla. La cabrona se había quedado dormida.

El mapa de la ruta que aparece en las pantallas del avión, indicaba la proximidad de la ciudad de Buenos Aires, faltaba alrededor de una hora para el aterrizaje.

La madura beldad, despertó de sus sueños y descansada, intentó una sonrisa de amabilidad con su vecino de asiento.

— Señor, le agradezco tanto que haya guardado silencio, sabe, estoy tratando de recuperarme de un divorcio terrible que me ha dejado los nervios destrozados. Lo siento, sé que usted sólo trataba de agradar, le ruego aceptar mis disculpas, usualmente no soy tan grosera...

— Por favor, no se disculpe —dijo el gigante— soy yo el que debo pedirle perdón, no sabía que... bueno ambos estamos perdonados.

— Justo ahora, iba a pedir una última bebida, ¿quisiera usted tomar algo? —dijo el asesino con el tono de voz más dulce que pudo.

— Está bien, pero déjeme invitarle, es lo menos que puedo hacer, ¿de acuerdo? —respondió graciosa la chica.

— Señorita, haga el favor de servirnos dos copas de vino blanco por favor —ordenó la mujer con amabilidad a la sobrecargo.

— De acuerdo —comentó Zuskov eufórico— ¿me permite un momento? Regreso enseguida.

— Por supuesto señor, tómese su tiempo.

La azafata regresó con las copas de vino que entregó a la dama, quien pagó con un billete de cien Euros.

— Quédese con el cambio por favor —coqueta, tomó su lápiz de labios para retocarse un poco y un mini frasco de la finísima y exclusiva loción "Absolue Pour le Matin" de Maison Francis Kurkdjian, vaciando tres gotas en uno de los cálices de cristal cortado.

Cuando volvió del sanitario, Zuskov desconfiado, cambió las copas, diciendo: —En mi País, es de buena suerte intercambiar las bebidas, a votre santé (a su salud) respetable señora, siempre a sus pies —brindó el Ruso, sin dar oportunidad a la bella mujer de objetar nada, que sencillamente llevó el vino a sus labios con tranquilidad.

— Me llamo Jarkos Ludeno, soy de Moldavia, me dedico a bienes inmuebles, ¿y usted? —preguntó Lawrenti Zuskov—, seguro es una princesa o actriz de cine, con respeto, es usted bellísima...

— Oh, bueno yo... espero no sea Comunista porque soy lo que ellos llaman un parásito social, en realidad no hago nada de provecho, viajo, me divierto, acudo a exposiciones, presentaciones de libros, asisto a conciertos y eventos de caridad... soy heredera de algunas propiedades, vivo de mis rentas... estoy sola, derrochando un poquitín en ropita, zapatos y perfumes que son mi debilidad.

— Mi nombre es Glorielle, soy de Bélgica, de la parte Francesa por supuesto.

— Ahora soy yo la que necesita un minuto, sonrió graciosa.

Dentro del cuartito de baño, Glorielle se provocó el vómito.

Cinco minutos más y la poción ingerida hubiera sido fatal.

Lavó perfectamente su boca, se repintó, perfumó y salió caminando con garbo hacia su asiento.

Este cabrón gordito es de cuidado. No es pendejo....... reflexionó la bella.

A partir de ese instante, platicaron muy animados por treinta minutos, de cosas intrascendentes.

Antes de descender del avión y entrar al maremágnum de las salas de llegada, migración, equipajes y aduanas, intercambiaron tarjetitas de presentación prometiendo llamarse en la primera oportunidad.

BUENOS AIRES, ARGENTINA

Antes de salir del aeropuerto, llamó por el celular a su exigente cliente, Vander Skoda. Le respondió la voz neutra, entre dulzona y amarga de la estupenda negra Angelique.

— ¿Quién es y qué desea?

Lawrenti tuvo el primer impulso de insultarla, pero lo pensó mejor.

— Buenas tardes, habla Zuskov, por favor informe al señor que estoy de regreso en la ciudad, dígale que deseo verlo lo antes posible…

— Un momento —dijo Angelique, con rudeza.

— El señor quiere hablar con usted mañana a las diez en punto —y cortó la comunicación.

A las diez menos quince del día siguiente, Zuskov tocó el interphone de la residencia. La pantalla de 10 megapixeles se iluminó mostrando la rechoncha cara del visitante.

Las cuatro cámaras de vigilancia tomaron su imagen desde seis ángulos y la pesada verja de hierro fue abierta por dos guardias en gabardina, que ocultaban sendas metralletas colocándose a ambos lados del automóvil que conducía Lawrenti Zuskov.

Un tercer guardaespaldas en la caseta, oprimió el botón verde que desactivó las picas de acero empotradas en el piso, que destrozaba las llantas de vehículos con ingreso no autorizado a la residencia. Cuatro guardias más lo esperaban en la escalinata de la entrada principal de la casa y seis más distribuidos: dos en la azotea y uno en cada lado del jardín.

— Hola Lawrenti, ¿averiguaste algo más? Tu correo no dice gran cosa… espero por tu bien que tengas buenas noticias —expresó Vander con dureza, acompañado de la hermosa Angelique, que como siempre lucía sensual, con apretados pantalones blancos y blusa de colorines, muy escotada.

— Usted juzgará señor Skoda, éstos son los resultados…

Durante los siguientes quince minutos, Lawrenti hizo puntual relato de sus investigaciones, ante un Vander Skoda que no movió un solo músculo de la cara ni demostró ninguna emoción, simplemente escuchaba en silencio.

Cuando Zuskov terminó, le hizo dos preguntas: —Y después de estas pendejadas que me cuentas, ¿dónde está el capital? —y la segunda— ¿Tienes evidencia que mi amigo Stefan Horvik murió por causas naturales?

— Le repito que el dinero se esfumó. Después de los asesinatos de los banqueros Anthar Nafed y Agostino Sampdoria, los Gobiernos de Francia e Italia incautaron las inversiones y los bienes inmuebles, con excepción de la casa de París, que por cierto, Stefan la regaló meses antes de su muerte a una mujer, una tal Felicidad Guillén, seguramente alguna callejera Española.

— Se concluye que el vetarro hijo de puta, se fue al infierno por muerte natural, así lo juró por su vida, su segundo, el cabrón Portugués de mierda Josafat Pereira. Y lo creo, porque le apliqué mi interrogatorio favorito, ya sabe, lo acostumbrado en la STASI, creo que pocos han aguantado tanto como ese maldito, lo que me dio oportunidad de practicar las torturas que ya casi olvido. Cómo gritaba el desgraciado, ja, ja, ja, ja.

— ¡Te exijo respeto cabrón! Ese vetarro que llamas era mi amigo, ¡desdichado hijo de tu putísima madre! — ¡Lárgate ahora mismo! ¡Se han depositado en tu cuenta los cincuenta millones de Euros del contrato inicial más los honorarios adicionales que pediste, que te los pago por lástima. ¡Cojo de mierda! ¡Y no vuelvas más! —rugió Vander molestísimo.

Lawrenti Zuskov temía a muy pocas cosas en la vida. Vander Skoda era una de ellas, así que salió a la velocidad que pudo. A la salida, casi atropella con el bastón a la monumental hembra de ébano puro. Angelique le cruzó una mirada de desprecio. El criminal, se alejó como si nada, estaba acostumbrado a fingir.

Pronto se vengaría del anciano y su golfa.

Dentro de sus planes inmediatos estaba la formación de un verdadero "Escuadrón de la Muerte", una corporación integrada con los mejores agentes asesinos que estuvieron a su servicio cuando dirigió la Policía Secreta de Alemania Oriental, la temida "STASI". Tenía en su poder la dirección de cuatro de ellos, ahora refugiados en varios Países Sudamericanos, ansiosos de entrar en acción.

En su enfermizo cerebro, soñaba con el Poder. Ofrecería sus eficientes servicios de eliminación a Gobiernos y Empresas, sabía que siempre hay trabajos sucios por hacer. La ejecución de esposas, maridos o amantes incómodos, la desaparición de socios comerciales, el asesinato por venganzas, la detención, interrogatorio y eliminación de delincuentes, la búsqueda de terroristas, quitar de en medio a personas de cualquier nivel, silenciar a periodistas molestos, suspender drásticamente investigaciones de autoridades hacendarias y judiciales, el asesinato de políticos, líderes obreros y luchadores sociales; el "mercado" es inmenso y los "honorarios" son los mejores pagados del mundo.

Soñaba con dirigir una organización poderosa, con presencia mundial denominada "KGS" las iniciales de los servicios secretos más crueles de la historia, la "K" tomada de la Rusa Soviética "KGB", la letra "G" de la Alemania nazi, la infame "GESTAPO" y la "S", la suya, tal vez la peor de todas, la de Alemania comunista, "STASI".

De tener el tiempo necesario, lo hubiera logrado, convirtiéndose en una amenaza global.

¿Justicia Divina?

Además de los millones que no alcanzaría a gastar, el gordito llevaba en la panza, una microdosis de un activo veneno, semejante al conocido KCl, sin sabor, olor y color, imposible de detectar, de efecto residual, administrado por su vecina de asiento en el vuelo París-Buenos Aires, que lo mataría poco a poco.

Dos días después, padecería diarrea que hasta cierto punto era normal en un sujeto como "Cow" que no comía, sino que devoraba toda clase de alimentos en cantidades industriales. Luego de una semana, la orina presentaría un color amarillo fuerte, casi naranja acompañada de ardores en el conducto, situación que también Lawrenti Zuskov consideraría leve, tomaba champaña y vino como si fuera agua.

Fuertes retortijones en el vientre, inflamación de los intestinos y pequeñas cantidades de sangre oculta en las heces, aparecerían quince o veinte días más tarde, nada que la automedicación y remedios conocidos por Lawrenti no pudieran controlar.

Un mes posterior, el gastado corazón que trabajaba casi al doble de lo normal, comenzaría con algunas arritmias y dificultades para respirar.

Los médicos se encargaron de normalizar la situación con análisis, medicinas, dieta y ejercicios moderados. Aún así, tuvo fuerzas para invitar a cenar a su "amiga" del avión.

La aristócrata y bonita dama aceptó cenar en el restaurante La Bourgogne del fantástico Hotel Alvear Palace. Estaba sorprendida de la resistencia de Lawrenti Zuskov. Con paciencia, oyó de las enfermedades y su recuperación. Ella sabía perfectamente que no tenía salvación, era cuestión de tiempo.

Quiso otorgar al condenado, una última gracia, aceptando ir a la suite reservada por "Jarkos" y acostarse con él. Era de máximo riesgo, el corazón del barrigón podía fallar en cualquier momento, pero necesitaba con urgencia sacarle informes sobre el paradero de la gran riqueza del difunto Stefan Horvik, que ocultó a su tío Vander Skoda.

Si por el contrario, la salud del asesino soportaba la toxina y le sobraba tiempo para revelar el secreto, ella tendría que tomar la opción de sacrificarse y tener sexo con él o de plano hallar el modo de liquidarlo antes.

— Espero no te moleste si me pongo esta peluca negra y lentes oscuros, no me gustaría que me reconocieran... tú sabes... la sociedad y los chismes...

— Entiendo perfecto cariño —contestó él, contentísimo en el coche, acariciando las lindas piernas largas, preciosas, de Glorielle, excitándose con el solo roce de su piel, tan suave y delicada, que prometía una noche de placeres exquisitos.

Ambos habían bebido suficiente en el restaurante, aún así, en la habitación, Lawrenti quiso tomar un poco más de champaña. Sacó del frigobar una botella de Taittinger y sirvió dos copas que bebieron a gusto, intercambiando algunas caricias que aceleraron el debilitado corazón de "Cow".

La preciosa señora joven, bebía a la par del gorila, apurando su copa, motivando que Lawrenti descorchara la segunda idéntica botella.

Dábase cuenta que "Jarkos" deseaba emborracharla para poseerla y quizá después matarla.

El pobre "Ludeno", ansiaba llevarla a la cama y cegado por el deseo, no obstante su pericia, no imaginó estar ante la presencia de una mujer extraordinariamente hermosa, pero letal Agente al servicio nada menos, que de Vander Skoda. Mareado, casi ebrio, "Jarkos Ludeno" tomó por la cintura a la preciosa mujer, conduciéndola a la alcoba. Ante su conquista, el criminal presumió de la enorme riqueza "heredada" de su familia, invertida en Alemania, a lo que Glorielle fingió no prestar atención.

Tres minutos después, el obeso personaje se quedó dormido, roncando semidesnudo en la cama, con seis gotas más del mortífero veneno bajo la lengua, por si las dudas, pensó la dama, este animalón necesita doble dosis. Revisó con cuidado la cartera y bolsillos del gigante, localizando una llave con logotipo raro. Sabría ulteriormente que correspondía al Deutsche Bavarian Südwestfalen Bank, con casa principal en la pequeña ciudad de Frankfurt, que no obstante es la capital financiera de Alemania, sede de más de 350 Bancos, entre ellos el Banco Central Alemán y el Banco Central Europeo, que dirige el destino del Euro. Ésta debe ser, pensó la hermosa. Sólo necesito la contraseña. Buscó inútilmente en la billetera y encontró la llave del auto. Borró las huellas digitales y fue al estacionamiento. Activó el control remoto hallando el vehículo. Penetró en él y lo revisó todo. Justo en la guantera, topó con lo que parecía la ecuación matemática de la relatividad de Einstein, pero al revés. 2cmE (E = mc2) adicionada de la secuencia tipo Fibonacci: 01123581321.

"La Condesa" como era su clave dentro de la organización criminal de Vander Skoda, desapareció del hotel en minutos y en una hora de Buenos Aires. Al siguiente día, revisando noticias y obituarios en los periódicos, hallaron el de Jarkos Ludeno —alias de Lawrenti Zuskov— fallecido en el Deutsches Hospital (Hospital Alemán) de la Avenida Pueyrredón. La nota periodística narraba que el hoy occiso fue encontrado inconsciente por la camarera en su habitación del hotel. El reporte médico indicó que el paciente, varón caucásico de 67 años ingresó en estado grave, muriendo pocas horas después, sin articular una sola palabra. La causa de muerte fue paro cardiorrespiratorio, debido al sobrepeso excesivo, altísimos niveles de colesterol, triglicéridos, glucosa, urea y creatinina. Cero veneno.

LA HABANA, CUBA

Tomando el sol en las bellísimas playas de Varadero, en la paradisíaca Isla de Cuba, disfrutando de refrescantes "mojitos" y "clamatos" con hielo, Glorielle recibió el mensaje cifrado en su BlackBerry. Por fin el sanguinario animal estaba en los profundos infiernos.

Su atlética pareja, un próspero ejecutivo de 50 años, millonario dueño de cuarenta tiendas de ropa y calzado para dama en lujosos Centros Comerciales de Palm Beach, Miami, Tampa y otras ciudades de la Unión Americana, aficionado a la Pesca y al Golf, la besó enamorado, al tiempo que aplicaba líquido protector y bronceador a la blanca piel de cuello y espalda.

— ¿Qué me dices? ¿Vivirás conmigo en Miami? ¡Estoy loco por ti, mi amor!—dijo el galán, extrayendo del vaso con clamato un enorme anillo de diamantes.

— ¡Oh, mi vida! ¡Qué hermosa sorpresa…! ¡No la esperaba! Yo… te prometo pensarlo, gracias mi amor —exclamó la chica cubriéndolo de besos apasionados— Es tan precipitado… tal vez debamos conocernos mejor… —al decir esto calló súbitamente. Si el galán supiera un poco más de su vida, pondría pies en polvorosa. Posiblemente alguna ocasión le confesaría el pasado o tal vez no, las circunstancias lo decidirían. Por lo pronto, ¡disfrutaría de la buena vida!

—¿Esto es un sí?—replicó el novio, dando un grito de alegría.

— ¡Por supuesto cariño! Claro que sí, creo que ya tuve treinta segundos para pensarlo. No soy una chica fácil, ¿no crees? —exclamó jubilosa Glorielle, abrazando la varonil musculatura de su pareja.

— ¡Dejemos de ser serios! ¡Vamos a nadar perezoso! —exclamó ella y tomándole de la mano, corrieron a sumergirse, en las cálidas aguas del Caribe, muy abrazados, besándose, acarician- do sus cuerpos.

Al anochecer, después de una riquísima cena servida en la Suite acompañada de magnífico vino, harían el amor como locos.

Glorielle estaba feliz, era probable que liquidar al peligroso asesino y torturador Lawrenti Zuskov fuera su última misión, la número veinticinco para ser exactos. En sus cuentas bancarias distribuidas en varios países de Europa, tenía lo suficiente para vivir el resto de sus días sin ninguna preocupación. El importe del vasto legado de sus padres y lo ganado en su "trabajo", rondaba —calculó ella— en unos setecientos millones de Euros, depositados en Europa, quinientos millones de Dólares en bancos Americanos y Canadienses, y algunas propiedades en Italia, Austria, Suiza y Uruguay.

Retirarse a tiempo, dicen los buenos toreros. Eso deseaba hacer, ahora que la vida le ofrecía toda la felicidad. El amor de su pareja actual, la llenaba completamente física y espiritual. Después de varios años de romances fugaces, encontró al mismo tiempo, el más tierno y salvaje amor.

Estaba segurísima que su tío y jefe, el multimillonario Vander Skoda, la comprendería, otorgando su venia y bendición. El viejo criminal, siempre le dijo que a su muerte, siendo ella su única parienta y muy querida sobrina, heredaría su enorme fortuna estimada en varios miles de millones de Euros, ahora engrosada con la riqueza de Stefan Horvik, arrancada al "Cow". Glorielle había tomado la decisión de aceptar el cincuenta por ciento de la herencia. La mayor parte de los inmensos recursos servirían para constituir varios Fideicomisos beneficiando a miles de seres humanos que viven con hambre, en la ignorancia, miseria, prostitución, vicios, insalubridad, víctimas de las guerras y enfermedades; ensanchando los negocios honrados para multiplicar los empleos, entre otros las fábricas de automóviles y camiones en Brasil, Korea y México; compañías constructoras de viviendas populares, presas, puentes y caminos en América del Sur; y las redes de Telecomunicaciones Celulares y Satelitales en los Estados Unidos, Europa, Asia y América Latina.

Las enormes extensiones de tierra en Argentina, Brasil, Nueva Zelanda, Australia e Indonesia, serían puestas a la venta a precios generosos para que los Gobiernos de cada país utilicen las propiedades en beneficio de sus pueblos. Las residencias ubicadas en varias partes del planeta y la flotilla de automóviles y camionetas de lujo se venderán y el producto, entregado a los fieles servidores de cada una. Las valiosas obras de arte universal, pinturas y esculturas, serían donadas a los mejores museos del mundo garantes de su cuidado y conservación.

La inmensa biblioteca con casi medio millón de ejemplares, sería un regalo a las Universidades Argentinas.

Además del dinero heredado invertido en Bancos Europeos y Americanos, Glorielle conservaría para uso personal los pisos de Paris, Buenos Aires, New York y Miami, así como el nuevo automóvil deportivo Mastretta, color amarillo vibrante, por ser la primera marca Mexicana de la industria automotriz, cuyo diseño y alto desempeño, rivaliza con las mejores de Norteamérica y Europa.

A las seis de la mañana, Glorielle dejó dormido a su novio en la cálida cama, para salir a trotar sobre la blanca y fina arena de la playa, envuelta en un conjunto negro con franjas naranja, calzando zapatillas deportivas NIKE.

La matinal brisa marina despejó su aturdimiento por el champagne bebido un poquitín en exceso la noche anterior, regodeándose al recordar cuando el espumante líquido recorrió su cuerpo, como un pequeño riachuelo, bebido gota a gota por su ardiente novio.

Todavía gozando el sexo, casi choca con otra hermosa corredora que apenas la esquivó. ¿Su nombre? Caridad Hernández, la mortífera Agente "Aileen", que vacacionaba en la Isla.

Quizá el destino las enfrentaría alguna vez.

MADRID, ESPAÑA

El normal ajetreo de la sección de "Llegadas" en el Aeropuerto de Barajas, estaba sacando de quicio al Contador Anthony Belcher, quien molesto por el calor y lentitud de los trámites oficiales le estaban agriando el día. Para colmo no apareció su maleta grande y perdió tiempo en el departamento de Equipajes Extraviados, donde le explicaron que tenía que identificar la valija contra unos dibujos de los bagajes más comunes. Tuvo que llenar un formulario, dejar copia del pasaporte y datos personales para su localización en un par de días.

— Existe la posibilidad, de que su petaca llegue en el próximo vuelo el día de mañana— le dijo una empleada bostezando.

— Lo siento, es por el exceso de trabajo en estos días yo… —pero Belcher ya caminaba hacia la puerta, gritando con sorna — ¡Gracias por nada!

Sin quererlo, no pudo dejar de juzgar imposible, que una persona desapareciera en el corto trayecto de la aduana a la salida de pasajeros sin dejar rastro, como le sucedió a su novia cinco años atrás arruinando la vida de la pareja y de la familia.

Cuando finalmente las esperanzas de hallarla terminaron, apareció de la nada, sin recordar cosas, llena de rencor y amargura hacia lo que significara el pasado, incluido él, su enamorado novio.

Abordó el taxi autorizado indicando su destino. En el camino, otra vez recordó el episodio del secuestro de su novia Felicidad Guillén.

Como una película pasaron por su mente las principales escenas: su infidelidad que le costó el matrimonio con la Noruega Elke, el divorcio, la liberación de la preciosa Felicidad cuatro años después, el Crucero "TENERIFE", el balazo en la cabeza que recibió de la difunta puta Lisa Stone que intentó asesinarlo, su gravedad en el hospital, las terapias de rehabilitación… pero ahora estaba cambiado.

Nunca más el amable y educado Contador Belcher. Se acabó el "Señor Buenagente".

La vida le ofreció otra oportunidad y de hoy en adelante, practicaría la famosa Ley del Talión: ojo por ojo, diente por diente. Tenía que ser cabrón. Conocía bastantes tipos así, a los que siempre les iba bien, con la suerte a su favor, como su amigo Kadir quien lo llamó con urgencia. ¿Qué demonios habrá pasado?

Algo importante estaba en puerta. Lo conocía de años y no era de los tipos que convocaría a una reunión simplona. Algo muy gordo se estaba cocinando. Por un momento albergó la esperanza de que fuera una entrevista de trabajo. Económicamente no lo necesitaba, la fortuna de su madre estaba sobrada, pero la inactividad desde el disparo en la cabeza, tiempo de hospital, terapias físicas y psicológicas, lo estaban anquilosando. Estar nuevamente activo, le vendría bien.

Tiene que ser eso, estoy seguro que me ofrecerá un buen puesto en su compañía. El profesional de la Contaduría se estaba quedando corto. El bocado que lo esperaba era inmenso.

Un atasco de tráfico, el calor sofocante del verano Madrileño, el hambre y sed que lo agobiaron, hicieron perder la paciencia al Contador quien a puñetazo limpio puso fin a la discusión con el majadero taxista que pretendió duplicar la tarifa de cobro, siendo remitido a la Comisaría y pagar al lesionado cuatrocientos Euros por gastos médicos y la multa de dos mil Euros a la Corona Española para no dormir en la cárcel.

— Así que viene de California, el salvaje oeste. ¡Una falta más y lo regresamos a su terruño, gañán! —le amonestó el Oficial.

Anthony abandonó el precinto muy contento. Bien valió la pena, por primera vez en su vida le rompió el hocico a un conductor agresivo y fanfarrón. No tenía ninguna duda, el viejo Belcher ya no existía.

Abordó un nuevo coche de alquiler indicando de magnífico humor al chofer, su destino.

— Al Real Club La Puerta de Hierro en la Avenida Miraflores, por favor.

Su satisfacción aumentaría al día siguiente al leer en la sección Roja del diario local la pequeña nota dando cuenta del incidente:

"Loco turista Norteamericano ataca a indefenso y honrado trabajador del volante."

"Es posible que bajo efectos de alguna droga, el tipo le rompió la boca a puñadas aprovechando su ventaja física, siendo detenido por la Policía... bla, bla, bla."

Una gran sonrisa se le dibujó en la cara, los putos mentirosos periodistas abundan en el mundo, adquiriendo cuatro ejempla- res más del rotativo que mostraría como trofeo a sus amigos y conocidos.

NEW YORK CITY

" E L NIÑO" voló en compañía de su colega a la Isla de Manhattan. Entregaría el reporte original de los trabajos de Auditoría a su Jefe inmediato del Despacho. Todos los reportes preliminares y el borrador final fueron escaneados y enviados al correo electrónico del Director de Área con la debida anticipación.

Acurrucada a su lado como compañera de asiento, la hermosa Contadora Caridad —hoy reclutada en secreto como la Agente "Aileen"— en apariencia dormitaba, fingiendo no sentir la traviesa mano de Jules, que por debajo del ligero cobertor mantenía sobre su rodilla. Era parte del juego, como también el bien disimulado coqueteo con el joven Auditor.

En el transcurso del viaje, a propósito derramó sobre el pantalón del Jefe una porción del Vodka con jugo de tomate contenido en el vaso. Artificialmente apenada, se apresuró a limpiar con la servilleta, frotando "sin malicia" la mancha sobre muslo y bajo vientre del hombre, que por poco experimenta orgasmo.

Mortificada, se disculpó por su torpeza con una sonrisa encantadora, que le valió recibir el "castigo" de su acompañante ofreciéndole llevarla a cenar la noche siguiente.

— Solamente de amigos —le dijo cautivadora.

— Por supuesto —contestó Jules, que ya planeaba cómo penetrarla, a la buena o por la mala, pero será mía hasta cansarme, aunque después tenga que deshacerme de ella.

El pez ha mordido el anzuelo, línea y caña, pensó con acierto "Aileen", por su lado.

———❀———

Walter Mellon, era uno de los Socios principales del despacho internacional de Contadores Públicos "HARTFORD, MELLON &

FLETCHER" con presencia en cincuenta Países, considerado como miembro del exclusivísimo grupo conocido en los círculos financieros como "The Big Four" o "Las Cuatro Hermanas", refiriéndose a los Despachos por su magnitud y capacidad de realizar complejos trabajos profesionales en cualquier parte del mundo, y a la gran influencia que adquirían precisamente por prestar valiosos servicios a las más grandes compañías transnacionales, entidades públicas y a los Gobiernos mismos, pues sus actividades son tan diversas, que no se limitan a la revisión de cuentas y su opinión sobre las mismas, sino que proporcionan la asesoría necesaria para implantar completos sistemas de información y control de los negocios, diseñar modelos eficientes de organización, estudios de mercados internacionales, valiosos contactos para forjar nuevas compañías, la planeación fiscal para el pago justo y oportuno de los impuestos, que dentro de la Ley, permitía a los Contribuyentes diferir o pagar menos, aprovechando los estímulos y deducciones establecidos en la Legislación de cada país.

Sus proyecciones financieras —por ejemplo— sumamente apreciadas en el mercado de futuros y las certificaciones en las diferentes bolsas de valores del planeta, le hacían merecedor de gran confianza de inversionistas, empresas y Gobiernos.

Dueño de un carácter festivo y alegre le permitía relacionarse fácil con cualquier individuo. Lo acertado de su criterio en la toma de decisiones, sencillez en el trato cotidiano, entre otras virtudes, hacía que el personal y clientela lo apreciaran como un líder con gran autoridad profesional y moral.

Su oficina ocupaba la cuarta parte de la superficie total del piso nueve en el elegante y moderno edificio ubicado en Park Avenue, corazón de Manhattan, con extraordinaria vista de la Ciudad de los Rascacielos y del pulmón natural de la ciudad, el famoso Central Park.

La Agenda del día estaba en blanco por la mañana y Allison, su añosa secretaria de toda la vida, comprendía el significado. Eran los espacios que Mr. Mellon llenaba con asuntos personales.

Sabía también, que durante esos tiempos no atendía llamadas ni permitía interrupciones, con excepción de las provenientes de su hogar o de Cecil Hartford y Kirk Fletcher, amigos y socios del Despacho.

Kadir entró al moderno edificio con paso seguro. Conocía las lujosas instalaciones sede de la importante firma internacional de Auditores y Consultores en la que laboró durante varios años, pasando como cualquier visitante, los severos controles equipados con los más actuales sistemas electrónicos de seguridad.

La madura secretaria lo esperaba al pie del ascensor exclusivo para el piso nueve. Al verlo, le obsequió un cálido abrazo.

— Hola muchacho, no has cambiado nada, excepto por el bronceado. Te veo muy bien. ¿Cómo está la familia? Este año Dios mediante, el Despacho me dará unas vacaciones para conocer Europa, espero poder visitarte —le dijo con afecto Allison, posando la palma de su mano derecha en el sensor de cristal, mirando el lector óptico de identificación. Concluido el proceso, el ascensor cerró sus puertas que suave y veloz se puso en movimiento. Lo condujo hasta el privado de su jefe, dejándole por un momento en la confortable antesala. Un par de minutos después la elegante puerta de madera maciza se abrió para dar paso a un sonriente y hasta rejuvenecido Walter Mellon —creyó Kadir. Estrechándose las manos como viejos camaradas, le ofreció beber algo y ambos consumieron botellas con agua natural Voss. Después de los saludos de rigor, Kadir, conociendo el poco tiempo disponible de su anfitrión y como les gustaba a los dos hombres de negocios, fue directo al grano.

— Señor Mellon, la Compañía, principalmente Don Ramón y yo, le estamos agradecidos por su valiosa ayuda en el penoso asunto del secuestro de los pasajeros del Crucero "TENERIFE".

— A reserva de hacerlo en persona junto con otros accionistas, el Presidente del Corporativo CELTIC le envía por mi conducto, este sobre que contiene una carta y un cheque a nombre de la Asociación Humanitaria que dirige su distinguida esposa, como un donativo para sus nobles causas. Tenga la bondad de aceptarlo.

— Y por mi parte, permítame obsequiarle una caja del mejor whiskey que se produce en Escocia, que he dejado con el Policía de la entrada, así como este pequeño juguete.

Al desempacarlo, Walter no supo qué era.

Le pareció un artilugio como los usados por los enfermos del oído para mejorar la recepción de sonidos, pero no, el aparatito era otra cosa.

— Déjame adivinar, uuhhh... ya sé, es un micrófono para esconder y escuchar conversaciones remotas, ¿no es así? Es muy pequeño...

— Está usted aprobado, pero sólo con 6 de calificación. La verdad es que no es un artefacto común. Es difícil conocerlo —dijo Kadir y le explicó con detalle el funcionamiento del nuevo Chip GPS 2050 Submolar de resina F 46, para localizar en todo tiempo a una persona sin importar en qué parte del mundo se encuentre, indetectable, como contrariamente sucede con los insertados bajo la piel.

— Gracias al dispositivo bajo la dentadura de Benjamín Weitzner, pudimos localizar y rescatar a los rehenes. Perdón, también gracias a usted, sin su valiosa intervención no hubiera sido posible. La ayuda de sus amigos Israelitas resultó fundamental.

— ¡Oye! Si esto funciona como dices, vas a tener que conseguir algunos más para mis socios y nuestras familias, es fantástico. ¿Dónde podemos adquirirlos? Necesitaremos una buena cantidad de ellos...

— Lo siento, son de producción limitada por ahora y bajo estricto control del Gobierno. Se supone que todavía son secretos. Lo ha conseguido Ben, gracias a sus altos contactos.

— A propósito, desea visitarlo lo más pronto que pueda. Quiere entregarle una pequeña muestra de su agradecimiento.

— Por favor dile al buen amigo, que no es necesario que traiga nada. Me conformaría con verlo, ganarle por una sola ocasión la partida de Ajedrez y tomarnos una botella de buen vino.

— ¿Y cómo está Ruth? —preguntó Mellon sin malicia. Nos enteramos que murió su marido. Pobre muchacha, tan joven y hermosa ha quedado viuda.

— Creo que está recuperándose. Seguro acompañará a su padre cuando venga.

— Está muy guapa, como siempre —explicó el ejecutivo.

— Bien. Tengo el informe completo de la operación así como los costos correspondientes que trajo "Stan", que hemos cubierto en forma personal.

— Señor, la Empresa que represento pagará lo que sea, con o sin reembolso de la compañía de seguros. Por favor, dígame cuánto es...

— Aquí tienes —dijo, extendiendo el sobre— no es necesario que pagues ahora. Puedes enviarlo cuando quieras. El viejo zorro de Ramón Peralta, goza de una "mínima" línea de crédito aquí —comentó riendo.

— Ahora si me disculpas... tengo que salir al Médico. Chequeos de rutina, ¿sabes? Después del infarto de John Kelly tu suegro, toda la pandilla acudimos al taller de reparaciones por lo menos una vez al año —despidiéndose con un abrazo afectuoso.

— A reserva de hacerlo personalmente, agradece a Ramón en nombre de Odette y el mío, el generoso donativo para Asociación de Ayuda Humanitaria, también a ti por tus regalitos magníficos. El whisky es sensacional y el localizador, ni hablar de su utilidad. Gracias nuevamente.

— Por cierto amigo, si te corren del Corporativo CELTIC, siempre tendrás trabajo con nosotros, ja, ja, ja... hasta pronto.

MADRID, ESPAÑA

Una complicada mezcla de sentimientos ocupaba la linda cabecita de Felicidad Guillén. Estaba contenta y satisfecha de que por fin hizo el amor con la persona más interesante que había conocido en su vida. Gentil caballero, la condujo con ternura y cariño hacia el fabuloso sexo que disfrutó, no obstante el primer dolor al perder la virginidad, deseando hacerlo muchas veces más.

La experiencia la hizo soñar toda la noche con fornicar diversas ocasiones en los sitios más locos que pudiera imaginar. Se veía cubierta por un gran velo blanco que ondeaba al viento, recostada en un campo de lavanda, admirando el color azul violeta de las flores en armoniosa combinación con el celeste cielo Francés. En otra escena, montaba desnuda una motocicleta llevando como pasajero a su amado, quien tocaba sus partes mordisqueando el cuello; y en la torre de la iglesia de un pueblo polvoriento, donde ella vestida de novicia sin ropa interior era poseída por su novio, que la penetraba dulce y rítmicamente al tiempo que jalaba la cuerda de la antigua campana de bronce, emitiendo sonoras notas que le parecieron un himno avisando a los pobladores, el nacimiento de su amor sublime y prohibido a la vez.

Dos ocasiones despertó sudando a chorros avergonzada de sus incontrolables pensamientos. Llenó el lavabo con agua fría sumergiendo varias veces su cara, vertiendo las tibias lágrimas que brotaban de sus ojos en el líquido incoloro.

En un momento de angustia se arrodilló a la orilla de la cama, como lo hacía de pequeña, recitando las oraciones aprendidas de su madre.

— Pobre mamá, las enseñanzas, ¡no han servido para nada! ¡Soy una pecadora…! —y continuó sollozando buena parte de la noche.

Al fin, el cansancio, la tensión y las emociones fue demasiado, quebrando la resistencia de la muchacha, haciéndola caer en un sueño profundo, no sin antes prometerse al día siguiente acudir con el Sacerdote en búsqueda de confesión y perdón por sus pecados mortales.

Monseñor Gabriel Rivera y Arévalo, Abad de la Basílica de Santa María situada a tres calles del hotel, recibió en confesión a la hermosa Felicidad, escuchándole con paciencia.

— Ave María Purísima —dijo el Prelado.

— Sin pecado concebida —respondió la chica.

— Estoy para ayudarte, puedes decirme tus pecados... —durante los siguientes ocho minutos que parecieron siglos, habló de todo, rehuyendo el tema principal de haber cometido pecado mortal —según su Religión— desobedeciendo el Sexto Mandamiento "No Fornicarás".

Finalmente, haciendo un gran esfuerzo, le contó al buen Sacerdote el episodio carnal, omitiendo por recato los sueños eróticos que padecía.

Para su gran sorpresa el Cura no se alarmó, otorgándole comprensión y ayuda espiritual, haciéndole ver que el DEMONIO hace caer en TENTACIONES a muchísimas personas, pero que el Amor del Padre Celestial por sus hijos es tan grande, que nos perdona, siempre y cuando exista arrepentimiento por el agravio y la promesa de no volver a pecar.

— Puedes ir en paz, no es el fin del mundo pero no lo hagas de nuevo. Dios te bendiga, yo te absuelvo en el nombre del Padre, del Hijo y del Espíritu Santo —finalizó el Párroco, haciendo con los dedos de su mano derecha la señal de la Cruz, ordenando como penitencia, rezar el Rosario, una vez al día durante una semana.

Revitalizada, en paz con su conciencia, Felicidad salió liberada del gran peso que llevaba encima. No buscaría más sexo con su amigo Kadir, ocultando la verdad a su señora madre. Estaba segura de que jamás se lo perdonaría y era muy capaz de echarla a la calle. La conocía bien, Doña Rosa en estos asuntos era peor que la "Santa Inquisición".

Bueno, se conformó. He tenido lo que deseaba. Ahora debo enfocarme en hacer algo útil en la vida y ¿por qué no?, buscar un buen hombre soltero, educado y trabajador ¡para marido o amante?

¡Échenle guindas al pavo que yo le pondré castañas!, la, la, la, la, cantando alegremente las coplas se alejó del templo, caminando con gracia de bailarina que todos los transeúntes admiraron, especialmente el pasajero del taxi 803 proveniente del Aeropuerto de Barajas —con escala en la Comisaría— que ordenó a gritos al chofer detenerse de inmediato.

Anthony Belcher estaba estupefacto, boquiabierto, no podía creer lo que estaba viendo. Felicidad Guillén, el gran amor de su vida, estaba allí, sola, a unos cuantos metros a su alcance.

El hombre casi muere atropellado por un camión de construcción de la Comunidad de Madrid, cuyo chofer hizo sonar la bocina y gritó un insulto. Belcher se distrajo un instante, lo suficiente para perder de vista a la muchacha, como si la tierra la hubiera tragado.

Loco de emoción, la buscó inútilmente durante una hora, subiendo y bajando a la estación del Metro, entrando a los almacenes, corriendo al norte y sur gritando su nombre, preguntando a los transeúntes.

Al fin, agotado se rindió, prometiéndose localizarla hasta el fin del mundo si fuese necesario.

NEW YORK CITY

La vista de Manhattan en la noche es formidable. Millones de luces iluminan profusamente la ciudad, permaneciendo encendidas dentro de los rascacielos toda la noche, como si la energía abundara en el mundo o fuese barata producirla. Caridad no podía entender el derroche que suponía el espectáculo maravilloso que tenía ante sus ojos, quizá porque en su fuero interno comparaba con la eterna escasez del fluido eléctrico en su nativa Isla de Cuba.

Cuando su compañero Jules C. Harper "EL NIÑO" la invitó a cenar, explicó que en las ciudades medianas y grandes de los Estados Unidos tenían por costumbre iluminar sus edificios, la chica no lo creyó. ¡Cómo!, habiendo una gran crisis de energéticos en el mundo, los costos y contaminación ambiental que suponen producirla, ¿se puede malgastar en esa forma? Ahora lo entendía claro. A los países ricos les importa una mierda la pobreza y el envenenamiento del planeta, mientras a ellos no les afecte.

Pero están equivocados, vivimos en un solo mundo y estamos acabando con él. El masticado cambio climático es una advertencia de la Naturaleza que como siempre sucede, no es escuchada y terminará golpeando a ricos y pobres sin distinción.

Caridad —alias "Aileen"— no había vivido lo suficiente en Nueva York para conocer muchos lugares. Siempre trabajando en el Despacho, terminaba sus labores tan cansada que los fines de semana aprovechaba para lavar su ropa, limpiar y arreglar el mini departamento de West 106 Street (calle 106 oeste) donde vivía. El tiempo sobrante, lo dedicaba a leer en Inglés, le obsesionaba dominar el idioma.

El piso era una especie de relojito Suizo, pequeño, pero bonito y funcional, ocupando el tercer nivel del edificio bien ubicado, relativamente cercano a su trabajo. La segunda planta la habitaban los dueños del inmueble, un matrimonio de origen Alemán de edad madura sin hijos y el local comercial de la planta baja alquilada a un Italiano propietario de una Gelatería.

Su labor como Contadora en el despacho internacional pagaba muy bien y podía mudarse a otro lugar más grande y elegante, pero ella era una mujer acostumbrada a vivir sin derroches, guardando lo más posible para asegurar el futuro económico. Bastante pobreza y limitaciones había vivido con su familia en La Habana, prometiéndose nunca más padecerlas. Para eso se esforzó tanto estudiando con tesón, aprovechando al máximo las enseñanzas, tratando de ser la mejor de su clase y ahora trabajando con eficiencia, aprendiendo y mejorando siempre.

Estaba convencida que sólo el trabajo desempeñado con honradez, lealtad, conocimientos, entusiasmo, responsabilidad y perseverancia, pueden conducir al éxito a las personas y alcanzar el "American Way of Life" (El Sueño Americano).

Y hoy, con sus primeros doce millones de Dólares en su cuenta bancaria aperturada bajo Código Secreto en Liechtenstein, no sabía qué hacer. Dejarlos allá un buen rato, le recomendó Kadir.

Cumpliría el nuevo "Contrato" que aceptó, recibiendo como anticipo el 50% equivalente a quince millones. Emplearía unos cuatro millones en la compra de una magnífica residencia para su mamá y abuela en el elegante barrio de Coral Gables, Florida. El dinero restante le sería depositado en el Banco Europeo.

Todas esas ideas bullían en su cabecita, mientras aguardaba confortablemente sentada en el restaurante de lujo a su ansioso pretenso y próxima víctima. Será un desperdicio sacrificarlo.....

El retorno de Jules del restroom (cuarto de baño) interrumpió sus reflexiones, sin el tiempo para planear la ejecución del anfitrión y empecinado galán, que por su parte, tampoco tenía un buen plan para violar y liquidar a la hermosa Cubana. Al jefe de Auditores se le ocurrió llamar para invitar de sorpresa, a un antiguo conocido de su viejo rumbo, un pandillero Panameño llamado Marcus, que le debía varios favores de billetes.

Marcus llegó al restaurante iniciada la cena. Como si fuera un acto teatral con pésimo ensayo, el tipo quiso aparentar "casualidad". "EL NIÑO" hizo las presentaciones siguiendo la pantomima. Caridad observó al recién llegado, era un hampón barato.

Tengo que actuar de inmediato, pensó, estos dos tienen malas intenciones.

— Con permiso —dijo la mujer con simpatía— regreso en un momento muchachos, no se vayan.

Dentro de la toilette, marcó el celular de Kadir, quien se encontraba como huésped de Ben Weitzner en su casa de Fort Myers, Florida.

— Amor, disculpa la hora. Ésta es la situación... — Al salir con el maquillaje retocado tenía sus instrucciones, que pondría en práctica dentro de una hora o antes, de ser posible. Radiante, retornó a la mesa causando admiración a su paso. Hipócritamente, Jules y Marcus se levantaron como resortes de los asientos para acomodar la silla de la nena.

Comieron la ensalada y bebieron a gusto. Jules se mostró espléndido pidiendo lo mejor. La charla sobre temas de actualidad transcurrió normal, mezclando divertidos comentarios. En forma ocasional, tocaba "accidentalmente" con la punta de la zapatilla el tobillo de Jules que lo interpretaba como señal de deseo sexual de la hembra, provocándole impulsos nerviosos en sus genitales.

Sin poder contenerse más, pidió al mesero el plato principal a base de carnes Hereford que por su lento cocimiento a la leña, tardarían unos quince minutos más. La nueva Agente "Aileen" decidió que era el momento de proceder, solicitando al invitado incómodo un carrujo de yerba para fumar en la terraza, cosa que Jules autorizó con la mirada al torvo sujeto. Sonaba fantástico. Bajo los efectos de la mariguana, todo sería más fácil — pensó el supervisor.

Al levantarse de su lugar, besó en la frente al Contador cuya mirada se centró en el par de espléndidas tetas que la chica le acercó con intención, para distraerlos. Con su manita izquierda, deslizó el pesado y afilado cuchillo especial para la carne, ocultándolo bajo la manga larga del costoso vestido que lucía esa noche.

El restaurante The Sea Grill, ubicado a un costado del Rockefeller Center, era el sitio de moda de la clase pudiente de la ciudad. Con la prohibición de fumar en espacios cerrados como casi todos los restaurantes y bares, el magnífico sitio tenía una terraza para disfrute de los fumadores al aire libre. La Cubana llevó de la mano al gorilita que la acompañaba tratando de encontrar un lugar privado para encender los cigarrillos liados a mano, localizando un punto con la suficiente oscuridad para hacerlo. Una vez prendidos, el matón inhaló fuertemente y contuvo la respiración para lograr el efecto deseado, muy contento por ser el primero que disfrutaría a la bella.

El humo retenido, impregna las mucosas de garganta, nariz y boca que a su vez estimulan los puntos nerviosos directos al cerebro, causando sensaciones de placer, paz y relajación temporal, que tanto gustan a los viciosos. A la tercera bocanada del tipo, ella se acercó sensual y abrazó al simio rozando con sus labios el cuello de toro, controlando las tremendas ganas de colocar la punta del filoso cuchillo en la cintura del gañán y penetrar la hoja con fuerza en el riñón, ocasionando gran hemorragia interna con intenso dolor que desmayaría al criminal, impidiéndole emitir sonido alguno, salvo un sofocado ¡Aaahhhh…!

Pero no lo hizo. Haciendo gala de su gran preparación como Asesina Profesional, decidió soportarlo, aunque el tipejo estaba pesadísimo. No bien estuvieron solos en el romántico rinconcillo, intentó abrazar y besarla, a lo que ella débilmente luchaba por no permitirlo. Sin embargo, la fuerza animal del hampón se impuso —porque Caridad así lo planeó— era necesario dar un pequeño anticipo al patán para que la deseara con desesperación, aceptando con asco interno las caricias llenas de lujuria del cabrón.

La hembra concedió dos o tres besos, dejándose tocar la punta de los senos jóvenes y duros, arrimando su mano descuidada sobre el bulto de la entrepierna de su compañero, que eufórico, deseaba sacar el instrumento y tener sexo allí mismo.

Utilizando los recursos a su alcance, incluyendo palabras dulces y fuerza física, con dificultad logró hacer comprender a la bestia que estando en un lugar público los meseros podrían llamar a la Policía y ser arrestados, argumento que por fin entendió Marcus que estaba en libertad condicional y cualquier infracción lo regresaría a la celda de inmediato. Además, Jules los esperaba impaciente en el salón principal.

Convencido el gigante y con la promesa de Caridad de proporcionarle más tarde un voluptuoso festín de sexo y droga, ambos retornaron al interior del espléndido restaurante. La Cubanita hizo escala en el restroom para refrescarse y acicalarse.

Jules estaba encabronado. Los había salido a buscar encontrándolos en pleno manoseo, lo que le causó gran irritación, pero no dijo nada. La amistad y agradecimiento con el viejo amigo de la pandilla del barrio, se estaba transformando rápido, en envidia y odio, un odio mortal, como la Agente lo había planeado. La hermosa dama regresó a la mesa.

— Pensé que se habían ido ya, me han dejado solo mucho tiempo —protestó enojado.

— Oh, fueron unos momentos para ver el jardín del restaurante y fumar un poquitín —dijo seductora— mil disculpas, ¿me perdonas?

El gorila se levantó para ir al baño, instantes que la linda chica aprovechó para quejarse del tipo, muy ofendida.

— El canalla de tu amigo me forzó a besarlo, amenazando con lastimarme si no lo complazco, es una verdadera bestia, lo que viste no significa nada, me ha obligado, ¡¡lo aborrezco!! Nunca vuelvas a presentarme a sujetos de su calaña. ¡Es un maldito imbécil!, tan distinto a ti que eres un caballero —premiándole con un beso en los labios, que Jules correspondió, imaginando una velada deliciosa cogiendo con la sensacional hembra la noche entera en todas las formas posibles. El Kamasutra se quedaría corto.

Con veloz y discreto movimiento, "Aileen" devolvió el cuchillo para carnes oculto en la manga del vestido, sobre la mesa.

— Por favor, vámonos de aquí, ¡no quiero verlo un minuto más!

— Pero... los age steaks (bistec añejado) —replicó Jules— no hemos cenado preciosa.

— Te prometo que habrá más citas, por la carne no te preocupes, la pediremos to go (para llevar), aunque te daré algo mejor esta noche —expresó deliciosamente coqueta.

— Claro muñeca, tus deseos son órdenes —dijo Jules, quien creyó la historia sobre su amigo ciegamente. ¿Qué hombre no quisiera aprovecharse de una hembra tan buenota como ella? También confió que la mezcla de vino y mariguana empezaban a tener su efecto, la observó con los ojos cansados, como pidiendo cama y... sexo.

¡Al diablo los putos filetes! – rezongó el Contador.

— Vamos a mi departamento —pidió la nena— quisiera recostarme un rato.

— Concedido —dijo emocionado Jules, que ya acariciaba los regios muslos de Caridad, sin ninguna resistencia.

Tengo que deshacerme de Marcus —pensó Jules— cambiando su plan de matar a la chica esa misma noche. ¿Qué prisa tenía? ¿Por qué gozarla una sola vez si pudiera hacerlo una buena temporada? Hembras de su clase no son frecuentes de encontrar. Pagó la cuenta en efectivo, obsequiando los cortes de carne al mesero.

De hecho, jamás en su vida estuvo con ninguna mujer tan fina y hermosa. Habría tiempo suficiente para disfrutarla al máximo y eliminarla después.

Salieron los tres del restaurante dirigiéndose al segundo piso del edificio del estacionamiento, en la sección denominada "Self Parking" (Estaciónese Usted Mismo) que por lo avanzado de la hora estaba semivacío. Ella consultó su reloj que indicaba las diez de la noche.

El amigo incómodo, pasado de copas y droga que se metió en el baño, insistía llevar en su auto a la bella chica, cuestión a la que Jules se opuso con energía.

— ¡De ningún modo estúpido borracho! Ella va conmigo, nos veremos en su casa, pendejo —le dijo al oído— sígueme sin causar problemas, ¿OK? Veo que te gusta la vieja y me ha dicho que quiere coger contigo, que la tienes grande.

—Te la voy a poner en cuatro patas para que la goces, ¡suertudo hijo de puta! ¡Vamos, te acompaño a tu carro!

La mujer no alcanzó a ver nada. La distancia de quince metros que separaba ambos vehículos no le permitió percatarse del salvaje asesinato del simio.

Jules, comedidamente abrió la puerta del auto para darle paso al "amigo". En forma simultánea, tapó la boca con un pañuelo y asestó fuerte puñalada en el riñón derecho del infeliz con la semioxidada navaja modelo 007 adquirida el día anterior en el Mercado de Pulgas de la ciudad.

El hombre emitió intenso quejido ahogado por el paño en su boca, cayendo de bruces el pesado cuerpo sobre el asiento, empujado por la potente patada de Jules. La tremenda herida punzocortante, penetró en la mitad de los ocho centímetros de la víscera, partiendo los vasos renales llenos de sangre provenientes de la arteria Aorta, causando la muerte.

Con gran velocidad, "EL NIÑO" vació los bolsillos de la víctima, le quitó el efectivo, reloj e identificación, sacando de su propia cartera un sobre con polvo de cocaína rociando en los orificios nasales del muerto, en las baratas ropas y sobre el desgastado recubrimiento de velour en el asiento del auto, cuidando de borrar sus huellas digitales.

Era el típico asalto entre drogadictos y con los antecedentes de "cliente" de presidio del pandillero, la Policía archivaría el caso sin mayor investigación.

Jules arrancó la Honda CRV gris plata sin prisas.

— ¿Quieres ir a tu departamento muñeca? —preguntó el Contador, acariciando las rodillas y muslos de la muchacha.

— Claro que sí, pero antes vamos a una Drugstore (farmacia), necesito comprar una media docena de condones como mínimo, por si los necesitamos —respondió Caridad, simulando estar excitada.

A poco andar, la joven interrogó a Jules por su "amigo" Marcus, al darse cuenta que ningún vehículo los seguía.

— No vendrá. El estúpido se ha pasado de copas y drogas, se siente mal, lo envié directo a su casa.

— Me parece perfecto —dijo la hembra— realmente me molestó su presencia y luego ya sabes, te lo dije en el restaurante, quiso propasarse conmigo. ¡Qué bien!, estaremos por fin solos cariño —besando el cuello y labios del Contador, dejándole sin aliento.

El trayecto a la Drugstore sería menor a diez minutos. Jules utilizaría el atajo cruzando Central Park, que es uno de los parques urbanos más grandes del mundo. Su forma de rectángulo ocupa cerca de 350 hectáreas —casi ocho veces el tamaño del Vaticano— con praderas, lagos, cascadas y bosque. Dentro está el zoológico, la gente durante el día corre, anda en bicicleta, patina sobre hielo y disfruta espectáculos al aire libre; pero en las noches constituye un verdadero riesgo por la cantidad de drogadictos, maleantes y vagabundos que se apoderan del bello paseo. Sin embargo, el Contador no podía rechazar la sugerencia de cortar camino hecha por Caridad, lo que menos deseaba era mostrarse temeroso.

Fingiendo estar muy caliente, la hembra levantó la falda y deslizó el bikini hacia los tobillos, entreabriendo las piernas para dejar descubierta la hermosa vulva, cuyos vellos semirrizados y negros, contrastando con su blanca piel, invitaban a palpar.

El Contador condujo el vehículo por la Quinta Avenida, la 59th Street para entrar al parque por la Center Drive, buscando un sitio para aparcar. Detuvo la camioneta, apagó las luces dejando el motor encendido y puso la palanca en la letra P (Parking/ Estacionamiento), reanudando con mayor ímpetu las sucias caricias, frotando los firmes senos y explorando con sus dedos el clítoris de la sensacional mujer.

Perdida toda noción de la realidad y las precauciones, el experimentado Contador Público Jules C. Harper se entregó con pasión volcánica a LA TENTACIÓN DE LA LUJURIA.

Totalmente descontrolado, manoseaba como demente el delicioso cuerpo de Caridad con su mano izquierda, mientras con la derecha intentaba bajar el zipper del pantalón para liberar su endurecido falo.

El hombre murió feliz.

La mano izquierda del pimpollo tocaba ya el enardecido pito, al tiempo que Caridad aplicaba el golpe de Karate conocido como Nihon-Nukite-Uchi. Los finos deditos índice y cordial de la mano diestra de ella, se hundieron como varillas de acero simultáneamente en ambos ojos de Jules reventando los globos en sus cuencas, destrozando el nervio óptico, que al sangrar internamente, le ocasionó embolia cerebral instantánea.

Una vez más, el duro entrenamiento Militar recibido en La Habana, perfeccionado en el Dojo Junichiro de la calle Bryant cuando residió en la ciudad de Dallas, Texas, sirvió a la perfección a la hermosa Cubana.

Recompuesta en su vestir y previa comprobación de la muerte de su jefe, extrajo con cuidado la billetera tomando el dinero, tarjetas de crédito, documentos de identidad, reloj, anillo y celular, sacando de su elegante bolso de piel Carolina Herrera, un frasquito conteniendo Hand Sanitizing Gel (Gel Antibacterial), aplicándolo en todo aquello que pudo haber tocado en el vehículo y el cuerpo inerte, borrando huellas de manos, labios y cualquier otro indicio delator de su presencia.

El espejito de mano reflejó su carita inmaculadamente limpia. Checó su ropa, ausencia de sangre. Satisfecha, con poderoso empujón del pie, rodó a tierra el cuerpo del sujeto, poniendo en marcha el vehículo sin luces recorriendo unos tres kilómetros, que abandonó en la oscuridad por la salida norte, contraria al sitio del crimen.

Los viciosos que pululan en el parque, esa misma noche se encargarían de robar la ropa, calzado y hasta el vehículo del muerto.

Controladas sus emociones, con sangre fría caminó a la Duke Ellington Circle y Quinta Avenida, donde abordó un taxi que la llevó al distrito de Queens. Observó su reloj, que señalaba las diez cuarenta p.m.

Torció dos calles a la derecha y subió a otro vehículo de alquiler que la transportó a Penn Station (Estación Pennsylvania) subiendo al Subway (Tren Urbano Subterráneo) para bajarse en la Estación Jamaica.

Finalmente, veinticinco minutos más tarde, arribó a tres calles cerca de su domicilio, para llegar caminando al edificio.

MADRID, ESPAÑA

Ramblas 9-11 es uno de los bares favoritos de la gente de Madrid. Las tapas y pinchos servidos con el mejor jamón Jabugo y la variedad de quesos elaborados con leche de vaca, cabra y oveja así como los montaditos de bacalao y bonito del norte, hacen del sitio un verdadero palacio gourmet. Kadir llegó primero y pidió una jarra de vino tinto de la casa a temperatura de 18 grados centígrados. Comenzaba a devorar uno de los panecillos dorados con ajo y una brizna de mantequilla, cuando apareció Anthony. Sin decir una palabra, se abrazaron como hermanos.

Le sirvió un gran vaso de vino y brindaron repetidas veces, por el gusto de volverse a ver, por el trabajo, por las mujeres, por la Universidad, por todo lo que se dio en gana.

Al tercer vaso del buen tinto, Belcher no aguantó más y soltó a bocajarro: —Y bien, ¿cuál es la sorpresa que tienes para mí? ¿He cruzado el Atlántico para solamente beber vino? ¡Habla por Dios hombre! He imaginado tantas cosas...

— ¿Como cuáles? —preguntó el anfitrión.

— Es mejor que lo digas de una buena vez amigo, ¡no seas tan cabrón!

— ¡Coño! Ten paciencia, la sorpresa viene en camino... Mira hermano —le dijo con gran afecto— he invitado a Felicidad, pero ella no desea enamoramiento alguno por el momento, ha sufrido mucho y aceptó verte con esa condición. Si estás dispuesto a reconquistarla, tendrás que luchar extra.

— ¡Que has invitado a... no jodas que no estoy para bromas... — replicó— sabes que la he visto en Madrid, pero no pude alcanzarla, el sólo contemplarla de lejos me ha dado ¡¡nuevos deseos de vivir!! ¡Por favor dime que no es un juego! ¡¡Te juro por lo más sagrado, que haría cualquier cosa por hablar unos momentos con ella!!

De pronto, se levantó como impulsado por un resorte. A espaldas de Belcher, se aproximaba hacia la mesa caminando con gran señorío la invitada de honor: ¡La señorita Felicidad Guillén!

El día anterior, tras casi cuatro horas de diálogo sincero con la bella muchacha, Kadir la convenció de lo imposible que resultaría una relación durable entre ellos, utilizando los mejores argumentos habidos y por haber. Le hizo notar con gran ternura, que aunque habían pasado momentos maravillosos, su amor resultaba prohibido y de continuar, podían lastimar a personas inocentes de la familia de ambos. Por otra parte, ella tenía todo para iniciar una vida plena, sin compromisos, sin atarse la existencia a un hombre casado con grandes responsabilidades.

Por ello, debían terminar su relación de amantes que ya duraba veinte días, de cohabitar a diario, y dejarla como un recuerdo fabuloso, mágico e inolvidable, prometiendo guardarla como secreto y no revelarla jamás a nadie. Le habló también del enorme cariño que le profesaba Anthony Belcher, quien después de su divorcio, no se había comprometido con ninguna persona, esperando en lo íntimo recuperar el gran amor de su vida, a Felicidad Guillén.

Los sufrimientos y angustias por las que pasó su colega, el intento de asesinato que sufrió en el Crucero, la gravedad de sus heridas, la veneración, respeto y cariño, hacia la primera mujer que Anthony había amado en su vida, a juicio de Kadir, le daban el derecho de por lo menos expresarlo de frente y no como lo gritaba en el hospital Mercy de Miami, cuando volvió prácticamente de la muerte. Felicidad en un mar de llanto, comprendió a la perfección, agradecida con Kadir, aceptó reunirse con los dos amigos, a condición de no hablar de amores. Si Belcher empezaba a hacerlo, ella se largaría. Anthony tendría que recorrer un largo camino, si la amaba como decía, no le importaría empezar de cero, como amigos.

— Condiciones aceptadas —expresó Kadir.

Todas las previsiones y pronósticos fallaron. Cuando estuvieron frente a frente, Felicidad Guillén y Anthony Belcher, se abrazaron llorando como niños, mezclando frases entrecortadas y tiernas caricias, que finalizaron fundiendo sus bocas en un grandísimo beso apasionado, que causó la admiración de los parroquianos.

— ¡¡¡Con cien mil millones de coños!!! —dijo Kadir, retirándose con prudencia del sitio— ¡No pudo ser mejor!

Helen, la bella esposa de Kadir, siempre quiso tener una hija. Estaba satisfecha y contenta de haber dado a luz a los tres varones que representaban —junto con su marido y la familia— la mayor riqueza que pudiera tener una mujer. En el fondo de su alma, sentía que una niña hubiera sido la felicidad total, aunque reconocía que "no puedes tener todo lo que deseas", estando muy agradecida con Dios por lo otorgado.

Era una dama de carácter alegre, apacible, siempre de buen humor y grandes sentimientos humanos, que le imprimían al matrimonio un sello de bondad y amistad en su elevado entorno social. Los actos de caridad patrocinando las más nobles causas para ayudar a los pobres, enfermos y discapacitados, ganaron el afecto de los que le conocían.

Sus deberes de hija, esposa y madre, nunca dejaba de cumplirlos con puntualidad y eficacia, atendiendo siempre de buena gana la alimentación, salud, higiene y educación de sus hijos, a la par de vigilar la buena marcha del hogar y los compromisos sociales de la pareja. Admirada en su comunidad, no fue sorpresa la invitación de los líderes del Partido Demócrata Cristiano, para participar como candidata a Concejal en las próximas elecciones del Ayuntamiento.

Disfrutaban bebiendo una taza con el aromático café Mexicano en la confortable sala de entretenimiento de la casa.

— Dime amor mío, ¿qué piensas de esta invitación? Quiero tu opinión sincera, es lo más importante para mí antes de darles respuesta.

— La verdad es que no me agrada en lo más mínimo. La política es una cloaca. No tienes necesidad de exponerte a la picota que representa la opinión pública y los malos periodistas que tratarán de presionarte para pedir dinero y favores. Es un mundo distinto a lo que has vivido hasta ahora y desde luego, adiós a tu vida privada. Siempre estarás expuesta a los "paparazzis" —fotógrafos sensacionalistas al servicio de la prensa amarillista —que no te dejarán en paz.

— Por otra parte, eres demasiado bonita para pasar desapercibida por los grandes tiburones que tratarán de quedar bien, ser amables, te lloverán invitaciones y obsequios, todo orientado siempre a tener relaciones contigo. Con el pretexto de viajes de trabajo, intentarán conquistarte para tener aventuras sexuales, prometiendo miles de cosas y cumpliendo algunas de ellas. Las juntas de trabajo, se prolongarán hasta tarde y siempre habrá invitaciones a cenar... El sólo imaginarte rodeada de hombres... ¡No!, ¡moriría de celos!

— Por si fuera poco, te faltará tiempo para continuar atendiendo el hogar, los niños y a mí, pues las actividades públicas requieren mucho trabajo y conociendo tu gran sentido de responsabilidad, una vez dentro te dedicarás con gran energía y entusiasmo a tus labores en el Gobierno, recortando tiempo a la familia, no, definitivamente en mi opinión, es inaceptable —sentenció Kadir, con gravedad.

— Has escuchado lo que pienso, cariño. Ahora me gustaría saber tus verdaderos deseos, habla con franqueza.

— Dejando a un lado las prevenciones que has hecho y que parece las conoces a la perfección... eso de juntas de trabajo... cenitas y viajes... bueno —dijo riendo la hermosa Helen —la verdad es que al principio me pareció una idea muy loca de alguien a quien se le ocurrió pensar en mí para un cargo público. Después lo he analizado y no lo he visto tan mal como al principio. Mira, tiene sus ventajas. En primer lugar, es un reconocimiento a ciertas cualidades que personas distintas a la familia me hacen al invitarme a participar en tareas hasta ahora desconocidas, pero que aprenderé pronto. No quiero decir que estoy en espera de homenajes y esas cosas, pero de alguna manera voy a poner en práctica lo que estudié en la Universidad.

— Nunca pude hacerlo, las pesadas áreas de Sociología y Economía quedaron simplemente archivadas, ya que me pescaste recién graduada, de lo que no me arrepiento para nada, soy feliz a tu lado.

— Tengo la ilusión de probar mis capacidades en un campo extraño, claro que si no quieres... lo entendería, primero estás tú y mis hijos, una sola palabra y cancelaré por completo —cerró con tal convicción y dulzura que conmovió al duro Director General del Corporativo CELTIC.

— ¡Vamos chiquilla, no te pongas triste! —expresó el Contador abrazándole con ternura, sellando su boca con un beso de amor —No necesitas demostrar nada a nadie, ni a ti misma. Eres una mujer exitosa en todo lo que emprendes. Te propongo continuar dialogando el tema, vamos a analizarlo desde otros ángulos, al final prométeme que tomarás tu determinación libre, sin presiones, te apoyaré en lo que sea, ¿de acuerdo?

— ¡De acuerdo amor mío! —dijo jubilosa, dando inicio al tierno romance, las caricias y palabras mutuas, hasta llegar fogosamente excitados al extraordinario acto de fusión de cuerpos y almas, el auténtico Hieros Gamos, sagrado acto sexual donde no existe el tiempo, ni el mundo, espacio, leyes, costumbres, familia o sociedad.

La decisión no esperó mucho. Después de la activa sesión amorosa los cónyuges exhaustos, votaron democráticamente. Por unanimidad aceptaron la postulación de la dama como Concejal del Ayuntamiento de Madrid y en automático, su ingreso a la riesgosa y sucia política. El acuerdo proporcionó a la hermosa señora la satisfacción de haber obtenido el apoyo incondicional de su amado esposo.

Su participación directa en la "cosa pública", no pasaría de los buenos deseos de la pareja y partidarios. La durísima superficie de la mesa de billar en la sala de juegos de la residencia, resultó perfecta incubadora del nuevo embarazo de Helen.

Nueve meses después, el hogar de los esposos Aiza-Kelly, fue bendecido una vez más, con el nacimiento de una hermosa y sana nenita con los ojos azules, nariz recta y blanca piel de la madre, el cabello castaño, las bien formadas orejas y la barbilla partida del padre, recibiendo el nombre de Dilan, que en idioma Turco significa Amor, como fue concebida.

Conocida la noticia del feliz alumbramiento, se recibieron un sinnúmero de bonitos regalos, destacando cuatro de ellos: Los padres de Helen llevaron en el avión, una cuna portátil que se convierte en silla fija ideal para comer y se transforma en práctica y cómoda carriola de paseo para la bebé. El asiento se desprende para colocarse con máxima seguridad en la parte trasera de cualquier vehículo, firmemente sujeto con los cinturones de seguridad. El maravilloso carrito, cuenta con sistema de alarma, videocámara oculta para 80 horas de grabación, monitor de audio y localizador satelital GPS (Global Position System).

Para los dichosos esposos, boletos aéreos y reservación en el mejor hotel de esquí en Cortina D'Ampezzo, Italia o en Chamonix, Francia, a su elección para ser usados en los próximos doce meses.

La familia del orgulloso papá no se quedó atrás. En viaje especial, entregaron una preciosa tarjeta de felicitación a la pareja acompañada de un juego de aretes, pulsera y pendentif de diamantes blancos purísimos para Helen. Obsequiaron a la bebita arracadas de oro con brillantitos y pulsera igual, y una hermosa carta anunciando la voluntad de sus padres y hermanos para donar a la recién nacida, un bonito rancho avícola en la ciudad de Tehuacán, estado de Puebla (México); con producción de casi 50,000 huevos diarios, provenientes de las mejores gallinas ponedoras de raza Leghorn Blanca, que le darán a la infanta una renta anual estimada en varios cientos de miles de Euros. Kadir recibió con beneplácito, una docena de finos trajes en las marcas Hugo Boss, Ermenegildo Zegna y Christian Dior, así como el reloj HUBLOT Classic Fusion Yatch Club de Mónaco de fresco diseño deportivo y edición limitada.

El tercer regalo, pretendieron rechazarlo. La transferencia bancaria por diez millones de Euros enviada por Benjamín & Ruth Weitzner, fue excesivo. No podían aceptarlo, pero lo hicieron. La llamada telefónica de Ben con duración de treinta y cinco minutos, acabó con la resistencia de los nuevos papás. El buen amigo, argumentó que eran los deseos de un viejo que diariamente moría un poco. En alegato final recordó a Kadir que el dinero era para la recién nacida y prefería donarlo a pagarlo en taxes (impuestos), que con seguridad serían dilapidados por la burocracia del Gobierno.

Pero el cuarto obsequio resultó increíble. Don Ramón Peralta y Bárcenas, llevó a la bebé, cheque por veinticinco millones de Euros y dos automóviles Aston Martin One: color amarillo para Helen y plata para Kadir. Don Ramón anticipando la devolución de los regalos, no los dejó articular palabra. Habló casi una hora sin parar, elogiando el manejo de la crisis en el lamentable suceso del secuestro, el rescate de los rehenes salvando el pellejo —él incluido— y la fantástica estrategia de contención y posterior recuperación de los negocios a su cargo.

— ¡Vale maño! Si nuestras vidas importan mucho más —dijo imperativo Don Ramón, al visitarlos en su hogar — ¡Así que ná! Lo que debéis hacer es darme una copa, ¡coño! ¡Y a guardar los Duros! —después de empinar el codo un buen rato, Don Ramón se despidió, acompañándole Kadir a la puerta.

— Me voy, tengo una cita con... ya sabes quién... la hembrona aquella del Crucero, la Italiana de las tetas y nalgas de campeonato mundial, la cabrona de Ambrosia, perdón "Amber", como le agrada le llamen. Creo que la voy a invitar a vivir conmigo por un rato.

— ¡Ésa sí que es sorpresa, Don Ramón, ¿piensa usted casarse con ella?

— Claro que no, ni con ella ni con nadie. ¿Para qué carajo voy a atarme a una zorra como ella? No hombre ni loco, tenemos un pacto, yo la uso a mi antojo y ella usa mi dinero, ¿es lo justo no? En unos meses más, la despediré como a cualquier empleada de confianza con su jugosa indemnización, mientras tanto la gozaré a mi gusto, la muy puta todavía está buenísima..."

— "Dicen que la Luna tiene, amores con un Caleé..." y el viejo salió canturreando la conocida copla en Almería, (Comunidad de Andalucía) y en toda España.

FORT MYERS, FLORIDA, U.S.A.

— Quisiera conocer a la niña —pidió resuelta Ruth —Es un acontecimiento importante para Kadir y su familia. Siendo nuestro amigo muy querido, creo que debemos felicitarlo en persona.

— Además, nos vendrá de perlas una vacación.

— El sol de España podrá dorar esa piel blanca lechosa que tienes ahora papá y también servirá para alejar las tensiones que a últimas fechas nos han caído encima, como las solicitudes de ayuda extraordinarias por parte de toda suerte de organizaciones de caridad de varias naciones y qué decir de los políticos, esos ambiciosos siempre pidiendo fondos adicionales para quedar bien ante sus electores con sombrero ajeno, la mayor parte de las veces, para continuar viviendo de los ciudadanos que pagamos impuestos.

— Aunque estoy de acuerdo contigo en universalizar las ayudas económicas de la Fundación, tendremos que ser rigurosos y selectivos en la asignación de fondos, atendiendo a la verdad, necesidad, objetivos, eficacia y honestidad de los solicitantes.

— Recuerda que hemos tenido amargas experiencias con entidades fantasmas y gobiernos corruptos en diversas partes del planeta. Por otra parte, no estoy conforme con las ayudas sin fin.

— Tenemos que idear la manera de darles un buen empujón para el logro de sus objetivos, pero deberán nadar solos en adelante, de lo contrario se acostumbran a no hacer el esfuerzo necesario y solamente estirar la mano, que dicho sea de paso, siempre la tomas y rellenas con dinero.

— Además, tenemos que ir pensando en el sustituto de Kadir.

— No podrá eternamente hacerse cargo de los trabajos especiales de la Fundación. Creo que está un poco viejo y cansado para eso —remató la rubia, tratando de controlar sus celos.

El nacimiento de la nueva hijita de Helen y Kadir, ponían sus sueños de vivir con él en un horizonte cada vez más lejano.

Llena de coraje y orgullo femenino, se prometió nunca más buscarlo y menos tener relaciones con él. Su gran amor estaba siendo sepultado por las circunstancias. Estaba segurísima que el Director General del Consorcio CELTIC, jamás dejaría a su familia, ni siquiera por ella, tenía que doblar la hoja y ver hacia otro lado. Era lo mejor.

Ruth no era de las mujeres resignadas a ser "la otra" para siempre.

Es hora de hacer algunos cambios, conocer otros lugares y personas, salir con amigos, tomarse su tiempo seleccionando al mejor hombre para compartir el resto de su vida y darle muchos nietos a Benjamín, su adorado padre.

Decidida, hizo las reservaciones de avión y hotel de lujo verificando que no perteneciera a la Cadena CELTIC.

Encontró lo que buscaba, un nuevo hotelito boutique bien situado, cerca de la Puerta de Alcalá, haciendo la reserva por una semana con salida para Marbella donde planeaba quedarse unas dos semanas y tal vez después, Ibiza, dibujado como un paraíso de fiestas permanentes.

Ruth había escuchado del gran sitio turístico lleno de jóvenes de todo el mundo con deseos de divertirse, incluso en extremo. Las playas nudistas y las extravagantes discotecas de esa Isla pudieran resultar interesantes, en especial para ella, practicante de costumbres religiosas conservadoras.

Muy animada, hizo click en su computadora, reservando directamente en los hoteles y líneas aéreas.

Por rutina, checó su correo en el buzón colocado en el jardín de entrada. Un elegante sobre dirigido a Benjamín & Ruth Weitzner sobresalía entre la demás correspondencia con publicidad comercial.

Rasgó el papel y quedó gratamente sorprendida. En el fino pliego, Don Ramón Peralta y Bárcenas, Presidente del Consorcio CELTIC INTERNATIONAL les invitaba a pasar unos días de descanso en su finca de la Isla Menorca, España, cumpliendo así el ofrecimiento hecho a los compañeros cuando quedaron libres del secuestro a bordo del Crucero "TENERIFE".

El anfitrión rogaba su presencia prometiendo que sería algo digno de recordarse, ¡la Fiesta del Año!

¡Es perfecto!— se alegró Ruth —corriendo a decirle a su padre que en caso de aceptar, cancelaría las reservaciones.

¡No puedo perdérmela! Si Ben no quiere asistir, invitaré a mis amigas, Beulah y Miriam, nos divertiremos de lo lindo.

Un momento, se dijo. Con seguridad estará presente Kadir…. es el esclavo mayor de Don Ramón y no puede faltar, mmmm.

Será una magnífica oportunidad para cortar definitivamente con él, lo trataré con indiferencia, sin ser grosera. Eso le dolerá muchísimo al cabrón, y más si lleva a su antipática mujer.

Pensándolo mejor si éste fuera el caso, podré coquetear un poquitín con el engreído para fregar a la vieja, ha,ha,ha, y luego ¡¡¡¡mandarlo a la chingada!!!

Le demostraré que no me importa más. ¡Que sufra el canalla!

¡Ya verá el galancete quién es Ruth Weitzner! ha, ha, ha.

NEW YORK CITY

El apartamento era pequeño, muy limpio y funcional, equipado con el mobiliario indispensable de magnífico gusto y calidad. El recibidor lo formaba el juego de sofá de tres plazas, el loveseat (sillón para dos personas) y el sillón individual reclinable, forrados en gruesa piel Italiana en color hueso.

Una mesita de centro auxiliada por dos laterales más pequeñas en madera de nogal barnizadas en color cherry (cereza), todo ello asentado sobre un mullido tapete en apariencia Turco, en realidad comprado en la sección de artículos para el hogar de la tienda Macy's.

El cuadro al óleo que mostraba a la bellísima Caridad de cuerpo entero ataviada en vestido de noche color rojo, ocupaba el muro de la sala constituyendo la única decoración. La pintura fue obra de un artista callejero, tomada de una fotografía del baile de graduación de la Universidad, el año que egresó con Honores.

El comedor oval de seis sillas y la cómoda trinchador de idéntica madera y acabados, armonizaba con la sala. De los muros pendían pequeños cuadros con fotografías de la familia y de su Patria —Cuba— y presidiendo, la imagen de la Virgen del Cobre, Santa Patrona de los habitantes de la Isla.

Exhausta por las tensiones, se preparó un buen trago de "Santiago de Cuba", exquisito ron añejo hecho en la Isla —regalo de Kadir— que bebió a grandes sorbos en un vaso de cristal con mucho hielo, mezclado con refresco de cola y agua mineral. Respiró hondo y se acomodó en el sillón favorito, lanzando lejos los costosos zapatos de tacón Jimmy Choo, encendiendo por rutina, el televisor Sony de pantalla plana y alta definición.

Se quitó la ropa y la quemó junto con el fino calzado en el incinerador de basura, metiéndose a la ducha con agua caliente. Llenó su cabeza y cuerpo con shampoo de aroma a durazno, en segundos estuvo envuelta de la deliciosa espuma que penetraba en cada poro de su linda piel, levemente tostada por el sol. Para enjuagarse, usó un poco más fría el agua de la regadera, secándose con afelpada toalla de color blanco.

Una segunda toalla, fue colocada sobre su cabeza como un gran turbante.

Por un instante se miró en el espejo, retirándose satisfecha.

Estaba en la mejor etapa de su esplendor físico y tenía toda una vida exitosa por delante.

Descolgó el teléfono en su recámara y tuvo el impulso de marcar el número de su señora madre en Miami, pero lo pensó mejor. La hora de la madrugada no era lo más conveniente.

La buena señora Estrella, se asustaría sin necesidad.

Se prometió que sería lo primero por hacer en la mañana.

FORT MYERS, FLORIDA, U.S.A.

Caridad llamó a Kadir al teléfono celular, quien se hallaba en Fort Myers huésped de Mr. Weitzner. Despertó sobresaltado. Cuando suena el teléfono a altas horas de la noche, por lo común son malas noticias. Pero no, le contaba que el trabajo había salido conforme a lo planeado y no había nada de qué preocuparse.

Las pruebas de Auditoría resultaron satisfactorias y las dudas han quedado resueltas, enviándole un beso de buenas noches.

—Te felicito —dijo él— esta misma semana recibirás los documentos pendientes para tu archivo —queriendo decir el resto de sus honorarios.

Se alegró al saber que la misión de la Agente "Aileen" se terminó con éxito, pero había que comprobarlo. Su férrea disciplina así lo ordenaba.

La vida le había enseñado que aun las personas confiables, pueden mentir voluntaria o bajo martirio. Por eso el plazo de varios días para hacerle llegar el complemento de su pago. Si las cosas quedaran en orden, estaba frente a su sucesora. La recomendaría ampliamente ante Ben, para ocupar su lugar como Agente de Campo, dentro de la Fundación.

Es demasiado joven y posiblemente requiera más de teoría y práctica, pero en general su calificación después de tres "trabajos" exitosos era de 9, en la exigente escala del 1 al 10. El Director General del Corporativo CELTIC estuvo a punto de correr a la recámara de su anfitrión, para comunicarle las excelentes nuevas, pero se contuvo.

La salud de su amigo andaba con altas y bajas, mejor sería dejarlo dormir a gusto. Las personas mayores cuando interrumpen el sueño tienen dificultad para retomarlo y descansar.

Por la mañana lo primero que hizo fue buscarlo, poniéndole al corriente. El Presidente de la Fundación, escuchó como siempre muy atento y dijo gravemente: —Hijo, si tú la apruebas, yo también, pero opino que no hay por qué precipitarnos.

— Vamos a darnos un tiempo y ya veremos, nada ni nadie nos

presiona, la observaremos unos seis meses antes de decidir, ¿está bien? No quisiera otra equivocación como el haber confiado en "EL NIÑO".

— Por supuesto amigo, eso nos dejará respirar y aliviar las tensiones —absorbiendo la indirecta— gracias por el consejo, te prometo ser más cuidadoso.

— Es hora de atender a nuestro invitado, ¿puedes llamarle a su hotel? Disfrutaremos el brunch de mi cocinera. Te aseguro que es estupendo. Nos preparará un banquete y luego...

— Benjamín, con el corazón en la mano quiero hablarte de un tema superior y delicado. Se trata de Ruth. Has sido como un segundo padre para mí y lo menos que quisiera es lastimar a tu hija de ningún modo. Sabes que estamos teniendo una soberbia relación a partir de la muerte de tu yerno, pero he sido egoísta de mi parte, no puedo ofrecerle la vida en matrimonio como ella lo merece.

— Te juro que si fuera soltero, me casaría con ella de inmediato.

— ¿Lo ha pedido ella? —interrogó el viejo.

— ¡Claro que no! —respondió con energía —Pero es obvio que casi todas las mujeres desean matrimonio, el vestido, templo, el Rabino, banquete, los regalos y la luna de miel.

— Eso es lo que tú piensas, pero como siempre me demuestras desconocimiento de mi adorada hija. Ella no desea atarse de nuevo con nadie, lo hemos hablado repetidas veces. Por si no lo sabes y conforme a mis costumbres, he recibido media docena de peticiones de consentimiento para ofrecerle matrimonio a Ruth, aceptando a dos que me parecieron buenos tipos de nuestra misma raza, religión con buena posición económica de ellos y de sus padres.

— Y, ¿qué sucedió? —preguntó alarmado Kadir.

— Nada hombre, le parecieron uno muy soso y el segundo demasiado atrevido, con coeficientes intelectuales bajos y problemas psicológicos desde chiquillos que pudieran reventar en la madurez —a juicio de la Doctora Weitzner— por supuesto.

— A mí no me parecieron malos candidatos, pero ella es exigente, bastante suerte has tenido cabroncito, de que mi niña te quiera. Además para tu información, se encuentra preparando vacaciones en España, visitando Palma de Mallorca, Menorca, Ibiza y no sé cuántos sitios más de gran diversión. Lamentablemente ya no estoy para esos trotes y no puedo unirme al grupo. Le acompañarán Beulah y Miriam, sus dos guapas amigas, ¿qué tal eh?

— Esta vez, enfrenta el problema y habla con ella con sinceridad. No hagas promesas que no puedas cumplir. La verdad duele una vez, la mentira, todo el tiempo —cerró su discurso el anciano, caminando hacia el jardín.

— Cambio de planes, no lo invites al brunch. Iremos a verlo a su hotel con el regalito ofrecido, Ruth es suspicaz y puede relacionar la visita de Habacuc con la ruptura entre ustedes y …no es ninguna tonta, hasta a mí me puede armar una bronca fenomenal.

— Buenos días caballeros —pronunció la heredera, besando en la frente a los dos hombres que sorprendidos por su belleza y atuendo, quedaron sin respiración.

— ¡Con mil demonios! —gritó Kadir— Estás hermosa... no sabía que montabas a caballo... yo...

— Y lo hace muy bien ahora —remató Benjamín.

— Cómo es que... —dijo desconcertado.

— Bueno es simple. Hace dos meses fuimos al Hipódromo de Miami y aposté un poquitín —dijo graciosa.

— Esa tarde tuve suerte porque de las ocho carreras gané un tercer lugar, dos segundos y el mejor, en la séptima carrera apostando triple contra sencillo, mi caballo viniendo de atrás, llegó en primer lugar ganando por una nariz.

— Fue un final de fotografía, emocionada, me pidieron posar con el fino animal y el jockey. De pronto se apareció un buen tipo elegante, simpático y educado quien dijo ser el propietario del valioso animal.

— Consideré que sí lo era, a juzgar por las reverencias de esa runfla de lambiscones.

— A partir de esa fecha, recibí una tonelada de invitaciones para eventos posteriores y sólo acepté conocer sus criaderos acompañada de mis amigas, quienes como yo, no llevamos ropa de montar.

— Es un rancho hermoso con lago y toda la cosa alejado un poco de la ciudad de Tampa, y qué creen, nuestro amigo hizo un numerito teatral donde le llamaban con urgencia. Se disculpó deshaciéndose en excusas encargando al Caporal mostrarnos la finca, que nos atendió como reinas.

— Cuando dos horas más tarde volvió, ¡wow! ¡sorpresa! Nos obsequió a cada una un juego de ropa especial para equitación, del mejor gusto y calidad. ¡Es fantástico! Nos invitó una comida de campo preparada allí mismo por el propio Chef del Jockey Club.

— El caldo de pescado con vegetales y los cortes de Rib Eye, Prime Rib y Sirloin, cocinados a la leña fueron extraordinarios, quemados por fuera y deliciosamente jugosos por dentro, llevándose los honores el Tomahawk, enorme costilla de carne suficiente para comer tres personas, acompañado por riquísima ensalada y postre de cerezas frescas.

— El cocinero nos explicó que la suavidad de la carne y el sabor lo da el ganado Kobe, raza Japonesa alimentado con calidad y cantidad especial, atendido por personal experto que masajea al animal mientras come, dándole de beber cerveza. Finalmente, dejan madurar la carne varias semanas para eliminar las toxinas.

— Por cierto papá, nos han invitado un vino tinto de calidad y sabor excelente producido en México, se llama Quinta Monasterio, Sinfonía de Tintos. Nos informaron que no es costoso, por lo que puedes ir encargando algunas cajas para la casa —dijo riendo.

— ¿Les gusta el modelito? —remató la hermosa, luciendo su figura sensacional.

La blusa blanca, con motivos vaqueros pegada a su cuerpo, con botones de concha dejando sin abrochar el primero y segundo, permitía ver el nacimiento de sus hermosos senos.

Un chaleco de cuero color tabaco, se amoldaba a la perfección a la cintura y el pantalón beige entallado, con refuerzo especial en el interior de los muslos aislante de la sudoración del caballo, dibujaba a la perfección las extraordinarias caderas y nalgas, que Kadir bien conocía.

Terminaba su vestir con un par de relucientes botas color café, empuñando un fuete del mismo color.

— Muchachos me voy, apenas tengo tiempo de pasar por las chicas y continuar con las clases de montar a caballo. Es fabuloso, hasta luego... Ah papacito, por favor avisa a la cocinera que esta noche tendremos un invitado especial para cenar, que se luzca preparando lo mejor.

— Me dará gusto presentarles a Kendall, mi nuevo pretendiente: es amable, gentil, joven, fuerte, deportista, hombre de mundo, con negocios importantes, guapo y... SINCERO —dijo ella en franca alusión a Kadir, que simplemente dejó pasar la bola.

— Creo que por fin, ¡puede ser el gran amor de mi vida! ...Ciao Bambini.

Muy contenta dirigiéndose al garaje, subió en el Corvette Stingray azul que rugiendo, se alejó a gran velocidad.

Los dos amigos boquiabiertos se miraron por unos instantes y se abrazaron como padre e hijo, sin decir una palabra.

No tendrían que hacer ni explicar nada, el destino solucionó todo.

ISLA DE MENORCA, ESPAÑA

L a enorme residencia de verano propiedad de Don Ramón Peralta y Bárcenas, Presidente del poderoso Consorcio Hotelero y Naviero CELTIC, rebautizada ahora como "Amber's Heaven", estaba construida sobre un peñón de roca maciza elevado unos quince metros sobre la playa.

De cualquier parte de la casa, se disfrutaba a plenitud del sol y la extraordinaria vista del mar, que en ocasiones mostraba hasta tres colores diferentes. Era un prodigio de la naturaleza.

Propiedad del magnate, en el muelle anclaba el Yate "Gijón" de 180 pies teniendo capacidad para doce invitados con 6 Suites, y helipuerto. Sobre la fina arena de la playa reposaba el hidroavión ICON-A5 de alas plegables, que se puede transportar por tierra en un remolque de lancha.

Ambrosia o mejor dicho "Amber", ahora compañera sentimental del multimillonario, había dispuesto todo para agasajar a los invitados de Ramón, encargándose de los detalles para agradarlos. Así por ejemplo, preparó una lista de los huéspedes que estarían de visita una semana y un completo programa de entretenimientos.

Para el día, excursiones en cuatrimotos por las dunas, competencias de esquí acuático, juegos de volleyball y cricket, aerobics en alberca, torneo de bádminton, golfito y para los más jóvenes, partidos de fútbol playero y basketball en la explanada del estacionamiento provista de canastas móviles. Pero la verdadera diversión sería nocturna. Experta como era en la organización de fiestas, proveyó al bar de buena cantidad de bebidas alcohólicas, jugos, aguas minerales, que almacenó en los grandes refrigeradores de la residencia. Con máquina fabricante de hielo en casa, no tendrían escasez del producto. Los disfraces depositados en los guardarropas, esperaban ser usados por los distinguidos huéspedes.

Cada noche habría baile con temas distintos: La noche Hawaiana, la noche Japonesa, la noche Romana y por supuesto, la mejor, la noche Española, con bailaoras de Flamenco en el tablao.

Un grupo de músicos profesionales de actualidad, serían los

encargados de presentar un show distinto cada noche. Nadie lo sabía, pero se había previsto de pleno goce para todos y si alguno tuviera timidez o no quisiera entrarle al relajito, ardientes chicas estaban prepagadas para hacer feliz al renegado.

Semejante a un control de pasaportes, cada hoja contenía los nombres completos, nacionalidad, edad, actividad en los negocios, hobbies y gustos en comida, bebida, y sexo, materia donde la señora Amber, era especialista muy competente. Sí señor. Después de la portentosa estancia en el Edén, cada uno desearía adquirir una Villa en la "Amber's Residential & Resort", nuevo desarrollo turístico inmobiliario de superlujo, precisamente en este pedazo de paraíso terrenal y que intentarían replicar en otras islas del Mediterráneo.

La Señora dio la iniciativa a su pareja de construir un primer centro de vacaciones y descanso absoluto de carácter Internacional, tipo Villas en Condominio, con reglas muy rigurosas para admitir a los copropietarios, que debían demostrar grandes riquezas y categoría social. El atractivo principal, además de la belleza natural del lugar, lo representaría el sistema de CondoHotel categoría Cinco Diamantes, que comprende la administración, mantenimiento y los servicios de alimentos, lavandería, bebidas, golf, tennis, albercas, deportes acuáticos y marina para grandes yates. Por si fuera poco, tendría una playa familiar y otra nudista, cosa perfectamente legal en toda España. Ningún dueño se ocuparía de nada que no fuera descanso y diversión.

Otro de los encantos del proyecto era aprovechar la inmensa Red Hotelera CELTIC alrededor del mundo, para ofrecer a los selectos compradores, hasta un par de semanas al año de hospedaje gratuito "All Inclusive" (Todo Incluido), para dos personas en Hoteles de la Cadena en cualquier parte del planeta, durante un periodo de cinco años. Además, disfrutarían de un descuento vitalicio del 20%. El bar/discoteca, de gran ambiente, sería frecuentado por el Jet Set Internacional y... para los tímidos habría discreto servicio de "escorts" (acompañantes) que pueden terminar o no, en la cama, dependiendo del trato.

Don Ramón estuvo tan feliz con la idea, que después de una magnífica sesión de sexo, aprobó la inversión de unos dos mil quinientos millones de Euros, que al completar su venta, se convertirían en cinco mil, nombrando a su fogosa concubina como Directora de Relaciones Públicas del Proyecto, con una retribución mensual de doscientos mil Euros y bono trimestral de un millón.

La caliente pelirroja lo cubrió de besos, compensándole con fantástico sexo oral que el buen viejo disfrutó como nunca, agradeciendo ambos a la Ciencia Médica los efectos de la famosa pastilla azul de Viagra.

Don Ramón contaba a sus íntimos amigos en confidencia, que jamás ninguna mujer entre cientos de ellas, le habían hecho gozar tanto los placeres carnales, como Amber.

— Es única, pues con ella tengo frecuentes erecciones y emociones deliciosas que pensaba estaban sepultadas, hasta creo que me estoy enamorando... ja, ja, ja, —había dicho el hombre en tono de chiste.

Pero en realidad no era ninguna broma. Traer al mundo de los vivos a un muerto sexual no fue tarea fácil, aun para una experta y adicta a la líbido como Amber, quien huérfana, practicaba el arte de amar desde que tuvo catorce años, haciéndolo con hombres de todas edades y clases sociales.

En su pueblo, se hizo famosa. Al cumplir doce años de edad, fue violada por un mal religioso que nunca fue castigado por la Ley, prometiendo vengarse a su manera, acostándose con él dos o tres veces al día, dejándole exhausto, haciéndole faltar a sus deberes, enviciándole con sus irresistibles encantos, provocándole y golpeándose mutuamente con el látigo de penitencia, para el gozo extremo y enfermizo del perverso clérigo, que fracasó tratando de compensarla económicamente.

Al enterarse los habitantes del enorme sufrimiento de la menor, enardecidos quisieron lincharlo orillándole al suicidio, que los pobladores aplaudieron.

— ¡Justicia divina! —exclamaron.

La pelirroja en los pasados seis meses, con inteligencia había logrado resucitar el cadáver, usando las mañas y trucos conocidos en el universo porno, apoyada firmemente por las pastillas líder en ventas de los laboratorios farmacéuticos Pfizer.

Don Ramón que sentía rejuvenecer, no requirió de muchas insinuaciones y consejos para cambiar varias propiedades y fondos de inversión a nombre de su concubina, quien convenció a su maduro amante sobre los riesgos fiscales y laborales "si tenía todos los huevos en una sola canasta".

El nuevo desarrollo turístico inmobiliario tenía ya un accionista mayoritario: la "respetable" señora Amber Brancatti —quien recién logró en los Tribunales Españoles la autorización para reformar su nombre— desapareciendo para siempre el de Ambrosia, impuesto por sus padres.

Muy pronto —según sus propios planes— añadiría a su patronímico, los hermo$o$ y distinguido$ apellido$ "De Peralta y Bárcenas" uniéndose en matrimonio. Estaba segura de lograrlo y en consecuencia obtener la admiración, aceptación y respeto de la Sociedad Española e Internacional.

En el fondo, la grandísima puta, estaba buscando le diera un paro cardiorrespiratorio al anciano. Sería la viuda más bella, joven, rica y deseada del País entero. Uno de los primeros en llegar al palacete fue Kadir Aiza, Director General del Corporativo CELTIC, invitado de honor y brazo derecho de Don Ramón Peralta y Bárcenas, Presidente Internacional del importante Conglomerado de Empresas y anfitrión de la reunión.

Recibido alegremente con un vaso de vodka y jugo de naranja helado por la pareja dispareja —él de 80 años y ella de 26— se dejó conducir a su alojamiento cargando él mismo su equipaje. Con gracia felina, la hembra lo abrazó pegando peligrosamente su cuerpo, cuestión que el Director resolvió apartándola gentil, para colocar el maletín en su lugar y colgar en el closet el portatrajes.

Para Don Ramón, hombre de mundo, no pasó desapercibido el noble gesto de su invitado, agradeciéndole internamente el amable pero al fin rechazo, de la provocación de su amada. Ya la conocía, cada vez que deseaba salirse con la suya, intentaba ponerlo celoso y lo conseguía. Esta vez, la ambiciosa pelirroja quería dejar fuera de los negocios a los dos hijos del primer matrimonio de Don Ramón, cosa a la que se resistía el buen viejo.

Minutos después arribaron los demás invitados, que fueron checados uno a uno con rigor, conforme a la lista elaborada por la codiciosa fémina.

Con gran algarabía, hicieron su entrada triunfal Ruth Weitzner y sus inseparables amigas Miriam y Beulah. Fueron bienvenidas en la gran sala de estar, por la pareja anfitriona, que aceptaron las disculpas por inasistencia de Benjamín, a quien los médicos recetaron reposo. Les obsequiaron un ramillete de flores amarillas y blancas recién cortadas y sendos cocteles Margarita con sabor a fresas.

El Comandante Zelik al frente del pelotón de mercenarios Israelíes hizo acto de presencia. Por rutina, cuatro de ellos, bien armados cubrieron los puntos cardinales de la residencia para resguardar la seguridad de los invitados. Fueron recibidos con grandes muestras de afecto por los propietarios y llevados a sus habitaciones. Amber se sorprendió de la belleza de las mujeres del comando. La última vez que las vio, estaban vestidas en uniforme de combate, sucias y desaliñadas.

Ahora, usando atuendos de verano, Lorna, Shifra, Leah y Ta- bitha, lucían espectaculares. Afuera, de guardia, Eliezer, Aarón, Jason y Habacuc con las UZI listas. Zelik Levy, el joven y atractivo comandante del grupo que liberó a los rehenes secuestrados del Crucero "TENERIFE" no se confiaba de nada.

El desfile continuó. Hicieron acto de presencia, los multimillonarios Donald Korr y Wolfang Kutz, compañeros de cautiverio de Don Ramón. Asimismo, el Capitán Conrad Blake, único ataviado de saco azul marino, pantalón crema y corbata del mismo color.

La sorpresa de la noche la constituyeron tres hembras guapísimas: Felicidad Guillén, su prima Isabel y lo inesperado, la Contadora Caridad alias Agente "Aileen" invitadas especiales de Don Ramón, a petición expresa de Kadir.

— Son buenas amigas y gente bonita señor, vale la pena conocerlas —había argumentado el Director General.

— Coño, después de salvarme la vida y los negocios, puedes invitar ¡al mismo diablo, joder! —fue la respuesta.

Don Ramón y Amber, su nueva novia, estaban de plácemes. Nadie había faltado a la cita. Eran hombres y mujeres casi en partes iguales. La diversión en los próximos cinco días sería fantástica.

El único preocupado era Kadir. Estaban presentes en la fiesta, nada menos que Ruth, Caridad y Felicidad. Con las tres había tenido espléndidas relaciones sexuales. Las había amado intensamente en su momento, comprendiendo que no podía quedarse con ninguna. Además, se había prometido cambiar, no volver a tener aventuras extraconyugales, quería genuinamente volver a la monogamia y dedicarse en exclusiva a hacer feliz a su adorada esposa Helen.

Para colmo, la señora Amber, le coqueteaba con descaro, poniendo en peligro hasta su trabajo.

El moderno Autocar Volvo, hizo alto frente a las pesadas rejas de acero forjado que resguardaban a la residencia del mundo exterior, rompiendo la tranquilidad del trozo de Olimpo con alegres bocinazos, bajando una docena de hermosas muchachas rubias, morenas, trigueñas y pelirrojas, cargando sus instrumentos musicales. Tres músicos varones descendieron también del vehículo estirando las piernas, llevando los más pesados utensilios, vestuario y equipos de audio, video y karaoke. Era el grupo musical de moda en Europa, proveniente de los Países Escandinavos.

Los recibieron con los brazos abiertos. Todo prometía diversión excepcional, según las propias palabras de los anfitriones.

Por un momento pasó por la angustiada mente de Kadir, la solución que le aconsejaba la prudencia: salir corriendo y evitar LAS TENTACIONES DEL SEXO que se presentarían en ese largo, muy largo fin de semana.

Pero no lo hizo, se demostraría a sí mismo, la fortaleza de sus convicciones y el orgullo de ser Hombre de verdad. Dejar de ser macho y volver a practicar la fidelidad conyugal.

Qué mejor prueba para él: estar rodeado del peligro que representaban tantas lindas mujeres.

Por otra parte, su jefe, podía sentirse desairado y quién sabe cómo pudiera reaccionar, mal aconsejado por la casquivana amante en turno.

Estaban presentes varios entrañables amigos, como Zelik, al frente de los miembros de los mercenarios Israelitas, el Capitán Blake, los señores Korr, Kutz y el Jeque Nassim y qué decir de Caridad, Ruth y Felicidad. Simplemente no podía dejarlas solas, las apreciaba demasiado y sentía la obligación de protegerlas.

Walter Mellon, fue el último en llegar. Lo recibieron cálidamente las lindas chicas Judías, integrantes del grupo paramilitar. Conocían el lazo de amistad que lo unía con su jefe, Zelik Levy, alias "Stan".

Habiendo llegado todos los invitados, Amber ordenó cerrar los pesados portones de la mansión y reunió a todos en el Gran Salón, para anunciar oficialmente el inicio de los festejos, brindando con la primera copa de champaña.

— Las reglas de esta casa, son sencillas —advirtió.

— Cada quién puede divertirse a su mejor conveniencia, sin alterar el orden respetando a los demás, sin forzar situaciones. Lo que se diga o haga, debe ser voluntario.

— Debo recordarles que en España y en los lugares turísticos como aquí en Menorca, las playas son nudistas. Si se sienten cómodos, podrán hacerlo también en el área de jardines y alberca. Dentro de las demás instalaciones, la casa incluida, podrán vestirse alocadamente, con poca ropa, provocativos, eso no hay problema.

— Una dotación de condones y píldoras anticonceptivas del día siguiente, están a su disposición en los cajones de las mesitas de noche de cada habitación.

— Lo único, fíjense bien, lo único prohibido aquí son los pleitos, insultos, consumo de drogas y fornicar en público, sin invitar a los demás, ja, ja, ja... ¿Han comprendido?

— Por último, quiero decir que nadie debe mostrar celos de nadie. Hay absoluta libertad para elegir pareja o varias, mientras los involucrados estén conformes. No puede obligarse a ninguna persona a tener sexo si no lo desea. ¿Entendido? Los infractores serán castigados y expulsados. ¿OK?

Todos en la sala estuvieron de acuerdo, levantando sus copas y prometiendo solemnes, ajustarse a lo dicho, cerrando con un fuerte aplauso y vítores para los dueños del paraíso.

— ¡Bravo! —exclamó la concurrencia.

El Mayordomo anunció con voz potente que la comida sería servida en el Salón de Caza a las siete en punto, vestimenta informal.

Las mesas eran grandes tablones de madera rústica y la decoración del lugar recordaba a las tabernas medievales. Al centro, grandes charolas de diferentes carnes y aves, invitaban a devorarlas. No había cuchillos, tenedores ni cucharas, sólo estaban las piezas de servicio para cortar los trozos de carne, queso y pan rústico y ponerlos en cuencos de madera para comer a mano, como auténticos salvajes.

Los meseros vestidos de labriegos, portaban grandes odres conteniendo magnífico vino tinto y un tipludo conjunto de flautas y laúdes, interpretaba las empalagosas notas de música de la época.

Los invitados comieron como náufragos. Codornices, Perdices, Faisanes, Pollos y Chuletas de Cerdo, Res y Cordero, deliciosamente preparados a la campesina, directos de la parrilla alimentada con leños seleccionados y marinados con diversos condimentos secretos de la Chef.

Ríos de vino corrieron entre los comensales que felices, no se cansaban de alzar las grandes copas metálicas para brindar con entusiasmo y alegría, divertidos por la manera de comer como salvajes, a mano limpia, embarrándose hasta los codos, cara y ropa, que limpiaban con servilletas de papel.

Seis hermosas danzarinas con poquísima ropa, pasaron a la improvisada pista para ejecutar bellas contorsiones y bailes, invitando a los caballeros de mayor edad a unírseles.

Los señores se negaron al principio, pero no pudieron resistir los encantos de las chicas, que melosas, les rogaban hacerlo, prometiendo en sus miradas ulteriores complacencias.

Dos parejas de comensales, desaparecieron del salón buscando rinconcitos románticos, convirtiéndose en los primeros folladores de la fiesta, con Amber y Don Ramón como testigos de una dupla que hacía el amor desinhibidamente, sobre unas cajas de cartón, en la Cava.

Siempre inteligente, la anfitriona acarició el pajarito de su "novio" hasta lograr su erección. Allí mismo decidió aprovechar la oportunidad y se montó a horcajadas para guiar el pene hasta sus íntimas cavidades.

El maduro caballero, se excitó tanto de ver a la otra pareja, que disfrutó a su mujer como nunca, pues ella experta como lo era en lides amorosas, subía y bajaba, lenta o rápida, controlando la penetración a su conveniencia, sintiéndose dominadora, apretando el músculo vaginal para mayor gozo de su amante, que en éxtasis total, aceptó dejar fuera de los negocios a sus hijos, otorgándoles propiedades y una fabulosa pensión mensual de por vida, heredable a sus nietos y biznietos.

En el salón, la diversión continuaba y bajo los efectos del vino, se comenzaron a presentar algunos pequeños excesos.

Leah, se subió a la mesa para bailar un poco de las danzas de su tierra, Israel, moviendo sus hermosas caderas.

Ante el aplauso generalizado, repitió el numerito, esta vez despojándose de la blusa, dejando ver a la concurrencia los preciosos senos con sus rosados pezones. El Capitán Blake, miraba con cierto disgusto el espectáculo. Cuando tuvo oportunidad de conocer a Leah creyó ver una chispa de entendimiento, que lo alentó a forjar esperanzas para conquistarla.

Apuró de un gran sorbo el resto de la copa de vino y se aproximó a la orilla de la mesa, extasiado de contemplar a la chica.

En un segundo, Blake subió al sólido tablón de madera y cubrió con su camisa, la exquisita desnudez de la hembra, que agradecida por el detalle caballeresco, le premió con un gran beso en los labios, bajando del improvisado escenario, ante las protestas del público, que eufórico pedía más.

Tomó entre sus poderosos brazos a la chica cargándole con delicadeza. En un arranque de valor, le habló al oído de la gran admiración que le tenía y que estaba enamorado de ella desde que la conoció.

La bella sonrió halagada devolviendo el cumplido. La imponente figura del Oficial de Marina en el magnífico uniforme blanco y su recia personalidad, la cautivó desde el principio, dejándose conducir a la habitación del Capitán.

Ebrios de genuino amor, integrados en cuerpo y alma, al día siguiente anunciarían su compromiso para casarse.

El primer apartamento de superlujo en la "Amber's Residential & Resort" sería de su propiedad para vivir el resto de sus días de manera fantástica.

La opípara comida —prolongada a cena— resultó un rompehielos natural. A poco andar, los presentes tenían compañía, hasta el sacrosanto Mister Walter Mellon conversaba animadamente con la preciosa tecladista Noruega del conjunto musical, besándola y acariciando sus torneadas piernas.

En una apartada orilla de la residencia, Zelik y Lorna muy enamorados se juraban amor eterno, haciendo su mundo aparte del bullicio general. Fundidos en un abrazo sin fin, planeaban el futuro juntos, intercambiando bonitas frases que acostumbran las parejas que en realidad se aman, soñando con formar un hogar estable, sin contratiempos, enriquecidos con un par de retoños.

Se retiraron temprano, llevándose una botella de champaña y dos copas. Como si fueran recién casados, harían el amor por lo menos en dos o tres ocasiones.

Herr (el señor) Wolfang Kutz, recuperado en totalidad de las lesiones sufridas cuando estuvo prisionero por los piratas, bailaba como trompo acompañado de una preciosa morena Colombiana, tamborilera del grupo musical llamada Theresa, que le enseñaba a marcar los pasos del alegre y contagioso ritmo de la Cumbia. Lo más probable es que esa noche, reverdecerían viejos laureles.

Cada uno de los alegres invitados tendrían nuevas y apasionantes historias qué contar, comiendo, bebiendo, bailando, cantando, veleando, surfeando, pescando, jugando al tennis, golfito, ruleta, cartas, ajedrez, dominó, blackjack y variedad de juegos electrónicos de consolas Wii, PlayStation y Xbox Kinect, amando o conversando, conociendo nuevas amistades.

Ruth Weitzner y sus amigas Beulah y Miriam, se dedicaron a gozar de lo lindo los prodigios de la naturaleza. Recorrían la finca en caminatas, cosechando ricas naranjas que comían con gusto. La Weitzner cumpliendo su promesa, mostraba polaridad ante Kadir. En ocasiones se mostraba amable y hasta coqueta, cortando por lo sano cuando notaba entusiasmo del varón. Estaba disfrutando su momento de venganza.

Nadaban en la caleta de la playa y en la piscina, se doraban al sol como auténticas sirenas, libando refrescantes bebidas a base de jugos naturales de frutas con una brizna de auténtico vodka Ruso, como Kadir había enseñado a tomarlos a Ruth, cuya pre- sencia en el sensacional fin de semana, era para tener una especie de despedida de soltera, haciendo el amor con él la mayor cantidad de veces posible, después de humillarlo. "Pero el cabrón tiene que rogarme, dijo a sus amigas".

Por su parte, Caridad —alias Agente "Aileen"— ocupaba el tiempo leyendo, tomando el fresco de la tarde, paladeando uno que otro mojito, preparado con Vodka, como también aprendió de Kadir. Su intención de asistir al sarao, era para recibir nuevas misiones de su jefe y por qué no, tener buen sexo con él, sin aviso, de súbito, como le agradaba.

Felicidad Guillén y su prima Isabel, se entretenían jugando en la playa en competencias para construir castillos y figuras de arena.

Recostadas en los camastros, se pasaban las horas platicando y observando con binoculares las bellezas naturales del lugar y a los demás invitados.

Isabel pidió permiso a su pariente para caminar hacia donde estaban los guardias Israelitas. Con los prismáticos descubrió a un joven apuesto que le pareció el Dios Apolo.

Se llamaba Aarón, quien a partir de ese momento, se convirtió en escolta personal de la joven Española, colmándola de atenciones y... placeres carnales.

Felicidad se presentó en la fiesta, para agradecer al señor Director General del Corporativo CELTIC, sus gentilezas y su valiosa intervención para el reencuentro después de varios años, con su ex novio muy amado, Anthony Belcher.

En el fondo, deseaba volver a tener relaciones amorosas con Kadir. Después de su desfloración, no había podido quitarse de la mente las experiencias sexuales maravillosas que sintió y repitió por veinte días. Ahora deseaba algunas sesiones más antes de pensar en matrimonio.

Kadir invitó a Caridad y Felicidad para que junto a Ruth, pudiera ofrecerles una despedida digna de un caballero que jamás volvería a verlas. Creyó que era la mejor oportunidad de retirarse en medio de una atmósfera relajada de diversión y buenas maneras, pensando que en civilidad, podría hacer las presentaciones y tal vez fueran amigas en adelante.

A cada una en su momento le entregó lo mejor de sí mismo, tratándolas siempre con nobleza y respeto, sin mentiras o engaños que pudiera haberlas lastimado.

Había sopesado los riesgos y concluyó, iluso, que eran mayo- res de edad y amplio criterio, la oportunidad tenía que dárselas. Las tres mujeres eran un tesoro y convencido estaba de poder dejarlas en libertad, ahora que ellas, excepto Caridad, tenían novios con intenciones de contraer matrimonio.

Para la hermosa Cubana, Kadir tenía reservado otro plan.

Ningún amor duradero o compromiso podía figurar en la vida de la chica por ahora. Si Benjamín lo aprobaba, pronto ocuparía el rol principal como la Agente "Aileen", ejecutora de los Contratos para Ajusticiar criminales asignados por la Fundación Weitzner, ganando una cantidad de dinero tal, que le permitiría retirarse al anonimato en tres años más y entonces sí, enamorarse, planear y tener una nueva vida, formando una bonita familia y procrear hijos.

Gran error.

El señor Director General, dizque experto conocedor de las mujeres, no tenía idea de la gran equivocación cometida al reunir en un solo lugar, a sus tres grandes amores en los últimos tiempos.

Era como poner en un granero de madera seca, un tanque de gas butano con válvula abierta, un tambor con doscientos litros de gasolina que perforado, dejara escapar chorritos del combustible mojando el piso y una colilla de habano encendida que alguien arrojara al suelo.

La explosión, el incendio y el caos, eran sólo cuestión de esperar.

RIGA, REPÚBLICA DE LATVIA (LETONIA)

Agostino Sampdoria y su extremadamente joven amante reposaban la cena en su chalet con vista al Mar Báltico que baña la costa Letona, jugando cartas. En el hogar, ardían cuatro gruesos leños calentando el cuarto. El termómetro marcaba 13 grados centígrados bajo cero de temperatura exterior con clima húmedo y frío, tupidos copos de nieve comenzaban a caer sobre la ciudad. El mafioso se resistía al retiro forzoso de los negocios que sentía anticipado, pero muy conveniente para su seguridad. Añoraba el poder. Efectivo y bonos sustraídos a la organización criminal a la que pertenecía los tenía a buen resguardo. Su plan de estafa y huida, había resultado perfecto y sin embargo estaba inquieto. Defraudador y ladrón por sistema, tenía la falsa convicción que por tratarse de fortunas originadas por la producción y venta mundial de drogas, fondos robados por Presidentes, funcionarios públicos y empresarios de algunos países, y en general riquezas ilegales, los afectados por el gigantesco desfalco no presentarían acusación ante las autoridades ni quejas de ninguna clase, ya que ellos a su vez, eran unos delincuentes que no podían justificar el origen de esos enormes capitales. Tratarían de vengarse a su manera, era un hecho insoslayable.

No contaba con las fuertes cantidades invertidas por la Fundación Weitzner, en el Banco Della Missericordia y que ahora por los tramposos manejos de Sampdoria, estaban en grave riesgo de perderse. Era imposible que supiera que había sido descubierto en la secreta revisión practicada por Kadir, "El Auditor de la Muerte" a petición expresa de Benjamín Weitzner, Presidente de la Fundación.

Verificó todos los pasos encontrando una debilidad. El asesinato de sus tres guardaespaldas a bordo del Crucero "TENERIFE", que terminó con la cremación de los despojos de cadáveres y el vaciado de las cenizas en el mar. Los que exterminaron a los pistoleros debieron ser no menos de seis excelentes asesinos.

De otra forma no hubiera sido posible eliminar a sus hombres, selectos matones profesionales.

Surgieron varias interrogantes: ¿si los expertos criminales iban por él, por qué no lo atacaron, después de eliminar a sus guardias? ¿Cuál fue la razón del Capitán del barco, para no investigar a fondo y capturar a los homicidas? ¿Qué motivos ocultos tendría el Capitán del Crucero para reportar a las Autoridades Portuarias la muerte de sus ayudantes como accidente y cerrar las investigaciones?

Él mismo había intervenido para ocuparse de los cuerpos, firmando las responsivas y tratando de abreviar los trámites y des- aparecer a sus empleados lo más pronto posible. Cayó en cuenta que lo hecho había sido lo inteligente. Armar un escándalo por lo sucedido sólo lo hubiera delatado y ahora él mismo estaría en el fondo del mar calzando nuevos zapatos de cemento, que le hubieran colocado tal vez los mismos hombres.

Convencido de haber decidido lo mejor y estar a salvo, abrió el cajón central del mueble tocador para acariciar la culata de su pavorosa arma. La "lupara" calibre 12 (escopeta de cañón recortado) de la marca Franchi hecha en Italia, que sabía usar a la perfección. En su carrera ascendente dentro de la mafia, había asesinado a mansalva por encargo de sus Capos, a no menos de treinta y cinco personas. Respiró tranquilo y cerró la gaveta.

Observó con admiración a su flamante amasia, una atractiva jovencita Italiana de 16 años de nombre Lucciana, dispuesta a satisfacer, por hambre y amenazas, todos sus caprichos y fantasías eróticas, a cambio de seguridad económica y respetar las vidas de ella, su madre y tres hermanas.

El bajo costo de ese intercambio, significaba mucho para Don Agostino, pues aparte de que gastaría más con diversas prostitutas, con la niña tenía la garantía de exclusividad carnal y cero riesgo de enfermedades de transmisión sexual, como el temible SIDA y otras.

La había "comprado" a través de tratantes de blancas, pérfidas organizaciones criminales que por desgracia abundan en el mercado mundial, llegando al extremo de poner anuncios en las redes sociales de Internet, ante la indiferencia ¿o complicidad?, de gobiernos corruptos, sin moral, resultando el repugnante tráfico de seres humanos, negocio de cientos y tal vez miles de millones de Dólares.

Otra ventaja para el tipejo, representaba la gran belleza de la mujercita, obligada a tratarlo con respeto y aparentar cariño en público —que estaba muy lejos de sentir— complaciendo a un Agostino Sampdoria inflado, como pavo real.

Miró sus senos, todavía infantiles, en pleno desarrollo que prometían crecer saludables, para alcanzar la firmeza y tamaño de una toronja. Excitado, sin pensarlo dos veces se abalanzó sobre la jovencita para hacerla suya una vez más, sin darse cuenta de las amargas lágrimas de resignación que saliendo de sus negros ojos, rodaron por su carita de muñeca.

Eran las diez de la noche cuando se quedaron dormidos, arrullados por el crepitar del fuego quemando la madera en la chimenea. Por la ventana, se veía la claridad del llamado sol de media noche, extraordinario fenómeno natural que por la inclinación del eje de la Tierra, en temporadas de otoño/invierno el sol nunca se pone.

La silueta de una persona se dibujó a trasluz. Se movía rápido en silencio, como un felino acechando a su presa. Observó escondido la aberrante escena de los cuerpos semicubiertos por el grueso y blanco edredón de plumas de ganso que dejaba ver parcialmente, la flacidez del cuerpo del viejo, contrastando con el incipiente y bien formado cuerpo de la niña-mujer.

El intruso sintió una oleada de calor y odio hacia el desgraciado tipo que abusaba de la jovencita, reprimiendo con dificultad el deseo de matarle allí mismo como perro. No queriendo despertar a la adolescente, decidió esperar agazapado el tiempo que fuese necesario para liquidar al tipo sin que la mujercita se diera cuenta y se llenara de pavor, causándole un trauma de por vida. No, de ninguna manera, bastante lastimada estaba en su mente, como para agregarle un episodio violento.

Durante un buen rato estuvo pensando cómo hacerlo. La sombra tomó una sabia decisión. Mataría al gañán cuando estuviera solo, en un accidente de los muchos que ocurren a los turistas que no conocen los peligros de las suaves pero traicioneras elevaciones montañosas con bosques, lagos y ríos que desembocan en el Golfo de Riga.

El espectro, tal como entró a la casa salió de ella, borrando las huellas de los pies en la nieve del portal. Pronto buscaría la oportunidad de terminar "el trabajo". Disponía de pocas horas para cumplir con el encargo.

A bordo de la Cross Over (camioneta mediana) Volvo alquilada, el fantasma reviró la casaca negra mostrando el lado blanco, puso en marcha el vehículo y se retiró en silencio.

Al día siguiente, el clima mejoró y Don Agostino quiso salir a presenciar el juego de Hockey sobre Hielo para matar el aburrido encierro, llevando a la niña. Perfectamente abrigados, se dirigieron a la pista dentro del Skonto Hall. El partido entre los Invaders y Thunders se pronosticaba muy reñido y con gran di- versión. El local estaba a reventar de aficionados al deporte más popular del País y Don Agostino pagó generosa propina para obtener asientos de primera clase números 4 y 5 en la Sección A. Dentro de sus bajezas, Agostino Sampdoria consentía a la pequeña Lucciana procurando darle siempre lo mejor. La chiquilla lucía preciosa, con moderna camiseta y pantalón en lana de di- señador, hermoso abrigo y gorro de mink gris con botas negras, que la hacían ver mayor de su edad. Sentados en lugares privilegiados, Don Agostino compró dos vasos con chocolate caliente acompañados de un par de "Biscotti", deliciosos panecillos duros tipo Italiano, de "pecan y pistaccio" (nuez y pistache).

El partido inició a tiempo, con emocionantes acciones de ambos equipos. El Gángster/Banquero, se esforzaba en explicar a la jovencita, las principales reglas y pormenores del deporte, que no dominaba, cometiendo equivocaciones que pasaban desapercibidas por Lucciana, más concentrada en admirar las duras acciones del juego y sobre todo, el físico de los jugadores.

El árbitro sonó en tres ocasiones el potente silbato, dando fin a la primera mitad del partido.

En quince minutos exactos se reanudaría el encuentro que ganaba el equipo visitante tres goles a dos.

Los aficionados, como en todos los Estadios, aprovecharon el tiempo para estirar las piernas, comprar comida, bebidas y orinar.

A poca distancia, en el asiento 14 de la misma sección A, un sujeto barbón vestido con ropa común vigilaba a la pareja, confundiéndose con los cientos de fanáticos del Club local que gritaban consignas para animar a su equipo.

Al principiar el receso, se levantó de su butaca para seguir al obeso Agostino Sampdoria que se incorporó de su lugar, dejando a solas por un momento a su protegida. Agostino, goloso como era, pensó en comprar algo de comer, pero tomó la decisión de ir primero al baño.

Sentía la vejiga a punto de reventar. El sanitario público estaba lleno debiendo hacer fila para ocupar el urinario. Don Agostino masculló una maldición alineándose en su lugar. El baño tenía un espacio sin puerta de entrada y otro de salida, debidamente indicados para mayor agilidad en la circulación de los hombres.

Formado en su turno, Don Agostino gruñó palabrotas en Italiano, que quiso compartir festivo, con el hombre próximo a su espalda. El tipo de barba ensortijada y tupido mostacho sonrió levantando los hombros, seña inequívoca de no entender el idioma. Cuando avanzó la hilera, el mafioso se dirigió al único mueble desocupado, el privadito destinado a discapacitados. Satisfecho, pues temía mostrar en público su miembro pequeño y flácido, orinó con alivio a chorritos intermitentes, por padecer inflamación de la Próstata.

Concentrado mirando el goteo del amarillento líquido, no se percató del sujeto que entró a sus espaldas, que cerrando la puerta del amplio sanitario privado hundió con fuerza en su nuca una delgadísima punta de acero que le penetró siete centímetros en el cerebro, muriendo instantáneamente, sin ruido y mínimo sangrado, por lo reducido del orificio. Al momento registró profesionalmente los bolsillos de abrigo, chaqueta y pantalón, hurgando en los calzoncillos, llevándose la cartera, el pasaporte con su funda de cuero y el teléfono móvil.

La Policía encontró un mensaje junto al cuerpo. "Vendetta della Famiglia", para encaminar las investigaciones a los antecedentes mafiosos del tipo. Aprovechando la confusión por el gentío que regresaba a sus asientos, el asesino ocupó la butaca de Don Agostino para explicarle a la niña que no volvería a verlo, fue arrestado por la policía. Ella lo entendió bien, siempre tuvo esa esperanza.

Estaba en libertad de salir de allí o quedarse a su suerte. Por un minuto la jovencita dudó, pero en los enormes ojos verdes de la desconocida creyó ver nobleza y sinceridad en sus palabras. La gorra, lentes, cejas, barba y bigote postizos, yacían en las bolsas de la gabardina y serían destruidos en la primera oportunidad.

— Ven conmigo, yo te protegeré, ¡lo juro! —le dijo la muchacha — Tenemos que salir despacio pero de prisa, vamos.

— Está bien —aceptó Lucciana, tomándole de la mano, deseosa de escapar del cautiverio. — Por piedad no me hagan daño, no más sexo, te lo suplico —terminó sollozando.

Cinco minutos después, el Estadio se volvió un pandemónium. Las sirenas de los autos Policíacos y la multitud saliendo en desorden. Las nuevas amigas estaban a once calles de distancia ordenando su cena. El pequeño restaurante ofrecía en su carta platos de carne de cerdo y ternera, acompañados de champiñones y patatas.

El mesero recomendó entrada de quesos de la región con caviar negro en rodajas de pan integral y ensalada. Como segundo tiempo, pescado ahumado a escoger entre trucha, salmón o arenque. La desconocida pidió una copa de "Bálsamo Negro de Riga", fuerte licor de 45 grados, que bebió de un sorbo y una cerveza. Para la niña, refresco de arándano. Comieron con apetito y terminaron con postre de frambuesa en pasta de hojaldre. Más cómodas, ambas sintieron de inmediato mutua oleada de confianza, contándose partes de sus vidas. Dejaron el lugar, como si fuesen amigas de toda la vida. Abordaron la camioneta Volvo y se dirigieron al hotel de la asesina, que cariñosamente dejó en la cama a su pequeña invitada, yéndose a dormir en el sillón de la salita. La chiquilla apenas puso la cabeza en la almohada, se durmió enseguida.

La hermosa Agente "Aileen" revisó con paciencia el contenido de la billetera y porta pasaporte, hallando una buena cantidad de Lats (moneda local Letona) y de Euros (moneda oficial a partir de 2014); tarjetas de crédito, de visita, fotografías de actrices porno, recibos de pagos menores y otras cosas sin importancia. Los códigos de sus cuentas secretas no estaban. Maldición, resopló. En una segunda inspección, analizó el celular examinando la información almacenada, hallando combinaciones de números y letras que le parecieron sospechosas. La Agente "Aileen" marcó un número en el teléfono celular de prepago.

— Aquí Scorpio, —respondió Kadir— qué alegría escucharte. ¿Cómo estás?

—Los contratos fueron entregados a los Abogados que me dijiste. Ya los aprobaron. No encontré la tienda de modas, puedes ayudarme? — pidió Aileen dictando los datos disponibles que no estaba en capacidad de comprender: F.SWBDBCHBBOABIBBA.90.97.98.99/2010

/2012/2015.f.W.rank.02,04,05,07,09,12,16,E&A1,   A2.4322176453
AG.Italy.

— ¡Eureka! ¡Ésas son las claves! ¡Well done baby! (Bien he- cho bebé). No te preocupes, el vestido ya lo compraremos y lo enviarán a casa por los conductos normales, muchas gracias – dijo Scorpio, tranquilizándola. Eso significaba que los Códigos de Identificación de Inversiones y los lugares donde se encontraban los inmensos montos de dinero propiedad de "La Fundación Weitzner, Administrados en el Banco dirigido por Sampdoria, serían descifrados y los capitales irían de regreso a los Estados Unidos por la intervención de los Gobiernos amigos de Italia y América.

— Otra cosa, me acompaña "mi sobrina", está encantada.

— Mañana le compraré algunos juguetes. Ciao —dijo "Aileen", enormemente satisfecha.

MADRID, ESPAÑA

A tres mil quinientos kilómetros de distancia, en Madrid, Kadir, alias Scorpio, no entendió la última parte del mensaje de Caridad Agente "Aileen" referida a la "sobrina", pero sí lo necesario para saber que el pederasta asesino hijo de la gran puta y defraudador, Agostino Sampdoria, había sido borrado de la faz de la Tierra.

— ¿Quién te llama a esta hora querido? —inquirió su esposa media dormida.

— Negocios amorcito, ya sabes cómo son los Gerentes de las Empresas, te consultan hasta boberías. A veces quisiera despedirlos, ¡montón de incompetentes!

— Al que deberían despedir es a ti, mi amor. Estoy harta de tanto trabajo, viajes y tensiones nerviosas. A veces no te comprendo, tenemos una magnífica posición social y económica, propiedades e inversiones productivas y una preciosa familia.

— ¿Qué más deseas de la vida? ¿Cuál es tu límite?

— Tienes mucha razón bonita. Te prometo pensarlo muy en serio. Empero, todavía no me es posible. Las responsabilidades a mi cargo son demasiadas y delicadas para dejarlas tan rápido. Tengo que iniciar el proceso de renunciar y capacitar a mi reemplazo. Te suplico tenerme un poco más de paciencia, por favor...

— Por supuesto, te creo. Ahora sí te noto convencido de tu retiro, tienes mi confianza, como siempre, gracias por escucharme ¡te quiero! —expresó Helen, sellando con un beso sus palabras.

Complacido, recostó la cabeza en el regazo de su amada, con la conciencia increíblemente tranquila.

Al día siguiente solicitaría a la Fundación la transferencia bancaria a la cuenta secreta de la Agente "Aileen" por trescientos millones de Dólares Americanos, en fondos inmediatamente disponibles como bono extraordinario por la limpia eliminación del infame mafioso y la valiosa pista para la recuperación de las gigantescas inversiones, que estuvieron a punto de perderse.

RIGA, REPÚBLICA DE LATVIA
(LETONIA)

"Aileen" cambió de parecer. En vez de acostarse cómodamente en el couch (sofá) decidió arrimar el sillón individual reclinable frente a la ventana. Con las luces apagadas, oculta a trasluz de la cortina, se arrellanó en el mueble sacándose las elegantes botas Gucci de tacón bajo, subiendo los delicados pies envueltos por gruesas calcetas blancas.

Montó guardia por espacio de una hora. Agotada trató de conciliar el sueño, pero no pudo hacerlo, algo le tenía inquieta. Impulsada por el famoso "sexto sentido" que se dice tienen las mujeres, echó un último vistazo a la calle enfocando su atención en el Audi 5 negro estacionado con el motor en marcha y el conductor fumando, que se delataba por el vapor que desprendía el tubo del escape, la minúscula brasa roja del cigarrillo y las nubecillas de humo saliendo por la rendija de la ventanilla.

Por lo visto, el tipo estaba observando, esperando algo que estaba a punto de suceder, nadie en su sano juicio permanecería largo tiempo en la calle con riesgo de congelarse. La paciente vigilia tuvo su recompensa. A los pocos minutos descubrió un tipo gigante con aspecto indiscutible de matón que descendiendo del auto, cruzó la calle con claras intenciones de entrar al hotel.

Franco Torrelli, chofer escolta de Don Agostino había visto salir del Estadio a Lucciana, la joven novia de su patrón, acompañada de una persona. En un juego de Hockey, el deporte nacional de Letonia, nadie deja un partido a medias. Al descender la escalinata, fueron detectadas como par de moscas en un plato con leche.

Acostumbrado a espiar, notó cosas extrañas. La primera, que la chica abandonó el juego mucho antes de terminar, sin el jefe.

Halló una explicación simple. La niña se aburrió de lo lindo en el partido y Don Agostino pidió a alguna persona conocida, le acompañara al aparcamiento para esperarlo e ir a casa juntos. Pero no, la chica se fue en otra dirección y de prisa. De momento no supo qué hacer, fijándose en el vehículo y matrícula.

Llamó al teléfono celular de su patrón, al recibir contestación, le preguntó si todo estaba bien. La voz de respuesta no era de Don Agostino.

— Rápido, quiero hablar con Don Agostino.

— Es esmu Kolzta Sergeant. Valsts policijas, kurs runa? Kungs ir bijis slims, vins lika nonakt pie hokeja stadiona tulit! Man ir nepieciesams, lai... (Soy el Sargento Kolzta, de la Policía Nacional. ¿Quién habla? El señor se ha puesto enfermo, ¡le ordeno venir al estadio de hockey de inmediato!, necesito que...)

Sorprendido primero y asustado después, sin entender una palabra, Franco Torrelli cortó la comunicación, encendió el motor del coche y siguió a la camioneta Volvo que casi desaparecía de su vista por la avenida.

— ¡Con un carajo! —maldijo Franco, acelerando el coche, su mente torpe no alcanzaba a reaccionar, el único plan que se le ocurrió en esos momentos fue no perder de vista a los fugitivos. Necesitaba averiguar lo sucedido. Estaba seguro de arrancarles la verdad, no en vano era especialista en torturas.

Cuando la pareja entró al restaurante, él tomó un asiento en la barra y vigiló con discreción, permaneciendo en la penumbra creyéndose invisible. Al salir, continuó el acecho hasta llegar al hotel, estacionando a cincuenta metros del frente. Apagó las luces pero no el motor para evitar congelarse, arrojando vapor por el tubo del escape. Pensando en la siguiente jugada, el gorila nervioso, esperó casi dos horas para sorprenderlas dormidas y encendió un cigarrillo abriendo la ventanilla del automóvil, despidiendo pequeñas volutas de humo caliente. Dos errores consecutivos, que no pasaron desapercibidos para los expertos ojos verdes de "Aileen", confirmando que las seguían desde el restaurante.

La linda Cubana tomó sus precauciones. Quitó el seguro de la puerta y de las ventanas, ocultándose tras el sofá. Tomó un gancho para colgar ropa del closet y lo sostuvo entre sus manos.

La puntiaguda madera del inocente artefacto en las manos de una adiestrada guerrera como la agente "Aileen", se convirtió en un arma mortal. Y aguardó.

Pasaron cuarenta minutos y nada. Su entrenado oído no detectaba ningún ruido sospechoso. Alcanzaba a escuchar el ritmo de la respiración de la niña, que dormía plácidamente y afuera el leve chocar de los copos de nieve sobre el cristal de la ventana. El maleante penetró en el Hotel Reval Latvija con la confianza que le daba su fortaleza física y el arma de fuego que portaba, una pistola semiautomática Ceska Zbrojovka 75 P-07 Duty calibre 9 x 19 mm Parabellum. El arma de gran calidad manufacturada en la República Checa, era como casi todas ahora, con armazón de plástico —de allí la letra P que el fabricante incluye en sus modelos— con cargador para 16 cartuchos en doble hilera. La pistola es ligera, precisa, cómoda para portar y disparar, teniendo un desproporcionado guardamonte, que permite apretar el gatillo usando guantes gruesos, cosa frecuente en el intenso invierno del norte de Europa.

El empleado del mostrador, un sexagenario barrigón de traje y corbata azules, sonrió por un segundo al visitante, cambiando a una expresión de terror cuando vio la negra bocaza de la pistola apuntando a su cara. En su defectuoso Inglés, el asesino pidió el número de habitación de la mujer acompañada de una jovencita. El asalariado no tuvo más remedio que proporcionarlo, mostrando el pasaporte de las turistas. En algunos hoteles de Europa del Este, se ha quedado la costumbre desde los tiempos comunistas, de pedir la identificación a los huéspedes y devolverla hasta su salida.

Torrelli reconoció enseguida a la adolescente, sin molestarse mucho en ver a su compañera. Nunca podría concebir que la bella acompañante, sería una rival formidable. A señas pidió al ventrudo y asustado dependiente, silencio absoluto, con mímica de cortarle el cuello si hacía o decía algo.

El pobre señor decidió obedecer. Estaba a unos meses de la jubilación para arriesgar su vida por algo que no era de su incumbencia. Frecuentemente los Agentes de la Policía Secreta del Estado, allanaban cuartos buscando terroristas y bandidos para arrestarlos. El facineroso subió por la escalera hasta el piso cuatro y rápido localizó el número 412. Por mero reflejo intentó dar vuelta a la perilla de la cerradura, sorprendiéndose de no estar con el seguro puesto. Vaya descuido de pendejas —se dijo— penetrando pistola en mano, en la oscuridad del pequeño recibidor, dirigiéndose a la alcoba.

"Aileen" saltó sobre el intruso, clavando con fuerza la puntiaguda arista del gancho de madera sobre la muñeca del hampón, que soltó la pistola, al tiempo que le propinó tremendo golpe de Karate en la nuca con el dorso de la mano —conocido como Haishu-Uchi dejándole atontado, sin perder el sentido debido a su corpulencia y cuello de toro. Un nuevo golpe, Kakuto-Uchi, ahora en la barbilla aplicado con la muñeca doblada terminó por noquearlo. Cuando despertó, Torrelli quiso incorporarse del suelo pero no pudo. Atado hasta sangrar de muñecas y tobillos con los cordones de las cortinas y metida la toalla de maquillaje en su boca, poco podía hacer. Frente a él, una real hembra, le miraba desafiante. No podía recordar lo ocurrido, salvo haber sido golpeado como por un autobús. Le dolía la nuca y la cara.

— Voy a quitarte la toalla del hocico, óyelo bien. Si gritas o pides auxilio te meteré una bala de tu propia pistola en la cabezota, ¿entiendes? No hagas ninguna estupidez. Soy Agente de la Interpol y necesito respuestas. Si me dices lo que deseo saber, te dejaré libre, ¿entiendes? Si te niegas, será tu fin. Estás dentro de una habitación con dos mujeres solas, intentaste violarme, me golpeaste, querías robarnos y después asesinarnos. Tu muerte sería en defensa propia, cualquier Jurado me absolvería. ¿Qué dices? —amenazó sonriente "Aileen".

El perverso asintió moviendo la cabeza. La Agente procedió a retirar el gigantesco tapón de la boca, colocando el cañón de la negra pistola en la sien derecha del cabrón.

— ¿Quién eres y dónde vives? ¿Quién es tu patrón? ¿A qué han venido a Letonia? ¿Cuántos forman la banda? ¿A qué se dedican? ¿Tienen más mujeres prisioneras y en dónde? ¿Quién les paga y en qué forma? ¿De qué parte de Italia robaron a esta niña? ¿Tienen grabaciones de video sobre pornografía infantil, negocios o nexos con traficantes de drogas o prostitución? … etcétera.

El recio pistolero se quebró. Notó en el verde metálico de los ojos de su captora una decisión nunca vista. La serenidad con la que actuaba, le dio escalofrío.

Sí, era muy capaz de asesinarlo a quemarropa.

Así que decidió confesar, soltó lo que sabía, pensando que en libertad, lo primero que haría sería buscar a la perra para matarla, no sin antes darle los tormentos que conocía bien y desde luego, cogérsela a su gusto, con toda clase de excesos.

Ya tengo la información. ¿Qué hago con este desgraciado?, se preguntaba "Aileen". En Letonia eran las doce de la noche, en Madrid serían las 23 horas, buen momento para consultar con su amado jefe.

— Hola nenita, ¿estás bien? Es un gusto escucharte —saludó Kadir.

— Tengo las cotizaciones, especificaciones técnicas, precios y condiciones de venta de la maquinaria agrícola que necesitas. Quisiera efectuar algunas compras por aquí y deshacerme de mis ropas viejas que se han manchado de grasa durante la demostración, ¿qué opinas? Porque otra opción sería obsequiar las prendas usadas a personas indigentes, aconséjame por favor preguntó la Cubanita en lenguaje cifrado.

— Creo que la ropa usada debe regalarse si está en buenas condiciones, de lo contrario es mejor tirarla, con mayor razón si como dices está con manchas de aceite o grasa que es difícil de lavar. Cómprate vestuario nuevo y arroja a la basura lo que no sirva. Seguro que te verás linda con los modelos de allá. ¿Necesitas dinero? Puedo enviarte algunos Euros para tus gastos...

— Gracias pero tengo suficiente. Nos veremos el lunes próximo, hasta luego... un beso.

No había alternativa, la orden era contundente. Tenía que botar a la basura a la otra basura, el tipejo que yacía amarrado y amordazado en la salita del cuarto del hotel, sin despertar ni atemorizar a la jovencita —que continuaba durmiendo— eliminando al hampón tan limpio, que no dejara huellas de haber sido asesinado.

Tenía un problema. Torrelli dijo que amenazó al empleado de la recepción para obtener el número de la habitación. ¿Cómo diablos podría hacerlo sin parecer sospechosa? Y si la chiquilla despierta, ¿qué le digo? ¡Maldición! El asunto se complicaba por momentos.

El reloj marcaba la una de la mañana. Tenía unas tres horas para dormir un poco y pensar en la solución. Siempre las hay, se dijo optimista, emitiendo un gran bostezo se acurrucó en el sofá programando la alarma de su reloj para las cuatro de la mañana.

El leve zumbido del despertador de su TAG Heuer deportivo le hizo incorporarse rápido, verificando el estado de su prisionero primero y yendo a la recámara visitó a Lucciana.

Los halló al primero en sueño profundo y a la segunda sentada en la cama en posición de flor de loto, orando.

Al acercarse, la jovencita la abrazó con tanta ternura que "Aileen" tuvo la sensación maternal, por primera vez en la vida. Por unos instantes permanecieron abrazadas y de manera espontánea la dulce niña besó en la mejilla a su protectora. La Agente, necesitada a su vez de afecto, devolvió la caricia con amor.

Había nacido un lazo de simpatía y cordialidad entre ambas mujeres tan fuerte como el de una madre e hija. Al contemplar los ojitos de color negro obsidiana de Lucciana que reflejaban temor y sufrimiento, Caridad —alias "Aileen"— recibió una oleada de nobles vibraciones, sintiéndose otra vez humana, los buenos ejemplos, enseñanzas y valores siempre inculcados por Estrella, su querida madre, retornaban a su mente y corazón, que creyó haberlos desterrado cuando se convirtió en la asesina profesional de hoy.

La dura coraza que artificialmente envolvía a la curtida Agente se vino abajo, para dar paso a sus verdaderos sentimientos de bondad y compasión. "Aileen" tomó la decisión. Indultaría al prisionero, aun si ello pudiera significar serias dificultades con su querido jefe Kadir alias Scorpio, pues era un desacato a sus órdenes de eliminar al delincuente. Estaba la niña de por medio.

Ya tendría ocasión de darle explicaciones, que tal vez, acompañadas de buen sexo, estaba segura las comprendería.

— Linda, tenemos que irnos. Te llevaré a casa, con tu familia. Por favor toma un baño de burbujas que te gustará y vístete, después iremos por un gran desayuno.

— De acuerdo, pero no quiero regresar a casa. En el pueblo sólo hay miseria y sufrimiento, prefiero quedarme contigo para siempre, eres tan buena... que yo... bueno creo que te quiero como si fueras mi madre, sería feliz si me adoptaras, por favor, por favor —y empezó a llorar.

— Bueno, bueno, ya lo platicaremos más adelante, por ahora haz lo que te digo, ¿OK? —dijo "Aileen", secándole las lágrimas con un pañuelito desechable.

"Aileen" utilizó los minutos para poner en orden el mobiliario y lámparas, borrando toda huella de la presencia del chimpancé que yacía en el suelo, susurrándole al oído: —Voy a perdonarte la vida, pedazo de mierda. Te dejaré medio sujetado dentro del clóset, calculando que a más tardar en una hora quedarás libre. Si te mueves antes de tiempo, haces ruido o tratas de hacerme una trastada, te mataré en el acto, ¿has entendido bien? Y otra cosa, no se te ocurra buscarnos, la próxima vez no seré tan generosa contigo —concluyó la bella Agente, con enérgica patada en el estómago.

A las 4.50 a.m., dejaron el hotel, recuperando su pasaporte con el recepcionista que cubría el nuevo turno, abordaron la Volvo y desaparecieron dentro del tráfico de la ciudad que despertaba.

Después de luchar un rato, el maleante logró zafarse de sus ataduras y tuvo el buen tino de sentarse a pensar el siguiente movimiento. Lo primero que le vino a la cabeza fue el deseo de escapar y vengarse de la chica.

Nunca lo habían humillado en esa forma. Lo primero que tenía que hacer, era salir de allí sin ser visto, el recepcionista del hotel pudiera llamar a la Policía y... abandonó el cuarto utilizando las escaleras de servicio, a esa hora sacaban los desperdicios por la puerta posterior que daba al callejón. A los congelados trabajadores no les importó ver a un tipo pasar por allí, era la salida de empleados, proveedores y cobradores.

Rodeó la manzana y regresó donde había parqueado su vehículo. El motor no encendió. Inútilmente trató varias veces, hasta casi agotar la batería. ¡Me lleva la chingada!, ¡esta puta cosa no arranca!

Ni arrancaría. Con el intenso frío calándole los huesos, levantó la tapa del motor. No necesitó mucho para darse cuenta que le habían robado un puñado de cables.

Tan concentrado estaba en su problema que no sintió llegar la muerte. Cuatro drogados pandilleros observaron a la elegante presa con costosos abrigo y gorro de piel de marta cibelina, finas botas y vehículo de lujo, asaltándolo y perforando sus pulmones con certeras puñaladas, robándole efectivo, tarjetas, pasaporte, todo. La "Policija" identificó el cadáver por las huellas digitales impresas en el formulario para extranjeros del Departamento de Inmigración.

Caridad, alias "Aileen" cumpliendo lo ofrecido, llevó a su pequeña compañera para disfrutar del exquisito desayuno del Galerija Istaba, ubicado en la calle Barona del centro de la ciudad, que ofrece servicio las 24 horas. Nuevas preocupaciones asolaban el cerebro de "Aileen". ¿Qué debía hacer con la niña? La primera respuesta fue sin dudarlo entregarla a sus familiares en Italia, eso sería lo más correcto y sin complicaciones.

¿Y si los padres o hermanos la volvían a vender? ¿Qué ganaría con ello? Si la adoptara, ¿qué clase de educación y vida podrá ofrecerle? Aunque la chiquilla era fantástica y estaba llena de amor, francamente le estorbaría para cumplir con sus dos trabajos. Ahora estaba de vacaciones en el Despacho, pero ¿después? ¿Quién la cuidaría? ¿Y su segundo empleo de asesina profesional? No, no, y mil veces no, nunca la orillaría a seguir ese camino.

Tengo que pensar la próxima jugada —sentenció "Aileen"— por lo pronto, tenemos que irnos del país, disponiéndose para efectuar los arreglos para viajar a ... España, por supuesto.

Su amado Kadir resolvería el problema, como siempre.

A las doce horas en la sala de espera de la aerolínea, el noticiero de la televisión daba cuenta del asalto a mano armada donde murió un ciudadano de nacionalidad Italiana de nombre Franco Torrelli, ocurrido en las primeras horas de la mañana en el estacionamiento del Hotel Reval Latvija, presuntamente realizado por pandilleros para robar y asesinar en claro ajuste de cuentas.

En el vehículo hallado, la policía encontró un arsenal y sobres conteniendo cocaína, bla, bla, bla…

"Aileen" tuvo un orgasmo de alegría. El destino hizo cumplir la orden de Kadir. ¡Me han quitado un gran peso de encima!

La pequeña Lucciana miró la pantalla y exclamó: —Lo conozco, es…

— No, chiquita —dijo "Aileen", abrazando y besando a la niña sin poder contener algunas lágrimas, dando gracias al cielo por hacer justicia.

— ¿Por qué lloras? —preguntó Lucciana— ¿Es familiar tuyo?

— Oh, no es nada —respondió la dura Agente.

— Olvídalo, son lágrimas de felicidad, por tenerte a mi lado, por estar juntas para siempre, hijita de mi alma, nenita linda…

MADRID, ESPAÑA

— Lleva a Lucciana con tu madre, a La Florida. Conozco a la señora Estrella que la recibirá con mucho gusto. Su nobleza y buen corazón, darán un hogar digno, respetable y seguro a la niña, que estoy de acuerdo contigo es un encanto y merece una buena oportunidad.

— Piénsalo bien, allí recibirá el cariño, educación y cuidados que tanto necesita, incluso podemos acordar una pensión para sus gastos...

— Eso sí que no tesoro, los gastos correrán por mi cuenta, déjame hacer mi buena obra —interrumpió Caridad con energía.

— ¡Kadir, eres lo máximo! ¡Claro que sí! A mami le dará un gusto enorme recibirla, le servirá de compañía y en breve se va a encariñar con ella.

— Es la solución, ¿cómo no se me ocurrió? ¡Te adoro por inteligente papito! —dijo abrazándole, ofreciendo sus húmedos y carnosos labios al varón, quien correspondió besándola como a ella le gustaba, apasionado, mordiendo los labios.

— ¿Haremos el amor el día de hoy? Tengo unos días más de asueto en el Despacho, iré a La Florida lo antes posible.

— ¿Puedes ayudarme con la visa Americana para Lucciana?

— Por supuesto. Cuenta con ella. Necesito un par de días por lo menos para el papeleo, me has dicho que no tiene ninguna identificación. En cuanto al sexo, debemos esperar, tenemos mucho trabajo por hacer.

— Tendrás que adoptarla legalmente, no veo otro modo —advirtió Kadir.

— Ningún problema, es lo que ella desea y ...¡yo también!

Al día siguiente, Kadir las acompañó a varias instancias Oficiales para tramitar lo necesario.

Las buenas relaciones del Director del Consorcio CELTIC con el Vicepresidente del Gobierno Español, abrieron las puertas de las dependencias burocráticas Españolas y Americanas, solucionándolo en tiempo récord.

Kadir aprovechó la Audiencia con el Alto Funcionario para entregarle en mano, un pase de cortesía por dos semanas All Inclusive (todo incluido) para tener el placer de alojarles a él y su respetable familia, en el más reciente desarrollo hotelero del Grupo, el exclusivo "Melilla Safari Golf & Spa", con apertura para el verano de 2016, que probablemente se digne inaugurar la Familia Real Española.

ISLA DE MENORCA, ESPAÑA

Los días de fiesta habían llegado a su fin. Era la última noche de hospedaje que los distinguidos —y muy alegres— invitados pasaban en la regia propiedad de Don Ramón Peralta y Bárcenas. Amber, su hermosísima y ardiente prometida, estaba loca de contento.

No solamente había vendido diez de las cien villas del nuevo complejo turístico que llevaba su nombre, sino que además había tenido sexo maravilloso con media docena de varones, entre ellos, cuatro de los atléticos y jóvenes paramilitares Israelitas.

Como si fuera poco, había disfrutado las experiencias eróticas con dos de las atractivas mujeres huéspedes practicando los más diversos y prohibidos placeres lésbicos. Por último, su marido le hizo el amor varias veces, alentado por nuevos medicamentos contra la disfunción eréctil y siempre con la presencia y participación activa de una de las guapas artistas contratadas para los shows (espectáculos).

Pero no todo había sido carne y lujuria desenfrenada. De la reunión salieron varios compromisos matrimoniales: El Capitán Conrad Blake, contra la preciosa Israelita Leah. Conrad aceptó convertirse al Judaísmo.

Los viudos Wolfang Kutz y Donald Korr, siendo Judíos, ofrecieron matrimonio a Tabitha y Shifra, sin problema.

El Comandante Zelik alias "Stan", formalizó su unión con la hermosísima Lorna y la preciosa Isabel, prima de Felicidad Guillén, con otro de los ex soldados.

El Príncipe Hassim reclutó pagando el peso de cada una en oro y diamantes, a tres muchachas Noruegas que desertaron del Conjunto Musical. Estaban contratadas por cinco años en el harén del hijo del Jeque.

Sí, la reunión había resultado mucho mejor de lo esperado. Don Ramón Peralta y Bárcenas, Presidente del Consorcio CELTIC, estaba feliz.

De las pocas personas que se divirtieron de lo lindo, sin participar en las orgías, fueron Ruth Weitzner y sus amigas, Beulah y Miriam, quienes aceptaron sin embargo la franca amistad de los mercenarios Israelitas, comiendo, bebiendo, bailando, nadando, conversando y hasta orando juntos, prometiendo estar en contacto por correo electrónico.

— ¡Joder contigo Walter, que habéis confundido la reunión. Vos debéis ir al templo, carajo! Si has tenido nalgas maravillosas a discreción, cómo carajos no ligaste naá. Pero de eso me encargo yo, ¡con cien mil coños! ¡A ver tú, moza, venid aquí! Este señor tan serio ha dicho que es virgen, debes iniciarlo, te compraré un nuevo automóvil si lo logras, ja, ja, ja —empujándolo hacia una de las habitaciones cercanas, junto con Edelmira, la Jamaiquina, formidable ejecutante de flauta y bombos en el conjunto musical.

Y así, uno de los socios principales de la poderosa firma de Auditores fue literalmente violado por una preciosa morena de pelo ensortijado que enloqueció al tímido y respetable Mister Mellon, bajo la supervisión física de Amber, que aprovechó para casi asfixiar al pobre Contador Público poniendo sus hermosas y grandes tetas en su boca, ante la complaciente y entusiasta mirada de Don Ramón, quien fuera de sí, al verla desnuda en cuatro y dominado por la TENTACIÓN DE LA LUJURIA, penetró a su mujer por la retaguardia, golpeando con la palma de la mano y mediana fuerza, las estupendas posaderas, correspondiendo a cada chasquido un gritito de placer de la magnífica hembra, gritando obscenidades y pidiendo más castigo de su Hombre.

Terminaba la fabulosa estancia en la mansión de Don Ramón Peralta y Bárcenas. Los huéspedes se habían retirado, cada quién a lo suyo. Algunas parejas aprovecharían para follar por última vez en la Isla, otras pasearían agarradas de la mano por los hermosos jardines que rodeaban la residencia, algunos, los menos, irían simplemente a descansar o leer la novela "El Auditor de la Muerte", el best seller de moda.

Una mesita permanecía ocupada por tres mujeres tan agraciadas, que parecían compartir el primer lugar de cualquier certamen de belleza Internacional. Estaban encantadas, bebiendo y contándose detalles íntimos de su vida, fraternizando como excelentes aunque recientes amigas, participando de los buenos y malos momentos de sus respectivas existencias. Un tema inevitable fue el amor. Comenzaron por sus blancos noviazgos de la escuela, hasta los amores prohibidos por las reglas sociales.

Una de ellas propuso un jueguito de mesa semejante al de la obra teatral "Don Juan Tenorio" del famoso escritor Español José Zorrilla, donde en el Primer Acto, se encuentran en la Hostería del Laurel, propiedad de Buttarelli, Don Juan Tenorio y Don Luis Mejía, personajes de esta célebre obra, enfrascándose en contarse sus numerosas aventuras amorosas tenidas en lugares donde habían ido, escribiendo una lista con nombres y señales, tratando cada uno superar en número de conquistas al otro...

Al resultar un empate, deciden apostar quién de los dos puede obtener los favores carnales de una hembra, la más difícil y hermosa de la comarca, Doña Inés de Ulloa, hija del Comendador, que recién ingresó al Convento como Novicia.

Las invitadas decidieron como variante del juego que cada una debía marcar en su lista de enamorados, el nombre del varón que mejor había sido en toda la extensión de la palabra y cumplido en la cama, CON LETRAS MAYÚSCULAS, dando los detalles para justificar su dicho.

A los diez minutos cada una terminó su trabajo, mostrándolo a las demás. Primero se sorprendieron, después se enojaron, luego se insultaron, casi se golpearon. Cuando se calmaron decidieron hablar. El nombre que apareció resaltado en los tres papelitos era el mismo.

— ¡Cheers! —exclamó la Norteamericana— ¡Por los hombres! —acompañándole ruidosamente las otras dos chicas, que también habían bebido más de lo acostumbrado.

— ¡Salud! —gritó la Española a su turno — ¡Por algunos hombres! —levantando de nuevo las tres mujeres sus copas llenas.

Un nuevo brindis, ahora de la Cubana — ¡Salute! ¡Por un solo hombre!

— Bebamos en su ausencia amigas, ¡vamos a emborracharnos!

— Sí, Sí, bien dicho, ¡por el estúpido macho que nos tiene jodidas!

— ¡Por el cabrón que nos ha embrujado!

Y los tragos continuaron por dos horas más.

Ajeno a todo, en la Suite Azul —la más distante del núcleo de la residencia— reposaba Kadir, el Director General de los importantes negocios propiedad del espléndido anfitrión, sumergido en sus pensamientos entre los numerosos pendientes de la oficina, asuntos familiares y desde luego preocupado por tener cerca a las tres novias.

Por separado, habló con cada una de ellas, explicando y tratando de convencerlas de que no obstante haber pasado excelentes momentos juntos, cada quién debía continuar con su propia vida, conservando su gran amor como un recuerdo fantástico, logrando con dificultades, la conformidad de las lindas mujeres. Estaba orgulloso de su fidelidad venciendo la TENTACIÓN DEL SEXO.

Animado, se sirvió un buen trago de Vodka Belvedere Select en un vaso con dos cubos de hielo y paladeó la bebida. De pronto, sus reflexiones fueron interrumpidas por leves toquidos en su puerta.

No esperaba a nadie. Como resorte, tomó la pistola Walther PP calibre 9 mm corto que guardaba bajo la almohada, escondiéndola tras la espalda al momento de abrir la puerta.

— ¡Trágame tierra! —murmuró casi en silencio, vaticinando graves aprietos.

— ¡Hola muchachas qué sorpresa tan agradable! Es un poco tarde, ¿gustan pasar? —exploró.

— ¡Por supuesto que sí, Don Juan! A eso venimos, ¡a verte grandísimo cabrón!

Uniendo la acción a la palabra, no bien cerraron la puerta, se abalanzaron sobre el pobre hombre, que asustado, no daba crédito a sus ojos.

— No comprendo... yo... cómo es que...

— Vamos a comprobar si eres tan bueno para el sexo como dicen amorcito, nos tienes a las tres, al mismo tiempo, ¿no te excita eso semental? —amenazó Felicidad, que se quitaba la falda pantalón, descubriendo sus magníficas piernas.

— Siempre creí que era la única, tonta de mí —dijo Caridad, que con botella de ron en la mano, tumbó sobre la cama al "novio".

— Hace años te di lo mejor, el tesoro de la virginidad y no lo aprecias, ¡eres un infiel, una basura! —exclamó molesta Ruth, que le sacó de un tirón pantalón y mocasines.

A una señal, se montaron las tres sobre el cuerpo del varón, inmovilizándole. Caridad puso la botella de ron sobre la boca del hombre y le pidió: —Bebe, bebe amor, no te haremos daño, no tengas temor, todas te amamos.

Medio borrachitas, las tres sensacionales hembras, procedieron a desnudarse y desnudarlo, colmándolo de caricias, besan- do el atlético cuerpo del señor Director General, que no atinaba a reaccionar, no sabía si resistirse o cooperar y gozar, en ese momento era un Pashá y estaba— como siempre había soñado— en su Harem.

La primera en introducir el erguido miembro, fue Ruth.

— Me corresponde por antigüedad, había dicho a sus amigas — montó y galopó sobre el cuerpo, recordando sus clases de equitación, hasta alcanzar tremendo orgasmo que la dejó sudorosa y cansada por un rato.

Siguió Caridad. Ella pidió estar abajo. Con toallitas húmedas desechables, limpió el instrumento varonil. Levantó y abriendo sus bellas piernas, tomó el falo y lo introdujo en su caliente cavidad, moviendo sus caderas con buen ritmo.

El Contador estaba pensando en la Bolsa de Valores de Tokio, para tratar de controlar su eyaculación. Como experto, logró su cometido, la Cubana quedó exhausta después de una doble convulsión lasciva.

Tocó el turno de Felicidad. No queriendo quedarse atrás y mostrarse inexperta, abrió también el paquetito de toallas y procedió a asear el pene y zona de influencia, cuidando de no lastimar a su hombre.

Adiós a la mojigatería —se dijo— y amorosamente, depositó un beso en el miembro viril, que al contacto de los húmedos labios, reaccionó del letargo que amenazaba dormirlo.

Una vez erecto, Felicidad lo metió de lleno en su jugosa boca para succionarlo, con movimientos lentos y torpes de arriba a abajo, que no obstante, causaron gran erotismo al macho.

Acto seguido, se puso de pie, doblando el cuerpo hacia adelante, apoyando ambos brazos sobre la cama como perrita, dejando al descubierto la perfecta redondez de sus nalgas. Kadir se acercó e introdujo el carajo en la profundidad de la exquisita vulva de la mujer, que meciéndose voluptuosamente, llegó al mejor éxtasis de su vida, con tres espasmos seguidos.

— ¿Con que ésas tenemos eh? —expresó Ruth —Has hecho trampa, pero es correcto, creo que nuestro amigo debe descansar unos minutos y después, me encargaré de revivir el pajarito, ja, ja, ja...

Cincuenta minutos después, estaba tratando de reanimar el ave, lográndolo después de una activa sesión de sexo oral.

— Vamos amigo, quiero la posición del misionero.

El hombre agotado sintió lo que era trabajar en las minas de sal. Para su fortuna, ella llegó a la culminación bastante antes que él, lo que permitió un segundo orgasmo de la chica.

No bien terminó de complacerla, cuando la Cubana le colmaba de besos por la espalda. Agarró las toallitas sanitizadas y frotó con dulzura el agotado miembro de su compañero de cama.

Tardó unos minutos y decidió hacerlo ahora con la boca. Al contacto de la húmeda cavidad, "Fernandito" reaccionó y satisfizo su papel de amante, penetrando la dulce vagina por detrás dejándola exhausta.

"Fernandito" era el nombre del falo de Kadir, así bautizado por Caridad y conocido por las demás chicas. Se apropió de la cama, aseó de nuevo y continuó las caricias sexuales a su pareja, invitando a unírseles a las otras dos amigas, que ni tardas ni perezosas, comenzaron a besuquear los brazos, piernas, muslos, pecho y tetillas del señor Contador, masajeando sin cesar, mordiendo, chupando, haciendo lo permitido y algo más.

Las tres mujeres parecían animales en celo.

— ¡No, no puedo más, por favor! —gritó desesperado "Scorpio", cuando las tres hembras lo ataron a la cama de pies y manos usando corbatas que tomaron del chiffonier.

— ¡Ahora eres de nosotras canalla! ¿Querías sexo siempre?, ¡pues lo tienes!, y con las mujeres más hermosas del planeta, como nos decías.

Las frívolas mujeres continuaban su destructiva labor, el hombre estaba seco y exhausto, una vez más y lo matarían, así que lo dejaron descansar un poco, tapando la boca con su mismo calzón.

— Bueno papito —le dijo dulcemente Caridad— has tenido bastante por ahora y te felicito, me has dejado satisfecha por el momento. Duerme unas horas, nos volveremos a ver más tarde.

Ruth y Felicidad, no dijeron nada, solamente sonrieron. Kadir nunca vio una mirada más siniestra. Lo dejaron solo por un instante. Trataba sin conseguirlo, de zafarse de sus ataduras, logrando sangrar de muñecas y tobillos.

Tres horas después, las chicas volvieron con refuerzos. Beulah y

Miriam, compañeras de Ruth y hasta Isabel, la pueblerina prima de Felicidad.

— Mira lo que hemos traído. Muchachas, ¿quién comienza la fiesta?

Miriam tomó turno. Rápido se despojó de su vestido, no llevaba ropa interior. Tomó entre sus manos el fláccido pene y lo acarició, al tiempo que musitaba bellas frases de amor, logrando apenas una pequeña erección.

Bajó su boca y comenzó a deslizar su lengua por las orillas del glande y rápido lo colocó dentro de su boca para sostenerlo dentro, hasta la raíz, ante el aplauso de las asistentes.

Beulah se puso a horcajadas sobre la cara del hombre y acercó su perfumado Monte de Venus a la nariz del Contador, Isabel se unió a ellos tomando un dedo de la mano atada restregando con él su afelpada vulva, Ruth le azotaba y acariciaba las nalgas, Caridad aflojó un poco la mordaza y acercó el sonrosado pezón de su seno izquierdo a los labios del cautivo, Felicidad le daba pequeños golpecillos en las plantas de los pies, metiendo también la mano entre las piernas del pobre hombre.

— ¡NO, NO, BASTA YA POR FAVOR! ¡PERDÓN, PERDÓN! ¡NO PUEDO MÁS! ¡TENGAN PIEDAD DE MÍ! ¡DÉJENME SOLO, SE LOS SUPLICO! ¡ME ESTÁN MATANDO!

La única respuesta fueron las ruidosas carcajadas de las seis mujeres.

De pronto la puerta se abrió de par en par, apareciendo una figura femenina, desconocida para todas, menos para Ruth que identificó de inmediato a la intrusa, invitándola con burlona voz: — ¿Quieres unirte a nosotras cariño?

— ¡Estamos gozando a tu marido, cornuda del demonio!

La hermosa recién llegada estaba furiosa.

— ¡Malditas golfas! —rugió como una fiera herida, alzó la falda y desenfundó la pistola Ruger LCP calibre .380 Auto hecha en América, pequeña, portable, fácil de ocultar, llamada "matona" por su potencia y cadencia de fuego, disparando a discreción a las mujeres desnudas, que llenas de pánico, gritaban como poseídas de Satán intentando esconderse y escapar de la matanza.

De repente, se acallaron gritos y lamentos, un silencio sepulcral se apoderó del cuarto, la mujer recargó el arma y disparó la segunda ronda a las caídas, esta vez de cerca, metiéndole una poderosa bala en la cabeza a cada una de ellas. Fue una carnicería, la pistola que Kadir regalara a su esposa, las enseñanzas de su manejo y prácticas de tiro de defensa, dieron resultado. Todas muertas.

La hembra enfurecida se acercó a la cama haciendo una mueca de asco, levantó el arma y la colocó en los genitales de su marido y disparó a quemarropa, astillas de hueso, pedazos de carne y sangre, tiñeron de rojo la finísima ropa de cama y la pared.

Como último acto de su vida, Helen colocó el corto cañón de la pistola en el centro de su corazón y oprimió el gatillo, suicidándose.

A la mañana siguiente, antes de partir cada quién a su destino, el buen párroco, Monseñor López de Vieyra, ajeno a las bacanales, ofició Misa en la capilla de la mansión, previa sesión de confesiones y absoluciones.

Ninguno de los presentes dijo al cura sus pecados por completo.

Kadir, su esposa Helen y el grupo de muchachas participan- tes en la orgía, fueron los grandes ausentes.

Pero a nadie extrañó su conducta, la noche anterior la reunión había terminado y se despidieron afectuosamente.

Pasarían varios años para que alguien pudiera siquiera igualar las fastuosas vacaciones y atenciones obsequiadas a sus in- vitados, por el nuevo matrimonio formado por Don Ramón y Doña Amber Brancatti de Peralta y Bárcenas, en ese pedazo de gloria llamado Menorca.

KUALA LUMPUR, MALAYSIA

El amplio e iluminado pasillo central del Singhdor Hospital, mostraba a los visitantes lo que puede hacerse cuando hay los recursos económicos suficientes, sobre todo la voluntad y honestidad de los Gobernantes para aplicar los fondos millonarios en obras de beneficio social, que a la vez, alientan las inversiones privadas.

El moderno nosocomio se levantaba orgulloso en sus veinte pisos de altura.

A sesenta metros del suelo de la Avenida Jalan Bukit Bintang, los enfermos gozaban de la magnífica vista de la ciudad, llena de vida y grandes edificios, como las Torres Petronas con sus 452 metros de altura, consideradas hasta 1998 como uno de los mayores rascacielos del Mundo hasta el 2009, cuando le arrebataron el título los Chinos de Hong Kong con el International Commerce Centre de 484 metros, los Chinos continentales con el Shanghai World Financial Center de 492 metros; los Chinos de Taiwan con el edificio Taipei 101, de 509 metros de altura y finalmente en el 2010, los Emiratos Árabes Unidos con la construcción del soberbio edificio Burj Khalifa en Dubai, a 828 metros del suelo.

El proyecto de la Torre Nakheel de 228 pisos y 1050 metros de altura en Dubai, se encuentra a nivel de proyecto.

De concretarse, será el edificio más alto del planeta, por años, donde podrá apreciarse desde su parte más alta, la curvatura de la Tierra, que haría ver enano al emblemático Empire State Building de Nueva York, con tan sólo 102 pisos y 381 metros de elevación.

El Council on Tall Building and Urban Habitat (Consejo sobre Edificios Altos y Entorno Urbano) define a los Skyscrapers (rascacielos), como edificio que destaca por su altura sobre los demás, en el contexto donde se implanta; y la Base de Datos Emporis, detalla que al menos, la construcción debe tener cien metros de medida vertical.

Con ambos criterios, la ciudad con mayor número de rascacielos es New York con 973, seguida de Shanghái de 886 y Hong Kong, con 841.

La moderna cama de la Suite Ambassador del Hospital, disponía de una gran cantidad de tubos de plástico transparente, a su vez enchufados a una serie de aparatos con monitores de pantalla a color que emitiendo sonidos y luces intermitentes, vigilaban día y noche con imagen, gráficos y dígitos, los signos vitales y estado del paciente —como esforzadas enfermeras sin relevo.

El paciente, internado dos semanas atrás víctima de envenenamiento progresivo producido por picadura de un tipo de mosquito de peligrosa ponzoña, que habita en los climas tropicales húmedos presuntamente controlado.

Cuando la atractiva mujer lo condujo al Hospital estaba grave.

Sangraba de nariz y encías, la presión sanguínea estaba por los suelos, fiebre de 39 grados Celsius y casi no podía respirar, con fortísimos dolores en los huesos y articulaciones.

El conteo de plaquetas en la sangre marcaba 9,000 muy por debajo de las cifras normales 150,000 a 400,000 y que en caso de hemorragia sería fatal.

Para su ventura, el haberlo llevado de inmediato al hospital, evitó su muerte.

El paciente había sido picado por la hembra del mosquito Aedes Aegypti transmitiendo la temida enfermedad viral conocida como Dengue Hemorrágico.

El Dengue se ha vuelto la segunda enfermedad que afecta a los seres humanos transmitida por mosquitos. La primera es la Malaria o Paludismo.

Según datos de las Autoridades de Salud, actualmente existen cerca de cuarenta millones de personas con Dengue común y cientos de miles de enfermos de Dengue Hemorrágico.

Tan solo en Río de Janeiro, Brasil, en el año 2002 hubo un brote grave que afectó a un millón de personas, ignorándose el número exacto de muertos, que se calculan en varios cientos.

El dengue se encuentra en grandes extensiones de la geografía mundial, con marcada preferencia en África, Asia, Australia, México,

Centro y Sudamérica, alcanzando algunas partes de Europa y Norteamérica.

En su investigación, el Doctor Fredi Alexander Díaz Quijano "Predictores de Sangrado Espontáneo en Dengue", menciona que en Brasil se da 70% de los casos en América; y Colombia es donde se ha registrado el mayor número de Dengue Hemorrágico y de muertes en los últimos años.

A diferencia de la Malaria, el mosquito transmisor del Dengue se encuentra mucho más en zonas urbanas, viviendo y depositando sus huevecillos dentro de las casas o sus alrededores, en recipientes de agua, jarrones de cementerios, llantas viejas, latas y cualquier objeto o cacharros abandonados en los patios que reciba agua de riego o lluvia.

Los eficientes Médicos —casi todos postgraduados en Universidades de Gran Bretaña, Francia y los Estados Unidos— practicaron traqueotomía de urgencia para permitir el paso de aire a los pulmones y varias transfusiones de plasma para cambiar la sangre, con la suerte de encontrar el Tipo A RH Negativo en cantidad suficiente.

Tal vez por las guerras y violencia que tantos años sufrieron en esta parte del Mundo, los donadores abundan. Los Hospitales les pagan bastante bien.

Por fortuna el paciente salvó la vida.

En un estado cercano al coma estaba en una especie de hibernación, con sus funciones básicas intactas, inmerso en un sueño profundo, parecido a la muerte.

De cuándo en cuándo, la alta fiebre de 39.5 grados centígrados le hacía delirar, pronunciando incoherencias ininteligibles, agitándose en el lecho tiritando de frío.

La joven y linda señora que dijo ser su esposa, mostraba un carácter decidido y valiente.

Siempre en guardia había superado lo peor enseñando enorme fortaleza, derramando eso sí, abundantes lágrimas cuando lo creyó perdido para siempre.

Compró una pequeña grabadora para almacenar los guturales monosílabos y frases entrecortadas de su marido para tratar de interpretarlos y tener idea de sus angustias.

Qué lejos estuvo de sospechar que las deliciosas vacaciones que estaba disfrutando con su marido, terminarían de ese modo.

NEW YORK CITY

L a Cadena de Noticias en Televisión WORLD TRUE NEWS (WTN) solía convocar a Universitarios recién graduados a la Bienal de Periodismo, otorgando contratos provisionales de trabajo a talentosos y entusiastas jóvenes de ambos sexos para su Journalist Division of Investigation (División de Periodismo de Investigación), JDI, por sus siglas en Inglés.

Este año, había recibido cuatrocientas y tantas aplicaciones para entrevista, acompañadas de los más variados historiales académicos y cartas de recomendación. Algunos anexaban artículos publicados en periódicos estudiantiles —la mayor parte— y uno que otro, en algún Diario de sus pueblos de origen.

La joven Astrid Chedrak logró el primer lugar del certamen presentando un magnífico y documentado trabajo de investigación periodística explorando el tema de la pornografía a través de las redes sociales de Internet.

Asombrada, alertaba a la sociedad y gobiernos del mundo sobre las posibilidades infinitas de la red mundial, que de un solo click podían enaltecer o hundir a personas, ideas e instituciones, como WikiLeaks que con cierta "facilidad" ha puesto en jaque al Gobierno Norteamericano al dar a conocer al público, documentos secretos de la Diplomacia del más alto nivel.

Semejante —con las proporciones guardadas— al invento de las armas de fuego, que si bien sirvieron al principio para proveer alimentos a sus dueños mediante la cacería de animales, después se han convertido en valiosas e indispensables herramientas para la guerra, la conquista y el control del poder en todos los Países.

El contrato de servicios profesionales a un año ofrecido por la Corporación, resultó muy conveniente para la chica, quien por su carácter indómito recibió la propuesta encantada de viajar por el Mundo haciendo crónicas y reportajes sobre los más diversos temas políticos, económicos y sociales. Una de sus mayores ambiciones de joven idealista, era cubrir algún frente de guerra para informar la verdad al público, por cruda que sea.

Su fuerte personalidad de ayuda y protección a los débiles, la hacía soñar que con el trabajo, podía aliviar el sufrimiento de los pueblos y colaborar para restablecer la Paz.

Franklin Stratton, su jefe directo le hizo cambiar los planes. La necesitaba en los Estados Unidos como periodista de investigación sobre ciertos casos de homicidios no aclarados a suficiencia por los Detectives de la Policía, que quedaban impunes, con sus autores riéndose de la Justicia Americana.

Tuvo que mejorar sustancialmente la cifra inicial de honorarios y su retórica, para convencerla con el argumento de que estando tan podrido el sistema social, era urgente retomar acciones concretas para enmendar el camino aquí, en su propia Patria, empezando con la valiente denuncia ciudadana apoyada en las pesquisas realizadas por ella.

Cierto es que el trabajo podía representar dificultades y algunos riesgos para la seguridad de la periodista, pero nada que no pudiera enfrentar una mujer de carácter bien templado como ella, con el fuerte respaldo del importante Grupo de medios de comunicación: Prensa Escrita, Radio, Televisión e Internet.

La mala administración del sistema de Justicia, estaba logrando libertades anticipadas de reos condenados a prisión a largo plazo y conmutaciones de penas.

Buen número de Fiscales, representantes del Pueblo, en vez de actuar con firmeza, estaban más atentos a su posible reelección y carrera política, convirtiendo la aplicación de las Leyes en verdaderas ferias de convenios, negociando con los Abogados defensores como si fuera una subasta, las acusaciones del Estado y los años de cárcel, tratos en su mayor parte, muy favorables para los delincuentes y por supuesto a sus adinerados Litigantes.

El pretexto, ahorrarles dinero a los Contribuyentes que significaban largos y costosos juicios con finales inciertos.

La intrépida amazona aceptó el reto. Idealista siempre, le pareció que lo aprendido de sus Maestros en la Facultad tomaba un sentido práctico, teniendo la oportunidad de colaborar y hacer del País, un mejor lugar para vivir.

Stratton la citó por la mañana para encomendarle su primera

misión. Semanas atrás, apareció en Central Park el cadáver de un hombre asesinado con lujo de crueldad, aparentemente con motivos de robo. El pobre tipo fue sorprendido a bordo de su vehículo, donde le hundieron ambos ojos con algún objeto duro, de punta roma. El cuerpo y automóvil fueron desvalijados por desconocidos, vagos y viciosos que pueblan el parque por las noches.

El hombre muerto perteneció a la respetable firma Neoyorkina de Auditores y Consultores "HARTFORD, MELLON & FLETCHER" de presencia Mundial.

Mister Kirk Fletcher, Vicepresidente de la Firma responsable del Área de Operaciones y Mister Walter Mellon, Vicepresidente también, encargado de la División de Relaciones, comisionaron al Abogado General del Despacho Douglas Pipp, para coadyuvar con la Fiscalía, esclarecer el crimen y castigar a los responsables.

La primera hipótesis de la Policía, resultaba increíble para los jefes del despacho. ¿Cómo diablos un Auditor que mostraba talento en su desempeño profesional, podría arriesgarse transitando a media noche por las peligrosas avenidas de Central Park? ¿El móvil del asesinato, en verdad fue el robo?, ¿qué clase de amistades frecuentaba? Y lo más dudoso, la forma de morir, con los dos ojos hundidos dentro del cráneo.

No, definitivo, el hurto no podía ser el motivo principal. El Letrado del Despacho llegó a la conclusión junto con el Fiscal de que se trataba de una venganza, cometida por una persona que debía ser conocida de la víctima. Para matarlo de esa manera, el agresor debió ser un tipo muy fuerte, pues el hoy occiso fue un consumado atleta.

Los motivos pueden ser envidia, venganza, ambición, dinero, drogas o celos, terminaba su informe preliminar el Abogado Pipp, que contrató los servicios de dos ex policías —amigos suyos— ahora ganándose la vida como Detectives privados.

La joven y guapa periodista enseñó al guardia de seguridad del estacionamiento su gafete recubierto de plástico y la credencial en fina laminilla de bronce —ambos con fotografía— que la acreditaban como reportera de la Cadena World True News (WTN), aprovechando para mostrar también un poquito de sus bonitas y esbeltas piernas que con desenfado, asomaban de la falda en piel negra unos quince centímetros arriba de sus rodillas.

— Disculpe señorita, ¿a quién visita? —preguntó amable el guardia.

— No tengo una entrevista formal con nadie, pero haga el favor de anunciarme con el responsable del área de Comunicación Social, estoy segura que querrá atenderme.

El vigilante dudó un poco entre negarle el paso y regresarla por donde vino o permitir su ingreso al moderno edificio de hierro, cristal y hormigón, que orgullosamente se levantaba en Park Avenue, alojando las oficinas centrales del despacho internacional.

Cogió el teléfono intercomunicador y marcó la extensión del Departamento de Relaciones Públicas anunciando la visita, solicitando instrucciones. El Gerente del Departamento contempló en la pantalla a color de alta definición del circuito cerrado de televisión, la carita joven de la periodista que destilaba ingenuidad, hermosura y confianza, autorizando la entrevista, aprovechando para tomarle a la bella, varias fotos digitales de frente y perfil que guardaría en el expediente.

El guardia pidió a la señorita aparcar en el área destinada a forasteros, no sin antes retener la credencial de la chica y entre- garle una plaquita de VISITANTE con un cordoncillo, indicando que debía mantenerla colgada a su cuello, visible todo el tiempo de permanencia dentro de las instalaciones.

Un segundo Policía armado, procedió a revisar el vehículo de la muchacha, pasando un sofisticado scanner (buscador) electrónico por el vehículo para detectar explosivos.

Terminada la revisión, solicitó con amabilidad a la fémina abrir su bolso —secuestrando su cámara fotográfica y teléfono celular— invitándola a pasar por el arco de seguridad colocado en el acceso al lobby del edificio, indicándole que sus pertenencias le serían reintegradas a la salida.

Un tercer Agente uniformado atento al ingreso de la invitada la escoltó hasta el recibidor de visitas, ubicado en el piso dos, dejándola en manos de una cordial recepcionista que la acomodó en un confortable sillón blanco, dentro de la salita amueblada de estilo minimalista. La empleada le ofreció una botellita de agua purificada a temperatura de 20 grados centígrados en un vaso de cristal cortado de importación.

— El señor Dehesa vendrá en un momento, por favor siéntase con la confianza de llamarme si necesita alguna cosa.

— Muchas gracias —dijo Astrid, tomando un sorbito de agua. Los cinco minutos de espera a solas, le dieron la oportunidad de observar el sitio. Era agradable, los colores, los muebles, combinaban a la perfección con excelente gusto. Sin desearlo, comparó el pequeño espacio que disponía en sus oficinas de la cadena de noticias. Alguna vez —se dijo— tendré una oficina como ésta. En realidad, si ella lo quisiera, su querido papi le compraría un rascacielos de superlujo poniéndole su nombre en la entrada "ASTRID TOWER". Imaginando la escena rió de buena gana.

Reflexionó unos instantes sobre las medidas de seguridad, que francamente le parecieron extremas pero que entendió a la perfección. Después del salvaje acto terrorista cometido contra las Torres Gemelas conocido como 9-11 (Septiembre 11), todos los edificios públicos y privados, redoblaron sus sistemas de seguridad interna, modernizando la vigilancia electrónica, contratando y capacitando a más elementos, estableciendo mejores controles para prevenir ataques armados y/o con explosivos. Por exageradas que pudieran parecer las políticas de seguridad, nunca serían suficientes.

De pronto apareció el Sol. O al menos eso fue lo que pensó Astrid, que imaginaba al Gerente de Relaciones Públicas como un hombre cincuentón, de mediana estatura promedio, latino, de cabello entrecano y escaso, luciendo la barriguilla que los ejecutivos exitosos suelen desarrollar por las suculentas comidas a las que asisten y su poca actividad física por tantos viajes y compromisos de trabajo.

El señor Dehesa fue para la novel reportera una agradable sorpresa. Por principio de cuentas era alto —como de 1.90 m de estatura— de unos 35 años de edad, complexión atlética, piel morena clara, cabello negro abundante, con grandes y expresivos ojos color marrón.

Vestía impecable, al estilo de la casa, de traje completo y corbata a tono, los enormes zapatos negros y lustrosos parecían nuevos.

— Buenos días, señorita Chedrak, es un gusto conocerla. ¿En qué puedo ayudarle? —dijo Mister Dehesa, con una voz varonil que terminó de cautivar a la reportera.

— Por favor llámeme Astrid —pronunció ella, poniéndose de pie un poquito coqueta. Sus entrenados ojos habían visto un chispazo de admiración en la primera mirada de cuerpo completo que el Gerente le dirigió. Estaba acostumbrada a ello, siendo una preciosa jovencita era normal siempre causar magnífica impresión en todo varón que la conociera.

Sin embargo, su estatura de 1.76 m adicionada con 10 centímetros de las zapatillas de tacón, reducía el círculo de amigos. Tenía muchos pretendientes pero no era sencillo salir a pasear con jóvenes de baja estatura y que algunos se intimidaran con su alta presencia.

— Gracias, así le llamaré si usted me dice por mi nombre, Gilbert, ¿OK?

— Cclaaro que ssí —contestó ella, tratando de aparentar serenidad, fijándose en la mano del hombre que no tenía ¿o no usaba? en el dedo, anillo de matrimonio.

— Y bien Astrid, ¿qué te trae por aquí? —dijo el galán de cine, a juicio de la muchacha.

— Oh... es sólo que... bueno... soy nueva en este trabajo y el jefe me ha encargado husmear un poco sobre algunos casos de homicidios no resueltos por la Policía, entre ellos el ocurrido al Auditor Jules Harper, quien tengo entendido trabajó un buen tiempo con ustedes... quisiera que...

— Un momento jovencita, lo que necesites saber está en las declaraciones oficiales vertidas ante las autoridades en su momento, lamento no poder ayudarte en esta ocasión, pero no hay nada qué agregar.

— Si lo deseas puedo conectarte con el jefe de detectives de la demarcación. No puedo hacer nada más —cerró Gilbert, desvaneciendo por un instante el aura de admiración que había causado en Astrid.

— Pero es que... será solo un momento, prometo que... —defendió la chica— Entiendo que no puedas decirme nada aquí, ¡te invito a comer!, tengo partida de gastos de la empresa —le dijo nerviosa.

— Lo siento mucho, —dijo Gilbert lo más amable que pudo, poniendo sin malicia su mano sobre las de ella— otra vez será a condición que yo pague la cuenta. Estaré encantado de conversar sobre miles de temas, con excepción de lo que pides.

— Créeme no tengo autorización para hablar sobre ello. ¿Quisieras que perdiera mi empleo? Vamos, acude a la Policía, ellos te darán la información que requieres.

Astrid entendió el fin de la entrevista. Se despidió agradecida por el tiempo y extendió su mano para entregarle su tarjeta de visita.

Gilbert correspondió con lo mismo, anotando de su puño y letra el número del teléfono móvil, anunciando que estaría siempre a sus órdenes.

A él también había impactado la inocencia, inteligencia, agallas y hermosura, de la novata reportera.

¿Será casada? ¿Tendrá novio? ¿Estará comprometida? ¿Le habré gustado? Todas esas preguntas ocuparon el privilegiado cerebro de Gilbert, cuando la acompañó a la salida.

Inusitadamente, se despidieron con un beso en la mejilla y fuerte apretón de manos, como buenos amigos que se conocieran de años.

— Espero no me guardes rencor —mencionó Gilbert.

— No olvides la comida prometida —dijo ella, taconeando como una top model por el brillante piso del lobby, contoneándose un poquitín, como para despertar en su nuevo amigo las ganas de salir con ella, sin parecer mujer fatal y asustarlo.

Kirk Fletcher uno de los principales Socios del poderoso e influyente Bufete de Auditores y Consultores "HARTFORD, MELLON & FLETCHER" estaba hondamente preocupado. La misteriosa muerte de uno de sus Auditores estrella, el Contador Jules C. Harper, en trágicas circunstancias le hacía repasar una y otra vez los informes de la Policía y de los detectives privados contratados por el despacho para ayudar en la investigación. No podía suponer la cantidad de odio de la persona ¿o bestia?, que le empujó los ojos hasta el cerebro y el gran sufrimiento que debió padecer la víctima hasta su muerte. En la página tres del completo informe del detective privado Roy McLean, se mencionaba la posibilidad de que el asesino utilizara sus propios dedos para introducirlos con fuerza hundiendo los ojos destrozados dentro de la cavidad, rompiendo el nervio óptico. En este sentido —concluía el informe— no puede descartarse que el criminal sea experto en Karate. El hoy finado, había sido visto unas horas antes de su muerte, acompañado de un hombre y una mujer cenando en el elegante restaurante The Sea Grill.

La Policía y los medios de comunicación difundieron la fotografía del muerto tratando de que algún ciudadano quisiera añadir datos para la investigación. El mesero que atendió al trío de comensales reconoció al difunto aportando varias señas acerca de ellos, insistiendo en la extraordinaria hermosura de la joven mujer que pronunciaba el Inglés con marcado acento extranjero, declarando que posiblemente sería Rumana o Italiana... En cuanto al segundo hombre, con seguridad era un rufián de pacotilla de modales rudos y vestimenta barata... que también terminó asaltado y asesinado esa misma noche en el estacionamiento... ¿coincidencia?

Durante dos de sus valiosas horas, el señor Fletcher había recibido la visita de los Detectives de la Policía y el particular contratado por él, mostrando retratos hablados sobre la misteriosa mujer que acompañó a los dos tipos que murieron esa noche. La verdad es que el dibujo tenía parecido con su bella Colega, pero que descartó de inmediato. Es imposible que pueda ser ella. Como Auditor experto, quiso verificar él mismo y pidió a la Dirección de Recursos Humanos el expediente de la Señorita Caridad Hernández.

Pero su mayor preocupación en estos momentos, era llenar el hueco del trabajo que dejaba Jules "EL NIÑO". Su entrenamiento como Contador Público, lo colocó dentro de los sobresalientes Jefes de Grupo del Despacho, convirtiéndose en uno de los fuertes pilares de la organización. Precisamente ahora, la Firma estaba negociando tal vez, uno de los mejores contratos de servicios profesionales en toda su historia.

La Cadena de Medios World True News (WTN), con presencia mundial, propietaria de setecientas veinte Estaciones de Radio, 80 de Televisión, 5 Satélites de Comunicaciones, noventa Periódicos, 53 Revistas Internacionales, dos Portales exploradores con directorios Web y 10 Empresas de Telefonía Móvil, pagaría una fortuna por los trabajos de Auditoría Financiera y Administrativa de la Holding (racimo de empresas interrelacionadas) para ser Dictaminadas, Certificadas y con ello poder entrar al gigantesco mercado de dinero que representan las principales Bolsas de Valores de América, Europa, Asia y Emiratos Árabes Unidos.

En la sala de espera del alto Directivo, aguardaba desde casi dos horas, la C.P.A. (Contadora Pública Certificada) Caridad Hernández. Había sido convocada para entrevistarla y decidir su ascenso. La Dirección de Recursos Humanos le hizo realizar las difíciles pruebas de actualización que por necesidad tenía que acreditar el personal técnico del despacho, después de tomar los cursos recomendados por los Jefes. La evaluación no pudo ser mejor.

La Contadora Hernández no sólo era la mejor entre 22 postulantes, sino sobresaliente en sus conocimientos, velocidad, precisión y criterio profesional, que hacía honor al sobrenombre de "máquina de revisión" impuesto hacía tiempo por sus entonces Supervisores, los Contadores Anthony Belcher y Jules C. Harper.

El señor Fletcher releyó el resultado. Sin duda la joven Cubana era la mejor opción. El único problema lo representaba su gran hermosura. Nadie con ese físico extraordinario podía seguir soltera mucho tiempo y después del matrimonio, esposo celoso y posesivo, adiós viajes de trabajo, incapacidades por tener bebés, tiempo de lactancia, permisos para cuidar enfermedades, cosas que confirman que el amor es el peor enemigo del trabajo.

En los Estados Unidos, como por ventura sucede ya en otras Naciones, no puede discriminarse a una persona por su raza, sexo, estado civil, creencias religiosas o políticas y menos aún por su físico. Si una persona gordita —por ejemplo— se entera que su rechazo al solicitar trabajo es por su redonda figura, puede poner pleito y el Juez le dará la razón y el empleo.

De modo que Kirk Fletcher decidió consultar con otro de sus Socios, el señor Cecil Hartford, quien opinó promover a la chica.

— Si lo merece, hazlo —aconsejó— dale oportunidad de probar sus habilidades digamos unos seis meses. Si el puesto le queda grande, siempre podremos rectificar.

— Además —comentó jocoso Cecil— parece que le tienes miedo a su belleza, ¿no estarás cambiando tu preferencia sexual, verdad?

— ¡Claro que no!, pero no respondo si tu esposa llega a conocerla. Le diré que fue tu decisión contratarla, ja, ja, ja...

Allanado el camino, la recibió en su despacho, otorgándole el formidable progreso en su carrera, con los consiguientes beneficios de salario y superiores prestaciones, advirtiéndole que estaría en un período de prueba de seis meses. La profesional aceptó encantada de la vida, no podía creerlo.

Habiendo tantas personas con más experiencia y antigüedad en el despacho, el gigantesco salto significaba un gran desafío para ella que estaba segura de ganar. Pensó en mamá y Kadir, estarán muy orgullosos de su nenita.

— Gracias señor Fletcher, puedo asegurarle que pondré todo mi esfuerzo, conocimientos y lealtad al servicio del Despacho —dijo visiblemente emocionada.

— Te lo has ganado —respondió— ahora a trabajar, tenemos un cerro de asuntos pendientes... una última cuestión. Eres demasiado bonita y tienes docenas de pretendientes, sin embargo es mi deber recordarte que tenemos prohibido mantener relaciones amorosas entre compañeros y en especial, en lugares y horarios de labores.

— Probado está que perjudica la eficiencia de la Firma, pues los problemas derivados del flirteo, aceptación de relaciones, peleas, rupturas, embarazos y demás, producen un efecto negativo en el desempeño de los involucrados que dañará al trabajo, tarde o temprano.

— Es una regla no escrita, pero tratamos de cumplirla lo mejor que podemos. Pido tu amplia colaboración, no me gustaría despedirte.

— Lo entiendo —dijo ella— así lo haré.

— By the way (como comentario), en tu aplicación de empleo he visto que tienes conocimientos de karate, ¿qué tan avanzados?

— Oh, bueno señor, sólo un poco de defensa personal aprendida en mi natal Cuba durante el servicio militar, que como seguro sabe, todos los jóvenes hombres y mujeres debemos cumplir.

— Pero mencionas también haberte inscrito en un Dojo cuando vivías en Dallas, Texas —arremetió Kirk, clavando su mirada gris metálica en los grandes ojos de la hembra, tratando de encontrar una pista, un titubeo, nerviosismo o algo que delatara mentira, pero sólo halló en el bello fondo verde esmeralda de sus pupilas, serenidad, paz interior, inocencia y candor.

— ¡Soy un idiota! —se recriminó interiormente, cuando el ingenuo y cándido era él.

— Sí señor —aceptó la muchacha— Vivo sola y necesito protección, hay tanta delincuencia que... hasta estoy pensando en inscribirme en los cursos de manejo seguro de armas de fuego para defensa que imparten los oficiales de la Policía a grupos de mujeres, oficinistas, empleadas, amas de casa y …

— Olvídalo, claro que sí. Ésta es una ciudad a veces violenta y hay demasiados atracos en contra de mujeres, tienes razón en pensar cómo protegerte —dijo arrepentido de sus sospechas deseando convencerse de la inocencia de aquella deliciosa y frágil criatura.

— Estamos colaborando con los detectives para el total esclarecimiento de los hechos y ha salido a relucir que la noche del crimen, Jules estuvo cenando con un sujeto también asesinado horas antes que él y al decir de los meseros del restaurante, los acompañaba una preciosa muchacha... como tú, por ejemplo.

— ¿Puedes decirme dónde estuviste esa noche? —casi acusó Fletcher, taladrando con su mirada de acero los verdes ojos de la chica. Por un nanosegundo, que pasó inadvertido a su inquisidor, Caridad sintió que se hundía en un abismo, estaban a punto de descubrirla, pero recuperó su aplomo enseguida.

— Por supuesto. Ese día recibí la invitación del señor Harper para cenar en el restaurante The Sea Grill. La verdad es que los empleados que estuvimos comisionados en el Crucero "TENERIFE" hicimos amistad cuando el terrible episodio que nos tocó vivir durante el asalto. Desde entonces, el señor Jules me había venido acosando con atenciones e invitaciones frecuentes y pensé que aceptar por primera y única vez serviría para dejarme en paz.

— Tuvimos una cordial reunión y aclaré decidida mi postura de no mantener relación alguna con miembros de la Firma y mucho menos con mi jefe, haciéndole notar que de continuar en desacato a las reglas del Despacho, podría costarnos el empleo, cosa que por fin comprendió.

— Por cierto que se hizo acompañar de un torvo sujeto, bastante pesado y vulgar. Al terminar, me retiré a mi departamento a retomar la lectura de una magnífica novela que se ha convertido en un best seller (lo mejor a la venta) "EL AUDITOR DE LA MUERTE", es una pena lo que pasó después —expresó con su carita inocente.

— Es una obra magnífica, la he leído también. ¿Qué te parecieron las escenas de Martha's Vineyard? —preguntó maliciosamente Fletcher, deseando comprobar lo dicho.

— Son estupendas. Sobre todo aquella del paseo en bicicleta de los enamorados por la Isla y luego rodando por el césped en un fogoso abrazo de amor que un niño interpretó como una pelea, llamando a gritos a su madre y... la ceremonia del matrimonio primitivo intercambiando argollas en la playa, pronunciando sus votos ante Dios con el sol, el mar, el viento y la arena como testigos de su unión. Es genial...

— En el tema del Sheriff, no recuerdo bien el nombre del lago donde acostumbraba nadar, ¿lo tienes presente? —exploró Fletcher.

— Es el lago Havasú en el Estado de Arizona y no iba a nadar, lo que acostumbraba el Sheriff Jaworski, era pescar —contestó con aplomo.

Me rindo —pensó Fletcher.

— Bueno, dejemos eso —propuso totalmente convencido de la sinceridad de Caridad.

— Te he llamado porque aún dolidos por la muerte de nuestro Supervisor, necesitamos llenar el hueco dejado por Jules Harper. Como se dice en la vida "The show must go on" (el espectáculo debe continuar) espero no nos califiques de insensibles.

— Claro que no —respondió la chica— creo que están haciendo lo correcto apoyando en la investigación y dejar que la Policía haga su trabajo.

— Por otra parte, entiendo que el mundo no puede detenerse y esta Compañía no es la excepción, tenemos muchos empleos en juego como para descuidarlos, comparto su preocupación, señor Fletcher.

En los siguientes veinticinco minutos, Fletcher ratificó a Caridad el puesto de Supervisor Senior de Auditoría que desempeñó Jules C. Harper, explicando al detalle la importancia, sus futuras atribuciones, responsabilidades del cargo y lo que se esperaba de ella, con sustancial aumento en sus emolumentos y plan de prestaciones que la eficiente Contadora Pública ratificó, aceptando de mil amores.

— Ahora que estamos de acuerdo propongo un brindis —expresó Fletcher lleno de alegría, tomando dos copas tipo flauta, descorchando una botella de champaña helada Taittinger cosecha 2006, que tomó del mueble frigorífico empotrado en la credenza de roble macizo color caoba Inglés.

Bebieron dos copitas cada uno. Al despedirse Kirk Fletcher retuvo intencionalmente la manita derecha de la hermosa para depositar un besito de caballero medieval en sus dedos. Pero no fue por cortesía, estaba comprobando la dureza de las falanges, que le parecieron frágiles y delicadas. Jamás imaginaría el buen señor, que esos deditos fueran un arma mortal.

— Puedes tomarte el resto del día libre —dijo Fletcher— por hoy ha sido suficiente. Te veré mañana para darte posesión de tu nueva oficina, adiós.

Al salir de la agotadora entrevista, Caridad se refugió extenuada en su departamento para poner orden en sus pensamientos. Destapó una Corona —cerveza Mexicana de gran calidad— muy fría, que apuró a grandes tragos y se tumbó en el sofá cerca del teléfono. Lo pensó mejor, podía estar intervenido, así que cogió el BlackBerry Storm Due (teléfono celular de nueva generación) y marcó el número de Kadir. Necesitaba informarle en clave, sobre los nuevos acontecimientos y pedir su consejo.

— Tengo que asistir a una reunión de hoteleros en Connecticut la próxima semana, puedo verte allí, algo se nos ocurrirá, no te preocupes. La sede de la Convención Internacional será el Hotel "Mohegan Sun" en Uncasville, villorio dentro de la ciudad de Montville.

— Mi consejo por lo pronto, es que procures descansar un poco esa linda cabecita loca que tienes y te dediques a cumplir con tus nuevas responsabilidades, que por lo que me dices son mucho mayores, pero no dejes que te abrumen.

— ¡Anda chiquilla ánimo, tú puedes hacerlo! Hasta la vista.

— Gracias amor, tus palabras reconfortan, por momentos pensé que el bocado era demasiado grande para mí, pero estoy de acuerdo contigo, por supuesto que puedo con el cargo y lo haré bien, ¡como siempre!

— Nos veremos allá, un beso...

— Una cosa más, ¿tienes inconveniente en alojarme en tu Suite? Prometo respetar tu ¡virginidad! Ja, ja, ja, con eso de que ahora en apariencia practicas el celibato, quiero comprobar una vieja teoría científica: La Virtud contra el Pecado, obvio estoy apostando a lo segundo ¡y ganaré por Knock Out (nocaut) como dicen en el Boxeo!

— Ya lo veremos amiguita. ¡Te demostraré que LA TENTACIÓN DEL SEXO puede ser vencida!

— Ahora escucha este cuentecillo que se dice sucedió en Miami, para que te vayas a dormir con una sonrisa:

— Se llama ¡QUE LO PINTEN LOS SUIZOS!

"El nuevo Alcalde de Miami recibe tres cotizaciones para pintar el County Hall (Palacio Municipal) y otros edificios sumamente deteriorados. La primera oferta de una empresa Suiza que cobra TRES millones de Dólares; la segunda de una compañía Norteamericana que lo hace por SEIS millones de Dólares y la tercera, de una compañía Hispanoamericana que pretende facturar NUEVE millones de Dólares.

Al ver las grandes diferencias entre los tres presupuestos, el Alcalde decide entrevistar a los postulantes para que justifiquen cada uno por separado, las razones de sus precios.

El representante Suizo aclara que alquilar por dos meses, transportar y colocar el andamiaje, el costo de los materiales de impermeabilización de muros, techos, estructuras, la base, solventes y pintura vinil acrílica, brochas, cepillos, primas de seguros de cobertura amplia contra accidentes de trabajadores y transeúntes, garantía del trabajo por tres años y fianzas, son dos millones de Dólares; el millón restante es mano de obra calificada y supervisión técnica.

El Norteamericano argumenta que son los mejores pintores, y otorgan garantía por dos años, usando pintura acrílica con tres capas, sellado de grietas, impermeabilización de la mayor calidad, el costo asciende a tres millones de Dólares; en andamios, otros materiales, equipos, seguros de vida y accidentes a sus trabajadores, se gastan otros dos millones de Dólares, más un millón de Payrolls y Technical Services Charges (nóminas y Servicios Técnicos).

Para sorpresa de todos, el último, el que presentó la oferta más costosa gana la licitación y el contrato. El Alcalde asegura que el presupuesto es el mejor justificado, certificando la mayor calidad en materiales y mano de obra con garantía de tres años, rapidez en la ejecución, seguros contra todo riesgo de gran cobertura y fianza a favor del Ayuntamiento en caso de incumplimiento.

Para ganar, el proveedor en privado propuso al Funcionario: Señor, qué le parece si de los nueve millones de Dólares, le damos tres millones

a usted, tres millones para nosotros y le pagamos a los pinches Suizos
¡los tres millones que quieren por pintar!"

La señorita Chedrak no perdió el tiempo. Con renovados bríos se
aplicó a la investigación de los pormenores del crimen, recurriendo a
las fuentes de información a su alcance. Sin éxito, había entrevistado
en primer lugar al Director de Recursos Humanos de "HARTFORD,
MELLON & FLETCHER", quien no pudo o no quiso aportar ningún
dato que le sirviera en la pesquisa, remitiéndola a la Estación de Policía
para revisar el expediente.

Por más que trató de convencer al Oficial encargado del Archivo en
el Octavo Precinto, no logró obtener mayores detalles que los publicados
en la nota roja de la prensa local. Pero no se daría por vencida, la vida
le enseñó que el último golpe del marro es el que derrumba el muro.
Así que armada de su gran belleza, decidió poner en juego sus atractivos
físicos para conseguir el objetivo.

Astrid regresó al día siguiente vestida más sexy. Creyó notar por
un brevísimo instante la mirada del Sargento cargada de admiración
contenida, la de un hombre que, según ella, a las claras se notaba
insatisfecho: con su trabajo, con su salario, con su familia y hasta con su
mujer. O mejor dicho —rectificó en el soliloquio— principalmente con
la mujer, adivinando una aburrida rutina de vida entre dos quincenas y
quizá sus diversiones fueran tomar una cerveza en el bar que frecuentan
los Policías después de sus jornadas de labores, tal vez jugar a los bolos
una noche a la semana, llegar a casa, cenar con desgano siempre lo
mismo y pelear con la vieja para ver sus programas deportivos en la
televisión.

Las predicciones de Astrid fallaron. El empleado público apurado,
apenas se dignó echar un rápido vistazo al atrevido escote de la chica,
que enseñaba un poquitín los hermosos senos de buen tamaño. En otra
furtiva mirada, admiró la cadera y piernas. Ya lo tengo —dictaminó ella,
optimista— aunque le molestó un ligero sentimiento como de traición
a Gilbert, el apuesto rompecorazones de la Firma.

— Oficial, sé que está ocupado, ¿le parece que lo invite al lunch?
Tengo gastos autorizados por mi Jefe. Ande diga que sí, ayúdeme en

mi carrera, estoy iniciando y si fracaso me despedirán, por favor, por favor acepte, le prometo no grabar nada, sólo una plática, no haga que lo pida de rodillas... —y la chica hizo finta de arrodillarse ante el duro Sargento, quien al ser observado por los presentes, avergonzado aceptó la invitación a comer en el restaurante Mario's a dos calles de la Comisaría.

— OK, pero váyase ya —le pidió el Policía.

El precipitado diagnóstico de la periodista resultó inexacto, pues el buen Oficial tenía muchos años en el servicio y en efecto, estaba frustrado por haber resultado herido tempranamente en una pierna, al enfrentarse con asaltantes de un banco, lesión que le destrozó los tendones, impidiéndole continuar patrullando las calles y aprehender delincuentes, como siempre anheló desde su ingreso a la Academia de Policía.

El hombre cojeaba un poco y acudía los domingos a la Iglesia Presbiteriana con su mujer y los dos cantaban en el Coro. Su esposa, una buena señora que lo colmaba de atenciones y cuidados, siempre preocupada por la adecuada alimentación, le cocinaba alimentos sanos y nutritivos. Ambos, hacían ejercicio dos veces a la semana montando bicicletas. En síntesis, adoraba a su pareja.

— ¡Demonios! —masculló Astrid— No es por ahí. Tengo que descubrir su debilidad, todos la tienen.

Dotada de una inteligencia superior, la hermosa "Scherezada" —como le apodaban sus amigos en la Escuela por sus rasgos inequívocos del Medio Oriente— en instantes encontró que bajo el sólido escudo de acero de Policía, estaba un hombre bueno, de familia, con principios y valores, idealista, que practicaba la caridad y... dispuesto a ayudar a sus semejantes.

— Lo felicito Sargento, me parece que es usted un hombre valioso, de los escasos que todavía existen. Admiro que tenga esa fortaleza de principios en un medio tan complicado de trabajo como el suyo. Le agradezco tanto que haya aceptado mi invitación —dijo Astrid, subiéndose la blusa para tapar el surco del nacimiento del busto — Muchas gracias por haber venido.

— Es un honor el que me haya invitado, no es frecuente recibir invitaciones de personas sobresalientes como usted, señorita...

— Chedrak, de ascendencia Libanesa, por favor dígame Astrid.

— Correcto, me llamo Adam, Adam Bolton —dijo el Policía extendiendo la mano que Astrid estrechó efusiva.

Durante media hora charlaron como buenos amigos, él contándole parte de su vida, anécdotas del trabajo, y ella narrando algunos episodios chuscos de su paso por la Universidad, graduación y el Premio que ganó, abriendo la oportunidad de hacer realidad sus sueños para trabajar en la influyente Cadena de Medios.

Una oleada de admiración y respeto por la vivacidad y talento de la muchacha, invadió el cerebro de Adam. Si Dios les hubiera concedido la dicha de tener una hija le agradaría que fuera como ella y poder ayudarla con todo lo que estuviera a su alcance para alcanzar el éxito en lo que intentara. Comprendió que la novata amiga trataba de averiguar pistas frescas que posiblemente servirían para encender nuevas luces en la investigación, para no dejar impune el crimen.

El Sargento tomó una decisión temeraria. Apoyaría a la chica sin importar los riesgos que implicaba, en caso de ser descubierto por sus Superiores. El destino le presentaba la oportunidad de hacer algo importante por la Justicia, rompiendo el tedio de la rutina diaria.

Emocionado como un púber que planea una travesura, en tono grave y confidencial dijo a la señorita Chedrak: —Entiendo la preocupación por cumplir con su trabajo Astrid, pero no puedo entregarle documento alguno, sin embargo nada impediría que usted echara un vistazo al expediente aprovechando un descuido mío. Debe prometerme que no robará ningún documento y nada de fotografías. Es más, no quiero arriesgarme, voy a prepararle unos apuntes con lo más relevante del caso, ¿qué opina?

— ¡Es maravilloso Adam! ¡Mil gracias! —y tomándole desprevenido la hermosa chica le plantó un beso en la curtida mejilla del Sargento, que aceptó la caricia imaginando a una hija inexistente.

Esa noche acurrucado junto a su querida mujercita, Adam vertió lágrimas de alegría, compartiendo con ella la experiencia de conocer a una lista, valiente y simpática periodista que luchaba por sobresalir en un mundo casi reservado a los varones. Su esposa lo alentó para ayudarla y fue más allá, quiso llamarla por teléfono e invitarla a su casa para comer y charlar un rato, la joven aceptó encantada. La buena señora le prepararía rica comida Libanesa.

El compromiso quedó sellado para el siguiente viernes, tiempo suficiente para que la señora Marjorie, consultara sus libros de cocina y consiguiera los ingredientes en el supermercado.

Una ventaja de vivir en los Estados Unidos es que al ser un País multicultural, poblado con numerosas etnias, es factible localizar en el comercio hasta los más raros condimentos, vegetales, salsas, aves, carnes y pescados.

La invitada llegó puntual a las 7 p.m. del día indicado, llevando —como se acostumbra —una botella de vino Château Kefraya Les Breteches, mezcla de cuatro uvas hecho en Líbano para el anfitrión y un selecto ramo de flores frescas para la gentil dama, que la pareja agradeció emocionada. Astrid tuvo el buen tino llevar un vestido conservador, cinco centímetros abajo de la rodilla, sin escote. No eran sus estilos, sintiéndose como una novicia de convento.

Después de los postres, Marjorie la amable matrona, sirvió café y discreta, retiró el servicio yendo a la cocina para dejarlos solos unos momentos.

Adam aprovechó el espacio para entregarle a Astrid una carpetilla conteniendo cinco hojas con la información sintética del caso criminal.

— Astrid, decidí colaborar porque representas la hija que nunca tuvimos, de haberla tenido, nos encantaría que fuera como tú y bueno... reflexionamos en el uso que pretendes dar a la información... estás buscando Justicia por un camino diferente al de nuestro cuerpo Policiaco... en fin que si podemos ayudar, lo haremos.

— Sólo te pido no revelar jamás tu fuente, podría acarrearme muchos problemas en la Jefatura, tal vez mi cese sin derecho a pensión.

La señorita Chedrak abrazó tiernamente al recio Policía repitiendo las gracias por su ayuda, jurando no mencionar a nadie la fuente de información, como era costumbre en los medios.

El maduro matrimonio fue de lo más atento y simpático, inspirando el afecto y confianza que bien necesitaba Astrid Chedrak.

Hija única de próspero comerciante Libanés y una bellísima ejecutiva en Mercadotecnia, de ascendencia Mexicana, había tenido una infancia feliz, sin privaciones, que compensó así fuera en forma parcial, el no tener hermanitos con quién jugar, esforzándola a desarrollar un carácter extrovertido y alegre que le hacía ganar amistades en el colegio con facilidad.

Siempre invitada por sus amiguitas a fiestas infantiles y paseos, se convirtió en una jovencita popular y simpática cautivando a los que le conocían.

No obstante, sus padres llenos de ocupaciones, con trabajo y vida social intensos, le escatimaban el tiempo que ella necesitaba para hablar sobre temas profundos.

Las conversaciones con sus padres siempre fueron rápidas en el desayuno. Por las tardes al volver de la escuela tampoco tenía tiempo disponible. Con sus horarios copados: clases de piano, gimnasia, ballet e idiomas —Italiano y Francés— estudiar y hacer sus trabajos escolares, la chica terminaba exhausta.

Cuando papá o mamá querían platicar con ella, el cansancio la vencía y pedía irse a dormir.

Así fue siempre. Mamá ocupaba su poco tiempo libre haciendo ejercicio en el gimnasio de la casa y nadando en la hermosa piscina con cubierta deslizable de policarbonato color azul que permitía la claridad, aislándola del intemperismo.

Una vez por semana, recibía la visita de sus cuatro mejores amigas para tomar el té y panecillos y en ocasiones especiales ricas botanas árabes acompañadas con buen vino tinto.

Papá Chedrak por su parte, camino a casa, de cuándo en cuándo, pasaba al Bar del Club Libanés para tomar una copa con los amigos. Una vez por semana también, se quedaba un rato jugando al billar, llegaba a casa, cenaba, le daba a su hijita las buenas noches y se encerraba en la recámara con su madre.

Tiempo, Tiempo, Tiempo, era lo que siempre le había faltado a su familia. Tal vez por ello, se estaba sintiendo tan a gusto en el hogar de Adam y Marjorie Bolton.

Pasado un buen rato de conversaciones agudas y mutuamente contarse parte de sus vidas, Astrid vio su reloj y juzgó prudente retirarse, prometiendo volver a visitarlos en la primera oportunidad. Al despedirse, abrazó y besó en las mejillas a la pareja.

— Ciao (adiós) —dijo con gracia en Italiano, al subir a su automóvil.

En la tibia alcoba de su casa, Astrid leyó y releyó el informe. ¡Santíssima Madonna! (¡Virgen Santa!) —pronunció en Italiano— por la mañana iniciaría sus propias investigaciones.

En una parte del "Informe Bolton" —como le denominó internamente la periodista, se mencionaba la presencia de una bella dama que acompañó a cenar en conocido restaurante a los dos hombres que en circunstancias diversas fueron asesinados esa noche.

Las declaraciones juradas de los testigos, principalmente la Hostess (recepcionista) que los atendió y el Capitán de meseros, describieron en parte a la misteriosa mujer, coincidiendo en que era una hermosa hembra con menos de treinta años.

El encargado dijo que tenía el cabello negro y ojos azules.

El mesero que tuvo más tiempo para observarla, señaló que el cabello era castaño y los ojos verdes.

Una feliz convergencia de opinión fue su maravilloso cuerpo, como de modelo profesional.

En otra sección del "Informe Bolton" leyó con cuidado las declaraciones de los Policías que acudieron cuando se descubrieron los cadáveres y del Detective a cargo de las investigaciones, cuyas conclusiones eran bastante simples.

El primer sujeto, con antecedentes de arrestos por vicios, robos y asaltos, resultaba evidente que fue muerto por drogadictos que le arrebataron la mercancía que les surtía.

Discutieron por dinero y lo mataron robándole todo. Así lo demostraban los hechos.

Pero el segundo homicidio, ese sí que fue especial. Aunque quiso disfrazarse el móvil como un sencillo asalto, existían dudas.

En su experiencia como Detective de varios años, el Oficial declaraba su extrañeza por la forma en que le hundieron ambos ojos al pobre tipo.

El forense había dicho que las graves heridas que reventaron el nervio óptico y desataron fuerte sangrado al interior del cerebro, no parecían hechas por ninguna herramienta.

Quizá y sólo quizá, los golpes contundentes fueron realizados por una mano poderosa que introdujo los dedos con gran fuerza en los ojos de la víctima. El Detective preguntó al Teniente Instructor de Defensa

Personal a cargo del Programa para Entrenamiento Continuo de la Policía, si eso fuese posible.

El Oficial explicó que dentro de la disciplina del Karate Japonés, existen diversos golpes que se aplican al contrincante con la palma de las manos, pies, cabeza, puños, codos, antebrazos, rodillas y combinaciones, incluyendo por supuesto el temido golpe del dedo individual o con dos de ellos, conocido como Nihon-Nukite-Uchi, que lastima severamente diversas partes blandas del cuerpo humano y claro, destruye los ojos.

Muchos golpes de Karate pueden ser mortales, depende del daño que desee causar su autor.

Con ese dato, el impaciente Investigador de la Policía, aventuró la hipótesis: visualizó a una linda Karateka, tal vez amante del hoy occiso que lo mató por motivos sentimentales.

Probablemente estaba embarazada y el tipo no le cumplió lo prometido, quiso obligarla al aborto, o la terminó por otro amor, todo ello salpicado por el elemento billete verde (Dólares).

Perdió varios días visitando las diferentes Escuelas de Artes Marciales, tratando de que los Maestros o los Discípulos identificaran a la linda deportista cuyo retrato hablado les presentaba.

El resultado fue cero. Nadie la conocía.

Investigó las cuentas bancarias del tipo y las facturas de la compañía telefónica rastreando las llamadas, sin encontrar nada fuera de lo normal. Otro cero.

Por último, en el límite del tiempo otorgado por sus Superiores para aclarar el crimen, visitó la oficina donde trabajó el difunto, identificado como Jules C. Harper, Supervisor de Auditoría en la firma neoyorkina "HARTFORD, MELLON & FLETCHER" entrevistando al Director de Recursos Humanos del despacho, quien le proporcionó datos familiares, explicó sus labores de Auditoría y nada más.

A insistencia del Detective, lo introdujo con el señor Kirk Fletcher, el funcionario Operativo de mayor jerarquía.

El resultado de ambas reuniones fue cero, en la escala de cero a diez. Son tantos los delitos en las grandes ciudades y poco el personal Policiaco, que cuando el Detective presentó a su Jefe los resultados de las investigaciones, lo único que recibió fueron duras críticas y cero reconocimiento a su esfuerzo.

Con tantos ceros obtenidos, el Capitán le ordenó secamente cerrar el caso y pasar al siguiente: aclarar y detener a los responsables de la súbita muerte del importante hombre de negocios, dueño de la mayor fábrica de papas fritas en el País, amigo del Alcalde y del Gobernador.

— Tienes carta blanca, utiliza todos los recursos económicos y humanos, pero hazlo rápido y discreto, sin ninguna filtración a la prensa.

— Investiga primero a la esposa, familiares, amantes y empleados. Casi siempre son culpables o... cómplices —dijo el Superior jerárquico.

Hay una estadística escalofriante: en un porcentaje elevadísimo, los móviles de los crímenes son en este orden: Por dinero, pasionales, drogas, venganzas, robos y asaltos fortuitos cuando alguien está en el lugar y hora equivocados. Y hay otro dato duro: En las muertes violentas, el cónyuge supérstite (sobreviviente) en muchísimos casos es responsable o tiene la clave del crimen. El informe del Médico Forense era aterrador: el industrial había muerto por asfixia, provocada por un gran bocado de papas fritas de su propia marca que se atoraron en la tráquea, cerrando los conductos respiratorios. El cadáver tirado en la sala de estar de la enorme residencia, mostraba haber ingerido frituras en abundancia, con la televisión encendida en el canal que transmitía el fútbol. Con el alto volumen de sonido del aparato electrónico, nadie escuchó los espasmos del casi difunto, que murió disfrutando de su partido favorito, devorando sus productos y cerveza, que no alcanzó a beber, el aliento se detuvo antes de poder abrir la botella.

MONTVILLE, CONNECTICUT, U.S.A.

Connecticut es uno de los más pequeños estados dentro de la Unión Americana y colinda con Nueva York, Massachusetts y Rhode Island, con diversidad de atractivos, desde su hermoso entorno natural lleno de bosques, hasta las playas y parques Estatales donde los visitantes pueden observar ciervos y pavos salvajes. Su clima es variable en el año, con intensa temporada invernal.

En su territorio, se asientan: la prestigiada Universidad de Yale en New Haven, cuna de notables líderes Políticos y Económicos Globales, la famosa fábrica de armas COLT en Hartford, y dos Hoteles-Casinos de los más grandes de la Unión Americana: El Foxwoods Resort en Ledyard, con más de 7,000 máquinas slots (tragamonedas), treinta y dos mil metros cuadrados de casino, y casi 400 mesas para ruleta, blackjack, dados y poker; y el Mohegan Sun en Montville, con más de treinta y tres mil metros cuadrados de salas de juego, 6,500 máquinas y 380 mesas.

La concesión para la operación de ambos casinos, les fue otorgada por el Gobierno Estadounidense a las Tribus Pequot y Mohegan habitantes originales de los territorios colonizados por Ingleses y Americanos.

La ciudad de New Haven también es conocida por tener la mayor cantidad de restaurantes con categoría Superior que cualquier otra del Estado y por ejemplo, es posible comer lo que pueda de carnes, camarones y langostas por un precio fijo en el Custy's International Buffet, además múltiples restaurantes de calidad internacional, donde se halla comida étnica y exótica como la Eritrea, Malaysia, Turca, Libanesa, India, Mexicana, Vietnamita, Española, Cantonesa, etcétera.

La Suite B-611 le fue asignada a Kadir Aiza, representante acreditado de "CELTIC WORLDWIDE ENTERPRISES" prestigioso corporativo de Hotelería Internacional.

Mohegan Sun es grande y a semejanza de los enormes hoteles en Las Vegas, Nevada, es necesario un mapa para ubicar por ejemplo, alguno de los 3 casinos, o de los 40 bares y restaurantes. Es fácil extraviarse en el área de shopping (compras) con 41 tiendas con extensión de 12,000 metros cuadrados y difícil llegar a la habitación con algunas copitas encima entre los 1,200 cuartos. La piscina cubierta tiene 3,000 metros cuadrados. El centro de espectáculos tiene diez mil asientos, el SPA más de 2,000 metros cuadrados y la cascada interior, 15 metros de altura.

El viernes a las 22.30 horas llamaron a la puerta de su habitación. El ocupante miró por la pantallita de circuito cerrado. La agraciada figura de la Contadora Hernández se dibujó en el monitor. Se puso la blanca bata confeccionada en algodón Turco con el logotipo y nombre del hotel en hilo dorado.

Al abrir la puerta, Caridad con gran rapidez, puso un estuche de lentes negro y rectangular delante de la cara del varón, simulando accionar un gatillo de pistola.

— Si fuera una bala, ¡estarías en el infierno amor mío!, ja, ja, ja, ja, parece que estás muy confiado y lento, ¿será el peso de los años? —y la chica volvió a reír con ganas.

— Condenada flaca —respondió en broma— me pillaste desprevenido. Nunca lo hago, pero en tu caso... tienes razón no debemos confiar en nada ni en nadie —y uniendo la acción a las palabras, en un movimiento relampagueante, derribó a la joven sobre la alfombra inmovilizándola, colocando sobre su terso cuello de cisne el antebrazo derecho apoyando con fuerza, amenazando con romperle la tráquea.

—Y tú preciosa, tampoco debes fiarte jamás. ¿Qué opinas ahora eh?

— Que eres un canalla traicionero, pero así te quiero —sellando con un beso la boca de su pareja, que tuvo que hacer un esfuerzo extraordinario para no dejarse vencer por LA TENTACIÓN DEL SEXO.

Muertos de la risa, tomaron asiento en los confortables sillones de la sala, disponiéndose para beber algo.

— Nena, ¿deseas comer algo?

— Gracias, cenamos ligero en el camino —respondió ella— pero una sesión de buen sexo no estaría nada mal.

— ¿Cenamos? ¿Alguien te acompaña?

— Invité a Isabel, mi prima que ya conoces, es un encanto espero no molestar, ella se quedó comprando algo.

— Las bonitas nunca molestan, ¡es bienvenida! — afirmó el Director.

— Cariño, bien sabes que estoy soportando el tremendo castigo de no hacer el amor contigo, pero debemos honrar el pacto. Al maravilloso pasado, tierra y flores, planeando un mejor futuro, especialmente para ti pequeña, que tienes toda la vida por delante.

— Bueno, sí, en eso quedamos pero creo que de vez en vez, podemos dar rienda suelta a los sentimientos sin lastimar a nadie, no lo sabrá ninguna persona, ¿no piensas lo mismo? —rebatió la preciosa mujer entornando los verdes ojazos.

— Lo sabremos nosotros y es suficiente. No debemos prometer algo y nunca cumplirlo. De lo contrario, si lo hacemos, ¿qué garantía tenemos de respetar nuestra palabra? Muero de ganas de tocarte y hacer el amor como antes, pero también hay que pensar en los que nos rodean, no podemos ser tan egoístas que no nos importe nada ni nadie.

— Algunos autores en sus reflexiones filosóficas mantienen que el superar una TENTACIÓN, produce una gran paz y descanso interior y hasta es motivo de orgullo, puede que en este momento no lo entendamos pero... ¿qué haces? —exclamó Kadir, abriendo desmesuradamente los ojos.

— Vaya palabrería —dijo la Cubanita —En realidad suena bonito. Pero... ¿acaso no te gusta mi nuevo cuerpo? —susurró ella, desnudándose. Lo que vio, palpó y gozó posteriormente el señor Director General de CELTIC WORLDWIDE ENTERPRISES, fue sencillamente colosal. La muchacha mostraba ahora un mejor cuerpo que antes, con unos cinco kilitos menos, fruto de su juventud, alimentos nutritivos y ejercicio constante.

— Por Dios criatura, ¿te has hecho cirugía plástica? Cuando te llamé flaca fue por parecer gracioso, pero qué va, estás buenísima, como para comerte viva.

— Adelante entonces, no te detengas mi amor...

En la mañana, bañados y perfumados repitieron la riquísima sesión de sexo. Una vez vestidos discutieron el asunto que preocupaba a Caridad. Necesitaba una coartada sólida para salir de la lista de sospechosas en el homicidio de Jules "EL NIÑO".

— Tengo una idea —expresó Kadir— ¿sabes si mi amigo, el Contador Belcher, ha estado en Nueva York en los días del crimen?

— No estoy segura, parece que sí, de hecho estamos esperando nueva comisión por parte del Despacho, que como te conté me ha promovido a Supervisora Senior, ocupando el puesto del finado Jules y precisamente Anthony Belcher será mi brazo derecho.

— Arreglado entonces preciosa —anunció en tono triunfal— Belcher es la coartada perfecta. Hablaré con él hoy mismo, invitándole a pasar aquí el fin de semana para explicarle el plan y pedirle el favor.

— Ahora si me disculpas, tengo que ir a la Convención. Es a mi cargo la presentación del nuevo "International Lodge Passport" una propuesta novísima para mejorar el flujo de turistas en todo el mundo.

— Diviértete, hay miles de cosas novedosas que puedes comprar en los centros comerciales, juega en los casinos y come nena, no me gustan tan flacas, ja, ja, ja... Nos veremos para la cena.

La propuesta del grupo CELTIC, resultó de lo más interesante. En resumen se trataba de una Central Única de Reservaciones para los Hoteles Afiliados a una nueva Supercadena Internacional, que agrupe a los establecimientos turísticos por categorías uniformes, en habitaciones estándar con tarifas idénticas en Euros o su equivalente en Dólares, sin importar el destino ni el País.

De esa manera, un viajero Internacional puede alojarse con un precio único en los hoteles asociados en cualquier ciudad.

Otra ventaja de la integración del Súper bloque, es la publicidad institucional, reduciendo sus costos individuales, las comisiones de las agencias de viajes y emisoras de tarjetas de crédito.

Kadir y su empresa obtuvieron la ovación del día, recibiendo de inmediato solicitudes de mayor información y requisitos de admisión en el gigantesco y exclusivo Grupo Hotelero.

Con una membresía estimada en más de 4,000 hoteles de gran categoría en el Globo Terráqueo, a un promedio de 300 habitaciones cada uno, era posible ofertar en conjunto, un millón doscientos mil, a tarifa promedio de 200 Euros por noche son 240'000,000 (doscientos cuarenta millones de Euros) diarios por 365 días del año producen la súper cifra de 87'600,000,000 (ochenta y siete mil seiscientos millones de Euros).

A ocupación ponderada del 60%, arrojan la bonita cantidad de 52'560,000,000 (cincuenta y dos mil quinientos sesenta millones de Euros) anuales, cantidad por arriba del PIB (Producto Interno Bruto) de varios Países.

En el receso del mediodía, Kadir llamó a Belcher del celular de tiempo aire prepagado que siempre llevaba consigo para llamadas ultraconfidenciales, invitándole a pasar el resto del sábado y parte del domingo en Connecticut.

Anthony lo apreciaba bastante y se llenó de alegría al recibir la invitación de su amigo, al que no veía hacía tiempo.

— ¿Debo llevar sándwich? —preguntó con cautela— refiriéndose a invitar a una chica.

— Claro que no, hay bastante comida de la que te gusta por aquí. Te esperamos —terminó el Director.

La nobleza de Belcher quedó demostrada una vez más, aceptando sin condiciones ser testigo ante las Autoridades si fuese necesario, afirmando bajo juramento, haber estado en el departamento de Caridad Hernández, aproximadamente de las diez de la noche a las seis de la mañana del día siguiente, leyendo juntos una novela, charlando, tomando algunas copas, oyendo música, bailando música tropical y... fornicando.

— ¿Qué deseas a cambio del inmenso favor? —indagó Kadir, conociendo de antemano la respuesta — Sabes que te costará el trabajo en el Despacho, ¿verdad?

— Por supuesto, pero no me importa. En cuanto al precio, sólo deseo una cita con su prima Isabel, la conocí en fotografía, es muy linda. Claro que si no acepta mis amores, bueno, "ya ni modo" – dijo Belcher usando una de sus frases favoritas.

— Tendrás que enamorarla en tiempo récord. Está aquí, pero permanecerás corta estancia en Nueva York, pronto te enviarán a no sé qué lugar remoto del planeta. No pierdas la oportunidad, hablaré con Caridad, ella nos ayudará con su hermosa parienta, lo demás dependerá de ti —concluyó Kadir.

— De cualquier manera he pensado presentar mi renuncia porque estoy harto de ser nómada. Deseo establecerme, recuperar a mi familia o fundar una nueva llegado el caso. Riqueza no me falta... Sólo te pido discreción, sabes que ahora tengo una relación formal con Felicidad, que la recuperé gracias a ti, querido amigo…—cerró Anthony.

— All right, all right (muy bien, muy bien) ¡Go Ahead! (¡Adelante!), avalando la versión de Caridad como testigo, me daré por satisfecho.

Cenaron los cuatro a gusto. Caridad estaba hermosa y aceptó feliz la idea de invitar a su prima, estableciéndose una química tal, que terminando sus alimentos los nuevos amigos fueron a bailar, follando al amanecer.

Kadir explicó el plan que pondría fin a las sospechas de las investigaciones que estaban recayendo sobre la Cubanita.

Belcher asimiló a la perfección la coartada.

Como hombre de convicciones firmes, primero se dejaría arrancar un brazo que no cumplir su parte en la comedia que montarían en la Estación de Policía, o en los tribunales donde lo interrogaran.

Al regreso a Nueva York, hizo una visita al departamento de la chica y junto con ella, memorizó hasta la marca de condones usados la noche del crimen, el licor ingerido, el tipo de colchón, color de los muebles y alfombra, clase de computadora, televisión, nombres de varios libros del estante, la novela que leyeron, repasándola en su totalidad, la clase de almohadas y muy importante, el tamaño y consistencia de la cama.

Como si fuera un descuido de su parte, Belcher dejó tirado bajo el lecho, un preservativo usado que previamente llenó con su semen.

Otra precaución fue imprimir sus huellas digitales en varias partes de la casa, sin exagerar, y en las botellas de licor que no se lavan como los vasos.

NEW YORK CITY

Astrid Chedrak llevaba semana y media de investigaciones, anotando los datos por insignificantes que pudieran parecer. Registraba con método, nombres, fechas, horas, situaciones, notas periodísticas, rumores, en fin, lo que ella pensaba pudiera ayudarla para armar el rompecabezas. Una pequeña nota en el "Informe Bolton" casi desapercibida, mencionaba al Abogado General de la Firma de Auditores, Douglas Pipp y al Detective Privado Roy McLean, contratado por éste. Pidió hablar con el Counselor (Consejero Legal) de inmediato, sin éxito. Le quedaba entrevistar al Detective Privado, poniendo manos a la obra.

La oficina del tipo era un verdadero desastre. Sucia, llena de papeles en aparente desorden, pequeña y mal iluminada. El desaliñado sujeto era sin embargo un investigador reconocido, que alcanzó su mejor momento cuando descubrió los amores prohibidos de la esposa de un famoso político que terminó en escandaloso divorcio, favoreciéndole la publicidad gratuita.

Otro sonado caso que le hizo ganar fama y dinero, fue cuando —contratado por importante laboratorio farmacéutico— encontró pruebas de gran corrupción y culpabilidad entre sus ejecutivos de ventas y funcionarios del Gobierno Federal de niveles medio y alto, a cargo de las compras de medicinas para los servicios de salud.

De la reunión con el detective solitario que parecía anacoreta, Astrid consiguió comprobar las sospechas que apuntaban a una persona de sexo femenino, joven, muy bonita de gran cuerpo, con amplios conocimientos de las Artes Marciales. Al no haber huellas digitales en el auto donde murió Jules y tampoco señales de lucha, el análisis del investigador era concluyente: debió ser una persona conocida, tal vez cercana al difunto, los rastros de saqueo, el polvo de droga encontrado y la falta de reloj y cartera, eran distractores del verdadero móvil: Pasión o Venganza.

Armada con nueva información decidió visitar otra vez a Gilbert

Dehesa, Director de Relaciones Públicas del despacho donde trabajó el occiso.

Gilbert accedió a recibirla por el solo gusto de verla de nuevo, pero no le daría ninguna información, eso era seguro.

— Hola Astrid, ¿qué te trae por aquí? Pensé que en nuestra conversación anterior quedó claro que el Despacho no tiene declaración alguna distinta a la ya formulada ante la Fiscalía de Distrito.

— Claro Gilbert, no soy tarada, pero por favor sólo dime una cosa y te prometo que me iré enseguida, desapareciendo para siempre de tu vida.

— Vamos amigo, es asunto menor, por favor, por favor, tengo que ganarme el sustento —imploró la nena entornando los bellos ojos negros.

— Tampoco deseo no verte nunca —dulcificó su respuesta Gilbert.

— Está bien, haz una sola pregunta y la responderé, pero debes prometerme no insistir más, ¿de acuerdo?

— OK amigo, muchas gracias. ¿Hay alguna empleada o varias que practiquen las Artes Marciales como hobby? (pasatiempo).

— No lo sé en este momento, pero puedo averiguarlo, aunque no entiendo tu propósito de saberlo, tal vez si me dijeras...

— Lo siento, no puedo. Es parte de mi trabajo de investigación, pero para mí es importante —declaró la muchacha.

— Mira bonita, esto puede llevarme algunos días, tenemos una nómina extensa y el dato puede ser vago...

— No me importa, esperaré un tiempo razonable, digamos un día, dos, una semana, si me ayudas te compensaré con una rica cena que prepararé para ti. ¿Estamos? —dijo Astrid, cruzando seductoramente la pierna.

— De acuerdo, pero haz el favor de retirarte, yo te llamaré.

Diez minutos después de que la señorita Chedrak partió de su oficina, Gilbert ya tenía los archivos de la fuerza laboral en su computadora proporcionados por la Dirección de Recursos Humanos. Cada empleado o Funcionario del Despacho tenía un historial muy completo, que abarcaba datos personales, de familia, domicilios, preparación académica con calificaciones, empleos anteriores, referencias, membresías a asociaciones, clubes, grupos cívicos, afiliación política, exámenes médicos, pruebas de laboratorios, actividades en sus tiempos libres, test de inteligencia y perfiles psicológicos, lugares favoritos de vacaciones, entretenimientos, deportes que practica, relaciones intrafamiliares, antecedentes de la esposa e hijos —en su caso—, religión, fotografías recientes, hasta multas de tráfico y docenas de datos acerca de cada individuo que permitían conocer al dedillo a cada miembro del selecto personal.

Pulsó la opción DEPORTES, apareciendo en pantalla la lista solicitada, incluyendo todos los populares y algunos sofisticados como el Cricket, Handball, Polo, Equitación, Halterofilia, Paddle Tennis, Snowboard, Esquí Acuático y en montaña, Motos Acuáticas y de Nieve, Luge, Bobsleigh, Curling, Patinaje, entre otros.

Hizo click en el grupo de Artes Marciales que también mostraba, desde los de sobra conocidos Jiu-Jitsu, Tae Kwon Do, Karate Do, Aikido, Kung Fu, Kendo, Muay Thai, hasta los casi desconocidos Krav Magá y El Abir (judíos); Hapkido y Tangsudo (japoneses); Kuo Shu, Qi Gong y el Wushu (chinos); el Lima Lama (polinesio) y el Sayokan (turco).

Gilbert Dehesa fue el primer sorprendido al revisar que de los tres mil empleados de la Firma, el treinta por ciento —900 de ellos— practicaban algún tipo de deporte con artes marciales, en una proporción de 45% hombres y 55% mujeres.

— ¡Carajo! —exclamó Gilbert— nunca pensé que fueran tantas mujeres, ¡495! pero es entendible. Con la violencia en las calles, miles de mujeres de todas edades y actividades estaban llenando las Escuelas de Defensa Personal.

Tomó el apunte que describía a la sospechosa que Astrid le comentó y eligió el avanzado programa de software en su computadora Apple, que simula imágenes cuando se le alimenta con rasgos físicos de una persona. Es ideal y lo utilizan los Detectives de la Policía para buscar en cuestión de minutos por ejemplo, a un hombre de raza hispana, de 1.75 metros de estatura, 80 kilos de peso, cabello negro lacio, ojos cafés, nariz chata y ancha, con bigote angosto, patillas largas, cejas pobladas y orejas pequeñas. Entre mayores datos se introduzcan en la máquina, el magnífico aparato amplía la búsqueda y termina con dibujar un prototipo, al que se le puede cambiar color de cabello, supresión o colocación de barba, anteojos, etcétera.

— ¡Recontracarajo! ¡Con ochenta mil coños! ¡Ahora sucede que el

Despacho tiene más de cien mujeres hermosas con esa descripción! ¡Y lo peor es que no me había dado cuenta! ¡¡Soy un pendejo soltero!! —masculló casi gritando, el estirado señor Dehesa, que en ese momento decidió poner fin a la búsqueda. ¿A mí qué me importa?, ¿para qué perder mi valioso tiempo en algo que puede perjudicar mi posición?

Que se joda la niña, no me arriesgaré más. El día de la cena le diré que no encontré nada. Ya pensaré cómo compensarla, claro que lo haré, es un bomboncito y disfruto mucho de su compañía. Tal vez declare mi amor y le obsequiaré un hermoso y costoso regalo para impresionarla... —ignorando que el oro no era el camino para llegar al corazón de Astrid— la joven y su familia, tenían millones.

Arrepentido de sus pensamientos, a la mañana siguiente Gilbert cambió de opinión. Astrid Chedrak no merecía el engaño. Le contaría toda la verdad, las dificultades y riesgo de ayudarla más. Estaba seguro que la chica le agradecería su buena disposición, aunque no le sirviera de nada.

— Ella es muy noble —se dijo.

Planeando cómo auxiliarla sin revelar secretos del Despacho, vino a su mente la imagen del Abogado General de la Firma, Douglas Pipp. Mister Pipp era uno de los mejores del País, famoso por resolver casos verdaderamente difíciles Nacionales e Internacionales. El maduro Jurisconsulto, había pasado la mayor parte de su vida encerrado, primero en las aulas y bibliotecas universitarias, hasta alcanzar el Doctorado con calificaciones de excelencia y posteriormente sumergirse en las profundidades de los amplísimos campos del Derecho.

Profesor distinguido en su Alma Máter, recorrió el País presentando conferencias magistrales, escribiendo artículos de fondo en revistas especializadas y textos de lectura obligada en varias Facultades de Leyes de la Nación. De pobre cuna, desde estudiante trabajó como auxiliar del auxiliar, en una prestigiosa Firma de Abogados, siendo invitado a unirse al despacho el mismo día de su graduación. Su dedicación, conocimientos y criterio, lo llevaron a ocupar al paso de los años una magnífica posición, que sirvió de catapulta para ingresar al Departamento de Justicia como Fiscal de Distrito.

Destacado miembro del Partido en el poder, recibió invitación del Presidente de los Estados Unidos para ser postulado como Juez de la Corte Suprema, recibiendo la confirmación del Senado después de intensos debates con la oposición, ganando con facilidad, por sus amplios conocimientos, experiencia, honradez, vocación de justicia y vida personal intachable.

Después de ocupar la magistratura diez años y tener la cabeza coronada de laureles, el buen Douglas Pipp decidió aceptar la jugosa oferta que le hiciera el despacho de Auditores y Consultores de clase mundial, para ocupar el cargo de Abogado General de la Firma, con un salario anual y plan de compensaciones superior a lo ganado durante la década en el Poder Judicial.

La entrega total al campo del Derecho, Leyes y Justicia, le arrebataron su juventud y la etapa de adulto joven. El limitado tiempo libre de que disponía, lo ocupó en atender a su querida madre, siempre enferma de una y otra cosa. Pipp llegó a sospechar que muchas veces, la buena señora fingía síntomas de enfermedades inexistentes con el solo propósito de tener cerca a su amado hijo.

Una noche de invierno, la buena señora Pipp se quedó dormida para la eternidad y Douglas se deprimió tanto que necesitó ayuda Médica para superarlo.

Un día, al levantarse se miró al espejo, descubriendo que su cabello casi estaba pintado de plata mostrando zonas inequívocas de alopecia, allí donde hace poco tupidas matas de cabello castaño poblaban el cráneo. Además, grandes surcos cruzaban por su frente y mejillas. El bigote blanco, definitivamente lo afeitó.

Por unos instantes hizo un análisis de su vida. Había triunfado en todos los aspectos de la existencia, pero sin tiempo para el amor. Recordó con infinita tristeza a Claudine su novia en High School, la hermosa chiquilla que amó con la fuerza y pasión de su corazón joven. Vino a la memoria el intenso dolor de su separación, cuando tomó la decisión de aprovechar la beca para estudiar en la Universidad de Washington, en Seattle, al otro extremo del País.

Y desde entonces nada serio. En ocasiones había salido con algunas amigas, siempre con prisas, evitando mantener una relación duradera que no podía atender. Las grandes fiestas de la gente acomodada, incluso del Despacho donde ahora trabajaba, representaban una especie de tormento para él. Comía selecta y moderado, acaso bebía una copa de vino o un escocés en una noche, no sabía bailar y su conversación era más bien aburrida, pues le faltaba mundo, ese gran costal de conocimientos de lugares, personas y costumbres que son indispensables condimentos de una vida plena.

De pronto llegó a su cerebro como un latigazo: No recordaba la última vez que tuvo una erección.

A petición de Gilbert Dehesa, Director de Relaciones Públicas, el señor Douglas Pipp, Abogado General de "HARTFORD, MELLON & FLETCHER" recibió en su oficina a la señorita Astrid Chedrak. Aleccionada por su amigo Gilbert, la hermosa periodista se hizo acompañar de su compañera Lynnette, una todavía atractiva mujer que rondaba los cuarentas, vestida estilo conservador, de los que no permiten enseñar ningún encanto femenino, por lo menos, no tan a la vista.

— Si llevan ropa que muestre senos o piernas, asustarán al hombre, se pondrá a la defensiva y las mandará rápido por un tubo, ¿entiendes Astrid? —le advirtió Gilbert.

— Buenas tardes señoritas, el señor Dehesa me ha dicho que están haciendo un trabajo periodístico de investigación, específicamente sobre la muerte de un colaborador de este Despacho. Entiendo que este trabajo es muy importante para ustedes, que significa su boleto para ingresar a la Cadena de Medios. Conozco a esos viejos lobos, siempre poniendo a prueba a la juventud.

— Bien, estoy a sus órdenes, pero en diez minutos tendré que salir. ¡Shut me! (¡disparen!) —dijo el señor Pipp, intentando ser gracioso.

Buena señal —pensaron ambas mujeres— sonriendo un poquitín coquetas.

Lynnette sabía que teniendo enfrente a un personaje, no era conveniente mostrar otro interés que la entrevista. Desde el principio le agradó la idea de conocer a un solterón interesante, aceptando acompañar a su amiga por el solo hecho de tener la oportunidad de acercarse a un hombre famoso.

Medio minuto después, entró al privado una mesera impecable, uniformada en color rosa, empujando un práctico carrito de servicio con café, té, pastitas, servilletas y vasos con agua, retirándose con la mayor cortesía.

— Gracias... muchas gracias, señor Pipp —dijo Astrid, que no esperaba esas atenciones.

La entrevista duró más de los diez minutos programados. El almidonado señor Pipp, estuvo encantado de charlar con dos mujeres inteligentes y hermosas, que rompieron el acartonado ceremonial con su frescura de carácter e ingenuidad.

Le dolía la barriga de tanto reír de sus bobadas, que le sirvieron para relajarse y despejarse de las preocupaciones en su elevado cargo.

Al despedirse, Douglas Pipp les obsequió su tarjeta y una flor a cada una, que tomó del enorme florero de la mesa de centro —que la secretaria privada se encargaba de surtir diariamente— prometiendo comer juntos en la primera oportunidad.

— Siento no poder ayudar más, hay impedimentos legales y morales, espero lo comprendan —dijo Pipp estrechando la mano de las jóvenes.

— Por cierto, tengo tickets (boletos) para el concierto de mañana en Carnegie Hall, ¿les gustaría acompañarme?

— ¡Por supuesto que sí! ¡Es un honor para nosotras!

— Bien. Las veré para comer digamos a las 6.00 p.m., en el Porter House New York. ¿Lo conocen?, queda cerca del Teatro, es el número 10 de Columbus Circle —dijo Douglas con firmeza.

— OK —dijeron las muchachas, despidiéndose de beso en la mejilla, que hizo temblar por un instante, al serio, docto y temido, señor Pipp.

Al cruzar el espacioso lobby rumbo a la salida, Astrid no pudo evitar intercambiar miradas con una preciosa mujer de ojos verdes que entró al soberbio edificio dirigiéndose al elevador de personal. ¡Demonios!, la extraña era muy parecida al retrato hablado de la sospechosa hecho por la Policía. ¡Soy una maldita loca! No puede ser que... necesito un descanso, esto se ha convertido en una obsesión, me está haciendo daño. Es imposible, olvídalo —se dijo a sí misma.

Astrid Chedrak no descubrió lo cerca que estuvo de conocer a la temible asesina, que podría poner en peligro su propia vida.

Con los escasos datos proporcionados por el Abogado General, Astrid puso a funcionar su cerebro a todo vapor. La conclusión a la que arribó, fue increíble. No había sido un hombre el asesino de Jules, ¡sino una mujer! Así lo suponía el Informe del Médico Forense que dictaminó la causa de la muerte.

Si por otro lado, el hoy occiso había sido visto en compañía de una hermosa hembra, ella debió ser la sospechosa número uno. Me extraña que no haya detenciones.

¿Y si investigaba a la mujer que se topó con ella en el lobby del edificio, qué podría perder? No tenía nada, así que si no conseguía nada, quedaba exactamente igual.

Cenaron fascinadas con un señor Pipp desconocido. Simpático, parlanchín, ingenioso y hasta locuaz. Lo que no sabía el par de féminas que para el brillante Abogado era la primera cita en años y se esforzaba en agradar a las muchachas, con dedicatoria a Lynnette que resultaba a su medida.

Caminando se dirigieron al Carnegie Hall, que comparte los honores de las mejores Salas de Conciertos en Nueva York, con el Lincoln Center, hogar de la Orquesta Filarmónica.

El majestuoso inmueble es una de las más célebres edificaciones de la ciudad de Nueva York, construido en piedra, a fines del siglo XIX por Andrew Carnegie, con elegante diseño Florentino, sistema de arcos abiertos y pilares Corintios que sostienen la cornisa y el techo abovedado. Fue inaugurado siete años después (en 1891), con un gran concierto dirigido nada menos que por el famoso Peter Tchaikovsky.

El carnet musical ofrecía la actuación de los consagrados músicos Pinchas Zukerman en el Violín y Yefim Bronfman al Piano, con soberbio repertorio que ejecutaron con maestría deleitando a la audiencia de casi tres mil personas que llenaban el Main Hall (Sala Principal), recinto con magnífica acústica, increíblemente alto (cinco niveles), que premiaron a los artistas con prolongadas ovaciones.

Emocionadas, las chicas aplaudían a rabiar y Lynnette atrevida, besó la mejilla bien afeitada de Douglas, con un "gracias por invitarme". El fresco aroma de la elegante loción Lalique invadió sus lindas fosas nasales. No lo olvidaría jamás.

El acartonado señor Pipp había pasado las últimas cuatro horas, disfrutando de la contagiosa alegría de las dos, para él, chiquillas, riendo como no lo había hecho desde hacía tiempo. Siempre amable, ofreció llevarlas hasta la puerta de su casa no sólo por gentileza. Le interesaba observar dónde y cómo vivían sus nuevas amigas, en particular Lynnette que por su edad, estatura y personalidad le había llamado poderosamente la atención, despertando el viejo sentimiento de conocerla y tratarla, anhelando su compañía.

Pero no fue posible en esa ocasión. Lynnette le explicó que esa noche pidió permiso a sus padres para quedarse a dormir en casa de Astrid quien instruyó al chofer de la negra limosina Cadillac Streech para dirigirse a los elegantes suburbios de la ciudad, estacionando frente a la imponente doble reja de acero.

Al hacerlo, un guardia armado salió de la caseta de ayudantía. Reconociendo a la señorita Chedrak saludó con respeto abriendo el portón. El conductor manejó por la arbolada vereda semicircular y rodeando la glorieta, aparcó frente a la gran puerta de madera maciza labrada con arte, enmarcada por dos grandes columnas Fenicias.

— ¿Apetece pasar a tomar una copa de champaña señor Pipp? — invitó Astrid— A mi padre le encantaría conocerlo — El Abogado quedó atónito con la mansión.

— Lo haré con gusto si ustedes cumplen su promesa de no llamarme "señor Pipp". Les recuerdo que en la cena convenimos en ello. Soy simple y llano, Douglas o Doug, como me dicen los amigos.

— OK, Douglas nos gusta más. Pasen y hagan el favor de sentirse en confianza, vuelvo en un momento —dijo Astrid.

El Mayordomo uniformado, hizo su entrada triunfal llevando la cubeta de plata con una botella de champaña helada. Vestía formal, como si estuviera a punto de asistir a una boda o algo por el estilo, detalle que Pipp valoró aunque no aprobaba tanto protocolo, se podía decir que estaba harto de ello. Les ofreció sendas copas del burbujeante líquido depositando en la mesa de centro una brillante vasija también de plata, surtida de apetitosas fresas y cerezas naturales, procediendo a retirarse caminando hacia atrás, gesto que Mister Pipp, también desaprobó.

A pocos minutos, apareció Astrid escoltada por su padre, añoso y corpulento hombre de negocios, que extendió su mano a los visitantes.

— Les ruego disculpar a mi esposa. Hoy tuvo reunión con sus amigas en casa y está agotada descansando, no sabíamos nada de esta visita... Astrid, debiste decirnos antes, no siempre tenemos invitados tan importantes —dijo el señor Chedrak en tono de ligero reproche.

Elías Chedrak, era un gran conversador. Hizo un apretado resumen de su vida y milagros, logrando captar por momentos la atención del señor Pipp, hombre práctico al que aburría tanta palabrería.

Astrid y Lynnette se daban cuenta de ello y decidieron rescatar a su invitado, proponiendo una caminata por los jardines de la residencia, llevando la última copita de champaña de la noche, que bebida, arrojarían el cristal por detrás de los hombros, diciendo "Old Country" (por el Viejo País de Origen) —como lo manda la tradición.

— Ésta es su casa señor Pipp, me halagaría recibirlo de nuevo, esta vez con su señora esposa, si no tiene inconveniente —dijo el señor Chedrak.

— El único inconveniente es que no tengo esposa, soy un solterón, pero el placer de conocerlo ha sido mío, quedo a sus órdenes, buenas noches —contestó amablemente Douglas Pipp.

No lo será por mucho tiempo, pensaron al unísono las dos chicas cruzando miraditas de complicidad, que ya estaban pensando cómo tender la red para atrapar como pez gordo, al escurridizo Abogado, que representaba un buen partido para contraer nupcias con la bella, virtuosa y madurita señorita Lynnette.

— Vaya con Dios —le despidió el señor Chedrak, que se alegró de volver a la televisión de su recámara para ver en compañía de su esposa "The Law & Order" (La Ley y el Orden), su programa favorito.

— ¿Qué tal la visita? —quiso saber la madre de Astrid.

— No me digas que es tu futuro yerno —bromeó.

— ¡Por supuesto que no!, es una persona de mi edad. Pero dijo que era soltero... no, claro que no... mi hijita... ni lo mande Dios. Vaya con la niña, lo trae a casa sin avisar y... carajo, sólo eso me faltaba... Astrid siempre ha sido rebelde, pero esto pasa de la raya... ¡no lo voy a permitir!

Al airado reclamo de su padre, Astrid tuvo un ataque de risa. ¡Su papá estaba celoso!, decidió seguirle la corriente y martirizarlos a los dos.

— Pero si es un encanto de varón, tú lo has visto papá. Es uno de los mejores Abogados de Nueva York: soltero, educado, de buenas costumbres, con un magnífico empleo y un caballero, ¿qué más quieres? —atacó Astrid.

— ¡Caballero mis cojones! —explotó papá Chedrak— ¿Desde cuándo lo conoces? Puede ser un viejo mañoso, pederasta, tener algún vicio, ¡por algo no tiene pareja! ¡No le tengo ninguna confianza! ¡Jamás, lo oyes, jamás lo permitiré! —gritó el buen hombre poniéndose rojo de la ira.

— ¡Por Dios, cálmate Elías, que te enfermas! —intervino mamá Chedrak con energía.

Asustada por la reacción de su padre, Astrid se acercó y cariñosamente le dijo: —Papacito se hará como tú digas.

Más tarde le confesaría que era una broma y le revelaría la pequeña conspiración ayudando en los planes de Lynnette para noviar con el personaje y contraer santo matrimonio. Otro motivo poderoso para frecuentar a Douglas Pipp era la posibilidad de sonsacarle información del caso criminal para cumplir con éxito su misión de periodista, que le explicó con detalle a papá Chedrak.

El bonachón Don Elías, comprendió a su hijita, no sin antes colocarla boca abajo y darle un par de palmadas en el trasero como castigo a niña traviesa.

— No me hagas esos chistes, ¡un día me vas a matar a corajes!

— Por esta vez, voy a ayudarte. Hablaré con Tanus, mi sobrino, ¿lo recuerdas? Ahora es el asistente del nuevo Fiscal de Distrito en esta ciudad. Lo invitaré a cenar la próxima semana, veremos si afloja la lengua.

Astrid evocaba bien a Tanus. Era una flacucha chiquilla, cuando sus tíos y primos los visitaron provenientes de Raleigh, North Dakota. Por un instante volvió a vivir los juegos de esa tarde en el jardín, cuando tropezó y cayó al suelo raspándose la rodilla.

Tanus, tres años mayor que ella, la levantó con ternura, secando sus lágrimas con su pañuelo. Cargándola en sus fuertes brazos la llevó a la sala, no sin antes besarle sus cabellos y frente. Cuando la familia se despidió por la noche, Tanus la besó fugaz en los rosados labios de la nena, en lo que sería el primer beso en la vida de ambos.

El asistente del Fiscal de Distrito se alegró muchísimo de recibir la invitación del tío Elías. Llegó doblemente motivado. Por una parte le devoraba la curiosidad de ver nuevamente a la bella Astrid y por la otra, deseaba presumir ante el gran señor de los supermercados, de la importancia del puesto que desempeñaba, obtenido sin ayuda de ninguna especie.

Después de los deliciosos postres: dedos de novia, empana- ditas de nuez y otros dulces árabes, don Elías invitó a Tanus a la biblioteca para tomar una copa de buen cognac, que sirvió él mismo.

El señor Chedrak era un hombre espléndido en algunas cosas, pero como todos los millonarios, a veces escatimaba un poco. Con sus empresas teniendo ganancias de millones de Dólares al año, era un fanático del ahorro, apagando luces innecesarias dentro de su residencia, por ejemplo. Al revisar la credenza bus- cando el Cognac, encontró una botella de Armagnac, magnífico brandy elaborado con uvas cosechadas en esa región de Francia, que baña el río Garonne, que por ese hecho, no puede utilizar el nombre de Cognac, Distrito productor de la excelente bebida de fama internacional, cuyas tierras riega el río Charente. Obvio mencionarlo el Cognac, es de mayor precio.

Directo como era, don Elías preguntó a Tanus si podría ayudar a su hijita aportando datos de la investigación del homicidio que en los siguientes diez minutos explicó. El sobrino, sorprendido de la petición de su querido tío, respondió que trataría de rascar en el asunto y con gusto informaría a Astrid.

— El caso es confidencial, estoy arriesgando mi carrera...

— Bien muchacho, no esperaba menos de ti. Ya conoces lo terca que puede ser tu prima y bueno, para qué hablar de lo con- sentida que la tengo. No te arrepentirás —dijo el viejo, sacando la chequera, entregando al sobrino un documento por cien mil Dólares.

— No puedo aceptarlo tío, es demasiado —defendió débil- mente— suena como si... me estuvieras sobornando.

— Tonterías, claro que no. Acéptalo por favor, te debía el re- galo desde tu graduación.

— Además, esto es entre nosotros, jamás debes decirlo y menos que nadie a Astrid, ¡nos desollaría vivos!

Pasado el bochorno de Tanus, don Elías llamó a su hija, anunciando que su primo le daría la mano proporcionando datos frescos sobre la investigación, llenando de júbilo a la novel periodista, que abrazó y besó las mejillas del joven Abogado.

Tanus Chedrak cumplió lo prometido. Puso a disposición de Astrid la poca información del caso, destacando las investigaciones que apuntaban a la misma misteriosa mujer que pudo cometer el crimen. Los detectives sospechaban de la elegante y bella dama que trabajaba en el mismo despacho de la víctima y que acompañó al hoy difunto en su última cena.

Pero la mujer en cuestión, nunca negó a los investigadores de la policía el haber estado en el restaurante The Sea Grill con Jules, por el contrario lo aceptó abiertamente y su versión de haberlo dejado —con el gorila que lo acompañaba— al terminar la cena, regresar a casa y pasar la noche fornicando con el Contador Anthony Belcher, representaba una coartada ya verificada muy sólida, aunada a los magníficos antecedentes personales y profesionales de la chica y del amante. Punto, no había más qué hacer.

Astrid Chedrak, la brava periodista, no pudo más que aceptar aunque fuera por el momento, no poder descubrir ni el móvil ni al asesino de Jules C. Harper. Así lo hizo saber a su jefe, Franklin Stratton, que para su asombro, la felicitó por su ardua labor investigadora.

— Has logrado más en tres semanas que las autoridades en varios meses. Eres increíble, estamos orgullosos de ti. Por favor olvida este asunto... Ahora tengo otro trabajo más difícil. Seguramente estás enterada de la explosión e incendio en la prisión Forest Hill, donde murió más de la mitad de los reclusos, por cierto malos entre los malos.

—Las Autoridades Federales, Locales y el propio Gobernador han guardado gran hermetismo, sin embargo se han filtrado algunos informes que hacen sospechar de un atentado terrorista. Te quiero allí, ¡tenemos que ganar la exclusiva!

NEW YORK CITY
(UN AÑO ANTES)

F orest Hill era el elegante nombre de una vieja prisión Estatal, hogar de seiscientos reclusos que purgaban condenas diversas oscilando entre 30 años a prisión perpetua, con tres docenas de reos esperando su ejecución por inyección letal, en el llamado "pabellón de la muerte".

Construida sólidamente a principios del siglo XX sobre la roca de un acantilado, los muros de piedra maciza de 5 metros de altura coronados con rollos de alambre de púas electrificado y diez torretas de vigilancia visual y electrónica distribuidas con estrategia en las murallas, garantizaban la seguridad del lugar. En más de medio siglo no se había producido ninguna fuga de presos.

La cárcel estaba poblada por la crema y nata de la delincuencia. "Los inquilinos" eran los más crueles y sanguinarios homicidas, secuestradores, asaltantes, violadores, extorsionadores, narcotraficantes, terroristas, incendiarios, pederastas y culpables de otros graves delitos, casi todos carne de presidio, es decir reincidentes y sin deseo de redención.

Los esfuerzos que hacen los Gobiernos en el Mundo para tratar de enderezar la conducta criminal, casi siempre fracasan por el mismo sistema penitenciario, que lejos de lograr cambios positivos para su reinserción en la Sociedad, se convierten en excelentes "Escuelas del Crimen", donde los prisioneros salen peor que cuando entraron. Los modelos para la readaptación, son muy diversos y van desde el confinamiento total, la incomunicación, trabajos forzados y a veces, castigos, torturas físicas y mentales, hasta los avanzados sistemas de prisiones sin rejas, amplios jardines, práctica de deportes y talleres, impartición de estudios (hasta Licenciaturas), tratamientos psicológicos, lecturas en biblioteca y trabajos comunitarios de limpieza y recolección de basura en parques públicos.

Cada año, los Gobiernos gastan una gran suma de su presupuesto en este capítulo que crece siempre, por el ingreso de nuevos huéspedes en las cárceles a los que hay que alimentar, darles servicio médico, uniformes, ropería, útiles de aseo y los gastos indirectos como energía eléctrica, que aunados a otros costos para sostener el sistema de prisiones, en su mayor parte equivale a tirar dinero al caño, pudiéndose emplear ese caudal para ayudar a miles de personas pobres, enfermas y desamparadas.

Tan solo en los Estados Unidos, hay millones de personas que no tienen Seguridad Social, por ejemplo.

— Los presidiarios son unos verdaderos parásitos, el mantenerlos encerrados no los va a mejorar.

—Veamos los resultados —dijo el Líder del grupo— ¿saben cuántos reos que han purgado sentencias se regeneran verdaderamente? Menos del 10%.

— Y por otra parte, ¿cuántos de ellos regresan a la sociedad para volver a cometer delitos, incluso perfeccionados?, 85%. Sólo 5% muere tras las rejas.

— Sin considerar que casi ninguno de ellos merece la oportunidad de quedar en libertad, ¡ah! pero la generosidad de las Leyes acortan sus condenas por ¡buena conducta! ¡No tienen madre!

Así pensaban aquel grupo de personas reunidas en la semioscuridad de la gran bodega de electrodomésticos propiedad de uno de ellos.

Los doce sujetos presentes acordaron hacer algo drástico. En los últimos meses, estaban en secreta comunicación con grupos semejantes en varias partes del mundo oyendo a padres, hijos, familiares o amigos de las víctimas, inconformes con los juicios y sentencias dictadas por jueces inmorales, más protectores de los criminales que de los inocentes hombres, mujeres y niños martirizados, mutilados y sacrificados.

El reducido número de conspiradores era sin embargo, muy poderoso económica y políticamente hablando, constituyendo una multimillonaria organización secreta capaz de cometer los peores atentados terroristas, siempre con el firme objetivo de eliminar las lacras sociales que llenan las prisiones. Estaban convencidos con firmeza de hacer el bien a la Nación, limpiando a la Sociedad de la basura humana.

Por unanimidad de votos seleccionaron como primer "target" (objetivo) a Forest Hill Correctional Facilities (Prisión Forest Hill).

Decidieron llamarse por colores. El señor Green (Verde), propuso la contratación al precio que fuera, de un equipo de ataque armado de potentes explosivos para ser colocados en las crujías de los prisioneros, y detonados en la noche, cuando duermen y no darles oportunidad de escape. La propuesta fue aceptada por unanimidad, porque en esa forma, el personal policiaco de vigilancia, el administrativo y autoridades del penal, no serían tocados.

El señor Red (Rojo), preguntó quién podría encargarse del operativo. Mister Blue (Azul), dijo conocer a un empleado de su empresa, sin religión, muy agresivo. La mayoría de los presentes lo descartó.

El señor White (Blanco), opinó que era necesario contactar a guerrilleros Colombianos que estaban cortos en su economía para continuar el movimiento revolucionario en su País. Tampoco fue del agrado de los asistentes.

Mister Beige puso en la mesa contratar a mafiosos Italianos.

— Pudiera ser, ¿pero quién tiene relación con ellos? ¿Qué garantiza que no se vuelvan contra nosotros?

Yellow (Amarillo), tomó la palabra. Dijo que en el vecino País del sur, se estaban desarrollando grandes bandas de pistoleros a sueldo al servicio de los barones de la delincuencia organizada.

— Se puede pensar en contratarlos, por lo que sabemos son bastante efectivos. Tienen en jaque a las fuerzas Policíacas y al mismo Gobierno Federal.

— Es demasiado arriesgado —objetó Mister Gray apoyado por los demás— podría causar un conflicto Internacional de consecuencias imprevisibles. Con seguridad nos estaríamos enfrentando a las investigaciones y fuerzas de los dos Países. No, muchas gracias.

Color Black (Negro), decidió el asunto.

— Los mejores especialistas en explosivos, no son la COSA NOSTRA Siciliana, las organizaciones Extremistas AL-QAEDA, SEPTIEMBRE NEGRO, la ETA Española o el ERI Inglés, vaya, ni siquiera los Cárteles de la droga de México y Sudamérica.

— No, los tenemos aquí, en nuestra propia Nación. Gastamos miles de millones de Dólares anualmente en reclutar, inducir y entrenar a cientos de jóvenes Americanos que ingresan al Ejército, Marina, Fuerza Aérea y Cuerpo de Marines.

— Ellos son los mejores, adiestrados diariamente con simulacros reales, y la mentalidad de destruir al enemigo sin compasión. Me consta. La cuestión es aprovecharlos, formar un pequeño comando selecto y señalarles claramente al adversario, ¡estoy seguro que lo comprenderán!

— Son Patriotas Americanos y harán cualquier cosa en beneficio de su País.

— ¡Bravo! ¡Qué magnífica idea General!

— ¡A callar estúpidos! Soy color Black, ¡¡no lo olviden!!

— Tiene razón, haga el favor de disculparnos... señor Black.

Por aclamación, los asambleístas lo nombraron para encargarse de los recursos humanos y explosivos. Blue y Red, obtendrían los detalles del edificio, lo cual no significaba gran problema. Todos los planos de los inmuebles públicos y privados, se encuentran registrados en los archivos de la Oficina de Construcciones del City Hall (Ayuntamiento).

White y Green, proveerían los transportes terrestres, aéreos o marítimos necesarios para el golpe y la huida.

Purple se encargaría de los dineros, Yellow y Orange la casa de seguridad y finalmente Wine y Brown los trabajos de limpieza después del atentado silenciando pronto a la Prensa y Policía.

Al finalizar los Acuerdos, llenaron sus vasos de whisky Escocés The Macallan 64 Years Old in Lalique, añejado en barricas de jerez hechas con roble Español, envasado en botella de fino cristal tipo jarra de 1.5 litros, lanzado en el 150 aniversario del nacimiento del Maestro vidriero René Lalique, y que puede adquirirse por un poco más de 400,000 dólares Americanos, siendo el más caro del mundo.

NEW YORK CITY
(ACTUALMENTE)

Astrid invitó a desayunar a su primo Tanus para contarle emocionada, acerca de su nueva e interesante comisión en la Cadena de Medios, recibiendo una especie de ducha fría.

—Te aconsejo no meterte por allí. Hay fuertes rumores en la oficina del Fiscal de Distrito sobre la posibilidad, casi la seguridad de un acto terrorista. La orden tanto del FBI como del Departamento de Seguridad Nacional es mantenernos al margen, guardando completo silencio que significa nada de prensa. Ellos han atraído las investigaciones y puede resultar muy peligroso para ti.

—Si lo deseas puedo hablar con tu jodido jefe para explicarle su imprudencia de mandar a la guerra a una novata como tú. Lo siento nenita, ¿por qué no escribes páginas sociales como las chicas bonitas? Tendrías gran éxito —cerró Tanus queriendo hacerse el simpático— yo sería uno de tus lectores.

—¡Puedes irte al infierno!, ¡te odio! —dijo Astrid casi llorando de impotencia— ¿Dónde queda la libertad de expresión, la libertad de prensa? ¡Hombres! ¡Son todos unos misóginos!

Don Elías Chedrak, padre de la chica aconsejó prudencia.

—Tiene razón tu primo Tanus, si él te previene, quiere decir que ve grandes riesgos para ti, no tienes ninguna necesidad de exponerte. A ver, cuánto te pagarán por el reportaje, estoy dispuesto a triplicar la cantidad en este momento —dijo papá Chedrak abriendo el cajoncito donde guarda su chequera.

—¡Oh, Dios mío!, padre, no me ofendas más. Siempre quieres arreglar las cosas con dinero, ¡es lo único que te importa!

Mamá Chedrak salvó la tirante situación entre padre e hija, con infinita ternura abrazó a su chiquilla, le acarició el bello rostro, secando las lágrimas con un pañuelito de algodón, al tiempo que dulcemente le habló al oído.

— Disculpa a tu papá, es un campesino rico, no tiene sensibilidad. La vida lo ha endurecido tanto que carece de tacto para tratar a las mujeres. Vamos nena, que no es para tanto, te prometo que buscaremos algo muy bueno para ti... te queremos mucho...

Tanus cogió las manos temblorosas y frías de Astrid depositando un besito en ambas.

— Perdona prima no quisimos lastimarte, si esto es importante para ti, te prometo ayudarte hasta donde pueda, ¿OK?

— OK —respondió Astrid, retirándose a sus aposentos.

Don Elías impresionado por la actitud de su querida hijita, también prometió su apoyo, pero lo haría a su modo, a espaldas de Astrid, repartiendo billetes por todos lados hasta conseguir lo que deseaba. Siempre había sido así.

En menos de ocho días, comenzaron a llegar los resultados que solicitó Don Elías. Abrió cuentas de Twitter y Facebook con nombre falso, ofreciendo atractivas recompensas a quien pudiera aportar informes sobre el atentado terrorista, más allá de lo que informado por las Autoridades.

Centenares de mensajes eran simplemente basura, hasta que llegó uno proveniente nada menos que del Fuerte Larsen, hogar del Séptimo Regimiento de Marines.

Don Elías asustado por la idea, quiso recomponer la situación pagando lo ofrecido. Mensaje en mano, visitó a sus Abogados.

— Nuestro consejo Elías, es que dejes de jugar al detective y permitas a los agentes de la Ley cumplir con su trabajo. Por lo que se comenta, este asunto está muy caliente porque compromete la Seguridad Nacional.

— Además con esas facciones de Fedayín, es posible que te arresten como sospechoso, ja, ja, ja, ja... —bromearon los Consejeros Legales, miembros del Club Libanés.

El señor Chedrak, macromillonario dueño de cadenas de Supermercados, dejó el tema por la paz borrando los mensajes y habló con su mujer. Sólo ella podía conseguir que la terca de su hijita Astrid, olvidara el asunto.

Para ello, es necesario buscar otra actividad de su profesión que le interese mucho y no sea peligrosa, o de plano facilitarle el camino para lograr un buen matrimonio. El esposo se encargaría de ponerla en orden.

— ¡Maldita sea!, ¿qué estoy pensando? —rugió arrepentido Don Elías — esto sería lo último, no seré yo el que consiga al pinche yerno que vendrá a disfrutar de todo el cabrón. La sola idea "nadie sabe para quién trabaja" le llenó de furia y... temor, sabía que algún día tendría que suceder lo inevitable, ¡mi nena necesitará marido!

Los cónyuges decidieron consultar con Lynnette, la mejor amiga de Astrid. Ella podría ayudarlos a pensar en las nuevas ocupaciones de la niña.

En junta secreta preguntaron a Lynnette sobre los temas que pudieran interesarle a su querida hija. La respuesta fue tajante. Si Astrid no puede ejercer el periodismo por los peligros que representa para los reporteros, lo único que puede sustituirlo es la producción de películas para el cine y la televisión.

Muy contentos, con nuevos bríos, los padres de Astrid ya estaban pensando en la apertura de los "CHEDRAK STUDIOS". El Capital no era ningún problema, la nueva compañía se podía financiar con las utilidades de una sola de las 500 enormes tiendas de autoservicio que la familia Chedrak poseía en los Estados Unidos, México, Centro y Sudamérica.

Las mayores ganancias de los Chedrak, provenían del financiamiento. La política de la empresa había sido durante años, vender a los precios más bajos posibles, apostando al volumen de clientela.

Al vender rigurosamente de contado —en efectivo, vales o tarjetas de crédito y débito— negociando plazos de pago con los proveedores a 30, 60 y algunos hasta 90 días, y mantener los productos en consignación liquidándolos hasta su venta real, hacían del negocio de supermercados Chedrak un emporio financiero.

El proveedor que no aceptaba sus condiciones, era borrado de la lista, dando paso en la fila a otros que deseaban ofrecer sus productos a la inmensa clientela popular de "CHEDRAK SUPERMARKET".

Las toneladas de dinero invertido con sabiduría a buenas tasas de interés según estuviera el mercado dentro o fuera del País, la construcción de Centros Comerciales vendiendo o rentando locales les producían grandes ganancias, con tal grado de liquidez, que el Consejo de Directores estableció dentro de cada supermercado una sucursal de su propio banco, el "Chedrak Bank", con lo cual podían prestar dinero a sus compradores y público en general, para adquirir muebles, electrodomésticos, artículos para el hogar y de regalo, hasta automóviles y casas, aumentando considerablemente las utilidades del Grupo.

Astrid recibió la propuesta con frialdad primero, cambiando a la ira, pasando por la frustración y el rencor. En ningún momento la multimillonaria heredera tuvo palabras de agradecimiento a la familia, que se preocupaba por su seguridad y bienestar. Encerrada en sus habitaciones, negándose a tomar alimento, haciendo gran berrinche como niña pequeña consentida, aumentaba por horas, la angustia de sus amorosos padres.

Tanus, primo de Astrid, intentó consolarla y hacerle ver que lo único que sus padres trataban era ayudarla a desarrollarse como profesional de la Comunicación, poniendo los medios para hacerlo.

— ¿Acaso quieres dedicarte a vender salchichas y frutas en los supermercados? No seas tonta, acepta por favor —imploró Tanus— nos harás felices a todos.

— ¡A todos menos a mí! —bramó ella— ¡No saben nada de lo que deseo! ¡Sólo quieren tenerme bajo su control, siempre lo ha sido! —terminando por llorar con amargura.

A las 6.00 p.m., acudieron a la residencia el Médico Familiar y el Obispo Maronita, ambos conocidos y altamente apreciados por Astrid, quienes rogaron a la muchacha deponer su rebelde actitud, tratando de convencerla y aceptar la proposición de sus padres que sólo buscaban hacerla feliz.

Astrid los escuchó y prometió pensarlo, aceptando comer un poco, tratando de conciliar el sueño. Antes de retirarse, el Médico le prescribió una pastilla para calmar un poco los nervios y ayudarle a dormir.

A las 8.30 p.m., llegaron inesperadamente en comitiva, Lynnette con su ahora inseparable Douglas Pipp y Gilbert Dehesa. Pillada desprevenida, sin gota de maquillaje, cabello revuelto, ojos hinchados y sin arreglo alguno, Astrid pidió un momento para recibirlos, haciéndolos pasar a la espaciosa sala de estar de la planta alta, autorizando la entrada a su alcoba, únicamente a su gran amiga Lynnette.

— Y bien amiguita, ¿qué clase de pataleta es esta? ¡Shit! (mierda) No es para tanto, ha venido Gilbert preocupado por tu salud, no debo decirlo pero ha traído un ramo de flores que ha cortado de su propio jardín, ¿puedes creerlo? —dijo Lynnette.

— ¿Cómo lo sabes? El canalla pudo comprarlas o robarlas de algún puesto por ahí —reprochó Astrid con falso enojo.

— Tengo la seguridad que lo hizo, cuando veas las mordidas de asno en los cortes totalmente disparejos y la envoltura. ¡Dios que manera de hacerlo! Nunca vi torpeza mayor, como jardinero o florista se moriría de hambre, ja, ja, ja —rieron las dos amigas.

— Tengo una pequeña sorpresa, por fin el estirado señor Pipp me ha declarado su amor, estamos saliendo y...

— ¡Coño! —soltó Astrid, que de cuándo en cuándo pronunciaba Españolerías aprendidas de su madre Mexicana.

— ¡Perra, qué calladito lo tenías! ¡A ver, cuéntame los detalles, pequeña cabrona! Pero, te están esperando... te lo diré después, lo prometo... —replicó Lynnette.

— ¡Que se jodan! —rebatió Astrid, usando otra vez gruesas palabras Hispanas, que salidas de su linda boca sonaban agradables.

Como se dice coloquialmente, "le echaron montón". Entre todos, argumentaron y convencieron a la preciosa muchacha que podía ayudar a la gente desvalida de una manera mejor, si además de descubrir problemas sociales y publicar notas que se olvidan rápido, resultaba superior hacer cortometrajes y series llevadas a las pantallas grandes y chicas (cine y televisión), en donde una imagen vale más que mil palabras.

— Piensa en los empleos directos e indirectos que puede generar "CHEDRAK STUDIOS" —aconsejó Mister Pipp.

— Y estaré ahí para ayudarte en Relaciones Públicas, si lo deseas — aventuró sin tapujos Gilbert.

— ¿Qué estás tratando de decirme? Realmente, ¿dejarías tu magnífico empleo en la Firma para seguir a una chiflada como yo?

— Bueno, a veces pienso que te falta ajustar algún tornillo, pero sí, estaría bien dispuesto a arriesgarme, para mí vale la pena.

— Pueden contar conmigo como su Attorney (abogado, consejero, litigante), apuesto que necesitarán de servicios legales diversos, librarlos de la cárcel a cada momento y atender demandas a montones. Ya imagino: invasión de privacidad, exhibición de "secret dossier" (documentos secretos), revelación de datos oficiales confidenciales y no sé cuántas cosas más —dijo riendo el señor Pipp, tomado de la mano de Lynnette, que lo miraba embobada.

— Por mi parte, ofrezco mis servicios de secretaria particular, dama de compañía, consejera espiritual y confidente —expresó la amiga.

— Y yo puedo ser el Jefe de Seguridad de los Estudios si me lo permites —dijo sorpresivamente el recién llegado —Estoy a punto de retiro de la Comandancia.

— ¡Adam Bolton! ¡Sargento, qué agradable sorpresa! Pase por favor amigo mío, ¿cómo está su esposa? Y... quién le ha di- cho qué... Oh, es lo de menos, lo importante es que está usted aquí, le presento a...

— Muchas gracias, ya hemos sido presentados. Lynnette me ha localizado informándome del problemita, venimos ayer pero estabas indispuesta. Ahora soy yo el que pregunta. ¿Por qué no llamaste a casa? Marjorie vendrá en unos momentos, te ha pre- parado algunas cosillas para comer de las que te gustan.

Conmovidos, don Elías Chedrak y su mujer se abrazaron amo- rosos, como tenía tiempo no lo hacían, observando la felicidad que destilaba su querida hija, rodeada de seres que la quieren. En ese momento el magnate de los supermercados, secó de sus ojos una lágrima de "millón" —pues no lloraba fácil— tomando la decisión de apoyar con el capital que fuese necesario, para el éxito de "CHEDRAK STUDIOS".

— ¡Bueno, ahora a celebrar! Propongo un brindis —dijo el almidonado señor Pipp sorprendiendo a todos.

— Claro que sí —repuso papá Chedrak, que en cuestión de segundos organizó las bebidas, auxiliado por el Sargento Bolton y Gilbert. Don Elías tocó el botón de comunicación con la cocina ordenando algo de comer, pero no fue necesario. En ese preciso momento, hizo su entrada la señora Marjorie Bolton y una empleada de servicio, colmadas de bandejas desechables con deliciosos bocadillos delicatessen (quesos, carnes frías, embutidos y pastelitos de gran calidad).

Don Elías, contra su costumbre de hablar como loco, estuvo callado observando y calificó con diez a los presentes, lleno de satisfacción al ver el grado de estimación desinteresada que demostraban a su amada hijita y la forma de tratarla sobre todo el tal Gilbert. Carajo, esta parejita algo se trae, creo que se gustan. Voy a vigilar de cerca a este cabroncito, aunque de entrada, no me parece un mal hombre, mmmm. En estos días lo pondré a prueba... ¡ya veremos si merece a mi niña! —rezongó el señor Chedrak.

Don Elías solía examinar a los pretendientes de su bella hija, con una prueba de dinero. No podía ser diferente, el señor Chedrak no pensaba en otra cosa, pero le había rendido buenos dividendos.

Cuando la niña se encaprichó para noviar con el hijo del Mayordomo, le demostró lo equivocada que estaba cuando el tipo aceptó dejarla y desaparecer por sólo cincuenta mil Dólares.

En otra ocasión, uno de sus Maestros de la Universidad, pidió permiso para frecuentarla. Cuando papá Chedrak le contó "en confidencia" la falsa historia de hipotecas y deudas con los bancos, proveedores y sus "problemas financieros" consultándole soluciones, el Profesor salió corriendo, antes de que el buen señor Chedrak le pidiera la firma de aval garantizando con su casita un nuevo préstamo para el Supermercado.

Un tercer pretendiente fue el Pastor de la Iglesia de la Divina Palabra, quien le solicitó ayuda la primera vez que lo invitó Astrid a la casa. El planteamiento hecho por el vivales, fue de diez millones de Dólares para la construcción de un albergue para desamparados.

El señor Chedrak aceptó, siempre y cuando el regalo fuera manejado por un fideicomiso presidido por el propio Don Elías, a lo que se opuso rotundamente el religioso, argumentando que los donativos —para gozar de la Gracia de Dios— debían ser incondicionales, retirándose de la casa, simulando sentirse agraviado por la desconfianza. Un año después fue acusado de fraude por gran parte de sus fieles y procesado por la Justicia.

La Contadora Caridad Hernández, ahora Supervisora Senior de Auditoría recibió el soplo de que alguien estaba hurgando en sus antecedentes, asociándolos con los interrogatorios a que fue sometida por la Policía, Mister Fletcher, el Detective McLean y el Abogado General de la Firma, Douglas Pipp, como sospechosa del asesinato de Jules C. Harper "EL NIÑO". La noticia le inquietó, ¿quién será la persona que tiene interés en husmear sobre un asunto cerrado? ¿y cuál es el propósito?

La sólida coartada que recitó sin errores ante los Detectives el

Contador Belcher, jurando haber estado en el departamento de la Auditora, la noche del crimen, aproximadamente desde las diez de la noche hasta casi las siete de la mañana del día siguiente, resultó contundente y exoneró de cualquier sospecha a la bella Cubana.

¡Motherfucker! (Hijo de puta) ¿Quién chingaos tiene interés en desenterrar el asunto? Se prometió descubrir y "desalentar" a su modo, al testarudo que estuviera averiguando. Al parecer el rastreo indicaba que venía "de adentro". Gilbert estaba en grave peligro, sin saberlo.

Caridad decidió "tomar el toro por los cuernos", frase muy Española/ Cubana que significa abordar el asunto en directo. Sabía que al interior, sólo el Área de Recursos Humanos tenía toda la información acerca de la "vida y milagros" (datos completos) sobre el personal de la Firma.

Esa noche, trabajó con intensidad en casa terminando un reporte urgente sobre la nueva situación Fiscal de México, al haberse aprobado por el Congreso, una serie de modificaciones en los Impuestos Federales con fines netamente recauda- torios, ignorando y poniendo en riesgo las nuevas inversiones de las compañías del extranjero, tan necesarias en ese País, su- mándose al clima de inseguridad social y político proyectando una mala y falsa imagen de México ante el exterior, donde se hablaba incluso de "Estado Fallido", "Ingobernabilidad", "Volatilidad Financiera" y otros adjetivos, formulados por reconocidas —pero alarmistas— empresas calificadoras de riesgo. Las reformas fiscales del gobierno eran famosas por su exigua visión, complejidad para su aplicación y pago, falta de equidad y hasta verdaderos disparates legislativos, cambiando cada mes en publicaciones llamadas "Misceláneas" con resoluciones, circulares, criterios, reglas e instructivos más abundantes que las propias Leyes, constituyendo gigantescos galimatías que limitados grupos logran entender y cumplir.

Como chiste, atribuyeron a un conocido —hoy ex Presidente de la República— desesperado por la falta de recursos, pidió a Funcionarios de su gabinete estudiar la forma de establecer un nuevo impuesto a los sufridos ciudadanos. Después de dos se- manas de sesudas reflexiones, los ministros se reunieron con el Presidente para explicar que ya no quedaban actos jurídicos o bienes qué gravar. Había impuestos para todo: Petróleo, gas, gasolina, energía eléctrica, importación, exportación, ventas, honorarios, intereses, rentas, refrescos, cigarros, cerveza, licores, salarios, comisiones, utilidades, dividendos, al consumo de bienes y servicios, a la propiedad, agua, drenaje, autopistas, puentes, agricultura, ganadería, pesca, minas, juegos permitidos, espectáculos, televisión, telefonía, y mil cosas más.

— Lo único señor Presidente, sería un Impuesto a los Pendejos — dijo gravemente el Secretario de Bienestar Social.

— ¡Bravo! —dijeron los otros Secretarios de Despacho.

— ¡Genial, la mayor parte de los Mexicanos serían sujetos del nuevo gravamen! Esperamos nuestro Bono por tan brillante idea, la recaudación estimada sería de unos...

— No tan de prisa señores, es imposible —atajó el señor Presidente.

— ¿Por qué razón? —preguntó el Secretario de Finanzas Públicas —Podemos darle la forma legal e imponerlo, como siempre. El pueblo deberá cumplir o atenerse a los castigos del Código...

— ¡Dije que no se puede! Ustedes son una bola de estúpidos, han gastado dos semanas para decirme algo que ya existe y está en pleno vigor.

— Perdón señor, no lo sabemos, ¿cuál es ese impuesto?

— ¡La Lotería Nacional, los Pronósticos Deportivos y todo lo demás! ¡Ustedes son los Pendejos!

La distorsión y exageración en las noticias, formuladas por algunos medios mercenarios, estaban impactando en la comunidad Financiera Internacional y en la opinión pública. Pareciera que los Gobernantes, viviendo en las nubes, desconocían la realidad de su Patria, que lejos de proporcionar confianza y estímulos a la producción, ventas y creación de empleos, insistían en ordeñar al límite a las vacas lecheras de siempre, con decretos y parches que rayan en la complicación, tibieza y mediocridad, haciendo lo posible por ir en contra de los principios para una buena Recaudación y Justicia Fiscal pregonados desde el siglo XIX por Adam Smith, genio de la Economía y Finanzas Públicas.

Un contribuyente Mexicano solía decir que era más fácil asaltar un banco que pagar sus impuestos.

En efecto, las Autoridades Fiscales en una pretendida modernidad, han puesto toda clase de dificultades técnicas en electrónica avanzada, para que los ciudadanos y empresas puedan cumplir oportunamente con el pago de sus tributos, sin ponerse a considerar que la mayor parte del pueblo Mexicano apenas está en primer año de computación y sistemas, o lo que es peor, son los analfabetos del Siglo XXI.

Las siglas del nuevo lenguaje Fiscal y la gran complejidad, de Leyes que en afán recaudatorio (no logrado a plenitud) hacen sufrir a los contribuyentes, provocando errores y omisiones que les cuestan : DIOT, Declaración Informativa de Operaciones con Terceros (clientes y proveedores); FIEL, Firma Electrónica Avanzada (sin ella no se pueden pagar impuestos); CIEC, Clave Confidencial; SAT, Sistema de Administración Tributaria (órgano oficial de la Secretaría de Hacienda para recaudar y vigilar a los contribuyentes) CETES, Certificados de la Tesorería de la Federación (instrumentos de colocación del Gobierno Federal entre los inversionistas, pagando interés); CFF, Código Fiscal de la Federación; ISR, Impuesto sobre la Renta; IVA, Impuesto al Valor Agregado; IETU, Impuesto Empresarial a Tasa Única, IDE, Impuesto sobre Depósitos en Efectivo; (éstos dos últimos desaparecidos por Ley para 2014); LIF, Ley de Ingresos de la Federación; PTU, Participación de Utilidades a los Trabajadores; ISAN, Ley del Impuesto sobre Vehículos Nuevos; IEPS, Impuesto Especial sobre Producción y Servicios; LFPCA, Ley Federal del Procedimiento Contencioso Administrativo...

En el pecado, llevan la penitencia, no hay una gran recaudación que permita al Estado Mexicano cumplir con sus objetivos. A falta de las profundas y urgentes Reformas: Energética (Petróleo y Electricidad) Fiscal, Educativa, Política, Laboral, Administrativa y Judicial, estancadas por años en las Cámaras de Diputados y Senadores por eternas discusiones, los improvisados e incapaces Legisladores, a los que importa más conservar su curul y continuar viviendo a costillas del erario, favoreciendo los intereses de sus respectivos partidos políticos, por encima del bienestar de su pueblo, siempre encontraban como osado remedio para las Finanzas Públicas, el excesivo endeudamiento interno y externo, "el que venga atrás, que arree", dice el proverbio Mexicano (el Gobierno siguiente que cargue con el problema).

Con tremendo bostezo, Caridad inició el proceso de cerrar el programa y apagar su laptop SONY VAIO, que para su desventura, inició el Programa de Actualizaciones indicando la 1 de 29. No debía apagar la computadora hasta completarlas, era su costumbre hacerlo así para evitar infiltraciones.

— ¡Mahoma! —expresó, emulando a su amado Kadir, cuando invocaba al Profeta pidiendo humildemente paciencia, aprovechando el lapso para reflexionar.

Cuando automáticamente se apagó el ordenador, intentó dormir. No pudo hacerlo pronto. La idea de que alguien la estuviera investigando, no le agradaba en lo mínimo, tenía que descubrirlo y... eliminarlo sin ruido, era un hecho. Decidió consultar con su amigo y protector, siendo las tres de la madrugada en Nueva York, en Madrid serían las nueve de la mañana. Con un poco de suerte, lograría comunicarse con Kadir. Lo encontró en el móvil. Estaba haciendo sus ejercicios matinales.

— Hola amigo, ¿no interrumpo el coito mañanero?

— No, estoy en el gym (gimnasio) —respondió Kadir resoplando— ¿en qué puedo ayudarte?

Enterado por la bella de su problema, le recomendó olvidarlo.

— No tiene caso hacer nada, has sido borrada de la lista de sospechosos del asunto. Mi consejo es que sigas con tu vida normal, no te compliques con nuevos problemas.

— Estamos solicitando la presencia de los Auditores de la Firma en la que trabajas, para digamos el mes que entra. Haz lo posible para que te incluyan en el equipo de Auditores. Necesitaremos un dictamen financiero para la Empresa que construirá los nuevos desarrollos inmobiliarios de Don Ramón, en la isla de Menorca. La recuerdas, ¿verdad?

— Claro, cómo ignorarla, si la hemos pasado de maravilla. Tienes razón, no me conviene hacer nada por ahora, aunque extraño la acción. Además hace tiempo que no tengo contratos especiales... estoy disponible... quiero trabajar contigo —se quejó la Auditora.

— No hay contratos por ahora —dijo el Director— Todos los pedidos han sido entregados, digamos que la fábrica está en una especie de suspensión de actividades, pero no te preocupes, hay uno pendiente y eres una de las mejores agentes de ventas que tenemos.

— Prometo llamarte en la primera oportunidad... hasta pronto nenita, un beso.

Nunca lo sabrían, pero Astrid Chedrak, su jefe Franklin Stratton, Gilbert Dehesa y Douglas Pipp, se habían salvado de morir.

La mortal exterminadora, Caridad Hernández alias Agente "Aileen", sin conocerlos, había decidido escuchar a Kadir sepultando el asunto y con ello, perdonarles la vida.

"CHEDRAK STUDIOS" inició la fase de planeación. Liderados por Astrid, con el apoyo de Gilbert en el reclutamiento, selección, contratación y capacitación de los Recursos Humanos y Relaciones Públicas; Douglas Pipp en los asuntos Legales; el mismo Don Elías, en el diseño del plan de negocios, presupuestos y financiamiento; mamá Chedrak en Marketing & Advertising (Mercadotecnia y Publicidad); Lynnette como Asistente Ejecutiva y el Ex Sargento de Policía Adam Bolton como Jefe de Seguridad de los Estudios, trabajaron gran número de horas para concebir y organizar la empresa.

El resultado fue grandioso, "CHEDRAK STUDIOS" nacería en una antigua propiedad de sesenta acres en los suburbios de la ciudad de Nueva York y lujosas oficinas en los pisos 33, 34 y el penthouse, de la ASTRID TOWER, rascacielos de treinta y cinco pisos con valor de dos mil setecientos millones, recién comprado al precio de "ganga" de mil novecientos millones de Dólares, aprovechando la crisis inmobiliaria de la Nación. — ¡Maldición! —dijo Don Elías a su mujer— Esta cosa recién inicia y he gastado más de dos mil quinientos millones... a este paso, pronto volveré a vender frutas y verduras en los mercaditos de los suburbios... —al recordar sus inicios cuando ayudaba a sus padres con las ventas del día.

— ¡Vejete miserable! Si tenéis más Tesoro que la Casa Blanca, ¡coño y recontracoño! —dijo visiblemente molesta la señora Chedrak— haréis bien en callaros buen hombre, que si la chica se entera de tus reclamos, ¡te mandará al averno con todo y tu pinche dinero! ya la conoces — explotó la Doña—

— Y podrás meterlo por tu gordo culo - levantando el dedo cordial.

— Basta mujer, no es para tanto, no te ofendas, si lo digo en broma cariño, vamos, no te hagas la difícil, ven aquí, eso, eso es, a ver, un besito...

— Bueno, pero no vuelvas a quejarte. Recuerda que tuya ha sido la idea, no eches a perder el hermoso gesto de apoyar a nuestra hija con tus pendejadas materialistas. Además no todo son gastos.

— Al contrario, debes invertir con gusto, piensa en la felicidad de nuestra única hija y la cantidad de familias que podrán tener trabajo.

— Así que afloja los millones, no te vas a retirar ahora, ¿no siempre quieres ser el mejor?, ¿y las bravatas de que todo lo que intentas tiene éxito? ¿Dónde ha quedado el hombre valiente y arriesgado que conocí?

— Si te duele tanto, de ahora en adelante, yo firmaré los cheques ¡sí señor!

— Perdón amor, no volverá a suceder.

— Te lo prometo por San Charbel (Santo Libanés de la Iglesia Ortodoxa Católica Maronita) que en poco tiempo los CHEDRAK STUDIOS, serán de los más importantes, la economía no será problema, ya lo verás... —dijo Don Elías mordiendo el cuello de su mujer, acariciando sus firmes nalgas.

— Hoy me toca —le susurró al oído.

MADRID, ESPAÑA

Kadir Aiza, Director General de CELTIC WORLDWIDE ENTERPRISES, nunca dejó de averiguar el asalto al Crucero "TENERIFE" que puso en gravísimo riesgo de perder la vida, a la crema y nata de los multimillonarios pasajeros.

Habían pasado cerca de dos años del atrevido golpe, de manera suave y callada, el Funcionario escudriñó lo suficiente para confirmar que el ataque tuvo éxito por contar con la traicionera colaboración de por lo menos once miembros de la tripulación. De otro modo hubiera resultado imposible.

En su arduo trabajo de investigación, partió del llamado "Presupuesto Cero" sistema aplicado a la Administración de Empresas, consistente en iniciar de nada, empezar como su nombre lo indica, de CERO. No dar por sentada ninguna verdad o mentira absoluta. Aceptar sólo los hechos, los fríos y analíticos hechos, repasados con paciencia una y otra vez, bajo la lupa. Usó el tradicional método de vigilar sospechosos, contratando un pequeño ejército de Detectives privados. Los resultados confidenciales comenzaron a llegar, amontonándose sobre el escritorio.

Post mórtem (después de muertos), fueron hallados culpa- bles: Max Segovia, Primer Oficial; Doctor Silverio Fernández y Quiroz, Segundo Oficial Médico; Livorio Tessi, Oficial Contable; Artemisa Dos Santos, Croupier del Casino; Gaston D'Petàin, Segundo Chef de Cuisine; Leonard Dubois, Oficial de Seguridad; Lisa Stone, Fotógrafa adscrita a la Dirección de Relaciones Públicas y cuatro marinos, cuyos cuerpos ahora estaban reposando en el fondo del Océano Índico o en la panza de los tiburones, junto con un buen número de mercenarios Franceses, el Capitán y la tripulación entera del barco carguero "LUSITANIA STAR" comprado por el líder de los criminales, Josafat Pereira y hundido con potentes explosivos por él mismo, con toda su gente a bordo, para no dejar huellas del atraco.

El resto de los piratas, murió en la acción de rescate a manos del Comando Israelita.

Kadir sonrió siniestramente. Por todos esos malditos hijos de puta no había la mínima preocupación.

La información sobre el demás personal de la Naviera era de poca monta. Ninguno de los investigados pareció sospechoso de participar en la conspiración para el asalto. Se entristeció, al dar cuenta de los reportes escritos sobre vida, costumbres y conducta de la marinería y empleados de los Cruceros, sorprendiéndose de la cantidad de mujeres infieles a sus maridos embarcados.

De la reducida lista de personal al Mando, quedaron vivos el Capitán Conrad Blake y el Ingeniero Íñigo Sustaeta, Oficial de Informática y Telecomunicaciones Satelitales.

A Blake lo torturaron para abrir la caja fuerte, fue secuestrado y padeció el cautiverio, comportándose heroicamente al decir de los ricachones viajeros. Está limpio, sus cuentas bancarias así lo demuestran, no hay rastro de soborno, razonó Kadir.

Varias veces estuvo a punto de interrogar con energía al Ingeniero Sustaeta, "salvándole la campana" —como se dice en el boxeo— por sus impecables antecedentes, Hoja de Servicios y edad —casi 79 años— por eso no extrañó al Departamento de Recursos Humanos cuando pidió su baja de la Tripulación, casi inmediatamente después de acabar el episodio del asalto en altamar del Trasatlántico "TENERIFE". Se divorció un año después, dedicándose a enseñar en la Escuela Militar Naval de Oficiales en Marín, Galicia, gastando poco dinero de su espléndida pensión de retiro.

Sustaeta no podía dormir bien. Noches enteras se pasaba en vela temiendo ser descubierto por las Autoridades o asesinado por la banda criminal a la que sirvió. El miedo que lo invadía aumentaba por el remordimiento de haberse quedado con la parte del hoy extinto Capitán Max Segovia, Primer Oficial del Crucero de superlujo "TENERIFE", quien lo reclutó para traicionar a la Naviera, paralizando los avanzados sistemas de comunicaciones del barco, facilitando el asalto a los piratas.

Recordaba como martillazos en su cerebro, las palabras del Capitán: "Voy a confiar en ti depositando mi ganancia en tu cuenta. Si algo me pasa, por favor atiende a mi familia, que nada les falte, que mi sacrificio no sea vano, júrame que lo harás".

Faltó al juramento. Nunca se ocupó de buscar a la familia de su amigo. Por el contrario, pretextando vacación, se ocultó lo más que pudo durante más de un año, saltando de un sitio a otro, tratando de borrar huella.

Cuando se sintió a salvo aplicó para la vacante de Maestro en la Escuela Militar Naval de Oficiales, en la Provincia de Pontevedra, donde anualmente el Rey de España acude El Día del Carmen (16 de julio) para presidir la Jura de Bandera y Entrega de Despachos a los estudiantes.

Es tiempo de darle una checadita, pensó Kadir —a quien no convencía la conducta casi monacal del zalamero vejestorio — no faltaba a la Misa los domingos, confesaba sus pecados —que en automático le perdonaba el cura— y recibía el Sacramento de la Comunión, proporcionándole paz interior por algunas horas.

— No quedan santos en el mundo —dijo en voz alta, usando una de sus frases favoritas.

— Todos tenemos TENTACIONES, voy a descubrir cuál es la suya.

Cuando se tiene el poder de manejar e invertir miles de millones de Euros en los Bancos, aunque no sean suyos, el Ejecutivo goza de atenciones y privilegios de parte de las Instituciones Financieras, que hacen lo posible por mantenerlo como cliente, incluyendo en ocasiones a solicitud expresa, otorgar referencias de crédito de otros cuentahabientes.

Kadir pidió y obtuvo los informes de crédito del Ingeniero Íñigo Sustaeta. De los quince Bancos Europeos seleccionados, trece negaron conocerlo.

El Banco Santander y el Banco Bilbao Vizcaya, contestaron positivamente. Era cliente de las dos importantes Instituciones, manejando inversiones con bajo riesgo y mediano plazo, sin poder revelar montos.

Eso fue suficiente para Kadir. Tenía a su disposición los elementos necesarios para saber los capitales invertidos.

Algunos empleados bancarios, en lo general mal pagados, se prestan a divulgar algunos secretillos a cambio de una buena gratificación.

— ¡Fiuuu! —silbó el señor Director al ver las cifras, los cien millones de Euros en las cuentas de Sustaeta, superaban con exceso lo que pudo haber ahorrado durante toda su vida el muy bastardo.

Las fechas de los depósitos, fueron dos meses antes al ataque cometido por los piratas al Crucero "TENERIFE" en altamar. Es claro que fue corrompido, culpable de alta traición e indirecta- mente, de las muertes que ocasionó su deslealtad.

— Tengo que hablar con Ben, él juzgará qué hacer.

Como lo suponía, el Presidente de la Fundación Weitzner condenó al indigno Íñigo Sustaeta, ex Oficial encargado de las Telecomunicaciones y Sistemas GPS del Trasatlántico "TENE- RIFE".

— Debe pagar su felonía, no tiene derecho a disfrutar un mi- nuto más del dinero mal habido, billetes manchados con san- gre de inocentes. Opino que debe rendir cuentas al Creador — contestando desde luego en lenguaje cifrado.

— Contrata a la eficaz agente "Aileen" y págale generosamente, digamos unos veinticinco súper grandes (millones de Dólares). Esperemos sea el último trabajo de "limpieza" de la Fundación, por lo menos con este sistema de eliminación, tengo otras ideas al respecto, mucho más efectivas.

— ¿Y cuáles son ésas? —interrogó Kadir.

— A su tiempo lo sabrás, baste decir que pasaremos de ser Comerciantes Minoristas a Comerciantes Mayoristas —sentenció Benjamín, dejando al joven Director General sorprendido y boquiabierto.

MARÍN, ESPAÑA

En una casita, el anciano vivía solo. Los vecinos se quejaron del mal olor que despedía la vivienda. Al entrar un hedor nauseabundo atacaba las fosas nasales, la Policía encontró el cuerpo putrefacto del viejo colgado de una viga.

En el suelo, el Inspector halló una carta firmada de puño y letra del suicida sin explicar nada, pidiendo perdón a su familia —que nunca frecuentó— y a la sociedad entera, no culpando a nadie de su muerte.

Asimismo, disponía como última voluntad, entregar por par- tes iguales a sus familiares cercanos y a los herederos del Capitán Max Segovia el balance de sus cuentas bancarias, mencionando los números y nombre de los Bancos.

La muerte del Ingeniero Sustaeta se olvidó pronto. Era el típico caso del octogenario deprimido que se quita la vida, potencialmente enfermo terminal de algo, motivado por la soledad y el arrepentimiento, de Dios sabe qué culpas.

No hubo ninguna duda del suicidio.

La Escuela Naval publicó una pequeña esquela en el periódico de la ciudad y punto final.

El "trabajo" de la Agente "Aileen" resultó impecable. A miles de kilómetros, recibió la llamada.

—Caridad, cariño, felicidades por tu cumpleaños. Revisa tu cuenta, he depositado algún dinerillo por ahí, cómprate algo bonito. Un fuerte abrazo, hasta pronto —dijo Kadir.

—Arrivederci amore mio (adiós mi amor) —pronunció la hermosa Cubana en Italiano, cortando la comunicación.

KUALA LUMPUR,
REPÚBLICA DE MALAYSIA

En apoyo de Helen, llegaron de Nueva York, sus padres, John y Camilla Kelly, su hermana Karen, así como Don Benjamín Weitzner y dos de los peces gordos del Despacho, Cecil Hartford y Kirk Fletcher, acompañados de uno de sus mejores clientes y hoy jefe de Kadir, Don Ramón Peralta y Bárcenas.

El Doctor, Jefe de piso, leyó a la familia en correcto idioma Inglés el Parte Médico. El paciente había superado la gravedad extrema y se encontraba fuera de peligro, entrando en paulatina recuperación. Había cedido la fiebre y el último recuento de plaquetas en la sangre, era alentador.

— Hay que tener paciencia, la juventud y fortaleza de su esposo harán el resto —dijo el Médico paternal— cualquier cosa estoy a su disposición, buenas tardes.

— ¡Espere un momento por favor! —pidió Camilla Kelly— Tenemos varias preguntas que...

— Les ruego dejarlas para mañana señora, tengo una cirugía de urgencia. Con gusto estaré con ustedes acompañado del grupo Médico tratante, quienes resolverán sus dudas, ahora si me lo permite...

— Claro, pero sólo tengo una más Doctor, ¿cuándo despertará mi cuñado? —interrogó nerviosa Karen.

— Es seguro que sí, ¿cuándo? No lo sabemos, puede ser mañana o dentro de un mes, pero lo hará que es lo relevante, lo siento tengo que marcharme hablaremos después.

— Paciencia y cariño, son los mejores remedios. No lo alteren ni lo agobien, ¿OK? Hasta pronto...

— Por supuesto, así lo haremos —contestaron a coro los presentes— muchas gracias, Doctor.

Gregor y Lolita, padres de Kadir, presenciaban la escena en silencio. Sabían de la fuerza de su hijo y no tenían ninguna duda en su recuperación. Gregor había establecido comunicación con los especialistas Médicos Militares de México, con gran experiencia en el diagnóstico y tratamiento de las enfermedades tropicales como el Dengue, que desafortunadamente asolaba algunas regiones de ese País.

A su favor, tenía el conocimiento avanzado de los Médicos Mexicanos en el tratamiento del flagelo por el combate permanente contra el mosquito portador.

Abrazaron cariñosamente a Helen, su querida nuera, pronunciando palabras de aliento. Doña Lolita le pidió ir a la Capilla Ecuménica del Hospital, para dar gracias a Dios por la notoria recuperación del paciente, pero la bella mujer prefirió quedarse al lado de su esposo enfermo, comisionando a su madre y hermana para acompañarla.

El diagnóstico de los eficientes médicos del Hospital, estableció que la grave enfermedad de Kadir fue adquirida al recibir piquetes de mosquitos Aedes Aegypti portadores del Dengue Hemorrágico, cuando se encontraba de vacaciones con su querida esposa Helen, en Kuala Lumpur, la ciudad Capital y centro económico del País. De acuerdo a la información proporcionada por la guapa esposa, habían estado 25 minutos en la cafetería del Aeropuerto Internacional de Sepang, esperando a los representantes del Consorcio CELTIC quienes llegaron un poco tarde al confundirse con el horario del vuelo comercial. Disculpándose ampliamente, los llevaron al nuevo edificio de la Cadena, que combina inteligentemente: la planta baja, mezzanine y seis pisos, de área comercial; 10 niveles para modernas oficinas, 20 para apartamentos selectos y 12 para el fabuloso hotel. Se inauguró al día siguiente, una impresionante torre de hierro,concreto y cristal de 50 pisos en la mejor zona comercial y turística de la ciudad.

Esa tarde, estuvieron solos y relajados, disfrutando de la pequeña piscina al aire libre de la Suite, espacio probable de contagio. Por la noche, les ofrecieron un Luau. Espléndida cena y fiesta exótica en las playas del Hotel Legend, ¿los mosquitos pu- dieron atacar allí?

Al día siguiente decidieron salir muy temprano a conocer el parque Taman Tasik Perdana, de bellísimos jardines y lago. Otro punto posible de infección. Dos días después estuvieron en el Kelab Golf, campo donde jugaron nueve hoyos, en compañía de los Ejecutivos del Hotel y sus esposas. Los mosquitos abundan.

— Sea cual fuere el lugar, lo cierto es que nuestro compañero está enfermo y rogamos a Dios por su pronto alivio —concluye- ron familiares y amigos.

Mientras tanto, Cecil, Kirk, John y Ramón salieron al bar del hotel adjunto, integrado al Nosocomio por el pasillo interior en el piso 3. Necesitaban tomar una copa con urgencia, permaneciendo en la Suite, Gregor y Benjamín.

El sitio era fantástico. Un gran surtido de finas bebidas adornaban la gigantesca contrabarra del establecimiento, que iluminado con gran armonía de colores, lo hacía perfecto para iniciar o cerrar negocios, conquistar mujeres o simplemente relajarse y conversar. La barra, recubierta de ónix, producía un efecto visual casi místico, con promesas de secreto y aventura.

Las meseras lucían pequeños y ajustados uniformes que dejaban al descubierto la mayor parte de sus encantos, siempre sonrientes con la selecta clientela.

En una especie de mostrador adosado al muro, una fila de botellas de vinos blancos, rosados y tintos de varias regiones del Planeta, estaban colocadas en surtidores especiales para despacharse en autoservicio, con tres llavecillas que al tacto, vertían dentro de la copa, una de las tres opciones que el cliente debe seleccionar: la primera llamada Prueba o degustación era servida en pequeña dosis, para conocer el sabor del vino. Al accionar la segunda llavecita rotulada Media, el chorrito era más abundante, suficiente para media copa y si el cliente lo prefiere, la tercera boquilla despacha la copa Completa.

Para ello, es necesario que el parroquiano adquiera con el mesero, una tarjeta de 50, 100 ó 200 Dólares para gastarlos introduciendo el plástico dentro de la ranura del vino de su elección y medida.

Don Ramón tomó nota de la novedad, ya lo replicaría en los bares de sus hoteles.

Los cuatro amigos se conocían de toda la vida, se llevaban bien en los negocios y fuera de ellos.

Esa confianza de años, los hacía sentirse cómodos y liberados de las tensiones rutinarias, recordando cuando eran un puñado de chicos verdaderos delincuentes juveniles, hablando entre ellos con lenguaje propio de estibadores de los muelles.

Casquivano como lo era, no tardó en echar ojo a una de las camareras, que estaban atinadamente seleccionadas a juicio del viejo, jovencitas, bonitas y esbeltas, como las pollitas que me recetó el Doctor, solía decir.

— Eres un cabrón incorregible —reclamó Fletcher.

—Claro, dejemos eso para después, debemos hablar del futuro del amigo Kadir, pienso que... —inició Cecil.

— La salud es lo más importante. Habrá que esperar un poco más, no quiero precipitarme nombrando a su sucesor —dijo Ramón Peralta, con gesto serio.

—Eso es pensar correctamente, te lo iba a sugerir—completó John, — no es fácil encontrar una persona de confianza, eficiente y leal, como es él. Pero si ya no lo quieres en tus filas, nos harás un favor regresándolo a nuestra Firma.

— ¡No, de ningún modo! Es sólo que tenemos tanto trabajo, que ¡coño!, me he tenido que joder levantándome temprano, asistir a un chingo de juntas, escuchar cerros de pendejadas, hacer corajes a diario, tener que ponerme a estudiar los pinches sistemas de información por computadora, lidiar con toda clase de hijos de puta, banqueros, proveedores, funcionarios huevones del gobierno y de mis empresas...

— ¡Basta por favor! —pidió Cecil— nos vas a hacer llorar, a otro perro con ese hueso, como si no te conociera. Bastante tiempo tienes para divertirte a tu modo, ¡Motherfucker! (hijo de la chingada).

— Estoy de acuerdo —remató Kirk—sentimos envidia de la buena. Ya quisiera disponer del tiempo para las aventuras como las tuyas, ¡son of a bitch! (hijo de puta).

— Lo que pasa es que ustedes son un par de ¡mandilones de mierda! ¡Pinches esclavos sexuales de sus mujeres! —se defendió Peralta, que puso un billete de cien Dólares en el corpiño de la mesera cuando se inclinó a dejar nuevas bebidas.

John Kelly intervino para calmar los ánimos, pidiendo prudencia. Recordó que estaban allí, en ese hospital, en los confines del mundo para ayudar a su amigo y no para otra cosa.

— Si desean irse con putas no los detengo, pero conmigo no cuenten. No estoy de humor para eso ahora.

— Ni ahora ni nunca cabrón —dijo Peralta y rieron todos con fuerza, levantando sus copas.

— Joder, no es mala idea, conseguiré algunas chicas para esta noche, ¿qué decís?

— Que vayas solo y de paso, ¡a chingar a tu madre! —gritaron los demás.

En la penumbra de la segunda habitación de la Suite del enfermo, conversaban amenamente en voz baja los dos amigos de siempre. Gregor y Benjamín se conocieron en la ciudad de Washington, D.C., cuando el primero se desempeñaba como Agregado Militar Adjunto a la Embajada de México y el segundo como Fiscal General de los Estados Unidos de América.

Las reuniones sobre Seguridad Nacional, la organización y el establecimiento del Comando Estratégico del Norte, los intercambios de información entre las Agencias de Inteligencia y otros, fueron foros propicios para desarrollar una creciente amistad entre ambos funcionarios, identificados por la solidez de principios, fortaleza moral, lealtad y partidarios acérrimos de la Justicia. Por diferentes caminos, buscaban el bienestar de sus pueblos.

— Gregor, no sabes lo tristes que estamos Ruth y yo. Ella no quiso venir, dijo que no creía poder soportar ver a su querido amigo en estas condiciones. Prefiere recordarlo como el joven apuesto y atlético, lleno de vida, de buen humor siempre, con una inteligencia superior y magníficos sentimientos.

— Gracias, me hace mucho bien escucharte. Por favor dile a tu hijita que le apreciamos y la comprendemos plenamente. Es una gran persona y nunca estaremos lo bastante agradecidos con ustedes por brindarnos su valioso apoyo moral y cariño sin límite.

— Quiero que sepas que Ruth lo ama intensamente como amigo y está dispuesta tanto como yo, en utilizar las oraciones y el dinero que sea necesario para salvar su vida y lograr plena recuperación, lo digo sin ofender, enterado estoy que no te faltan recursos, pero perdona que lo diga, los Médicos Judíos, son de los mejores del Mundo, ganadores de Premios Nobel en Medicina —expresó Ben con sinceridad.

— Otra vez gracias camarada, pero hemos llamado a dos famosos Médicos Militares Mexicanos que acostumbrados están a tratar este tipo de enfermedades tropicales, pues la incidencia del Dengue Hemorrágico es frecuente en América Latina. Llegarán por la mañana. Tomo nota de tu amable ofrecimiento y créeme, de ser necesario, lo aceptaré.

Por los siguientes veinte minutos hablaron con profundidad de diferentes temas económicos, políticos y sociales, tocando con precaución el "trabajo" de Kadir dentro de la Fundación.

— Tenemos una Agente nueva muy eficaz, se llama "Aileen". Tu hijo ya no está activo, no te preocupes, sólo me ayuda en la fase de planeación —afirmó el Presidente de la Fundación Weitzner.

— Me tranquilizas. Después de varios años de servicio, es bueno que se retire. Gracias de nuevo —musitó Gregor.

El terrible grito de Helen pareció cimbrar las enormes ventanas de cristal del edificio.

— ¡Pronto, pronto! ¡Vengan todos! ¡Por fin! ¡Milagro, milagro! ¡Gracias Dios mío, gracias!

Gregor, Benjamín, tres enfermeras, dos médicos y dos camilleros, entraron en tropel encontrándola sobre el cuerpo de su esposo, abrazándole, besándole, mojando la almohada con abundantes lágrimas. Pensando lo peor, el personal Médico la hizo a un lado con energía y gentileza, checando los monitores y los signos vitales del paciente, con resultados alentadores, ¡el enfermo abría los ojos desmesuradamente y trataba de hablar, emitiendo roncos sonidos guturales!

¡Estaba despertando de lo más profundo del subconsciente! Extrañamente sudaba a chorros, excitado y tensionado. La presión sanguínea comenzó a subir, con elevación del pulso y la respiración entrecortada, indicaba un peligroso cuadro de ansiedad y angustia extrema que podía desatar complicaciones cardíacas.

Fue necesario aplicarle una ampolleta intravenosa de Midazolam para tranquilizarlo, procediendo a atarlo a la cama, pues el enfermo intentó ponerse de pie en dos ocasiones, desprendiendo los delgados conductos del suero y venoclisis.

— Vaya con el tío bonito, buena siesta has tomado... nada menos que quince días y despiertas encabronado —dijo para sí la Jefa de Enfermeras.

Emocionados, en la habitación intercambiando abrazos, palabras de ánimo y agradecimiento, en pocos momentos el cuarto se convirtió en la sucursal del pabellón de locos, locos de felicidad por el retorno a la vida del paciente, sin darse cuenta de los esfuerzos médicos para controlarlo. Benjamín, el más ecuánime, avisó por celular a los otros amigos.

El Médico en Jefe, pidió a los visitantes salir de la habitación y permitir al personal hacer su trabajo.

— El escándalo no le hace bien al paciente. Lo quiero relajado para practicarle los análisis que procedan, por favor, salgan de aquí, ¡salgan ya! ¡Es una orden!

Los alegres bebedores, enterados de la fantástica noticia, subieron de prisa. Don Ramón se quejaba, ¡con mil coños!, ya es- taba ligando con la muchacha... ¡Otra vez será!

Fueron interceptados en el pasillo por personal de Seguridad del Hospital que los conminó a esperar en la Sala destinada para ello, donde ya estaban hablando muy contentos, el resto de la comitiva, informándoles de las buenas nuevas.

— Por orden del Doctor, podrán verlo hasta mañana —precisó Gregor.

— ¡Vayamos al bar! —propuso como siempre Don Ramón— esto merece no uno, ¡varios brindis! —tomándole del brazo a Benjamín.

— Claro que sí, aquí no podemos hacer nada y sí estamos estorbando, causando molestias, ¡andando! —dijo Fletcher, casi empujando a los demás.

El Médico principal, el Médico ayudante, las dos Enfermeras, el Director del Hospital, permanecieron dentro de la Suite. Helen, Lolita, Gregor, Camilla, Karen y John Kelly aguardaron en la sala de espera.

Súbitamente, Kadir trató de incorporarse, rompiendo una de las ataduras de tela. Por su fuerza y corpulencia, fueron necesarios cuatro hombres para someter al paciente, que gritó: — ¡No! ¡No! ¡Noooo! ¡Helen, no dispares! ¡No lo hagas, por favor! ¡Perdóname! ¡Perdónalas! Ten compasión por lo que más quieras, ¡piensa en tus hijos! ¡No! ¡No! ¡Ayyyy! ¡Ayyy! ¡¡Aaaaayyyyy!! —perdiendo otra vez el conocimiento.

El Médico en Jefe, evaluó cuidadosamente la necesidad de administrar al paciente otra dosis de calmantes, rechazando la idea. Tenían que esperar a que iniciara el efecto del hipnótico inyectado.

Dos horas más tarde, el paciente todavía bajo los efectos del narcótico, pronunció algunas palabras sueltas totalmente desarticuladas, quedando grabadas para su análisis posterior.

— ¡Helen, suelta el arma!... ¡todas están muertas!... ¡estoy herido!... un Médico por favor... ¡No, no lo hagas!... ¡Auxilio!... ¡Ayuda!...

Sesenta minutos después, el paciente volvió en sí muy calmado. El pijama blanco con bolitas azules propiedad del Hospital y la ropa de cama, estaban empapados de sudor. Las enfermeras procedieron a liberar sus muñecas de las ataduras.

Abrió los ojos reconociendo el dulce rostro de su querida esposa y el de Lolita, su madre, y con el ceño fruncido de preocupación, a Gregor, su padre, que lo abrazaron. Helen secó la húmeda frente de su marido con una toallita limpia, cubriéndolo de besos y tiernas palabras de amor.

— ¡Helen! ¿Estás bien? ¿Qué ha pasado? ¡Los niños, los niños!... ¿Entonces no...? ¿Dónde estoy? ¿Las demás mujeres se salvaron? ¡El arma, dame el arma, por favor! ¡Papá rápido, quítale la pistola, quítale la pistola... —en un movimiento reflejo, todavía temeroso se tocó con la mano derecha —libre de los tubos de plástico— sus genitales. Al sentirlos intactos, respiró aliviado.

— Calma tesoro, dijo Helen, estamos bien. No entiendo lo que dices, pero habrá tiempo para explicarlo, por ahora nos tienes aquí, sanos y salvos, si eso te preocupa, no hay ninguna pistola, han sido delirios por la alta fiebre que has padecido.

— Hijo querido, ha sido producto de tu enfermedad, estás fuera de peligro, lo han dicho los Médicos, te pondrás bien en poco tiempo, no te preocupes por nada. Ha venido a verte Don Ramón, tu jefe, está al tanto y desea igual que nosotros, regreses al trabajo lo antes posible, ya ves cómo es de negrero el señor.

— Pues claro, si para eso le pago bastantes Duros. A ver si ya dejas de hacerte el enfermito y vuelves a la oficina, hay un montón de trabajo —dijo sonriente Don Ramón que entraba al cuarto al frente de la comitiva.

— Tranquilo amigo —dijo el Doctor en jefe —calmado por favor. Estás en uno de los mejores Hospitales de Kuala Lumpur, Malaysia, recuperándote de la enfermedad denominada Dengue Hemorrágico transmitido por picadura de mosquitos. Has tenido situación de gravedad, despertando después de pasar un buen tiempo en estado de coma profundo. ¡Felicidades! ¡Bienvenido a la vida nuevamente!

— Gra..gracias Doctor, muchas gracias, no saben... bueno... no tiene caso ahora explicar... gracias a Dios ¡¡TODO HA SIDO... UN SUEÑO!! ¡¡UNA TERRIBLE PESADILLA!! ¡¡GRACIAS DIOS MÍO!! —balbuceó llorando, el duro, recio y curtido Kadir Aiza, "El Auditor de la Muerte", alguna vez llamado "Mister Stone" (El Señor Piedra).

— ¡Joder! ¡Si no es velorio coño! El mozo está vivo y coleando, ¡hay que celebrar! ¡Id por champaña y copas, con la venia del matasanos por supuesto! —invitó Don Ramón.

— No está permitido dentro de la habitación, pero qué demonios, hoy es un día especial y enfrentaré los reclamos y castigos de la Dirección del Hospital —contestó el Médico.

— No te podrán decir nada. El día de ayer, los aquí presentes hemos formado un nuevo grupo de Inversionistas adquiriendo en la Bolsa de Valores Local, el 89% del Capital de ¡este changarro! expresó con alegría Don Benjamín, Presidente de la Fundación Weitzner que compró el 75%.

El restante 14% lo suscribieron: 1% Gregor Aiza; 1% John Kelly; 6% "HARTFORD, MELLON & FLETCHER" y con sus fingidas protestas, Ramón Peralta y Bárcenas, quien se quedó con el 6% restante. En la primera oportunidad buscaría comprar el remanente de 11% para ser dueños de la totalidad de la Empresa. El precio de la operación, se guardó celosamente y nunca fue revelado, estimándose que los nuevos dueños pagaron unos $1'200,000.000 (mil doscientos millones de Dólares), satisfechos de tener dentro de sus múltiples intereses, un moderno y magnífico Hospital con tecnología e investigación de punta, con Hotel incluido, en un País con gran porvenir social y económico.

Un mes más tarde, cien por ciento recuperado física y emocionalmente, Kadir Aiza acudió en unión de su esposa, hijos, padres y hermanos, a darle gracias a Dios, al Dios único, en tres de sus Recintos Sagrados: La Sinagoga Judía, La Iglesia Católica y La Mezquita Musulmana.

"NEK KAYAZEK TA OSHANET YETZAK OZUZ", pronunció solemne Gregor en antiguo dialecto Selyúcida: "TODAS LAS BENDICIONES Y FELICIDAD RECAERÁN SOBRE NOSOTROS SI LAS MERECEMOS Y LUCHAMOS POR ELLAS".

Kadir nunca revelaría las fantásticas pesadillas de la imaginaria y degradante orgía que gozó y sufrió, como si hubiese sido real.

No tenía ningún caso, borraría de su mente ese capítulo, ce- rrándolo para siempre, sin poder explicarse jamás, cómo recibió en el teléfono celular un mensaje anónimo :

"EN MEMORIA DE UNA INOLVIDABLE NOCHE SALVAJE EN MENORCA, HASTA NUNCA. TUS AMIGAS."

THE END. (FIN)

EPÍLOGO

Anthony Belcher comprendió al fin, que estaba viviendo en el error. El haber encontrado casualmente a Felicidad le había llenado de alegría, pero en realidad ambos eran otras personas. Entendió que él carecía del carácter y no podría luchar con los problemas psicológicos de la muchacha que siempre brotarían como fantasmas. Estaba seguro que la linda mujer podía encontrar un buen hombre para casarse y disfrutar toda clase de venturas. Renunció al Despacho "HARTFORD, MELLON & FLETCHER" para buscar con ahínco a Elke, la guapa ex esposa y tratar de recuperar a su familia. Después de un intenso cortejo lleno de románticas citas, serenatas y cartas, logró el perdón y reconciliación, uniéndose nuevamente en matrimonio. Son padres de dos varones y ahora de una niña viviendo felices en Valle de Napa, California. Con los conocimientos y experiencia del Contador Belcher, los negocios familiares han recibido un gran impulso y van viento en popa.

Benjamín Weitzner, siempre anhelando el imperio de la Justicia, aceptó la invitación de "Black" (Color Negro), condecorado General de Cuatro Estrellas amigo de siempre, para integrarse a un selectísimo "Círculo de Lectura y Estudio". Enterado de sus objetivos, no dudó en incorporarse como Socio Activo, siendo "bautizado" como "Grey" (Color Gris). Tenía proyectos para contratar en su momento, a "Scorpio" y a "Aileen" para ayudarlo en la planeación.

La preciosa Ruth Weitzner, casó en segundas nupcias con Habacuc, aquel aguerrido brigadista miembro del comando Israelí que los rescató de los piratas en Somalia. Están muy enamorados y el suegro contentísimo de tener sus primeros nietos, en tres meses más nacerían gemelos—niño y niña—y que gracias al moderno Ultrasonido Tridimensional ya los conocía. No obstante el aprecio a su nuevo yerno, el futuro abuelo puso a salvo la inmensa fortuna de su hija, por medio de un sólido convenio prenupcial de separación de bienes.

La Contadora Pública Caridad Hernández, la eficiente Agente

"Aileen", recibió una compensación económica por su retiro de La Fundación, suficiente para vivir con abundancia ella, sus hijos y los hijos de sus hijos.

Es ahora Supervisora General Senior para América y Europa, dentro de la acreditada Firma Internacional de Auditores, Abogados y Consultores de Empresas y Gobiernos "HARTFORD, MELLON & FLETCHER".

Viaja constantemente por el mundo, con salarios, compensaciones y bonos de productividad de más de veinte millones de Dólares anuales. Sus prestaciones incluyen seguro médico internacional y dental ilimitado, automóvil de la compañía cada dos años, escolta —si lo desea— gastos de viaje y representación, con generoso plan de pensiones.

Entre media docena de selectos pretendientes, como el diseñador y propietario de una famosa empresa Automotriz y otra de Yates de Recreo en Italia, con clientela exclusiva global; y el principal accionista de la más grande compañía transnacional de servicio telefónico fijo, móvil, Internet y televisión por cable; finalmente Caridad ha escogido como novio y se encuentra comprometida en matrimonio, con un famoso y millonario ex jugador profesional de Baseball del equipo ganador de tres Series Mundiales en la última década. A sus 36 años, Patrick posa para anuncios de televisión, tomando agua purificada, comiendo cereales, luciendo relojes, usando aparatos de ejercicio o manejando automóviles, cobrando un dineral.

La boda tendrá lugar en Abril del año entrante en la ciudad de La Habana, Cuba, donde las Autoridades de la Isla, demostrando gran apertura, han facilitado las instalaciones de la histórica Fortaleza del Morro para la ceremonia, a la que según el Departamento de Turismo, asistirán no menos de quinientos selectos invitados, de los cuales una centena son inversionistas y hombres de negocios en varias partes del planeta, despertando el interés Oficial.

Los señores Cecil Hartford, Walter Mellon y Kirk Fletcher, jefes de Caridad, aceptaron gustosamente ser los padrinos.

El primer regalo de Bodas, ha sido el automóvil descapotable Lamborghini Aventador – llamado así en honor a un bravo toro de lidia – en color blanco, enviado por uno de los invitados que desea permanecer anónimo, aunque la bellísima novia supo descifrar la elegante y discreta tarjetita: "Antscorunka" (Antonio Scorpio Uno

Kadir). El veloz deportivo con motor V-12 es capaz de desarrollar 350/ hora, con un coste de unos $500,000.00 dólares Americanos.

Zelik, alias "Comandante Stan", vive en unión libre con Lorna, su espectacular y pelirroja compañera de aventuras Militares. Con un varoncito en camino, ambos se han retirado de las actividades guerrilleras, viviendo en Baltimore, Maryland, en los Estados Unidos. Con sus ahorros (bastantes), han puesto un exclusivo gimnasio de primera categoría para hombres y mujeres, equipado con lo último en aparatos, técnicas e instructores Internacionales, con la novedad de escuchar idiomas en los audífonos individuales mientras se ejercitan, además de las clases de jazz, zumba y otras, incluyendo por supuesto la enseñanza de Krav Magá (en Hebreo, combate de contacto en lucha y defensa personal). Gozan de numerosa clientela.

"Chedrak Studios" abrió sus puertas y ha filmado cuatro cortometrajes de gran éxito, bajo la atinada Dirección de Astrid. El primero, "Bitter Back to Home" (Amargo Regreso a Casa), está nominado para recibir el Premio Anual de Periodismo Audiovisual y el Centauro de Oro, de la Academia de Artes Cinematográficas. Exhibe crudamente la realidad de los problemas sociales, económicos y psicológicos que enfrentan los Soldados que vuelven a su País de la guerra y la difícil reinserción en la Sociedad Americana. En unión de su flamante esposo, el ex solterón empedernido Gilbert Dehesa, están buscando contratar a los actores y actrices estelares para llevar al Cine, la famosa novela "EL AUDITOR DE LA MUERTE", con planes para producirla después en serie de Televisión por cable. Los Estudios, están dando empleo a más de doscientas personas. Astrid debutó con éxito en su rol de Cupido, coronando con la boda de su gran amiga Lynette y el caballeroso Douglas Pipp.

Por la edad de la pareja, ellos han pensado en la Adopción, para no correr riesgos de embarazos y nacimientos complicados.

Felicidad Guillén y su querida madre doña Rosa, viajaron por varios países, admirando las maravillosas bellezas naturales, ampliando sus horizontes culturales, aprendiendo lenguas, costumbres, historia y las colosales obras hechas por el hombre. Al cabo de un año regresaron a casa al lado de Don Clemente, su padre.

Robert, el hermano mayor de Anthony Belcher, es ahora próspero terrateniente y ha convertido "Viñedos Los Molinos" en una de las mejores plantas vitivinícolas del Estado de California, inmensamente feliz de cortejar por fin a la hermosa Felicidad.

Kadir Aiza se ha retirado de su elevado cargo de Director General del Corporativo CELTIC, recibiendo invitación de Don Ramón Peralta y Bárcenas, Presidente del gigantesco conglomerado de Empresas para pertenecer al Consejo de Administración, con la sola obligación de asistir a la Junta mensual, firmando contrato por cinco años para continuar percibiendo su sueldo y prestaciones íntegras, como si estuviera en servicio activo. Los Miembros del Consejo Directivo de "CELTIC WORLDWIDE ENTERPRISES" no eran tontos y estaban muy conscientes de que las ideas y agresivos proyectos de Kadir para nuevos negocios, les producirían enormes ganancias, como siempre había sucedido. Amber, la preciosa y cabrona esposa del magnate, se alegró muchísimo de poder verlo en las reuniones de Consejo y seguir contando con sus valiosas iniciativas, opiniones y ella... ¿pudiera conseguir algo más?

El resto de su tiempo lo divide como Profesor Huésped de las dos "Alma Máter" donde se formó: la Universidad Nacional Autónoma de México y Harvard University, atendiendo preferentemente a su Esposa, Hijos, Padres, Hermanos y Familia Política, a los que visita cada vez que puede. Continúa haciendo ejercicio a diario y está en plena forma.

De cuando en cuando, añora la Fundación Weitzner, pasando en su cerebro como un video lo realizado, arrojando un balance positivo.

Siempre se quedó con la duda, ¿que habrá querido decir su viejo amigo Benjamín cuando profetizó:

"DEJAREMOS DE SER COMERCIANTES MINORISTAS PARA CONVERTIRNOS EN MAYORISTAS" ¿¿¿¿?????

Imposible saberlo, el anciano no lo diría, a no ser que.....

¡Joder!.. No, definitivo, a su edad, ni siquiera pensarlo.

¡¡NO PUEDE VOLVER A LAS ANDADAS!!

THE END. (FIN)

KADIR II, TENTACIONES PROHIBIDAS

Esta obra se terminó de imprimir en noviembre de 2015
en los talleres de Litográfica Ingramex, S.A. de C.V.
Centeno 162-1, Col. Granjas Esmeralda,
C.P. 09810, México, D.F.
El tiraje fue de 5,000 ejemplares

www.ingramcontent.com/pod-product-compliance
Lightning Source LLC
Chambersburg PA
CBHW020823030726
47496CB00001B/59